Pino Cacucci

Puerto Escondido

Roman
Aus dem Italienischen von
Ulrich Hartmann

W0073354

Diogenes

Titel der 1990
bei Interno Giallo Editore, Mailand,
erschienenen Originalausgabe:
›Puerto Escondido‹
Umschlagillustration:
Foto aus dem gleichnamigen Film
Copyright © Photo Movie / Piero Tauro,
Mailand

*Für sie, die einen Faden
in die verstreuten Mißgeschicke
gebracht hat.*

Bringt mir besser einen Eimer:
Ich muß kotzen.

Monty Python, *Der Sinn des Lebens*

Inhalt

I

Italien

Ätzend. Lichtfetzen, Summen.

Das Hirn ein riesiger Dachboden. Echos der Schläge, die von den Wänden widerhallen.

Grelles Licht. Ich glaube, die Augen sind offen. Weiß. Ich schließe sie, öffne sie, das Weiß wird hellgrau, dann wieder blendend weiß. Ein trockenes Brennen schmerzt im Hals, vorläufiges Ende der Erkundung.

Rot, kleine gelbe Explosionen, katastrophaler Hustenanfall. Stoßartiger, lärmender Ausbruch aller im Gedächtnis bewahrten Schmerzen: Beben, Brennen auf der Haut, Rückkehr ins Dunkel. Der Kopf, die Arme, die Beine, die Brust... vor allem der Hals. Nein, es ist die Seite. Ich glaube, die linke. Alles ist da. Ich fühle mich ganz. Und am Leben.

Ein Schwall schriller Töne, dann wellenartig groteske Laute. Sie wiederholen sich, ähneln einer Stimme. Ich habe Lust zu lachen.

Jetzt ein weniger chaotisches Gurgeln, Abgleiten in eine Litanei. Es ist eine Stimme, und sie will mich zwingen, ihr zuzuhören... Knirschen von Schalentieren, Styropor, das man zerreibt, Kreide auf Glas, Gummischuhe auf Wachs...

Gummischuhe auf Wachs.

»Er kommt zu sich.«

Panik. Die Stimme ist plötzlich klar, verständlich. Etwas ist zerrissen, ich sehe und höre, aus dem flackernden Licht wird dünner Nebel. Der Schmerz nimmt zu, wird diffuser und intensiver.

»Fühlen Sie sich besser?«

Abstoßendes Gesicht wenige Zentimeter entfernt, Mundgeruch, der mir entgegenschlägt. Lust zu kotzen.

»Wie fühlen Sie sich jetzt? Sie können sprechen, wenn Sie wollen.«

Vorher kein Gefühl. Jetzt ein *schlechtes*.

»Sie dürfen sich nicht anstrengen. Es ist alles vorbei, seien Sie ganz ruhig.«

Ich versuche zu begreifen, warum ich mich anstrengen sollte, und wie. Wo doch alles vorbei ist. Vorbei? Frösteln.

»Die Operation ist ohne Komplikationen verlaufen. Sie haben eine gute Konstitution und werden sich schnell erholen.«

Denken ist eine Qual. Und mich erholen? Wovon?

Wenn ich die Augen schließe, ist das Sehen leichter: ein Film läuft ab, hektisches Flackern auf den Lidern bei der Suche nach Erinnerungen, Empfindungen, Gesten... Panikblitze, kalte Angst. Immer mehr Kälte, in den Füßen, im Kopf, im Rücken. Es gibt eine heiße Stelle, die pulsiert, doch es gelingt mir nicht, sie zu bestimmen. Irgend etwas ist geschehen, es muß ein Punkt existieren, an dem alles begonnen hat.

Angst, die Kontrolle zu wiederholen, jetzt, wo ich *alles* fühle. Wenn ein Bein fehlt? Der Motorroller, vielleicht ein Unfall. Ich habe immer gedacht, nicht weiterleben zu können, wenn ich ein Bein verliere. *Vorher*.

Die Arme funktionieren, mit allen Fingern der Hand. Ich habe kalte Füße. Und wenn es nur *ein* Fuß wäre?

»Ich bringe Ihnen nachher eine heiße Brühe. Der Doktor hat gesagt, Sie können schon flüssige Nahrung zu sich nehmen.«

Wenn sie doch bloß mit diesem gräßlichen Gesicht und all ihren Gerüchen verschwinden würde.

»Befeuchten Sie Ihre Lippen, ja, gut so...«

Das einzig Trockene, was mir geblieben ist. Irgendeiner muß doch dasein, den ich für diesen klebrigen Schweiß, für die warmen, schmierigen Bettlaken hassen kann.

Und wenn ich Verbrennungen hätte? Es könnten Wunden sein, und kein Haar mehr auf dem Körper und auf dem Kopf, keine

Haut... Besser das Alles-ist-aus-Gefühl von vorhin. Doch die Beine sind da, ich spüre sie mit den Fingern, betaste sie, versuche sie zu bewegen...

»Seien Sie vorsichtig mit dem Arm, daß Sie mir nicht die Infusion herausreißen!«

Sie war gereizt. Diesmal gereizt, nicht mehr routiniert freundlich. Wieso überhaupt eine Frau? Doch, eine ziemlich weibliche Stimme. Ich spüre keine Infusion im Arm, und sowieso könnte ich sie höchstens *mir* und nicht ihr herausreißen.

»Nur Mut, versuchen Sie zu trinken.«

Formloses, schwankendes Glas. Hand, die sich unter den Nakken schiebt. Schwindelgefühl, das Gehirn rutscht nach vorn und schlägt gegen die Stirn. Doch ich spüre, daß ich noch Haare habe.

Der Mund kaum befeuchtet. Das Glas entfernt sich trotz der Anstrengungen, es mit den Lippen festzuhalten. Ich habe erst jetzt richtig Lust zu trinken.

Warum nicht versuchen zu sprechen?

Schmerzhaftes Kratzen, Gurgeln, Knirschen, ein leichtes Zischen.

»Sprechen Sie nur, geben Sie sich Mühe. Nur zu.«

Wenn ich könnte, würde ich *dir* die Infusion herausziehen.

Ich versuche es noch einmal anders, konzentriere mich auf die Brust. Leeres Luftholen, Fistelstimme, Aufbäumen, und am Ende muß ich gesagt haben: »Was ist passiert?«

»Das Blei ist draußen.«

Ein Zahn? Ich verstehe sie nicht richtig, vielleicht haben sie mir einen Zahn gezogen. Oder der Lenker vom Motorroller? Der rechte Griff war abgebrochen; schlimmer als ein Schraubenzieher, wenn man sich den in den Bauch bohrt.

Plötzlich ist es da, dieses dumme Bedürfnis zu pissen. Irgendwie rausgekommen; sie zischt mir ein »Sofort« zu und bringt ein furchteinflößendes Gerät. Noch ein Panikblitz. Doch nicht alles kontrolliert.

Und wenn gerade *das* fehlen würde? Anhaltendes Schwindelgefühl, Zittern.

Sie wirtschaftet unter der Bettdecke herum. Sie hat ihn wirklich gepackt und dort hineingesteckt. Er *existiert.*

Kurze Freude, aus der verkrampfte Scham wird.

»Wenn Sie fertig sind, rufen Sie mich.«

Tür, die sich schließt. Erleichterung. Der Seufzer bleibt in der Mitte hängen, zwischen den Rippen.

Nichts, kommt nichts raus. Und doch habe ich das Gefühl, aufgebläht zu sein, ganz voll im Bauch. Stechender Schmerz in den Schläfen und Augen. Vielleicht ist es auch zuviel, wenn es erst fließt, läuft es vielleicht über. Mache ich mich vielleicht naß. Ich mache mich naß . . . Das habe ich noch nie gesagt. Mir wird heiß vor Scham. Wieso muß es so beschämend sein, angeschossen zu werden?

Blei. Wo soll denn das Blei her sein? Doch vor allem: Wie ist es hineingekommen?

Schau an, ist draußen. Ich mußte mich gar nicht anstrengen und habe einfach gepißt.

Ein »Fertig?«, gleichzeitig mit dem Geräusch des Türöffnens. Sie kann es nicht wissen. Aber vielleicht ist so viel Zeit vergangen, daß ich zwangsläufig »fertig« sein muß. Zeitgefühl: Begreifen, wieviel Zeit vergangen ist . . . Doch seit wann?

»Was ist mit mir passiert?«

»Das habe ich Ihnen doch gesagt. Man hat Ihnen eine Kugel entfernt, und der Eingriff ist ohne Komplikationen verlaufen. Versuchen Sie, sich auszuruhen. Nachher kommt der Arzt.«

Die Begegnung mit dem Arzt muß anstrengend sein, wenn man sich besser vorher ausruht. Ich möchte sie fragen, ob sie, außer Urin einzusammeln und *ihre* Infusionen zu überwachen, sich nicht vielleicht aufraffen könnte, mir zu erzählen, wie und wo ich denn eine Kugel abbekommen konnte. Vorsicht, solange ich von ihr abhängig bin.

Sie geht hinaus.

Sie kommt zurück. Dazwischen muß irgend etwas gewesen sein, doch ich glaube, ich habe Lücken, in denen ich nicht denke und nichts wahrnehme. Ich zucke zusammen. Es ist ein *Mann*.

»Wie geht es uns?«

Jovial und überheblich. Junger, glücklicher Arzt. Das möchte ich *ihn* fragen, denn ehrlich gesagt weiß ich noch nicht, wie es mir geht. Vage, *wo* ich mich befinde.

»Was ist mit mir passiert?«

Unklarer Blick. Insgesamt offensiv.

»An was erinnern Sie sich?«

»An nichts.«

Er hebt eine Augenbraue.

»Nicht einmal daran, wer Sie sind und wo Sie wohnen?«

»Ich meinte die letzte Zeit.«

Er tut so, als interessierte er sich für die Nadel in meinem Arm und den Infusionsbeutel. Dann schaut er mich an wie ein Schuster einen Schuh, der besohlt werden muß.

»Sie haben viel Blut verloren, doch Sie sind außer Gefahr.«

Außer Gefahr, natürlich: außer draußen, wenn es stimmt, daß man auf mich geschossen hat. Doch auch hier drinnen ist es nicht gerade spaßig.

»Stimmt es ... daß man mir eine Kugel entfernt hat?«

Argwöhnisch, fast verärgert: »Wer hat Ihnen das gesagt?«

»Die Krankenschwester ... glaube ich.«

»Was weiß die denn schon?«

Tröstlich.

»Zum Glück ist die Kugel nicht steckengeblieben. Wir haben die Ein- und Austrittswunden genäht ...«

Er zuckt die Achseln und fügt mit einem Lächeln hinzu: »Kein lebenswichtiges Organ verletzt. Unglaublich.«

Ich schaue ihm in die Augen, bis sich mir der Kopf dreht. Er schüttelt seinen.

»Und . . . wo ist denn der Einschuß?«

Er macht eine vage Geste mit seiner dicklichen Hand.

»Hier . . . zwischen zwei Rippen«, brummt er und streicht sich über eine Seite. Bei ihm ist es die rechte, doch bei mir muß es die linke sein. »Ich weiß es nicht, weil ich Sie nicht operiert habe.«

Da habe ich ja noch einmal Glück gehabt.

»Kann mir jemand sagen, *wie* es passiert ist?«

»Wenn Sie das nicht selbst wissen . . .«, murmelt er mit einem scharfen Unterton.

Ich sage zu ihm: »Nehmen wir an, Sie gehen jetzt gleich nach draußen und man schießt auf Sie. Könnten Sie mir sagen, wer es gewesen ist?«

Er lacht auf. »Ruhen Sie sich aus.«

Ich habe sie wieder am Leib. Muß geschlafen haben, oder nicht gedacht, ein paar Minuten lang, ein paar Stunden.

»Sie werden mir doch die Drainage nicht abgerissen haben . . .«, zischt sie und kontrolliert meine Rippengegend. Ich entdecke, daß ich noch etwas anderes von *ihr* am Leib habe. Schlimmer, ich habe es drin. Es ist ein Röhrchen, das in den Verbänden steckt. Eine schmutzige Flüssigkeit, die stoßweise fließt und hinter dem Bettrand verschwindet. Ich verdränge den Gedanken, daß dieses Zeug aus meinem Körper kommt.

». . . Was ist das?«

»Die Wunddrainage. Wenn Sie weiter so brav sind, können wir sie bald entfernen.«

Ich schaue die phosphoreszierende kleine Madonna auf meinem Nachttisch an. Sie hat einen Blutfleck in Höhe der linken Brust.

»Fühlen Sie sich danach, Besuch zu haben?«

Leichtes Schwindelgefühl, kontrollierbar.

»Besuch?«

»Da wären zwei Herren, die Ihnen einige Fragen stellen wollen...« Sie zwinkert.

Ich schaue zur Tür, mache mir erst jetzt klar, daß ich allein im Zimmer bin. Da ist noch ein anderes Bett, leer. Muß ein Privileg von Schußverletzten sein.

»Ich habe mir ausgebeten, daß man Sie nicht ermüdet. Zehn Minuten, nicht mehr.«

Sie öffnet die Tür, flüstert eine Aufforderung.

Die beiden treten ein, elegant wie Polizisten in Zivil. Der eine ist jung, hat einen Blick wie jemand, der alle für schuldig hält, bis sie das Gegenteil beweisen. Der andere...

Es ist ein Stich im Nacken, ein glatter Schnitt, der das Unterbewußte aufreißt und alle Bilder fließen läßt. In einem Augenblick ist alles klar, so deutlich, daß ich mir dumm vorkomme, weil ich mich nicht erinnert habe. Jeder Moment, jedes Wort, das Aufblitzen und der Riß im Rucken, das Gefuhl, mich irgendwo festklammern zu wollen und rückwärts ins Leere zu fallen, alles wiederholt sich, und das Bett fängt an zu rotieren, das Zimmer, sein Gesicht, die Bäume, das Gras, der Kies, der mein Gesicht zerkratzt... Er ist es, der *Wahnsinnige*, und er ist zurückgekehrt, um mich zu erledigen.

Er spricht als erster. Er lächelt, ängstlich und verlegen.

»Entschuldigen Sie vielmals... Wir möchten nur die üblichen Informationen, das wenige, an das Sie sich erinnern...« Er hat schon geklärt, daß es nur *wenig* zu erinnern gibt. »Beginnen wir mit dem, was wir haben. Nicht viel, um ehrlich zu sein...«

Er hält den Kopf leicht schräg, in seinen adrenalinfeuchten Augen blitzt Freundlichkeit auf. Ich erwarte einen Sprung und ein Kissen auf dem Gesicht und daß man mir die verschiedenen Drainagen und Infusionen wütend wegreißt. Hinter der Fassade der Verlegenheit noch immer der gleiche Besessene.

»Also... Sie sind leblos auf dem Parkplatz der Pferderennbahn aufgefunden worden, neben Ihrem Motorroller...« Er holt ein gelbes Notizbuch hervor, aus dem er Typ, Kennzeichen und Farbe vorliest. »Eigentümer sind Sie, nicht wahr? ... Ja, gut, machen wir weiter: Schußwunde in der Rippengegend. Der Schuß ist nach Meinung der Ärzte aus der Nähe abgegeben worden, aus einer kurzen Waffe mittleren Kalibers. Keine Patronenhülsen in der Umgebung, kein Projektil im Körper, doch vermutlich eine Siebenfünfundsechziger oder ein langer Neuner. Sie waren bewußtlos und haben viel Blut verloren. Zu Ihrem Glück (ein leichtes Einbrechen der Stimme, wie ein Riß: Verärgerung) hat Sie wenige Minuten nach der Tat ein Pionier gefunden, sonst...« Er verscheucht den Gedanken mit einem Schwenken seines Notizbuchs. Ich beobachte ihn aus dem Aquarium, in dem ich schwimme. Es gelingt mir nicht, meine Gedanken zu ordnen. Ich habe Angst, doch nicht davor, was er mir noch einmal antun kann. Ich habe Angst, daß es nie geschehen ist...

»Die Tötungsabsicht ist eindeutig«, bemerkt der Jüngere. »Wenn Sie nicht mit uns zusammenarbeiten, wäre es möglich, daß ein neuer Versuch...« Er bringt den Satz nicht zu Ende und wirft einen Blick auf die Leitungen, die in meinem Körper stecken.

Erst schießt er auf mich, dann kommt er, um mich zu vernehmen. Und bringt sich einen Partner mit. Sicher, da er ja wußte, daß ich am Leben bin, war das die einzige Möglichkeit, mich am Sprechen zu hindern. Doch was weiß der andere? Vielleicht ist er eingeweiht und deckt ihn, wenn er mich erledigen will. Andererseits wissen alle von dem Besuch, die Krankenschwester hat sie ins Zimmer gebracht, und sie haben bestimmt die Erlaubnis der Ärzte einholen müssen...

»Ich möchte Sie bitten, Ruhe zu bewahren, jede Aufregung könnte Ihnen schaden«, setzt der *Mörder* wieder an. »Vielleicht nicken Sie nur mit dem Kopf, wenn Sprechen Sie zu sehr anstrengt... Könnten Sie uns die Person, die Sie verletzt hat, nennen? Ich meine... ist sie Ihnen bekannt?«

Ich starre ihn an, halte sogar die Augenlider ruhig, damit er nichts falsch auslegt.

»Nein? Dann kennen Sie die Person also nicht?«

Ich bleibe regungslos.

»Aber Sie werden doch das Gesicht gesehen haben...«

Meine Augen beginnen zu brennen. Er lächelt, väterlich. Der Jüngere fährt hoch: »*Wollen* Sie uns nicht einmal sagen, ob es ein Mann oder eine Frau war?«

Er hat endlich die Anstrengung aufgegeben, nett zu erscheinen. Gelächelt hat er auch am Anfang nicht, doch jetzt macht er ein Gesicht wie jemand, der noch nie in seinem Leben gelacht hat. Er muß nicht weiter herumdrucksen: Man sieht deutlich, daß er allein die Tatsache, angeschossen zu werden, als äußerst schwerwiegendes Indiz betrachtet.

»Vielleicht steht er noch unter Schock. Besser, wenn wir später wiederkommen«, sagt der Fünfzigjährige und schiebt sein Notizbuch unter die Jacke. Das letztemal, als ich diese Geste bei ihm gesehen habe, endete es mit einem Schuß. Er sucht die Innentasche, unter dem Stoff bewegt es sich, genau da, wo die Waffe sitzt. Die Hand taucht wieder auf, zu meinem Erstaunen leer, und streicht gleich über die Hose, um den Schweiß abzuwischen.

»Wer sind Sie?«

Fassungslose Gesichter. Sie schauen sich an, schauen mich an, ich schaue die phosphoreszierende Madonna an. Der Jüngere schnaubt, läßt sich zurückfallen, um zu sagen: »Was meinen Sie damit, wer wir sind?«

Ich klopfe mit dem Finger sanft auf das Röhrchen der Drainage, ein Bläschen in der grünlichen Absonderung verschwindet.

»Ich bin Wachtmeister Almese von der Mordkommission...«

Der andere starrt mich mit dem gleichen schwachen Lächeln an, mit dem er mich auf der Rennbahn gemustert hat, um den richtigen Augenblick für den Mord abzupassen. Jetzt wird auch sein Name herauskommen, doch was soll ich damit anfangen?

»Kommissar Schiassi«, sagt der Jüngere im Ton des Untergebenen.

An der Decke ist eine Fliege, die sich auf eine Ecke zu bewegt, hin und wieder stehenbleibt, um die Beine aneinander zu reiben. Jetzt mögen zwischen ihr und dem Spinnennetz nur noch weniger als zwanzig Zentimeter liegen.

»Ich erinnere mich an nichts«, sage ich in Richtung Spinne, die mit einem fast unmerklichen Beben in Alarmstellung gegangen ist. »Nicht einmal daran, wann und wo es war. Wie lange ist es denn her?«

Die Miene des Wahnsinnigen hellt sich auf, er scheint erleichtert. Der Jüngere springt hoch.

»Sie haben doch sicher irgendeinen Verdacht! Jemand, der Ihren...« Er unterbricht sich, in einer Anwandlung von Respekt vor meinem Tod.

»Nein. Niemand.«

»Und das Motiv?«

Auch mein Kommissar wartet auf die Antwort.

»Ich weiß nicht. Ich hoffe, Sie werden es mir eines Tages sagen.«

Das hat ihm nicht gefallen. Er fixiert mich eindringlicher, scheint bereit, mich für das zu bestrafen, was ich von Anfang an hätte sagen können: von dem Tag an, als ich ihn in dem kleinen Zimmer im Präsidium gesehen habe, mit dem irren Gesichtsausdruck und der Waffe in der Hand. Ich dürfte nicht hiersein, und für ihn ist es jetzt leichter, noch einmal zu schießen.

»Und was denken Sie, wie es sich abgespielt hat?« fragt er mit trauriger Stimme, nahe daran aufzugeben.

»Vielleicht ein Unfall«, sage ich und schaue den anderen an. »Eine Menge Idioten kommen mit einer Pistole in der Tasche auf die Rennbahn. Vielleicht ist sie einem runtergefallen, und dabei ist ein Schuß losgegangen. Oder vielleicht... wollten sie auf einen anderen schießen, was weiß denn ich...«

»Und was wollen so viele Leute dort mit einer Pistole in der

Tasche?« schreit der Wachtmeister. »Vielleicht illegale Wetten? Oder irgendwelche krummen Geschäfte? Oder Einschüchterungsversuche... Kurz: Haben Sie je irgend etwas gesehen, das Sie nicht sehen sollten?«

Der Blick des Kommissars hat mich fest im Griff, und er läßt mich nicht los. Er wartet.

»Ich habe nie irgendwas gesehen. Nie.«

Dann drehe ich das Gesicht aufs Kissen, schließe die Augen.

»Es reicht. Gehen wir. Siehst du nicht, daß er erschöpft ist?« murmelt Kommissar Schiassi. »Ich kann jederzeit wiederkommen«, fügt er beim Aufstehen hinzu.

Das kalte Gefühl im Rücken ist wieder da.

Sie gehen auf Zehenspitzen hinaus.

2

Anderer Arzt, nicht so jung. Kurze Nachuntersuchung; verschlüsselte Botschaften an die Krankenschwester. Nach dem Besuch der Polizei sind die Visiten frostiger.

»Wie geht es mir?« frage ich freundlich, bevor sie verschwinden.

Gereizter Blick auf die Krankenkarte am Fußende vom Bett, nervöses Gekritzel. Ich versuche es noch einmal: »Es tut mir weh, wenn ich spreche. Ist das schlimm?«

Säuerliches Lächeln. Dann ein Aufseufzen, schließlich: »Die geistige Verfassung scheint ja besser geworden zu sein.«

Er verschränkt die Arme, checkt mich mit Blicken ab.

»Alles in Ordnung, machen Sie sich keine Sorgen. Wie ist denn das subjektive Befinden?«

»Ich fühle mich beschissen.«

Er versteift sich, hebt eine Augenbraue.

»Was wollen Sie wissen?« fragt er müde.

»Was passiert ist«, sage ich und zeige auf die Rippengegend. Er bedenkt mich mit dem trägen Blick des altgedienten, geduldigen Arztes.

»Ändert es etwas, wenn ich Ihnen sage, daß das Projektil unter dem Zwerchfell eingedrungen ist, das große Omentum durchschlagen, die gastroepiploische Arterie gestreift hat und wieder ausgetreten ist, ohne die Leber zu verletzen?«

Ich sage: »Ah.«

Er kommt näher, mustert mich.

»Ruhen Sie sich aus«, sagt er.

Langsam geht er hinaus, den Rücken gebeugt.

Alle tun sich weiter mit meiner wunderbaren Genesung groß.

Manchmal habe ich den Eindruck, daß sie Freunde mitbringen, um mich als Ergebnis gelungener Arbeit vorzuzeigen. Die Löcher um *Das Große Omentum* sind fast ganz geschlossen, ich frage nichts, und sie tauschen nur kodierte Bemerkungen aus. Doch die Tage werden mir immer länger, weil es immer das gleiche ist: Bücher, Zeitungen, Versuche, allein aufs Klo zu gehen, eilige Visiten von urlaubsreifen Weißkitteln. Es ist heißer geworden, feucht und klebrig.

Es klopft. Ich ziehe mir das alte, vom Schweiß vergilbte Bettlaken über den Kopf. Der junge Polizist steht in der Tür, der Kollege des Wahnsinnigen. Er kommt herein, schaut sich um, greift sich einen Stuhl und setzt sich neben das Bett. Mit einem finsteren Lächeln betrachtet er mich. Als ihm die Atmosphäre richtig scheint, stößt er einen blökenden Seufzer aus.

»Ich will offen mit Ihnen sein«, sagt er und hebt sein Kinn. »Ich kann Sie wegen Verletzung der Anzeigepflicht belangen. Sie haben die Wahl.«

Ich bemühe mich, verwundert zu erscheinen, und frage: »Sind Sie allein?«

»Das ist mir lieber so. Der Kommissar ist zu verständnisvoll, in solchen Fällen. Und außerdem...« Er reibt sich die Wange, überlegt, fährt fort: »Schiassi hat eine schlimme Zeit hinter sich. Er ist angeschlagen. Wegen einer Untersuchung... Er hat sie gut überstanden, doch das hier ist die erste Sache, an der er nach dem *Unfall* arbeitet.«

»Unfall?«

»Das sind Dinge, die Sie nichts angehen«, sagt er schroff.

»Entschuldigung«, sage ich.

»Wir wollen lieber eine Sache klarstellen«, zischt er und hält den Zeigefinger in die Luft. »Er leitet zwar die Untersuchung, aber ich habe nicht die Absicht, ihm nur nachzulaufen. Ich habe das Gefühl, du verschweigst uns eine ganze Menge. Und es wäre besser für dich, damit herauszukommen, solange noch Zeit ist.«

Ich mache eine versöhnliche Geste, die er mißversteht.

»Du riskierst viel«, setzt er wieder an. »Es ist nicht das erstemal, daß es auf der Rennbahn eine Schießerei gibt. Doch bei dir liegt es anders: keine Anrufe von großen Tieren, die sich für dich verbürgen. Und deshalb stecke ich dich ins Gefängnis, bis du dein Gedächtnis wiederfindest.«

Die Tür geht auf. Der Wachtmeister zuckt zusammen, wird dunkelrot, verstummt. Kommissar Schiassi tritt ein.

»Was machst du hier, Almese?« fragt er erstaunt. »Sollten wir die Vernehmungen nicht zusammen durchführen?«

Almese rutscht auf dem Stuhl hin und her, steht auf, stammelt: »Ich habe Sie im Präsidium nicht gefunden ...«

»Natürlich nicht, ich war bei Gericht. Das hast du doch gewußt.«

Er fixiert den Wachtmeister mit einem fiesen Lächeln. »Du hättest nur zehn Minuten warten müssen oder mich abholen können.« Er ist halb verwundert, halb wohlwollend vorwurfsvoll.

Almese sagt schnell: »Ja, sicher, tut mir leid ... Ich dachte, ich warte hier auf Sie, einfach um ...«

»Schon gut, schon gut«, unterbricht ihn der Kommissar. »Aber ich bitte darum, daß sich so etwas nicht wiederholt.«

Dann mustert er ihn mit dem strengen Blick des Vorgesetzten.

»Außerdem bin ich gerade erst gekommen«, rechtfertigt sich der Wachtmeister.

»Nun ...«, seufzt Schiassi und schaut mich zum erstenmal an, seitdem er im Zimmer ist. »Zu meiner Freude sehe ich, daß Sie in prächtiger Verfassung sind. Jetzt werden Sie sich sicher an mehr erinnern als bei unserer *ersten* Begegnung.«

Er hält den Kopf leicht geneigt und lächelt.

»Es tut mir leid«, sage ich sehr leise, »aber der ganze Tag ist wie ausradiert. Ich erinnere mich an rein gar nichts.«

Angespannte Stille. Der Wachtmeister sieht aus, als würde er gleich explodieren, sagt aber keinen Ton.

»Dann müssen wir den Fall also wirklich zu den Akten legen, Täter unbekannt«, sagt *er* mit einem Anflug von Bedauern.

»Ich fürchte, ja.«

»Aber...«, wagt sich der Wachtmeister vor.

»Was ist, Almese?« fragt der andere und wirft ihm einen schiefen Blick zu.

»Nichts... ich wollte ihn nur daran erinnern, daß ihm das als Verletzung der Anzeigepflicht ausgelegt werden könnte...«

Jetzt zeigt der Blick des Kommissars, daß er an der Grenze seiner Geduld angekommen ist. »Dieser Junge ist nur ein Kartenabreißer, er kann nichts mit den Dingen zu tun haben, die uns bekannt sind. Es wird sich um ein Mißverständnis handeln. Oder um einen Unfall.«

Er schaut wieder mich an. »So ist es doch?« fragt er freundlich.

Ich ziehe die Augenbrauen hoch und versuche ein vieldeutiges Gesicht zu machen.

»Er könnte aber doch etwas Auffälliges beobachtet haben«, fügt Almese hinzu. »Vielleicht dopen sie die Pferde oder vertauschen nach dem Rennen die Blutproben...«

Es sieht aus, als wollte er nicht lockerlassen. Mich durchfährt ein Gedanke. Wie ein Stich: Von jetzt an wird es immer einleuchtende Motive geben, wenn man mich irgendwo tot auffindet. Und es ist zu spät, einen Rückzieher zu machen.

Der Kommissar will zum Schluß kommen: »Und was schlagen Sie vor?«

Almese ist verlegen, er schafft es nicht, die Auseinandersetzung durchzustehen. »Ich weiß nicht... eine restriktive Maßnahme... Ein richterlicher Bescheid wegen Verletzung der Anzeigepflicht«, sagt er und schaut auf seine Hände, fügt dann im gleichen Atemzug hinzu: »Natürlich ohne Haftbefehl.«

Der Kommissar schüttelt kurz den Kopf.

»Das wird der Richter entscheiden«, meint er schließlich seufzend. Dann sagt er zu mir: »Erinnern Sie sich daran, Dinge dieser

Art gesehen zu haben? Ich meine: Dinge, wie sie mein Kollege erwähnt hat...«

Ich deute ein Nein an.

»Durch das Tor, an dem ich arbeite, werden nur die Pferde zur Rennbahn gebracht«, sage ich und denke daran, wie viele Drohungen, Schlägereien, Erpressungen und Schiebereien ich in den letzten zwei Jahren mitbekommen habe.

»Gut. Für mich ist das alles«, sagt der Kommissar und steht auf. »Wenn Ihnen noch irgend etwas einfällt, das für die Untersuchung wichtig ist, rufen Sie auf dem Präsidium an und fragen nach mir.« Er wartet, bis der Wachtmeister vorgeht, gibt mir dann die Hand und sagt: »Kommissar Schiassi... nicht vergessen.«

Er lockert den Griff nicht. Ich ziehe die Hand weg, er rutscht langsam nach hinten. Als der Wachtmeister schon draußen ist, bleibt er eine Sekunde in der Tür stehen, zwinkert und zeigt mit dem Kopf auf seinen Kollegen.

Ich spüre den kalten Schweiß auf der Haut. Der Hunger ist mir vergangen, und auch die Lust, das Krankenhaus zu verlassen.

Schließlich ist auch noch die Presse gekommen. Sie ist hübsch. Sie setzt sich hin, schlägt die Beine übereinander, und der Stoff ihrer elastischen Hosen spannt sich. Mit einer lässigen Geste richtet sie irgendein Riemchen ihres BHs und löst damit bei den gefangenen Tierchen ein Beben aus. Sie trägt eine voll optimistische Bluse mit Palmen und Papageien. Sie stellt sich vor, beginnt Versprechungen zu machen und läßt durchblicken, daß finanziell etwas dabei herausspringt. Ich beobachte weiter ihre Hände, und wie sie mit dem Fuß wippt.

»Entschuldigen Sie, vielleicht habe ich mich nicht klar genug ausgedrückt«, sagt sie in einem komplizenhaften Ton.

Ich hebe meinen Blick bis zu ihren Augen. Sie lächelt zwei Sekunden, wird dann wieder sehr ernst und fährt fort: »Meine Zeitung kann Ihnen einen Exklusivvertrag anbieten. Es würde genügen, wenn Sie uns ein Detail erzählen, das Sie bei der Polizei vergessen haben... Oder besser noch: wenn Sie einen Verdacht hätten, mit dem viel angedeutet wird, ohne etwas Präzises zu sagen.«

Ich schaue sie an und warte, daß sie es müde wird. Sie nestelt wieder an ihrem BH, der eine Nummer zu klein ist, und fährt mit leiser Stimme fort: »*Wir* sind in der Lage, unseren Informanten ein Höchstmaß an Vertraulichkeit zu garantieren. Und ein Pool von Rechtsanwälten würde Ihnen ohne zeitliche und finanzielle Begrenzung zur Verfügung stehen.«

»Rechtsanwälte?«

Sie ist pikiert.

»Ja sicher: Rechtsanwälte. Und die besten«, erwidert sie mit metallischer Stimme.

»Eigentlich bin ich das *Opfer*... Wofür sollte ich Rechtsanwälte brauchen?«

Sie wedelt mit ihrem Notizbuch, ohne sich entscheiden zu können, was damit tun. Dann zieht sie einen Minirecorder mit Mikrokassette hervor.

»Die Umgebung der Rennbahn ist keine spaßige Gegend«, murmelt sie, und ihre Locken fallen ihr in die Stirn. »Wenn jemand beschlossen hat, Sie zu töten, brauchen Sie eine Zeitung, um heil aus der Sache herauszukommen.« Sie hat so spitze Knie, daß sie ihr noch die Hosen durchschneiden, wenn sie weiter nervös mit dem Bein wippt. »Ich frage Sie nicht nach Namen und Details... zumindest im Moment nicht. Es geht nur um die Motive, die Richtung, in die wir uns bewegen müssen.«

Ich stelle sie mir vor, wie sie morgens auf dem Bett liegt, die beiden Teile vom Verschluß umklammert und die Luft anhält.

»Sie können ein wenig darüber nachdenken, wenn Sie wollen. Sagen wir... vierundzwanzig Stunden, um sich Gedanken über die Folgen zu machen. Und sich über den Betrag klarzuwerden.«

Wir fixieren uns ein paar Sekunden lang. Dann neigt sie den

Kopf zur Seite und sagt kleinlaut: »Soll ich lieber morgen früh wiederkommen?«

»Äh? Ja ... sicher, Sie könnten morgen früh wiederkommen.«

Ein Wölben, und die Papageien auf der Bluse strecken sich.

»Aber auf mich hat niemand geschossen«, sage ich. »Ich meine, niemand, den ich kenne. Ich habe ihn auch nicht gesehen. Und außerdem ... auf der Rennbahn kontrolliere ich nur die Ausweise der Teilnehmer. Niemand kann einen Grund haben, auf mich zu schießen.«

Sie hat schneeweiße Zähne. Klein, glänzend; ein bißchen aggressiv, jetzt, wo der Mund halb geöffnet ist und sie es nicht schafft, den Fluch rauszulassen. Aber es ist, als hätte sie ihn mit den Augen gesagt.

»Und worüber sollten wir morgen früh sprechen?«

»Weiß nicht, mir ist alles recht.«

Sie steht völlig geräuschlos auf. Während sie sich langsam bewegt, schaut sie mich an, steckt den Recorder in die Tasche, zupft zum letztenmal an ihrem Riemchen, schließt ihre Aktenmappe aus schwarzem Leder, und der Verschluß macht klick. Sie seufzt resigniert, legt mir eine Visitenkarte auf die Brust und geht still hinaus.

3

Ein Summen, das sich tagsüber verliert und nachts hochschraubt, durchs Trommelfell dringt und mein Hirn wie ein klebriges Spinnennetz einhüllt. Je mehr ich versuche, nicht daran zu denken, desto stärker wird das Gefühl, es nicht zu ertragen. Vielleicht habe ich es in mir drin; und wenn es dunkel wird, die anderen ruhig sind, meldet es sich wieder und raubt mir den Schlaf. Morgen wird es aufhören. Oder vielleicht nehme ich es auch mit nach Hause. Zum Glück gibt es dort immer Verkehrslärm, der bestimmt jedes Summen im Kopf übertönt. Sie sagen, daß es mir gut geht. Und sie brauchen das *Bett*. Gestern haben sie mir eine Liste gegeben: Pillen, Ampullen und Diäthinweise. Sie empfehlen absolute Ruhe: Der Witzbold von ihrem Verein hat gemeint, eine schußsichere Weste könnte die Scherereien verhindern, die ich dem halben Krankenhaus gemacht hätte.

Ich kann nicht schlafen, es sind nur noch wenige Stunden bis zur Morgenvisite. Wenn ihnen irgendwas nicht behagt, unterschreibe ich die Erklärung und gehe. Das Kissen ist prall, wie eine aufgeblasene Schwimmweste. Wenn ich mich umdrehe, gibt es nach und wird schlaff, doch nach wenigen Minuten ist es wieder vollgesogen und fest. Ich lasse es auf den Boden fallen; kaum daß ich mir eine leichte Besserung eingeredet habe, durchfährt es mich bis ins Rückgrat wie ein elektrischer Schlag. Ich sollte mich aufsetzen; doch wenn ich Licht mache, um zu lesen, kommt die Nachtschwester und fragt, was los ist. Dann muß ich mir irgendwas Ernstes ausdenken, sonst hält sie mir vor, sie ohne Grund geweckt zu haben.

Manchmal kommt sie von alleine. Und ich habe doch nur mit dem Gedanken gespielt. Das Lämpchen ist noch aus, die Tür angelehnt, ein Spaltbreit Licht: Sie wird auf die Atmung hören. Ich hole gleichmäßig Luft. Man merkt, daß sie nebenan schläft, schon daß ich mich umgedreht habe, scheint sie beunruhigt zu haben. Ich schließe die Augen. Auch die Tür schließt sich. Ich mache mit mir selbst eine Wette, daß ich es aushalten kann, ohne mich zu bewegen, nur um zu sehen, wieviel Schweiß sich in diesem Stück Laken konzentrieren läßt.

Das Summen; ich höre es nicht mehr. Das passiert nur, wenn ich mich auf einen Gedanken konzentriere. Da ist jemand, ein Mensch, der diese angespannte Stille schafft. Vielleicht ist die Krankenschwester hereingekommen, als ich die Augen geschlossen habe, steht nun vor mir und wartet auf irgend etwas...

Die Augen starr, wäßrig, von eisiger Traurigkeit. Sie schauen mich an, mit dem gleichen Schmerz wie an jenem Abend, als er zitternd den Revolver hielt. Er kommt näher; das Knarren seiner Polizistenschuhe, hart und glänzend wie das feuchte Gesicht. Ich kann mich nicht bewegen. Intensiver Gedanke: aufspringen, mir etwas greifen, schreien. Doch ich bleibe regungslos liegen, klammere mich an das schweißnasse Bettuch.

Ich rieche die warme Brillantine, höre den leisen Atem und halte meinen schon zu lange an. Er beugt sich über mich, nimmt das Kissen. Er schaut mich an und entspannt für einen Moment die Falten auf der Stirn, hält mich mit einer Hand im Nacken und richtet das schwere, schmutzige Kissen. Mit einer etwas plumpen Bewegung, wie einer, der zum ersten Mal eine liebevolle Geste versucht, läßt er mich zurückfallen.

»In einem Krankenhaus dürfte es nicht so heiß sein«, murmelt er.

Dann seufzt er, blickt sich um.

»Gut, daß du morgen nach Hause kommst.«

Er weiß es. Und er wird mir nicht einmal Zeit geben, ein paar Sachen zu packen.

»Wenn du wüßtest, was das für eine Nacht war... Es ist einfach alles passiert, was man sich vorstellen kann, da draußen«, sagt er und zeigt auf das geschlossene Fenster.

Er setzt sich aufs Bett. Ich kann meine Beine wieder kontrollieren; ich habe sie bewegt, um ihm Platz zu machen.

»Wie die anderen Nächte auch«, sagt er müde. »Nutten und Süchtige... Die einzige Abwechslung war einer, der angefangen hat, mit seiner Fixe Blut zu spritzen. Einem Kollegen aufs Hemd. Der hat ihn fast umgebracht. Ich hatte Mühe, ihn zurückzuhalten.«

Wieder ein Seufzer, schwerer und heiser.

»Was für ein Scheißberuf.«

Er schaut mich an, erwartet ein Zeichen des Verständnisses.

»Manchmal beneide ich dich. Du stehst da, an das Tor gelehnt... Und wenn das letzte Rennen vorbei ist, vergißt du sogar die Gesichter.«

Er preßt die Lippen zusammen und nickt.

»Ich habe dich stundenlang beobachtet. Du machst einen stillen, normalen Eindruck...«

Er zuckt die Achseln, fügt hinzu: »Friedlich.«

Er fährt sich mit der Hand durch die verklebten Haare. »Aber...«

Er verschluckt den Satz, spannt die Gesichtsmuskeln an und kaut ein paarmal leer. Er packt mich am Arm, läßt ihn wieder los, gibt mir zwei leichte Klapse.

»Du hast dich gut aus der Affäre gezogen, bei Almese.«

Er starrt mich wieder mit eisigem Blick an.

»Ich habe noch einmal darüber nachgedacht. Du kannst nicht weggehen.«

Er senkt den Blick, sagt leise: »Ich muß wissen, wo du bist, verstehst du? Ich muß sicher sein, daß du mich nicht verrätst...«

Er steht auf.

Mir stockt der Atem, und ich spüre ein Stechen.

»Wenn du weggehst, muß ich dich suchen. Und damit kenne ich mich aus. Das ist mein Beruf.«

Er deutet ein Lächeln an, eine nervöse Grimasse.

»Ein Scheißberuf, sicher. Aber ich weiß, wie es geht, wenn es drauf ankommt.«

Er macht zwei Schritte, bleibt vor dem Nachttischchen stehen und betrachtet die phosphoreszierende Madonna. Dann nimmt er sie prüfend in die Hand, sagt: »Das ist der Gipfel... in einem Krankenhaus.«

Er hält mir die grünliche kleine Figur hin, die in seiner knochigen Hand schimmert.

»Weißt du, was das für Zeug ist, das sie zum Phosphoreszieren bringt?«

Ich schüttle den Kopf. Es ist das zweite Mal, daß es mir gelingt, mich zu bewegen.

»Eine schädliche Substanz«, murmelt er. »In einem Krankenhaus sollten sie das wissen.« Er steckt die Madonna in die Tasche und geht hinaus, ohne sich umzudrehen.

4

»Ich sage Ihnen noch einmal, Sie sind in bester Verfassung und können beruhigt nach Hause gehen.«

Ich schaue die Krankenschwester an, die den Auftritt des Oberarztes mit eifrigem Kopfnicken unterstützt.

»Und außerdem brauche ich das Bett schon seit mindestens fünf Tagen«, sagt er schließlich mit einem genervten Zucken.

Ich weiß nicht, wieso ich das Gefühl habe, im Hospital sicherer zu sein als zu Hause. Dieser Wahnsinnige geht hier doch ein und aus, wie er will. Die klebrige Hitze dieser Art Leichenhaus verlangsamt jede Reaktion. Das Problem ist die Zeit. Ich flitze aus dem Krankenhaus, setze mich sofort in ein Taxi, lasse es unten warten, laufe nach oben ... Sie haben gesagt, ich soll abrupte Bewegungen vermeiden, aber ich kann ja laufen, ohne dabei zu springen. Gut, jetzt bin ich zu Hause: Ich hole die Tasche, werfe mein Zeug rein, nehme das bißchen Geld, das ich beiseite gelegt habe, und nichts wie weg. Ich kann schneller sein als er. Das Wichtigste ist, irgendwohin abzuhauen, wo massenweise Leute sind. Vielleicht sollte ich verschiedene Verkehrsmittel nehmen, um ihn abzuschütteln; und sobald ich wieder zu Atem gekommen bin, wird alles gewechselt; Land, Kontinent, alles. Wenigstens eine Sache ist klar: Ich muß zwischen ihn und mich möglichst viele Kilometer bringen, ihm Zeit geben, sich selbst zugrunde zu richten. Es ist zu spät, ihn aufhalten zu wollen. Niemand würde mir mehr glauben. Es gibt keine Zeugen, und er hat sicher auch einen anderen Revolver benutzt, bestimmt nicht seine Dienstwaffe. In der Erinnerung kommt mir die Waffe klein vor, leicht beschädigt, nicht sehr beängstigend. Was ich auch jetzt noch nicht ertragen kann, ist das Aufblitzen. Immer wieder sehe ich es vor mir. Wenn ich nicht aufhöre zu denken oder mich nicht zwinge, meine Gedanken auf etwas anderes zu richten, lodert diese Flamme in meinem Kopf auf und bleibt dort, tausendmal intensiver; und die Wunde wird ein Ameisenhaufen mit Benzin drin und beginnt wieder zu brennen, und mein Schädel explodiert...

Ich schleppe mich vom Bett zum Wasserhahn und halte den Kopf darunter; die Wunde fängt wieder an zu pulsieren.

»Was zum Teufel stellen Sie denn da an?« zischt die Krankenschwester.

Ich hebe den Kopf, schlage mit dem Nacken gegen den Hahn und mit der Nase ans Waschbecken. Ich drehe mich zum Bett um und drücke das erstbeste, das ich finde, ans Gesicht; dann schaue ich mir an, wieviel Blut ich verloren habe, und sehe, daß ich es mit einer Unterhose abwische.

»Lieber Himmel, Sie hätten mich doch rufen können«, sagt sie, plötzlich mitleidig gestimmt. »Mit Blutungen scherzt man nicht, warum haben Sie mir nichts davon gesagt?«

Ich lege mich tastend aufs Bett und spüre jetzt auch, wo ich den Schlag in den Nacken bekommen habe.

»Man hält doch den Kopf nicht unter Wasser, wenn man Nasenbluten hat«, fährt sie fort.

Ich lege die Unterhose weg und nehme ein Taschentuch.

»Also nein... Ich muß noch einmal mit dem Professor darüber reden«, sagt sie und schüttelt den Kopf.

Ich sehe den Oberarzt nirgends, hatte aber auch nicht bemerkt, daß er aus dem Zimmer gegangen ist.

»Lassen Sie nur«, sage ich, »er braucht das Bett.«

Sie lacht verlegen.

»Was sagen Sie denn da... Der Professor wußte nichts von der Blutung...«

»Das wußte ich nicht mal selbst«, sage ich und stehe wieder auf.

Jetzt kommt weniger raus. Fünf Minuten Ruhe würden genügen. Statt dessen fange ich an, meine Sachen auf einen Haufen zu werfen, mache das Nachttischchen und den kleinen Schrank auf, in dem ich eine Plastiktüte mit Werbung für ein Mittel zur Stärkung des Gedächtnisses finde.

»Was tun Sie denn da?«

Ich höre kurz auf, schaue sie mit einem Blick an, der sie nur auffordern möchte, still zu sein – *nicht*, auf den Gang zu stürzen, als würde sie von einem Irren verfolgt. Ich stopfe weiter meinen Kram in die zerknitterte Tüte, schnaufe dabei derart, daß es in einem Ohr zu pfeifen anfängt.

Die Tür wird halb geöffnet, die Schwester beobachtet mich einen Moment lang; dann reißt sie die Tür ganz auf und läßt den Oberarzt eintreten.

»Was höre ich da von Blutungen?« fragt er ein bißchen mürrisch und mit der Miene des hintergangenen Vaters.

»Ich unterschreibe alles, was Sie wollen«, sage ich und nehme den Füller vom Nachttisch; allerdings ist er leer.

»Nun mal langsam, kein Grund zur Beunruhigung«, sagt er und hebt die Hände. »Es geht um ein paar Untersuchungen, ein oder zwei Tage...«

»Ich bin in bester Verfassung«, sage ich sachlich. »Und ich komme zu jeder gewünschten Untersuchung ins Krankenhaus, vielleicht im September.«

»Ich gehe auch nächste Woche in Urlaub«, antwortet der Oberarzt und schaut sich nach dem Kalender um. »Ich versichere Ihnen, daß wir alles vorher erledigen können.«

»Was – alles?« frage ich und knöpfe mein Hemd zu. Der Schlag ins Genick tut mir weh, das Wasser rinnt aus den Haaren den Rücken herunter, und ich bin schon naßgeschwitzt. Ich muß mit der Reisewelle im August weg, solange es noch früh genug ist.

Die Krankenschwester verzieht ihr Gesicht zu einer vorwurfsvollen Grimasse. Der Oberarzt seufzt.

»Tun Sie, was Sie für richtig halten. Ich bin noch nicht fertig mit der Visite«, sagt er schließlich und wendet sich zur Tür. Dann bleibt er stehen, stützt eine Hand gegen den Pfosten, schaut die Krankenschwester an und sagt: »Lassen Sie ihn das Formular unterschreiben. Ich übernehme dafür nicht die Verantwortung.«

»Schreiben Sie darauf, daß ich es unbeschädigt zurückgegeben habe«, sage ich und zeige auf das Bett.

»*Leningrado Uno* in drei Minuten«, sagt er und legt den Hörer krachend auf. Dann knurrt er noch: »Das ist hier kein Hotel . . .«

»Ich hatte Sie nur um eine Telefonmünze gebeten«, sage ich und werfe zweihundert Lire auf den Tisch. Der Pförtner-Pfleger dreht sich um und hört einer Frau zu, die sich unter den Achseln den Schweiß abwischt und nach der Station für Verbrennungen fragt.

Ich schaue mich weiter um, mit einer Übelkeit, die mit jedem jähen Aufblicken schlimmer wird. In der Halle ist er nicht; doch er könnte draußen auf mich warten, auf dem Parkplatz. Wenn das Taxi nahe genug an den Eingang heranfährt, könnte ich ihn austricksen und mich unter die Leute mischen, die in Schüben hereinkommen und hinausgehen. Ich trete ans Fenster. Es mögen ungefähr hundert Autos draußen stehen; in jedem davon könnte er sein, die Windschutzscheiben spiegeln, man kann nicht erkennen, wer in den Wagen sitzt. Vielleicht beobachtet er mich schon, wartet, daß ich herauskomme, und zeigt sich erst dann.

Der Wagen ›Leningrado Uno‹ taucht so unvermittelt auf, als käme er aus dem Kellergeschoß des Krankenhauses. Der Taxifahrer öffnet die Wagentür, ich flitze nach draußen und sitze schon auf der Rückbank, als er sich noch suchend nach dem Fahrgast umschaut. Ich klopfe ans Wagenfenster, er sieht mich und setzt sich mit einem geduldigen Seufzer wieder ins Auto. Ich gebe ihm die Adresse, und als ich ihm sage, daß ich es sehr eilig hätte, dreht er sich um und bedenkt mich mit einem Zeitlupenblick. Auch ich wende mich um, schaue, ob ich den Kommissar irgendwo ausmachen kann. Ich beginne das Schlimmste zu fürchten: daß er mich zu Hause erwartet. Der Typ fährt ruhig, mustert mich noch immer im Rückspiegel. Sein Funkgerät ist voll aufgedreht; nach zehn Minuten bin ich durch die monotone Folge von Straßen, Plätzen, Nummern und Pfeiftönen wie betäubt.

Als das Taxi anhält, starre ich ein paar Sekunden gebannt auf die Straße. Da draußen ist das Haus, in dem ich wohne.

»Nun?« fragt ›Leningrado Uno‹ und schiebt mühsam seinen Arm hinter den Sitz. Ich nehme die Tasche mit den schmutzigen Kleidern, suche Geld, finde nichts, schaue in den feuchten Jeans nach, die ich ganz unten reingestopft habe, und Socken und Taschentücher fallen auf den Sitz. Der Typ fängt wieder an zu seufzen. Ich finde einen zusammengeknüllten Zehntausend-lireschein. Der Fahrer knurrt irgendwas und kratzt sich hinterm Ohr. Ich steige aus.

Niemand zu sehen. Vielleicht ist er schon drinnen: der ruhigste Ort, um mich endlich umzubringen.

Ich klingele noch einmal. Schließlich das Geräusch schleppender Schritte. Die Alte taucht zwischen Türpfosten und Kettchen auf, mustert mich zuerst mit dem einen, dann mit dem anderen Auge. Ich grüße mit einer Herzlichkeit, die sie alarmiert. In fünf Jahren haben wir fast kein Wort miteinander gewechselt.

»Ich suche eigentlich Ihren Sohn...«, sage ich mit umkippen-der Stimme.

Vor Überraschung streckt sie die Nase durch den Spalt, sagt: »Der lebt doch schon seit zwei Jahren nicht mehr bei mir.«

»Ach... ja dann... aber ich dachte...«

»Und was wollen Sie von meinem Sohn?«

Einen Augenblick lang bin ich versucht, es ihr zu erklären.

»Es ist, weil... Ich bin eine Zeitlang nicht zu Hause gewesen, und da...«

Sie nickt ernst. Vermutlich hat sie die Zeitungen gelesen. Ich sage: »Bei mir ist ein Wasserrohrbruch, wissen Sie.«

»Bravo«, sagt sie, voller Aversion.

»Sie haben nicht zufällig einen Wasserfleck an der Decke bemerkt?«

Sie schaut nach oben. Ich weiß nicht, wie ich so gemein sein kann; doch außer ihr ist niemand im Haus, und deshalb kriegt sie es zwangsläufig ab.

»Warten Sie hier«, sagt sie und will gerade wieder zumachen.

Ich kann sie rechtzeitig aufhalten.

»Nein, hören Sie... Warum kommen Sie nicht mit mir nach oben und sehen es sich an?«

Jetzt ist ihr Blick haßerfüllt.

»Was soll ich mir anschen?«

»Nun... wenn sich der Schaden eindämmen läßt, brauchen wir den *Hausherrn* nicht zu benachrichtigen.«

Getroffen. Jedes Jahr verbringt sie zwei Monate im Koma, weil sie fürchtet, gekündigt zu kriegen. Sie würde alles auf der Welt tun, um den »Signor Frabboni« nicht zu stören. Ruckartig schließt sie die Tür, nimmt die Kette weg, macht wieder auf und stürzt nach draußen. Sie geht mir auf der Treppe voran, erreicht meine Wohnungstür, sieht erstaunt, daß sie verschlossen ist. Ich schließe schnell auf und lasse sie vorgehen...

Jetzt fühle ich mich wirklich wie ein Feigling. Ich schaue auf den schmutzigen Fußabtreter, auf dem ich stehe, beiße die Zähne zusammen und hoffe, etwas zu hören, das kein Schuß ist.

»Geht es Ihnen schlecht?« fragt sie und dreht sich um.

Es ist nichts passiert.

Halb gebückt trete ich ein, dann lehne ich mich an die Wand und schaue mich um. Ich sehe keine Veränderung. Die Schlüssel konnte er sich leicht besorgen, sich vielleicht eine Kopie machen, als alles, was ich bei mir hatte, auf dem Präsidium war.

»Kommen Sie, das Rohr ist dort hinten«, sage ich und ziehe sie in den Gang.

Ich gehe am ersten Zimmer vorbei, dann hinein. Die Frau sieht mich und die Wände an, hält Ausschau nach Wasser auf dem Fußboden, zuckt mit den Schultern. Sie wirkt verängstigt und tut einen Schritt zur Seite, um mir nicht zu nahe zu sein.

»Vielleicht im Bad«, sage ich zögernd und mit einem zittrigen Lächeln.

Sie folgt mir, tritt aber nicht durch die Tür. Wahrscheinlich denkt sie, daß die einzige undichte Stelle in meinem Kopf sein muß.

»Da ... da ist es durchgesickert, vor zwei Monaten ...«

Sie nickt.

»Ist ja besser so ... nicht?« sage ich und gehe zur Wohnungstür. Ich denke an die ganze Zeit, die ich verloren habe, und mich packt eine wütende Unruhe.

Die Alte ist zwei Sekunden wie gelähmt, bewegt sich dann zum Treppenabsatz. Als sie draußen ist, dreht sie sich um und schaut auf meinen Kopf, vielleicht sucht sie irgendwelche Wunden.

»Diese häßliche Sache, die Ihnen passiert ist ...«, sagt sie mit dünner Stimme. Sie weiß nicht, wie sie den Satz zu Ende bringen soll, preßt die Lippen zusammen und fügt hinzu: »Und jetzt wollen Sie sich pflegen, nicht?«

»Ist alles in Ordnung, sie haben mich entlassen«, antworte ich und mache mich dran, die Tür zu schließen.

»Ja, sicher«, sagt sie, »ich weiß, wie sie einen im Krankenhaus heilen.«

Sie wendet sich zur Treppe, hält sich am Geländer fest und schaut mich immer noch an.

Ich glaube, ich habe alles. Als *echtes* Zuhause habe ich es nie empfunden. Der zusammengewürfelte Plunder sah immer vorläufig aus, als wartete ich auf irgendwas. Hier gibt es nichts Unverzichtbares. Ich habe immer gehofft, die Stadt zu wechseln, aus irgendeinem Grund: Arbeit, Liebe, Ekel über alles, eine Gelegenheit, die ich vielleicht niemals ernsthaft gesucht habe. Und

vielleicht wäre ich für immer hiergeblieben, hätte einfach überlebt, wie ich es bisher getan habe.

Ich hole die Zigarrenkiste mit dem Geld, stecke alles in meine
Reisetasche und verschließe sie. Dann stelle ich den Strom ab, und
mir fällt ein, daß ich nicht einmal weiß, wieviel Geld ich habe. Es
müßten fast zwei Millionen Lire sein, aber ich kann mich nicht
erinnern, ob das Gehalt für Mai dabei ist. Irgendwie stimmen
meine Berechnungen aus der Zeit vor dem Schuß nicht. Ich mache
die Tasche wieder auf.

Und da stehe ich mit der lächerlichen Zigarrenkiste in der Hand
und starre auf die Schrift *Romeo y Julieta de primera calidad*.

Zweihunderttausend Lire hat er mir gelassen. Er hat die Schlüssel
dieser Scheißwohnung; zuerst hat er sie durchsucht und dann alles
wieder ordentlich hingestellt. Aber das Geld hat er genommen.
Und zweihunderttausend Lire zum *Überleben* dagelassen. Ohne
Geld kann ich nirgendwohin. Er hat mich in die Lage gebracht, ihn
suchen zu müssen; jetzt braucht er mich nicht mehr zu bespitzeln,
er weiß, daß ich mich bei ihm melden werde, um mein Geld von
ihm zurückzufordern.

Ich schlage die Tür so fest zu, daß sie zurückprallt, ohne daß das
Schloß einschnappt, bleibe stehen und schaue sie einen Moment
lang an, versetze ihr dann einen Tritt, daß sie sperrangelweit auf-
fliegt. Ich nehme meine Umhängetasche und gehe die Treppe hinunter, vom Gewicht der wenigen Sachen, die mir geblieben sind,
nach unten gezogen.

Heute scheint sogar die Sonne, und dieser trübe Dunst, der den
Himmel grau macht und die Farben verschluckt, liegt einmal nicht
über der Stadt. Die Mauern leuchten rot und ocker, und das
dunkle Pflaster auf der Piazza sieht sauber aus, ohne feucht zu wirken. Ich begegne keinem Menschen, kein Auto fährt vorbei, und
ich gehe langsam, um zu verstehen, woher diese Stille kommt. Tiefes Luftholen, ohne mitten im Einatmen abzubrechen, wie ich es

gewöhnlich tue. Einen Augenblick lang gibt mir der Sauerstoff die Illusion, daß es mir gutgeht, ich vergesse sogar den stechenden Schmerz in der Rippengegend. Doch das dauert nicht lange. Ich fühle mich entdeckt, nackt mitten in einer ausgestorbenen Stadt, ohne Ziel, mit meiner Tasche, die mir langsam schwer wird, und geplagt von dem unerträglichen Drang, mich umzuschauen. Ich fliehe in ein Kino.

Es ist kühl, fünf oder sechs Leute im ganzen Saal. Im Dunkel werde ich langsam wieder ruhig, richte den Blick auf die bunte Leinwand, erinnere mich aber nicht einmal an den Titel auf den Plakaten. Vielleicht habe ich den Film schon gesehen; ein paar Minuten lang schaue ich angestrengt hin, dann fällt mir wieder mein Geld ein.

Auf dem Platz neben mir sitzt ein Typ, der schwer atmet, fast keuchend. Mit Sicherheit war er nicht da, *vorher*. Ich habe ihn nur bemerkt, weil er so schnauft, als wäre er gerannt. Es nervt mich, daß er sich bei so viel Platz im Kino zehn Zentimeter neben mir niedergelassen hat und mich damit zwingt, in die Welt zurückzukehren. Ich überlege, ob ich in eine andere Reihe gehe, doch er schlägt mir mit einer Hand aufs Knie, umklammert es fester und fester, als wollte er die Kniescheibe rausdrücken. Er starrt mich an, doch im Dunkeln kann ich nicht erkennen, was für ein Gesicht er macht. Ich versetze ihm einen Stoß mit dem Ellbogen und springe auf, aber er faßt mich bei den Schultern und drückt mich zurück in den Sitz. Dann beugt er sich über mich, sagt: »Wo wolltest du denn mit der Tasche hin?«

Es ist Almese, der Kollege des Wahnsinnigen. Er riecht nach Schweiß und säuerlichem Fernet. Mit zwei Fingern kneift er mich in die Backe und schüttelt sie.

In der Reihe hinter uns sagt jemand, wir sollen aufhören mit dem Krach, und Almese läßt mich kurz los, schaut sich um und zieht mich auf den Gang.

»Richtig, suchen wir uns einen ruhigen Ort, wo wir uns unterhalten können... Du wirst sehen, bei mir findest du dein Gedächtnis wieder.«

Mit zwei heftigen Stößen bugsiert er mich in die Toilette. Ich bleibe einen Augenblick stehen, schaue ihn an; doch ein Faustschlag wirft mich gegen die Tür, und ich pralle mit dem Rücken gegen das Pinkelbecken, rutsche an dem grünlichen Rinnsal entlang zu Boden. Almese baut sich breitbeinig vor mir auf, die Hände auf dem Rücken. Ich versuche wieder hochzukommen.

»Na los, hier sind keine Zeugen. Egal, um was es geht, es bleibt unter uns.«

Er macht einen Schritt nach vorn, legt mir die Hand an den Hals, drückt langsam zu, immer fester.

»Ich bin bereit, deinen Namen aus dem Spiel zu lassen. Sag mir, wer geschossen hat, und warum. Dann kannst du gehen, wohin du willst. Den Rest erledige ich.«

Ein schmerzhafter Zangengriff zwingt mich in die Knie.

»Du deckst jemanden, und du steckst selbst drin. Ich mache dir ein Angebot: Wenn du redest, halte ich dich aus der Geschichte raus.«

Mit der anderen Hand packt er mich am Ohr und beginnt daran zu drehen. Jetzt ertrage ich es langsam wirklich nicht mehr. Der Schmerz in der Rippengegend ist wieder so stark wie vor einem Monat, ich habe Angst, daß die Wunde aufgeht.

Ein Typ kommt rein, bleibt wie angewurzelt auf der Schwelle stehen. Ich klammere mich an Almeses Hintern, presse meine Stirn gegen seinen Bauch und stöhne. Ich spüre, wie er erstarrt, höre, daß er stottert: »Was ist denn in dich gefahren?... He, was zum Teufel...!«

Er hat den Typ hinter seinem Rücken noch nicht bemerkt. Der fängt jetzt an zu schreien: »Ihr dreckigen Schweine! Macht solche Sauereien gefälligst woanders!«

Almese fährt zurück, lehnt sich schwankend an die Wand. Ich

werfe mich auf ihn und stoße ihm mit dem Kopf in die Leisten-
gegend, nehme einen neuen Anlauf und versetze ihm noch einen
Tritt gegen das Schienbein. Er hat keinen Mucks von sich gegeben,
rutscht zu Boden, hält sich das Bein und bleckt die Zähne. Ich
stürze zur Tür, remple dabei den armen Typ, der immer noch vor
sich hin flucht, mit der Schulter an.

Die Hand schiebt sich hinein, bespritzt das Innere des Klosetts
überall mit türkisfarbener Flüssigkeit, wird dann zurückgezogen,
und die Frau zeigt strahlend ihren Reiniger, der nicht nur den
Schmutz, sondern sogar die Gesetze der Schwerkraft besiegt hat.
Die Hausfrau demonstriert gerade die Vorteile der Entenschna-
belflasche, doch erst jetzt wird mir klar, daß der Ton abgedreht ist;
die Stimme, die ich höre, kommt aus dem Radio. Ich drücke die
Zigarette in dem Schuh aus, der unter dem Sessel hervorschaut,
strecke mich, um auch den Fernseher auszumachen, und werfe
einen Blick auf das Radio, das zu weit weg ist, um es zu erreichen,
ohne aufzustehen. Ich nehme den mit Asche gefüllten Schuh und
werfe ihn träge gegen das Radio, das auf den Teppich rollt und
endlich Ruhe gibt. Wenn man der Uhr glauben will, rühre ich
mich seit mindestens zwei Stunden nicht aus dem Sessel. Die Zigaretten sind aufgeraucht. Es wird schnell dunkel; durch das Fenster
sehe ich die schwarzen Umrisse der Dächer vor dem ins Gelb der
untergehenden Sonne getauchten Hintergrund. Ich strecke mich
nach vorn, um die Flasche Amaro ausfindig zu machen, der einzige Alkohol, der sich in diesem verlassenen Haus noch gefunden
hat. Doch da ist nur noch ein klebriger Rest, der am Flaschenhals
hinunterrinnt.

Ein plötzliches Geräusch.

Die Flasche geht auf dem Fußboden zu Bruch; ich versinke wieder im Sessel, mein Herzschlag läßt die verrosteten Federn erbeben. Es ist die Türklingel. Heftiges Klopfen an der Tür, dann wieder mehrmaliges, wütendes Klingeln. Ich beuge mich vor, stütze

mich mit den Händen auf den Teppich, krieche vorwärts wie eine Schnecke, die ihr verdammtes Haus auf dem Rücken trägt, erreiche den Türpfosten, klammere mich daran: Wenn ich aufstehe, dreht sich alles, und mein Magen macht einen wahnsinnigen Lärm, lauter als das Klopfen an der Tür.

Ich weiß nicht, wie ich es geschafft habe zu öffnen, jedenfalls schlägt mir jetzt das Licht ins Gesicht, gleichzeitig mit der Hand von Almese. Ein paarmal drehe ich mich im Kreis, bis ich gegen die Wand pralle und mich ganz langsam zusammenkrümme.

»So, das hast du doch gewollt, oder?«

Ich schaffe es, sein Gesicht zu sehen: grausam, und der zischende Atem zwischen den Zähnen macht sein Lächeln noch finsterer.

»Ich habe zwei Stunden unten auf dich gewartet«, sagt er, unterbrochen von einer Art Schluckauf. »Ich wußte, daß du hier bist, weil ich Licht gesehen habe.«

Er streckt die Hand aus. Gerade als ich nach ihr greifen will, rutsche ich nach hinten weg; ich stehe alleine auf. Er kommt näher und drängt mich in eine Ecke.

»Ich hätte mit ein paar Kollegen kommen können, um dich zu verhaften«, fährt er fort und fuchtelt mit einem Finger vor meiner Nase herum. Dann preßt er ihn mitten auf meine Stirn und hält den Daumen hoch, als wollte er abdrücken. »Doch ich habe mich entschlossen, dir noch eine Chance zu geben. *Die letzte.*«

Blitzartig geht der Daumen nach unten.

»Keine schlechte Idee ...«, sagt er und mimt die Szene auf dem Klo im Kino.

Er lächelt, seine Hand, die eben Pistole war, wird wieder zur Zange an meinem Hals.

»Hier steckt keiner seine Nase rein und stört uns ...«

»Kann ich erfahren, was Sie da tun, Almese?«

Die Stimme ist hinter seinem Rücken. Ich sehe ihn zuerst, Almese bemüht sich einen Augenblick lang, sich nicht umzudre-

hen; die Szene aus dem Kino scheint mit dieser zu verschmel-
zen. Doch er hat seinen Vorgesetzten erkannt, denn er antwortet den Bruchteil einer Sekunde früher, als er sich ihm zuwendet: »Kommissar... was denn, Sie sind auch...?«

Schiassi wirkt streng, förmlich. Er stützt die Hände in die
Seiten und wartet auf eine Erklärung. Almese läßt mich los,
zupft sich nicht vorhandene Fusseln von seinem Leinenjackett.

Schiassi sagt schroff: »Ich war gerade auf dem Weg zu unserem Freund, um mich ein bißchen mit ihm zu unterhalten...
Da habe ich dich ins Haus gehen sehen.« Ein Aufblitzen in seinem Blick, der mich streift, sich dann fest auf den Untergebenen heftet. »An ein Verhör *dieser Art* hatte ich allerdings nicht
gedacht.«

Der Wachtmeister tritt von einem Fuß auf den anderen,
kratzt sich unter dem Jackett.

»Ja gut, ich verstehe, daß es Ihnen zumindest ungewöhnlich
vorkommen muß, aber... ich kann es erklären. Zugegeben, ich
hätte mit Ihnen darüber sprechen müssen...«

»Worüber?« zischt der Kommissar, ohne einen Muskel zu
bewegen.

Almeses Finger zittert vor Wut, als er auf mich zeigt:
»Also... Ich bin davon überzeugt, daß dieser Typ...«

»Wovon willst du überzeugt sein?«

»Sehen Sie... er wollte abhauen, er hatte die Koffer schon
gepackt.«

Der Kommissar macht ein überhebliches Gesicht, sagt: »Nur
weil er mit einer Umhängetasche aus dem Haus gegangen ist, hast
du an Flucht gedacht?«

Almese schnappt ein paarmal nach Luft. Ich ebenfalls.

»Sie haben ihn auch gesehen?« ruft er schließlich aus.

Schiassi zieht die Brauen hoch und schließt die Augen halb.

»Und ich habe gesehen, wie du ihn verfolgt hast.«

Almese geht einen Schritt auf ihn zu.

»Warum haben Sie mir das nicht gesagt?« fragt er ihn mit schriller Stimme.

Der Kommissar senkt den Kopf und mustert ihn von oben bis unten. Er weiß, daß er ihn in der Hand hat, aber nur, solange ich nicht den Mund aufmache. Auch der Wachtmeister scheint das zu ahnen, jedenfalls wendet er sich mir zu, während er weiter mit Schiassi spricht.

»Der spielt den Dummen, um sich Scherereien zu ersparen, das habe ich schon eine Weile begriffen. Aber jetzt wird er uns auch den Rest erzählen.«

»Wieso? Was hat er dir denn schon erzählt?«

Das ist ihm rausgerutscht, als hätte der Panzer aus falscher Sicherheit plötzlich einen Riß bekommen. Auch Almese hat es bemerkt. Er fixiert mich. In dem Blick liegt das genaue Gegenteil von dem, was er vorher von mir wollte: Er beschwört mich, zu schweigen. Ein Wort, und alles bricht zusammen, löst diese Spannung, als hätten wir alle gleichzeitig die Karten aufgedeckt. Und Schiassi kann sich nicht bremsen. Wenn da noch ein Zweifel war, beseitigt er ihn jetzt, als er wieder mit dieser sonderbaren, zittrigen Stimme zu sprechen beginnt.

»Was hast du ihm erzählt?« murmelt er, zu mir gewandt.

Der Ton hat einen Anflug von Vertraulichkeit, der dem anderen nicht entgeht. Almese erstarrt, schaut erst mich, dann den Kommissar an, schüttelt den Kopf und kneift die Augen zusammen.

»Los, sag's mir!« brüllt Schiassi und kommt immer näher.

»Nichts. Ich habe ihm *noch* nichts erzählt.«

Ich beiße mir auf die Lippen, um hinunterzuschlucken, was ich noch sagen wollte. Doch ich habe schon zuviel gesagt. Es ist zu spät. In den Augen des Kommissars liegt der gleiche Wahnsinn wie an dem Tag, als er auf mich geschossen hat. Die ganze Iris ist schwarz von den Pupillen, das Weiß ist hinter die rötlichen Schlitze zurückgetreten. Almese versucht die Spannung zu lösen und nimmt mir den letzten Rest von Illusion: Er zieht Handschellen aus der Tasche, legt sie mir an und läßt sie zuschnappen. Schiassi blickt auf die Handschellen, starrt dann einige Sekunden auf mich. Schließlich dreht er sich langsam zum Wachtmeister um. Der sagt hastig: »Ich bringe ihn weg... Wir klären alles auf dem Präsidium, oder?«

Schiassi deutet ein Nein an, macht seine tiefliegenden, fiebrigen Augen auf und zu. Almese packt mich am Arm und zerrt mich Richtung Tür, doch der Kommissar stößt einen dumpfen Klagelaut aus und schiebt ihn zur Seite. Der Wachtmeister steht mit dem Rücken zur Wand, schaut ihn ungläubig an. Dann versucht er ein Lächeln, und man sieht, daß er Angst hat. Er murmelt: »Hören Sie, ich stelle mich nicht gegen einen Kollegen...« Er macht abwehrende Handbewegungen, als wollte er ihn beruhigen. »Wirklich, egal, was passiert ist, wenn Sie es decken wollen, ist das nicht meine Sache.«

Er bleibt an der Wand, schiebt sich auf die Tür zu, spricht dabei weiter und nickt mit dem Kopf.

»Einverstanden, einverstanden... Regeln Sie das, wie es Ihnen richtig scheint, ich habe nichts damit zu tun.«

Schiassi schaut zwischen ihm und mir hin und her, als wartete er darauf, daß einer von uns beiden ihm die Lösung für sein Problem zeigt. Almese hat die Tür beinahe erreicht. Wenn er es nach draußen schafft, ist es für mich aus. Ich sage: »Ich habe schon eine Kugel abbekommen. Diesmal könnt ihr es untereinander ausmachen.«

Es ist, als hätte man sie mit der Peitsche ins Gesicht geschlagen. Almese bleibt stehen und starrt mich an; der Kommissar kneift Augen und Lippen zusammen.

»Himmel, was verdammt...«, murmelt Almese, ohne seinen Satz zu beenden. Er schaut Schiassi an, wartet eine Erklärung ab.

Der Kommissar geht einige Schritte vor; ich weiß nicht, ob er Almese den Ausgang versperren will oder ob er nur in Trance ist. Mit tonloser Stimme sagt er: »Das mit *Valesi* ist kein Unfall gewesen. Er hat mich gesehen. Und jetzt ... weißt du es auch.«

Das Gesicht des Wachtmeisters ist aschfahl, er fährt mit der Hand darüber, als wollte er alles auslöschen; dann faßt er sich und geht auf die Tür zu, sagt: »Ich will nichts damit zu tun haben. Das ist Ihre Angelegenheit. Tun Sie so, als ob es mich nicht gäbe.«

Der Kommissar dreht sich ruckartig um. Sein Gesicht ist verzerrt, doch jetzt kann der andere ihn nicht sehen. Der Wachtmeister macht sich am Schloß zu schaffen, ist so hektisch, daß er einige Augenblicke braucht, bis er es aufbekommt. Er dreht den Türknopf ein paarmal falsch herum, dann in die richtige Richtung. Der Kommissar nimmt ein Kissen von der Bank, stürzt sich auf ihn, wirft ihn mit der Schulter zu Boden, preßt ihm das Kissen ins Genick. In seiner rechten Hand taucht der Revolver auf. Es geschieht in einer Tausendstelsekunde, und doch nehme ich es wahr: das Weißwerden der Knöchel, das Niedergehen des Hahns, den Rückstoß im Kissen, das Beben des herumfliegenden Schaumgummis. Ich sehe die Patronenhülse wegrollen, und erst da wird mir das Krachen bewußt, gedämpft und doch so, daß es im Gehirn explodiert, als stürzte das ganze Haus zusammen. Almeses Arme und Beine entspannen sich mit einem Mal, dann ist der ganze Körper leblos. Das Kissen auf seinem Kopf wird schlaff, dünner Rauch steigt aus der geschwärzten Wunde.

Der Wahnsinnige streckt sich, stößt einen langen Seufzer aus. Er wendet sich mir zu. Ich schaue auf die Handschellen, mit denen ich gefesselt bin, lehne mich an die Wand und gleite zu Boden.

»Ich mußte es tun«, sagt er, leise und sehr ruhig. »Er hatte uns entdeckt, verstehst du?«

Ich beiße mir wieder auf die Lippe, doch es hilft nichts, ich explodiere trotzdem: »*Uns* hatte er entdeckt?! Was gab es denn bei mir zu entdecken?«

Ich habe es herausgeschrien, mit dem letzten Atem, den ich noch hatte; jetzt fühle auch ich mich ruhiger. Er krümmt sich, als hätte er einen Stockschlag in den Rücken bekommen, im Gesicht ein schmerzliches Erstaunen.

»Ich habe es getan, um dich zu retten«, stammelt er. »Er hätte dich verhaftet . . .«

Als ich hochschaue, schlage ich mit dem Kopf gegen die Wand.

»Sicher, er hätte mich verhaftet! Und die Anklage?«

Er läßt den Blick schweifen, zuckt die Achseln.

»Das weißt du sehr gut.«

»Ich weiß überhaupt nichts mehr. Vielleicht kannst du mir erklären, warum ich dich noch nicht angezeigt habe.«

Die Andeutung eines Lächelns auf seinem verlegenen Gesicht: »Weil wir *Freunde* sind.«

Wieder schlage ich mit dem Kopf gegen die Wand.

»Aber . . . du hast doch auf mich geschossen!«

Er zieht eine sonderbare Grimasse, kräuselt die Lippen, schnaubt schließlich: »Was hat das damit zu tun? . . . Damals hatte ich Angst . . . Angst, daß du mich verraten würdest. Ich konnte nicht wissen, daß du ein Freund bist.« Er senkt den Kopf, murmelt: »Der einzige.«

Ich habe das Gefühl, kotzen zu müssen.

Mit dünner Stimme sagt er: »Aber . . . du wolltest es gerade tun, nicht wahr?«

Tiefes Atmen, ich unterdrücke die Übelkeit, frage: »Was wollte ich gerade tun?«

»Du wolltest . . . ihm alles erzählen.«

Ich blicke auf meine Handschellen und verdränge den Impuls, mit dem Kopf noch einmal gegen die Wand zu schlagen.

»Du bist es, der es ihm gesagt hat.«

»Nein, nein, das bist du gewesen«, sagt er ernst. »Das heißt . . . du hast es sicher nicht absichtlich getan, aber dir ist dieser Satz rausgerutscht, und er hat verstanden. Ich komme gleich drauf, warte . . .«

Er überlegt, ob ihm mein Satz von vorhin einfällt. Ich presse den

Rücken gegen die Wand und versuche, wieder auf die Beine zu kommen, sage: »Und jetzt?«

Er dreht sich zur Leiche um, macht ein Gesicht, als sähe er sie zum erstenmal, schüttelt sich, scheint sich an etwas zu erinnern. Dann beugt er sich über den Toten, durchsucht seine Taschen, und als er schließlich die Schlüssel findet, zeigt er sie mir mit einem Lächeln. Dann nimmt er mir die Handschellen ab.

»Es ist noch einmal gutgegangen, glaub mir. Ich habe ihn verdammt oft beim Verhör erlebt... Bei dem hättest du schlecht ausgesehen. Im Ernst.«

Er schaut sich wieder die Leiche mit dem Kissen auf dem Kopf an, sagt schnell: »Kein Problem. Die Nachbarn sind alle in Urlaub. In den letzten Tagen habe ich hier keinen Menschen gesehen. Wir bringen ihn noch heute nacht weg; mein Auto steht unten.«

»Einen Moment mal«, sage ich und massiere mir die Stirn. »Ich soll dir dabei helfen... einen Toten herumschleppen? Einen ermordeten Polizisten?«

»Du willst doch nicht, daß sie ihn hier finden, oder?« sagt er wie selbstverständlich.

Ich setze mich hin.

»Das ist keine große Sache«, fährt er fort. »Ich weiß, wo wir ihn hinbringen, in einer halben Stunde ist alles erledigt.«

Ich stehe wieder auf, gehe durchs Zimmer und presse meine Hände so fest zusammen, daß es in den Gelenken knackt, sage: »Aber dann werden sie auch mir die Schuld geben.«

Der Mund steht ihm ein paar Sekunden lang offen, bevor er murmelt: »Die Schuld? Aber... schau, ich hatte nichts zu befürchten. Wenn du also unbedingt den Begriff *Schuld* gebrauchen willst: Die Verantwortung liegt bei dir.«

Ich fahre zusammen – und bleibe wie angewurzelt stehen.

»Ein Polizist würde niemals einen Kollegen anzeigen«, fügt er hinzu. »Während bei dir... na ja, er wäre den Rest deines Lebens hinter dir hergewesen. Er war ein Bluthund, das habe ich dir ja schon gesagt.«

Er kommt näher. Ich überlege, ob ich weglaufen soll. Die Tür ist hinter mir, ich könnte es tun. Oder ihm einen Tritt zwischen die Beine versetzen. Ich nehme ihn schon ins Visier, schätze die Distanz. Doch ich bleibe regungslos stehen. Und er faßt mich sanft am Arm, legt mir die andere Hand in den Nacken, spricht langsam und leise: »Ich habe einen Mann getötet, der seit Jahren mit mir zusammengearbeitet hat. Ich habe ihn getötet, um dich zu retten, verstehst du?« Er schüttelt den Kopf, sucht nach anderen Worten. »Jetzt kann uns nichts mehr trennen. Denn nichts bindet zwei Menschen stärker aneinander als das, was du und ich eben zusammen getan haben.«

Ich schaue ihn weiter an, ohne mich zu bewegen.

»Eines Tages könnte der umgekehrte Fall eintreten ... Wenn du töten müßtest, um mich zu retten, würdest du es tun. Ohne einen Moment darüber nachzudenken.«

Sein Griff im Nacken wird fester, er schiebt die gespreizten Finger in mein Haar.

»Stimmt's nicht?«

Ich nicke eilig.

»Das wußte ich.« Er läßt mich los, schüttelt sich wieder und beginnt erneut, durchs Zimmer zu gehen.

Dann zerrt er den Teppich neben die Leiche und bringt sie in eine günstige Stellung. Das Kissen fällt herunter, und ich sehe die aufgerissenen Augen, das Rinnsal von Blut auf dem Steinboden.

»Hilf mir, der ist verdammt schwer«, sagt er mit vor Anstrengung gepreßter Stimme.

Ich trete näher, strecke ein paarmal die Hände aus, doch ohne die Leiche zu berühren. Schiassi schaut zu mir, wartet, daß ich etwas tue. Ich packe den Toten bei den Knöcheln, hebe an, starre auf die Schuhe, um den Rest nicht zu sehen. Er nimmt ihn unter den Schultern und läßt ihn mitten auf den Teppich fallen. Als ich das dumpfe Geräusch höre, lasse ich sofort die Füße los, und die Absätze schlagen auf. Erst jetzt fällt mir die Alte wieder ein.

»Himmel! Im Stockwerk unter uns ist jemand«, sage ich und springe um den Toten herum.

Er wickelt ihn weiter ein, wie einen riesigen Fisch in eine riesige Zeitung, meint: »Na und? Schläft bestimmt.«

»Bei dem Krach, den wir gemacht haben?«

Ich erstarre. Er lächelt, scheint zufrieden. Ein Schauder überläuft mich, sogar die Härchen an den Beinen stellen sich auf: ich habe *wir haben* gesagt, in der Mehrzahl gesprochen.

»Nur die Ruhe, wir werfen einen alten Teppich auf den Müll, oder?«

Er reibt sich die Nase, grinst.

»In dieser Bude würde man sowieso am besten die Hälfte wegwerfen. Das sieht ja hier aus wie beim Trödler.«

Jetzt könnte ich ihm den Tritt von vorhin verpassen, würde ihn mitten ins Gesicht treffen, wie er da hockt und das Bündel zusammenschnürt.

»Los, faß du dahinten an«, sagt er und nimmt den Teppich unter den Arm.

Ich hebe ihn gelassen am Fußende hoch, da ich schon absehen kann, was gleich passieren wird. Als wir an der Tür sind, kann keiner von uns sie öffnen...

»Vielleicht nimmst du ihn besser auf die Schulter, und ich mache dir den Weg frei«, sage ich und lege mein Ende auf den Boden.

Einen Augenblick lang ist er sprachlos, dann blinzelt er, akzeptiert den Vorschlag. Ich beeile mich zu öffnen, helfe ihm, sich das Bündel aufzuladen, und gehe auf der Treppe voran. Doch nach den ersten Stufen höre ich sein gepreßtes Atmen und immer lauteres Stöhnen. Er beugt sich nach vorn und sagt sehr leise: »Nimm du ihn nimm du ihn nimm du ihn...«

Ich lade ihn mir auf, schwanke, klammere mich mit einer

Hand ans Geländer, während ich mit der anderen die Last zu halten versuche, ohne zu fallen.

»Was ist bloß aus mir geworden, manchmal bin ich zu nichts mehr zu gebrauchen«, murmelt er, überholt mich und sagt dann noch: »Du bist jünger als ich, zum Glück sind deine Gelenke noch nicht so kaputt wie meine.«

Er geht rückwärts die Treppe hinunter, macht Zeichen, als wäre ich ein manövrierender Lastwagen. Ich erreiche das Stockwerk, wo die Alte wohnt. Als ich stehenbleibe, um Luft zu holen, und zur Tür schaue, zuckt er die Achseln und macht ein Gesicht, das mich beruhigen soll. Ich will weitergehen, trete daneben und rutsche aus. Er fängt mich auf, doch bei dem heftigen Ruck fällt etwas aus dem Bündel. Es ist ein Schuh, der im Treppenhaus verschwindet. Ich bin wie gelähmt, beiße die Zähne zusammen. Der Krach hallt durch alle vier Stockwerke. Ich warte, daß *hinten* irgend etwas passiert, daß das Schloß aufschnappt, jemand schreit. Nichts. Bald ist nichts mehr zu hören, und die Alte hat sich nicht gezeigt. Schiassi gibt mir Zeichen weiterzumachen, sogar ein bißchen verärgert über meine Langsamkeit.

Irgendwie erreiche ich den Hausflur; das Licht geht aus. Er weiß besser als ich, wo der nächste Schalter ist, denn er knipst es sofort wieder an. Dann streckt er den Kopf hinaus, schaut nach links und nach rechts und nickt mir beruhigend zu. Gebückt und schweißnaß zwänge ich mich durch die Tür, der Teppich schleift geräuschvoll am Rahmen, Staubwolken wirbeln auf. Es juckt mich im ganzen Gesicht, ich bekomme fast keine Luft. Er hat schon den Kofferraum aufgemacht, doch ich kann nicht mehr anders und muß laut niesen. Das Bündel wird nach vorn geschleudert, fällt auf irgendwelches Gerümpel, macht einen Höllenlärm. Es ist ein Fiat Croma; der Kofferraum ist wie geschaffen für eine Leiche im Teppich. Vielleicht hat er ihn deshalb gekauft.

»Hast du gesehen? Kein Problem«, sagt er und springt zur Fahrertür.

Ich habe keine Kraft mehr, schon gar nicht, ihm zu antworten. Ein Hämmern im Kopf: »Der Schuh!«

Er duckt sich auf das Dach, blickt nach oben, dann ringsherum, sagt leise: »Nicht schreien, du Dummkopf.«

Er macht sich wieder am Schloß zu schaffen, öffnet, schaut mich an und lächelt idiotisch, während er in seine Tasche faßt. Schließlich zieht er ihn heraus, zeigt mir zufrieden den Schuh. Ich steige ein und versinke im Sitz.

»Ich habe ihn aufgehoben, hast du das nicht gesehen?«

Er beugt sich unter das Steuer. Ich schließe meine Augen halb, denke, wie schön es wäre, plötzlich in meinem Bett aufzuwachen. Erst als er den Wagen schon angelassen und einen Gang eingelegt hat, wird mir klar, warum er soviel Zeit braucht: Er hat das Auto kurzgeschlossen.

Er bemerkt, daß ich auf die Kabel starre, sagt mit höhnischem Grinsen: »Ich habe kein Auto. Und wenn, dann hätte ich es nicht vor deiner Wohnung geparkt.«

Er lacht, fährt schnell und sicher. In den Gassen des Zentrums biegt er immer im letzten Augenblick ab, schlägt das Steuer hart ein. Es scheint fast, als wollte er Verfolger abschütteln, aber hinter uns ist niemand. Und vor uns auch nicht. Erst als wir die Hauptverkehrsstraßen erreichen, sehe ich ein paar Scheinwerfer in der Ferne, ein Taxi auf der Gegenspur, eine Handvoll Prostituierte an einem Melonenbüdchen. Wir halten an einer Ampel; ein Polizeiauto fährt an uns vorbei. Ein paar Sekunden lang kann ich drei verschwitzte, übernächtigte Beamte sehen.

»Sie kommen vom Dienst«, sagt er. »Um diese Zeit ist Schichtwechsel.«

Wir fahren weiter, in Richtung Messe, überqueren den großen Platz, auf dem jetzt keine Autos parken; nur ein alter Fiat 132 steht mit laufendem Motor neben einem Transvestiten.

Nach dem Parco Nord biegen wir in einen staubigen Weg ein, halten schließlich vor dem Tor eines Schrottplatzes. Auf der ande-

ren Seite des Zauns erkennt man Berge von Autowracks, eingeklemmt zwischen Haufen von Kühlschränken und Waschma-
schinen. Schiassi macht die Scheinwerfer und den Motor aus. Ich
höre das unerträgliche Geräusch der plötzlichen Stille und spüre,
wie ich unruhig werde, mich aus dieser Falle befreien möchte. Er
bemerkt es, legt mir eine Hand aufs Knie und sagt sanft: »Alles in
Ordnung, mach dir keine Sorgen.«

Er schaut sich um, ohne sich entschließen zu können, die Tür zu
öffnen.

»Weißt du, was das hier ist?«

»Ein Friedhof«, murmle ich zwischen den Zähnen.

Er lacht verkrampft.

»Hier wird ein guter Teil der Autos, die in der Stadt verschwinden, wiederverwertet. Ich meine, die besseren: Mercedes, Volvo,
BMW...«

Er zeigt mit dem Daumen Richtung Kofferraum.

»Der arme Almese hat ein hübsches Schmiergeld dafür abge-
sahnt, daß niemand seine Nase in den Schrott hier steckt.« Er
seufzt, zuckt die Achseln. »Wir lassen ihn hier, genau vor dem
Eingang, und du wirst sehen, was für eine schöne Geschichte über
Bandenkriminalität und organisiertes Verbrechen sie darum
herum häkeln...«

Er zieht eine Braue hoch und schaut mich in Erwartung von
Komplimenten an. Ich schließe die Augen, bis ich ein raschelndes
Geräusch höre, ein Reiben über Papier. Er hat einen Umschlag aus
der Innentasche seines Jacketts gezogen, hält ihn prüfend in der
Hand. Dann entscheidet er sich, wirft ihn mir auf die Knie.

»Nimm es zurück. Und entschuldige.«

Es ist mein Geld. Ich höre, wie er ganz leise sagt: »Das wird
nicht wieder vorkommen. Jetzt vertraue ich dir.«

Ruckartig macht er die Tür auf und steigt aus. Ich stecke den
Umschlag hinter den Gürtel, stürze nach draußen.

Er ist schon halb im Kofferraum verschwunden, schnauft vor

Anstrengung, das Bündel herauszuziehen, hört kurz auf, um mir einen vorwurfsvollen Blick zuzuwerfen. Ich packe die Teppichrolle an einem Ende, doch vom Rand reißt geräuschvoll ein Stück morscher Stoff aus, ich falle nach hinten, schlage gegen eine Art Prellstein. Es tut weh; doch nicht so weh, wie ich ihn glauben mache. Ich verziehe das Gesicht zu einer übertriebenen Grimasse und massiere mir kräftig den Rücken. Er hat keine Zeit mehr zu verlieren und bringt die Sache allein zu Ende. Als das Paket endlich auf den Boden fällt, stehe ich langsam wieder auf. Er zieht das Bündel ein paar Meter weit, verschwindet im Dunkeln. Ich nähere mich dem Auto und sehe ihn am Tor, außer Atem. Mit gedämpfter Stimme sage ich: »Ich glaube, ich habe mir ernsthaft weh getan.«

Das Bündel steht jetzt halb hoch, sieht einfach wie ein Mensch aus, den man in einen großen Fetzen gewickelt hat und an den Schultern hält. Ich erkenne auch eine Sohle und einen Fuß ohne Socke; schneeweiß.

»Warte im Auto auf mich«, murmelt er. »Ich komme gleich.«

Ich setze mich in den Wagen, sehe ihn das Paket nach hinten schleppen; mit diesem weißen Fuß, der über den holprigen Boden schleift.

Die drei Kabel baumeln unter dem Armaturenbrett, ihre Enden sind ausgefranst, liegen frei. Das eine ist für die Zündung, die beiden anderen sind für den Kontakt. Ich strecke die Hände aus, gebe acht, nicht ganz aus dem Blickfeld zu verschwinden. Jetzt schaut er nicht her; er ist damit beschäftigt, den Teppich aufzurollen, ich glaube, er will ihn wieder mitnehmen. Es sprüht Funken: nichts. Das andere Kabel. Armaturenbrett beleuchtet. Ich halte das dritte dran, der Motor heult auf. Ich werfe mich auf den Fahrersitz. Als ich den Rückwärtsgang einlege, sehe ich ihn, wie er kerzengerade am Tor steht, seine Arme hängen herunter, er sieht mich an, ohne die kleinste Bewegung. Sein Gesichtsausdruck ist tieftraurig.

Ich drehe mich wieder um, trete das Gas durch, rase los, mit vollem Karacho zurück auf die Straße; zum Glück kommt keiner vorbei. Ich reiße das Steuer herum, mache eine Vollbremsung, fahre dann wie ein Besessener geradeaus, fest ans Lenkrad geklammert, und denke nur an den fernsten Punkt, den ich erkennen kann. Runter vom Gas, als ich merke, daß ich wieder auf den Hauptverkehrsstraßen bin: auf der anderen Seite der Stadt.

5

Ein durchdringendes Pfeifen, dann eine krachende Salve, daß einem der Schweiß gefriert, schließlich eine nasale Stimme: »Dieses Scheißmikrophon funktioniert nie.« Knattern, Rauschen. »Na also«, setzt der Lautsprecher wieder ein, »die Bahn wünscht Ihnen eine gute Fahrt.«

»Du kannst mich mal«, murmelt ein Typ in einem weißen Hemd mit durchsichtigen Schweißflecken.

Die anderen machen alle möglichen Gesten, schauen auf die Uhr, atmen geräuschvoll, eine Ausländerin mit einem Baby fragt ihren Nachbarn, wieviel Verspätung wir haben, und der verzieht angewidert den Mund. Der Zug setzt sich in Bewegung. Es ruckt, und die Leute vom Gang fallen fast in die Abteile. Die Unglücklichen, die stehen müssen, beäugen haßerfüllt die Sitzenden; und umgekehrt. Ich versuche, die Augen zu schließen. Wir fahren schneller: Feuchte Luft strömt durch die weit geöffneten Abteilfenster, und Haare, Zeitungen, Tücher beginnen zu flattern. Zum Glück habe ich meine Brille aufgesetzt, denn irgendwas fliegt gegen das Glas und von dort auf die Hand des verschwitzten Typs. Er starrt kurz auf seine Finger, schaut dann mich an. Doch ich schüttele den Kopf, schließe dann wieder meine Augen und versuche zu schlafen.

In Livorno muß ich noch einmal umsteigen, ab Piombino geht's dann mit der Fähre weiter, eine Stunde Überfahrt. Der Versuchung, die ganze Strecke mit dem gestohlenen Auto zu fahren, habe ich heute morgen widerstanden. Ich habe den Wagen im Zentrum abgestellt, weit genug von meiner Wohnung. Denn bis ich meine Reisetasche wiederhatte, war es schon fast hell, nur habe ich mir in der frischen Morgenluft nicht klargemacht, was für eine

Reise mir im Zug bevorstünde, um weniger als zweihundertfünfzig Kilometer hinter mich zu bringen.

Der Lautsprecher verkündet mit höchster Lautstärke, daß die Bar in der Zugmitte geöffnet ist, dem Baby kommt der Brei hoch, den es gerade erst hinuntergewürgt hat, es strampelt ein paar Sekunden, schreit dann mit voller Kraft los. Ich schaue es an, um zu begreifen, wie ein so kleines Ding einen derartigen Lärm machen kann.

Ich habe eine Dose Creme gekauft; jetzt, wo es zu spät ist. Dick schmiere ich sie mir auf Nase und Stirn. Am schlimmsten ist es hinten. Meine graue Krankenhaushaut hat gereizt auf die Zumutung reagiert, mit der ganzen Sonne des Sommers innerhalb von drei Tagen fertigzuwerden. Nachts schlafe ich nur ein paar Stunden; Hitze, Schnaken, Sonnenbrand, und zwischendurch denke ich, daß ich mich schnell entscheiden muß, wie es weitergehen soll; doch immer, wenn ich die verschiedenen Möglichkeiten durchgehe, wird mein Kopf ganz leer, und schließlich überkommt mich eine ungesunde Schläfrigkeit. Die Signora, die mir das Zimmer vermietet hat, ist freundlich; jeden Tag lädt sie mich zum Mittagessen mit der Familie ein, und ich denke mir immer eine andere Entschuldigung aus, momentan sind wir bei der vierten. Ich meine, mitleidige Blicke aufgefangen zu haben, besonders am Abend, wenn ich mich mit einem Buch hinsetze und eine halbe Stunde lang an die Decke starre. Vielleicht schaffe ich es morgen, mir selbst einen Tritt zu geben, für heute ist es besser, ich gehe mit meinem Vorrat an Kassetten wieder an die alte Stelle auf den Felsen. Ich versuche es mit einer neuen Reihenfolge; es sind acht Kassetten mit je neunzig Minuten Musik, und auch wenn man die Pausen mitrechnet, in denen ich mir ein belegtes Brötchen hole oder ins Wasser springe und gleich zurück auf meinen Felsen klettere, kommt heraus, daß ich um sieben Uhr abends wieder die erste Kassette vom Morgen hören muß. Ein Höllenlärm herrscht hier, dringt bis in den letzten Winkel dieser Insel, und ohne die Musik in den Ohren würde ich es nicht schaffen, den ganzen Tag über abzudriften.

Mit der Creme geht es ein bißchen besser. Ich sollte die Wunden bedeckt halten, das haben sie mir ans Herz gelegt. Also schmiere ich sie dicker ein, womit ich die Blicke auf mich ziehe: zuerst sind sie neugierig, dann angeekelt.

Da ist ein Boot, das vor den Felsen vor Anker geht. Eine Ketsch, vielleicht fünfzehn Meter lang, dunkel gestrichen und mit blauen Segeln. Ich habe sie nicht nur wegen der Nachtfarben bemerkt, sondern weil sich jeden Tag die gleiche Szene wiederholt: zwei Männer steigen mit Unterwasserausrüstung in ein Dingi und lassen eine Frau allein an Bord zurück. Ich verstehe nicht, wieso sie stundenlang dableiben und auf diese beiden Schwachköpfe warten muß, allein und offensichtlich zu Tode gelangweilt. Sie geht in die Kabine, kommt aus der Kabine, geht zurück in die Kabine, macht Anstalten, ein Sonnenbad zu nehmen, was ihr gleich zuviel wird. Ab und zu schaut sie mit einem Fernglas zur Küste. Ein paarmal hatte ich den Eindruck, sie richtet es auf mich. Ich beobachte sie manchmal zwei Stunden lang, glaube aber nicht, daß sie es bemerkt hat.

Über meinem Kopf ein Knall, daß mir der Walkman runterfällt. Ich halte ihn am Kopfhörerkabel, und er baumelt über dem Wasser, während aus dem Getöse ein Pfeifen wird. Ich ziehe heftig, doch der Stecker geht aus der Buchse. Schnell fische ich nach meinem Walkman, aber die zwanzig Zentimeter Wasser zwischen den beiden Felsen haben ihn schon ruiniert. Ich versuche, ihn abzutrocknen, blase rein. Vor mir steht ein Typ, der mich freudestrahlend anschaut und zum Himmel zeigt.

»Haben Sie gesehen? Die neuen Tornados! Ein F 104 war auch dabei.«

Er scheint glücklich darüber, ausgerechnet auf der Insel zu sein, über der sich alle militärischen und zivilen Routen kreuzen.

»So tief sind sie noch nie geflogen«, sagt er triumphierend.

Ich antworte: »Ja, hoffen wir, daß sie noch weiter runterkommen.«

Ich beiße mir auf die Zunge. Daß ich ihn auch nur eines Wortes gewürdigt habe, genügt ihm schon, um vor mir herumzuzappeln. Er ist mager wie ein Fakir, um die Fünfzig, und man sieht ihm an, daß er sonst immer drinnen sitzt.

»Kein Problem, sie könnten auch knapp über dem Wasserspiegel fliegen, diese Teufelskerle«, fährt er mit der Miene eines Mannes fort, der endlich einen gefunden hat, der ihm zuhört. »Aber nicht der F 104. Das ist ein Abfangjäger für große Höhen.«

»Ja sicher«, sage ich und blase weiter in meinen nassen Walkman.

»Ah, dann sind Sie also auch ein Flugzeugfan.«

Ich spiele mit dem Gedanken, ihn zum Teufel zu schicken, fluche wegen der Kassette von den Carmel, die das Salzwasser ruiniert hat, doch dann schaue ich ihn mit vagem Mitleid an; Mitleid mit ihm, der mich anlächelt wie ein Kind, das einen Spielkameraden sucht, und Mitleid mit mir, der ich schon seit mindestens einer Woche mit niemandem spreche.

»Nein... ich verstehe nicht viel davon, es ist nur Neugier...«

Er macht eine abwehrend-verschämte Geste, bevor er sich als Spezialist für fliegendes Gerümpel vorstellt und erklärt: »Wissen Sie, ich bin Radarmensch.«

Ich tue verwundert, sage: »Da sieh einer an.«

»Ja doch, ich muß die zwangsläufig erkennen, das ist mein Beruf.« Ein verkrampftes Lachen. »Also untereinander nennen wir uns natürlich nicht so. Es sind die Journalisten, die uns den Namen Radarmenschen gegeben haben.«

»Das habe ich mir gedacht.«

Es gibt wieder einen Knall, gefolgt von einem Schatten, der über die Bäume hinwegfegt und hinter den Hügeln verschwindet. Der Typ ist kurz vor dem Orgasmus.

»Unglaublich! Noch ein Tornado . . . aber das war Mach 2.«

»Mach zwei?«

»Die zweite Generation. Und außerdem deutsch.«

Er nickt gewichtig und behält den Horizont im Auge; kann es kaum erwarten, daß ich ihn frage, ob wir im Krieg mit Deutschland sind. Ich versuche, das Band mit dem kleinen Finger weiterzuspulen, und es kommt noch mehr Salzwasser raus.

»Die ersten waren Italiener, aber das da hatte schwarze Kreuze. Das haben Sie bestimmt gesehen, oder?«

»Äh? Ach ja . . . ich habe nicht gedacht, daß sie die noch benutzen.«

Er stemmt die Arme in die Hüften und wiegt sich ein wenig hin und her; ich fürchte, er holt etwas weiter aus.

»Natürlich haben sie die Kreuze seit damals leicht verändert. Die Arme sind breiter geworden.«

Er kneift die Augen zusammen, auf der Suche nach einem Beispiel.

»Wie das Malteserkreuz, wenn Sie wissen, was ich meine.«

»Ich verstehe.«

»Aber immer noch schwarz, und weiß umrandet.«

Ich nicke, setze mich wieder auf den Felsen, der mit einem Mal unbequem ist.

»Das hier ist ein Übungsgebiet, Sie haben es sicher bemerkt.«

Ich antworte mit einer anerkennenden Miene.

Er hält sich nachdenklich den Zeigefinger an die Nase, bis er schließlich murmelt: »Aber . . . es ist ein bißchen viel los. Wenn man bedenkt, daß hier unten keine Manöver sind, frage ich mich, welche Route dieser deutsche Tornado geflogen ist . . .«

Ich schaue ihn an, warte auf eine plausible Antwort. Er wendet sich wieder dem Meer zu und setzt seine Betrachtungen fort: »Ihre Basis ist in Decimomannu«, er zeigt nach Westen, »dann hatten sie wohl einen Auftrag.«

Ein Ball trifft ihn im Rücken und holt ihn in die Realität zurück.

Mit einem Ruck dreht er sich wütend um, sieht aber gleich seinen Sohn und bemüht sich zu lächeln, verabschiedet sich und geht zu seiner Familie. Die Fähre nach Piombino ist aufgetaucht, und alle Väter beeilen sich, ihre Kinder ins Trockene zu holen, bevor die Kielwelle sie erreicht. Ich versuche, mich mit Blick aufs Meer auszustrecken. Das Boot ist immer noch da unten, nahe der Felsenspitze. Sie schaut über Bord, als fixierte sie irgend etwas in der Tiefe. Ihr Haar fällt nach vorn, und ich kann erkennen, wie sie es sanft wieder hinter ein Ohr schiebt. Sie trägt das Haar nicht sehr lang, es geht ihr nur knapp bis in den Nacken. Im Widerschein der Sonne kann ich sie oft nicht erkennen, doch ab und zu zieht eine Wolke vorbei, und dann sehe ich sie deutlich; ich weiß im voraus, was sie tut. Sie steht auf, holt einen Eimer und läßt ihn ins Meer, dann benetzt sie ihr Gesicht und die Schultern, schließlich gießt sie sich ein wenig Wasser in die Hand und verteilt ein paar Tropfen auf ihrem Busen.

Ich glaube, heute abend gehe ich ins Dorf und kaufe ein Fernglas, ein billiges für Touristen. Das Dingi mit den beiden Schwachköpfen, die sie den ganzen Tag über allein lassen, kehrt zurück. Einen Augenblick lang habe ich den Eindruck, daß sie zu mir schaut, doch dann geht sie zum Heck und hilft ihnen, die Sauerstoffflaschen und Taschen hochzuhieven. Alle drei machen einen gleichgültigen Eindruck. Einer holt den Anker ein. Sie übernimmt wie üblich das Kommando. Der Motor wird angeworfen, und das Boot entfernt sich schnell, verschwindet nach zwei Minuten hinter der Felsspitze.

Ich drehe mich auf den Rücken. Die Sonne ist jetzt nicht mehr so stark, wird bald hinter dem Berg versinken. Am Himmel zähle ich drei graue Pünktchen, die weiße Streifen zeichnen und das Blau zerteilen, um dann langsam zu vergehen.

Das Fernglas war zu teuer; ich habe eine Tauchermaske gekauft, die aber nicht dicht ist. Jetzt denke ich, daß ich die fünfzehntausend Lire besser für ein Paar Flossen ausgegeben hätte; zu spät, und wenn ich sie schon habe, kann ich die Maske auch benutzen. Ein paar Minuten lang kurve ich zwischen Dutzenden von beunruhigenden Beinen herum. Einer mit Harpunengewehr kommt vorbei und macht ein Zeichen mit der Hand. Ich erwidere den Gruß und klettere zurück an Land, die Maske ist schon halb voll Wasser. Der Radarmensch empfängt mich strahlend, erzählt, daß die Jagdbomberaktivität sich intensiviert hat, überschüttet mich mit technischen Details. Dann kommt ein träger, dickleibiger Hubschrauber vorbei. Er fliegt niedriger, in einem weiten Kreis, entfernt sich schließlich Richtung Festland.

»Herrgott, der war auch deutsch«, sagt der Radarmann, der immer besorgter aussieht. Ich drehe mich um und versuche zu schlafen.

Eine halbe Stunde später gibt es wieder den üblichen Knall mit dem nachfolgenden Pfeifen. Ich rühre mich nicht, spüre den Blick des Typs im Nacken. Er hält sich an den Jungen und erzählt ihm irgendwas von dreifacher Schallgeschwindigkeit. Ich beobachte weiter die Einfahrt zur Bucht, hin und wieder fallen mir die Augen zu, und ich schlafe eine Viertelstunde, aber kaum habe ich sie wieder aufgemacht, sehe ich irgendein Boot vorüberfahren; hier ist mehr Verkehr als auf der Autobahn.

Heute ist sie spät dran; sie wirft den Anker weniger weit aus als sonst. Ein ganzteiliger Badeanzug, ich glaube: grün. Als sie über Deck geht, scheint sie das dunkle Holz kaum zu berühren. Dann die gewohnte Szene: Sauerstoffflaschen, Taschen und das Dingi mit Vollgas nach irgendwo.

Sie nimmt das Fernglas und schaut ihnen kurz nach, dann wird sie müde und verschwindet in der Kabine. Die drei Bullaugen reflektieren das Licht, doch für einen Augenblick meine ich, ihr Gesicht hinter dem mittleren Oval aus Plexiglas zu sehen.

Der Brandschutzhubschrauber nähert sich vom Monte Argentario her; einen halben Kilometer vor der Küste macht er kehrt und verschwindet hinter den Hügeln. Er ist der einzige, den ich erkenne: mit seinem Wasserbehälter, so groß wie ein Schwimmbad, an den Kufen. Neulich ist er in Küstennähe runtergegangen, um ihn zu füllen. Ich frage mich, ob er noch nie jemanden aufgefischt hat. Alle zwei oder drei Stunden gibt es irgendwo einen Brand, das Bad im offenen Meer hat also seine Risiken. Ich bin immer ein erbärmlicher Schwimmer gewesen und weiß wirklich nicht, wieso mir die Idee nicht aus dem Kopf geht, näher an das Boot heranzukommen.

Das Wasser ist auch noch kalt. Oder vielleicht liegt es an der verbrannten Haut, daß es mich fröstelt, sobald ich bis zum Nabel drin bin. Ich will nur eine kleine Runde zwischen den Felsen schwimmen, um zu sehen, ob es was bringt, daß ich Sonnencreme an den Rand der Tauchermaske geschmiert habe. Aber es hilft nichts, das Wasser dringt hauptsächlich vorne am Glas ein. Ist wohl Ausschuß für Tagesausflügler. Ich schwimme weiter, versuche meine Bewegungen wenigstens ein klein bißchen aufeinander abzustimmen. Immer bin ich auf diese geschmeidigen Schwimmstöße neidisch gewesen, die wie ein Gleiten durchs Wasser aussehen, doch sobald ich es versuche, bekomme ich einen Erstickungsanfall. Ich konzentriere mich aufs Atmen, aber nach kurzer Zeit muß ich damit aufhören, weil ich das Gefühl habe, die Lungen brechen mir durch den Brustkorb. Die Wunde hat angefangen zu pulsieren, ich schaue mich um und sehe das Boot in halber Entfernung von der Küste. Jetzt könnte ich etwas mehr Kraft brauchen, zwei Einschüsse weniger und Flossen an den Füßen. Ich schaffe es kaum, mich über Wasser zu halten. Sie kommt an Deck, geht zum Mast und lehnt sich mit verschränkten Armen dagegen. Sie schaut tatsächlich mich an, daran gibt es jetzt keinen Zweifel. Wenn ich nicht sofort zurückschwimme, fischen sie mich in Piombino aus dem Wasser. Nicht mal dieses Toter-Mann-Spielen, um sich auszuruhen, habe ich richtig verstanden. Ich drehe mich auf den Rükken und versuche eine Art umgekehrtes Brustschwimmen. Sie ist immer noch da, unbeweglich, streicht sich die Haare nach hinten und sieht sich an, wie ich im Wasser zappele, ein Huhn mit Tauchermaske.

Ich klammere mich an den Felsen, schramme mir ein Knie an den Klumpen winziger Muscheln auf, schaffe es schließlich, mich hochzuziehen, und bleibe zehn Minuten lang schnaufend liegen, die Hände auf die blaurote, aufgequollene Wunde gepreßt.

6

»Haben Sie schon einmal *Straccetti* gegessen?«

Ich lasse das Buch auf den Bauch fallen, schaue sie an und überlege, was ich diesmal erfinden soll. Jetzt macht sie sich nicht einmal mehr die Mühe anzuklopfen; sie kommt rein, fragt, wie's mir geht, ob ich lange in der Sonne war, ob mein Appetit zurückgekehrt ist und wie das Buch endet, das ich gestern gelesen habe.

»Nein, ich habe noch nie Straccetti gegessen«, sage ich mit bedauerndem Lächeln.

»Es ist fein geschnetzeltes Fleisch mit einem Sößchen, das Tote zum Leben erweckt«, kreischt sie freudig.

»Vielen Dank, wirklich... aber heute wollte ich mit ein paar belegten Brötchen unten auf den Felsen bleiben.«

Sie beschließt, ganz hereinzukommen, nachdem sie bisher, den Kopf zwischen Tür und Rahmen, wie eine Guillotinierte aussah.

»Entschuldigen Sie, wenn ich mir erlaubt habe... aber ich habe gesehen, daß Sie heute nicht aus dem Haus sind... Und da habe ich gedacht, daß es Ihnen nicht gutgeht, und mir gesagt: Wenn der junge Mann nur ein bißchen mehr essen würde, immer so lange in der Sonne und im Wasser, vielleicht...«

»Das ist sehr nett von Ihnen, ich weiß nicht, wie ich Ihnen danken soll«, beeile ich mich zu sagen, bevor sie wieder mit meinem blutleeren Gesicht und dem ganzen Rest anfängt. »Aber machen Sie sich keine Sorgen, in Wirklichkeit esse ich die ganze Zeit.«

Sie macht eine vorwurfsvolle Geste und sagt: »Das ist es ja: Sie essen das ganze schlechte Zeug zum Mitnehmen und verlieren dabei den Appetit.«

Ich versuche zu lachen.

»Nein, ich bitte Sie... Seit drei Tagen lädt man mich ununterbrochen irgendwo zum Essen ein. Wissen Sie, ich habe Mailänder kennengelernt, unten . . . «

»Tun Sie mir einen Gefallen . . . *Mailänder*«, sagt sie und legt eine Hand auf die Brust. »Diese Leute, die von *fasfù* leben. Mir können Sie nichts erzählen.«

Sie macht eine Bewegung, als würde sie eine Fliege verscheuchen, fügt hinzu: »Ich möchte wirklich wissen, warum Sie alle anderen Einladungen annehmen, nur unsere nicht.«

Ich beschließe zu kapitulieren, weiß aber nicht, wie ich annehmen soll, ohne daß es wie eine Konzession aussieht.

»Soll ich nun einen Teller mehr hinstellen?« will sie wissen und stützt die Hände in die Seiten.

Ich ziehe mich hoch, versuche, es fröhlich wirken zu lassen, und sage: »Aber sicher, dann wollen wir einmal diese Straccetti probieren.«

Sie kann es nicht fassen, will in die Küche laufen, es vielleicht der ganzen Familie verkünden. Doch sie stolpert über die Tauchermaske, die ich auf dem Fußboden vergessen habe, und die Maske fliegt auf den Gang. Die Signora stürzt hinaus, um sie zurückzuholen, und legt sie, ordentlich, als ginge es um ein gebügeltes Hemd, auf das Nachttischchen, den Riemen nach unten.

»Ich hoffe doch, daß Sie die nicht hier gekauft haben.«

Ich überlege, aus welchen Gründen es ihr mißfallen könnte, daß ich diesen Schrott gekauft habe; zum Glück redet sie weiter: »Mein Sohn hat einen Sack voll von diesem Plunder. Jeden Sommer kauft er sich eine neue . . . «

Ich höre auf, meinen Pantoffel unter dem Bett zu suchen, will auf sie zugehen, doch bis ich an der Tür bin, ist sie schon nach hinten in den Flur getrippelt.

Laut sage ich: »Und . . . er hat nicht vielleicht Flossen, die er nicht mehr benutzt?«

Ich sehe, wie sie mit den Schultern zuckt, bevor sie in der Küche verschwindet, aus der sie schreit: »Alle Größen bis vierundvierzig. Seine Füße hören überhaupt nicht auf zu wachsen. Ich weiß nicht, von wem er das hat...«

Ich habe hinter einen Felsen gekotzt. Es geht mir besser; ganz langsam tauche ich ins Wasser ein. Es ist warm und ölig. Ich bin mit dem Kopf unter Wasser, als ich das Brummen eines Motorboots höre, und komme gerade im rechten Moment wieder hoch, um zu sehen, wie das Dingi sich von der Ketsch entfernt. Sie sichert noch deren Anker, bleibt dann kurz aufrecht am Bug stehen und schaut zum Ufer. Ich bilde mir ein, daß sie mich sucht, und hole die Flossen. Sie sahen aus, als wären sie gleich groß, doch die linke verliere ich beinahe. Ich verfluche das Mittagessen und alles übrige, gehe rückwärts wieder ins Wasser. Ich schwimme ungerührt auf dem Rücken, nur auf die eine Flosse konzentriert, weil ich bei jedem Stoß fast herausrutsche. Trotzdem ist es etwas ganz anderes, viel weniger anstrengend. Die Hälfte der Strecke bringe ich hinter mich, ohne zu schnaufen, nur der Herzschlag ist etwas beschleunigt. Ich drehe mich um, schaue zum Boot, tue aber so, als schwämme ich ohne Ziel. Das Ufer entfernt sich, Gefühl leichter Panik. Ich bewege die Beine weiter, denke an nichts anderes, denn die Wunde meldet sich und zieht alle Aufmerksamkeit auf sich. Ich versuche, wieder zu Atem zu kommen und Toter Mann zu spielen, fange von neuem an, auf dem Rücken liegend zu strampeln. Ein Schlauchboot gleitet in nicht einmal drei Metern Entfernung an meinem Kopf vorbei, ich bemerke es erst im letzten Augenblick, und die Welle wirft mich zurück, raubt mir fast die letzte Kraft. Ich setze auch die Arme ein, nur noch Luft im hintersten Winkel der Lungen. Mühsam schwimme ich weiter, lasse diese verdammte Ketsch, die nicht näher kommen will, nicht aus den Augen, schlucke ein bißchen Wasser, atme durch Mund und Nase, schlage mit Händen und Füßen um mich, zwinge mich, nicht aufzugeben; doch es bleibt das Gefühl, nicht vom Fleck zu kommen.

Meine Hände sind vom Wasser so aufgeweicht, daß sie am Lack haften wie die Saugnäpfe eines Froschs. Ich weiß nicht, was ich dafür geben würde, sie in diesem Moment in ihrer Kabine zu wissen. Ich versuche, mich zu beruhigen, komme aber nicht wieder zu Atem. Und ich muß weiter die Füße bewegen; so bemerke ich, daß ich nur noch eine Flosse habe. Ich schaue hoch und lese: *Aivly-Alicante*. Oben, da sind zwei zierliche Hände, die sich aufstützen, zwei dunkelgrün umschlossene Brüste, zwei Augen zwischen Blau und Grau. Ich rutsche ab, finde wieder Halt, sage spuckend: »Tut mir leid ... das Schlauchboot ist schuld ...«

Sie blickt weiter schräg nach unten, ironisch und mitleidig zugleich.

»Du wirst doch hier nicht ertrinken wollen, hoffe ich.«

Sie hat es in einem Ton gesagt, daß ich Lust bekomme, wirklich zu ertrinken. Ich versuche zu lachen, schlucke noch mehr Wasser und fange wieder an zu husten. Sie verschwindet kurz, kehrt mit einer Strickleiter zurück, die mir direkt auf den Kopf fällt. Ich klammere mich irgendwie daran, bewege mich wie ein betrunkener Affe. Jeder Versuch, lässig zu erscheinen, verwandelt sich in lächerliche Gesten. Wenn ich nicht sicher wäre zu ertrinken, würde ich sofort zum Ufer zurückschwimmen. Ich schaue die Felsen an; sie scheinen unerreichbar.

Es gelingt mir, die Ellbogen aufzustützen, und ich bleibe eine Zeitlang einfach liegen, atme und starre auf die Maserung des Holzes, den frischen Anstrich, die winzigen Köpfe der abertausend Nägel; auf alles, was mir erspart, ihr in die Augen zu schauen.

»Alles in Ordnung?«

Jetzt muß ich wirklich aufstehen.

»Ich glaube, ja«, sage ich blubbernd und rapple mich hoch.

Sie mustert mich mit neugierigem Blick. Sie hat strahlende Augen, ein sonderbares Lächeln um den leicht geöffneten Mund. Die Haare sind nicht so blond, wie ich sie mir vorgestellt hatte, sie haben einen kupferfarbenen Schimmer, weder richtig rot noch kastanienbraun. Ich fühle mich so lahm wie eine fette Schnecke, versuche zu lachen und sage:

»Ich schwimme gleich zurück, nur zwei Minuten . . .«

Sie hört mir nicht zu, denn sie hat die Einschußwunde zwischen den Rippen entdeckt, klein und blau. Ich schaue auch dorthin.

»Ein Unfall beim Fischen«, murmle ich, ohne nachzudenken, was für einen Unsinn ich rede.

Ich bücke mich, um die verbliebene Flosse auszuziehen, sonst stirbt mir noch der Fuß ab, die Zehen sind schon eingeschlafen. So sieht sie auch die Schmarre auf dem Rücken; beim Nähen der Austrittswunde haben sie Phantasie bewiesen. Sie wird ernst, preßt die Lippen aufeinander, ihre Augen sind jetzt ein bißchen schmaler.

»Beim Fischen?« fragt sie mit dünner Stimme.

Ich hätte wahrscheinlich eine interessante Geschichte daraus machen können, aber jetzt habe ich diesen Blödsinn mit dem Unfall in die Welt gesetzt.

»Ja, ein Typ mit Harpune . . . Sie ist ihm losgegangen, als er versuchte, die Waffe zu laden.«

»Du willst sagen, sie hat dich *getroffen* . . . außerhalb vom Wasser?«

Es wird immer schlimmer und immer schwieriger, das Ganze zu erklären; aber ich kann mich jetzt nicht mehr in ein Lachen retten und sagen, daß ich *nur* angeschossen worden bin.

»Scheint vielleicht komisch, ich weiß . . . aber ich saß auf einem Felsen weiter oben. Und als die Harpune losging, war ich direkt über ihm.«

Es sieht so aus, als ließe sich die Sache nicht mehr ohne eine Erklärung aller Einzelheiten erledigen; das ahne ich, wenn ich sehe, wie sie die Wunden anstarrt.

»Wer ist denn dieser Wahnsinnige, der mit einer Druckluftharpune in der Gegend herumschießt?«

»Es war keine mit Druckluft . . .«, sage ich, um den Schaden meiner absurden Geschichte zu begrenzen.

»Dann eine zum Spannen?«

»So was in der Art . . . Ich verstehe nicht viel davon, weißt du.«

Ich lache, in der Hoffnung, es damit besser zu machen. Sie lächelt schwach, wirft den Kopf ein klein wenig zurück. Dann seufzt sie, verzieht dabei leicht den Mund, was ihrem Gesicht einen zweifelnden Ausdruck gibt. Ich kann mir denken, daß sie sich fragt, wie man einen Harpunenschuß direkt unters Herz überlebt.

»Und so habe ich entdeckt, daß ich unsterblich bin«, sage ich mit der schlimmsten Plumpheit meines Repertoires.

Sie steigt das Treppchen zur Kabine hinunter, bleibt in der Mitte stehen, wendet sich zu mir und sagt: »Aber du hast noch einige Schwierigkeiten, unter Wasser zu atmen, wie ich sehe.«

In wenigen Minuten habe ich schon eine Menge über ihren Charakter erfahren, vor allem, daß ihr lässiger Tonfall mit diesem Anflug von bissigem Spott dich zu einer Null macht.

Ein klingendes Geräusch, Gläser und Eis; dann der dumpfe Schlag einer Kühlschranktür. Sie kommt mit einem beladenen Tablett zurück, stellt es auf einem Tischchen ab, setzt sich und schaut mir ein paar Sekunden lang gerade in die Augen, sagt: »Warum stehst du?«

Ich gehe ein paar Schritte, schüttle mir das Wasser aus den Haaren und bekomme nur heraus: »Ich wollte zurück ans Ufer.«

»Da bringe ich dich nachher hin. Früh genug für das, was du zu tun hast.«

Mir gefällt das nicht besonders, ich schaue sie von der Seite an und spiele mit dem Gedanken, ihr irgendwas Unangenehmes zu sagen, oder besser noch: überhaupt nichts – einen perfekten Kopfsprung machen und schnell wegschwimmen, um ihr zu zeigen, daß sie sich samt ihrem Boot zum Teufel scheren kann. Statt dessen fange ich an zu lachen, als mein Blick auf die übriggebliebene Flosse fällt.

Ich setze mich, nehme das Glas; sie deutet ein Prost an. Ich trinke halb aus, merke dann, daß es Gin mit sehr wenig Tonic ist. Wenigstens bibbere ich jetzt nicht mehr vor Kälte.

Sie ist nicht groß, hat kein Gesicht, das man auf einer Illustrierten erwarten würde, ist keine Schönheit, die allen auffällt. Es ist *nur* dieses Ganze aus Harmonien, flüchtigen Gesten, Blicken, die sich in Melancholie verlieren, auch wenn sie verletzen möchte; sie ist eine Frau, von der man sofort alles wissen will.

Sie spricht perfekt Italienisch, nur die S sind etwas zu weich und die Doppellaute ein bißchen schwach. Ich trinke noch einen Schluck und räuspere mich. Jetzt brennt das Salz nicht mehr so im Hals. Ich sage: »Dann ... hast du mich also gesehen, auf dem Felsen.«

Ihr Blick kehrt zu mir zurück, als hätte ich sie von einem Gedanken, den sie eigentlich nicht aufgeben wollte, abgelenkt; dann schüttelt sie sich, fährt sich mit der Hand durchs Haar, lächelt: »Du bist der einzige feste Punkt an der ganzen Küste. Schwierig, dich nicht zu bemerken.«

»Dein Boot ist auch das einzige, das hier jeden Tag ankert.«

Ich habe das erstbeste gesagt, was mir in den Kopf gekommen ist, einfach um zu antworten. Doch ihr Blick ist mit einem Mal wie von Haß verschleiert. Für den Bruchteil einer Sekunde runzelt sie die Stirn. Ich war mir nicht bewußt, irgend etwas Schlimmes von mir zu geben. Ihr Gesichtsausdruck wechselt blitzschnell; man sieht, daß das Lächeln gezwungen ist, zu offen. Sie murmelt: »Es ist ein gutes Gebiet, um zu fischen, hier überall.«

Sie trinkt schnell, um das Gespräch zu beenden.

Ich frage: »Und du gehst nicht fischen?«

Sie legt den Kopf schräg, mit einer Bewegung, daß ich Lust bekomme, sie zu berühren.

»Nein, ich bleibe lieber auf dem Boot und lese.«

Ich überlege, ob ich sie fragen soll, was sie liest; dann zeige ich auf das Meer hinter mir, sage: »Und sie ... fangen sie viel?«

Sie trinkt ihren Gin Tonic aus, streift mit dem kalten Glas ihre Wange.

»Wer: sie?«

Ich setze mich auf meinem Stuhl anders hin; er kommt mir plötzlich unbequem vor.

»Ich weiß nicht, dein Mann, denke ich . . . und der andere . . .«

Ein bestätigendes Lächeln, doch ich weiß nicht recht, was es bestätigt.

»Dir entgeht ja nichts.«

Habe ich also wieder angefangen, alles zu verderben.

»Tut mir leid, ich möchte nicht, daß du denkst . . .«

»Was sollte ich denken?« unterbricht sie mich schroff.

»Nichts . . . wirklich nichts.«

Sie blickt mich weiter an, wartet auf irgend etwas. Ich trinke aus und stelle das Glas aufs Tablett. Sie nimmt die Ginflasche, ohne den Blick abzuwenden. In meinem Kopf beginnt es sich zu drehen. Ich wende mich zum Meer um, spüre eine Traurigkeit, die mir durch und durch geht.

»*Sie* sind übrigens meine Brüder«, sagt sie. »Ich hoffe, sie kommen bald zurück.«

Jetzt wünsche ich, ich wäre nicht so weit gegangen. Ich weiß nicht, wieso, doch ich fühle es einfach.

»Trinkst du nichts?«

Ich vermeide es, ihrem Blick zu begegnen, sage: »Nein . . . ich meine, doch . . . wenn du schon eingegossen hast.«

Ich trinke in kleinen Schlucken, als müßte ich etwas gegen Schluckauf tun.

Ihr fällt ein, daß wir uns nicht vorgestellt haben, und ich sage leise meinen Namen, zwischen den Zähnen, fast wie einen Fluch. Sie streckt mir die Hand hin, und ich drücke sie, doch als ich sie loslassen will, fühle ich, daß sie mich festhält. Sie sagt nur: »Aivly«, wie etwas Selbstverständliches. Ich muß zum Heck geschaut haben, denn sie fügt hinzu: »Ja, genau wie das Boot.«

Ihre Hand löst sich langsam aus meiner, eine kaum angedeutete Zärtlichkeit.

Es herrscht ein angespanntes Schweigen; ein Schweigen von der Art, die du nutzen kannst, etwas zu unternehmen, vielleicht ihr Gesicht zu streicheln, dich über sie zu beugen, um ihr immer näher zu kommen...

Aber ich bleibe unbeweglich sitzen und starre auf den Grund meines Glases; das Schweigen breche ich, als mir der Gin in den falschen Hals kommt und ich zu husten anfange. Ich springe auf, stelle mich an die Reling. Von hier aus wirken die Klippen wie ein Ameisenhaufen. Ich hatte gemeint, auf dem Boot gäbe es kein anderes Geräusch als das Schwappen des Wassers gegen den Kiel, doch jetzt, wo ich all die Leute dort drüben sehe, höre ich wieder den unerträglichen Lärm. Sie scheinen alle so damit beschäftigt zu leben, daß sie nichts bemerken, den Horror nicht bemerken, den sie bei anderen auslösen. Mir geht durch den Kopf, daß ich mit einem Leben wie dem ihren nichts anfangen könnte; tief drinnen aber weiß ich, daß es nur der Neid eines Typs ist, der sich ausgeschlossen fühlt.

Ich fahre hoch, strecke mich mit durchgedrücktem Kreuz bis auf die Zehenspitzen. Noch bevor mir klar wird, daß es ihre Hand ist, die mich berührt, höre ich sie sagen: »Du mußt sie eincremen. Sie geht wieder auf.«

Da steht sie mit der kleinen blauen Dose, die Finger noch ausgestreckt, die die Wunde im Rücken berührt haben, als wäre sie ihnen vertraut. Ich verstehe nichts mehr. Ich empfinde ihre Verachtung, sehe sie in ihren Augen und auf ihren Lippen, wenn sie mit mir spricht. Und doch sucht sie weiter Kontakt, fast als zwänge sie sich dazu. Ich nehme die Creme von ihren Fingern, verteile sie mehr schlecht als recht auf der Narbe, ohne mich umzudrehen und sie anzuschauen.

Das Brummen wird lauter, und ich sehe das Dingi mit den beiden unbeweglich darin hockenden Typen näherkommen. Als sie unten anlegen, greift der eine nach der Strickleiter und bricht mitten in der Bewegung ab. Auch ich schaue ihn an, versuche einzuschätzen, ob aus der peinlichen Situation eine kritische werden kann. Er macht ein unbeteiligtes Gesicht. Ich sollte ihn grüßen, glaube ich, aber ich rühre mich genausowenig wie er. Er ist dunkel, gebräunt, vielleicht auch Mulatte, jedenfalls sind die Haare und Augen pechschwarz. Der andere ist fast blond, aber ebenso mager und muskulös wie der erste; er sieht mich, macht eine leichte Kopfbewegung, die wie eine Bestätigung oder eine Herausforderung wirkt. Mir kommt es irgendwie absurd vor, ich habe das Bedürfnis zu verschwinden. Sie steht hinter mir, ich kann ihr Gesicht nicht sehen, bin aber sicher, es ist beruhigend, warum, das weiß ich nicht. Der Blonde wendet sofort den Blick ab und macht sich am Außenbordmotor zu schaffen; der Dunkle starrt mich weiter mit diesen unergründlichen Augen an, in denen ich ein plötzliches Aufblitzen wahrnehme. Dann nickt er ein paarmal, mit einem schwachen, sonderbaren Lächeln. Ich ziehe die Augenbrauen hoch, eher ein Zeichen der Kapitulation als ein Gruß. Schweigsam klettern sie an Bord. Sie stellt uns geistesabwesend vor, vermeidet es, mich anzusehen. Der Blonde heißt Bom, der andere Rubén. Beide werfen Aivly Blicke zu, als warteten sie auf Instruktionen: mir die Hand schütteln oder mich ins Meer werfen, denke ich. Sie macht es kurz und geht zu den Winden, um das Dingi hochzuhieven. Bom hilft ihr, Rubén fixiert das Loch zwischen meinen Rippen und schaut sofort weg, als ich es bemerke. Er geht mit den Taschen nach unten. Ich sehe keine Fische; dann werfe ich einen Blick auf die Sauerstoffflaschen, als Bom sich zwei davon auf die Arme lädt und sie in einer Art Fach neben dem Steuer unterbringt. Er lächelt und sagt: »Heute kein Fischen, nur ein bißchen Fotos.«

Sein Italienisch ist nicht so flüssig, er hat einen gutturalen Akzent, nicht recht bestimmbar. Er könnte Skandinavier sein, jedenfalls aus dem Norden. Rubén kommt wieder und stellt auf englisch irgendeine Frage nach dem Treibstoff. Aivly zuckt mit den Achseln, will gerade auf ihn zugehen, als plötzlich der Hubschrauber über unsere Köpfe donnert; wie üblich fliegt er vom Land aufs offene Meer, bleibt dabei nur knapp über der Rahe des Boots. Die drei sind einen Augenblick lang wie gelähmt, die Augen fest auf diesen schwarzen Klumpen Stahl geheftet, doch ohne das Gesicht nach oben zu wenden. Es dauert ein oder zwei Sekunden, ist wie ein Standbild aus einem surrealen Film. Der Hubschrauber beschreibt eine scharfe Kehre, gleitet nach rechts, fliegt parallel zur Horizontlinie vorbei und verschwindet mit einem dumpfen Brummen.

Sie machen an dem Punkt weiter, an dem sie unterbrochen wurden, und durch ihre betonte Lässigkeit wird das Ganze noch merkwürdiger. Ich komme mir wie ein Mißton in dieser für mich unbegreiflichen mechanischen Harmonie vor. Sie müssen nicht einmal sprechen, streifen sich nur mit Blicken, tun das Notwendige, verständigen sich durch Zeichen. Aivly kommt an mir vorbei, einen Augenblick denke ich, sie will mir etwas sagen, doch sie geht nur ins Vorschiff, um den Anker einzuholen. Ein elektrischer Kontakt, fühlbare Spannung: Sie, die weniger als einen halben Meter von mir entfernt vorbeischwebt, ich, der ich nicht mit der Wimper zucke, doch die Luft einatme, die ihr Körper bewegt hat. Es ist ein feiner Duft nach Holz und Früchten, vielleicht eine Creme oder etwas in ihrem Haar. Ich wende mich nicht zu ihr um, merke mir diesen Duft.

Die Winde beginnt mit einem schwachen Geräusch die Ankerkette aufzurollen. Ein harter Ruck, und sie bleibt stehen; dann sagt Aivly: »Wir gehen zum Abendessen an Land. Warum kommst du nicht mit ins Dorf . . .«

Ich schaue Richtung Meer, kneife die Augen zusammen, versuche eine vernünftige Antwort zu finden. Als ich die Augen wieder öffne, sehe ich, ungefähr auf halber Strecke zwischen Boot und Ufer, eine Luftmatratze mit irgend jemandem darauf.

»Nun?« fragt sie und kommt langsam näher.

Ich mache einen Schritt nach vorn und lasse mich ins Wasser fallen, aufrecht wie ein Gehenkter.

Prustend tauche ich wieder auf, suche den Orientierungspunkt und beginne wütend zu schwimmen, mit meinen Armen und Beinen wie wild um mich schlagend.

Auf der Luftmatratze liegt ein sechs oder sieben Jahre alter Junge, der mich neugierig anschaut. Als ich mich festhalte, um wieder zu Atem zu kommen, schlägt er mir auf die Finger und schreit: »Hau ab, du Scheißkerl. Hau ab, oder ich rufe meinen Vater.«

Ich versuche zu lächeln, denke dabei an sie, ihre undurchsichtigen Brüder, den Sprung ins Meer... Deshalb ist mir nicht klar, was für einen Ausdruck mein Gesicht hat, während ich den Jungen ansehe. Er reißt den Mund auf und brüllt. Ein Mann kommt mit schnellen Schwimmstößen näher, hebt sich kraftvoll aus dem Wasser und legt die Ellbogen auf die Luftmatratze. Er murmelt drohend: »Was gibt's?«

Ich bringe keuchend irgendwas hervor, halte mich weiter mit einer Hand fest und mache mit der anderen eine vage Geste. Seine Miene klärt sich auf, er ruft: »Aber Jacopo, siehst du denn nicht, daß der Herr sich schlecht fühlt?«

Noch bevor ich reagieren kann, dreht er mich um und schiebt mir seinen behaarten Arm unters Kinn. Er beginnt, mich ans Ufer zu schleppen, schwimmt behende wie eine Krake.

»Bitte halten Sie sich ruhig«, sagt er mit dramatischer Stimme. »Sonst bin ich gezwungen, Sie zu betäuben.«

Ich lasse zu, daß er mich in *Sicherheit* bringt, ohne den geringsten Widerstand zu leisten.

Schließlich lädt er mich auf einem Felsen ab, und vom Trockenen aus sehe ich, wie er aus dem Wasser kommen will: nach vorn gebeugt, während sein Körper sich hebt und senkt wie ein Blasebalg. Ich strecke die Hand aus, um ihm heraufzuhelfen. Ich versuche, ihm zu danken, und er versucht, mir zu sagen, daß es nicht der Rede wert sei, aber keiner von uns beiden hat genug Luft, um ein Wort herauszubekommen. Er hat mich halb stranguliert, der ganze Hals ist gefühllos. Mit Gesten und kläglichen Lauten verabschieden wir uns und gehen in verschiedene Richtungen davon.

7

Ich habe gesagt, sie hätten mir die Flossen geklaut, als ich ohne sie im Wasser war. Die Signora hat angewidert den Kopf geschüttelt und sich darauf beschränkt zu bemerken, wie der ausländische Tourismus die Insel verdorben hat. Ich habe darauf bestanden, ihr die Flossen zu bezahlen, weil ich sicher war, daß sie ablehnen würde. Doch der Einladung zum Mittagessen konnte ich mich nicht entziehen; es gab nur Fisch, gebraten und gefüllt, jedenfalls unverdaulich. Um drei Uhr bin ich aufs Bett gefallen und erst wieder wach geworden, als die Sonne schon unterging. Zum Glück war die Signora einkaufen gegangen, so konnte ich aus dem Haus schlüpfen, ohne mir Entschuldigungen ausdenken zu müssen. Da man Autostopp hier als Beleidigung der Landschaft zu betrachten scheint, habe ich eines der teuren Fahrräder des Sohns genommen, viele Gänge und Zahnräder, vielleicht sogar ein Rückwärtsgang. Ich habe mich nicht getraut, einen der zahllosen Hebel anzurühren, und die vier Kilometer bergab recht und schlecht hinter mich gebracht.

Das Dorf ist in wenigen engen Gäßchen zusammengedrängt, ein Ort, der im Winter erholsam sein muß, solange man keine Angst vor tödlicher Leere hat. Jetzt hat man andere Probleme, muß versuchen, dem Wogen der Körper zu entgehen, die mit diffusem Lärm in jeden Winkel vordringen, überall Strandlatschen und Holzsandalen, schrilles Lachen und Rufen, Gepfeife, Gehupe und das Sirengeheul der Fährschiffe. Ich hatte einen freien Tisch in einer Gasse gefunden, da kam eine Gruppe frischfröhlicher Jungen und Mädchen, um zu fragen, ob sie ihn haben könnten, und so ist mir nur der Stuhl geblieben; mein Glas habe ich auf ein Mäuerchen gestellt. Ich beobachte sie neugierig, sie faszinieren mich wie unbekannte Wesen. Daß sie so jung und offenbar glücklich sind, erfüllt mich mit melancholischem Neid. Sie scheinen alles zu genießen, und sicherlich haben sie recht. Gierig nehme ich dieses harmonische Lachen in mich auf, diese natürliche Art, sich anzufassen, schaue mir dann die bunte Fauna an, die sich träge vorbeischiebt, alle wirken friedlich und froh über den sonnigen Tag am Meer, hungrig auf ein etwas anderes Abendessen oder einfach zufrieden mit dem üblichen; jedenfalls mit sich im reinen. Sie lenken mich so sehr ab, daß ich hin und wieder vergesse, wie wenig Geld ich nur noch habe; es reicht, einen Monat zu überleben, ohne irgendwo etwas zu trinken, wie ich es gerade tue. Als ich daran denke, muß ich den aufsteigenden Haß gegen alles und jedes zurückdrängen; dann nehme ich einen kräftigen Schluck und vermag langsam das Unbekannte um mich herum auch wieder zu schätzen. Bevor ich mich hier niedergelassen habe, war ich im Supermarkt und habe mir eine Flasche Gin gekauft, so daß ich nur Tonic zu bestellen brauche und mir einen antrinken kann, ohne mir Sorgen wegen der Rechnung zu machen.

In meiner Nähe sitzt ein Pärchen um die Dreißig. Der Ekel steht ihnen im Gesicht geschrieben; sie schlürfen ein dreifarbiges Gebräu mit Schirmchen und zwei Knickstrohhalmen, starren ins Leere und tauschen indigniert Ansichten über die mit Markennamen bedruckten T-Shirts und Shorts aus, die an ihnen vorbeiziehen. Die beiden haben sich noch nicht für ein Restaurant entschieden; sie scheint appetitlos, er hat wohl ein Magengeschwür. Sie sprechen nach minutenlangen Pausen, doch immer mit lauter Stimme, wie zu einem erwartungsvollen Publikum. Man hört, daß über unseren Köpfen ein Stück Stoff ausgeklopft wird; eine Hand, die einen Lappen schüttelt, erscheint in einem Fenster, verschwindet wieder. Eine Staubflocke schwebt zu uns herunter, läßt sich schließlich auf dem Knie der Frau nieder. Sie schaut mit ausdruckslosem Gesicht hin, entfernt sie dann mit spitzen Fingern und sagt: »Schweine.« – »Gut, daß wir morgen abreisen«, ergänzt ihr Begleiter.

Ich tue so, als hätte ich in meinem Rucksack etwas zu richten, gieße mir noch einen Schluck Gin ein und trinke ihn in einem Zug aus, beschließe dann, mir den Hafen anzusehen.

Es weht eine leichte Brise, und die Maste der Boote schwanken mit gleichförmigem Klingen sanft hin und her. Die Lichter an den Spitzen schaukeln im Dunkel; ich bleibe ein paar Minuten lang stehen, um sie anzuschauen, fühle mich wie hypnotisiert und möchte mich einfach gehenlassen. Ich hebe den Rucksack an den Mund und trinke aus der Flasche, die schon halb leer ist. Ich gehe auf das Ende der Mole zu, zwischen ruhigen Fischerbooten und lärmenden Segeljachten hindurch, vorbei an Leuten, die an Deck essen, in den Kabinen oder im Schutz einer Plane auf der Brücke.

Ich erkenne sie, lange bevor ich sie erreicht habe, an der spanischen Flagge unter der italienischen, beide straff im leichten Wind, der den Mast biegt: *Aivly-Alicante.*

Alle Lichter aus, keine Leute, die zu einem Schwätzchen um einen Tisch herum sitzen, keine Schatten hinter den dunklen Bullaugen. Ich setze mich auf den Poller, an dem die Ketsch festgemacht hat, betrachte das glänzende Holz, suche eine Spur von ihr. Nur ein blaues Tuch, um die Armlehne eines Stuhls gebunden, das müde flattert, als der Wind bis hinunter zur Ruderbank bläst.

»Wie war das Wasser?«

Ich drehe mich um. Sie steht gegen die Mauer am Rand der Mole gelehnt, in der Hand eine Zigarette, aus der kleine blitzende Funken sprühen, die zerzausten Haare fallen ihr ins Gesicht. Ich stehe auf, schaffe es aber nicht, auch nur einen Schritt zu machen. Sie wirft die Kippe weg, streckt die gefalteten Hände durch, kommt mir dann lustlos entgegen, die Arme vor der Brust verschränkt, wie jemand, der lange gewartet und sich gelangweilt hat. Einen Meter vor mir bleibt sie stehen, mustert mich, seufzt und geht weiter auf den Steg zu, sagt sanft: »Los, komm trinken.«

Ich folge ihr, erreiche schwankend den kleinen Tisch und stelle die Flasche darauf. Sie bleibt kurz stehen, macht mir ein ironisches Zeichen, kommt zurück, greift nach dem Gin und nimmt einen tiefen Schluck. Dann gibt sie mir die Flasche, läßt sich auf den Stuhl fallen und sieht mir mit nach hinten herabhängenden Armen beim Trinken zu. Sie neigt den Kopf zur Seite, und jetzt, wo sie dieses aufreizende Bild bietet, fragt sie mit dünner Stimme: »Wonach bist du auf der Suche?«

Ich rücke am Stuhl, überlege es mir aber noch einmal anders und bleibe stehen, mit den Händen in den Taschen. Ich sage: »Wenn ich das wüßte, wäre es anders.«

Sie zieht eine Grimasse, ich glaube, um zu unterstreichen, für wie dumm sie meine Bemerkung hält.

»Anders?« fragt sie.

Ich mache ein paar Schritte, streiche um die Flasche herum.

»Ja ... wahrscheinlich sogar mein Gesicht.«

Ich höre, wie sie seufzt und der Stuhl nach hinten gestoßen wird; sie kommt näher, ich vermeide es, sie anzusehen. Sie nimmt mein Kinn in die Hand, zieht mich ans Licht. Dann scheint sie mich zu studieren, immer noch mit diesem Hauch eines unergründlichen Lächelns.

»Ein anderes Gesicht brauchst du nicht«, murmelt sie. »Aber du kannst noch versuchen, den ganzen *Rest* zu ändern.«

In diesen letzten Worten war ein grausamer Unterton. Tief in ihren Augen sehe ich eine Traurigkeit, die auch dann nicht vergeht, wenn sie so aufreizend ist. In manchen Momenten hielt ich es für Verachtung; jetzt ist es etwas wie Bedauern. Ihre Pupillen sind zwei kleine Punkte, die nicht aufhören zu flackern, auch wenn sie so entschlossen und sicher scheint, daß ich mich wie der letzte Trottel fühle. Plötzlich küßt sie mich, wie um einen schmerzhaften Gedanken zu unterdrücken. Ich presse sie unwillkürlich so fest an mich, daß ihr der Atem wegbleibt. Es muß ihr weniger wie Leidenschaft als vielmehr wie die Umklammerung eines Verzweifelten vorgekommen sein. Sie befreit sich, ein sonderbares Aufblitzen in ihren Augen; ich verstehe noch immer nichts von ihr, warum sie jetzt plötzlich so beunruhigt schaut. Sie schmiegt ihr Gesicht an meine Schulter, schüttelt den Kopf und überläßt sich einem nervösen Lachen, fast verlegen, löst sich mit einem traurigen Seufzen, weicht bis zum Ruder zurück und lehnt sich mit geschlossenen Augen dagegen. Auch wenn ich nicht daran denke, auf die Mole zu springen, habe ich doch das gleiche Gefühl wie vor dem Sprung ins Wasser, die gleiche Lust zu verschwinden. Da ist eine Entladung verzweifelter Energie, die mich anzieht, die mir dieses Bedürfnis gibt, sie zu berühren. Es muß der Gin sein. Ich habe zuviel getrunken und halluziniere. Es ist nur ein Boot mit drei gelangweilten *Geschwistern*, in einem beliebigen Sommer, in einer Nacht wie alle anderen, mit einer Begegnung, die mich aus dem Alltag reißt. Ich berühre sanft ihre Wange, denke an eine Menge unvernünftiger Sätze und versuche auch, den Mund aufzumachen, sage aber nichts. Sie schlägt die Augen nieder, fragt: »Wartet jemand auf dich?«

Ich zucke die Achseln und deute ein Nein an.

Sie entschlüpft meinen Armen, öffnet die Kabinentür und geht die Stufen hinunter, dreht sich um und schaut mich an, bis ich mich entschließe, ihr zu folgen.

Sie schaltet eine kleine Lampe ein, die in einer Ecke steht; im Halbschatten erkenne ich einen Raum, der größer ist, als ich ihn mir von außen vorgestellt hatte. Sie läßt sich auf eine Art langes Bett fallen, das auch als Couch dient, rührt sich nicht, sieht resigniert aus. Ich fahre mir mit der Hand übers Gesicht, damit keine weitere Phantasiereise beginnt. Dann beuge ich mich über sie, küsse sie auf die geschlossenen Augen, und als ich ihren Busen streichle, sehe ich unter ihren Lidern etwas schimmern; ich bemühe mich, es für Lust zu halten, doch es ähnelt einer Träne. Sie gibt mir keine Zeit zu verstehen, umschlingt meinen Hals, zerrt an meinem Hemd, das ich eilig aufknöpfe; ich schiebe ihr T-Shirt hoch, doch sie reißt es sich plötzlich mit einer heftigen Geste vom Leib. Sie gleitet nach hinten, wie um sich ansehen zu lassen, und öffnet endlich die Augen. Es ist nicht nur Melancholie. Da ist ein fernes und so qualvolles Licht in diesem leuchtenden Grau, daß ich sie nicht länger anschauen kann. Ich lege meinen Kopf auf ihren Busen, frage mich nicht mehr, wo sie mit ihren Gedanken sein mag. Sie streichelt mein Haar, setzt sich nach einer Weile auf und zwingt mich, sie anzusehen. Wir küssen uns wieder, werfen alles von uns, was Haut und Haut nicht zusammenkommen läßt, pressen uns aneinander, mit der gleichen Lust, an nichts zu denken. Da ist ein Schleier, hinter dem alles verschwindet, und es bleibt nur ihr Duft nach Holz und Früchten, nach salzigem Wind, nach Einsamkeit, gepreßt zwischen ihre und meine Haut.

8

Ich reiße die Augen auf, versuche zu begreifen, wieso ich ständig mit dem Kopf anschlage.

Es ist nicht das Bett im Krankenhaus, ich habe keine Röhrchen in den Armen oder im Bauch, und es riecht auch nicht so. Ich habe das Gefühl zu ersticken, das schräg einfallende Licht blendet mich, ich sitze in einer Falle fest, in einer Art Sarkophag aus Holz.

Ich rolle auf den Boden, spüre einen stechenden Schmerz zwischen den Rippen und schaffe es, schwankend auf die Beine zu kommen. Eingeschlossen in der Kabine: Jetzt erkenne ich das wenige wieder, was ich gestern nacht im Halbschatten undeutlich gesehen habe. Und das Boot stampft; zu heftig, um im Hafen zu liegen.

Ich drehe am Knauf, überzeugt, daß die Tür verschlossen ist; doch sie geht auf, fast wäre ich nach hinten gefallen. Ich stoße mir ein Knie an und stelle fest, daß ich nackt bin, taste nach meinen verstreuten Kleidern und ziehe mich eilig an. Dann stürze ich nach draußen. Die Sonne ist für meine Augen wie ein Schnitt mit dem Rasiermesser.

Als ich das offene Meer und die Umrisse des Boots und das im Wind geblähte Segel unterscheiden kann, grüßt mich einer, der wohl Rubén sein muß, mit einem vieldeutigen Zwinkern.

Aivly ist am Ruder. Nur ein kurzes, lässiges Zeichen, dann wendet sie sich wieder dem Meer zu. Ich setze mich hin, warte, daß jemand zu sprechen beginnt.

»Geh woandershin, sonst kriegst du den Baum in den Rücken«, sagt Bom und schaut mehr auf meine Narbe als in mein Gesicht.

Ich setze mich ins Heck, hinter das Ruder.

Sie tut so, als bemerkte sie mich nicht, trägt eilig ein paar Zeichen auf einer Seekarte ein und macht sich an der Tastatur zu schaffen, die vermutlich mit dem Radar verbunden ist. Ich habe nicht geträumt; die Erinnerung an das, was ich heute nacht gefühlt habe, löst in meinem Magen irgendwas aus. Doch ich bin mitgenommen und verkrampft, sie nicht. Es hat einen Augenblick gegeben, in dem sie vielleicht aufgehört hat, mir etwas vorzuspielen. Wie lange das ging, weiß ich nicht, erinnere mich nur an dieses Gefühl von Natürlichkeit, stärker als unsere gereizten Nerven. Ich schaue auf ihren Rücken, gehe noch einmal über ihre Haut und empfinde immer stärker eine unendliche Trostlosigkeit, ein Bedürfnis, *dich zu packen und zu schütteln und anzuschreien, weil du jetzt so anders bist.* Dann frage ich im unverbindlichsten Tonfall: »Wohin fahren wir?«

Sie läßt mindestens eine Minute vergehen, bevor sie antwortet, ohne sich umzudrehen: »Zum Fischen, an die übliche Stelle.«

Ich sehe die Küste der Insel, erkenne das Felsenriff wieder, das Menschengewühl, die Schlauch- und Ruderboote, die in alle Richtungen durcheinanderfahren. Vor zehn Sekunden war ich noch davon überzeugt, auf hoher See zu sein. Sie hat mich nicht entführt, denke ich und grinse wie ein Schwachsinniger. Aivly wendet sich genau in diesem Augenblick um, sieht den albernen Ausdruck auf meinem Gesicht, seufzt und zieht die Augenbrauen hoch.

»Ich sehe, es war richtig, dich schlafen zu lassen.«

Wieder dieser grausame, unverständlich sarkastische Unterton.

Ich sage: »Du hättest besser auch geschlafen.«

Sie dreht sich wieder um, langsam, um die Herausforderung zu unterstreichen.

»Was meinst du damit?«

»Nichts.«

Ich stehe auf und gehe zu ihr.

»Absolut nichts«, sage ich. »Denn je mehr ich rede, desto weniger kann ich mich verständlich machen.«

»Dabei... solltest du ein bißchen mehr sagen.«

Es scheint ein Spiel. Absurd, dumm, ein ganz eigenes Spiel. Und doch ist es keine Pose, nichts an ihr ist gekünstelt, ich fühle, daß ihr diese Fragen ganz natürlich kommen, als schaffte sie es nicht, sie zurückzuhalten.

»Was sollte ich sagen...«, antworte ich mit der ganzen Müdigkeit, die mich mit einem Mal überfällt.

Sie lächelt sanft und wirft die Haare zurück, auf eine Art, die ich wiedererkenne; es versetzt mir einen Stich in den Magen.

»Alles mögliche... vielleicht angefangen damit, wer du bist, was an diesem Felsen so interessant ist, was du bisher gemacht hast... alles mögliche.«

Ich lehne mich gegen die Tür, um ihr ins Gesicht zu sehen. Das stört sie, denn in ihre Augen ist dieses fast unmerkliche Zittern zurückgekehrt, als sie wieder aufs Meer schaut.

»Vielleicht ist der Felsen interessanter als dein Irrenschiff.«

Erstaunen auf ihrem Gesicht; dann macht sie mich fertig: »Stimmt, du bist besser, wenn du nichts sagst.«

Ich packe sie am Arm, zwinge sie, mich anzusehen, sage: »Da drinnen, was zum Teufel hast du da?«

Aus ihren Augen ergießt sich eine Woge von Haß über mich, löscht jede Lust aus, noch etwas hinzuzufügen. Dann senkt sie den Blick auf meine Hand, die sie festhält. Sie murmelt zwischen den Zähnen: »Gut, wir sind einen Schritt weitergekommen. Du bist nicht so schwach und still, wie du glauben machen willst.«

Ich lasse sie los, habe nicht mehr die geringste Hoffnung auf eine gemeinsame Sprache.

»Ich will verdammt noch mal gar nichts glauben machen. Aber du...«

Sie hat dieses Aufflackern ihrer Wut nicht unter Kontrolle

halten können. Mit Sicherheit ein Treffer für mich. Aber was ist das Ziel?

Ich stoße die ganze Luft aus, die meinen Brustkorb zu sprengen drohte, schaue auf das offene Meer, versuche mich zu beruhigen, während ich mich nur auf sie stürzen und ihr weh tun möchte. Um das Segel einzuholen, schlägt Rubén auf die Kurbel, seine Muskeln spannen sich an. Mit einer Ohrfeige könnte er mir die Kinnlade ausrenken. Und dann ist da noch Bom, der so tut, als sähe er nichts, dabei habe ich gemerkt, wie er erstarrt ist, als ich sie am Arm festhielt. Endlich jemand mit normalen Reaktionen. Aber diese Geschichte mit den Geschwistern ist ein bißchen daneben. Rubén sieht aus wie ein Südamerikaner, zu dunkel für einen Spanier. Bom ist vielleicht kein Norweger, aber mit Sicherheit hat er nicht denselben Vater. Und Aivly hat überhaupt keine Ähnlichkeit mit ihnen, weder im Aussehen noch in ihren Gesten, noch sonst irgendwie. Sie hat bemerkt, daß ich die beiden angeschaut habe, und fragt barsch: »Geht irgendeine Rechnung nicht auf?«

»Ich rechne mir nie etwas aus, gar nichts.«

Sie lacht, gezwungen, fremd. Ich frage mich immer noch, was plötzlich mit ihr los ist.

Ich nehme ihre Hände in meine und halte sie an ihr Gesicht, schaue sie an; es ist wie ein Flehen, wenigstens für einen Moment ihre Rolle aufzugeben. Ich sage: »Mir ist egal, wie viele Brüder du hast und was du hier tust. Ich habe dich nicht gefragt, wer du bist.«

Ich hole tief Luft und tauche wieder in ihren Blick ein, der nach und nach sanfter wird.

»Doch wenn du den Mund aufmachst, fühle ich mich wie ein Idiot, und alles, was ich sage, kommt mir wie dummes Zeug vor.«

Ich spüre, wie sich ihre Hände zusammenziehen. Dann schlüpfen sie aus meinen Händen, legen sich an meinen Hals. Für einen Augenblick, den unbestimmbaren Bruchteil einer Sekunde lang, habe ich die Hitze der Nacht wieder in ihren Augen gesehen, die sich jetzt dem hellen Blau zuwenden.

Sie schüttelt den Kopf, bekommt nichts heraus. Da ist etwas, das sie mir sagen möchte, doch sie hält es zurück und beißt sich auf die Lippe.

»Laß gut sein«, flüstert sie schließlich, drückt mich fest an sich und kehrt ans Ruder zurück. Sie wirft den Hilfsmotor an, manövriert wieder mit der gleichen scheinbaren Gleichgültigkeit wie vorher.

Bom kümmert sich um den Anker, Rubén läßt das Dingi ins Wasser und bereitet die Ausrüstung vor; sie macht den Motor aus und geht in die Kabine, ohne sich umzusehen.

»Wir bringen dich an Land«, sagt Bom in seinem gutturalen Tonfall und mit einem finsteren Blick, wie ich ihn bei ihm noch nicht gesehen habe. Ich spüre einen unkontrollierbaren Schauder, ein sonderbares Gefühl, klettere die Strickleiter hinunter und finde mich mit Rubén im Dingi wieder. Er vermeidet es, mich anzusehen; er ist weniger finster als der andere, hat ein offenes Gesicht, wie zum Lächeln gemacht, doch jetzt, so verschlossen und todernst, erscheint er beunruhigender als der *Bruder*. Der setzt sich an den Motor und gibt Vollgas.

Wenige Meter vor dem Felsriff stoppt er ab, wendet und wartet, während Rubén so tut, als wäre er mit den Sauerstoffflaschen beschäftigt. Ich gleite ins Wasser, schwimme langsam, erreiche meinen gewohnten Platz, setze mich hin und umklammere meine Knie. Das Dingi ist verschwunden. Die Ketsch ist ein dunkler Fleck in dieser vulgären Helligkeit, die die Erinnerung an die Nacht verjagt.

Als ich eine andere Stellung einnehmen will, tut es überall weh; ich versuche mich auszustrecken, ohne das Boot auch nur einen Moment aus den Augen zu lassen. Es sind vielleicht zwei Stunden vergangen.

Es vergeht eine weitere. Zum Baden ins Wasser, zurück auf den Felsen.

Und noch eine Stunde vergeht.

Fünf, vielleicht sechs, bevor das Dingi wieder auftaucht und ich ein Lebenszeichen auf dem Boot sehe. Aivly wirft die Strickleiter aus, hilft ihnen, die Taschen hochzuhieven, schaut nach oben, dann zum Horizont. Sie muß mich gesehen haben. Ich stehe auf. Denke nicht im Traum daran, ihr ein Zeichen zu geben. Aber sie kann nicht einfach verschwinden, ohne daß irgend etwas geschieht. Vielleicht kehren sie morgen nach Alicante zurück. Es könnte der letzte Tag sein.

Das Dingi ist in seiner Aufhängung verstaut, der dunkle Fleck beginnt sich schaukelnd zu bewegen, in ein paar Minuten hat er die Felsspitze erreicht, wird vom Schwarz der Klippen verschluckt.

Irgend etwas macht mich nervös; am Anfang nur ein Geräusch, das mich zwingt, den Blick abzuwenden. Erst als es intensiver wird, erkenne ich es: ein ausdauerndes, hartes Klatschen in die Hände. Es wirkt nicht, als würde jemand damit gerufen, eher wie ein provozierender Applaus.

Ich drehe mich um; meine Knie werden weich, und der Felsen gibt nach.

Er trägt ein Jackett, eine Krawatte, blitzblanke Schuhe. Eine groteske Erscheinung zwischen halbnackten Körpern auf glühend heißen Felsen. Das einzige vollständig bekleidete unmenschliche Wesen. Er springt auf mich zu, versucht mit seinen Ledersohlen auf den Klippen das Gleichgewicht zu halten. Er kichert, scheint geradezu fröhlich. Als er vor mir steht, prustet er gut gelaunt, als hätte er eine angenehme Pflicht erledigt.

»Es wird immer schwieriger, auf dich achtzugeben, mein Junge.«

Dann macht er ein gereiztes Gesicht, rückt irgend etwas an seinem Gürtel zurecht. Der Haken der Pistolentasche glänzt wie ein Spiegel.

Ich hocke mich auf die Fersen, beschaue mir die Risse im Felsen und denke nicht.

»Es ist ein schönes Spiel«, meint er. »Aber ehrlich gesagt hatte ich gehofft, dich in den Bergen ausfindig zu machen.«

Kommissar Schiassi atmet schwer, will sich hinsetzen, doch der Felsen ist glühend heiß, und er flucht.

»Ich kann es nicht ertragen, das Meer«, fährt er fort. »Stell dir einmal vor, wir wären jetzt in einem hübschen Dörfchen am Fuße der Alpen ... kühl, grün ... vollkommene Stille.«

Ein Hubschrauber durchschneidet die Luft. Der Kommissar steckt sich den kleinen Finger ins Ohr und schüttelt ihn eine halbe Minute.

»Was zum Teufel ist denn auf dieser Scheißinsel los?«

»Übungen, glaube ich.«

Er lächelt, schlägt sich mit der Hand auf den stattlichen Bauch.

»Fein, du hast die Sprache wiedergefunden. Dann können wir uns ja ein bißchen unterhalten.«

Er verschränkt die Arme, so daß man den Schaft des Revolvers in der Tasche unter seinem Gürtel jetzt ganz sieht. Als ich aufstehe, bemerke ich einen doppelten Reflex von gegenüber.

Es ist die *Aivly-Alicante*, die hinter der Felsspitze gewendet hat und nun in die andere Richtung an uns vorbeisegelt. Der Lichtschein kommt von der Brücke, wo Rubén oder Bom steht und mit dem Fernglas in unsere Richtung schaut.

»Freunde von dir?« fragt er und deutet mit dem Kinn auf das Boot.

»Warum sollten das Freunde von mir sein?«

Er wischt sich den Schweiß ab und läßt sich dann mühsam unterhalb eines Felsens im Schatten nieder.

»Weil sie dich beobachten«, antwortet er mit vor Anstrengung brüchiger Stimme.

Das Boot entfernt sich, aber ich kann doch noch eine winzige Figur erkennen, die dem Mann mit dem Fernglas den Rücken zuwendet.

Schiassi kichert, hustet.

»Sag die Wahrheit . . . du hast daran gedacht, nicht . . .?«

Ich beuge mich zu ihm hinunter, um ihm in die Augen zu sehen. Sie sind gelblich, müde, wegen der Helligkeit und vor Erschöpfung halb geschlossen.

»Aber ja doch . . . um eine nette Tour mit dem Segelboot zu machen«, fügt er zwinkernd hinzu.

»Eine nette Tour?«

Er wird mit einem Schlag ernst.

»Hör auf, mich zu verarschen. Du wolltest sie bitten, dich fortzubringen, das ist klar. Ich hoffe nur, daß du es noch nicht getan hast.«

»Ich habe nichts getan, du kannst ganz beruhigt sein«, sage ich und setze mich neben ihn.

»Ich bin immer vollkommen ruhig, wie du siehst . . .« Er wendet sich um, fixiert mich mit hochgezogener Augenbraue und beendet den Satz in einem eher traurigen als aggressiven Ton: ». . . trotz deiner Dummheiten.«

»War es schwierig, mich zu finden?« frage ich, um ihn auf ein anderes Thema zu bringen.

Er verzieht den Mund, sein Ausdruck wird selbstgefällig.

»Zum Glück leben wir noch immer in einem Land, in dem alle bis zum Beweis des Gegenteils potentiell schuldig sind«, sagt er und bemüht sich, seinem Gefasel einen ironischen Unterton zu geben.

»Und wessen soll ich mich schuldig gemacht haben?«

»Ich habe niemand Speziellen gemeint«, sagt er mit einer vagen Handbewegung, nimmt sein Taschentuch und wischt sich einen Schweißtropfen von der Nasenspitze. Ein schiefes Lächeln, dann: »Aber ganz sauber bist du ja inzwischen auch nicht mehr.«

Er stößt mich leicht mit dem Ellbogen an, spricht leise, im Ton des Komplizen: »Der arme Almese . . . es ist, als hättest auch du ihn umgebracht.«

Ich spüre, daß er zu allem fähig ist, wenn ich ihm jetzt widerspreche. Also komme ich auf das vorige Thema zurück.

»Was ich sagen wollte ... du hast mich doch hoffentlich allein gesucht.«

»Natürlich«, platzt er heraus, als fühlte er sich beleidigt, daß ich ihm etwas anderes unterstelle. »Das ist ein *Spiel* zwischen dir und mir, ich würde nicht im Traum daran denken, Fremde mit hinein-zuziehen.«

Er macht eine Pause und streicht sich über den Zweitagebart.

»Auch wenn du damals in der Nacht den Kopf verloren hast ... bist du doch immer noch mein *Partner*.«

Mir ist ein bißchen übel. Bestimmt, weil ich seit gestern nichts gegessen habe, denke ich.

»Ich hätte deine Daten übermitteln und darauf warten können, daß sie dich an den Ohren nach Hause schleifen. Dafür hätte eine Vorladung als Zeuge gereicht; nichts, was man nicht wieder hin-biegen könnte«, sagt er und markiert den Gesetzeskenner. »Doch weil ich keinerlei Aufsehen erregen wollte«, er blinzelt mir zu, »habe ich tage- und nächtelang die letzten Gästemeldungen aller Hotels und Pensionen in Italien durchgeackert. Eine Sauarbeit, das kannst du mir glauben.«

»Ich wohne nicht im Hotel.«

Ein mitleidiges Lachen.

»Jeder, der eine Person beherbergt, ist verpflichtet, die Perso-nalien der Polizei zu melden. Auch Privatleute, die ein Zimmer vermieten.« Er nickt gewichtig, fügt hinzu: »Wer es unterläßt, macht sich strafbar, weißt du?«

Ich stehe auf, um meine Glieder zu strecken, die schon ganz gefühllos geworden sind.

»Willst du damit sagen, du bist alleine diese Unmenge von Namen aus ganz Italien durchgegangen?«

»Die Inseln nicht zu vergessen, wie du siehst.« Er grinst, von seiner unwiderstehlichen Schlagfertigkeit überzeugt. »Das ist heute einfach, es gibt Computer. Die Meldungen sind ständig auf dem letzten Stand«, schließt er voll Bewunderung. Dann kratzt er sich im Nacken, sagt: »Ich habe nur länger gebraucht, als ich dachte, weil ich dich woanders gesucht habe. Ich dachte, du wärst ein Typ, der einsame Gegenden bevorzugt; deshalb habe ich mit den Bergdörfern angefangen, den Nationalparks...« Jetzt steht auch er auf und wendet sich angeekelt dem Panorama zu. »Und du sitzt bei einer Bruthitze in diesem Chaos.«

Er zieht das Jackett aus, bemerkt, daß er einen Ärmel am Felsen aufgescheuert hat, flucht ein paarmal, murmelt dann: »Wenn es wenigstens einen Sandstrand gäbe, würde ich's ja noch verstehen. Aber was zum Teufel findest du hieran bloß...«

»Ein Ort ist so gut wie der andere«, sage ich und gehe zu einer Pfütze zwischen zwei Felsen, mache mir Gesicht und Haare naß und versuche irgendwie logisch zu denken. Es gelingt mir nicht; keinerlei Idee, wie ich ihm entkommen könnte, nicht einmal die Kraft, mir ein Versteck auszumalen. Ich will nur schlafen.

Der Kommissar gähnt laut, streckt sich mit einem Stöhnen und schaut mich schließlich betrübt an. Er nickt, und seine gelblichen Augen werden unsagbar traurig. Er holt ein halb zerquetschtes Päckchen Zigaretten heraus und bietet mir eine an. Ich nehme sie, und er sagt sehr leise: »Du rauchst also.«

»Warum sollte ich nicht rauchen?«

Er kneift die Augen zusammen, als hätte ich ihm einen Faust-schlag in den Magen versetzt, schüttelt den Kopf, murmelt: »Immer gibst du mir diese gereizten Fragen als Antwort...«

Ich zucke mit den Schultern, mache ein resigniertes Gesicht. Er nimmt die Streichhölzer und läßt ein Dutzend auf den Boden fal-len, scheint es nicht einmal zu bemerken. Eines der letzten zündet er an und sieht zu, wie die Flamme zwischen seinen Fingern aus-geht. Als er das Streichholz losläßt, reibt er Zeigefinger und Dau-men aneinander, zündet dann ein anderes an, hält seine Hände schützend darüber und gibt mir Feuer. Ich mache einen tiefen Zug, und er hustet, spuckt, dreht sich weg.

»Ich bin müde«, murmelt er und schaut auf seine verschwitzten

Hände, die er sich schließlich an der zerknitterten Jacke abwischt. Eine Art Gruß, und er dreht sich um und taumelt von einem Felsen zum nächsten.

»Wo willst du hin?« frage ich ihn unwillkürlich.

Er geht noch ein paar Schritte weiter, tut so, als hätte er mich nicht gehört. Als er ungefähr zwanzig Meter entfernt ist, bleibt er stehen und sagt, ohne mich anzusehen, Richtung Meer: »Ich melde mich bei dir, später.«

Unsicher geht er weiter, den Rücken gebeugt, den Kopf gesenkt, um die weniger schlüpfrigen Steine zu erkennen. Nach einer Viertelstunde ist er ein graues Etwas, das den Pfad hochklettert und über Wurzeln stolpert. Er verschwindet zwischen den Büschen, und eine der Größe nach geordnete, im Gänsemarsch trippelnde bunte Familie taucht auf.

9

Als ich die Mole erreiche, ist die Sonne fast untergegangen. Mein Hemd klebt mir schweißnaß am Leib. Auf dem Rad gab es wenigstens noch den Fahrtwind, um Luft zu bekommen, doch jetzt schwitze und keuche ich, als ich die Stelle suche, wo die Ketsch gestern festgemacht hat. Das Fahrrad habe ich an einem Geländer angekettet, und wahrscheinlich war das auch wieder eine Dummheit, weil es sicher noch ein halber Kilometer zu Fuß ist. Auf der anderen Seite der Bucht liegen zwei düstere graue Schiffe, auf denen es von weißen Uniformen wimmelt. Sieht nach der amerikanischen Flagge aus. Über dem Meer taucht ein Hubschrauber auf, fegt in wenigen Sekunden über die Maste der Fischerboote hinweg, macht eine scharfe Kehrtwendung und fliegt auf die plumpen, bewegungslos daliegenden Schiffe zu. Als er sie unter sich hat, scheint er einen Moment stillzustehen, um die Lage zu sondieren, geht dann in immer engeren Kreisen auf eines der beiden nieder. Aus dieser Entfernung hört sich das Rotieren der Flügel wie ein Summen an, und der Anblick erinnert an eine Schmeißfliege, die ein Stück schwimmende Scheiße gefunden hat. Endlich landet der Hubschrauber auf dem hinteren Deck des Schiffs, das ein Hubschrauberträger oder eine leichte Fregatte sein muß. Das andere ist kleiner und schmaler, wahrscheinlich ein Minenräumboot.

Überzeugt davon, noch eine Weile gehen zu müssen, stoße ich plötzlich auf die *Aivly*, eingeklemmt zwischen einem gigantischen Motorboot und einem Dreimaster. Ich weiß nicht mehr, ob sie gestern am gleichen Platz lag. Bom ist auf Deck und liest eine deutsche Zeitung. Er hat mich schon eine Weile gesehen, doch er wartet, bis ich Anstalten mache, einen Fuß auf den Steg zu setzen, um die Zeitung sinken zu lassen, und fixiert mich mit der klaren Absicht, mich von Bord fernzuhalten. Ich bleibe mit gegrätschten Beinen stehen, das eine auf der Mole, das andere hängt in der Luft. Er kommt näher, lächelt plötzlich und breitet die Arme aus. An einer Seite der Nase hat er eine Narbe, aus der eine Falte wird, als er die Gesichtsmuskeln anspannt.

»Hallo. Na, wie geht's?« sagt er mit falscher Herzlichkeit.

Ich nicke, schaue suchend Richtung Kabine.

»Meine Schwester ist nicht da«, fügt er gleich hinzu.

»Du meinst... Aivly?«

Er wirft mir einen sonderbaren Blick zu, grinst dann, sagt: »Wir sehen uns nicht besonders ähnlich, oder?«

Er faltet die Zeitung zusammen, läßt sie hinter den Stuhl fallen. Es ist, als versuche er sich krampfhaft zu unterhalten, um Zeit zu gewinnen. Doch wenn Aivly unten ist, hat sie mich inzwischen bestimmt gehört. Vielleicht hat sie keine Lust herauszukommen. Bom macht eine Dose Bier auf.

»*Natürlich* ... haben wir verschiedene Väter.«

»Das habe ich mir gedacht«, sage ich und stelle das Bein wieder auf die Mole zurück.

Bom macht ein fragendes Gesicht und kommt näher. Er hält mir das Bier hin.

»Und was hast du dir sonst noch gedacht?«

»Hör zu«, sage ich schnell, »du und Rubén, ihr seid bestimmt in Ordnung, aber ich bin nur wegen Aivly gekommen, und alles übrige ist mir scheißegal.«

Sein Gesicht entspannt sich instinktiv, drückt etwas wie amüsierte Zustimmung aus.

»Gut, das ist ein klares Wort«, sagt er und trinkt sein Bier aus.

Ich nehme auch einen Schluck und sehe ihn an. Er dreht sich zu seinem Tisch um, stellt die leere Dose darauf.

»Ich weiß nicht, wo sie ist. Und Offenheit gegen Offenheit: Ich würde gerne in Ruhe lesen. Allein.«

Ich verabschiede mich mit einer Handbewegung, gehe weiter, auf die Spitze der Mole zu.

Den Kopf halte ich gesenkt und stoße fast gegen eine weiße Uniform. In ihr steckt ein Sergeant, links und rechts von ihm zwei weitere bullige Typen; sie haben Knüppel am Gurt und eine schwarze Binde, auf der MP steht. Amerikanische Marinesoldaten auf Streife, blitzblanke Stiefel und in die Stirn gezogene Käppis. Sie gehen langsam weiter; so ausdruckslos wie sie sind, glaube ich, sie wären nicht einmal stehengeblieben, wenn ich mit dem Kopf gegen die Brust ihres mutmaßlichen Anführers gestoßen wäre. Sie schauen mich nicht einmal an, marschieren unbeirrt geradeaus, den Blick auf irgend etwas Weißes in der Ferne gerichtet, vielleicht noch mehr Uniformen wie ihre.

Ein schneidender Wind ist aufgekommen, kräuselt das Wasser und treibt den Schaum flockenweise hinaus aufs Meer. Am Horizont ziehen zwei Jagdflugzeuge eine graue Linie, vollkommen parallel zum grünlichen Streifen der Küste, den man im Dunst erahnt. Ich lasse mich auf einem umgedrehten Kanister nieder und beobachte, wie die Flieger im erlöschenden Glanz des späten Tages kleiner werden. Bald wird es dunkel sein. Ein hell erleuchtetes Frachtschiff kommt näher, scheint stillzustehen, doch als ich wieder hinsehe, ist es schon hinter dem Leuchtturm.

Ich kann hier nicht *bleiben*.

Mit einem Ruck springe ich hoch, fühle eine Leere im Magen. Die aufsteigende Übelkeit schlucke ich wieder hinunter und gehe ein paar Schritte, schaue auf das immer unruhigere Meer, das erleuchtete Dorf, die dunklen Berge, die Schiffslichter, die sich langsam entfernen.

Entschlossen steuere ich auf die Reihe der Ankerplätze zu, merke mit einem Mal, daß ich laufe, werde wieder langsamer. Ich bin fünfzig Meter von der *Aivly* entfernt, mache einen Bogen um einen Poller und sehe drei Typen in einem schwarz-gelben Motorboot. Sie halten Gläser in der Hand, sitzen um einen mit

Flaschen und Tellern beladenen Tisch herum und schauen zu mir. Einer zuckt mit den Schultern und lacht. Ich drehe mich um und setze meinen Weg fort, die Augen fest auf die spanische Flagge gerichtet.

Niemand da.

Ich trete auf den Steg, gehe immer wieder einen Schritt zurück, um mehr Lärm zu machen. Auf dem Tisch steht eine Dose Bier; ich reiße sie auf und trinke sie halb leer, lehne mich gegen das Ruder. Nach ein paar Minuten taucht Bom auf. Er lächelt nicht, wirft mir ein paar schiefe Blicke zu. Dann zündet er sich eine Zigarette an und bläst den Rauch nach oben. Er hockt sich hin, legt einen Arm um den Mast. Mit dem Kinn auf den Knien starrt er mich von der Seite an und spielt mit seiner Zigarette.

»Ich komme mit euch«, sage ich leise.

»Wohin?« fragt er ohne jede Regung.

»Überallhin, ist egal.«

Er holt tief Luft, streckt die Beine aus und läßt sie baumeln.

»Warum?« murmelt er und steckt sich die Zigarette in den Mund.

Er nimmt einen tiefen Zug. Ich beobachte, wie der Rauch, den er durch die Nase bläst, den Raum zwischen uns ausfüllt; ich trinke noch mehr Bier, werfe die leere Dose ins Wasser, sage: »Weil ihr weit fortfahrt.«

»Hm.«

Er mustert mich weiter, die Augen halb geschlossen.

»Ich habe kein Geld, das ist alles«, sage ich.

Jetzt lächelt er.

»Du bist nicht der Typ, der mitgenommen werden will, um Geld zu sparen.«

»Und was für ein Typ bin ich?«

Er seufzt, wirft die Kippe auf die Mole.

»Sag du's mir«, zischt er durch die Zähne.

Ich beuge mich vor, stütze mich auf den Rand des Tischs, schaue ihm ins Gesicht. Er verkrampft sich ein bißchen, macht einen Buckel. Ich sage: »Mit mir habt ihr keine Probleme, ich bin in Ordnung.«

»Hier hat keiner Probleme.«

Diesmal ein sanftes Lächeln meinerseits.

»Los, drück dich deutlich aus«, sagt er, todernst.

Ich fahre mit der Hand über meinen Hals, der noch immer weh tut. Alle meine Muskeln sind angespannt, ich versuche mich zu lockern, doch je mehr ich das tue, desto weniger habe ich meine Stimme unter Kontrolle, die jetzt bebt: »Vielleicht könnte ich Aivly fragen . . . oder?«

Er macht ein zweifelndes Gesicht.

»Zuerst kannst du mir mal einen guten Grund nennen. Dann sehen wir weiter.«

Ich stochere mit der Schuhspitze in einer Spalte im Holz herum, bis Bom hinschaut, um mir klarzumachen, daß ich den Boden ruiniere.

»Sicher«, sage ich und räuspere mich, »es kommt dir vielleicht komisch vor, aber . . .«

»Aber?«

Ein lauter werdendes Brummen, das sich dem Bug nähert. Während ich mir noch eine Antwort überlege, hört das Geräusch mit einem Mal auf, und eine heisere Stimme sagt etwas auf spanisch. Es ist Rubén, der eine Tasche aufs Deck wirft und nach oben klettert, sich dabei an der Ankerkette festhält. Ein paar Sekunden lang ist er wie erstarrt, steht aufrecht vor den Lichtern des Orts, dann dreht er sich um, streckt seine Hand nach unten aus. Mit einem heftigen Ruck zieht er Aivly herauf, fast ohne daß sie das Boot berührt.

Sie schaut mich ruhig an, geht ins Heck, setzt auf dem schmalen Gang neben den Bullaugen einen Fuß vor den anderen, ohne die kleinste Unsicherheit.

»*Hola*«, sagt sie, als sie einen halben Meter vor mir steht.

Ich rieche den Duft, schaue den Mund, die Haare, die Hände an; doch nicht die Augen. Sie bewegt sich entschlossen auf den Steg zu, und als sie mich streift, fühle ich, wie sich ihre Finger mit den meinen verschlingen.

»Komm.«

Ich folge ihr auf die Mole.

Als wir eine Stelle im Halbschatten erreichen, dreht sie sich um und sagt leise: »Heute nacht gibt es ein Gewitter. Spürst du das nicht?«

Sie saugt die Luft ein, als könnte sie den Wetterumschlag riechen.

»Aivly...«

Sie streicht sanft über meine Wange, drückt sich an mich, preßt ihren Busen gegen meine Brust. Ein kurzer Kuß, zu intensiv, um ehrlich zu sein.

»Ich war gerade dabei, Bom zu bitten, daß ihr mich mit-nehmt...«, schaffe ich zu sagen.

»Du weißt nicht einmal, wohin wir fahren«, antwortet sie und streichelt meinen Rücken unter dem Hemd.

Ich bekomme eine Gänsehaut, was sie falsch versteht, denn ich spüre nur eine große Lust, sie wegzustoßen. Sie küßt mich wieder. Ich fühle Wut, aus der Traurigkeit wird, lasse zu, daß sie weiter zärtlich zu mir ist, und denke an jene andere Frau, die mich gestern nacht umarmt hat.

»Bist du allein?« flüstert sie und neckt mich mit den Lippen zwischen Hals und Ohr.

Ich suche ihre Augen, um zu verstehen, was ich antworten sollte, doch sie läßt es nicht zu; schließlich bekomme ich ein »Was?« heraus.

Sie weicht zurück, fährt mit den Fingern über meinen Mund.

»Dieser Freund, der heute mit dir zusammen war...«

»Das war kein Freund von mir. Ich kenne ihn nicht mal«, sage ich kalt.

»Willst du ihn dir wachsen lassen?« fragt sie und streicht mit der Handfläche über meine Wange, als hätte sie nicht gehört.

»Nein«, sage ich genervt, »er wächst von alleine.«

Endlich hört sie auf.

»Du bist komisch«, murmelt sie und sieht mich aus den Augenwinkeln an.

Ich nicke, frage: »Wieso habt ihr kehrtgemacht?«

Sie denkt einen Moment nach.

»Wir haben beschlossen, zum Essen nach Rio Marina zu gehen.« Dann kneift sie die Augen zusammen; zwei kalte Schlitze, die meine Gedanken sezieren. Sie sagt noch: »Warum?«

Ich verziehe den Mund, schaue auf ihr feuchtes T-Shirt, unter dem sich die kleinen Brustwarzen abzeichnen.

»Nichts weiter«, sage ich und atme tief, um die Angst zu verscheuchen. Ich nehme ihre Hand, die warm auf meinem Körper liegt, neben der Wunde; ich küsse ihre Handfläche.

Dann drehe ich mich um. Ich warte auf ein Geräusch von ihr, eine instinktive Bewegung, um mich zurückzuhalten. Ich verlangsame jede Geste, zähle die Sekunden und warte, daß sie mich überholt, ein Wort sagt. Doch sie hat sich nicht gerührt, hat mich nicht zurückgerufen.

Ich gehe immer schneller, bis ich hinter der Mauer bin und endlich nicht mehr ihren Blick im Nacken spüre.

10

Ich werfe das verdammte Fahrrad mit seinen nutzlosen Gängen und Zahnrädern in den Garten. Irgendwas daran hat blockiert, was weiß denn ich. Jedenfalls mußte ich in einem schweren Gang die Steigung hochradeln und habe dabei den letzten Liter Flüssigkeit ausgeschwitzt. Ich suche die Schlüssel, und das metallische Geklingel mischt sich mit dem Knirschen von Kies, *hinter mir*.

»Wo bist du gewesen?«

Ich lasse mich mit dem Rücken gegen die Wand fallen.

»Seit zwei Stunden warte ich schon«, sagt der Kommissar und taucht unter der Laterne auf.

Das Licht von oben zerlegt sein Gesicht in dunkle Flächen, verstärkt den ausgemergelten Eindruck. Er zündet sich eine Zigarette an, hält mir das Päckchen hin, und als ich seine Finger berühre, spüre ich, wie die Kälte in meinen Arm kriecht.

»Hast du Hunger?« fragt er ruhig.

Ich will gerade »Warum?« erwidern, als mir einfällt, daß Fragen als Antwort ihn wütend machen, deshalb sage ich nur: »Sicher.«

»Dann laß uns eine Pizza essen, ich bin mit dem Auto da.«

Ich folge ihm zwischen den Büschen durch, bis auf die ungeteerte Straße. Er hat einen blauen Ritmo, der drinnen nach Schimmel und nassem Hund riecht.

Er lenkt mit einer Hand, geht mit kleinen Schlägen aufs Steuer in die Kurven, daß sich mir der Magen umdreht.

»Scheißkarre«, sagt er. »Wer weiß, wie lange die schon nicht gewaschen ist.«

»Gehört das Auto nicht dir?«

»Machst du Witze?« fragt er und kurbelt das Fenster runter. »Glaubst du, es würde so stinken, wenn's meins wäre?«

Ich schiele nach der Zündung: Der Schlüsselbund scheint in Ordnung.

»Ich habe es geliehen, du kannst ganz beruhigt sein«, fügt er als Antwort auf meinen Blick hinzu.

Er biegt in die Straße ein, die hinauf nach Capoliveri führt, und schafft es in den Serpentinen sogar, die Reifen zum Quietschen zu bringen. Über den Bergen im Zentrum der Insel liegt ein rötlicher Schimmer. Als wir weiter oben sind, sehe ich hellrote Flammen züngeln, lautlose kleine Explosionen, die Krone einer Pinie brennt lichterloh.

»Schön, das Feuer«, sagt Schiassi und schaut gefährlich lange zum Fenster hinaus. Er gerät ins Schleudern, kriegt die Kurve im letzten Augenblick.

»Geht so«, meine ich.

Er murmelt irgendwas, verärgert. Sagt dann: »Das sind welche, die vom Aufforsten leben. Jedes Jahr stecken sie einen Teil der Insel an, um die Arbeit für die nächste Saison sicher zu haben; ein Teufelskreis.«

Er hat das so dahingesagt, als wäre es überall bekannt und vollkommen normal.

»Natürlich«, sage ich.

Er schüttelt sich vor Lachen, wird dann wieder ernst, immer düsterer, je näher wir den Lichtern des Dorfes kommen.

Schließlich findet er einen Parkplatz, steigt langsam und traurig aus, geht los, ohne auf mich zu warten.

Ich weiß nicht, warum ich hinter ihm hergehe. Ich könnte weglaufen, querfeldein, bevor er es schafft, etwas zu unternehmen. Dann wäre die einzige Lösung, zu Aivly zu gehen und sie zu bitten, mich auf dem Boot zu behalten. Schiassis Wahnsinn beginnt mir langsam vertraut zu werden, ihren bekomme ich nicht zu fassen.

Wir schieben uns durch Gassen und über enge Treppen an Grüppchen taumelnder Touristen vorbei. Ich hole Schiassi ein, als er an einer Ecke stehenbleibt, um wieder zu Atem zu kommen; er hustet, eine Hand auf der Milz.

»Beschissener Ort; und du bist verdammt noch mal schuld«, sagt er mit einer vom Katarrh erstickten Stimme.

Ich hocke mich auf die Stufen, in Erwartung seiner Tirade über die Luft in den Bergen und den ganzen Rest, aber er kommt schnell wieder zu Kräften und verschwindet hinter einem Haus. Jetzt muß ich fast laufen, um ihn nicht zu verlieren. Er überquert die Hauptstraße, kämpft sich mit den Ellbogen durch die Leute, die sich mit trägem Verdauungsschritt vorwärtsbewegen. Ein Typ in Bermudas und mit Baseballkappe auf dem Kopf dreht sich um und flucht. Ein englisches Schimpfwort, glaube ich. Schiassi steht einen Moment wie erstarrt da, dann macht er einen Satz zurück, baut sich vor dem Kerl auf, der wenigstens zehn Zentimeter größer ist als er.

»Sag das noch einmal«, knurrt er und stellt sich auf die Zehenspitzen. Seine Sehnen scheinen fast durch die Haut zu brechen, die Adern an seinen Schläfen sind geschwollen, und er kann das Zittern in seinen Beinen nicht mehr kontrollieren. Ich stürze nach vorn, schaffe es, mich zwischen die beiden zu schieben; doch kaum daß er sich von mir zurückgehalten fühlt, beginnt Schiassi, den anderen zu beschimpfen. Der Typ zieht eine Grimasse, Ausdruck der Verachtung für einen armen betrunkenen Irren. Ich versuche, Schiassi fester zu halten, doch er reißt sich plötzlich mit aller Kraft von mir los. Ich gehe in die Knie, komme gerade rechtzeitig wieder hoch, um zu sehen, wie er dem Touristen ins Gesicht spuckt. Der scheint einen Augenblick zu überlegen, dann versetzt er ihm drei schnelle Haken in den Magen, hält ihn dabei mit der anderen Hand im Nacken fest. Schiassi krümmt sich zusammen, plötzlich alt und fertig. Aus dem Mund des Typs kommt ein Singsang emotionsloser Beleidigungen, etwas wie »Scheißitaliener, dir reiß ich die Eingeweide raus«, während er sich mit geballten Fäusten nähert, die eine vorgestreckt, die andere in Gürtelhöhe.

Schiassi schnappt nach Luft, sieht ihn, rollt sich auf die Seite. Er hat nicht die Kraft, wieder hochzukommen. Das sollte mir gefallen, doch ich empfinde ein vages Mitleid: ein ärgerliches Gefühl. Es dauert nicht lange. Schon fährt Schiassi mit der Hand in Richtung Magen, doch nicht, um ihn sich zu massieren. Der Schaft des Revolvers ist schon draußen, er hält die Hand darüber, streckt die Finger aus. Ich bin sicher, daß er auf den anderen schießt, wenn der nicht aufhört. Das sehe ich an seinem Blick, starr auf den Boden gerichtet, kalt, abgedreht. Ich halte dem Touristen meine leeren Hände entgegen, gehe mit beschwichtigenden Gesten auf ihn zu, damit er mir nicht die Zähne einschlägt, bevor ich mich verständlich gemacht habe.

»Freund, laß sein ... ist ein Polizist, verstehst du? Polizeikommissar, wichtiger Mann«, sage ich mit lauter Stimme in meinem Flughafenenglisch. Der Typ läßt sich nicht beirren, hat seine gebräunten, riesigen Fäuste noch immer geballt, weiß nur nicht, ob er mich oder ihn schlagen soll. Zwei seiner Freunde müssen irgendwas begriffen haben; sie beeilen sich, ihn unter den Schultern zu packen und wegzuschleppen, verschwinden in einer Seitengasse, aus der nach einer Sekunde lautes Gelächter schallt.

Der Kommissar kommt auf die Knie, stößt einen langen Seufzer aus, hustet leise, spuckt; dann steht er auf, schiebt sich mit der Schulter an der Wand hoch.

»Was mischst du dich da ein?« zischt er und schaut zur anderen Seite.

»Das habe ich mich auch gerade gefragt«, sage ich barsch.

Schon oft habe ich mich dumm gefühlt, doch noch nie so abgrundtief dumm wie jetzt. Ich gehe eine schmale Straße hinunter, folge einem Schild, auf dem *Pizza* steht. Ich hätte ihn machen lassen können. Wenn er geschossen hätte, wäre es das Ende des Alptraums gewesen. Daran habe ich nicht gedacht; ich habe ihn in dieser Lage gesehen und einfach eingegriffen, ohne nachzudenken. Das passiert mir in letzter Zeit immer häufiger.

Ich komme vor der Tür einer alten Osteria an; rot-weiß karierte Vorhänge. Durch das Fenster kann ich erkennen, daß es ein winziges Lokal ist, voll mit Leuten, die sich über ihr Essen beugen. Ich gehe hinein, setze mich in die einzige freie Ecke. Gleich danach taucht sein Gesicht in dem dunklen Viereck über den Gardinen auf. Er sieht mich, tritt mit gesenktem Kopf ein, läßt sich auf einem Hocker nieder, sitzt gebeugt und in sich zusammengesunken da, starrt auf den Tisch.

»Danke«, murmelt er nach zehn Minuten unerträglichen Schweigens. Das zu sagen muß ihn mehr geschmerzt haben als die Faustschläge.

Ich stehe auf und gehe zur Theke, um einen Liter Wein und zwei Pizzas mit möglichst wenig Belag zu bestellen. Als ich mich wieder setze, bemerke ich sein zwanghaftes, immer schnelleres Kopfnicken.

»Ich hätte auf ihn geschossen, weißt du.«

»Schöner Mist.«

Er kneift die Augen zusammen, als wollte er sich konzentrieren, um den Schmerz zurückzudrängen.

»Auch ... auch in diesem anderen Fall wollte ich ihn nicht ... töten.«

»Wahrscheinlich wolltest du nicht einmal mich töten«, sage ich, voller Lust, ihm immer mehr weh zu tun, selbst auf die Gefahr hin, daß in dieser Minipizzeria die Hölle losbricht.

»Kein Wort mehr über diese Geschichte ... für mich ist sie abgeschlossen, und ...«

»Sicher, geschlossen wie das hier«, sage ich und ziehe mit einem solchen Ruck das Hemd hoch, daß ein Knopf abspringt.

Er hat eine Art Krampf, sein Gesicht erstarrt zu einer Maske, die dunklen Zähne sind gebleckt. Seine Augen bleiben auf meine Wunde gerichtet, treten hervor, füllen sich mit Tränen, bis er sein Gesicht in die Hände nimmt und irgend etwas Unverständliches wimmert, eine erstickte Klage. Der Wein kommt, schwebt einen

Augenblick in der Luft, als der Blick des Kellners an Schiassis Gesicht hängenbleibt. Ich gieße die Gläser voll, trinke meins sofort aus und schenke mir erneut ein. Er nimmt einen Schluck, zieht ein Gesicht, als wäre es purer Alkohol.

»Du kannst dir nicht vorstellen, was für Geschichten mir in all den Jahren passiert sind«, sagt er zitternd.

»Denk dir, schon meine eigenen sind unvorstellbar...«

»Der hat es wirklich drauf angelegt«, fährt er fort, als hätte er mich nicht gehört. »Ich war nicht so. Früher... Früher kam ich nicht mal auf den Gedanken, meine Waffe zu gebrauchen, verstehst du? Manchmal habe ich sie sogar zu Hause vergessen, nie und nimmer hätte ich sie gezogen...«

Er trinkt jetzt doch, und ich gieße ihm gleich noch ein Glas ein.

»Ist dir klar, daß ich ihn fast umgebracht hätte, den armen Kerl eben...«

Ich nicke, fahre mit einem Finger über den Rand meines Glases. Das Pfeifen macht ihn nervös. Er legt eine Hand auf meine, um sie festzuhalten.

»Warum willst du nicht verstehen?«

Ich ziehe meine Hand weg, sage: »Der es drauf angelegt hat, das war wohl Almese...«

»Ach was: Almese, wen kümmert Almese.«

Er gestikuliert nervös, als wollte er das Thema vom Tisch wischen, um dann den Faden wiederaufzunehmen, den er meinetwegen verloren hat.

»Ich meine den anderen... den *ersten*.«

Die Pizzas kommen. Ich beginne hastig zu essen, um nicht an den *ersten* zu denken.

»Es war eine Befreiung, und ich will versuchen, dir das zu erklären... denn... denn er hat mir wirklich keine andere Wahl gelassen.«

»Ich will es nicht wissen, das ist deine Angelegenheit«, sage ich und mache mich weiter über Pizza und Wein her.

»Stimmt nicht, daß es meine Angelegenheit ist«, murmelt er. »Jetzt ist es auch *deine*.«

Ich höre auf zu essen und stütze die Hände auf den Tisch. Gerade will ich ihm noch einmal sagen, daß es mich absolut nichts angeht, doch die Worte bleiben mir im Hals stecken. Ein Gesicht draußen vor dem Fenster, über Schiassis Kopf: Augen, die mich anstarren.

Es ist Bom; sofort verschwunden, nachdem ich ihn bemerkt habe. Wer weiß, wie lange er schon da war. Schiassi dreht sich um, versteht nicht, sieht mich prüfend an und fragt schließlich: »Was ist los?«

Ich springe auf, werfe irgendwas um und erreiche die Tür, renne auf die Gasse und weiter Richtung Hauptstraße. Zu viele Leute; ich kehre um. Das abschüssige Sträßchen führt durch Trauben von Häusern, die sich an die Rippen des Bergs klammern; unmöglich, ihn finden zu wollen.

Doch ich habe nicht den geringsten Zweifel. Nicht, daß es viel ändert. Mag sein, daß er zufällig vorbeigekommen ist und mich erkannt hat.

»Mein Junge, dein sonderbares Verhalten macht mich langsam fertig«, empfängt mich der Kommissar, der am Türpfosten lehnt.

Er kratzt sich am Kinn und seufzt, steckt sich dann einen Zahnstocher zwischen die Zähne. Jetzt erinnere ich mich, daß er die Pizza nicht angerührt hat. Doch er hat genug Wein getrunken, um dieses bittere Lächeln und diesen menschlichen Blick zu bekommen.

»Laß uns woanders was trinken gehen«, sage ich.

Wir gehen zum Parkplatz. Ich denke an das plötzliche Auftauchen Boms; Schiassi versucht etwas zu sagen, doch jedesmal, wenn er stehenbleibt und den Mund aufmachen will, schüttelt er schließlich nur den Kopf und geht weiter.

»Ich fahre«, sage ich und strecke die Hand aus.

Er runzelt die Stirn, überlegt, wo dabei die Falle sein könnte, murmelt dann irgendwas und wirft die Schlüssel auf die Motorhaube, geht ums Auto herum. Als ich den Motor anlasse, meint er mit matter Stimme: »Fahr langsam, die Bremsen sind unter aller Sau.«

In der ersten Serpentine fällt es mir wieder ein, als ich voll auf die Bremsen steigen muß und es quietscht, daß es einem durch und durch geht; ich nehme die Kurve zu scharf, und von Schiassi kommt ein schwacher, vorwurfsvoller Laut. Ab und zu blendet ein anderes Auto auf, zieht mit Stereogeblubber und vibrierenden Bässen vorbei.

»Wann ist dieser Mistsommer bloß zu Ende?« sagt der Kommissar und hält die Augen halb geschlossen.

Ich bleibe unten an der Kreuzung stehen, sage: »Ich habe keine Lust, nach Hause zu gehen.«

»Du hast kein Zuhause«, meint er.

Ich trete das Gaspedal durch, der Ritmo hebt ab und schießt in die Linkskurve Richtung Portoferraio.

»Und wenn *du* eins hast, warum bleibst du nicht dort?« frage ich und fahre wieder langsam.

»Weil es ein stinkendes Loch ist, in dem kein Schwein leben kann. Ich hab's aufgegeben, bevor ich auf die Suche nach dir bin.«

Das Thema ist mir zu persönlich, ich sage nichts mehr dazu, sonst schüttet er mir noch sein Herz aus.

»Wollten wir nicht irgendwas trinken?« fragt er nach ein paar Kilometern.

»Ich halte an, sobald ich was sehe.«

»Laß nur«, sagt er, greift nach hinten und holt etwas vom Rücksitz. »Trink das hier.« Er hält mir eine Flasche *Stock* hin.

Sie hat einen Sicherheitsverschluß, als könnte jemand noch was Schlechteres reingießen. Mir läuft die Hälfte auf den Kragen, und was in den Mund kommt, schmeckt bittersüß. Ich gebe ihm die Flasche zurück. Er trinkt gleichgültig, hat eine Fahne, die nach zuckrigem Alkohol riecht.

»Wußtest du, daß ich Everardo heiße?« fragt er nach einer Weile.

»Interessant«, sage ich.

Er lacht gickernd. Ich habe im Rückspiegel die Scheinwerfer eines Autos, das sich trotz unserer mäßigen Geschwindigkeit nicht zum Überholen entschließt. Ich denke wieder an vorhin, an den Moment des Mitleids für diesen Menschen, der mir das bißchen genommen hat, was ich besaß. Ein Haß lodert in mir auf, den ich nicht unterdrücken kann, und ich platze heraus: »Warum hast du auf mich geschossen?«

Er dreht den Kopf zur anderen Seite, lehnt sich aus dem Fenster. Dann wendet er sich plötzlich wieder mir zu und sagt: »Halt an.«

Ich werfe ihm einen Blick zu und fahre weiter. Er stürzt sich auf mich, reißt den Schlüssel heraus. Fahrt ins Dunkel, zum Glück ein Stück Wiese vor dem Graben. Das Auto hinter uns bricht zur Seite aus, kommt ins Schleudern, beschleunigt und fängt sich wieder, verschwindet hinter der Kurve. Schiassi macht sich völlig überdreht an seinem Gürtel zu schaffen, zieht den Revolver raus und schreit: »Los, nimm ihn! Wenn du meinst, du kannst es auf die Art lösen, nimm den Scheißrevolver und tu, was du willst.«

Er wirft ihn mir auf die Knie, sagt: »Nimm ihn und schieß auf mich, dann sind wir quitt.«

Ich steige aus, lehne mich an den Kofferraum, die Hände unter die Achseln gesteckt. Auch er kommt heraus, geht um mich herum, schwenkt die Waffe und knurrt: »Was willst du jetzt tun? Hä? Du hast ja schon Schiß, das Ding nur in die Hand zu nehmen.«

Ein Auto bremst ab, stellt sich quer, zwei Typen stoßen die Türen auf, springen auf uns zu. Es scheint das Auto zu sein, das uns vor einer Minute überholt hat, doch als ich Bom erkenne, höre ich auf zu denken. Everardo hält den Revolver in der Hand, rührt sich nicht, und bevor ich mir noch irgend etwas überlegen kann, sehe ich Rubén, der ihm den Lauf eines Selbstladers an den Hals drückt.

»Die Waffe langsam hinlegen«, sagt er.

Everardo läßt den Arm sinken, dreht den Revolver um den Zeigefinger und hält ihn Rubén mit dem Schaft entgegen. Rubén steckt ihn in die Tasche, sagt: »Hände auf das Auto und Beine breit.«

Er tastet ihn unter der Jacke ab, die Innenseiten der Oberschenkel bis hinunter zu den Knöcheln, dann entspannt er sich, schaut Bom an, der sich zu mir wendet und sagt: »Du kommst mit uns.«

Sie schieben mich ins Auto. Am Steuer sitzt Aivly.

Ich sehe, daß Rubén Everardo mit Handschellen ans Steuer kettet und ihm etwas einbleut. Dann kommt er, setzt sich hinten in Aivlys Auto. Das letzte Bild von Kommissar Schiassi ist ein verzerrtes Gesicht, das sich umzuschauen versucht und den Mund stumm aufreißt. Als wir auf die Straße zurückfahren, wird mir klar, daß ihn dort niemand finden kann, nicht bevor es Tag wird.

Aivly fährt und wechselt dauernd den Gang, schneidet die Kurven, bremst ab, beschleunigt und sagt nichts. Bom dreht sich um, meint: »Du kannst uns später was erzählen. Es hat keine Eile.«

In meinem Kopf ein Brei aus Worten, die sich vermischen und ihren Sinn verlieren. So bin ich still und warte.

11

Auf der Mole begegnen wir ein paar schläfrigen Pärchen und zwei
oder drei Fischern, die zwischen den Felsen ihre Angelschnüre
auswerfen. Aivly fährt langsamer, läßt das Auto schließlich im
Leerlauf ausrollen. Eine Art Schlange zappelt auf dem Zement,
und der Typ, der sie aus dem Wasser geholt hat, springt um sie
herum und versucht, sie zu erledigen. Ich sehe gerade noch, wie er
ihr mit dem Absatz den Kopf zerquetscht. Es war ein Seeaal oder
etwas Ähnliches. Bom sagt: »Jetzt kannst du einen Haufen Dinge
tun, die alle dumm sind. Du kannst zum Beispiel schreien, anfangen zu rennen, jemanden rufen ...«

Ich schaue ihm in die Augen, um zu begreifen, wovon zum Teufel er spricht. Er hebt väterlich den Zeigefinger, sagt: »Oder du
kannst ruhig aussteigen und aufs Boot gehen: die einzige Möglichkeit, nicht erschossen zu werden.«

Seine andere Hand steckt in der Tasche seines Lumberjacks.
Etwas Langes zeichnet sich unter dem Stoff ab; es könnte ein Finger sein, ein Schlüsseletui. Rubén jedenfalls hat eine Pistole; die
habe ich gut gesehen.

Aivly sagt barsch: »*Deja de joder.*« Sie steigt aus, schlägt die Tür
zu.

Ich glaube, sie ist wütend über Bom. Rubén seufzt, macht ein
Zeichen, und ich steige aus. Aivly steht einen Augenblick lang vor
mir, mit einem stolzen, unbegreiflich haßerfüllten Ausdruck. Sie
dreht sich um und geht aufs Boot, während Bom mich unterhakt
und mir gleichzeitig seine metallische Ausbeulung gegen meine
Narbe im Rücken drückt.

Hinunter in die dunkle Kabine. Aivly ist nicht weit weg; ich
sehe sie nicht, doch ich rieche ihren Duft.

»In welcher Sprache sollen wir mit dir sprechen?« fragt sie und tritt ins Licht, das durch das Bullauge dringt.

Ich schaue sie an, zucke nicht einmal mit der Wimper.

»Na gut, ich bin sicher, daß du besser Kastilisch sprichst als ich«, sagt sie wütend.

Rubén nähert sich mit einem Paar Handschellen, wechselt mit Aivly einen Blick, der für mich rätselhaft ist; doch er leitet daraus den Befehl ab, mich zu fesseln, läßt die Handschellen zuschnappen und bindet meine Füße mit einem Stück Seil zusammen. Draußen der Lärm von Schritten, Ketten und Winden, die typischen Geräusche, wenn ein Boot ablegt. Der Motor läuft.

»Ich helfe Bom«, sagt Rubén und geht hinaus.

Aivly bemerkt zu spät, daß sie mit mir allein ist. Sie fährt zusammen, kontrolliert sich, verschränkt die Arme auf der Brust und geht ein paar Schritte hin und her. Dann lehnt sie sich an den Tisch, setzt sich fast darauf. Sie trägt hellgraue Hosen, die nicht sehr eng sind, doch ihre Beine zeichnen sich perfekt darunter ab; so, wie ich sie in Erinnerung habe.

Wir lösen uns von der Mole. Ein leichtes Schlingern, die Geräusche werden gleichmäßiger.

»Du wolltest doch mitkommen, oder?« sagt sie auf spanisch, mit einem nervösen Vibrieren in der Stimme. »Gut, die *Reise* beginnt.«

Sie macht eine Klappe auf, holt eine Flasche mit einem klaren Gesöff heraus, nimmt einen langen Schluck und hält mir die Flasche hin. Ich schaffe es, sie mit meinen gefesselten Händen zu packen, schaue auf das Etikett: *Habana Club*. Sie sagt: »Magst du keinen Rum?«

Ich nehme einen noch tieferen Schluck als sie. Der Rum läuft mir warm in den Magen, ich trinke noch mehr, denke, die einzige Möglichkeit ist, mich auf ihr Spiel einzulassen und zu warten, daß ich wenigstens verstehe, was sie wollen. Sie lächelt kühl, murmelt: »Gut. Wir können anfangen.«

»Womit?«

Sie setzt sich graziös neben mich, ich spüre, wie mich ihr Bein berührt – und verliere den Faden. Sie nicht, denn sie sagt sanft: »Mit deiner Arbeit zum Beispiel.«

Ich habe Lust zu lachen, doch angesichts der Handschellen und Fußfesseln ist der Scherz nicht besonders amüsant.

»Willst du, daß ich dir von der Pferderennbahn erzähle?« frage ich ernst.

Sie verzieht keine Miene, fixiert mich eiskalt.

Bom kommt herein, schenkt mir einen müden Blick, sagt dann: »Hat er es sich überlegt?«

Aivly antwortet nicht, und er wirft einen Lappen auf den Tisch, greift mit ölig-verschmierten Händen die Flasche.

»Wir nehmen jetzt die Segel«, sagt er zwischen zwei Schlucken. »Der verdammte Motor setzt aus.«

Aivly nickt.

»Hör zu«, sagt er ungeduldig. »Wir werfen ihn gleich ins Meer und fertig. Das ändert jetzt auch nichts mehr.«

Ich spüre, wie mir der Schweiß den Rücken runterläuft. Die Luft ist immer noch zum Ersticken, doch mir ist nicht mehr warm.

»Geh und hilf Rubén, wir müssen so schnell wie möglich aus den Hoheitsgewässern«, sagt Aivly ruhig und mit einer Stimme, die zu befehlen gewohnt ist.

Bom macht ein verblüfftes Gesicht, will wohl etwas erwidern, steigt aber dann das Treppchen hinauf und schließt die Tür mit einem dumpfen Schlag, der die einzige brennende Lampe vibrieren läßt. Aivly neigt den Kopf und macht eine Geste, die ich nicht erwartet habe. Sie legt ihre Hand auf mein Knie; ein leichtes Streifen, als sie die Hand wieder wegnimmt. »Hast du kapiert, daß es kein Scherz ist?«

Ich schüttele den Kopf. Sie springt auf wie eine Feder.

»Wer zum Teufel bist du?« murmelt sie zwischen den Zähnen, in ihren Augen blitzt Haß auf; ich bin wie gelähmt.

»Einer ... der immer in unangenehme Situationen hineingerät, glaube ich.«

Sie stößt den Atem aus.

»Los, fangen wir noch einmal von vorne an. Du sagst mir, was du diesem Typ auf den Klippen erzählt hast.«

Ich zeige wohl eine instinktive Reaktion. Sie bemerkt es sofort, setzt sich wieder neben mich.

»Ja, genau der, mit dem du in Capoliveri gegessen hast. Bekommst du deine Anweisungen von ihm?«

»Anweisungen?«

Sie nickt langsam: »Du hast Bom gehört.«

Ich zucke die Achseln, sage: »Bom kann mich höchstens ins Meer werfen. Du bist zu Schlimmerem fähig.«

Sie denkt ein paar Sekunden darüber nach, scheint einen Zweifel zu haben, der ihren Wahn ankratzt.

»Was weißt du davon, wozu ich fähig bin«, murmelt sie erschöpft.

Rubén kommt, fliegt fast die Treppe herunter, sagt panisch: »Das Licht, schnell!«

Aivly knipst sofort die Lampe aus.

»Auf dem Radar ist irgendwas, das auf uns zufliegt«, sagt Rubén.

»Höhe?« fragt Aivly ruhig.

»Zweitausendzweihundert Meter, wahrscheinlich ein Hubschrauber.«

Sie denkt nach, fährt sich mit den Fingern durchs Haar, sagt dann: »Hast du die Frequenz gefunden?«

»Ja, aber sie sagen nichts Besonderes. Nur eine Unterhaltung auf englisch über die Route.«

»Italiener?«

»Ich glaube nicht. Der Akzent kam mir deutsch vor.«

Aivly seufzt; sie schaut mir in die Augen, als erwartete sie von mir die Lösung.

»In Ordnung«, sagt sie, zu Rubén gewandt, »wir bleiben auf Kurs und halten uns bereit, *alles* ins Wasser zu werfen.«

Ich spüre wieder diesen Schauder, der die Hitze vergessen macht. Rubén holt aus einem kleinen Schrank zwei automatische Gewehre, setzt die Magazine ein und hängt sich eine Tasche um.

»Deins lasse ich hier«, sagt er und schließt die Schranktür wieder. »Es ist schon geladen.«

Er schlüpft nach draußen, in seiner Tasche metallisches Gerassel. Ich schiebe mich ein paar Zentimeter näher an Aivly, damit mein Bein das ihre berührt. Sie schaut mich fragend an, als sei es seltsam, mich zu spüren.

»Was ist los?« frage ich leise. Aivly senkt die Lider und seufzt. Es muß Vollmond sein, denn durch die Bullaugen dringt ein bläulicher Schimmer, der die Konturen hervortreten läßt.

»Ein Hubschrauber... vielleicht sucht er das gleiche. Und es besteht die Gefahr, daß er zuerst uns findet.«

»Und was... sucht ihr – ihr und sie?«

Sie lächelt traurig.

»Vielleicht das, was du suchst.«

Ihre Augen sind ohne Glanz; da ist kein Haß mehr, keine Lust, mir weh zu tun, sich gehenzulassen, nichts. Nur Müdigkeit. Ich suche nach Worten, die zu dieser unwirklichen Situation passen könnten, ohne sie zu komplizieren; sage: »Glaubst du wirklich nicht... daß es eine Möglichkeit von eins zu einer Million gibt... daß ich keine Ahnung habe, was los ist?«

»Kaum«, meint sie und zupft an ihren Haaren.

Wir schweigen, zählen die Sekunden. Dumpfer Lärm, der näher kommt. Der rhythmische Schlag verstärkt sich, setzt einen Moment lang aus, wird schwächer und verschwindet ganz.

Bom taucht wieder auf.

»Alles in Ordnung, sie haben um Landeerlaubnis in Pisa gebeten.«

Aivly beschränkt sich auf ein »Hm«, ohne ihn anzusehen.

»Aber wir lassen auf jeden Fall die Lichter noch eine Weile aus«, sagt er schließlich.

Ich höre Schritte an Deck, ein Knarren, das gedämpfte Knattern eines Segels, das der Wind bläht. Ich glaube, sie haben den Spinnaker gesetzt. Ich habe auch den Eindruck, daß wir schneller werden, das Meer muß ruhig sein, das Boot schlingert kaum.

»Könntest du es manövrieren?« fragt Aivly und macht eine Handbewegung, die das Boot meint.

»Nein. Ich habe nur ein paarmal zugesehen, wie es gemacht wird.«

Sie steht auf, greift wieder nach dem kubanischen Rum und hält mir die Flasche hin. Während ich trinke, sagt sie: »Versuch wenigstens, es mir zu erzählen.«

Jetzt möchte ich gerne ihre Augen sehen, doch da ist nur ihr Profil, zwei Meter entfernt.

»Aber die Geschichte über diesen finsteren Typ, den du hinter dir herschleppst, müßte schon verdammt überzeugend sein«, fügt sie hinzu.

Ich verwünsche den Kommissar, und vor allem meine Dummheit, ihn daran zu hindern, auf den Touristen zu schießen. Wenn er es getan hätte, würde ich ihr jetzt sagen, daß sie in den Frühnachrichten eine überzeugende Geschichte hören kann.

»Ich warte«, sagt sie und wirft den Kopf ein wenig nach hinten.

»Ich könnte wirklich mit dem Anfang anfangen«, murmle ich und schaue auf meine Handschellen, die das Licht schwach reflektieren. »Aber das würdest nicht einmal du verstehen.«

»Nicht einmal ... ich?«

»Nicht einmal du. Wo du wenigstens so verrückt scheinst wie er.«

Sie lächelt, kommt näher, geht dann langsam in die Knie. Ihr Gesicht ist wenige Zentimeter von meinem entfernt, als sie mit Ironie in der Stimme sagt: »Und du ... bist also der einzige Vernünftige in der Geschichte?«

Ich betrachte ihren abwesenden Gesichtsausdruck, die bitteren, heruntergezogenen Mundwinkel.

»Nein. Vielleicht bin ich ja der einzige, der hinter dem Mond lebt.«

Und ich nehme ihre Hand fest zwischen meine gefesselten Hände und beginne zu erzählen, wie sich dieser ganze Wahnsinn entwickelt hat.

12

Gearbeitet habe ich als Kontrolleur an einem Eingang zu den Stallungen. Ja, auf der Rennbahn. Es fing damit an, daß ein Typ, einer
aus dem Büro, mir ungefähr im Mai damit gekommen ist, zusammen mit ihm und anderen Kollegen zu verreisen. Ich glaube, sie
wollten nach Sri Lanka, aber ich weiß es nicht mehr genau. Ich
fand die Vorstellung grauenhaft, das einzige, wozu ich Lust hatte,
war eine Tour mit dem Motorroller, allein, irgendwohin, wo es
ruhig ist. Aber der Motorroller war halb kaputt, und ich hatte zu
wenig Geld für die Reparatur. Ich hatte immer wenig Geld, und
damals noch weniger. Doch ich wäre lieber den ganzen Sommer
zu Haus geblieben, als mit diesen armen Irren zu verreisen. Bei
dem Thema Verreisen ist mir allerdings dieser verdammte Paß
wieder eingefallen. Der Paß ist schuld daran, daß der ganze Mist
passiert ist. Ich hatte ihn nämlich drei oder vier Monate vorher
zum Verlängern gebracht, weil ich dachte, ich könnte es mit dem
Motorroller bis nach Jugoslawien schaffen, wenn ich an allem anderen sparte. Damals hatte ich gemerkt, daß der Paß abgelaufen
war. Und dann habe ich ihn bei der Polizei vergessen. Solchen
Scheißkram vergesse ich immer. Jedenfalls ist mir an dem bewuß-
ten Tag eingefallen, daß der Paß seit drei Monaten bei der Polizei
lag, und wenn dieser blöde Kerl mir nichts vom Verreisen erzählt
hätte, dann hätte ich vielleicht nicht daran gedacht, und es wäre
nichts passiert. Aber das ist nicht gesagt: Ein Unglück geschieht
immer zufällig, ein Anlaß ist dafür so gut wie ein anderer. Egal, am
nächsten Tag bin ich hingegangen, um den Paß abzuholen. Ich
weiß noch, daß der Typ auf dem Paßamt wirkte, als hätte er einen
Haß auf die Welt, und mich behandelt hat, als wollte ich was Un-
anständiges. Ich halte mich damit auf, weil das der springende

Punkt ist: Der Paß war nicht bei der Paßausgabe im Erdgeschoß. Warum, das habe ich nie erfahren, aber ich glaube, es war nur, weil ich ihn so lange nicht abgeholt hatte. Der Typ hat gesagt, wenn der Paß nicht da wäre, könnte das auch heißen, daß mit mir irgendwas nicht stimmt, und das ginge ihn nichts an. Er hat mich in ein anderes Stockwerk geschickt, das zweite oder dritte, und ich erinnere mich nicht mal mehr, wie zum Teufel ich da hingekommen bin, an diese Tür. Jedenfalls: Die Tür war offen, und ich stand also da. Jetzt muß ich mich anstrengen, denn je näher ich rangehen will, desto undeutlicher sehe ich das Zimmer. Und die beiden Gesichter. Das heißt, an das eine erinnere ich mich sehr gut, weil es mir immer noch überall begegnet, aber wie das andere aussah, weiß ich wirklich nicht. Ja, da waren zwei Männer, die sich unterhielten oder eher stritten oder noch schlimmer, doch am Anfang schien es mir ein Gespräch zwischen zwei Polizisten. Sie hatten keine Uniformen an, aber ich war mir sicher, daß es Polizisten waren. Was sollten sie denn sonst sein? Na ja, ich hätte rausgehen und auf dem Gang warten sollen, doch in dem Zimmer stand eine Reihe Stühle, und es sah so aus, als wären sie für Leute da, die warten müssen. Oder vielleicht auch nicht. Tatsache ist, daß es mir eben so vorkam. Also habe ich mich hingesetzt. Die beiden stritten, wie gesagt, und ich war drinnen. Der eine stand mit dem Rücken zu mir, stützte sich auf den Schreibtisch des anderen. Der saß, so daß keiner von beiden mich sehen konnte. Ja, daran erinnere ich mich jetzt wirklich: Ich dachte, wenn ich mich nicht beeilte, würde ich nicht mal ein Brötchen zu essen kriegen, bevor ich zur Rennbahn mußte. Das dachte ich gerade, als der hinter dem Schreibtisch plötzlich aufgesprungen ist und geschrien hat: »Raus!« Ich meine, er hat es nicht geschrien, seine Stimme war nämlich wie erstickt; ich denke, er wollte nicht, daß man es in den anderen Büros hörte. Wahrscheinlich habe ich mich zu oft an die Szene erinnert, denn in Wirklichkeit ist alles in zwei Minuten passiert, vielleicht weniger. Der Polizist, der mit dem Rücken zu mir stand, war einen Augenblick lang wie erstarrt, und der andere hat eine Handbewegung gemacht, ein Zeichen, daß er gehen sollte, woraufhin der erste bei der Jacke gepackt hat, und sie haben zu kämpfen begonnen. Na ja, begonnen ist eigentlich falsch, denn das Ganze dauerte vielleicht drei Sekunden. Der eine, der rausgehen sollte, ist zurückgesprungen, und dann gab es einen ohrenbetäubenden Knall. Jetzt scheint mir das ein bißchen wirr, aber ich habe ein klares Bild vor Augen: ein dünner Faden Rauch im Gegenlicht, der Typ über dem Schreibtisch zusammengesackt. Und der andere mit der Waffe in der Hand, der sich umdreht und mich mit offenem Mund anstarrt, weil er plötzlich bemerkt, daß ich da bin. Ich glaube, er überlegte, ob er mich auch gleich erschießen sollte. Nur daß ich schon auf den Gang gerannt war, dann die Treppe runter und schließlich nach draußen, mitten auf die Straße, zwischen den Autos durch. Als ich wieder zu Atem gekommen bin, habe ich mir den Kopf zerbrochen, was verdammt noch mal eigentlich passiert ist und was ich damit zu tun habe. Mit Sicherheit ging es um nichts, was mich betraf. Mal angenommen, der Schütze ist Polizist: da wäre ich in eine schöne Scheiße geraten, wenn ich beschlossen hätte, zurückzugehen und alles zu erzählen. Für mich stand fest, daß sie alleine damit fertig würden. Ich bin also einfach zur Arbeit gegangen. Auch wenn ich mich buchstäblich an nichts von diesem Nachmittag auf der Rennbahn erinnere. Am nächsten Tag habe ich die Version der Zeitungen gelesen, und das war die einfachste Erklärung: Der getötete Polizist wollte dem Kollegen seine Dienstwaffe zeigen, als sich ein Schuß löste. Und das, weil die Waffe alt war; sie haben sich also lang und breit über die veraltete Ausrüstung der Ordnungskräfte ausgelassen. Der Schütze war ein Kommissar. Besser gesagt, beide waren Kommissare, doch vielleicht hatte der Tote ein bißchen mehr zu sagen. Jedenfalls heißt der Typ, der geschossen hatte, Everardo Schiassi, ist immer noch Kommissar und läuft immer noch mit einem Revolver herum. Oder nein: Jetzt hat er ihn nicht mehr, weil ihr ihm das Ding abgenommen habt. Na ja, ich habe weitergearbeitet und das gemacht, was ich auch vorher gemacht hatte, also fast nichts. Bis er mir ein paar Tage später gegenübersteht. Ja, der Kommissar. Er hat mich auf der Rennbahn ausfindig gemacht. Zuerst hat mich fast der Schlag getroffen. Als ich dann darüber nachdachte, habe ich's verstanden: Er hat mir voll ins Gesicht gesehen, und er wird sich gefragt haben, was zum Teufel ich in diesem Zimmer zu suchen hatte. Wenn du jetzt bedenkst, daß sie sich da auch mit Pässen beschäftigt haben, dann glaube ich, daß der Typ ein bißchen gestöbert hat, bis er auf meinen gestoßen ist. Dann, mit Foto, Name und Adresse, kannst du dir vorstellen, daß es nicht lange dauert, bis man einen findet. Und er hat das tatsächlich als Vorwand genommen. Ja, er hat mir meinen Paß gebracht. Natürlich habe ich so getan, als würde ich nichts begreifen. Beim ersten Mal hat er mich nur gemustert und sich zusammengenommen. Sehr freundlich, sicher. Und er hat sich sogar ein paar Rennen angesehen. Er wußte ja, wo ich wohnte, aber er ist weiterhin fast jeden Tag durch mein Tor gekommen und hat so getan, als interessierte er sich für Pferde. Manchmal ging er einfach durch, manchmal blieb er stehen und sagte ein paar Worte, und langsam ist es ganz unwirklich geworden. Verstehst du? Er fragte mich, ob ich noch studierte, ob ich nicht etwas Interessanteres tun möchte, er hat mir sogar vorgeschlagen, mit jemandem im Büro zu sprechen, damit ich Angestellter würde. Ich wollte überhaupt nicht Angestellter werden. Er hat das wohl so aufgefaßt, daß ich mich sträubte, mir einen Gefallen tun zu lassen, und inzwischen seinen Wahnsinn ausgebrütet. Manchmal sprach er wie ein Vater, warf mir meine Art vor, mich ohne Ehrgeiz durchzuschlagen, einfach nur überleben zu wollen. Ich hatte darüber nicht einmal nachgedacht, bevor er mich darauf stieß. Ich dachte nur daran, meinen letzten Lohn zu nehmen und ans Meer zu fahren, so weit weg wie möglich, und daß ich im September etwas Besseres oder gleich Gutes finden würde. Das war Ende Mai. Der wirkliche Schlamassel beginnt an dem Tag, als ich nach Hause komme, und er steht vor der Tür. Bis dahin war es nämlich eine Art Spiel, bei dem er über irgendwas sprach und ich irgendwas völlig anderes antwortete. Aber jener Tag war entscheidend. Ich hätte Krach machen und ihn daran hindern können hereinzukommen, doch ich wollte mich einfach auf keinen Fall in seine Probleme hineinziehen lassen, und ich habe nie daran gedacht, ihn anzuzeigen. Nun gut, der Kommissar sagt, er will kurz mit mir sprechen, und kaum daß er im Haus ist, fängt er an, über Erpressung zu reden. Das heißt, zuerst hat er mich gefragt, was ich vorhätte. Und weil ich nichts vorhatte, habe ich ihm irgendwas erzählt. Um so schlimmer, weil er gedacht hat, ich wollte ihn auf den Arm nehmen. Dann hat er mir Geld angeboten, ich habe abgelehnt, und er hat gesagt, das sei kein Geld, damit ich den Mund hielte, weil er ja wisse, daß ich ihn früher oder später anzeigen würde, sondern Geld, um wegzufahren, weit weg, und ganz woanders neu anzufangen. Ich habe versucht, mich auf ihn einzustellen, und er hat gesagt, daß mein Verhalten so wirke, als stände ich über allem, daß ich ihn aber nicht täuschen könne, weil er sehr wohl sehe, daß ich einen Plan im Kopf hätte. Und dann hat er angefangen, sich darüber auszulassen, was er in all den Jahren von seinem Kollegen habe schlucken müssen, daß ich mir das gar nicht vorstellen könne, und fast zu heulen begonnen. Er hat geschworen, daß er nicht die Absicht hatte, ihn umzubringen, daß es passiert sei, weil der andere ihn praktisch dazu gezwungen habe, was weiß denn ich, jedenfalls gab es keine Möglichkeit, ihm begreiflich zu machen, daß mich die ganze Sache wirklich überhaupt nicht interessierte. Ich konnte nur so tun, als verstände ich ihn, doch je mehr ich ihm recht gab, desto weniger glaubte er mir. Es gibt nur einen Satz aus diesem ganzen Gefasel, an den ich mich richtig erinnere: als er mich gefragt hat, ob ich je darüber nachgedacht hätte, was ein Mensch durchmachen muß, bis er soweit ist, einen anderen umzubringen. Er als Polizist fragt mich das. Natürlich kann ich das verstehen ... Den ganzen Rest nicht, aber das verstehe ich sehr gut. Er war dann völlig außer sich. Ich weiß nicht einmal mehr, wie ich ihn damals losgeworden bin. Ach ja: Ich habe ihm geschworen, ich würde irgendwohin nach Übersee gehen, nach Südamerika oder Asien. Das war dann das Ende. Oder besser: der Schluß vom ersten Akt. Mir ist klar, daß dir die ganze Geschichte absurd vorkommen muß. Man glaubt es nicht, wenn man nicht sein Gesicht gesehen hat, als er all diese Sachen sagte, und den Blick, und wie er mich am Kragen gepackt und gejammert hat... Na ja, eines Abends, als meine Schicht zu Ende ist, will ich zu meinem Motorroller, den ich auf einem provisorischen Abstellplatz gelassen habe, fernab von der Rennbahn und völlig ausgestorben, wenn man zwei Stunden nach dem letzten Rennen kommt. Und dann war der Motorroller nicht mal da, wo ich dachte, und mir fiel ein, daß ich ihn woanders hingestellt hatte, an eine Stelle, die noch versteckter war und die man von den Büros aus nicht sehen konnte. Er ist hinter einem Baum aufgetaucht, ruhig, still, mit trauriger Miene. Er hat mich gefragt, wann ich abreisen würde. Und dann habe ich mich selbst reingelegt, oder vielleicht wäre es trotzdem passiert. Na gut, ich habe ihm gesagt, ich hätte mich für Tunesien entschieden, einen Monat am Meer, und dann würde ich ein Flugzeug nach ich weiß nicht mehr wohin nehmen, und habe noch eins draufgesetzt und erzählt, ich hätte schon alles vorbereitet. Er hat gesagt, das sei der Beweis, daß ich ein Lügner bin. Weil er mich nämlich überwacht habe, und im Büro wüßten sie nichts von einer Kündigung. Außerdem hatte er Geld mitgebracht, warum, das weiß ich nicht. Tatsache ist, daß er das Ganze als Bestätigung dafür genommen hat, daß er mir nicht trauen könnte und ich ihn früher oder später verraten würde. Doch, er hat wirklich *verraten* gesagt, als ob wir Freunde wären. Ich habe es nicht geschafft, ihn irgendwie zu überzeugen. Er meinte nämlich, ich müßte ihn nicht mal anzeigen, es würde schon reichen, wenn ich zu jemandem darüber spräche, dann wäre alles aus. Und als ich ihm gesagt habe, wenn er mich wirklich beobachtet hätte, müßte er ja wissen, daß ich nicht allzuviel Leute kenne, hat er gemeint, das würde es nur bestätigen: nämlich daß man einem Typ wie mir nicht trauen könnte; zu allein, zu still, einfach *komisch*. Verstehst du? Ich war komisch. Es ist ein Wahnsinn, ich hab's dir ja schon gesagt. Als er den Revolver rausgezogen hat, war mein Kopf ganz leer. Ich könnte es nicht beschwören, aber ich glaube, ich habe den Mund nicht aufgemacht. Er dagegen hat immer weitergeredet, und ich erinnere mich an kein einziges Wort. Und dann heißt es, daß du nicht aufhören darfst zu reden, wenn einer mit einer Waffe vor dir steht, daß er nicht schießt, solange du irgendwas sagst... Das war bei mir nicht nötig, er sagte schon alles. Irgendwann hat er geschossen, ich weiß nicht, wann, aber ich war nicht darauf gefaßt. Nicht daß ich mich daran erinnere, aber ich glaube, ich habe nichts gespürt. Da war nur dieser Riß im Rücken, dann das seltsame Gefühl, mich gehenlassen zu können, ohne mir über irgendwas Sorgen machen zu müssen. Ich weiß nicht einmal, wie lange es gedauert hat, weil ich im Krankenhaus nicht danach gefragt habe. Ich bin vielleicht zwei Tage weggewesen, nicht richtig im Koma, aber so gut wie. Als ich wach geworden bin, habe ich stundenlang nichts kapiert. Stell dir vor: Ich dachte, ich hätte einen Unfall mit dem Motorroller gehabt. Bis er gekommen ist. Ja, er ist ins Krankenhaus gekommen, zusammen mit einem anderen Polizisten. Die Sache mit seinem *Unfall* war abgeschlossen, also hatte er seinen Dienst wieder aufgenommen und sich den Mordversuch an mir als Fall übertragen lassen. Ich habe weiter den Mund gehalten, und er hat weiter verrückt gespielt, und bis heute nacht sind noch eine Menge anderer Sachen passiert, zuviel, um es jetzt zu erzählen. Inzwischen hat er sogar seinen Kollegen umgebracht, der in meinem Fall ermittelt hat. Jetzt ist ihm zuzutrauen, daß er sich für meinen besten Freund hält, was außerdem nicht viel heißt, mangels Konkurrenz. Ich glaube, er ist wahnsinnig. Jedenfalls... wenn ich das so erzähle, kommt es mir absurder vor als dir. Es hat keinen Sinn, daß wir uns groß den Kopf darüber zerbrechen.

13

Sie zieht ihre Hand weg, als käme sie wieder zur Besinnung, hatte wohl vergessen, daß ich sie festhielt. Dann setzt sie sich auf den Hocker, stößt den Atem aus und schüttelt ihr Haar. Ich halte die Spannung, die sie auf mich überträgt, nicht aus; also frage ich: »Heißt du wirklich Aivly?«

Sie schaut mich an, als wäre ich gerade aus einem Schacht gekrochen. Mit halboffenem Mund fixiert sie mich eine Weile. Ich zucke mit den Schultern, versuche, mich trotz meiner Handschellen am Kopf zu kratzen.

Diesmal läßt sich Rubén sehen. Er kommt, um die Gewehre in den Schrank zurückzustellen. Im Licht der Morgendämmerung sieht selbst er blaß aus. Er beschränkt sich auf ein Zeichen in meine Richtung, und sie sagt mit matter Stimme: »Er hat mir eine schöne Geschichte erzählt. Wenn sie wahr sein sollte, wäre es zum Totlachen.«

Doch keiner von beiden lacht; im Gegenteil.

»Was machen wir mit ihm?« fragt Rubén und schaut in das milchige Licht, das durch die Bullaugen dringt.

»Schlimmer kann es durch ihn nicht werden«, sagt Aivly, ohne mich anzusehen. »Wenn es stimmt, was er sagt, um so besser. Im anderen Fall waren wir uns ja einig, daß wir mit ihm ein *Tauschgeschäft* machen.«

Rubén scheint verblüfft. Ich beobachte die beiden wie Personen in einem Fernsehfilm. Je mehr sie sagen, desto weniger kann ich denken.

»Zwei Taschen kann man schnell über Bord werfen, wenn wir in eine Kontrolle kommen«, fängt Rubén wieder an, »aber mit ihm ...«

»Das entscheiden wir, wenn es soweit ist«, sagt Aivly kurz angebunden.

Rubén knurrt irgendwas, nickt. Er geht in einen anderen Raum, der Richtung Bug liegt und in den man auch von oben kommt. Dort müssen sie das Funkgerät und den ganzen Rest haben. Aivly zündet zwei Zigaretten an, gibt mir eine und sieht auf die Handschellen, wendet sich dann aber dem größten der Bullaugen zu und tut so, als betrachte sie den Himmel und das Meer.

Schließlich schaffe ich zu sagen: »Hör mal . . .«

»Was gibt's?« fragt sie über die Schulter.

»Jetzt . . . könntest du mir auch deine Version verraten, oder?«

»Die Version von was?«

Ich schlucke leer, sage: »Für wen zum Teufel habt ihr mich gehalten?«

Endlich wendet sie sich um, bläst den Rauch nach oben.

»Zu lang. Entweder bist du, wer du bist, oder es betrifft dich nicht.«

Ich springe auf die Füße, schwanke, bis ich mein Gleichgewicht finde, und als ich es schaffe, mehr oder weniger aufrecht zu stehen, schreie ich: »Es betrifft mich nicht?«

»Beruhig dich«, murmelt sie, ohne eine Miene zu verziehen.

Ich falle zurück, sitze wieder.

»Warum hast du uns ausspioniert?« fragt sie ohne eine Spur von Interesse.

»Ich . . . habe *wen* ausspioniert?«

»Mach nicht alles noch komplizierter. Falls du es noch nicht gemerkt hast: Wir haben ganz andere Probleme zu lösen«, sagt sie und lehnt sich wieder an den Tisch.

»Danke, daß ihr meine gleich mit gelöst habt«, sage ich und strecke meine gefesselten Hände und Füße aus.

»Willst du mir jetzt erklären, was du gesucht hast?« fragt sie mit heiserer, seltsam *lebhafter* Stimme.

Ich glaube, jetzt mache ich das dümmste Gesicht der letzten

zwei Wochen; ich weiß nicht, wo ich anfangen soll, mein Mund geht ein paarmal auf und zu, und ich schaue um mich herum.

»Oder willst du mir einreden, daß du dich nur für . . . mich interessiert hast«, zischt sie giftig.

»Wenn du das in dem Ton sagst, erübrigt sich eine Antwort.«

Sie schaut hoch und geht ein paar Schritte. Sie scheint Luft holen zu müssen, um zu sagen: »Wir arbeiten an einer gewissen Angelegenheit. Sehr, sehr sensible Dinge. Wir riskieren unsre Haut, aber das war von Anfang an klar. Dann tauchst du plötzlich auf und machst eine Menge Scherereien, zwingst uns, die Pläne zu ändern, folgst uns wie ein Schatten, erscheinst und verschwindest in den ungünstigsten Momenten, und zum Schluß kommt dann noch dieser andere Typ, der ganz aussieht wie einer, der dir die Befehle gibt und sich deine Berichte anhört . . .«

Ich stehe wieder auf, mache einen lächerlichen Sprung auf sie zu. Sie unterbricht ihren Wortschwall, fixiert mich, ihre Gesichtsmuskeln angespannt. Ich sage: »Du hast es nur getan . . . um zu erfahren, wer ich bin, stimmt's?«

»Was getan?« fragt sie sachlich.

Ich schaffe es nicht zu antworten, schaue nur auf diese Art Sarkophag-Bett. Sie verzieht den Mund, eine unbestimmte Grimasse, für mich mehr oder weniger ein Tritt in den Magen.

»Notgedrungen«, sagt sie noch. »Was sollte ich sonst tun?«

Sie hat es mit solcher Kälte gesagt, daß ich, ohne daß es mir auch nur bewußt wird, die Hände hebe, um sie zu schlagen. Ich habe nicht an die Handschellen gedacht, und jetzt, wo ich sehe, wie sie zur Seite fällt, wegrollt, Hocker und Flasche mit sich zieht, spüre ich einen Stich in den Schläfen. Sie bleibt auf dem Boden liegen, die Augen weit offen, streicht sich immer wieder mit einer Hand fassungslos über die Wange. Rubén reißt die Tür auf, schaut zuerst Aivly an, dann mich, und als er mit geballten Fäusten einen Schritt tut, hält sie ihn auf: »Laß nur; alles in Ordnung.«

Jetzt kann Rubén es nicht fassen:

»Was soll das heißen: Alles in Ordnung?«

Aivly ist auf den Beinen, gibt acht, daß er ihr Gesicht nicht sieht, damit er nicht auf mich losgeht. Sie hat einen dunklen Fleck auf dem Kinn und zieht die Nase hoch, um das Blut zurückzuhalten.

»Geh nur, kein Problem. Laß das Radar nicht unbeaufsichtigt.«

Rubén überlegt ein paar Sekunden, dann wendet er sich langsam zur Tür. Bevor er hinausgeht, hebt er einen Finger und sagt: »Okay. Aber wenn er es noch mal versucht, schlage ich ihm den Schädel ein.«

Er schließt lautlos die Tür, behält den Knauf bis zuletzt in der Hand. Aivly greift nach der Flasche, schraubt sie auf und nimmt einen Schluck; es treibt ihr das Wasser in die Augen, und sie schüttelt sich. Dann wischt sie sich mit dem Handrücken die Nase ab, sieht sich den kleinen roten Fleck an, schüttelt den Kopf. Sie seufzt, sagt zu sich selbst: »Was für ein unglaublicher Idiot.«

Ich setze mich ganz langsam hin, stütze das Kinn in die Hände.

»Hast du ein Taschentuch?« fragt sie.

Instinktiv geht die Hand zur Tasche runter, doch die Handschellen machen eine unbeholfen-nutzlose Geste daraus. Sie kommt näher, steckt ihre Hand in meine Jeans, zieht mühsam das zusammengeknüllte Taschentuch raus. Ich denke an ein paar Sätze, die ich sagen könnte, sie geraten durcheinander, bis nur noch herauskommt: »Tut es weh?«

Sie lacht.

»Bemüh dich nicht«, murmelt sie, zeigt auf die Stelle, wo ich sie getroffen habe, und fügt hinzu: »Damit hast du schon alles gesagt.«

Da war ein rätselhafter Unterton, fast als hätte ich ihr etwas bewiesen, das sie im Grunde hoffte. »Wenn du Theater spielst, bist du wirklich gut.«

Ich rühre mich nicht, starre sie weiter an, warte.

»Es stimmt nicht, daß es nur deshalb war«, sagt sie rasch. »So ... professionell bin ich nicht.«

Ich sehe wieder dieses Aufblitzen in ihrem Gesicht, als habe sie sich instinktiv für den Bruchteil einer Sekunde selbst nachgegeben. Doch sogleich verschleiert sich ihr Blick wieder, und sie geht auf Distanz: »Gut, nehmen wir an, er ist Kommissar... Was wird er jetzt tun?«

»Er fängt wieder an, mich zu suchen.«

Sie steckt das Taschentuch in meine Tasche, dreht sich um, sagt: »Wenn das Wetter nicht umschlägt, können wir dich morgen nacht gehen lassen.«

»Und du, wohin gehst du?«

Ich wiederhole die Frage still; zweimal, dreimal, zehnmal, und sie klingt immer lächerlicher.

»Weit weg«, haucht sie, und es klingt wie um sich zu befreien.

»Ich auch ... ich muß weit weg.«

Eine ruckartige Kopfbewegung, ihr Körper regungslos; sie zischt: »Aber du bringst einem ja offensichtlich Unglück; das mindeste ist, daß wir gleich hinter Gibraltar in einen Wirbelsturm geraten.«

Ich habe gelernt, daß sie mit Worten weh tun kann, und doch habe ich immer wieder dieses dumme Bedürfnis, ihr welche zu entlocken. Sie macht zwei Schritte auf mich zu und schließt die Handschellen auf. Während ich mir die Handgelenke massiere, zieht sie ein kleines Messer heraus und versucht nervös, das Seil durchzuschneiden, das sich widerspenstig zeigt. Sie flucht, strengt sich noch mehr an, ich schaue auf ihre Haare, wie sie durch die wütend-hartnäckigen Bewegungen hin und her fliegen, und strecke eine Hand aus, um sie zu streicheln. Die Fußfessel wird mit einem Mal locker, und Aivly zieht sich ruckartig hoch, nimmt die Handschellen und legt mir die Kette um einen Fuß, zwingt das Bein aufs Bett. Dann schließt sie die Handschellen unten ans Gestell; so kann ich sitzen oder liegen, bleibe aber immer auf dem Bett.

»Schlaf, der Tag wird noch lang genug.«

Sie verschwindet durch die Tür, geht zu Rubén.

Ich höre sie leise sprechen; spanisch, scheint mir. Ich versuche, so nahe wie möglich heranzukommen, kauere mich auf den Rand des Betts, schnappe nur ein paar einzelne Wörter auf, Fachausdrücke, die wahrscheinlich den Kurs oder das Radar betreffen. Rubén läuft wohl herum, denn ab und zu wird seine Stimme deutlicher. Irgendwann sagt er etwas über Flugpläne, die das Wasser ruiniert hat; doch als ich noch mal darüber nachdenke, bin ich davon überzeugt, mich verhört zu haben. Vielleicht hat er über Navigationspläne gesprochen. Jetzt meine ich zu verstehen, daß sie über ihren Bestimmungsort reden, denn Aivly spricht von *Passatwinden*. Heute ist der erste September, und ich weiß, daß die beste Periode zur Ozeanüberquerung beginnt, die Passatwinde sind günstig. Ich bekomme einen Satzfetzen von Rubén mit. Etwas über einen verborgenen Ort oder einen verborgenen Hafen. Nur *escondido* habe ich richtig verstanden. Im Grunde hat es keine Wichtigkeit mehr. Sie fahren irgendwohin, um sich zu verstecken, und auch wenn sie Land und Kontinent genannt hätten, wüßte ich nicht, was ich damit anfangen sollte. Morgen wird, wie Aivly meint, ein langer Tag; für mich werden sich die Nacht und der nächste und der übernächste Tag noch viel länger hinziehen. Ich bin müde. Vielleicht sollte ich tatsächlich besser schlafen; ich erfahre jetzt sowieso nichts mehr.

14

Als ich mich umdrehe, spüre ich ein Reißen im Bein. Ich stütze mich auf einen Ellbogen, und der Schmerz fließt in die Glieder, pulsiert in der Wunde, verbindet Eintritts- und Austrittsstelle der Kugel, sammelt sich im Bein und wird zu einem Stechen, wo mein Fuß an das Gestell gekettet ist. Bom fixiert mich, mit einer Tasse Kaffee in der einen und irgendeinem hellen Ding in der anderen Hand. Ich erkenne den Revolver: die Trommel, helles Aluminium und kurzer Lauf. Es muß der von Everardo sein.

Er wendet den Blick ab, stellt die Tasse hin und dreht mit einem Ruck die Trommel heraus. Klackend gleiten die Patronen in seine Hand.

»Sieht nicht aus wie eine Dienstwaffe«, bemerkt er, ohne mich anzuschauen.

Ich räuspere mich und sage: »Bei dem, was er damit gemacht hat, konnte er seine sicher nicht gebrauchen.«

Er sieht sich weiter die Waffe an, spannt den Hahn und dreht mit kleinen Schlägen die Trommel.

»Sie ist neu. Die Registriernummern sind in Ordnung«, sagt er und betrachtet mich verstohlen von der Seite.

Ich antworte nicht; nach einer Weile entschließt er sich zu fragen: »Warum sollten wir dir glauben?«

Ich beginne mein Bein zu massieren, sage: »Ändert das vielleicht etwas?«

Er scheint kurz zu überlegen; dann zieht er eine Schublade auf, wirft Revolver und Patronen hinein, schließt sie ab, nimmt seine Tasse, trinkt den restlichen Kaffee und geht. Während er auf dem Treppchen verschwindet, dringt ein blendender Sonnenstrahl zu mir vor, und durch den Spalt flutet frische Luft herein. Ich schließe die Augen und atme tief, höre den rhythmischen Schlag der Wellen gegen den Bug.

Ein metallisches Knacken.

Ich sehe Aivly, die mir die Handschellen abnimmt und mein Bein befreit. Sie hat sich umgezogen, hat nasse Haare, die ihr in die Augen hängen. Aus einer der Schubladen in der Wand holt sie ein Handtuch hervor, wirft es auf den Tisch, zeigt auf die hintere Tür und sagt:

»Die Dusche ist frei.«

Ich hatte sie nicht kommen hören. Sie sieht nicht mehr so müde aus, doch durch die ständige Anspannung wirkt ihre Miene abwesend, was gar nicht zu dem mädchenhaften Eindruck paßt, den das bißchen Stoff macht, das sie am Leib trägt: ein ausgeschnittenes Hemdchen und einen sehr kurzen Jeans-Rock. Sie bemerkt meinen Blick, und ich springe auf, greife mir das Handtuch und humple Richtung Dusche, sehe im Vorbeigehen Rubén in der anderen Kabine über ein Instrumentenbrett mit grünlichen Lämpchen und elektronischen Signalen gebeugt.

Als ich die Jeans ausziehe, fällt mir meine Brieftasche ein. Sie müssen sie rausgenommen haben, während ich schlief. Das ganze Geld war darin, das bißchen, was ich noch hatte. Und mein Personalausweis. Egal, wo sie mich an Land setzen, ohne Papiere wird es mit Sicherheit noch schwieriger zu überleben. Da ist eine Vorstellung, die an mir nagt: der Gedanke, daß Bom alles durch einen Schlag mit dem Ruder auf meinen Kopf lösen könnte. Ich drehe das Wasser auf und kauere mich in die Ecke, lasse mich ganz langsam zu Boden gleiten.

Ich komme in der Badehose zurück; sinnloser Versuch, sich auf dem einen Quadratmeter Dusche wieder anziehen zu wollen. Aivly läßt die Brieftasche auf den Tisch fallen. Ihre Fähigkeit, meine Gedanken zu lesen, macht mich wütend.

»Ist das alles, was du hast?« fragt sie zerstreut.

Ich werfe einen Blick auf die knappe halbe Million Lire und nicke.

»Jetzt, wo diese Geschichte vorbei ist«, sagt sie und wirtschaftet dabei im Kühlschrank herum, »können wir dir etwas überlassen, damit... ja, damit du genug Geld hast, um nach Hause zu fahren.«

»Ich habe kein Zuhause, wohin ich zurückkehren könnte.«

»Mit dem, was du hast, könntest du nicht mal überleben, wenn du dich nicht von der Stelle rührst«, sagt sie sachlich. Ich glaube, sie macht sich ein Brötchen.

»Willst du damit sagen, daß du mir außer dem Leben auch noch Geld schenkst?« sage ich und ziehe mir mit einem heftigen Ruck die Jeans hoch.

Jetzt, wo nichts mehr zu retten ist, kann ich es mir nicht verkneifen, sie zu provozieren. Doch ihre Miene verändert sich nicht; sie gibt mir das Gefühl, nicht zu existieren. Sie hält mir einen Plastikteller mit einem Brötchen und eine Dose Bier hin. Ich überlege, ob ich ihr alles mit einem Schlag aus der Hand hauen soll, doch ich spüre meine weichen Knie, fühle mich schwach und erschöpft.

Ich esse langsam, habe Mühe beim Schlucken.

»Weißt du, was ein Tornado ist?« fragt sie irgendwann.

Ich zucke die Achseln. Sie dreht sich um, nimmt noch ein Bier, zieht langsam die Lasche hoch. Ich trinke wenigstens die Hälfte. Dann schaut sie mich ernst an, sagt: »Ein Mehrzweckkampfflugzeug.«

Mir fällt der Radarmensch ein, und die ganze Situation bekommt etwas Groteskes.

»Verschiedene Länder sind damit ausgerüstet. *Unsres* kam aus Deutschland.«

Ich höre weiter zu und schaue sie an, als hätte sie begonnen, von Gnomen und fliegenden Teppichen zu reden.

»Wir hatten eine Vereinbarung mit dem Piloten. Nach den Flugplänen sollte er die Basis in Decimomannu anfliegen. Doch er würde an einem präzise festgelegten Punkt vor der Küste von Elba abspringen und das Flugzeug ins Meer stürzen lassen.«

»Warum erzählst du mir das mit einem Mal?« unterbreche ich sie.

Aivlys Mund bleibt halb offen, vielleicht sucht sie nach einer logischen Antwort. Sie schüttelt den Kopf, sagt: »Weil es jetzt nichts mehr ändert. Sie wissen alles, weil der Deutsche zufällig durch zwei F 14 von einem amerikanischen Flugzeugträger abgefangen worden ist. Ein unvorhergesehener Zwischenfall, denn das Schiff sollte eigentlich die Reede in Neapel nicht vor einem bestimmten Datum verlassen.«

»Was kümmert mich das.«

Sie lächelt vage.

»Um so besser. Dann waren meine *Skrupel* ja überflüssig.«

Ich mache unvermittelt einen Schritt auf sie zu, und sie erstarrt, weil sie noch eine Ohrfeige erwartet. Ich stecke die Hände in die Tasche, um sie zu beruhigen, und sie läßt die Arme herunterhängen.

»Skrupel... was haben Skrupel damit zu tun?« sage ich mit beherrschter Stimme. »Ich bin doch nur eine Episode, oder?«

Aivly schaut nach unten. Jetzt empfinde ich sie als verlegen, seltsam wehrlos.

»Es ist schwierig zu erklären«, murmelt sie in einem Tonfall, der mir durch und durch geht, »aber... also, ich möchte nicht, daß du diesen Eindruck mitnimmst... Am Anfang wollte ich nur herausbekommen, wer du bist, das stimmt. Doch vom Instinkt her... Du hast es nicht verdient, in diese Geschichte verwickelt zu werden.«

Sie drückt an der Dose herum, sucht nach Worten, die dann nicht herauswollen. Schließlich sagt sie schnell: »Ich bin anders, als du mich jetzt siehst.«

Sie springt auf und wirft die Dose unter den Ausguß.

»Ich weiß«, sage ich, »mein Instinkt foppt mich auch immer.«

Sie dreht sich nicht um, stützt die Hände auf, starrt in das Nichts jenseits des Bullauges.

»Ich würde dich anders sehen«, sage ich leise, ». . . wenn ich hierbleiben dürfte.«

Ein leichtes Beben, das sich zu einem kaum merklichen Schütteln des Haars verstärkt.

»Nein. Das wäre schlimmer.«

»Vielleicht für dich. Doch für mich – schlimmer als so . . .«

Sie wendet sich um, hält den Kopf schräg und schaut mich an. Ich spüre, wie ein Strom der Melancholie aus ihrem Blick in mein Inneres flutet und bei mir den schmerzlichen Wunsch auslöst, sie fest in den Arm zu nehmen. Ich rühre mich nicht. Ich sehe sie weiter an, denke daran, wie wenig Raum zwischen uns liegt, ohne mich zu entschließen, auf sie zuzugehen. Sie ist es, die näher kommt. Drei Schritte, über endlos lange Zeit gedehnt. Sie streichelt sanft mit den Fingern durch mein Haar, als wollte sie es zurückkämmen. Plötzlich nehme ich es wahr, dieses Gefühl des Absurden. Ich kenne sie nicht, sie tut etwas, das Lichtjahre von mir entfernt ist, und ich habe sie gerade gefragt, ob ich mit ihr gehen kann, irgendwohin. Ich nehme ihre Hand und schiebe sie sachte weg, stehe auf, gehe zur Tür, lehne mich dagegen und sage: »Ich habe schon alles vergessen. Und außerdem . . . ich habe nicht groß was gesehen. Ich werde versuchen, auch dein Gesicht zu vergessen . . . doch gib acht, daß ich es nicht in einer Zeitung wiederfinde. Bitte.«

Sie lächelt verwundert.

»So wichtig bin ich nicht. Wir erledigen nur Arbeiten, die andere bezahlen. Wir übergeben die Ware, das ist alles.«

»Ich habe dir schon gesagt . . .«

»Ja, okay«, sagt sie schnell, »du willst nichts wissen, in Ordnung.«

»Doch, da wäre eine Sache . . . wenigstens eine.«

Sie schaut erwartungsvoll hoch.

»Sag mir, was dich überzeugt hat.«

Sie kneift die Augen zusammen, als verstände sie nicht.

»Daß ich der Trottel bin, der vor dir steht, und kein *Spion*.«

Sie kommt auf mich zu, dreht den Türknopf, und ich mache ihr Platz. Bevor sie hinausgeht, sagt sie: »Weil du uns nicht bis hierhin hättest kommen lassen, wenn du nicht … der gewesen wärst, den ich in jener Nacht gespürt habe.«

Ich höre ihre Schritte auf dem Treppchen.

Rubén kommt von der anderen Seite. Ich strecke mich auf dem Bett aus. Er kontrolliert, ob der Schrank abgeschlossen ist, dann überprüft er die Schublade. Als er an mir vorbeigeht, sagt er: »*Pórtate bien, hermanito.*«

15

Gegen Mitternacht hat Bom mir einen Kaffee gebracht. Es war ein Vorwand, um mir eine Reihe überflüssiger Dinge zu empfehlen. Nach den Ratschlägen, was ich bei einer eventuellen Kontrolle zu erzählen hätte, hat er sich schließlich selbst gefragt, warum ich mich derart weit auf ihre Geschichte einlassen sollte. Ich muß irgendwas Abwegiges geantwortet haben, jedenfalls hat Bom ein seltsames Gesicht gemacht. Dann hat er einen Lachanfall bekommen und im Weggehen gemurmelt: »Du hast Glück gehabt, daß du an uns geraten bist.«

Aivly hat sich nicht einmal auf der Treppe gezeigt. Ich habe hin und wieder ihre Stimme in der anderen Kabine gehört und ein paarmal ihre Schritte auf Deck erkannt. Es hat offenbar immer guten Wind gegeben; manchmal wohl mehr als genug, wenn ich das aufgeregte Hin und Her richtig gedeutet habe; sogar Rubén muß sein elektronisches Geflimmer für ein paar Minuten verlassen haben. Wir nähern uns der Küste, doch niemand hat mir gesagt, in welchem Land sie mich absetzen wollen.

Durch das Bullauge kann ich das Flackern von Lichtern sehen, vielleicht sind es Dörfer oder Küstenstraßen. Ich beginne zu glauben, daß es keinen Sinn machen würde, mich in Küstennähe zu ertränken. Wenn sie das beschlossen hätten, wäre es schon auf hoher See passiert. Rubén kommt herein. Er wirkt angespannt und nervös, sagt: »Los, beeilen wir uns. In ein paar Stunden wird es Tag.«

Ich habe alles am Leib, was ich besitze, stehe vor ihm und sehe zu, wie er ein Tauchmesser in den Gürtel steckt. Er schaut hoch, sagt: »Habe ich dein Wort, daß du mich nicht zwingst, es zu benutzen?«

Statt einer Antwort hebe ich die Brauen und nicke. Rubén zeigt auf die Tür, und ich gehe voran.

Es weht ein frischer Wind, und nach ein paar Sekunden bemerke ich ein angenehmes Kribbeln auf der Haut. Doch die Luft ist feucht, und als ich aus dem Wind heraus bin, spüre ich sofort eine klebrige Wärme. Wir müssen sehr viel weiter südlich als Elba sein. Ich sehe Bom, der das Dingi ins Wasser läßt. Die Küste kann ich nicht erkennen. Wenn sie nahe ist, heißt das, wir sind in einer unbewohnten Gegend. Vom Bug her taucht Aivly auf; routiniert schiebt sie sich zwischen Tauen und Mast durch, holt mit der Winde den Besan ein, während Bom den Bug in die Wellen manövriert.

Wir stehen still; das Brummen des Hilfsmotors auf kleinster Stufe, das Rascheln Aivlys, die näher kommt. Als sie nur noch wenige Meter von mir entfernt ist, werden ihre Gesten langsamer, sie schaut mich an, streift mich mit der Hüfte, bevor sie sich nahe beim Ruder anlehnt. Bom geht in die Kabine hinunter. Sie steht vor mir, hat den Wind im Rücken und muß sich die Haare festhalten, damit die Augen frei bleiben. Ich höre, wie Rubén mit einem energischen Ruck das Dingi anwirft.

Aivly schaut zur Seite und küßt mich, ohne mich zu umarmen. Ich bleibe regungslos stehen, klammere mich ans Geländer, und als ich eine Bewegung nach vorn andeute, um sie zu halten, löst sie ihre Lippen von meinen und weicht einen Schritt zurück. Sie macht eine Geste, als wollte sie etwas sagen, doch dann dreht sie sich ruckartig um und macht sich am Motor zu schaffen.

»He«, ruft Rubén von unten.

Ich steige die Strickleiter hinunter und springe in das schwankende Dingi, rolle auf eine Seite; sobald ich es schaffe zu sitzen, gibt Rubén Gas: Das Boot bäumt sich auf und flitzt über das Meer. Ich versuche, Richtung Aivly zu schauen, doch das Auf und Ab schüttelt mich durcheinander, und alles beginnt zu verschwimmen.

Es dauert eine Viertelstunde oder auch einiges länger – jedenfalls fange ich erst wieder an zu denken, als der Motor plötzlich leiser wird und ich aus dem Gleichgewicht komme, bis das Dingi wieder ruhig dahingleitet. Ich stehe auf und halte mich am Bootsrand fest, während Rubén seine Wachstuchjacke aufknöpft, ein Päckchen hervorzieht und es mir hinhält. Es ist ein Bündel Geld, in Plastik gewickelt.

»Es ist nicht viel, doch ich hoffe, es hilft dir, diesen kleinen *Zwischenfall* zu vergessen.«

Er lächelt, und seine Zähne sind der einzige Orientierungspunkt im Dunkel. Ich hatte mir überlegt, dieses Geld entrüstet abzulehnen, doch jetzt, wo ich es in der Hand halte, geht mir durch den Kopf, daß ich sonst absolut nichts besitze.

»Ich muß zurück«, sagt Rubén und schaut sich nervös um.

»Und ich?« frage ich ruhig.

Er schaut mich erstaunt an.

»Was meinst du?«

»Ich meine, soweit ich das sehe, könnten wir hundert Meilen von der Küste entfernt sein.«

Er krümmt sich, zuckt vor Lachen, sagt: »Siehst du denn den Strand nicht? Das Wasser ist wahrscheinlich nur einen halben Meter tief . . .«

Ich wende mich um, sehe nichts, doch nach dem Schaum der Wellen und dem Geräusch der Brandung zu urteilen, hat er wohl recht. Ich stecke den Packen Geld in die Tasche, sage: »Ich würde es euch gern zurückgeben . . .«

»Ach was«, sagt er knapp.

Ich klettere mit den Beinen über Bord, drehe mich um und schaue ihn an, bevor ich loslasse. Rubén nickt, klopft mir mit der Hand auf die Schulter und sagt: »Nichts für ungut.«

Ich wünsche ihn insgeheim zum Teufel und stoße mich ab.

Der Sprung war für geringe Tiefe gedacht, deshalb schlucke ich einen Mundvoll Wasser, als ich spüre, wie meine Füße im Sand einsinken. Ich schieße wieder hoch, eine Hand hält mich an den Haaren gepackt. Ich beginne mit Armen und Beinen um mich zu schlagen, plötzlich überzeugt, daß sie mich doch reinlegen wollen. Aber ich höre Rubén nur lachend sagen: »Entschuldige, ich habe wirklich gedacht, daß ich mit der Schraube aufgekommen bin.«

Unsere Blicke begegnen sich: Er will mich nicht umbringen, und vielleicht wollte er sich nicht einmal über mich lustig machen. Er gibt mir einen Stoß Richtung Ufer, und ich schwimme los, versuche mich weniger panisch zu bewegen. Ich spüre Boden unter den Füßen, gehe ein Stück, von hinten kommt eine Welle und schleudert mich ein paar Meter weit. Dann steige ich aus dem Wasser, huste mir fast die Lunge aus dem Leib, und als ich wieder zu Atem komme, ist das Brummen des Dingis schon ein fernes, leiser werdendes Geräusch.

II

Spanien

Daß ich sie tot sehen möchte, will ich nicht gerade sagen, aber ich würde alles darum geben, ein paar Flaschen auf ihren Köpfen zu zertrümmern. Auf allen dreien, auch auf dem dieser blöden Kuh, dieser geheimnistuerischen Comic-Piratenkönigin. Stimmt, daß ich vorher schon in der Scheiße gesteckt habe, aber ich wußte wenigstens, *wo* ich war. Sie haben mich an einem Strand ohne Anfang und Ende ausgesetzt, ich weiß nicht, ob ich mir weiter im Gebüsch die Füße aufschrammen oder ans Ufer zurückkehren soll. Bei jedem Schritt quillt Wasser aus meinen Schuhen, überall ist Sand, sogar in den Ohren, und ich halte die Brieftasche in der einen und den Personalausweis in der anderen Hand, schwenke ihn, um ihn zu trocknen, bevor er nur noch ein formloses Etwas ist.

Nirgendwo ein Licht, kein einziges, in keiner Richtung. Ich stoße gegen einen Baumstamm, falle zwischen Dosen und Altpapier; mir kommt der Gedanke, daß Müll letztlich doch auch ein positives Zeichen ist, denn dieser Geruch nach Fäulnis muß einfach menschlichen Ursprungs sein. Vielleicht ist das hier bei Tag ein wilder, paradiesischer Strand fernab der Städte, nur mit dem Auto erreichbar. Dann müßte eine Straße in der Nähe sein. Auch wenn es eine Müllkippe sein sollte, können die Laster mit dem Dreck nicht herfliegen. Es hat keinen Sinn, bevor die Sonne aufgeht, strample ich mich nur unnötig ab, wenn ich rumlaufe. Ich bleibe in der Hocke, schiebe faule Obstschalen und leere Tüten zur Seite, bis ich ein Stückchen Platz in diesem Misthaufen habe. Gut ausgesucht, die Stelle, wo sie mich abgeladen haben. Wenn ich der gewiefte Typ wäre, für den sie mich anfangs gehalten haben, könnte ich mit Sicherheit mindestens bis morgen keine Flugzeugträger und Bomber alarmieren. Und für mich Trottel ist es auch der richtige Ort.

Ich habe keine Socken an, und eine Vorhut von Ameisen scheint das schon entdeckt zu haben. Fluchend schlage ich mir auf die Knöchel. Mäuse gibt es bestimmt auch, schließlich macht der Müll einen ziemlich frischen Eindruck. Ich klappe meinen Personalausweis auf und lege ihn so hin, daß er in den Zweigen hängt, hole das Geldbündel raus, den Lohn für drei Tage unter Irren. Jetzt fehlt nur noch eine Erscheinung: ein in die Luft ballernder Everardo Schiassi zu Pferde.

Wenn ich richtige sehe, sind das Dollars in dem Plastikpacken. Zwischen den Wolken funzeln eine Handvoll Sterne, es reicht gerade, um die Zahlen zu erkennen, wenn man sich die Scheine direkt unter die Nase hält. Sieht so aus, als wären es alles Hunderter. Nein, schön angeschmiert. Viele Zwanziger und Zehner dazwischen, am Ende sind's wohl nicht mehr als tausend Dollar, vielleicht tausendfünfhundert.

Ich will mich gerade an den nächsten Baumstamm lehnen, da fallen mir die Ameisen ein, also bleibe ich knien, die Hände um den Nacken gelegt. Der durchnäßte Stoff ist unerträglich, klebt mir am Leib und wird kalt.

Auf dem Boot haben sie von Gibraltar geredet. Ich hoffe, ich bin noch in Spanien, denn in Marokko ohne Paß... Ich habe *Paß* gedacht, und sofort spüre ich einen Stich in den Schläfen, Kopfschmerzen, die mich benebeln.

Wenn ich wenigstens weinen könnte.

Keine zehn Minuten am Stück habe ich geschlafen. Ich habe versucht, mich auszustrecken, und überall am Kopf hat es angefangen zu jucken. Wahrscheinlich Einbildung, denn Ameisen sind nirgends zu sehen. Jedenfalls habe ich meinen Kopf auf die Arme gelegt, die irgendwann gefühllos geworden sind; und kaum daß sie wieder durchblutet waren, habe ich meine Beine nicht mehr gespürt. Jetzt schaue ich auf diese rote Gelatineblase, die sich über dem Meer aufbläht. Nach einer halben Stunde hämmert sengende Hitze auf mich ein, starr und glühend, bringt mein Hirn zum Kochen, blockiert mich und hindert mich daran, einen Gedanken zu fassen. Kein Geräusch eines lebenden Wesens, abgesehen von den schreienden Möwen, die sich um die Abfälle streiten. Es ist nicht so dreckig, wie ich im Dunkeln dachte. Ich habe mich nämlich ausgerechnet am Rand eines Müllhaufens niedergelassen, auf dem der Abfall gesammelt wird, um den Strand sauberzuhalten. Es knackt, als ich aufstehe, alle Gelenke sind steif. Ich greife nach meinem Personalausweis, zusammengerollt und aufgequollen, zwischen Papier und Plastik feucht. Mein Foto ist eine Art brandige Pustel; ich glaube, es ähnelt jetzt dem Original. Ich setze einen Fuß vor den anderen, das Meer rechts von mir. Wenn das hier Spanien ist, gehe ich mehr oder weniger nach Norden. Wenn es etwas anderes ist, wäre jede Richtung falsch. Links sind ziemlich hohe Dünen, dahinter könnten sich Bahnlinien und Autobahnen verbergen, doch es ist kein Laut zu hören. Genausogut kann ich weiter auf die Spitze zugehen, wo ich ein paar Flecken ausmache, die anders sind als der Rest.

Ich habe Durst, schaffe es fast nicht, die Zunge zu bewegen, sie ist wie ein Stück gekochtes Suppenfleisch.

Ein Pünktchen hat sich verschoben.

Vielleicht habe ich ja langsam Halluzinationen, doch die Bilder der letzten Tage kommen mir auch nicht gerade real vor. Warum also soll der kleine weiße Fleck kein Mensch sein und das Flimmern um ihn herum keine Schafherde? Ich bleibe stehen, um mehr zu erkennen.

Sicher, sie bewegen sich.

Ich gehe schneller weiter, doch nach hundert Metern dreht sich mir der Kopf, und die Sonne brennt nicht mehr so stark. Es gibt keine Wolken. Den Schatten habe ich drinnen, auf den Augen.

Ich laufe aufs Meer zu, ziehe Hemd und Hose aus, wälze mich im seichten Wasser, ein wohliges Gefühl. Es dauert nicht lange, doch es hat geholfen. Ich rolle die nassen Kleider zusammen und klemme sie mir unter den Arm. Wenn da hinten wirklich jemand ist, werde ich in Badehose weniger komisch aussehen als mit diesen Fetzen am Leib. Ich konzentriere mich auf meine Füße, um die Leere vor mir zu vergessen. So erreiche ich die Stelle, auf die ich am Anfang gestarrt habe, ohne daß es mir recht bewußt wird, mehr als einen Kilometer gelaufen zu sein.

Ja, es ist ein Mann.

Doch er trägt eine weiße Tunika. Und hat ein Gewehr geschultert. Als er anfängt zu rennen, meine ich, es ist meinetwegen. Noch bevor ich ihn von meinen friedlichen Absichten überzeugen kann, fallen Schüsse. Er läuft schneller, nimmt das Gewehr ab und versucht es zu laden. Ich beobachte ihn, ohne mich zu bewegen, rühre mich nicht einmal, als er sich umdreht und auf die anderen schießt. Dann sackt er mit einem langen Schrei zusammen.

Ganz klar, ich bin im Koma, habe mich nicht aus dem Krankenhaus fortbewegt.

»Was zum Teufel tust du da?«

Langsam wende ich mich um und sehe einen Typ mit einem Megaphon in der Hand, der ein bedrohliches Gesicht macht, mich am Arm packt und losschimpft: »Ihr werdet nicht fürs Baden bezahlt. Geh und zieh dich an, als nächstes sind die Tuareg an der Reihe.«

Ich verziehe mich oben auf die Düne, ohne einen Ton zu sagen.

Dahinter sind Kamele, Pferde, ein Dutzend arabische Krieger und ein paar undefinierbare Gestalten. Der Typ hat spanisch gesprochen. Das wird mir erst jetzt klar, wo ich ihn auf italienisch schreien höre: »Wer ist dieser Idiot in Unterhosen?«

Er ist wütend über mich. Ein anderer kommt, zieht mich weg und sagt mit römischem Akzent: »Du bist gefeuert. Sieh zu, daß du wegkommst.«

Er wiederholt es in einem unglaublichen Spanisch und setzt noch »raus, finish, verschwinde« dazu. Ich schiebe mich an der Gruppe Wüstenräuber vorbei, die alle ziemlich fertig aussehen, wie sie da, auf ihre Flinten gestützt oder in den Kaftanen zusammengesackt, auf Anweisungen warten.

»Der Schlag soll euch alle treffen: die Fluchtszene noch mal«, schreit einer von einem Gerüst herunter. »Der Film kostet ja nichts.«

Ein Haufen Leute, die wie Aufseher über die Statisten aussehen, bewegen sich vom Gerüst her strahlenförmig auf die *Araber* zu. Rotgesichtig und schwitzend zeigen sie ihnen die Standplätze und reden laut auf sie ein. Da ist ein Laster mit Metallkästen, darüber eine Plane gespannt, der einzige Platz im Schatten. Ich lehne mich dagegen, versuche Atem zu schöpfen. Ein Typ, ungefähr in meinem Alter, doch mit einem im Unterschied zu mir fröhlichen Gesicht, spricht mich auf italienisch an: »Dich haben sie rausgeworfen, oder?«

Ich schaue ihn unschlüssig an, warte, daß er entscheidet, wer ich *bin*.

»Scheiß drauf«, platzt er heraus und macht ein angeödetes Gesicht, »bei dem, was die zahlen.«

»Sicher«, sage ich.

Er nimmt eine Flasche Wasser und trinkt. Ich werfe ihm einen kläglichen Blick zu, vielleicht hängt mir sogar die Zunge raus. Er lacht, sagt: »Aber ja doch, nimm einen Schluck.«

Ich greife nach der Flasche, versuche mich zu kontrollieren – und würde sie doch austrinken, wenn er sie mir nicht wegnähme.

»Nun mal langsam, da ist allerhand drin.«

Ich gaffe ihn verständnislos an, bemerke gleichzeitig ein angenehmes Gefühl im Mund, als würden Zunge und Zahnfleisch rasch abschwellen. Er reißt die Augen auf, lacht schrill, vollführt eine halbe Drehung um sich selbst, sagt: »Wie sich dein Gesicht verändert hat! Verdammt, das hat dir gutgetan.«

»Hä?« frage ich.

Er lacht immer noch, sagt dann: »Hier gibt's nicht mal 'n Klo, wo man sich einen reinziehn kann. Ich lös' es immer in Wasser auf, wenn ich arbeite.«

Jetzt knistert es an den Haarwurzeln, als würden sich die Haare von allein kämmen. Daß es mir gutgetan hat, das steht fest. Es ist auch nicht mehr so heiß.

»In Mojacar angeworben?«

»Hm.«

»Und gehst du zurück in die Gegend?«

Ich zucke mit den Schultern.

»Wenn du willst...«, sagt er und nimmt noch einen Schluck von seinem schweren Wasser, »...ich habe Freunde, die nach Barcelona fahren.«

»Gut«, sage ich, mit einer Art Beben im Hirn. *Wir sind in Spanien.*

Er denkt noch ein bißchen darüber nach, dann gibt er mir einen Klaps auf den Bauch und sagt: »Los, sie warten auf mich.«

Ich folge ihm, und wir gehen zwischen Kabelrollen, umgestürzten Gittermasten, aufeinandergestapelten Scheinwerfern durch, bis zu einer Art Parkplatz unter kümmerlichen Bäumen; hier stehen Lastwagen jeder Größe. Der Typ sagt: »Ich habe drei Tage frei, und du?«

»Mehr oder weniger alle.«

Er fängt wieder an zu lachen.

»Eigentlich habe ich gemeint: Wohin gehst du, was machst du – solches Zeug, verstehst du?«

Ich suche nach einer Antwort, die nicht ganz so idiotisch ist wie die üblichen, doch er bleibt stehen und reicht mir seine Hand: »Übrigens, ich bin Geppo.«

Ich drücke ihm die Hand und stelle mich vor. Er fragt: »Bist du schon lange in Spanien?«

»Schon zu lange.«

»Hab' schon verstanden, du bist genauso wie ich.«

Das glaube ich eigentlich nicht, doch ich mache ein Zeichen der Zustimmung. Wir gehen zu einem Bedford-Lieferwagen, übersät mit Beulen und Aufklebern, auf denen PRODUZIONE CINE TV und solches Zeug steht. Drei blonde Typen, die ziemlich genervt wirken, machen Gesten, die so etwas wie »na endlich« bedeuten. Geppo fragt mich: »Sprichst du Holländisch?«

Gleich fügt er hinzu: »Ist egal, die machen sowieso nie den Mund auf.«

Die drei tragen kurze Hosen, ich steige in meine Jeans, nur damit ich nichts aus den Taschen verliere. Eilig klettern wir in den Lieferwagen und fahren sofort los, als hätten wir Verspätung. Es ist eine heiße Karre, ohne Sitze und mit einem Haufen Decken und Schaumgummistücken. In der ersten Kurve setze ich mich hin. Geppo sagt: »Du hättest dir den halben Tag zahlen lassen können, das stand dir zu.«

Ich zucke die Achseln. Er streckt sich aus, legt den Kopf auf einen gelb-blauen Rucksack, gähnt.

»Was für ein Scheißfilm«, murmelt er und sperrt noch ein paar-mal den Mund auf.

Ich sage: »Ich habe nicht mal verstanden, um was es ging.«

»Ach«, meint er, »eine Geschichte von Beduinen, die aus Rache dafür, daß einer ihrem Scheich Hörner aufgesetzt hat, einen halben Krieg führen. So'n Mist, den sie nach Indien verkaufen.«

Ich mache ein dummes Gesicht, und er erklärt: »Sie drehen davon einen pro Monat und kommen hierher, weil es viel billiger ist als in Italien. Praktisch produzieren sie unaufhörlich Dreck, den sich dann die Inder und Philippiner reinziehen.«

Seine Lust zu reden läßt nach, als würden seine Batterien langsam leer. Auch bei mir wird die Wirkung des *Tonic*-Wassers schwächer, und die Müdigkeit kehrt zurück.

»Ich glaube, die haben ihren Sitz in Singapur«, sagt Geppo und gähnt noch einmal.

Wir bewegen uns ruckartig vorwärts, mit plötzlichen Schlenkern, vielleicht um Schlaglöchern auszuweichen. Ich weiß nicht, was draußen ist, kann höchstens durch die Windschutzscheibe ein rechteckiges Stück staubige Teerstraße sehen. Die drei Holländer mit ihren kehligen Stimmen sagen nur ein paar kurze Sätze. Sie sitzen aufrecht auf dem Vordersitz, und ihre Köpfe schaukeln, je nach Kurve, in die eine oder die andere Richtung.

Geppo hat die Augen geschlossen. Ich schaffe es auch nicht, sie irgendwie offenzuhalten, bin so müde, daß ich fast kotzen muß. Das Schütteln und Rütteln bei der Fahrt erinnert mich an das Dingi. Vier oder fünf Stunden mögen vergangen sein; mir kommt es vor wie letztes Jahr. Ich versuche, draußen irgendwelche Einzelheiten zu erkennen, und nach und nach bin ich von dem Blick auf den Asphalt wie hypnotisiert; es ist, als öffnete und schlösse ich im Schlaf die Lider, ohne daß sich das Licht ändert.

Abbremsen, abruptes Einschlagen nach rechts und den Motor abgestellt; der Typ am Steuer sagt irgendwas zu Geppo. Der streckt sich jammernd, murmelt: »Ist ja gut... ziehen wir uns ab und zu ruhig was Festes rein.«

Er macht die Tür weit auf, wir steigen aus, in das Weiß einer von der Sonne gekalkten Landschaft. Ich erkenne nichts weiter als einen flachen Bau mit einer Glastür und dem ganzen Rest, der das Ding wie eine Bar aussehen lassen soll.

Hinter der Theke steht ein schläfriges Mädchen. Sie schaut uns aus verquollenen Augen an, während sie Gläser und Löffelchen abtrocknet. Ich beiße in ein süßes Stückchen, schlinge es runter. Die anderen bestellen Kaffee, ich mache ein Zeichen, daß ich auch einen will, schlage meine Zähne in irgendwas anderes, was Salziges, kaue heftig und greife nach einem Glas Wasser, das auf der Theke steht. Niemand achtet auf meinen verzweifelten Hunger, alle sind zu sehr damit beschäftigt, selbst etwas zu essen. Geppo beißt in Brötchen und gießt hastig den Kaffee hinunter. Innerhalb weniger Minuten machen wir eine halbe Vitrine mit Resten leer, doch das Mädchen zeigt keinerlei Zufriedenheit darüber. Sie reibt sich die Augen, räumt leere Tassen und Gläser weg, stellt neue hin. Der Kaffee ist furchtbar, doch heiß genug, um die Brotbrocken runterzuspülen.

Mit einem Mal ist es still; dann laute Seufzer, Lachen mit vollem Bauch, Bemerkungen auf holländisch und Witze auf spanisch von Geppo, die allerdings an der gepanzerten Gleichgültigkeit des Mädchens hinter der Theke abprallen. Unser Fahrer wischt sich über den Schnurrbart, klatscht in die Hände, und alle beginnen ihr Geld zu zählen. Ich sage zu Geppo: »Ich habe Dollars . . .«

»Um so besser, die wechsle ich dir«, antwortet er und holt einen kleinen Rechner aus der Tasche.

Er murmelt irgendwas über den aktuellen Kurs, drückt Tasten, multipliziert, teilt, fragt dann: »Einverstanden?« Ich sage ja, wühle in meiner Tasche, um einen Schein hervorzuholen, ohne daß man das Geldbündel sieht. Ich habe einen Hunderter erwischt, doch Geppo zuckt nicht mit der Wimper, zählt mir aus einem Haufen Pesetas die Scheine einzeln auf die Hand, ohne daß ich seiner Rechnung folgen kann. Dann legt er meinen Teil auf die Theke, und ich gehe mit den anderen hinaus.

Wir setzen unsere schnelle, holprige Fahrt fort, und die Stimmung im Auto ist lockerer als vorher. Der Holländer in der Mitte ist mit irgendwas beschäftigt, und als er ein paar Worte sagt, fahren wir sofort langsamer. Er macht weiter; ein klackendes Geräusch, wie von einem winzigen Stöckelschuh. Der Fahrer lenkt und schaltet mit ungeahnter Sanftheit. Geppo putzt sich sorgfältig und mit leichtem Schnauben die Nase in ein Papiertaschentuch. Die Arbeit scheint beendet, jetzt wird geflüstert, gemurmelt, gesnifft, und ein flaches Ding wandert von einem zum anderen; als es zu mir kommt, stellt sich heraus, daß es der Rückspiegel ist, der draußen fehlt. Es sind noch vier oder fünf Lines drauf, Geppo läßt die beiden dicksten blitzschnell durch sein Röhrchen verschwinden, das sich als kürzer gemachter Teil eines Kugelschreibers herausstellt; als er mir das Besteck weitergibt, hält Geppo den Spiegel lieber fest, während ich mich anstrenge, nicht zu wackeln. Um eine Line zu sniffen, muß ich sie ein paarmal unterteilen, weil ich nicht so geschickt wie die anderen bin und meine Nase es auch nicht gewöhnt ist.

»Ist das der Höflichkeitsrest?« fragt Geppo und zeigt mit den Augen auf das, was ich übriggelassen habe.

Ich wechsle das Nasenloch, stoße die Luft aus und sauge wie eine Turbine an; die anderen kriegen einen Lachanfall, Fahrer inbegriffen.

»Gib acht, daß der Spiegel nicht schmilzt«, sagt Geppo, »wir müssen ihn wieder anschrauben, wo er war.«

Vorne reißen sie Witze auf holländisch, und die besten werden von dem, der rechts sitzt, ins Spanische übersetzt. Geppo durchwühlt eine Fotografentasche, bis er eine Filmdose findet. Als er sie aufmacht, rollen ihm ein Dutzend blaue Pillen in die Hand.

»Nimm ein paar«, sagt er und hält mir seine Hand hin, »sonst brechen wir zusammen, sobald das Zeug nicht mehr wirkt.«

Ich bin einen Augenblick lang unschlüssig, das nutzt er, um drei Stück einzuwerfen und mit dem Bier runterzuspülen, das ihm unser Übersetzer gegeben hat; dann schaut er mich an und sagt: »Von hier nach Barcelona sind es zehn Stunden.«

Ich schlucke zwei Pillen, dann kommt noch eine halbe Dose Bier. Der Typ in der Mitte macht sich dran, in einer Schuhschachtel nach einer Kassette zu kramen; es scheint sogar eine Anlage zu geben. Er hält eine Kassette gegen das Licht; ein freudiger Ausruf, dann beugt er sich nach unten und startet die Musik. Ich bin fast gerührt, als ich Creedence erkenne. Es ist so laut, daß einem beinahe die Ohren abfallen, doch die Boxen halten es aus, ohne zu verzerren. Nur daß die drei vorne aus vollem Hals das ganze *Travellin' Band* mitsingen. Geppo zeigt mit dem Finger auf sie und meint: »Sie arbeiten noch an den Spezialeffekten...«

»Klar«, sage ich.

Der Bedford ist nicht mehr so unbequem wie am Anfang, und es wäre gar nicht so schlecht, wenn Geppo nicht derart viel Lust hätte, zu reden und von seiner Arbeit zu erzählen. Er sagt, daß alles Kacke ist, ein Scheißvolk, den Friedensnobelpreis müßte man kriegen, wenn man alle Produzenten umbringt, und die zahlen ihm zu wenig, für das, was er tut, aber irgendwie reicht es immer, weil er nicht so hohe Ansprüche hat. Er redet und redet, und ich habe immer noch nicht verstanden, worin seine Arbeit denn eigentlich besteht. Er muß es mir gesagt haben, doch ich habe es nicht mitbekommen. Ab und zu mache ich ein zustimmendes Zeichen und denke an einen Haufen anderer Sachen. Vorne stimmen sie *Fortunate Son* an, nur der in der Mitte singt nicht mit und tickt wieder auf dem Spiegel herum.

Sie setzen mich irgendwo ab, in einem Barcelona, das für mich nur bedeutet, daß ich mir ein Bett suchen muß. Wir sind vor einem Hotel, ich kann mich kaum auf den Beinen halten, und meine Lider sind schlimmer als rostige Rolläden. Geppo redet und gestikuliert in Zeitlupe, ich weiß nicht, was er noch geschluckt hat, aber er ist auch im Reservebereich, sagt: »Wir sehen uns morgen. Ich komme vorbei und hole dich ab. Dann zeige ich dir ein bißchen was von der Stadt.«

Ich deute ein Ja an, habe einen Gähnanfall, mein Kiefer knackt, meine Augen tränen, und ich sehe wahrscheinlich furchtbar aus. Sie fahren weiter; ich schleppe mich ins Hotel, radebreche irgendwas; der Portier hat wahrscheinlich schon einiges erlebt, jedenfalls verzieht er keine Miene und gibt mir einen Schlüssel.

Ich hangele mich nach oben, finde im Tran irgendwie meine Nummer, spüre den Teppichboden und stelle mir das Bett vor. Ich weiß nicht, wo ich nun liege, doch ich schließe die Augen.

3

Ich habe ein Zimmer bezahlt, um auf dem Fußboden zu schlafen. Wie gerädert bin ich aufgewacht, die Muskeln weigern sich, mich auf den Beinen zu halten, zittern und zucken unkontrollierbar. Ich meinte, im Bett zu liegen, und jetzt bekomme ich vom Staub auf dem Teppichboden einen Niesanfall. Durch das Fenster dringt dumpfer Lärm. Unten ist ein schlauchförmiger Hof, fast ohne Licht. Ich habe Angst davor, zu entdecken, was draußen sein mag, besonders nachdem ich im Badspiegel meinem Gesicht begegnet bin. Die Kleiderhaken erinnern mich schmerzhaft daran, was ich anzuziehen habe. Mit geschlossenen Augen schlüpfe ich in Jeans und Hemd, gehe hinaus, ohne den Portier zu grüßen; wahrscheinlich ist es ein anderer als gestern nacht.

Träge Nachmittagsatmosphäre, alle scheinen sich ohne Überzeugung zu bewegen, laufen herum, als warteten sie auf etwas. Vielleicht auf die Dunkelheit.

Ich bin vor fünf oder sechs Jahren in Barcelona gewesen, kenne es nicht gut, doch das hier müßte das Barrio Chino sein. Ich betrete den erstbesten Laden, kaufe ein T-Shirt und passable Hosen, renne fast zurück ins Hotel.

Ich hatte mir überlegt, nach und nach in den billigsten Läden neue Kleider zu kaufen, aber schließlich bin ich doch im Corte Inglés gelandet, weil ich meinte, in einem Warenhaus Zeit zu sparen. Mühe ganz bestimmt nicht. Ich weiß nicht mehr, wie viele Stockwerke es gibt, und habe zwischen den Theken, Rolltreppen, Aufzügen, Scharen von Kunden, zwischen den Gruppen, Banden, Familien die Orientierung verloren. Eine Terrasse mit Tischchen auf dem Dach: unten liegt die Plaza de Cataluña, ein Amphitheater aus Banken, mit Sony, Sanyo, Saba als Einsprengseln. Nach ein paar Minuten Schwindelgefühl gebe ich auf: okay, denke ich, die Kulisse ist nicht übel. Ich hätte zwar darauf verzichten können, aber es ist ja schon ein Glück, nicht in Rabat gelandet zu sein. Ein Kellner kommt und fragt, was ich haben möchte. Ich verabschiede mich freundlich und gehe zum Aufzug zurück.

Ich kannte mal einen Typ aus Barcelona, einen Kunststudenten, der als Aushilfe beim Hufschmied auf der Pferderennbahn gearbeitet hat, als ich selbst gerade erst angefangen hatte. Er ist wieder abgezogen, nachdem er einem Züchter ein paar Hammerschläge verpaßt hatte, nur auf die Füße, der bekam nicht viel ab. Den Nachnamen weiß ich noch: Pedreres. Ist wahrscheinlich der häufigste Name in Katalonien, doch ich muß es versuchen; vielleicht erinnere ich mich, wenn ich den vollständigen Namen und die Adresse lese. Ich habe drei Plastiktüten mit diversen Kleidungsstücken, nicht viel, aber ich kann ja nicht wie eine Hausfrau, die vom Markt kommt, bei ihm auftauchen; also streife ich durch die Lederwarenabteilung, finde aber nichts zu einem vernünftigen Preis. Es ist schwachsinnig, für die Verpackung genausoviel auszugeben wie für den Inhalt. Um mich herum herrscht ein gleichgültiges Durcheinander. Ich finde einen versteckten Winkel, ein paar Sekunden lang kommen weder Kunden noch Angestellte vorbei, und ich stopfe alles in eine Tasche, leere die Tüten aus.

Vor dem Ausgang ist ein Tabakwarenstand; und daneben sind zwei bewaffnete Wachmänner postiert, die mit finsteren Blicken das Kommen und Gehen beäugen. Ich stelle mich bei den Zigaretten an, überlege, was ich tun soll. Wenn ich kehrtmache und die Tasche zurückbringe, muß ich auch die Plastiktüten wieder holen, denn mit einem Stapel Unterhosen, Socken und Hemden auf dem Arm lassen sie mich nicht durch die Tür. Ich denke nicht im Traum daran, die Tasche zu bezahlen; schließlich habe ich schon siebzehntausend Pesetas ausgegeben und beginne es bereits zu bereuen. Plötzlich drängt ein Schwung Leute durch die Eingangstür; ich trete aus der Schlange, gehe dem Strom der Touristen entgegen, schaffe mir einen Durchgang bis zur Tür, drücke dagegen und spüre im gleichen Augenblick, daß mich etwas nach hinten zieht. Es ist die Hand des älteren der beiden Gorillas. Er sagt: »Bitte vielmals um Entschuldigung: eine Routinekontrolle.«

Der jüngere hakt mich unter und drängt mich in eine Ecke. Er öffnet die Tasche, zieht die Sachen raus und häuft sie auf eine Theke. Dahinter steht eine Kassiererin, die aus der Sicherheit ihres Stalls mit grausam scharf blickenden Äuglein zuerst mich und dann die Teile mustert, die aus der Tasche auftauchen wie Kaninchen aus einem Zylinder. Bei jedem Atemzug bläht sie die Nasenlöcher, in Vorfreude auf die Reaktion des Wachmanns, der seinerseits äußerlich gelassen bleibt, damit sich seine Wut richtig anstauen kann. Man hat den Eindruck, daß es in ihm gärt, daß er sich, befriedigt und empört zugleich, buchstäblich aufbläst. Der jüngere Gorilla hält ein Hemd hoch, zeigt es von hinten und von vorne, zischt: »An dem ist noch das Preisschildchen dran.«

Ich nicke, sage: »An dem Rest auch.«

Seine Sehnen am Hals zucken, er nimmt ein Paar Socken, schwenkt sie.

»Wir haben uns neu eingekleidet, oder?«

»Genau das«, sage ich und breite die Arme aus.

Er bekommt glänzend rote Backen, knurrt: »Bis zu einem bestimmten Betrag drücken wir ein Auge zu und verlangen nur, daß bezahlt wird. *Jenseits* dieser Summe holen wir die Polizei.«

Ich beuge mich über die Tasche und beginne darin zu wühlen; denn ich habe gesehen, wie die Kassenzettel aus den Tüten gefallen sind. Einen nach dem anderen gebe ich sie dem Typ, der anfängt, sich am Hintern zu kratzen, dann an der Nase und unter der Mütze.

»Wieso hat man Ihnen keine Einkaufstüten gegeben?« knurrt er zwischen den Zähnen.

»Ich habe sie abgelehnt, weil sie die Umwelt belasten.«

Er schaut mich an, als hätte er einen Eimer Wasser ins Gesicht bekommen.

»Sie sollten sich schämen. Für so etwas gibt es Recyclingpapier«, fahre ich fort, »und Sie belasten die Umwelt noch immer mit Vinyl. Ich werde in meiner Zeitung darüber berichten.«

Leise fluchend ziehen die beiden ab.

Ich werfe alles in die Tasche zurück, hänge sie mir um und schaue die Kassiererin an, zwinkere und werfe ihr eine Kußhand zu. Ihr Gesicht zieht sich zusammen, als müßte sie niesen. Ich gehe schnell hinaus.

Ich schlängele mich zwischen den Autos auf die andere Seite der Plaza durch, gehe in eine Bar und nehme mir das Telefonbuch. Fast will ich schon aufgeben, als ich all die Pedreres sehe. Die geldverschlingenden Automaten mit ihren irren Tönen lenken mich ab. Manchmal ein Sturzbach von Münzen, doch mehr noch beeindruckt mich die professionelle Art, mit der die Spieler Tasten drücken, blitzschnell die Kombination von Pflaumen, Melonen, Glocken erfassen, die vor ihren Nasen vorbeirasen. Da ist eine Adresse, die mir ins Auge springt. Der Name ist ein bißchen zu häufig: Juan. Aber genau der könnte es sein. Ich erinnere mich, daß der Typ von einer Gasse in der Nähe einer bekannten Straße gesprochen hat, die in der Gegend hinter dem Barrio Gótico liegt. Ich notiere mir alles auf meinem Kassenzettel.

An der U-Bahn-Haltestelle finde ich einen Stadtplan. Die Gasse ist tatsächlich in der Nähe der Calle Montcada, eine weitere Bestätigung dafür, daß die wenigen Dinge stimmen, die ich in meinem Wirrkopf behalten habe. Ich beschließe hinzugehen, ohne vorher anzurufen. Wenn ich vor ihm stehe, kann er mich nicht so leicht abwimmeln.

Ein Mädchen öffnet die Tür, ganz in Schwarz, nur das Gesicht kreideweiß. Sie mag um die Zwanzig sein, schaut mich zwischen ihren violetten Kaugummiblasen neugierig an. Ich frage nach Juan, sie sagt: »Er ist für drei Monate weg.«

Ich lehne mich mit dem Ellbogen an die Mauer, sage: »Scheiße.«

Sie macht eine voluminöse Blase, nimmt das Zeug dann mit zwei Fingern und wirft es hinter das Aufzugsgitter.

»Hat er dir gesagt, du sollst vorbeikommen?« fragt sie und kratzt sich unter dem Busen.

»Ja. Vor zwei Jahren.«

Sie macht die Tür auf und geht einen Schritt zurück. Ich trete ein. Sie läßt sich auf einen Stapel Zeitschriften fallen, die hier überall herumliegen: schreiend bunte Comics. Sie sagt: »Pill.«

Ich nehme an, das ist ihr Name, mache ein Zeichen zum Gruß.

»Juan hat mir die Wohnung überlassen, bis er zurückkommt.«

Sie steht auf, atmet tief, verschwindet in der Küche. Ich höre sie sagen: »Es gibt ein leerstehendes Zimmer, wenn du willst.«

Ich gehe ein paar Schritte, beuge mich ein wenig vor und sehe sie von hinten, wie sie an einem Spülbecken steht, in dem sich alles mögliche türmt, und zwei Gläser abwäscht. Die Küche ist eine Art Trödlerladen; von der Decke hängt ein Zeppelin, ungefähr ein Meter lang.

»Willst du kaltes Wasser?«

Ich sage ja, und sie macht einen gigantischen Kühlschrank auf, in dem zwei Dosen und eine Plastikflasche stehen, füllt das trübe Glas mit Wasser und reicht es mir, sagt: »Das Zimmer ist das da.«

Ich schaue, wohin ihr kleiner Finger mit dem blau lackierten Nagel zeigt.

Das Zimmer steht allerdings leer: auf den gelblichen Wänden hellere Rechtecke von kürzlich abgehängten Postern, in einer Ecke ein mehr oder weniger graues Schaumgummiquadrat, außerdem ein paar Kippen und zerdrückte Pappbecher. Ich sage: »Es ist kein Problem, wenn ich bleibe?«

Sie antwortet nicht, sondern geht die Tür schließen, nimmt dann die Tasche und stellt sie neben die Matratze.

»Entschuldige, aber ich war gerade mitten in der Arbeit.«

»Selbstverständlich . . .«

Sie verschwindet wie der Blitz, und ich meine, ein Lächeln zu bemerken, aber vielleicht war es nur ein Schatten. Ich strecke mich auf der Matratze aus, die Tasche unter dem Kopf. Kein Laut. Höchstens ein elektrisches Summen, undefinierbar. Und etwas, das kratzt, vielleicht eine Feder.

Ich hole mir ein paar Zeitschriften. Da ist eine Tür neben »meiner«, dahinter muß sie sein. Zurück auf die Matratze. Die Zeitschriften sind voll von abgefahren futuristischen Zeichnungen, manchmal präzise und nuanciert, oft halluzinativ chaotisch, explodierendes Farbengemisch. Ich habe mir fünf genommen, blättere sie langsam durch, versuche zu hören, was sich nebenan tut.

Das Klicken eines Feuerzeugs in Abständen von zehn Minuten. Ich schließe die Augen, will schlafen. Nichts. Das Licht wird schwächer. Es mag ungefähr sechs sein, durch das Fenster dringen ferne Geräusche.

Ich stehe auf, mache ein paar Schritte durchs Zimmer, trete auf den Gang, gehe wieder ans Fenster, versuche Lärm zu machen, huste.

»Pill?« rufe ich.

Im leeren Zimmer hallt es wider.

Ich gehe auf den Gang hinaus, schleife mit den Füßen, damit sie mich hört. Pill sitzt über einen winzigen Tisch gebeugt, in einem peinlich sauberen, beinahe leeren Zimmer. An einer Wand hängt ein riesiges, fast vollständig schwarzes Poster, eine Art dunkles Fenster, in einer Ecke steht mit kleiner gelber Schrift auf englisch: »Seid ihr sicher, daß ihr wirklich mich sucht?«

Pill hat sich Kopfhörer, die man kaum sieht, in die Ohren gesteckt, bewegt rhythmisch den Kopf und trägt auf Blättern, die den ganzen Tisch bedecken, mit schneller Hand Zeichen in abgegrenzte Felder ein. Ich glaube, wenn ich jetzt näher komme, trifft sie der Schlag. Sie ist woanders, konzentriert auf etwas, das Präzisionsarbeit zu sein scheint, versunken in ihre Musik, erinnert sich wahrscheinlich nicht einmal daran, daß ich existiere.

»Nimm dir eine Zigarette, ich hab' noch welche«, sagt sie gleichgültig, ohne mich anzuschauen.

Mit dem Ringfinger schiebt sie das Päckchen zur Seite. Ich rühre mich nicht, dann schaue ich mich um, und schließlich nehme ich die Zigarette.

»Ich wollte dich nicht stören . . .«, sage ich.

Sie schreibt noch zwei Minuten lang weiter. Dann steht sie auf, nimmt die Kopfhörer ab, zieht den Stöpsel raus, und die Stimme von Bono ergießt sich wie ein Lavastrom ins Zimmer. Sie dreht leiser, sagt: »Voll der Nerv, Juan hat nur vier museumsreife Kassetten dagelassen.«

Sofort bringe ich den komplizenhaften Gesichtsausdruck wegen *With or without you* zum Verschwinden. Ich denke, daß ich ungefähr zehn Jahre älter bin als sie. Sie fängt wieder an, Hieroglyphen zu zeichnen. Ich gehe näher dran. Es sind Blasen ohne Zeichnungen, in die sie Text aus einem engbeschriebenen Notizbuch einträgt.

»Was für eine komische Arbeit«, sage ich.

Sie mustert mich mit hochgezogener Augenbraue.

»Ich meine . . . ich wußte nicht, wie es gemacht wird, ich meine, daß sich jemand damit beschäftigt . . .«

»Doch ja«, sagt sie und schreibt die nächste Sprechblase voll.

Ich gehe in die Küche nach Streichhölzern suchen, finde welche in einem Militärstiefel, der über dem Spülbecken an der Wand hängt. Pill erscheint in der Tür, streckt sich. Sie kratzt sich heftig in den Haaren, die an den Seiten sehr kurz sind und auf dem Kopf stoppelig wie eine Artischocke. Sie ist hübsch, obwohl sie mit einer Menge Details dagegen angeht. Zum Beispiel mit der grünen Languste, die sie sich knapp über der rechten Brust hat eintätowieren lassen.

»Liest du Comics?« fragt sie und massiert sich den Bauch.

»Je nachdem.«

»Scheinst ja Zeit genug zu haben«, schließt sie und zieht einen schiefen Mund.

Sie macht sich zwischen den Töpfen zu schaffen, die Einzelteile einer Espressokanne kommen zum Vorschein, und als sie ein Glas mit Kaffee öffnet, sage ich: »Wenn du willst, kann ich es machen.«

Sie schaut mich verwundert an, dann scheint es ihr zu dämmern, und sie sagt prustend: »Stimmt, du bist ja Italiener.«

Ich stelle die Espressokanne hin und sage: »Ich wollte dir nur die Arbeit abnehmen, ich bekomme von Kaffee Durchfall.«

Sie überlegt einen Augenblick, starrt das Glas mit Kaffee an; schließlich lacht sie spitz auf, ja es schüttelt sie vor Lachen. Sie sagt: »Ich wollte dir das einzige anbieten, was es in diesem Dreckshaushalt gibt.«

Ich lache nicht, lege die Einzelteile der Espressokanne auf den Haufen aus Pfannen und angelaufenem Besteck zurück. Sie mustert mich von Kopf bis Fuß, macht ein Gesicht, als fände sie mich gar nicht so schlecht.

»Bist du auf Weltreise?« fragt sie und schiebt ihren Mikrorock hoch, um sich am Schenkel zu kratzen.

Ich schaue mir ihre Beine an, ohne so zu tun, als täte ich es nicht. Sie ist zu natürlich, um schlampig zu wirken.

»Ich bleibe nicht lange.«

»Du kannst so lange bleiben, wie du willst«, sagt sie in einem Tonfall wie »ist-doch-voll-egal.«

Ich mache den Kühlschrank auf, sehe die zwei Dosen Bier an.

»Sind die reserviert?« frage ich.

Sie kommt näher, ihr Busen legt sich auf meinen Arm, sie nimmt die Dosen raus, reißt die Laschen auf, verschüttet dabei ein Viertel, stellt ein Bier auf die Anrichte und geht mit dem anderen in ihr Zimmer. Ich höre sie sagen: »Wenn du Lust hast: Ich trinke nachher was, wo es weniger öde ist.«

Ich gehe hinter ihr her, und eine Sekunde lang sehe ich sie vollkommen nackt, wie sie in einen schwarzen Bademantel schlüpft. Sie geht an mir vorbei, ohne ihn ganz zu schließen, sagt: »Ich beeile mich.«

In der Badezimmertür fügt sie hinzu: »Da muß ein fast sauberes Handtuch auf dem Sessel liegen. Aber das Wasser ist kalt.«

Sie scheint eine Antwort zu erwarten. Ich sage: »Um so besser.«

Sie läßt den Morgenmantel fallen, bevor sie aus dem Blickfeld verschwindet, und schließt nicht einmal die Tür.

4

Es ist eine Art Garage mit einer großen ovalen Theke, die quer in der Mitte des Raums steht. Auf die Wände aus rohen Ziegelsteinen werden Schwarzweißdias projiziert. Die Musik ist nicht übermäßig laut, doch die Dunkelheit fast total. Es sind Kids wie Pill da, außerdem ein paar Leute, die ungefähr mein Alter haben, alle ziemlich aufgedreht, als warteten sie auf irgendwas. Ich glaube, man kommt hierher, um etwas zu trinken und sich zu überlegen, wo und wie es dann weitergehen soll. Die Typen machen den Eindruck, als hielten sie Schlaf für eine Beleidigung des Lebens. Pill redet mit zweien, die noch mehr Schwarz tragen und noch blasser sind als sie selbst. Sie lachen nie, sprechen, als spuckten sie jemandem ins Gesicht, doch ohne Überzeugung. Ich stehe an die Theke gelehnt, beobachte den Barkeeper, der als einziger hier gute Laune zu haben scheint, auch wenn er sich sein Lächeln für seltene Gelegenheiten aufhebt. Ich trinke ein klares Gesöff, das im Neonlicht wie eine radioaktive Flüssigkeit aussieht. Pill klinkt sich aus, kommt zu mir und lehnt sich mit dem Rücken an, sagt: »Du wirst doch nicht etwa Hunger haben.«

»Wie kommst du darauf«, antworte ich, schaue auf die Eisentreppe an der Wand und frage: »Was gibt's oben?«

Sie wendet sich träge um, sagt: »Sieh doch nach.«

Ich sehe nach. Die Treppe führt zu einem Raum mit Holzboden, in dem Tischchen und Stühle aus Schmiedeeisen, sogar Töpfe mit künstlichen Palmen stehen. Die Stimmung ist ruhiger, positiv gestimmte Leute, die lachen und laut sind; weniger echt als die da unten, glaube ich. Ich gehe wieder runter. Pill ist an der Theke geblieben, allein.

»Schöne Scheißer, nicht?« sagt sie und zeigt nach oben.

Ich zucke mit den Schultern.

»Bist du schon mal hiergewesen?« fragt sie, als suchte sie nach einem Thema.

»Nein«, antworte ich und schiele auf das Dia von Annie Lennox an der Wand.

»Ich meine: in Barcelona.«

»Einmal.«

»Scheint dir ja zu gefallen.«

Mit einem Wink bestelle ich noch ein Glas.

»Und dir?«

Sie dreht sich um, gähnt, murmelt dann: »Ein Ort ist wie der andere. Um wirklich woanders hinzukommen, brauchte man eine Rakete.«

Als das volle Glas kommt, nimmt sie es mir aus der Hand und trinkt ein Drittel aus. Dann packt sie mich am Ärmel und zerrt mich in eine Ecke. Wir gehen zu den Toiletten, sie schlüpft in eine freie Kabine, gibt mir ein ungeduldiges Zeichen, daß ich mich beeilen soll. Wir schließen uns ein. Sie zieht ein Fläschchen raus, das einen kleinen Löffel, so groß wie eine Mäusekralle, an der Verschlußkappe hat, hält es mir unter die Nase, sagt: »Dann woll'n wir mal sehen, ob dir die Tiefkühlleichenmiene vergeht.«

Ich schnupfe einmal kurz und heftig, und dann kommt das andere Nasenloch an die Reihe. Sie snifft auch ein Doppel, läßt das Fläschchen verschwinden und macht die Tür wieder auf.

Wir stoßen mit einem Typ zusammen, der sich gerade im Spiegel anschaut. Er hört damit auf, sich die Haare nach hinten zu streichen, und hält Pill am Arm fest.

»He«, sagt er, »war wirklich ein guter Einfall neulich abends . . .«

Dann sieht er mich an; sein Gesicht ist nicht sehr freundlich.

»Laß mich in Ruhe«, sagt Pill und macht sich los.

Ich gehe hinter ihr raus, werfe dem Typ noch einen nichtssagenden Blick zu.

Den Rest der Nacht waren wir in einer Art Höhle. Ich habe weitergetrunken, erinnere mich nur daran, wie schweißfeucht es da drinnen war, und an die Art, wie Pill tanzt, ganz fließend, mit harmonischen Bewegungen, die sich an den Takt halten, ohne je eine Geste zu wiederholen. Ich glaube, ich bin mit dem Bild eingeschlafen, wie Aivly an der Reling lehnt; beim Wachwerden hatte ich das Gefühl, auf einem schlingernden Boot zu sein.

Pill ist schon damit beschäftigt, Sprechblasen zu füllen, hat Musik in den Ohren, gibt aber ein Zeichen mit der Hand, wenn ich sie zehn Sekunden lang anschaue.

Ich komme aus der Dusche und stehe tropfend zwischen den Zeitschriften, unentschlossen, ob ich Hunger haben oder warten soll, bis sie welchen hat. Bücher gibt es auch, und von irgendwo taucht ein Atlas auf. Ich setze mich auf den Boden und blättere darin; komisch, meine Hände zittern, als suchte ich den Zünder einer Mine. Hinten ist ein Verzeichnis der Ortsnamen, ich lasse den Finger über die Namen gleiten. Nach einer halben Stunde bin ich beim letzten: nichts mit *escondido*. Ich bin wieder davon überzeugt, daß es nur ein Adjektiv für den Ort war, wo Aivly sich verstecken wollte. Trotzdem suche ich den Atlantik ab, beginne bei den Kleinen Antillen, springe zu den Großen, gehe über Kolumbien und Venezuela hinunter, verirre mich ein paar Minuten in den Sümpfen von Maracaibo, dringe in die Sierra Nevada ein und kehre mit dem Rio Negro langsam zum Atlantik zurück. Es ist lächerlich, da sind Tausende von Orten, und alle stehen im Register, ich vergeude nur meine Zeit. Nicht daß ich etwas Besseres zu tun hätte. Und weil ich sowieso nicht glaube, daß ich in Spanien bleibe, kann ich das Spiel auch fortsetzen. Ich fange jetzt in Mittelamerika an, komme nach Mexiko, verliere mich darin, unaussprechliche Namen zu lesen, versuche, die Laute der Azteken ins Kastilische zu übersetzen. Dann komme ich von der Route ab, wegen eines Orts am Meer, der für mich plötzlich anders klingt: *Progreso*, ein Hafen nahe der Bank von Campeche. Es ist eine Art

Nachhallen, das ich nicht zu fassen kriege. Als sie sich in der anderen Kabine unterhalten haben, ging es um etwas, das mit »Fortschritt« zu tun hatte. Jetzt bin ich mir dessen sicher; vielleicht weil ich so lange darüber nachgedacht habe, bis ich davon überzeugt war, daß es bestimmt einen Zusammenhang gibt.

»Willst du abreisen?«

Es fährt mir voll rein, ich zucke sichtbar zusammen, so daß Pill verlegen lacht und sich die Hand vor den Mund hält. Dann streicht sie mir übers Haar, sagt: »Entschuldige, ich dachte, du hättest mich gehört.«

Ich schlage den Atlas zu, rappele mich mühsam hoch.

»Laß uns ein paar *tapas* essen gehen, sonst breche ich zusammen«, sagt sie und schlüpft in eine kurze, mit Nieten malträtierte Lederjacke.

Ich habe nicht begriffen, *was* wir essen wollen, doch ich bin mit allem einverstanden. In der Tür bleibt sie stehen, mustert mich und sagt: »Heute nacht hast du mit den Zähnen geklappert. Hast du keinen Pullover?«

»Noch nicht«, antworte ich und bin schon auf der Treppe.

Pill macht kehrt, wühlt in Schubladen und Schränken und schleppt eine Jacke aus grauem Stoff an, der im Licht wie Seide glänzt.

»Gehört Juan«, sagt sie und wirft mir die Jacke auf den Arm, »ihr seid ungefähr gleich mager.«

Pill hat an der Theke auf eine Reihe von Sachen gezeigt, und nach fünf Minuten kommen Tellerchen mit verschiedenen Meeresfrüchten, die sich ohne Krusten und Schalen nicht auseinanderhalten lassen. Der Wein scheint Cidre mit viel Kohlensäure zu sein; kann man ununterbrochen trinken. Auch beim Essen hat Pill keine Hemmungen, sie schlingt, nimmt die Finger, um sich Muscheln und Sardinen rauszufischen, dann saugt sie daran herum und lutscht sie ab, als wäre das die einzige Möglichkeit, Nahrung aufzunehmen. Ich schaffe es wie immer, mich zu frustrieren, nehme Messer und Gabel und fühle mich bescheuert. Um uns herum drängen sich Leute, laut und in bester Laune: Witzeleien und spitze Schreie, dichtes Stimmengewirr, ein unglaubliches Chaos auf diesen wenigen Quadratmetern. Viele sprechen katalanisch; ich höre neugierig zu, bin innerhalb einer Viertelstunde ganz benommen und wirr im Kopf; am Ende beschließt Pill, das Wort an mich zu richten.

»Hast du was gefunden?« fragt sie und gießt die Gläser wieder voll.

Ich wende mich von der unverständlichen Unterhaltung der beiden Mädchen neben mir ab, schaue Pill mit einem dümmlichen Lächeln an, und sie erklärt: »Im Atlas.«

»Ach ... nein, nichts Besonderes.«

Sie wirft mir den letzten kleinen Tintenfisch auf dem Teller zu, nimmt sich die halbe Sardine. Ich glaube, sie hat mir Öl aufs Hemd gespritzt, aber ich schaue lieber nicht hin.

»Ich gehe in einem Monat nach Thailand. Warum schließt du dich nicht an?«

Der Punkt geht an sie. Ich würde niemals einen Unbekannten zu einer langen Reise einladen. Wahrscheinlich nicht mal zu einer kurzen.

»Seid ihr viele?« frage ich.

»Ich weiß nicht«, sagt sie, und ihr kleines Gesicht sieht ehrlich aus, »aber mit Sicherheit bin ich dabei.«

»Es ist, weil ... ich habe ein bißchen gerechnet, und ...«

Sie unterbricht mich, um noch einen Wein zu bestellen. Ich sage: »Du weißt nicht zufällig irgendeinen Job?«

Sie konzentriert sich, preßt die Lippen zusammen, macht ein vieldeutiges Gesicht, sagt: »Ich kenne da eine Frau, Neta, die hat 'ne Arbeit, wo sie immer neue Leute suchen.«

Sie unterdrückt ein Kichern, fügt hinzu: »Es ist allerdings eine Arbeit, die man nicht lange aushält, im allgemeinen.«

»Das ist genau das, was ich suche«, sage ich und rücke interessiert näher, »länger als zwei Wochen will ich es keinesfalls aushalten.«

»In zwei Wochen kannst du wenigstens sechzig- oder siebzigtausend Pesetas abziehen«, meint sie mit einem ernsten Nicken.

Ich rechne es schnell in Lire, dann in Dollar um; scheint mir zuviel für eine Hilfsarbeit in Spanien. Ich frage: »Wie viele Stunden am Tag muß man denn für das Geld arbeiten?«

Jetzt ist sie unschlüssig, wischt sich mit den Papierservietten sorgfältig die Finger ab und fixiert irgendwelche Punkte in der Luft.

»Viele Stunden wären es nicht...«, sagt sie vage. »Das Problem ist der Magen.«

Ich habe die Sache eigentlich schon abgehakt, doch aus Neugierde mache ich weiter ein erwartungsvolles Gesicht. Pill stößt den Atem aus, lächelt amüsiert und kommt zu einem Entschluß.

»Schau, es ist kein Witz«, sagt sie und biegt sich zur Seite, »sie zahlen gut und haben lässige Schichten, ich glaube, fünf oder sechs Stunden...«

»Wieso suchen sie dann Leute, wenn es so leicht ist?« frage ich und lächele.

Sie wird ernst, sagt: »Weil das von der Person abhängt. Ich bin eine Woche lang dagewesen, dann hab' ich's nicht mehr ausgehalten. Doch du scheinst mehr...« Sie sucht nach dem richtigen Wort. »Du hast ein dickeres Fell, meine ich.«

Ich schaue sie überrascht an. Sie fügt gleich hinzu: »In dem Sinn, daß du aussiehst, als ob du erst in Stücke brichst, aber dann alles von dir abprallt. Oder?«

Ich zucke die Schultern.

»Na ja... kann sein.«

Pill springt auf, ein vieldeutiges Lächeln um den Mund. Sie geht bezahlen, und ich komme mit, wegen meines Anteils. Ich denke, daß es mir egal sein sollte, aber merke, wie es an mir nagt, daß diese schwarze Gummifrau, die von ihrer negativen Energie gerade eine Handbreit über dem Boden gehalten wird, nach vierundzwanzig Stunden damit herauskommt, wie ich bin und wie ich wirke. Und außerdem ist mir solcher Blödsinn wie In-Stücke-Brechen und Dickes-Fell-Haben noch nie in den Kopf gekommen, wieso zum Teufel kommt es ihr in den Kopf? Ich ziehe ein Bündel Pesetas raus, Pill nimmt ein paar davon; ich gehe vor ihr nach draußen.

Ich stecke die Hände in die Taschen, tue so, als bewunderte ich Gassen und Mauern mit abgebröckeltem Putz. Pill steht wie unter Strom, biegt unvermutet nach rechts oder links ab, und ich muß dann kehrtmachen und hinter ihr her. Sie sagt: »Es geht darum, die Toten im Leichenschauhaus zu waschen.«

Mein Lachen ist unpassend; jedenfalls schaut sie mich ungnädig an und fährt fort: »Es sind nur *Tote*. Du mußt sie nicht in Stücke schneiden und *rein*schauen, wie sie's an der Uni machen.«

Ich möchte etwas erwidern, doch dann fällt mir ihr Talent ein, einfach die Perspektive zu wechseln und irgendwas Grauenhaftes ganz normal aussehen zu lassen.

»Du faßt sie nicht mal an, du nimmst den Wasserschlauch... damit hat sich's.«

»Damit hat sich's?«

Sie geht beim Sprechen nicht langsamer, also muß ich einen Schritt zulegen, um alles zu verstehen.

»Das Problem ist der Test. Ich habe ihn bestanden, aber nach einer Woche gab's dann den Rückfall.«

Ich frage: »Was meinst du mit: Rückfall?«

Sie schnaubt, kratzt sich in dem Haarbüschel, das ihr in die Stirn fällt, sagt: »Na ja, sie warten, bis sie eine Leiche für dich finden, die übler zugerichtet ist als die anderen... was weiß ich, ein Verkehrsunfall oder eine Schießerei...«

»Ich kann's mir vorstellen.«

»Nichts kannst du dir vorstellen«, sagt sie ernst, »denn nachdem du die Leiche gewaschen hast, bringen sie dich in die Kantine, und wenn du es schaffst, ein blutiges Beefsteak zu essen, bist du eingestellt.«

Ich gehe noch vielleicht zehn Meter weiter, dann lehne ich mich an ein Tor und beginne leise zu lachen. Pill macht kehrt, schaut mich geduldig an, sagt: »Um so besser, wenigstens einer, der lacht.«

Ich versuche mich wieder einzukriegen, doch es ist so etwas wie nervliche Entspannung, ein Zusammenbruch der Kontrolle, durch die ich mich in den letzten Tagen auf den Beinen gehalten habe, deshalb lache ich wie irre und kann nicht aufhören, sage noch: »Es gibt bestimmt auch eine Prüfung für Vegetarier.«

Sie antwortet: »Wenn du so hinkommst, machen sie dich zum Chef der Abteilung.«

Sie geht mit schnellen Schritten weiter, ich schleppe mich hinter ihr her, gluckse immer wieder vor Lachen, denke, daß es mir scheißegal ist, ob sie mich für einen Idioten hält, lache, sobald es wieder hochkommt, ohne es zu unterdrücken.

»Wohin gehen wir?« frage ich, als ich sehe, daß sie in die träge Menschenmenge auf der Rambla eintaucht.

»Zu einem Freund.«

Ich verliere sie ein paarmal, sie wird von Touristenmassen verschluckt, zwingt mich zu lästigen Sprints. Entschlossen biegt sie ab, hinter einem Stapel von Käfigen, in denen Wellensittiche girren. Ich laufe durch den Verkehr der Seitenstraße, sehe gerade noch, wie sie hinter der Kreuzung verschwindet, schaffe es, sie einzuholen; sie sagt: »Wir machen einen Bogen, damit wir nicht an diesem Scheißvolk auf der Plaza Real vorbeimüssen.«

Ich denke schon, sie will sich nicht unter die Dealer mischen, doch dann fügt sie hinzu: »Die Hälfte von denen, die Stoff anbieten, sind Bullen. Geh nicht dahin; sie haben sich in den Kopf gesetzt, den Platz zu säubern, und nerven ständig mit Ausweiskontrollen.«

Mir fällt der Fetzen von einem Ausweis ein, den ich in der

Tasche habe. Endlich gehen wir in einen Hauseingang. Sechs Stockwerke, kein Aufzug. Es öffnet ein sehr großer, spindeldürrer Typ, der wegen allem und jedem die Augen aufreißt. Er ist sympathisch, und seine kleinen Scherze packe ich zwar nicht, merke aber doch intuitiv, daß sie nicht zweideutig sind; er ist nur nicht so kühl wie die anderen. Eine ziemlich große Wohnung, dunkel, doch nicht düster. Ein Dutzend Leute laufen durch die Zimmer und reden irgendwas, überlagert von Funk-Musik in allen Räumen. Ich sehe keine Boxen, schaue nach oben, um zu kapieren, wo die Musik herkommt. Der Typ stellt sich als Andreu vor, will wissen, ob ich katalanisch spreche, und ich muß mit Bedauern verneinen. Dann folgt er meinem Blick, also frage ich ihn nach der Musik. Mit einem strahlenden Lächeln zeigt er auf einen kleinen schwarzen Punkt oben an der Decke, dann hakt er mich unter und zieht mich in ein anderes Zimmer, wo auch so ein Punkt ist, schließlich in ein drittes, bis er mir erklärt, daß es sich um ungemein klangtreue japanische Mikrolautsprecher handelt, die auf die Größe eines Katzenohrs reduziert sind.

»Diese Japaner«, bemerke ich und nicke.

Er bietet mir ein Bier an, fragt, ob ich lange in Barcelona bleiben will, überschüttet mich derart mit Aufmerksamkeiten, daß ich nach kurzer Zeit nicht mehr weiß, was ich tun soll. Ich blicke mich suchend nach Pill um. Sie liegt wie hingegossen auf einem Autositz und unterhält sich intensiv mit dem Typ, den wir in den Toiletten getroffen haben. Ich erkenne ihn sofort wieder, erinnere mich an den aggressiven Blick, den ich von ihm abgekriegt habe – als wäre ich dabei, in sein Territorium einzudringen. Ich überlege, daß es mir gefallen würde, ihm den Abend zu verderben. An Andreu hängt sich eine Wasserstoffblondine, die ihm irgendwas Heißes ins Ohr flüstert. Eigentlich sehe ich nur die Beine, wahnsinnig lang und so braun, daß einem die Tränen kommen. Er bittet um Entschuldigung und verzieht sich; ich gehe geradewegs auf Pill zu und sage zu ihr, ohne den Typ auch nur eines Blicks zu würdigen: »Ich muß dich sprechen, sofort.«

Sie macht ein erschrockenes Gesicht.

»Es ist etwas geschehen«, sage ich noch knapp.

Der Typ kriegt den Mund nicht zu, entgeistert wegen der Intimität, die zwischen Pill und mir zu bestehen scheint. Sie steht mit einem Schwung auf, ich nehme sie bei der Hand und ziehe sie in ein anderes Zimmer.

»Was ist passiert?« fragt sie ernst, ihre Augen sind ganz schmal geworden.

Ich lache wieder, sage: »Nichts. Ich wollte nur diesem Arschgesicht die Tour vermasseln.«

Pill ist ein paar Sekunden lang wie erstarrt; dann schüttelt sie den Kopf, eher besorgt als erstaunt. Sie sagt leise: »Du mußt Probleme im Kopf haben, und was für welche.«

Sie macht ein betroffenes Gesicht, läßt mich stehen, dreht sich noch ein paarmal um, schaut mich an. Ich weiß nicht, wieso ich immer noch diese Lachanfälle bekomme, wo ich mich doch eigentlich nicht amüsiere; werden die Nerven sein, denke ich. Ja, Probleme im Kopf, und was für welche. Jetzt zum Beispiel bin ich in der Nähe eines Grüppchens, das auf katalanisch über Autonomie, Unabhängigkeit und erhaltenswerte Kulturen diskutiert; das kann ich mir aus ein paar aufgeschnappten Ausdrükken zusammenreimen. Und ich erwische mich dabei, jedesmal zu nicken, wenn einer sich aufregt und mit der Hand auf den Boden schlägt; schließlich bemerkt mich ein Mädchen und sagt auf spanisch: »Auch in Italien gibt es Minderheiten, die in Bewegung sind, und Mehrheiten, die alles ersticken. Nicht zu vergessen die ethnischen Gruppen mit eigener Sprache und Tradition.«

Sie schauen mich an, erwarten eine Bestätigung. Ich sage nur: »Italien ist schlimmer als der Libanon.« Dann drehe ich mich um, mache mich auf die Suche nach der Küche.

Ich finde eine halbe Flasche Kentucky; Gläser stehen keine herum, und so nehme ich sie mit, trinke aus der Flasche. Ich meine gesehen zu haben, wie Pill durch eine Tür geschlüpft ist, und öffne sie mit einem vage unguten Gefühl. Pill sitzt mit zwei anderen Frauen an einem kleinen Tisch; der Typ vom Klo ist zum Glück nicht da. Sie sagt: »Schließ bitte die Tür, ja?«

Ich zögere, überlege, ob sie mich drinnen oder draußen haben will, dann lächelt eine der beiden anderen verschwörerisch und macht mir ein Zeichen, näher zu kommen. Sie rücken auf dem Bett zusammen, um mir Platz zu machen; alle drei sind unübersehbar gut drauf. Pill schiebt auf der Marmorplatte feine Lines zurecht. Sie leckt die Spitze des Taschenmessers ab, klappt es zusammen, sagt: »*Langsamer* Stoff. Okay für dich?«

»Hä?« sage ich und setze mich hin.

Ich habe nicht kapiert, was sie meint, glaube, daß es eine andere Art Koks ist, dunkler, wie feiner Sand. Ich sniffe als erster, bin eingeladen. Das Zeug kitzelt, ich kratze mich schnell an der Nase, die anderen lachen. Ich gebe den zusammengerollten Geldschein weiter und setze mich wieder hin, schaue die Frau neben mir an, wir zwinkern uns zu, und ich fange an zu denken, daß ich nichts spüre, daß es eine kleine Line war, nur so zum Spaß. Eigentlich hatte ich ja keine Lust drauf, war sowieso schon aufgedreht genug. Also Rückzug, damit es keine Probleme gibt, ganz ruhig. Ich muß mich nicht besonders anstrengen; ein warmes, schlaffes Gefühl breitet sich vom Kopf her aus, beruhigt die verkrampften Eingeweide und dehnt die Haut. Seltsam, denke ich. Sie stehen auf: die Frau neben mir streift mich am Knie, und ich schaue sie an, ohne irgendeinen Grund zu sehen, mich zu rühren. Pill zerzaust mir die Haare, sagt: »*Ay, cariño* . . . sich nie verkriechen.«

Ich versuche eine fragende Geste zu machen, doch sie flitzt weg, auf ihre Frettchenart, die ich inzwischen schon kenne.

Die Musik ist jetzt weniger kantig, einer der *Gruftis* hat es vermutlich geschafft, diese drei Jahre alte Platte von den Cure aufzulegen. Der Typ von vorhin begegnet mir wieder, ich denke noch mal an die Klo-Szene, und er kommt mir jetzt weniger unangenehm vor, fast normal, daß er mich als Eindringling betrachtet. Ich an seiner Stelle würde das gleiche tun; also nichts. Er wirft einen Blick auf die Flasche, die ich immer noch in der Hand habe; ich halte sie ihm hin. Er nimmt sie träge, trinkt und gibt sie mir zurück. Dann löst er sich von der Wand und geht auf den Gang, um mit einem herumzualbern, der gerade gekommen ist.

Der Autositz ist leer, ich strecke mich darauf aus, beobachte das hastige Treiben der anderen, die reden, trinken, von hier nach da gehen, es offenbar mit irgend etwas eilig haben. Ich amüsiere mich, als ich an die Arbeit im Leichenschauhaus denke, überlege, daß ich eine Zeitlang hierbleiben könnte, wenn ich etwas finden würde, bei dem es einen weniger fröstelt. Im Hintergrund sehe ich Gesichter wie meins, Überreste eines Zerfalls, der vielleicht auch die Stadt, aus der ich komme, mit Zombies bevölkert hat. Sie scheinen am Rand bleiben zu können, ohne beweisen zu müssen, daß ihnen ein bestimmter Platz zusteht.

Pill setzt sich neben mich, legt mir ihre Hand aufs Knie und streichelt es, als wollte sie fragen, ob es mir gutgeht. Ist angenehm, die Berührung. Ich spüre ein leichtes Kitzeln, finde Spaß daran, mich sanft zu kratzen.

»Ich gehe nach Hause«, sagt sie und stößt den Atem aus. »Bleib noch, wenn du willst.«

Ich fühle mich von Pills Ungeduld angesteckt. Sie hält es nirgendwo auf der Welt länger als eine halbe Stunde aus, muß immer abhauen. Mir ging es gut, als ich dagesessen und beobachtet habe, welche Unruhe sich in den Gesten und der Art zu reden ausdrückt, welche Hast, die Zeit aufzubrauchen. Jetzt bin ich wieder auf den Beinen, schaue Pill an und nicke. Sie verabschiedet sich von ein paar Leuten, ich gebe dem Langen einen Klaps auf den Arm; er lächelt und fragt nichts.

Die feuchte Luft draußen geht bis in die Knochen und dringt

durch die Schlaffheit, die mich umschlossen hat wie ein schützender Kokon. Wir gehen mit leichtem, schnellem Schritt, nehmen Abkürzungen durch Gassen voller Menschen, die sich wie ständig spaltende und wieder verschmelzende Moleküle begegnen, eins werden, sich wieder trennen. Ich spüre ein gemeinsames Verlangen, so schnell wie möglich nach Hause zu kommen, wir sagen kein Wort, und da ist diese greifbare Spannung, diese worauf auch immer gerichtete Erwartung.

Wir laufen die Treppe hoch, ich schlage die Tür mit dem Rücken zu und denke, daß ich plötzlich nicht weiß, was tun. Pill verschwindet in ihrem Zimmer, ich höre, wie sie sich die Kleider vom Leib reißt, die Schuhe von sich wirft. Geräuschlos gleite ich in das leere Zimmer, schaue aus dem Fenster, ohne die Lichter und die Häuser zu sehen, denke daran, wie es wäre, mich in die Tür zu stellen und sie anzuschauen, überlege, was ich ihr sagen könnte. Doch ich spüre, daß ich keine Lust habe, die Situation zu verändern und das Risiko einzugehen, daß sie begreift, was ich versuche: diese Stille in meinem Kopf mit Tönen zu füllen.

Ich schaue auf die Matratze, das Laken am Fußende zusammengeknüllt, das Kissen zerknittert, die Decke auf dem Boden. Ich lehne mich auf den Flur hinaus. Kein Laut, keine raschelnden Blätter, kein Summen von Musik, die in Kopfhörern eingeschlossen ist. Nicht einmal Atem, fast als würde sie ihn anhalten.

Ich strecke mich aus, gebe acht, nicht über den Stoff zu reiben, kein Geräusch zu machen, atme in kurzen Stößen die Luft aus, die meine Brust zu sprengen droht. Ich sehe die Reflexe auf dem Fenster, Phantasmen erscheinen an der Zimmerdecke, und Sequenzen fragmentarischer Bilder vermischen sich mit gehörten, gesagten, gedachten Worten.

Als ich mich schon damit abgefunden habe, nicht zu schlafen, höre ich das Trippeln eines kleinen Tiers, das sich flink an mich schmiegt, mich umschlingt, ein Plätzchen sucht, wo es bleiben kann.

»Mir ist so kalt«, murmelt sie und bibbert.

Ich drücke sie sanft an mich und denke, daß auch mir kalt ist, daß wir es vielleicht zu zweit schaffen, das Eis von der Haut zu bekommen. Für die Eisblöcke in unserm Innern brennt nirgendwo mehr ein Feuer.

5

Ich werde mit Kopfschmerzen wach, suche zappelnd nach der Decke, ziehe sie mir übers Gesicht und strenge mich an, die Augen geschlossen zu halten.

Plötzliche Übelkeit, ich fahre hoch, schaue mich um: Pill ist nicht da.

Ich schleppe mich ins Bad, sehe vom Flur aus, daß sie an dem kleinen Tisch über ihrer Arbeit sitzt. Sie dreht sich kurz um, lächelt mechanisch, wendet sich wieder ihren Sprechblasen zu. Ich trete näher heran, will ihr einen Kuß aufs Haar geben, doch ein sonderbares Gefühl, eine Art Leere, hält mich zurück, sie zu berühren. Deshalb tue ich so, als schaute ich ihr beim Arbeiten zu, doch sie schraubt sofort die Kappe auf ihren Zeichenstift, steht gähnend auf und sagt: »Kann ich zuerst ins Bad? Ich beeile mich auch.«

Ich setze mich auf ihren Stuhl, beginne den Text zu lesen und versuche, mir die Geschichte vorzustellen. Knappe, harte Sätze aus einem desillusionierten Krimi in heruntergekommenen Metropolen.

Pill kommt zurück; ich räume den Stuhl, doch sie macht eine müde Geste und läßt sich in den Sessel fallen. Sie trägt nur ein weites Hemd, und ihre dünnen Beine zittern ohne Pause. Sie nimmt die Zigaretten aus der Brusttasche, zündet sich eine an, wirft mir das Päckchen und die Streichhölzer zu.

»Gestern habe ich mit Iosu gesprochen, dem Typ, der gegen eins gekommen ist«, sagt sie und schaut dem Rauch nach. »Es gibt eine Masse Zeug von italienischen Autoren. Wenn du willst, kannst du ein oder zwei Geschichten übersetzen, nur so zum Ausprobieren.«

»Weiß nicht, ob ich das schaffe.«

Pills Miene besagt so etwas wie »keine Frage«; ich erkläre ihr: »Kastilisch sprechen ist etwas anderes als es schreiben.«

»Keine Sorge, ich helfe dir.«

Ich zucke die Schultern, sage: »Gut.«

Dann schüttelt sie ihre Stoppeln, preßt die Lippen zusammen, als müßte sie eine Lösung für irgendein Problem finden, sagt knapp: »Schluß. Das ist einfach ein Scheißstoff.«

Ich schaue sie fragend an. Sie bläst den Rauch aus, hält den Kopf schief, erklärt:

»Nicht daß mir das oft passiert ... zwei- oder dreimal im Monat, wenn was von dem guten ankommt.«

Ich denke an den Sniff, den sie mir gestern abend angeboten hat; es ist, als suchte sie nach irgendeinem anderen Thema, um nicht über das, was später passiert ist, zu reden.

»Und du?« fragt sie plötzlich.

»Ich ... ich weiß nicht. Was?«

Sie macht eine ungeduldige Kopfbewegung, rollt mit den Augen und sagt: »Mir schien jedenfalls, daß es dir gefallen hat. Ein schöner Ausdruck auf deinem Gesicht; fast zu schön, verglichen mit dem üblichen.«

Ich fühle mich ein wenig verletzt, verstehe überhaupt nichts, habe aber das seltsame Gefühl, daß es besser ist, sie reden zu lassen, ohne etwas Direktes zu fragen.

»Ist mein *normales* Gesicht so furchtbar?« sage ich leise.

Sie lacht, steht auf und gibt mir einen Kuß auf die Nase, geht dann zum Fenster, schaut hinaus: »Es macht mich wütend, zu sniffen und sofort zu spüren, daß es dir auf der Welt gutgehen kann, daß dir alles scheißegal sein kann.«

Sie kratzt sich mit beiden Händen in den Haaren; dann lehnt sie sich mit der Schulter gegen die Wand, ihre Stirn berührt fast die Fensterscheibe, und ihre Augen blicken verloren auf die Straße.

»Jedesmal kommt es mir besser vor. Und warum sollte man sich auch was draus machen, wenn es nicht so gut wäre...«, murmelt sie und malt mit dem Finger Kreise auf die beschlagene Scheibe.

Ich versuche es mit: »Es war doch nur ein Sniff...«

Sie lächelt sonderbar, ohne mich anzuschauen.

»Abgesehen davon, daß es für mich der dritte war... *Hero* ist für meinen Geschmack ein allzu anhängliches Tier.«

Ich spüre einen Stich im Nacken, ein Gefühl der Verwirrung, das mich automatisch sagen läßt: »*Hero*?«

Pills Monolog läuft weiter: »Hin und wieder mal kannst du dich mit allem amüsieren, aber seit einiger Zeit kursiert es ständig, und da...«

Sie unterbricht sich, fixiert mich mit zusammengekniffenen Augen: »He, aber... sag mir nicht, du hast gedacht...«

»Ich habe überhaupt nichts gedacht«, schneide ich ihr das Wort ab. »Ich habe mir die Frage nicht gestellt, das ist alles.«

Ich mache ein unbeteiligtes Gesicht, hoffe, diese Geschichte herunterspielen zu können, denn letzten Endes ist sie mir nicht so wichtig.

»Tut mir leid...«, sagt Pill und kommt langsam näher. »Es war kein Spiel, wirklich nicht.«

Ich lache, sage: »Aber das ist doch ganz gleichgültig.«

»Ja... aber du hattest vorher nie etwas damit zu tun, stimmt's?« fragt sie übertrieben besorgt.

Ich zucke die Achseln: »Was macht das schon?«

Pill denkt einen Moment nach, murmelt dann: »Eine ganze Menge.«

Sie zündet sich noch eine Zigarette an, fährt fort: »Um mich herum sind viele ausgetickt, ich will bei niemandem die *erste* sein.« Sie schaut mich sehr ernst an. »Kannst du das verstehen?«

»Sicher, kein Problem. Wirklich nicht.«

Sie seufzt, lächelt dann: »Klar, ich mache mir unnötige Gedanken. Du bist ja für alles *undurchlässig*.«

Wieder dieses Gefühl des Verletztseins. Ein Unterton von

Gemeinheit in ihrem letzten Satz. Was kann sie denn schon davon wissen, wie ich bin und was ich empfinde. *Undurchlässig* sage ich mir immer wieder, während ich zuschaue, wie sie gleichgültig das Hemd abstreift, nackt zum Bett geht, sich den Slip, das schwarze T-Shirt, den Lederrock anzieht, die Jacke von der Wand nimmt und sagt: »Ich gehe weg. Laß dich heute abend blicken, dann reden wir mit Iosu.«

Undurchlässig. Pech für mich und dieses Gesicht, das sich nur gestern nach einem Heroinsniff verändert hat. Für mich war es Koks, und wenn ich es wie Koks gesnifft habe, heißt es, daß es Koks bleibt. Ich glaube nicht an Chemie, nicht für das Hirn.

Ich versetze dem Stuhl einen Tritt und sehe zu, wie er gegen die Wand fällt, fast geräuschlos. Ich spüre eine starke Lust, Pill zu verletzen, sie beim nächsten Wiedersehen gleich zu bitten, mir ein Gramm, hundert Gramm zu besorgen, damit sie sich dafür verantwortlich fühlt, mir das *Undurchlässige* genommen zu haben. Dann lasse ich mich auf die Schaumgummimatratze sinken, in meiner Brust etwas unerträglich Schweres, ein Keil aus Marmor, der mir die Rippen auseinanderbricht. Ich fühle mich dümmer als all die anderen Male, als ich mich dumm fand, und überlege, daß dieses Gefühl in den letzten drei Monaten allzu häufig ist.

Wenn sie wenigstens nicht fortgerannt wäre, jetzt würde ich sie fest in den Arm nehmen. Und vielleicht nicht an Aivly denken, wie in der letzten Nacht.

Ich bin zwei Stunden lang herumgelaufen, finster die Ramblas auf und ab gegangen, habe mir die gutgelaunten Leute angesehen, wie sie in Grüppchen spazierengehen, auf eine mir fremde Art miteinander vertraut, fernab von jener Welt der einsamen und verlorenen Gestalten, jenen traurigen Kratzern am Bild vom Disneyland. Schließlich bin ich im Hafen gelandet, und die endlose Weite hat meine Stimmung wieder einigermaßen in Ordnung gebracht; ich bin gegangen, ohne ständig auf meine Füße und das Pflaster zu starren, habe sogar Lust bekommen, mir eine Zeitung zu kaufen.

Jetzt habe ich Santa María del Mar erreicht, sehe eine freie Kabine und rufe Pill an, wegen dieser Geschichte mit der Verabredung und dem Job. Sie antwortet mit heiserer Stimme, dann erkennt sie mich und kiekst: »Wo zum Teufel steckst du?«

»Ganz in der Nähe«, sage ich.

Ich höre, wie sie sich verhaspelt, stelle mir vor, daß sie sich auf die Lippen beißt, weil sie mir ihre Sorge so deutlich gezeigt hat.

»Iosu erwartet uns in einer halben Stunde. Wo bleibst du denn?«

»Ich komme schon.«

Eine Pause, dann: »Mach, was du willst.«

Sie legt auf.

Ein sonderbares Gefühl, wie ein Anflug von Befriedigung und ein Hauch von Groll. Ich verlasse die Kabine in Gedanken, überlege, warum ich mich über sie mehr ärgern sollte als über mich, stoße gegen eine Brust, hart wie ein Panzer, und höre: »Ihre Papiere bitte.«

Sein Gesicht ist zwanzig Zentimeter weiter oben, versteinert und ausdruckslos. Der zweite Polizist hält sich ein paar Meter entfernt, das Funkgerät um den Hals gehängt und wahrscheinlich bereit, die Waffe zu ziehen. Instinktiv sage ich als erstes etwas Dummes: »Ich habe bloß telefoniert.«

Die Statue neigt andeutungsweise den Kopf, wie um zu sagen: »Das habe ich gesehen«, und wiederholt: »Die Papiere.«

Meine Hände wandern zu den Gesäßtaschen, und er macht blitzschnell eine Geste, die mich erstarren läßt: klopft mit dem Finger gegen eine Falte in meinem Hemd, oberhalb vom Gürtel, kontrolliert, ob darunter nicht eine Pistole steckt. Vor Ärger schießt mir das Blut ins Gesicht, und ich platze heraus: »Suchen Sie dadrinnen irgendwas?«

Er verzieht gleichgültig den Mund, zischt: »Wir sind auch befugt, Ihnen die Socken auszuziehen, wenn es sein muß. Haben Sie nun Ihre Papiere da oder nicht?«

Ich will gerade etwas erwidern, doch der Gedanke an meinen übel zugerichteten Personalausweis hält mich noch rechtzeitig zurück. Er nimmt ihn, setzt eine Miene auf, als wäre es ein verfaulter Fisch, sagt: »Das ist unleserlich.«

»Ich habe ihn in der Hose vergessen … Wissen Sie, die Waschmaschine.«

Er nickt, lächelt verschlagen, sieht sich das Foto an, schaut auf mein Gesicht, dann noch fünf- oder sechsmal hin und her, verkündet zum Schluß: »Tut mir leid, Sie müssen sich einen neuen besorgen.«

Er geht weg.

Ich versuche, ihm zu folgen, doch der andere streckt den Arm aus, richtet die Antenne seines Funkgeräts auf meine Brust und hält mich zurück. Ich sehe, wie der erste zu einem Polizeiauto geht, den Personalausweis hineinreicht und wartet, daß sie die Daten übermitteln. Dann kommt er mit einem kleinen Block und einem Bleistift zu mir zurück und fordert mich auf, ihm alle Angaben zu machen, die im Ausweis stehen. Name, Adresse und die anderen Daten sage ich mechanisch auf, doch bei der Größe zögere ich. Als ich »einsvierundsiebzig« sage, zieht er eine Augenbraue hoch und hebt den Finger wie in einem Fernsehquiz: »Warum steht dann hier: einszweiundsiebzig?«

»Weil ich in den letzten drei Jahren gewachsen bin.«

Er grinst und hält den Kopf schief, eine deutliche Aufforderung, mit dem Gesetz nicht zu spaßen. Dann geht er zum Auto zurück, sie geben ihm ein Blatt Papier heraus, das er mit seinen Notizen vergleicht; nachdenklich kommt er wieder auf mich zu, bleibt in einem halben Meter Entfernung stehen, wippt in Erwartung einer Eingebung auf und ab, sagt schließlich: »Hat man Sie an der Grenze mit einem solchen Ausweis durchgelassen?«

»Die Sache mit der Waschmaschine ist hier passiert.«

Er überlegt erneut. Dann eröffnet er ein schnelles Frage-und-Antwort-Spiel über den Grund meines Aufenthalts, die Dauer, die Arbeit, der ich nachgehe – und als er bei der Adresse in Barcelona ankommt, gebe ich ihm die meines Hotels der ersten Nacht. Er rümpft die Nase, vermutlich kennt er es. Jetzt scheint er eine Entscheidung getroffen zu haben. Er drückt mir den Ausweis in die Hand, sagt barsch: »Morgen früh melden Sie sich bei Ihrem Konsulat und beantragen einen neuen Ausweis. Am Nachmittag werden wir das überprüfen, und im Falle einer negativen Antwort suchen wir Sie in Ihrem Hotel auf.«

Er wirft mir einen finsteren Blick zu und sagt noch: »Sollte es Ihnen einfallen, nicht zum Konsulat zu gehen und Ihre Adresse zu ändern, werden wir den italienischen Behörden mitteilen, daß Sie sich illegal in Spanien aufhalten.«

Er legt die Hand an den Schild seiner Mütze und wendet sich wieder seinem Kollegen zu. Ruhig setzen sie ihren Gang durch die Menge fort. Aus dem Auto beobachten sie mich finster. Ich deute einen Gruß an und gehe auf die Gassen hinter der Kirche zu.

Pill ist schneller draußen, als ich reinkommen kann, sagt aufgedreht, ich soll mich beeilen, weil sie nicht gern jemanden warten läßt.

Während ich von einem Bürgersteig zum nächsten hinter ihr herlaufe, versuche ich ihr die Geschichte mit den Polizisten zu erzählen, auch um mich zu rechtfertigen. Sie kommentiert die einzelnen Passagen mit angewiderten Grimassen und ein paar Schimpfworten, sagt am Ende: »Da hast du Glück gehabt.«

Ich weiß nicht, warum sie manchmal so tut, als befände ich mich auf irgendeine Art in der Illegalität. Sie erinnert mich an Schiassi, diesen Wahnsinnigen, und seine Sprüche von der Sorte: Alle schuldig, bis sie nicht das Gegenteil beweisen. Deshalb geht meine Laune jetzt wieder auf Null, und ich frage mich, ob nicht doch mein Aussehen daran schuld ist, ob ich nicht wirklich das Gesicht eines Desperados habe; langsam glaube ich's nämlich. Pill setzt ihren Slalom durch die Passanten fort und sieht mich nicht einmal an. Ich suche nach einem Thema, um diese unsinnige Spannung loszuwerden, deshalb schaue ich auf die wütend mit katalanischen Wörtern überschriebenen Schilder der wenigen Geschäfte mit spanischen Namen, allesamt mit Farbe beschmiert. Ich frage: »Was sind das für welche, die von *Terra Lliure*?«

Pill macht eine genervte Geste: »Leute, die wütender sind als die anderen.«

»Und die im Untergrund leben, nur um alles neu zu beschriften?« fahre ich fort.

»Das geht mich wirklich nichts an«, sagt sie plötzlich.

Ich lächle, und Pill schüttelt den Kopf, als könnte sie mich immer weniger ertragen.

Sie bleibt einen Augenblick lang vor einer rauchigen Bar stehen, geht dann hinein, bahnt sich einen Weg durch die lärmenden Grüppchen. Ich habe Mühe, ihr zu folgen, denn wenn sie durch ist, fließt das Magma der Körper wieder zu neuen Formen zusammen. Schließlich schaffe ich es, zu ihr ans andere Ende der Theke zu gelangen, wo ich den Typ wiedererkenne, den ich gestern abend kurz gesehen habe. Iosu hat ein kantiges Gesicht, ein offenes Lächeln, das er nur selten zeigt, und macht keine unnötigen Worte. Er sagt, daß er mir einen Teil seiner Arbeit abgeben kann; unter seinem Namen, ich bekomme das Geld. Momentan hat er zu viele Comics zu übersetzen, aber es wäre ihm recht, nicht den Anschluß zu verlieren. Ich sage, daß ich mit Pill teilen möchte, wenn sie die Sachen korrigiert, doch sie macht nur eine ungeduldige Geste, ohne zu antworten. Iosu bestellt noch zwei Gläser, gießt aus seiner Flasche Cava ein. Pill beginnt darüber zu klagen, wie schlecht Comics bezahlt werden, im Verhältnis zu der Zeit, die dabei draufgeht, und Iosu hört ihr zu, hebt die Augenbraue, holt hin und wieder tief Luft, was vielleicht heißen soll, daß er zu diesem altbekannten Thema nichts mehr hinzuzufügen hat. Wenn sie sich ereifert, wird Pill lebhafter, glüht vor Energie. Wir lachen, schreien, um uns bei dem Lärm und der lauten Musik verständlich zu machen, und sie regt sich auf, flucht, streitet mit Iosu herum, der daran gewöhnt scheint, zwölf Stunden am Tag zu arbeiten und sich ganze Nächte mit diesem Mist um die Ohren zu schlagen. Ich sehe ihren schweißnassen Hals, den kleinen Busen unter ihrem weit ausgeschnittenen schwarzen T-Shirt, die Tätowierung, deren Grün jetzt stärker glänzt und die sich beim Atmen bewegt, höre nicht darauf, was sie sagt, weil ich mich jetzt gerne zu ihr hinunterbeugen und sie küssen möchte, genau dort, auf diese absurde Languste, die sie sich auf die Brust hat ritzen lassen. Dann bemerke ich die vier Typen neben uns, auch sie an die Theke gelehnt; Mißstimmung, die mich lähmt. Ohne mir darüber klarzuwerden, verfolge ich ihre Gespräche, die Bemerkungen, die deutlich uns gelten. Sie sind vielleicht achtzehn oder zwanzig Jahre, doch gealtert durch die Pose von Kriegern, zu spät auf die Welt gekommen, alle mit grünen Westen und Stiefeln, in denen einem bei dieser Hitze die Füße kochen müssen; kahlgeschorene Köpfe mit kleinen Narben, die als Lücken auffallen. Zwei sind mit Sicherheit Engländer, doch die beiden anderen wechseln laute Sätze auf italienisch, die sie ebenso laut übersetzen, um dann zu viert in ein Lachen auszubrechen, das nicht im geringsten etwas mit Spaß zu tun hat. Einer der Italiener hat ein Abzeichen auf dem Arm, von irgendeiner Fußballmannschaft, glaube ich, ansonsten sind sie gleich, bis auf den Körperbau; der jetzt etwas sagt, ist noch massiger als die anderen.

»Dieser spanischen Kuh würde ich die Languste mit 'ner Rasierklinge rausschneiden und mit 'nem bißchen Mayo zu fressen geben.«

Er übersetzt, auch die Engländer lachen, der andere Italiener meint: »Die schwarze Spinne würd' ich nicht mal mit 'ner Flasche bumsen, die stinkt ja schon aus der Entfernung.«

»Stinken tun sie alle drei«, sagt der Bulligste und glotzt Pill an.

Sie hört auf zu sprechen; dann fragt sie mich: »Was amüsiert die denn so?«

Ich schaue zur Theke, sage laut auf italienisch: »Nichts, sie reden über ihre Mütter.«

Die Luft bleibt ihnen weg, sie haben mich gehört, und Pill und Iosu werfen mir erschrockene Blicke zu. Meine Stimme zittert, als ich sage: »Diese Nutten haben sie ins Klo geschissen und vergessen, die Spülung zu ziehen.«

Ich kann mein Glas gerade noch austrinken, bevor der Bullige sich vor mir aufbaut, mich angrinst und knurrt: »Kannst du das noch mal sagen? Bei dem Lärm, weißt du . . .«

Ich greife die Flasche und mache einen Satz zurück, sehe alles wie durch einen Schleier: zersplitterndes Glas auf seinem Gesicht, der Typ kippt vornüber, spuckt einen Strahl Blut, Zähne und Zahnfleischfetzen aus, röchelt, schreit wie eine abgestochene Sau, und der andere Italiener springt vor, stoppt, als er sieht, daß ich immer noch den Flaschenhals in der Hand habe. Es ist, als sähe ich den Arm eines anderen kreisen und ihm das Glas im Bogen über den Bauch ziehen, Stoff und Haut aufreißen.

Ringsumher Leere, alle drücken sich in die Ecken, ohne einen Laut von sich zu geben. Stille, nur das Schreien des ersten und das fassungslose Winseln des anderen, der mit verdrehten Augen das Blut auf seinem Bauch anstarrt. Einer der Engländer läßt ein Klappmesser aufspringen, macht mit einem verzerrten Gesicht zwei Schritte auf mich zu. Ich bleibe stehen, den Flaschenhals in der Faust. Iosu springt zwischen ihn und mich, packt die Lederjacke und läßt sie rotieren, wickelt sie sich um den linken Arm, streckt ihn wie ein Schwert aus, während in seiner rechten Hand ein Messer mit wenigstens zwanzig Zentimeter langer Klinge auftaucht. Ich blicke wie hypnotisiert auf das angerostete Metall, das er auf Höhe der Lederjacke hält. Iosu steht gebückt da, mit einem kalten Lächeln, fixiert den Engländer, der jetzt nicht mehr so sicher scheint, sich schlagen zu wollen. Iosu sagt mit leiser Stimme: »Willst du mit mir spielen, Glatze?«

Dann beginnt er, den Rückzug vorzubereiten, wirft Pill und mir einen raschen Blick zu, gibt uns Zeichen, voranzugehen. Wir nähern uns mit kleinen Schritten dem Ausgang, achten auf jede Bewegung um uns herum. Wir sind an der Tür, der Engländer folgt uns, sein Kumpan hinter ihm, Iosu sagt zwischen den Zähnen: »Jetzt.«

Er tut so, als wollte er nach draußen, versetzt dem Engländer urplötzlich einen Tritt zwischen die Beine. Der Typ fliegt durch die Luft, landet auf den Knien, wir laufen auf die Gasse, rennen, sehen nichts mehr.

Pill bleibt zurück, ich laufe langsamer, biege hinter Iosu in eine Seitenstraße ein und warte, bis sie vor mir ist. Ich renne und berühre sie ab und zu mit der Hand, sie dreht sich dauernd um, will sehen, ob ich noch da bin, Iosu ist der schnellste und gibt Zeichen, noch zuzulegen. Wir laufen und laufen, vielleicht einen Kilometer weit oder eine Viertelstunde lang, ich weiß nicht, bis Iosu nach der x-ten Ecke plötzlich langsamer wird und anfängt, normal zu gehen. Eine Weile versuchen wir nur, wieder zu Atem zu kommen; dann sagt Iosu: »Auf die Typen scheiß ich, aber die Polizei hätte uns alle am Arsch kriegen können.«

Wir erreichen die Rambla, ohne daß einer den Mund aufmacht. Als wir uns unter die Leute mischen, bleibt Iosu stehen und sagt ruhig: »Ich bringe euch dann morgen die Texte.«

Pill nickt, ich schaue ihn an und erwarte eine Bemerkung, einen Satz, damit es mir ein bißchen leid tut, was ich da angerichtet habe. Doch Iosu lächelt nur: »Aber spät, ich muß noch die ganze Nacht irgendwelchen Idiotenkram übersetzen.«

Pill schüttelt sich und lacht nervös, er wuschelt kurz in ihrem Haar, schlendert dann davon, verschwindet in der Menge.

Mit gleichgültiger Miene, und ohne uns anzusehen, gehen wir

weiter, bis zur Haustür. Ich bleibe stehen, suche irgendeinen Vorwand, sage: »Wir könnten was fürs Abendessen kaufen . . .«

Sie geht hinein, dreht sich kaum um, antwortet: »Ist gut, kümmer du dich drum.«

Schnell steigt sie die Treppe nach oben; ich höre ihre Schritte auf den Treppenabsätzen, immer leiser; das Schloß schnappt auf, die Tür schließt sich wieder.

Mit den Händen in der Tasche laufe ich eine halbe Stunde lang herum, schaue in Geschäfte, die von bunten Lebensmitteln überquellen, und aus dem nicht vorhandenen Hunger wird Ekel. Schließlich kaufe ich Käse und ein bißchen Obst, kehre mit Tüten zurück, die vom Schweiß meiner Hände durchweichen.

Im Flur liegt ein Schuh von Pill. Sie ist im Bett, die Kleider sind auf dem Boden verstreut, und eine Dose Bier steht neben der Matratze.

Ich frage: »Willst du nichts essen?«

Sie tut so, als würde sie gerade wach, gähnt und murmelt: »Laß mir was für morgen früh übrig.«

Ich trete ins Zimmer, bleibe einen Schritt vor ihr stehen, sage: »Ich habe auch keinen Hunger.«

Sie preßt die Lippen zusammen, eine Grimasse, als wollte sie sagen, daß sie nicht weiß, was sie damit anfangen soll. Ich hocke mich auf die Fersen.

»Macht es dir was aus, wenn ich bei dir bleibe?«

Sie seufzt, schaut mich einen Augenblick lang an.

»Ich bin wirklich müde . . .«

»Sicher«, sage ich und zucke die Schultern, »es war nur, um gemeinsam einzuschlafen.«

»Nimm's nicht persönlich«, sagt sie und dreht sich auf die andere Seite, »aber ich kann nicht schlafen, wenn einer neben mir liegt.«

Ich berühre sanft ihre nackten Schultern, stehe wieder auf, gehe hinaus.

In der Küche schaue ich mir wer weiß wie lange einen Apfel an, drehe ihn, bis er vom Tisch fällt und auf dem Fußboden aufspringt. Ich gehe in das leere Zimmer, lege mich hin.

Ich erwarte, ein Geräusch zu hören, ein Knarren der Dielen im Flur.

Wenn ich die Augen schließe, sehe ich wieder diesen zerfetzten Mund vor mir, das aufgerissene T-Shirt, spüre die Konsistenz des Fleisches unter dem Glas.

Stundenlang wälze ich mich auf der Matratze, probiere jede Lage aus, werfe das Kissen weit von mir und ziehe die staubige Decke bis zum Kopf hoch.

Das Boot liegt ruhig auf schwarzem Wasser. Aivly schaut mich an, die Hände an der Reling, unbeweglich. Es geht nicht einmal ein Wind, der ihr das Haar ins Gesicht wehen könnte. Das Wasser steigt, hat beinahe ihre blaßblauen Finger erreicht, die sich an das verchromte Eisen klammern.

Ich fahre hoch, wische mir mit dem Arm den Schweiß ab. Vielleicht war ich kurz vor dem Einschlafen. Ein Päckchen fällt aus der Tasche. Ich suche nach Streichhölzern. Zum Glück habe ich heute morgen Zigaretten gekauft.

6

Als ich aufstand, saß Pill schon seit langem bei der Arbeit und begrüßte mich mit diesem abwesenden Lächeln, das sie immer aufsetzt, wenn sie an etwas ganz anderes denkt. Gegen elf brachte Iosu die Texte vorbei. Sie bot ihm einen Kaffee an, und die beiden unterhielten sich kurz darüber, wie die Übersetzung aussehen soll.

Jetzt bin ich dabei, die Sprüche von zwei Figuren ins Kastilische zu bringen, die versuchen, es in allen denkbaren Positionen auf einem Kirchturm zu treiben. Die Hälfte vom Text sind irgendwelche Ausrufe und Laute, die ich übernehmen kann oder bei denen ich nur mal ein ʊ weglasse oder ein ʜ durch ein ᴊ ersetze. Dann kommt ein Geistesgestörter, der früher mal Küster in der Pfarrei war und sich jetzt den Lebensunterhalt damit zu verdienen scheint, daß er den Toten des nahen Friedhofs die Goldzähne ausbricht. Ich habe einige Schwierigkeiten bei den anatomischen Bezeichnungen, vermeide es aber, Pill zu fragen. Im Wörterbuch steht natürlich weniger als die Hälfte von dem, was ich suche.

Ich höre, daß sie näher kommt, drehe mich um, und sie küßt mich ganz sanft auf die Lippen.

»Ich muß weg«, sagt sie, »eine Arbeit abliefern.«

Sie schaut sich an, was ich geschrieben habe, liest hier und da etwas und zeigt sich zufrieden. Sie fragt: »Und was machst du?«

»Weiß nicht ... vielleicht laufe ich später ein bißchen herum.«

Pill geht ein paar Schritte Richtung Tür, macht ein unentschlossenes Gesicht, bleibt stehen und sagt: »Hör mal ... am Nachmittag kommen einige Leute zu mir, um ein Problem zu besprechen.«

Ich zucke die Schultern: »Ist in Ordnung. Wenn du willst, kann ich mir was anderes suchen ...«

»Nein, nein«, unterbricht sie mich. »Nach dem Abendessen verschwinden sie wieder.«

Ich stehe auf, gehe im Kreis herum, die Hände in den Taschen, frage: »Bis wann bist du ... beschäftigt?«

Sie lacht, macht ein verlegenes Gesicht: »Hör mal, es ist keine geheime Zusammenkunft; wir brauchen einfach nur dieses Zimmer ... Meins ist zu klein und vollgestopft mit Papieren, weißt du.«

»Ja, aber wenn es ein Problem gibt ...«, sage ich und hebe die Hände, »ich wollte sowieso gerade einen Typ besuchen ... Seine Adresse habe ich; ich kann einfach mal vorbeigehen und ihm guten Tag sagen.«

Ein kurzes Stirnrunzeln, dann sagt sie: »Aber du kommst doch wieder?«

»Hä? Ah ... ja, warum sollte ich nicht wiederkommen ...«

Sie lächelt, bleibt immer noch. Ich gehe zu ihr, versuche ein paarmal, etwas zu sagen, bekomme aber kein Wort heraus, flüstere schließlich: »Pill, es tut mir leid wegen gestern ...«

Sie macht eine ungeduldige Geste, kratzt sich an der Schulter, sagt: »Denkst du noch immer an die blöde Geschichte.«

»Also ... ich weiß nicht, was über mich gekommen ist. Vielleicht hast du recht, wenn du meinst ...«

»Laß gut sein«, unterbricht sie mich. »Doch das nächstemal entscheide ich selbst, ob ich mich dumm angemacht fühle oder nicht.«

Ich nicke, mir geht dieser Ausdruck »das nächstemal« durch den Kopf, und ich fühle mich irgendwie erleichtert, als hätte diese Aussicht auf so etwas wie Zukunft mir ein bißchen Sicherheit gegeben.

»Geh jedenfalls heute nicht ohne mich auf die Jagd«, sagt sie.

Sie lacht noch, als sie schon auf der Treppe ist.

Die Füße können langsam nicht mehr. Einmal habe ich die U-Bahn genommen und gleich den breiten Straßen nachgetrauert, durch die der salzige Wind weht. Also bin ich wieder gelaufen, bis meine abgetragenen Pumas fast auseinandergefallen sind; den Winter überstehen sie wohl nicht mehr. Schuhe sind hier nicht so teuer, vielleicht werde ich mich entschließen, einen weiteren großen Schritt zu tun. Zunächst einmal mußte ich mich in dieses Serail von einem Konsulat begeben. Sie haben mich wahrscheinlich für den üblichen Ausgeflippten von der Straße gehalten, besonders als ich ihnen nicht recht erklären konnte, welcher Tätigkeit ich nachgehe. Es gibt dieses krankhafte Bedürfnis, die Leute durch das, was sie tun, zu definieren, und die Bitte um Verlängerung eines Dokuments verwandelt sich in ein Verhör dritten Grades. Außerdem hatte ich mir überlegt, daß ich die Situation ausnutzen und gleich auch einen Paß beantragen könnte. Ich habe angegeben, meinen verloren zu haben, weil ich blöd genug war zu glauben, das würde alles einfacher machen. Ich bin auf ein Kommissariat geschickt worden, wo sich die örtlichen Polizisten mit mehrdeutigen und rätselhaften Bemerkungen die Zeit vertrieben haben. Nach anderthalb Stunden haben sie mir eine Kopie der Anzeige überlassen, ich bin zurück zum Konsulat, und da ging es gleich weiter mit sonderbaren Blicken und hinterlistigen Fragen. Ich bin nervös geworden, habe gesagt, daß ich nicht die Erlaubnis zum Handel mit Atomraketen beantragt hätte, sondern einen lumpigen Paß und einen simplen Personalausweis, den ich eigentlich schon besitze und der nur durchgeweicht ist, daß ich also nicht verstehe, was daran so kompliziert ist. Der Konsul, der gerade von einem Zimmer in ein anderes ging, ist zurückgekommen und hat mich mit einem Gesichtsausdruck angestarrt, als wollte er mich anspucken. Besonders getroffen hatte ihn wohl die Bezeichnung *lumpig*, angewandt auf ein Dokument seines Landes. Er erklärte mir, Italien wisse nicht wohin mit Leuten wie mir. Ich antwortete ihm, er solle sich keine Sorgen machen, ich würde bei der ersten

Gelegenheit die libysche Staatsbürgerschaft annehmen. Dafür habe ich einen Stempel in meine Akte bekommen. Lesen konnte ich ihn nicht, doch es ist bestimmt eine Anweisung, genauere Auskünfte über mich einzuholen, eine Art Konsularsiegel für unerwünschte Personen. Ich bin verdammt noch mal unfähig, meinen Mund zu halten, und reite mich immer wieder selbst rein, wenn ich mit Beamten zu tun habe. Jetzt wird es wer weiß wie lang dauern, bis ich wieder einen Ausweis bekomme, und das kann ich mir selbst zuschreiben. Sie haben mir ein Blatt mit Briefkopf mitgegeben, das bestätigt, daß ich auf meine Papiere warte. Wenn sie mich damit kontrollieren, buchten sie mich vielleicht nicht gleich ein, sondern verpassen mir nur ein paar Ohrfeigen.

Damit sich meine Wut ein bißchen legte, bin ich in den Parque Güell gegangen, um mich zwischen Gaudís phantastischen Gebilden zu verlieren. Dabei habe ich entdeckt, daß dieser Ausgeflippte sogar Glasscherben und Bruchstücke von Tassen für seine Mosaiken benutzt hat. Schließlich bin ich zur Sagrada Familia gekommen; ich habe mich nicht getraut, auf die Labyrinthtürme zu steigen, aber trotzdem hat mich angesichts dieses zu Stein gewordenen Wahns aus hängenden Vorsprüngen und verdrehten Figuren ein Schwindel gepackt.

Jetzt sitze ich in dieser eigenartigen Bar. Ich trinke mein Glas aus, gehe wieder los, schaue mich um, unentschlossen, ob ich mich auf eine Bank setzen soll oder nicht; meine Füße melden sich wieder, und ich schleppe mich nach Hause.

Pill hatte einen Schlüsselbund auf dem Küchentisch liegenlassen, und ich hatte angenommen, daß er für mich ist. Jetzt, wo ich die Wohnung betrete, werde ich immer unsicherer, ob es richtig war, ihn mitzunehmen. Viertel nach acht. Nachmittag ist es schon lange nicht mehr; egal, um welches Thema es ging, inzwischen müßte es sich erschöpft haben. Und außerdem kann ich immer noch in die Küche ausweichen, um keinem auf die

Eier zu gehen. Eigentlich könnte ich sogar wetten, daß Pill schon weggegangen ist und ich auf sie warten muß.

Ich stecke den Schlüssel ins Schloß, spitze beim Eintreten die Ohren, um zu hören, ob noch jemand in der Wohnung ist. Absolute Stille. Im leeren Zimmer entdecke ich keine Anzeichen einer Versammlung, keine Kippen oder Gläser, keine Spur eines fremden Geruchs in der Luft. Ich hocke mich auf die Matratze, freue mich darauf, meine Latschen von den Füßen zu kriegen, da kommt mir die Idee, daß sie in der Küche oder in ihrem Zimmer vielleicht einen Zettel für mich hinterlassen hat, eine Nachricht, wo ich sie treffen kann. Jetzt geht es darum, wieder hochzukommen. Ich nehme mir Zeit, überlege, daß ich einfach ein Stündchen liegenbleiben kann, um mich zu erholen, lasse mich zurückfallen, suche mit der Hand das Kissen – und das Geräusch stoppt mich. Ich fahre hoch. Das war ein Stöhnen.

Ich rühre mich nicht, bleibe in meiner gekrümmten Haltung, starre auf die Decke und warte, ob ich noch etwas höre.

Rascheln, dumpfe Schläge, dann noch ein Stöhnen, ein längeres. Ich ziehe mich hoch, alle Muskeln wie Stein, gehe bis zur Wand, um das Licht zu löschen; noch nie habe ich die Dielen so laut knarren hören. Im Halbdunkel suche ich etwas, um mich zu verteidigen, verfluche die Leere dieses Zimmers, kein Stock darin, nichts; ich greife mir den einzigen Gegenstand, mit dem man zuschlagen kann: das Wörterbuch.

Mit angehaltenem Atem gehe ich auf den Flur.

Das Stöhnen kommt direkt aus Pills Zimmer. Ich gehe näher heran, halte das Wörterbuch hoch, bereit, es auf den Eindringling zu schleudern, wenn er sich als aggressiv herausstellen sollte.

Die Tür ist geschlossen.

Ich versuche, ganz nahe heranzugehen, ohne die Tür zu berühren. Am Anfang will ich mir auf Teufel komm raus einreden, daß Pill gefesselt und geknebelt auf einem Stuhl sitzt, doch das muß ich aufgeben, als ich sie murmeln höre:

»Langsamer, warte, mach langsamer.«

Ich bleibe wenigstens fünf Minuten, um meinen Masochismus zu befriedigen: immer heftigeres Stöhnen und unverkennbar männliches Keuchen; kann mich erst losreißen, als *er* schneller wird und *sie* die krassen Sachen sagt, die ich nicht in mein Hirn lasse. Ich gehe ins Zimmer zurück, fühle die riesige Leere einer Piazza im Nebel in mir. Ich schaue auf das Wörterbuch in meiner Hand, schaue zum Fenster, will es durch die Scheibe werfen, lasse es dann auf die Matratze fallen, lehne mich mit dem Rücken an die Wand, schließe die Augen. Das ist noch schlimmer, weil ich sie so deutlicher höre. Bei mir hat sie neulich nachts nicht den Mund aufgemacht. Kein Wort gesagt. Vielleicht hat es ihr auch gefallen, aber sie hat von Anfang bis Ende keinen Ton rausgebracht. Und diesem Kacker gibt sie die volle Gebrauchsanweisung und sagt ihm, was sie fühlt und was sie fühlen will. Ich presse die Hände auf die Ohren, atme tief, damit es im Kopf ganz dumpf wird; so habe ich es als Kind immer gemacht, wenn ich einen traurigen Gedanken verscheuchen wollte. Es funktioniert nicht. Ich habe Lust, alles zu hören, habe weiter dieses Bedürfnis zu vergleichen: die Kälte, die sie zusammen mit mir verjagen wollte, mit diesem oberscharfen Hindernislauf zu vergleichen, der durchs ganze Haus dröhnt. Die *Zusammenkunft*. Ich bin hundert Kilometer gelaufen und habe mir den Wahnsinn von Gaudí angesehen, während sie wie eine Besessene gevögelt hat. Weshalb hat sie mir diese Geschichte von dem Treffen mit Freunden erzählt? Sie hätte mir doch sehr gut sagen können, daß ich für sie ein Niemand bin und daß ich einen Tag lang im Nichts verschwinden soll, damit sie Raum und Zeit hat, um wieder... um was wieder zu tun? Ich bin schließlich nicht zu ihr ins Bett gekrochen. Diese Komödie mit der Kälte hätte sie sich sparen können. Ich bin an Kälte gewöhnt, fühle seit mindestens zehn Jahren nichts anderes.

Ich versuche, mir ihre Gründe vorzustellen, überlege mir, daß ich keine Ansprüche habe, doch zum Schluß schlage ich mit dem

Hinterkopf gegen die Wand, und meine guten Absichten zerbröckeln. Ich schaue mich um, auf der Suche nach irgendwas, das mir helfen könnte, mich nicht weiter selbst zu martern, wühle in den Blättern herum, springe auf und schalte das Licht ein, überfliege mit fiebrigem Blick die albernen Comic-Sprüche, die ich übersetzen soll.

Ich stürze auf den Flur, halte das Stück Papier wie eine brennende Fackel in der Faust, stoße die Tür weit auf und trete ins Zimmer.

Alle drei werden wir in einen Strudel der Lächerlichkeit gerissen: er auf ihr, den Kopf nach hinten gedreht, die Arme durchgedrückt, den schweißglänzenden Rücken gekrümmt, die Bewegung abgebrochen. Ich mit idiotischem Grinsen, das Blatt Papier in beiden Händen, als wollte ich einen Bann verkünden. Ich sage: »Entschuldige, Pill... ich dachte, du wärst allein. Es geht darum... ich weiß nicht, wie ich das hier übersetzen soll...«

Ich muß lachen. Es ist der Toiletten-Typ, derselbe, von dem ich neulich abends gedacht habe, daß er doch nicht ganz unrecht hat, und der mich jetzt erschrocken anschaut. Er bewegt sich nicht, weil er nicht glauben kann, was er sieht: nämlich mich – und daß ich nicht rausgehe, sondern die beiden weiter anstarre. Eine Weile steht alles still, abgesehen von seinen Augen, die flackern und vortreten, daß man meint, sie fallen ihm gleich aus dem Kopf. Ich sehe undeutlich Pills Tätowierung, das Grün ist matt, glanzlos; bilde mir ein, der Schimmer um ihre Augen ist eine zurückgehaltene Träne, doch es ist wohl nur Schweiß. Und während mir diese Details durch den Kopf gehen, lasse ich langsam Luft ab und kriege nicht mal mit, daß der Typ auf die Füße springt. Er verpaßt mir einen kräftigen, gemeinen Schlag in den Magen, mit soviel Überzeugung, daß es saumäßig weh tut und ich zwei Meter nach hinten gegen die Wand geschleudert werde. Mir wird schwarz vor Augen, die Bilder verschwinden für ein paar Sekunden, ich kriege keine Luft mehr, versuche zappelnd, wieder hochzukommen.

Ein markerschütternder Schrei von Pill, ein *Laß ihn in Ruhe* als wütender Befehl; kein Mitleid dabei, und das wäre auch schlimmer gewesen als der Matsch im Magen. Ich sehe die Szene klar, erhellt vom Schein der Laterne vor dem Fenster. Der Typ steht mit geballten Fäusten vor mir, wartet mit eingezogenem Kopf auf meine Reaktion. Ich bleibe auf dem Boden sitzen, schaue ihn an, ohne noch irgendwas zu denken. Vor Müdigkeit senke ich den Blick, und so nehme ich dieses groteske Bild direkt vor meiner Nase wahr, sehe ein schlappes Gebaumel mit einem lächerlichen, aufgerollten Gummihäubchen. Ein Zwerg mit hängendem Kopf, die Mütze halb abgestreift, das ganze kämpferische Gehabe ist dahin. Langsam strecke ich den Finger aus, um auf ihn zu zeigen, während ich in meinen schmerzenden Eingeweiden ein Zucken spüre, das heftiger wird, bis es hochsteigt, sich in ein zuerst stilles, dann unbezähmbares Lachen verwandelt. Ich lache und halte mir den Bauch, lache und zeige auf das Dings mit dem baumelnden Pariser, und der Typ sieht selbst hin, sieht dann mich an, dreht sich zu Pill um, dann wieder zu mir, und ich lache, während er wie vom Donner gerührt dasteht, die Fäuste öffnet und die Arme hängen läßt. Ich schleppe mich nach draußen, lache leise weiter, gehe in mein Zimmer und krieche auf die Matratze.

Es ist ein Lachen, das nicht wirklich rauskommt, sondern im Bauch zurückbleibt; ich presse das Gesicht ins Kissen und bebe vor Lachen. Von nebenan höre ich Pill mit unterdrückter Wut streiten. Ich denke, daß ich es geschafft habe, wirklich alles zu ruinieren. Wie immer.

7

Die Zeitungen kündigen mit einer Unmenge von Kriegsvokabular das Spiel zwischen einer italienischen und einer einheimischen Fußballmannschaft an; ich glaube, beide sind berühmt, auch wenn ich ihre Namen zehn Sekunden nachdem ich sie gelesen habe, schon wieder vergesse. Vielleicht waren diese Typen mit den kahlgeschorenen Köpfen die Vorhut der Scharen von Hooligans, die noch kommen. In der Zeitung heißt es, daß man für das Wochenende einen Ansturm italienischer Fans erwartet. Ich hoffe, ich kann die momentane Stimmung weiter ertragen, weil ich mich sonst woanders verkriechen muß. Pill und ich haben seit einem Tag und einer Nacht kein Wort miteinander gewechselt. Ich bin im Zimmer geblieben, um irgendwelchen Schwachsinn zu übersetzen, während sie ihre Sprechblasen vollgeschrieben hat, ein paarmal sind wir uns in der Küche begegnet, als wir beide Hunger hatten; ich weiß nicht, wer von uns verlegener war. Heute nacht ist sie sehr spät nach Hause gekommen und an meinem Zimmer vorbeigegangen, ohne hineinzusehen; ich bin auf dem Bett sitzengeblieben, ohne mich zu rühren, über den Stuhl gebeugt, der mir als Tisch dient.

Heute morgen ist etwas Neues geschehen: Pill ist gegen zehn aus dem Haus und hat Zeitungen und warme Hörnchen geholt. Sie hat alles in der Küche gelassen, unübersehbar. Eine Viertelstunde später habe ich mir einen Kaffee gekocht, die Hälfte der Hörnchen dazu gegessen und die Schlagzeilen auf den ersten Seiten gelesen. Als ich wieder über der Arbeit saß, hat sie zehn Minuten gewartet und ist dann den Kaffee trinken gegangen, den ich ihr in eine Tasse gegossen hatte, mit Untertasse und Löffelchen, den Zucker daneben. Gegen eins bin ich hinausgegangen, um so etwas wie Mittagessen einzukaufen. Ich hatte die Schlüssel nicht mitgenommen, deshalb mußte sie mir öffnen. Ihr ist ein Lächeln entschlüpft, vielleicht weil ich so schnell wieder zurückgekommen bin, vielleicht weil sie jemand anderen erwartet und ihre Überraschung auf diese Weise verborgen hat. Jedenfalls haben wir nichts miteinander geredet, ich habe die Tüten auf den Tisch gestellt und mir ein Brötchen gemacht. Eine halbe Stunde später hat sie sich auch eins geschmiert. In regelmäßigen Abständen hört man es zischen: Bierdosen werden geöffnet. Ich habe ein Dutzend gekauft, im Kühlschrank waren schon sechs oder sieben. Es gibt noch mehr Geräusche: das Reiben der Streichhölzer, das laute Ausatmen des Rauchs, das Umblättern von Seiten, einen einzigen Fluch – von mir –, als mir das Wörterbuch auf den Fuß gefallen ist. Immerhin habe ich es mit ihm abgefangen, bevor es noch mehr Lärm machen konnte.

Um fünf nach sieben eine Konzession: Sie legt eine Kassette von Martha & the Muffins ein, stellt nicht sehr laut. Jetzt läuft gerade das Stück, in dem es immer wieder heißt: *This is the ice age, this is the ice age.*

»Ich habe keine Streichhölzer mehr.«

Das Wörterbuch fällt mir schon wieder runter, diesmal kann ich es nicht mehr halten, und es bricht auf dem Boden auseinander. Pill lehnt am Türpfosten, macht ein bekümmertes Gesicht, sicher ein günstiges Zeichen. Ich will ihr eilig Feuer geben, doch sie hat die Zigaretten in ihrem Zimmer vergessen, deshalb hole ich meine, die auf dem Bett liegen; sie kommt näher. Nach ein paar tiefen Zügen dreht sie sich zum Fenster und sagt: »Hast du Lust auf einen Sniff?«

Ich sage: »Langsam, schnell oder wechselnd?«

Dann lache ich, stecke die Hände tief in die Taschen.

»Blitzschnell«, sagt sie und wendet sich um. »Amphetamin.«

Sie zieht ein kleines Briefchen aus Stanniolpapier heraus, öffnet es auf dem Stuhl, höchste Konzentration in den Fingern. Sie setzt sich aufs Bett. Ich hocke mich im Schneidersitz neben sie. Sie sagt: »Morgen muß ich eine Arbeit abliefern, und ich habe nicht mal die Hälfte. Ich will mir den Magen nicht mit Kaffee verderben.«

»Ich auch«, sage ich.

Sie schaut mich fragend an; ich erkläre: »Ich will auch weiter übersetzen ... und vertrage keinen Kaffee.«

»Ah«, meint sie und macht sich daran, mit dem Taschenmesser das Pulver zusammenzukratzen.

Sie schiebt zwei Lines auf ein Buch von Schatzman, rollt einen Geldschein zusammen und gibt ihn mir. Ich sniffe als erster, sie schaut mich an und lacht, als ich die Augen aufreiße. Das ist nur zum Teil Spaß, denn es zieht wirklich derart rein, daß ich Lust kriege, aufzuspringen und herumzuhüpfen. Klar, daß ich sitzen bleibe, um den Kontakt nicht zu verlieren. Sie zuckt nicht mit der Wimper, lehnt sich zurück und stützt sich auf die Ellenbogen. Sie weicht meinem Blick aus, ihr Kopf schaukelt fast unmerklich, als wollte sie nicken. Dann sagt sie hastig: »Mit Jorge, das geht seit drei Jahren.«

»Jorge?« frage ich prompt – um mir dann auf die Lippen zu beißen, weil ich fürchte, daß dieser Sniff mich dazu bringen könnte, irgendwas Unpassendes zu sagen.

»Ja, der von gestern ...«

»Ah«, sage ich und behalte alles andere für mich.

Pill legt sich hin, ein langes Wimmern, als sie Arme und Beine ausstreckt. Sie entspannt sich, und ich schaue sie mir an, um zu verstehen, welche verdammte Wirkung dieser Stoff, der mir jetzt die Haare zu Berge stehen läßt, auf sie hat.

»Nicht, daß wir zusammen sind«, sagt sie und verzieht das Gesicht, »aber wir sehen uns ab und zu, und dann ...«

»Klar«, sage ich.

Sie schaut mich an.

»Gestern hatten wir was zu bereden, das nichts damit zu tun

hat«, fährt sie mit ernster Stimme fort. »Es geht um ein Motorrad, das wir zusammen gekauft haben und das er jetzt allein benutzt.«

»Hm«, sage ich und nicke.

»Hörst du mir zu?«

»Ja ... ja. Warum?«

Sie seufzt.

»Dann ist passiert, was passiert ist«, sagt sie noch und schaut zur Decke.

Ich kratze die letzten Reste meiner Vernunft zusammen und sage: »Du mußt dich mir gegenüber nicht rechtfertigen.«

»Nein, nein«, meint Pill. »Aber ... ich habe ein bißchen Angst gehabt.«

»Angst?«

Sie reibt sich die Augen, kratzt sich an Hals und Kinn. Ich schaue auf die Tätowierung, auch weiter runter. Ich bin so komisch fickrig, angeschärft, habe große Lust, sie anzufassen.

»Was ich sagen will ...«, versucht sie es noch einmal. »Bei dem, was du mit den beiden Typen angestellt hast ... bin ich erschrocken, als Jorge aufgestanden ist.«

Ich versuche zu lächeln, fühle, wie mein Gesicht sich schlimm verzieht, sage: »Aber er hat doch mich geschlagen.«

»Ja, aber er wäre nicht fähig, einen umzubringen.«

Ich schaue sie von der Seite an; sie fixiert mich einen Augenblick lang, sagt: »Du schon.«

Die beiden Worte hallen in meinem Kopf wider, ein Getöse, das immer lauter wird. Ich sage: »Jeder ist fähig zu töten, das hängt vom Motiv ab.«

Pill nickt, seufzt, fügt dann hinzu: »Kann sein. Aber du machst den Eindruck, als könntest du einen umbringen, ohne daß du es wolltest.«

Ich überlege, was ich erwidern könnte, doch Pill steht auf und geht zur Tür. Bevor sie hinausgeht, dreht sie sich um und lächelt.

Dann zuckt sie die Schultern, und ich frage sie: »Wie ist es ausgegangen?«

Sie kneift die Augen zusammen, versteht nicht auf Anhieb.

»Gestern abend.«

Sie wirft den Kopf zur Seite, murmelt: »Wie soll es schon ausgegangen sein...«

»Mit dem *Motorrad*, meine ich.«

Sie stutzt, den Mund halb offen, mit verblüfftem Gesicht.

»Ja, das Motorrad«, wiederhole ich. »Hat er es oder hast du es?«

Sie preßt die Hand auf den Mund, biegt sich, unterdrückt ein Lachen. Dann bringt sie heraus: »Wir wechseln uns monatlich ab.«

»Dann können wir ja ein bißchen durch die Gegend fahren, oder?«

Sie nickt, lacht weiter und schaut mich dabei wie einen hoffnungslosen Irren an.

»Morgen früh bringt er's mir«, sagt sie, wieder ernst.

Ich versuche ein sachliches Gesicht zu machen, als ich sage: »In Ordnung, ich kann...«

»Nein«, unterbricht sie mich. »Er stellt es in den Hausgang. Du bleibst hier und übersetzt; Iosu will die Arbeit übermorgen haben.«

Sie macht wieder zwei Schritte, dreht sich um und erkundigt sich: »Wie hast du diese Stelle übersetzt... diese Sache, die du mich gestern fragen wolltest?«

Ich kratze mich am Rücken, um den Kopf zur anderen Seite drehen zu können, hole die Blätter und gebe sie ihr, ohne sie anzusehen. Pill geht den Text konzentriert durch, sagt: »Hm... ja, das geht.« Sie liest weiter, stockt an einer anderen Stelle: »Nein... ist zwar eigentlich korrekt, aber man sagt das nicht so.« Sie nimmt den Stift, schreibt etwas, gibt mir das Blatt zurück. »Morgen früh schauen wir es zusammen noch einmal durch.«

Sie geht wieder in ihr Zimmer.

8

Jorge ist hochgekommen, um die Schlüssel zu bringen. Ich habe ihn ganz normal begrüßt, und er war einen Moment lang ziemlich konfus. Er hat mich eine Weile angestarrt, mit einem undefinierbaren Gesichtsausdruck, als hätte er Angst, ich könnte mich gleich an die Lampe hängen und durchs Zimmer schwingen. Mit Pill hat er nur wenige Worte gewechselt, ist mit finsterem Gesicht wieder abgezogen und hat seine Jacke liegenlassen. Pill hat sie ihm aus dem Fenster zugeworfen; das Klimpern von Münzen und eine Unzahl Flüche waren von der Straße zu hören, während Pill gelacht und ihn von oben zu den Geldstücken dirigiert hat. Eine halbe Stunde später ist sie ins Zimmer gekommen, hat die Schlüssel mit zwei Fingern hochgehalten. Ich habe sie mir gleich gepackt, sie fest in den Arm genommen und nach draußen gezerrt.

Das Motorrad ist eine unverwüstliche 500er Yamaha, ziemlich alt, doch im unteren Bereich nicht schlecht. Mit ihren kleinen Übersetzungen zieht sie gut den Berg hoch und beginnt auf gerader Strecke mit klappernden Ventilen zu vibrieren. Wir sind kreuz und quer durchs Zentrum gefahren, haben den ansteigenden Paralelo ohne Probleme geschafft, und Pill hat sich eng an mich geklammert, ihren Kopf an meinen Rücken gelehnt. Als ich langsamer fuhr, sind ihre Hände auf meinen Bauch geglitten, als wollte sie mich noch fester halten. Ein paarmal habe ich sie auch tief atmen hören. Von der Plaza de España bin ich nach rechts in die Gran Via abgebogen und habe dabei entdeckt, daß mit den Bremsen nicht viel los ist: Zwischen zwei Autobussen, die aus irgendeinem Grund standen, sind wir in einem halsbrecherischen Zickzack durchgeflitzt. Pill hat nichts gesagt, hat sich nur auch mit den Beinen fester an mich geklammert, und bei der nächsten Ampel habe ich dann ein bißchen angegeben und bin zwanzig Meter auf einem Rad gefahren. Sie hat gelacht, sich zu mir vorgebeugt, mit ihrem Mund sanft mein Ohr gestreift und gesagt, sie hätte nicht geglaubt, daß die *pobre viejita* noch so viel drauf hat. Dann sind wir runter zum Meer gefahren, zur Barceloneta, wo es diesen schmutziggrauen Strand gibt, endlos und traurig. Wir haben das Motorrad in der Nähe vom Aquarium abgestellt und uns in die Gassen geschlagen, wo ein kleines Restaurant neben dem anderen ist, vor jedem ein Kellner, der einem Tabletts mit Austern, Fischen und Krebsen unter die Nase hält, um Gäste zu ködern. Mir wurde die ganze Zudringlichkeit schon zuviel, als das Wunder geschah: Pill hatte Hunger. Es war das erste Mal, daß ich sie so etwas sagen hörte, und ich habe sie nicht einmal zu Ende reden lassen und gleich ins nächste Lokal gezerrt, der Typ vor der Tür war von unserem plötzlichen Meinungsumschwung völlig überwältigt. Wir haben gegessen, ohne uns darum zu kümmern, was es kostet; das hatte ich schon eine ganze Weile nicht getan, eigentlich noch nie.

Nach dem Essen haben wir uns an den Strand gelegt und im letzten warmen Licht der Sonne Lust bekommen, zusammenzubleiben, uns zu spüren; haben uns lange geküßt, ohne noch daran zu denken, wo wir waren. Irgendwann hat Pill sich zurückgeworfen und gesagt: »Laß es uns hier machen«; ich habe einen Blick auf die gut hundert Leute im Umkreis von einem halben Kilometer geworfen. Pill ist aufgesprungen und hat nur gesagt: »Komm mit.« Ich bin hinter ihr her zum Motorrad gelaufen, sie hat es mit einem wütenden Tritt aufs Pedal gestartet, mir fast nicht die Zeit gelassen aufzusteigen, und ist schon los. Ich habe wie ein Trottel hinten draufgesessen, und sie ist auf eine Art abgezogen, daß es die reine Freude war, ihr Beifahrer zu sein, hat die Kurven so cool geschnitten, daß mein Kopf ganz leer wurde. Nach drei Minuten standen wir vor einem Haus in einer dieser Gassen, die alle parallel und für mich ununterscheidbar sind. Pill hat das Motorrad in den Hauseingang geschoben, und wir sind über den Hof gelaufen. Sie hat an eine Glastür geklopft, ein Mädchen mit einem herzlichen Lachen hat geöffnet und mich wie eine akzeptable Neuerwerbung angeschaut. Pill hat sie mit einer hastigen Umarmung begrüßt, ihr gesagt, daß wir ihr Zimmer brauchten und wir uns später sehen würden. Ich war nicht gerade locker, fühlte mich eigentlich eher lächerlich in meiner Rolle. Doch Pills Freundin hat »okay« gesagt, sich umgedreht und ist in einem anderen Zimmer verschwunden, wo sie irgendwelche Stoffetzen auf schwarzes Plastik geklebt hat, aufgeschnittene und auf einen Rahmen gespannte Müllsäcke, glaube ich. Ich habe ihr zwei Sekunden zugeschaut, und sie hat so getan, als hätten wir urplötzlich aufgehört zu existieren. Pill hat mich bei der Hand genommen, und wir haben uns ins Zimmer eingeschlossen. Ich hätte niemals gedacht, daß sie so ausklinken könnte, und am Anfang hat ihre Geilheit meine Verklemmtheit nur noch schlimmer gemacht. Doch Pill hat sich nicht im geringsten um meine Hemmungen gekümmert, bis ich schließlich auch loslassen konnte. Und ich habe vollkommen vergessen, wo ich war, habe das Gesicht ihrer Freundin vergessen, das fürchterliche Knarren des Betts, sogar die Umrisse des Zimmers. Wenigstens für zwei Stunden war auch dieses wehmütige Gefühl verschwunden, das mich seit Jahren bedrückt.

Wie lange wir uns festgehalten haben, weiß ich nicht, es fiel schließlich kein Licht mehr durch das schmale Fenster in der Decke. Fast unbeweglich haben wir dagelegen, auf unseren Atem gehört, Pill neben mir, als hätten wir uns schon immer gekannt. Mir nahe und durch ihre Beine, ihre Hände, ihren Busen, ihre Gedanken, ihren Bauch mit mir verbunden. Ich hätte dieses Quadrat dunkler Mauern nicht mehr verlassen; geborgen in Finsternis und Abgeschlossenheit, sicher vor der Kälte. Und doch ist der Augenblick gekommen, in dem die Welt uns wiederhaben wollte: im Haus Geräusche anderer Menschen mit anderen Gedanken. Irgend jemand hat gelacht und mit Tellern geklappert; ein Hund hat an der Tür gekratzt und beleidigt gejault.

Wir haben uns angezogen, uns dabei immer wieder geküßt, um die Traurigkeit zu besiegen, doch wir wußten schon, daß wir verlieren würden. Wir haben die anderen begrüßt, denen der Grund unseres Erscheinens vollkommen gleichgültig war. Pills Freundin hat gesagt, daß sie später auf einen Sprung in eine Kneipe namens Zeleste gehen wollten, wo eine Gruppe von Bekannten spielen würde; unter anderem war der Bassist da und hat uns auf unseren Gruß hin zugewunken. Wir sagten, wir kämen auch, und ich hatte den Eindruck, alle wußten, daß wir nicht kommen würden.

Draußen wehte ein steifer Wind, und wir knöpften die Jacken bis zum Hals zu. Die kühle Luft hat mich an Italien erinnert und daran, daß ich meinen Führerschein dort gelassen hatte, also hat Pill zu starten versucht, doch ihre ersten Tritte aufs Pedal waren wenig überzeugend, und der Motor ist abgesoffen. Ich habe ein bißchen geschoben, die Maschine hat gestottert, schließlich Rauchwolken ausgestoßen. Dann ist Pill gefahren, ohne viel zu schalten, mit einem Hauch von Gas, ganz niedrig im vierten Gang. Ich fühlte mich wie die Pleuelstange, von einem ermüdeten Getriebe gezwungen, sich langsam zu bewegen.

Zu Hause ist Pill ins Bad gelaufen, dann habe ich sie in ihr Zimmer schlüpfen sehen, gehört, wie sie ihre Kleider verstreut hat. Sie ist wieder auf den Flur gekommen, hat mich fest umarmt, ihr Gesicht an meine Brust geschmiegt. Ich habe nicht gesprochen, sie hat ihrer versagenden Stimme ein leises »Schlaf gut« abgerungen. Sie ist mit einem seltsamen Gang zurück ins Zimmer, als setzte sie die Füße bewußt auf, um den Boden zu spüren.

Jetzt rauche ich, mit der einzigen Absicht, das Päckchen leerzumachen: Ich schaue auf die Glut im Dunkeln, die einen Augenblick lang lebt, sich dann ergibt und Asche wird.

9

Die Konsulatsangestellte sagt, daß ich sie wegen einer Sache, die vielleicht Wochen dauert, nicht jeden Tag anrufen kann, und verlangt eine Telefonnummer, unter der ich zu erreichen bin. Als ich ihren Ton höre, fallen mir die argwöhnischen Blicke und der sonderbare Stempel wieder ein, also sage ich, daß ich immer unterwegs bin und mich in ein paar Tagen wieder melde.

Überall in der Stadt tauchen Banden von Fußballfans auf, die einem angst machen können: Gesichter von Leuten, die überzeugt sind, einen Krieg zu gewinnen. Bisher gibt es noch keine Toten, nur ein paar Dutzend Leichtverletzte aus kleineren Zusammenstößen. Die katalanische Front hält: Auf eine Prügelei, die zugunsten der Italiener ausgeht, folgt sofort ein Sieg der einheimischen Trupps. Die Wohnung verlasse ich nur, wenn es sein muß, und dann begegnen mir in den Alleen diese Autos, aus denen Fahnen geschwenkt, Fäuste gereckt und aus voller Kehle Parolen geschrien werden.

Pill arbeitet unerträglich viel, nur abends gehen wir aus, um in irgendeinem halbdunklen und überfüllten Lokal etwas zu trinken, wo sie sich mit ständig neuen Bekannten unterhält, während ich so tue, als würde ich mich für alles, was geschieht, interessieren, und den unwahrscheinlichsten Blödsinn darüber erzähle, was ich gemacht habe und demnächst machen möchte.

Iosu hat die erste Übersetzung bezahlt und mir neue Aufträge gegeben; ich glaube, daß ich mich eine Weile damit durchschlagen könnte. Heute habe ich Lust bekommen, die Stadt samt ihren glücklichen Gesichtern hinter mir zu lassen und einen Ausflug zu machen, doch Pill hatte noch eine Unmenge Arbeit und meinte, ich sollte das Motorrad allein nehmen. Ich habe sie gefragt, ob mir was passieren könnte, wenn sie mich ohne Führerschein erwischen, sie hat »oh, allerdings« gesagt, und so bin ich zu Fuß los.

Von der Plaza Cataluña nehme ich einen Autobus bis zum Anfang der Avenida Tibidabo. Hier stoße ich auf ein seltsames Gefährt, halb Straßen-, halb Bergbahn, das an einem Drahtseil nach oben gezogen wird. Drinnen sitzen zwei festlich gekleidete Familien, die Kinder laufen auf der schiefen Ebene hin und her, schreien aufgeregt, als wir in den Tunnel fahren.

Außerhalb der Station wende ich mich der Seilbahn zu, sehe den Kabinen nach, die schaukelnd in der Ferne verschwinden. Ich wollte ein bißchen Luft um mich herum, und jetzt würde ich am liebsten umkehren und mich verkriechen, wenn der Weg zurück nicht so lang wäre. Ich kaufe mir eine Fahrkarte, gehe auf den Platz zu, wo träge Jungen für ein paar Sekunden die Plastikkabinen anhalten und den wenigen Fahrgästen helfen, ihre Unentschlossenheit zu überwinden. Als ich an der Reihe bin, springe ich mit der Erwartung hinein, eine halbe Stunde in absoluter Stille zu verbringen, endlich vom Rest des Planeten abgeschnitten zu sein. Mir stockt der Atem, als diese Stimme, die mir inzwischen fest im Gedächtnis ist, auf italienisch »Sie erlauben doch?« sagt.

Everardo Schiassi macht es sich mit einem breiten Lächeln auf dem Sitz gegenüber bequem, lächelt den Jungen an, der entschuldigend zu mir schaut, weil es mit der Einsamkeit nichts geworden ist, lächelt ins Panorama, während wir uns vom festen Grund lösen, uns ruckartig auf den plötzlich sichtbaren Vorsprung zubewegen. Die ovale Gondel gleitet nach unten, zurück in die Vorrichtung, vibriert leicht und läßt sich vom Seil weiterziehen.

Schiassi schaut mich mit hochgezogenen Augenbrauen an, dreht die Handflächen nach oben, als wollte er sagen: »Siehst du?«

Ich stoße endlich den Atem aus, den ich vorhin angehalten habe, lehne mich zurück und suche nach Orientierungspunkten unter *uns*.

»Mein lieber Junge«, sagt er seufzend, »diesmal hast du wirklich falsch eröffnet. Barcelona war ein guter Zug, doch das Konsulat war der Bauer, der den Weg frei gemacht hat ... für den Läufer.«

Er lacht, streicht sich mit dem Daumen übers Kinn, zufrieden darüber, sich mit dem Läufer identifiziert zu haben. Sein perverses Spiel ist also eine Schachpartie geworden; der eine *mad* und der andere *matt*.

»Nun, wie geht es uns?« fragt er wie ein Vater, der seinen Sohn im Irrenhaus wiederfindet.

Ich zucke die Schultern.

»Ich habe Angst um dich gehabt, weißt du?« Er nickt ernst, verschränkt seine Finger auf den Knien. »Wirklich«, fügt er hinzu.

»Tut mir leid«, sage ich. »Ich wußte nichts davon.«

Er dreht den Kopf zur Seite, schaut auf die Stadt, die sich immer weiter entfernt, meint: »Aber jetzt wirst du doch etwas wissen ... oder?«

Ich nehme mir eine Zigarette, gebe ihm auch eine; er streicht sie glatt, klopft damit auf den Handrücken.

»Ich wußte auch nicht, wie mir geschieht«, sage ich und breche das erste Streichholz ab.

»Schluß, wir wollen nicht wieder anfangen«, antwortet er mit einem geduldigen Lächeln.

»Hör mal, sie haben mich zwei Tage lang an ein Bett gefesselt. Und sie haben mir bestimmt nicht gesagt, wen oder was sie suchen.«

»An ein Bett?« fragt er erschrocken.

»Ja ... in der Bootskabine.«

»Langsam, langsam«, sagt er und hebt die Hände. »Eins nach dem anderen. Also ...«

»Nichts: also«, erwidere ich und schaffe es, die Zigarette anzuzünden. »Sie haben uns mit was weiß ich wem verwechselt.«

Ich gebe ihm das Feuer weiter, er zieht, ohne den Blick von mir zu wenden.

»Sie haben mich an einem Strand ausgesetzt und sind abgehauen; das ist alles.«

Er macht ein verstörtes Gesicht, als er sagt: »Und das ist für dich eine Kleinigkeit?«

Ich blase den Rauch aus, trete an das Fenster aus Plexiglas, sehe die Bäume und bunten Bauten eines Vergnügungsparks vorbeiziehen.

»Eher ein dickes Ei«, sage ich. »Aber ich hab's aufgegeben.«

»Was?«

Ich werfe ihm einen matten Blick zu.

»Zu verstehen, warum zum Teufel mir das alles passiert.«

Er schaut rasch woandershin.

»Was hätte ich denn tun können?« murmelt er und preßt die Hände zusammen. »Sie haben mich überrumpelt . . .«

»Du hast schließlich eine Waffe gehabt«, sage ich barsch.

Er schaut mich verzweifelt an.

»Aber . . . ich dachte doch, es wären Freunde von dir! Wenn ich geahnt hätte . . . Ich hätte sie alle drei erledigt, bevor sie noch einen Fuß an Land gesetzt hätten.«

Ich spüre einen schmerzhaften Stich. Er ist überzeugt von dem, was er gesagt hat. Ich denke an Rubén und Bom, ihre sicheren Gesten, und daran, wie viele Kugeln sie ihm verpaßt hätten, wenn er auch nur andeutungsweise reagiert hätte. Vielleicht eine, mitten in die Stirn.

»Und was haben sie gesagt?« fragt er aufgeregt.

»Sinnloses Zeug«, antworte ich vage. »Sinnlos *für mich*.«

»Zum Beispiel?«

Ich blase den Rauch aus, überlege, was ich erzählen könnte, stottere: »Äh . . . über den Kurs, geheime Dokumente . . .« Dann kommt mir eine Idee, und ich sage, als würde es mir schwerfallen, ihm das zu offenbaren: »Sie wollten hauptsächlich etwas über dich wissen.«

»Über mich?« fragt er entgeistert.

»Ja... ich glaube, sie haben dich dagelassen, weil sie keine Scherereien mit den italienischen Behörden haben wollten. Doch bei fast allen Fragen ging es um dich.«

Er sackt langsam zusammen.

»Wer du bist, warum du mir folgst«, fahre ich fort. »Kann man vielleicht erfahren, was du gerade wieder anstellst?«

Er wirft einen schrägen Blick auf den Boden, seine Augen flackern.

»Ich... ich weiß nicht... Wer kann das bloß gewesen sein, was wollten die von mir?«

»Jedenfalls waren es keine Italiener.«

»Und was waren sie dann?« fährt er hoch.

»Tja... vielleicht Deutsche oder Amerikaner.«

Er massiert sich das Kinn; der Mund ist offen, die Zähne machen klackende Geräusche.

»Du hältst mich mal wieder zum Narren, oder?« murmelt er.

Ich strecke meine Handgelenke vor, zeige ihm, was von den roten Striemen noch übrig ist.

»Und das hier, was soll das sein?« frage ich.

Er nimmt meine Hände, dreht sie um, nickt. »Handschellen?«

»Zwei Tage und zwei Nächte lang.«

»Und... haben sie dich geschlagen?« fragt er traurig.

Ich schaue nach draußen, sage: »Wozu.«

»In Ordnung. Sie wollten was von mir und haben dich gekidnappt. Ist logisch, oder?«

Ich starre auf sein mattes, melancholisches Lächeln. Er schüttelt den Kopf, schließt die Augen und sagt leise: »Wir haben sie bei der Arbeit an irgendeiner Sache gestört. Den Rest werden wir nie erfahren.«

Die Kabine wird langsamer. Wir sind an der Endstation. Erst jetzt wird mir klar, daß wir an der Zwischenstation vorbeigefahren sind, ohne daß ich sie überhaupt gesehen habe. Ein Mädchen öffnet die Tür, und wir steigen aus. Ich atme tief ein, schaue mich um. Auf einer Wiese unterhalb der Festung werfen irgendwelche Typen mit Pfeilen auf eine Zielscheibe. Schiassi gähnt, streckt sich und sagt wie einer, der einen Gipfel erstürmt hat: »*Tibi dabo claves regni caelorum.*«

Ich schaue ihn verständnislos an. Er fragt: »Bist du nie in St. Peter gewesen?« Dann zuckt er die Schultern, sagt fröhlich: »Es muß doch wohl eine Verbindung zwischen den beiden ›tibidabo‹ geben, oder?«

»Sicher«, sage ich.

Er legt mir einen Arm um die Schulter, wir gehen auf die Festung zu.

»In Ordnung«, sagt er, und es klingt wie eine Drohung, »von jetzt an werde ich dich beschützen. Wenn sie wieder auftauchen, bin ich bereit, sie zu empfangen.«

Mir dreht sich alles; ist sicher die Höhe. Wir gehen zu den Mauern, Schiassi schaut sich bewundernd um, und ich konzentriere mich auf meinen Magen, damit ich den Inhalt nicht erbreche. Er klettert auf die Plattform einer Kanone, sieht sich die Landschaft an und spricht in den Wind: »Auf diesem Berg hat der Teufel Christus versucht und ihm die Schlüssel der Welt angeboten. Wußtest du das?«

»Und was machte Christus in Katalonien?«

Er denkt kurz nach, antwortet dann: »Vielleicht suchte er ein verirrtes Schäfchen.«

Er schlägt mit einer Hand auf die Lafette, geht dann um sie herum, die Arme auf dem Rücken und gemessenen Schritts: wie Napoleon, der die Gegend um Wagram inspiziert.

»Warum hast du einen Paß beantragt?« fragt er und schaut aufs Meer.

Ich gehe näher zu ihm, bevor ich antworte: »Weil ich Papiere brauche. Meine sind völlig aufgeweicht, als sie mich am Strand ausgesetzt haben.«

Seine Lippen werden schmal, er kneift die Augen zusammen,

als hätte er Nelsons Flotte gesichtet, stößt einen klagenden Seufzer aus.

»Ich habe nicht Ausweis gesagt, sondern Paß.«

Es ist sonderbar, wie dieses Wort auf meinen Stoffwechsel wirkt. Ich empfinde eine plötzliche Müdigkeit, muß mich vor die Kanone setzen, lasse den Kopf hängen.

»Ich habe ihn in Italien vergessen... weiß nicht mal mehr, wo. Weil ich nun schon mal da war, habe ich ein Duplikat beantragt.«

»Hm...«

Er beginnt wieder herumzulaufen, geht zur Festung, und ich folge ihm. Doch das übereilte Aufstehen hat die Beziehungen zwischen Magen und Kopf verschlechtert, ich muß plötzlich würgen. Everardo kommt zurück und hält mir ein Taschentuch hin, das ich ablehne, weil ich schon mein eigenes gebrauche.

Er sagt: »Mein lieber Junge, du nimmst doch nicht etwa Drogen...«

Ich schaue in sein Gesicht, die Sorge wirkt aufrichtig. Ich antworte: »Und ob.«

Er weicht zurück, als hätte ich ihn geohrfeigt.

Ich gehe wieder schneller, mit weniger Nebel im Kopf. Vor dem Eingang zum Museum bleibt Everardo Schiassi stehen, sagt: »Interessant.«

Er zahlt die Eintrittskarten, wir gehen durch einen mit Kanonen und Bomben jeder Größe vollgestopften Hof ins Zentrum der Festung. Ich betrete den ersten Saal, wo Gewehre und Maschinenpistolen ausgestellt sind. Schiassi entgeht kein Detail, er murmelt Kommentare, ruft »Ah ja«, wenn er eine Waffe erkennt. Wir gehen weiter, in die anderen Säle: fast alles Pistolen, ein paar Hellebarden und Rüstungen, und vor einem weniger wuchtigen Teil mit gestanzten Ausbuchtungen in der Brust meint er: »Am Steuer war eine Frau.«

»Am Steuer...?«

Er legt mir eine Hand auf den Rücken, wir wenden uns nägelbespickten Keulen und Piken in einem senkrecht stehenden Kasten zu.

»Ja«, sagt er, »die beiden, die mich entwaffnet haben, konnte ich gut sehen. Doch die Frau, die im Auto geblieben ist, würde ich nicht wiedererkennen. Das einzig Sichere ist, daß es kein Mann war.«

»Ach *die*.«

Er schaut mich komplizenhaft an, geht dann zwischen Gestellen mit Helmen und Schwertern herum; sagt: »Wie dem auch sei, das Mädchen, bei dem du wohnst, ist nichts für dich. Sag später nicht, ich hätte dich nicht gewarnt.«

Ich packe ihn am Ärmel. Er schnaubt, lächelt sonderbar, kratzt sich im Nacken.

»Ich dürfte es dir eigentlich nicht sagen, du weißt, wie diese Sachen sind ... Kurz und gut: Sie ist in der Kartei.«

Ich starre ihn von der Seite an, denke an all die Schwerter und Dolche, die um mich herum sind. Er nickt gewichtig.

»Nichts Ernsthaftes, das nicht. Kleine Scherereien wegen irgendwelcher Bagatelldelikte, ein paar lächerliche Diebstähle... Aber es ist besser, daß du das weißt. Denn in deiner Lage ...«

Er hebt einen Finger, spricht leiser weiter: »Du mußt dich immer von Scherereien fernhalten – und von Leuten, die sie verursachen können.« Er kommt näher, murmelt: »Das mußt du deinetwegen tun ... und meinetwegen. Für *uns*.«

Er fixiert mich ein paar Sekunden, lächelt dann plötzlich und spaziert weiter durch die Säle. Ich gehe zu ihm, frage: »Wie zum Teufel bist du auf Pill gekommen?«

Er bleibt stehen und lacht.

»Pill? ... Ah ja, Pilar Goitia. Tja ... um die Wahrheit zu sagen: Du bist es, der sie da reingezogen hat.« Er macht ein konzentriertes Gesicht, sagt schließlich: »Ich weiß wirklich nicht, was du bei denen im Konsulat angestellt hast, daß sie meinten, sie müßten Auskünfte über dich einholen.«

»Ich habe wirklich gar nichts angestellt«, anworte ich. »Aber wenn du so gut informiert bist ...«

Er lacht.

»Nimm's dir nicht zu Herzen; sie tun das immer, wenn sie auf einen komischen Typ treffen.«

Ich werfe ihm einen schrägen Blick zu.

»Du hast ihnen wohl eine wacklige Geschichte erzählt, deshalb haben sie bei der Polizei deines Wohnorts nachgefragt. Und weil ich zufällig da arbeite ...«

Er blinzelt mir zu.

»Weniger als vier Stunden später habe ich ein Flugzeug in diese liebliche Stadt genommen.«

Er bleibt stehen, um die Teile einer zerlegten Handgranate zu betrachten, sagt: »Angesichts unserer guten Beziehungen mit Spanien habe ich gleich die erbetene Hilfe erhalten.«

Er schaut mich mit vorwurfsvollem Gesicht an. »Du bist in eine Straßenkontrolle geraten.«

»Alle geraten in eine Straßenkontrolle«, platze ich heraus, »wenn sie ein bestimmtes Alter und ein bestimmtes Aussehen haben.«

Er zuckt die Schultern, erwidert: »Aber nicht alle geben eine falsche Adresse an.«

Er nickt seufzend und fügt hinzu: »Sie wissen sehr gut, daß du bei dieser ... Pilar oder Pill wohnst. Es geht ihnen nicht um dich, und zum Teil nicht mal um sie.«

In meinem Kopf dreht es sich wieder. Ich suche instinktiv eine Ecke, wo ich kotzen kann, ohne daß die Wärter mich sehen.

»Wenn ich richtig verstanden habe«, fährt er fort, »ist es das Haus, das sie im Auge behalten.«

Er macht eine vage Geste.

»Zuviel Kommen und Gehen von ausgeflippten Typen; vielleicht erwarten sie, einen kleinen Dealer zu schnappen, einen halben Terroristen, irgendeinen ...«

»Irgendeinen Mörder«, unterbreche ich ihn.

Er wird ernst, auf seinem Gesicht erscheint sehr schnell der finstere Ausdruck schlimmer Zeiten. Er murmelt: »Ich bin hier, um dir zu helfen ... und du, du vergiltst es mir schlecht.«

Ich versuche, mir den Magen zu massieren, sage: »Ich fühle mich nicht gut, entschuldige.«

Er geht schneller, bringt mich fürsorglich zum Ausgang.

Endlich sind wir draußen. In der frischen Luft gewinne ich die Kontrolle über meinen Magen zurück. Vor der Seilbahnstation schaut Schiassi mich seltsam an, wiegt nachdenklich den Kopf. Dann greift er in die Innentasche, zieht langsam etwas heraus. Er hält mir den Paß hin. Ich schlage ihn auf, denke an die gleiche Szene vor einigen Monaten. Er sagt leise: »Gebrauch ihn nicht dafür, mich noch einmal reinzulegen.«

Seine Augen sind glanzlos, wäßrig.

Ich sage: »Weißt du, wie weit ich komme, mit dem Geld, das ich noch habe?«

Er lächelt traurig, befühlt sein Jackett und meint: »Über Geld mach dir keine Sorgen. Ich habe auch welches für dich mitgebracht.«

Dann geht er die Fahrkarten kaufen, und wir steigen in die erste Kabine. Keiner sagt etwas. Die Kabine schwankt im Wind, und ich denke nur daran, die Magensäure, die immer wieder hochkommt, zurückzuhalten. Als wir uns der Endstation nähern, sagt er: »Wir brauchen eine Veränderung, alle beide.«

Am Anfang beachte ich ihn gar nicht, dann schaue ich ihn an, um zu verstehen, was er meint. Er fährt fort: »Weißt du, bevor es passiert ist ...«, er stockt, räuspert sich, plötzlich heiser geworden. »Ja, also bevor der *Unfall* passiert ist ... stand ich kurz vor der Beförderung.«

Ich verkrampfe mich bei dem Gedanken, welche unangenehmen Dinge diese Enthüllung wohl noch mit sich bringt.

»Jetzt sieht es so aus, als entschlössen sie sich, meine Sperrzeit zu beenden. Bis dahin habe ich mir einen Monat Urlaub genommen.«

Er lächelt fröhlich. Seine plötzlichen Stimmungswechsel werden immer häufiger.

»Warum machen wir nicht eine schöne Reise, möglichst weit weg von diesem ganzen Elend?« ruft er aus und klatscht in die Hände.

Ich deute ein vages Ja an, stehe auf, um hinauszugehen. Er trappelt hinter mir her, sagt: »Um Geld brauchst du dir keine Sorgen zu machen. Ich weiß nie, wie ich meins ausgeben soll.«

Wir steigen in die schiefe Straßenbahn, und er beginnt wieder: »Du darfst es dir aussuchen. Solange Meer und Sonne dabei sind, ist mir alles recht.«

»Wir können ja darüber nachdenken.«

Er nimmt meinen Arm, drückt ihn und sagt hektisch: »Morgen kaufen wir Dollar-Reiseschecks. Die Hälfte auf deinen Namen, das ist nicht mehr als gerecht, und außerdem habe ich es schon beschlossen, keine Widerrede. Wir suchen uns ein gutes Reisebüro und auch ein anständiges Geschäft, damit du nicht mehr aussiehst wie ein Hungerleider.«

Er plant und phantasiert weiter, mit wachsender Begeisterung, während ich vor Müdigkeit langsam zusammensacke und nur mit Mühe die Augen offenhalten kann.

Vor dem Überqueren der Straße drehe ich mich um und sage zu ihm: »Okay. Du weißt, wo ich wohne, und du weißt, daß ich kein Geld habe.«

Er macht ein verstörtes Gesicht, stammelt: »Ja, und jetzt... wohin soll *ich* deiner Meinung nach gehen?«

»Du wirst ja letzte Nacht irgendwo geschlafen haben.«

Er fährt sich mit der Hand durchs Haar, sagt: »In einem Hotel... Ich kann Hotels nicht ertragen.«

Ich lehne mich an ein Auto, schlage mit dem Ellbogen auf das

Blech und erkläre ihm: »Du kannst nicht mit mir in … in diese Wohnung kommen.«

Er schaut auf den Eingang, verzieht seinen Mund, skeptisch.

»Und warum nicht?« fragt er.

Mir bleibt eine halbe Minute lang die Spucke weg. Schiassi läuft um mich herum, meint: »Du kannst doch sagen, daß ich ein Onkel von dir bin … daß wir uns zufällig getroffen haben.«

Ich denke nur an Pill und an das leere Zimmer mit der Schaumgummimatratze auf dem Boden.

»Es gibt nicht mal ein Bett«, sage ich und seufze.

»Macht doch nichts. Ich komme schon zurecht, keine Sorge.«

Dann faßt er mich bei den Schultern, sagt ernst: »Ich lasse dich nicht allein. Es geht dir schlecht, mein lieber Junge.«

Ich schaue ihn an und spüre, wie mein Magen sich wieder zusammenzieht.

»Heute bin ich dir gefolgt«, fährt er fort, »seit dem Moment, als du das Haus verlassen hast. Und du hast mich nicht einmal gesehen, als ich in denselben Wagen gestiegen bin, um zur Seilbahn hochzufahren. Ist dir das klar?«

Ich wende mich um, und er läßt mich los. Ich gehe über die Straße, mache die Haustür auf, steige die Treppe hoch. Auf dem Treppenabsatz flüstert Schiassi: »Du solltest nicht lange hier wohnen. Ich habe dir ja gesagt, daß deine Freundin in der Kartei ist.«

Ich suche mit zitternden Händen die Schlüssel, schließe auf, sage: »In dieser Scheißzeit muß man aus Plastik sein, um nicht in die Kartei zu kommen.«

Ich gehe zuerst in die Küche, mache mir ein Bier auf, nehme auch eins für Pill mit, die in ihrem Zimmer sitzt, über den kleinen Tisch gebeugt. Sie lächelt, sagt: »Ich wollte gerade …« Sie unterbricht sich, starrt Schiassi an.

»Ein Onkel von mir, den ich getroffen habe … es mag dir absurd vorkommen, aber …«

223

»Willst du zu ihm ziehen?« fragt sie mit einem matten Blick.

»Was? Zu ihm ... Nein, nein, er hat nichts zum Wohnen.«

Pill scheint sich zu entspannen, fragt: »Ja, und?«

Ich lehne mich an den Türpfosten, flüstere: »Was weiß denn ich.«

Sie steht auf, nickt Schiassi zu, holt ein neues Päckchen Zigaretten aus der Jacke. Dann sagt sie: »Ihr könnt tun, was ihr wollt. Du kennst ja die Wohnung genausogut wie ich.«

Sie strichelt schon wieder Wörter auf ihre leeren Blätter. Ich gehe ins Zimmer, höre Schiassi sagen: »Ich werde Sie in keiner Weise stören, Signorina.«

Dann kommt er hinter mir her und beginnt seine Beobachtungen: nicht vorhandene Dinge, Flecken an der Wand, Risse, verstreutes Gekritzel, die Decke, von der es abbröckelt.

10

Auf dem Schrank im Flur war ein Schlafsack. Everardo Schiassi hat ihn sorgfältig ausgebreitet, betastet, an den Seiten zurechtgezupft – und betrachtet ihn praktisch schon als sein Bett. Einen Band der Enzyklopädie hat er in ein Handtuch gewickelt und als Kopfkissen unter die Kapuze geschoben. Seit mehr als einer Stunde liegt er da und liest die beiden letzten Jahrgänge von *Vibora*. Ab und zu ein Kichern oder Quieken, und wenn er einen Comic besonders umwerfend findet, ruft er mich; doch ich gebe keine Antwort. Jetzt gönnt er sich eine Zigarettenpause.

Ich sage: »Und wenn das Haus beobachtet wird ... Wer bist du dann und was tust du hier?«

»Genau das ist der Punkt«, meint er strahlend. »Du bist Italiener, und ich bin von der italienischen Staatspolizei.«

Er öffnet die Hände: daß ich etwas so Offensichtliches nicht begreife.

Ich sage: »Scheint mir perfekt.«

»Allerdings. Wenn irgendwas passiert, bist du unter meiner Obhut, also geht alles glatt.«

Ich stecke mir eine Zigarette an und bemerke erst, als ich das Streichholz wegwerfe, daß ich die letzte noch nicht aufgeraucht habe. Ich trete neben seinen Schlafsack, warte, bis er hochschaut, sage: »Dann passiert also zwangsläufig *irgendwas*.«

Er liest weiter, murmelt: »Aber nein ... wenn nicht gerade jetzt einer mit einem Koffer voll Waffen oder einem Rucksack Heroin kommt ... Doch das passiert nicht. Ich *fühle* es.«

Ich hocke mich wieder hin, mit meiner Übersetzung auf den Knien. Nach einer Weile sagt Schiassi leise: »Aber wenn die Bahn frei ist, gehe ich ein bißchen kontrollieren.«

Ich schaue hoch, drehe mich langsam zu ihm um. Er zwinkert und fügt hinzu: »Nur um zu sehen, ob die Wohnung sauber ist. Ich kann nicht seelenruhig hier sitzen, und da drüben ist vielleicht...« Er beendet den Satz nicht, setzt eine beruhigende Miene auf und blättert um.

Ich frage: »Und wenn du wirklich was findest?«

Er schnaubt: »Gehen wir uns eine andere Unterkunft suchen. Wir warten ja nur auf das erste Flugzeug, das uns an südliche Gestade bringt, oder?«

Ich schreibe zwei Zeilen, höre auf, sage: »Aber du wärest *verpflichtet*, sie zu verhaften.«

»Wen verhaften?« fragt er abwesend.

»Jeden, der gegen das Gesetz verstößt, oder?«

Er beschließt, mir einen ungeduldigen Blick zuzuwerfen; ich lenke ihn von einer interessanten Lektüre ab. Er seufzt, murmelt: »Mein lieber Junge, Gesetzesverstöße sind Gesetzesverstöße, wenn Einigkeit darüber besteht, sie aufzudecken. Und außerdem bin ich hier Ausländer, ich könnte wirklich niemanden verhaften.«

Er blättert wieder aufmerksam im Comic, hält ihn sich unter die Nase und rollt die Augen. Ich versuche, weiter zu übersetzen, doch ich bekomme diese neue Wahnidee von den »südlichen Gestaden« nicht aus dem Kopf, lese wieder und wieder den Text, bis mir endlich bewußt wird, daß ich eigentlich überlege, wie ich ihn abschütteln kann, welche Gelegenheiten es dafür gibt. Und es würde eines bedeuten: Pill von heute auf morgen nicht mehr wiederzusehen, wenn ich abhaue, sobald sich eine günstige Situation ergibt. Und außerdem habe ich ihr einen Polizisten ins Haus gesetzt, oder zumindest nichts dagegen getan. Schlimmer: Ich habe sie gezwungen, einen Wahnsinnigen zu beherbergen, bei dem es passieren kann, daß er vollkommen unvorhersehbar mit einem Mal nicht mehr lacht, sondern herumballert.

Pill erscheint gerade in dem Moment, als Schiassi sich ruckartig aufsetzt und sagt: »Nein, das ist wirklich zum *Sterben*!« Er dreht die Zeitschrift um, damit ich es mir auch anschaue, bemerkt dann Pill, räuspert sich und erklärt: »Das sind echt Irre, die so ein Zeug zeichnen.«

Pill sieht ihn nicht einmal an; sie hat zwei Karten in der Hand, sagt zu mir: »Wim Mertens kommt, in ein Theater… Ich dachte, das könnte dich interessieren.«

»Klar«, antworte ich schnell. »Laß uns hingehen.«

Sie biegt den Kopf zur Seite, sagt: »Iosu hat mir natürlich nur *zwei* Karten gebracht.«

Dann schaut sie Schiassi an. Der lacht: »Bestens, gehen wir also ins Theater.«

»Es ist ein Konzert«, sage ich.

»Noch besser«, meint er.

Ich sehe Pill an, die ein völlig unbeteiligtes Gesicht macht, wende mich dann Schiassi zu: »Wir haben ein Motorrad mit *zwei* Sitzen.«

Er zuckt nicht mit der Wimper, erwidert: »Gut, sagt mir, wo es ist, und ich komme mit dem Taxi hin.«

Pill folgt unserer auf italienisch geführten Unterhaltung mit müden Blicken. Schiassi lächelt ihr zu: »Kein Problem, ich kaufe mir die Eintrittskarte dort.«

Und Pill antwortet ruhig auf *italienisch*: »Gut. Wir treffen uns am Eingang.«

Ich schaue von ihm zu ihr, die Zigarette hängt mir an der Lippe, und die Asche fällt in die Brusttasche meines Hemds.

Ich fahre. Ich habe den Paß in der Tasche und einen Kommissar, der am Eingang auf mich wartet. Pill hat nur gesagt: »Hast du den Führerschein wiedergefunden?«

Ich starte mit einem wütenden Tritt aufs Pedal und vertrete mir dabei fast den Fuß. Pill zeigt keinerlei Reaktion, und ihre unbeteiligte Haltung macht mir noch mehr Probleme. Sie fragt nichts, weiß, daß irgend etwas los ist, tut aber nichts, mich aus der Reserve zu locken. Ich weiß nicht, wie anfangen, also bleibe ich still.

Eine aufgeregte Menge vor dem Theater, mich packt das übliche erwartungsvolle Gefühl. Bei dem Gedanken an die Möglichkeit, abhauen zu können, kribbelt es mir unter der Haut; mir zittern die Knie. In diesem Durcheinander wäre es einfach, ich frage mich, ob eine solche Gelegenheit noch einmal kommt. Dann gleitet Pills Hand auf meinen Bauch, als sie vom Motorrad steigt, ein leichter Druck, bevor sie losläßt, ein liebevolles Kneifen, das ich nicht erwartet hätte. Das bedeutet bei ihr soviel, als hätte mir jemand anderes eine halbe Stunde lang gut zugesprochen. Ich ziehe die Yamaha auf den Ständer, kette sie an und folge Pill in die Masse von Menschen, die sich mit stockenden Schritten auf die Eingangstür zubewegen.

Schiassi ist schon drinnen. Er grüßt uns freudig, springt hoch, damit man ihn sieht, fuchtelt mit den Armen herum. Es ist Pill, die ihm ein Zeichen gibt. Dann dreht sie sich um und sagt: »*Lustig*, dein Onkel.«

Das ist das einzige Wort, das ich niemals für Schiassi gebraucht hätte. Ich knurre: »Er ist völlig daneben, von wegen: lustig.«

Sie lacht amüsiert, sagt: »Das sind bestimmt die Chromosomen.«

Schiassi hat uns erreicht, breitet die Arme aus und drückt uns alle beide an sich.

»Ich habe verflixt noch mal schon gedacht, ich hätte euch verloren.«

Ich bewege mich nur weiter, weil sie hinter uns drängeln, lasse mich vorwärtsschieben. Ich bin wie versteinert, beobachte ihn, wie er gestikuliert und lacht, mir hin und wieder einen Klaps auf den Rücken gibt und Pill über den Kopf streicht. Und er hat im Plural geredet; er betrachtet uns schon als *Ganzes*, das ist es, was mich so entsetzt. Eine Vertraulichkeit zu dritt, deren natürliches Wachsen ich spüre, denn Pill scheint sich über den Wahnsinn, den Schiassi ausstrahlt, zu amüsieren, schaut ihn jedesmal ungläubig an, wenn er etwas besonders Abgedrehtes tut.

Das Szenario im Theater paßt zu meinem Gemütszustand. Architektonisch ist es eine wilde Mischung aus Art deco und Schwulst, Schmachtfiguren mit fetten Hintern und ausladenden Busen, Mosaiken und buntem Stuck, Glas und atemberaubenden Leuchtern.

Schiassi bahnt uns einen Weg durch die Menge: Verzweifelt magre Post-Punks sitzen zwischen vierzigjährigen Intellektuellen, die ob ihrer verletzten Sensibilität die Nase rümpfen, verstörte Mädchen kauern in den roten Samtsesseln, während die Stiefel von hingefläzten Typen mit Bierdosen auf dem Bauch über ihren Köpfen schweben. Lärm flutet durch den Raum, Pfiffe und vibrierendes Chaos. Everardo Schiassi prescht nach vorn, besetzt drei Plätze und verteidigt sie gegen eine Gruppe distinguierter Pärchen, die sich fluchend auf zwei Reihen verteilen. Pill geht vor mir, und so sitzt sie schließlich in der Mitte, zwischen ihm und mir. Ich habe die furchtbarsten Kopfschmerzen meines Lebens. Schiassi streckt die Brust raus, um zu zeigen, wie zufrieden er mit seiner Eroberung ist. Pill schaut ihn an und lacht immer wieder; ich werde nervös bei dem Gedanken, wie sie lachen würde, wenn sie wüßte, wer er ist.

Er sagt: »Das ist ja ganz unglaublich hier«, und dreht den Kopf in alle Richtungen.

Pill wirft mir flüchtige Blicke zu, zuckt die Schultern und kratzt sich am Knie, am Ellbogen.

Plötzliches Dunkel. Es ist, als würde die Stille gleich explodieren. Alle regungslos und ruhig, innerhalb einer Sekunde. Der plötzliche Wechsel von voller Lautstärke auf Null macht mich schwindlig.

Wim Mertens erscheint auf der Bühne, der Beifall bricht los, doch er wirft keinen Blick auf das Meer von Händen, die sich wundklatschen. Er setzt sich hin, schaut auf das Piano, und die Stille kehrt zurück.

Die ersten Töne werden ängstlich in den Raum gesandt, hallen wider, gewinnen Fülle und wachsen, werden dicht, verbinden sich, hüllen Körper und Gedanken in ein Netz, bis die hohe Stimme durch das Theater dringt, an die Kuppel schlägt und von dort an das Ohr der Zuhörer. Ich schaue ihn von meinem Platz im Rang an, und langsam spüre ich, wie mein Kopf ganz leer wird, wie ich mich entspanne und tiefer in meinen Sessel rutsche; ich schließe die Augen, lasse die Luft aus den Lungen, beginne wieder, langsam zu atmen. Pills Hand streicht unsicher über mein Bein. Dann drückt sie es sanft, schiebt sich weiter vor, läßt es los und sucht meine Finger. Ich nehme ihre Hand in meine, spüre den Schweiß, der sich mit meinem vermischt. Sie läßt den Kopf zur Seite sinken und lehnt ihn an meine Schulter.

So bleiben wir sitzen, eine Stunde lang, vielleicht zwei. Erst als ein Aufschrei den Boden erbeben läßt, schrecke ich hoch und komme wieder zu mir. Alle sind aufgestanden, applaudieren mit über den Kopf erhobenen Händen. Everardo ist außer sich, springt herum und klatscht frenetisch, sein Ring blitzt wie wahnsinnig. Er ruft mir zu: »Nicht zu fassen, es ist nicht zu fassen...«

Ich schaue ihn an, und es geht über meine Kraft. Seine Augen glänzen, in ihnen stehen Tränen.

11

Draußen vor dem Theater hat er gesagt: »Wir sehen uns zu Hause.« Er ist um drei Uhr zurückgekommen, war angetrunken und hat irgend etwas gefaselt. Ich war zu müde, ihm zuzuhören, habe mich auf die Schaumgummimatratze geworfen und mir die Decke über die Ohren gezogen. Dann habe ich ihn im Dunkeln beäugt, aber achtgegeben, ihm keinen Vorwand zum Schwätzen zu liefern. Er hat auf den Ellbogen gestützt dagelegen, geraucht und aus dem Fenster geschaut. Nach seiner vierten oder fünften Zigarette bin ich eingeschlafen.

Bis zwei Uhr nachmittags hat die Mumie im Schlafsack kein Lebenszeichen von sich gegeben. Doch plötzlich ist er aufgewacht und wie ein Fangeisen neunzig Grad hochgeschnellt. Er hat mich eine Minute lang angestarrt, dann gesagt: »Ach du bist's . . . Gott sei Dank.«

Er ist anderthalb Stunden unter der Dusche geblieben. Gegen drei Uhr ist Pill aus der Wohnung gegangen, ohne ein Wort zu sagen. Tagsüber ist sie mir ein Rätsel, verschlossen und abwesend; ich habe sie in Ruhe gelassen. Als Schiassi wieder aufgetaucht ist, hatte er ein Gesicht wie ein Gespenst: abgedrehter Blick, auf irgendwelchen Phantasiereisen. Er hat eine Weile in Unterhosen am Fenster gestanden und hinausgeschaut, sich dann dasselbe Hemd wie gestern übergezogen. Mir ist aufgefallen, daß er sonst nichts dabei hat. Ich habe ihn darauf angesprochen, er hat gesagt: »Ich gehe mir jetzt ein neues kaufen«, und damit nur das Hemd gemeint. Er trägt alles in seiner Jacke mit sich herum: Papiere, Geld, Taschentücher. Doch keine Pistole, wie es scheint. Er ist in die Küche gegangen, hat sich literweise Kaffee reingegossen, einen nach dem anderen gekocht und mich erst bei der dritten Kanne gefragt, ob ich auch welchen möchte. Dann habe ich Geräusche gehört, gedacht, daß er Pills Sachen durchwühlt, und ein schlechtes Gewissen bekommen, als würde ich es selbst tun. Er ist mit einem wacheren Gesicht und einem Packen Comics unter dem Arm zurückgekommen und hat begonnen, angestrengt darin zu lesen, während ich übersetzt und ihm ab und zu einen Blick zugeworfen habe. Schließlich habe ich es nicht mehr ausgehalten und ihn nach dem Ergebnis der »Durchsuchung« gefragt. Er hat mich aus zwei Lichtjahren Entfernung angeschaut und beleidigt »Machst du Witze?« gesagt, nach einer Weile noch streng »Das sind ihre Angelegenheiten, die gehen mich nichts an« hinzugefügt. Ich zweifle nicht daran, daß er ehrlich war. Die Idee, Pills Zimmer zu durchsuchen, stammt von gestern; heute ist sie ihm zuwider, nach dem Ton seiner Stimme zu urteilen. Wie es morgen ist, werden wir sehen.

Gegen sechs Uhr ist er weggegangen, um sich ein sauberes Hemd zu kaufen. Um acht hat er wie ein Wahnsinniger geklingelt, den Knopf erst losgelassen, als ich ihm geöffnet habe: drei Einkaufstüten und ein Rucksack auf den Schultern, ein paar Flaschen Cava und ein violettes Plüschteil. Ich habe es aus der Tüte gezogen und die gelbe Schrift angeschaut: *Save the Whales*. Er hat nur gesagt: »Die Luft wird frischer, besser, man hat einen Pullover.« Dann hat er sich verstört umgesehen, nach Pill gefragt. Ich habe mit den Schultern gezuckt, und seine Miene hat sich verfinstert. Doch um zehn ist Pill zurückgekommen, gerade als Schiassi die zweite Flasche geköpft hatte. Wir haben sie hastig leergemacht, zusammen mit Pill. Und sie hat die beunruhigende Fröhlichkeit des *Kommissars* wieder neugierig beobachtet, während sich mir der Magen zusammenzog.

Als er die dritte Flasche aufmachen wollte, hat Pill ihn zurückgehalten und gemeint, wir könnten irgendwo hingehen, wo es »weniger eng« ist. Er hat komisch gelächelt und mit übertriebener Langsamkeit einen Schlüsselbund aus der Tasche gezogen. Er hatte ein Auto gemietet. Ich wollte Pill noch mit einem Blick stoppen, doch sie hat nichts gemerkt und gesagt: »Gut, heute abend ist es nämlich ekelhaft feucht geworden.« So sind wir mit seinem Marbella in die Gegend vom Parque Güell gefahren, zu einem Laden, der KGB heißt. Everardo hat einen Lachanfall bekommen, doch Pill hat ihm erklärt, daß es die Abkürzung für Kiosko General de Barcelona ist.

Es ist ein altes Lager mit einer Metallzwischendecke auf Pfeilern, zu der eine Wendeltreppe führt. Oben sitzt der in Rauch eingehüllte Discjockey, unten gibt es eine transparente Leuchttheke, die aus Schiassi eine halluzinative Erscheinung macht. Er trinkt, ist wieder völlig überdreht, der einzige in einem abgetragenen Jackett, mit gelöster Krawatte und zwanzig Jahre älter als der Durchschnitt. Pills Freunde umlagern ihn wie ein anthropologisches Fundstück; am Anfang sah es so aus, als nähmen sie ihn auf den Arm, doch jetzt amüsieren sie sich *wirklich*. Ich beobachte ihn seit einer halben Stunde, er ist so jenseits wie ein Orang-Utan, der sein Leben lang eingesperrt war. Er hat zurück in den Dschungel gefunden, alles ist ihm recht, er schluckt irgendwelche Mix-Drinks, die er nicht einmal kennt, gibt Runden aus, die anderen geben ihm welche aus, er ist für die ganze Bande die Attraktion. Kein zweideutiges Verhalten mehr, man geht auf natürliche Art mit ihm um, er klopft diesem oder jenem auf die Schulter und biegt sich vor Lachen. Pill beobachtet und nimmt nur indirekt teil. Sie ahnt, daß irgend etwas nicht stimmt, das sehe ich; sie hat den Instinkt der bedrohten Beute, wittert die mögliche Gefahr; doch sie läßt den Dingen ihren Lauf. Irgend jemand tanzt, auch wenn es eigentlich keine Diskothek ist. Und so passiert es, daß die Frau mit den Wahnsinnsbeinen, die ich neulich in der anderen Wohnung gesehen habe, Schiassi am Ärmel packt und ihn mit anderen Ausgeflippten in eine Ecke zieht. Ich spüre etwas Naßkaltes auf meinem Knie, erinnere mich, daß ich ein Glas in der Hand habe, und halte es wieder gerade. Ich beobachte ihn weiter, er ist schweißgebadet, unglaublich, wie er zuckt und herumhampelt, sich um sich selbst dreht, die Hacken zusammenschlägt, in die Hände klatscht und jedes Stück in einen Flamenco verwandelt.

Pill ist verschwunden, ich habe gerade noch gesehen, wie sie die Wendeltreppe hochgestiegen ist. Hinter Jorge. Sie haben sicher etwas wegen des *Motorrads* zu besprechen, denke ich. Ich bestelle sofort den dritten Gin Tonic, schwanke ein bißchen, als ich mein Gewicht auf das andere Bein verlagere.

Eine große Frau, die leicht gebeugt geht und aussieht, als hätte sie alles über, kommt zu mir, hängt sich mit Rücken und Ellbogen an die Theke, sieht zu Schiassi, sagt: »Einsame Spitze, dein Onkel.«

Ich nicke, trinke. Sie streckt eine Hand aus, greift mir in die Haare, schließt langsam die Finger. Ihre Fingernägel sind ein bißchen lang, kratzen über die Haut, aber nicht unangenehm. Dann schiebt sie träge ab, Richtung Treppe.

Ich weiß nicht, was das sollte, ist mir auch egal. Doch ich schaue hinter ihr her, wie sie die Treppe raufgeht, bis ein weißes Höschendreieck im fluoreszierenden Licht der Theke aufblitzt. Ich trinke weiter, beharrlich.

Seit zehn Uhr bin ich bei der Arbeit. Everardo hat den Wecker auf Mittag gestellt. Ich glaube, er hat ihn sich von Pill geliehen, als wir um fünf nach Hause gekommen sind. Ich war zu betrunken, habe erst gemerkt, daß ich bei Pill im Bett liege, als ich wach wurde. Sie war nicht da. Ich kann mich nicht mal erinnern, ob sie überhaupt dagewesen ist. Ich schaue nicht von der Übersetzung hoch, als ich höre, wie er hustet, krächzt und gähnt, sich streckt und mit dem ganzen Schlafsack über den Boden rollt. Dann steht er auf und verbreitet Hektik, läuft zwischen Dusche und Kaffeemaschine hin und her, schlüpft in das violette Plüschteil und bleibt nur stehen, um sich in einem Spiegel zu betrachten, den er irgendwo aufgetan hat. Es ist ein zehn mal zwanzig Zentimeter großes Rechteck, mit dem er Stück für Stück kontrolliert, wie der Stoff fällt, dann macht er eine zufriedene Geste und reibt sich die Hände.

»Na, können wir?«

Ich schaue ihn an, ohne den Kopf zu heben. Er sprudelt über vor grauenhaftem Optimismus.

Ich sage: »Ich muß die Arbeit fertigmachen.«

Er kommt mit zwei Sprüngen näher, schlägt mein Heft zu und packt mich unter der Schulter, zieht mich hoch.

»Auf, auf, die Banken schließen gleich.«

Ich folge ihm verblüfft, während er den Spiegel bei Pill ins Regal zurückstellt. Er wirft einen seltsamen Blick aufs Bett, sagt: »Du hast recht, das sieht bequemer aus.«

Ich versuche, eine gleichgültige Miene aufzusetzen, als ich ihn frage: »Wie bist du zurückgekommen?«

Er lacht.

»Pill war sehr nett, sie hat mich hergebracht und ist erst gegangen, als sie gesehen hat, daß ich den Schlüssel ins Schloß bekomme.«

Ich nicke.

»Ach ja . . . ich erinnere mich.«

»Wohl kaum«, sagt er. »Du hast auf dem Rücksitz geschlafen.«

Er kneift ein Auge zu, zwinkert.

Ich sage jammernd: »Scheiße, ich hab' vielleicht viel getrunken . . . Wie hast du mich hier raufgeschafft?«

»Dafür habe ich Hilfe gebraucht«, sagt er fröhlich, »ich war ja auch nicht viel klarer als du.«

»Pill?« frage ich, ohne ihn anzuschauen.

»Nein, der Typ, der mit ihr zusammen war.«

Er hat das ohne Ironie gesagt. Und auch ohne das Mitgefühl, das ich erwartet hätte. Er bleibt stehen, die Faust gegen die Stirn gepreßt. Ich warte, bis ihm wieder einfällt, was er sagen wollte, nehme inzwischen den Zeichenstift und male einen Halbkreis aufs Papier, eine Sprechblase, die ich in winziger Schrift eng beschreibe: *blöde Kuh blöde Kuh blöde Kuh*. Schiassi ruft aus: »Jetzt weiß ich es wieder!«

Er wedelt mit einem Finger herum, sagt: »Die Schlüssel... ja, der Junge hat gesagt, daß sie die Motorradschlüssel behalten, und es tut ihm leid.«

»Hä?« frage ich.

»Und er sagt, wenn du es brauchst, kann er es dir morgen leihen.«

»Gut«, sage ich.

»Aber ich habe ihm versichert, daß du es nicht brauchst, weil ich ja ein Auto habe.«

»Sehr gut.«

Er geht eilig hinaus, greift sich die Jacke, zieht Päckchen und Umschläge aus den Taschen, vergewissert sich, daß die Brieftasche in der Hose steckt, meint schließlich: »Wir können gehen.«

»Wohin?« frage ich, ohne mich zu rühren.

Er lächelt triumphierend.

»Die Welt erobern«, sagt er und breitet die Arme aus.

Er betritt die Bank, als wollte er sie ausrauben, geht an einer Schlange vorbei und fragt in seinem spanischen Italienisch, wo er *travel* kaufen kann. Die Angestellte bewegt gerade einmal den Daumen nach rechts, er trabt weiter, stürzt an den Auslandsschalter, zeigt Geldrollen, Papiere, Paß, fuchtelt mit den Armen herum und lächelt, rennt wieder weg und sagt zu mir: »Hier sind wir richtig.«

Beim dritten Versuch geben sie ihm ein paar Formulare zum Ausfüllen, er studiert sie und macht mir dann ein Zeichen, näher zu kommen, sagt: »Hier, füll du deins aus.«

Ich gehorche, ohne zu lesen, was es für ein Formular ist. Wir geben alles dem Angestellten, der in einem Seitenzimmer verschwindet. Schiassi trommelt auf die Theke, pfeift vor sich hin. Der Typ kommt mit zwei Häufchen Reiseschecks zurück, fragt nach den Pässen, kontrolliert die Angaben, gibt uns die Reiseschecks und einen Stift. Ich schaue ihn an, ohne zu verstehen und ohne zu fragen. Er nimmt mir das Blöckchen Schecks wieder weg und zeigt mir, wo ich unterschreiben muß.

»Alle«, sagt er in bedrohlichem Ton.

Wir machen uns unter dem inquisitorischen Blick des Angestellten ans Unterschreiben.

»Ah, ah«, sagt er, als ich aus Versehen zwei umblättere, die zusammenkleben, und läßt mich auch den unterschreiben, der mir entgangen war. Es sind ungefähr zwanzig Stück zu je zwanzig, fünfzig oder hundert; tausend Dollar für jeden.

»Keine Sorge«, sagt Schiassi. »Wenn es nicht reicht, haben wir auch noch Bargeld.«

Dann unterschreiben wir die Versicherungsscheine, und der Typ schärft uns ein, unter gar keinen Umständen die Schecks und die Versicherungsscheine am gleichen Ort aufzubewahren. Ich starre ihn immer noch an; er sagt: »Wenn Ihnen die Schecks gestohlen werden, haben Sie die Versicherung. Wenn Ihnen auch der Versicherungsschein gestohlen wird, müssen Sie sich selbst behelfen.«

Schiassi kichert, fragt mich, ob ich verstanden habe. Ich nicke, und er platzt heraus: »Der Typ, der mir Geld klaut, muß erst noch geboren werden.«

Eilig verlassen wir die Bank, er im Sturmschritt, ich hustend, bis ich einen meiner Anfälle von Übelkeit habe.

Das Mädchen ist nett, aber sie liebt ihre Arbeit im Reisebüro offenbar genauso wie ich die Vorstellung, mit Schiassi zu verreisen. Ich halte mich heraus, sage auch dann nichts, wenn er sein italo-spanisches Kauderwelsch dreimal wiederholen muß. Sie ist wohl an so etwas gewöhnt, hat jedenfalls nicht mit der Wimper gezuckt, als sie hörte, daß wir uns noch nicht einmal für einen Kontinent entschieden haben. Sie schlägt Kataloge und Prospekte auf, zeigt uns friedliche buddhistische Tempel und kobaltblaue Seen, mit Palmen bestandene Buchten und schneebedeckte Gipfel, und Schiassi ist von allem begeistert, schaut mich an und wartet auf eine Reaktion. Wir sind nicht weiter als am Anfang, nur dreht sich uns der Kopf etwas mehr. Plötzlich stutzt er, beugt sich vor und fragt: »Was ist das?«

Er zeigt auf ein Foto an der Wand: eine lange Reihe aneinandergedrängter Gebäude, die bis zum Horizont reicht und mit einem Himmel in der gleichen Nichtfarbe verschmilzt.

»*La ciudad de México*«, sagt das Mädchen und verzieht den feuerroten Mund.

»Wahnsinnig.« Er wendet sich zu mir.

Ich nicke. Es ist das erste Zeichen von Interesse, das ich mir abringen lasse, seit wir hier sind. Er wiegt den Kopf, schaut sich das Foto noch einmal genau an und ruft am Ende aus: »Warum nicht?«

Jetzt holt das Mädchen andere Kataloge und Prospekte hervor, und Schiassi fängt langsam richtig Feuer. Ich reagiere nicht. Sie gibt irgendwas über Tastatur ein, der Bildschirm quillt von Buchstaben und Zahlen über. Sie schaut sich alles an, scheint verwundert, seufzt und sagt: »Oktober ausgebucht.«

Enttäuscht springt Schiassi auf.

»Ein paar einzelne Plätze gäbe es«, sagt das Mädchen mit einem vagen Zynismus, »doch die einzigen zwei freien Plätze in der gleichen Maschine habe ich *morgen abend*.«

Schiassi schaut mich aufgeregt an, kneift die Augen zusammen.

»Aber ja, klare Sache«, sagt er und schlägt sich mit der Hand aufs Bein.

Er zahlt bar, zupft einen Schein nach dem anderen aus seinen chaotischen Rollen. Er hat Lire, Pesetas, Dollars, Reiseschecks, alles in die Gesäßtaschen gestopft, so daß sein Hintern aussieht, als hätte er wuchernde Tumore.

Everardo Schiassi ist unterwegs, um sich *Tropenkleidung* zu kaufen; er hat mich sogar gefragt, ob ich nicht jemanden kenne, der seine Jacke brauchen könnte. Ich habe nicht den Mut gehabt, ihm zu sagen, daß sie nicht einmal der Blindenverein als Geschenk nehmen würde, und ihm geraten, sie in der Wohnung zu lassen, wo eine Menge Leute vorbeikommen.

Pill hat sich hingelegt, hört eine alte Kassette von den Ultravox, schaut mich an, als wartete sie auf etwas. Ich drehe die Musik leiser, setze mich an den kleinen Tisch, zu ihr gewandt, wir sehen uns an.

Sie sagt: »Scheint so, als müßte ich früher nach Thailand fahren. Später ist kein Platz mehr frei.«

Ich lache, denke, daß wir dabei sind, das Schiff gleichzeitig zu verlassen. Sie versteht nicht, platzt heraus: »Findest du das zum Lachen?«

»Nein ... du hast recht. Das ist wirklich nicht zum Lachen. Ist es nie gewesen«, sage ich im Flüsterton.

Pill setzt sich auf, zieht die Beine an und stützt das Kinn auf die Knie. Ich weiß nicht, ob sie außer dem weißen T-Shirt noch etwas anhat. Jetzt wäre es mir lieber, sie trüge einen Morgenmantel oder würde sich wenigstens mit dem Bettuch zudecken. Besser noch, ich hätte sie nicht in der Wohnung angetroffen.

Und sie zieht das Bettuch hoch, deckt sich zu, im gleichen Augenblick, als ich daran denke. Sie sagt: »Was wirst du tun?«

Ich schüttele den Kopf.

»Mit der Wohnung, meine ich.«

Ah ja. Für den Bruchteil einer Sekunde hatte ich ein absurdes Bild vor Augen: mit ihr nach Thailand gehen, Schiassi entfliehen und mich an Pill klammern. Sie hat Angst gehabt, daß ich sie mißverstehe, und gleich geklärt, daß die *Wohnung* das Problem ist.

»Pedreres hat vor ein paar Tagen bei einem Freund angerufen, weißt du«, murmelt sie.

Ich nicke.

»Er läßt ausrichten, daß er in einer Woche zurückkommt.«

»Ich denke, daß ich vorher weggehe«, sage ich.

Sie dreht den Kopf, fragt: »Und wohin?«

Ich zucke die Schultern.

»Weiß ich noch nicht«, antworte ich und stecke mir eine Zigarette an.

Dann zünde ich gleich eine zweite an, stehe auf, um sie ihr zu geben. Pill nimmt sie schnell, gibt acht, daß unsere Hände sich nicht berühren. Ich schaue sie einen Augenblick an, setze mich wieder hin.

Sie sagt: »Jorge kommt *auch* mit.«

Ich kneife die Augen zusammen, als wollte ich sagen: Das habe ich mir gedacht. Statt dessen fühle ich, daß es mir hochkommt, aus den Eingeweiden in die Kehle steigt. Pill raucht hastig, erklärt: »Ich habe keine Lust wegzugehen, und ich habe keine Lust, mit ihm zu fahren.«

Ich stütze meinen Kopf in die Hand, sitze über den kleinen Tisch gebeugt, wo ich meine Sprechblase mit *blöde Kuh blöde Kuh* sehe.

Pill sagt leise: »Aber wenn ich nicht weggehe, krepiere ich hier.«

Ich nicke mit geschlossenen Augen, reiße sie wieder auf, als sie wütend schreit: »Wenn du wenigstens ausgerastet wärst, hätte ich mir die Mühe gemacht, mich zu entschuldigen.«

Ich verkrampfe mich, doch ich bleibe, wo ich bin. Ihr Mund zittert, als sie sagt: »Scher dich doch zum Teufel, du Eisblock!«

Sie sinkt in sich zusammen, klammert sich an ihr Kissen.

Ich schaue sie eine Weile an, denke, daß ich ihr erzählen könnte, was in den letzten zehn Jahren passiert ist, wenn ich drei Jahre Zeit dafür hätte. Ich drücke die Zigarette aus, sammle meine Kräfte, um vom Stuhl hochzukommen, stehe einen Moment zögernd vor dem Regal, nehme dann eine Kassette, aus der das Band halb heraushängt; kaputt in einer Ecke, mit verblaßtem Filzstift beschriftet: *The Wall.* Ich werfe sie dahin zurück, wo sie war, singe zwischen den Zähnen: »*All in all, it's just another brick in the wall...*«

Ich gehe hinaus, Pills ängstlicher Blick folgt mir bis zur Tür.

12

Ich habe gekotzt, bevor wir aus dem Haus sind, ohne daß Schiassi und Pill etwas aufgefallen wäre. Wir haben noch andere Leute abgeholt, dann hat Schiassi mit traurigem Gesicht gesagt, daß wir morgen abreisen, und sie haben uns vorgeschlagen, wegen unserer *despedida* die Nacht durchzumachen. Wir sind mit zwanzig Leuten in die Wohnung einer Frau eingefallen, die vielleicht siebzehn Jahre alt ist, sehr hübsch und sehr müde. Doch sie hat sich von unserer Stimmung anstecken lassen, jetzt lacht sie und fragt Everardo, was er von Beruf ist, wie lange er in Mexiko bleiben will, was zum Teufel ihn nach Barcelona geführt hat. Er tischt irgendwelchen Unsinn auf, und die anderen amüsieren sich. Als er erzählt, daß er als »Entsorger fester Straßenabfälle« arbeitet, wirft er mir einen Blick zu, voller Erwartung, daß ich lache. Jorge ist auch da; er und Pill ignorieren sich, beide ignorieren mich, und ich bemühe mich auch nicht weiter, weil ich ja sowieso nichts zu sagen habe. Hier und da wird schon gesnifft, um die Nacht durchzustehen, und Schiassi wittert wohl die Gefahr, scheint sie aber noch nicht erkannt zu haben. Dann passiert es, daß ein Typ ihm ein Bild weitergibt, das er von der Wand genommen hat, ein altes Foto mit Legionären des Tercio, die um Franco gruppiert sind. Er sagt: »Zu Ehren dieses Scheißkerls von einem Vater.« Schiassi nimmt den Rahmen in beide Hände und lächelt, wahrscheinlich hat er den Satz nicht richtig verstanden.

Auf dem Glas sind ein Dutzend fette Lines gezogen, Schiassi ist ganz weg von dem Anblick, macht mit einem Mal ein verstörtes Gesicht. Ich springe auf, rolle einen neuen Hundertpesetaschein zusammen, beuge mich über das Bild, sniffe rasch eine Line; mit zitternden, schweißnassen Händen hält er den Rahmen. Ich schaue ihn an: Er hat die Augen aufgerissen wie ein umzingeltes Wildschwein. Ich sage leise, auf italienisch: »Was hast du gleich für einen Beruf?«

Dann lache ich, gebe das Papierröhrchen an ihn weiter. Er nimmt es wie in Trance, und ich halte das Bild fest, bevor es ihm aus den Händen rutscht. Er starrt mich weiter an, lächelt schwach, sagt »äh« und steckt sich den zusammengerollten Schein in ein Nasenloch; der Schrecken steht ihm ins Gesicht geschrieben. Erwartungsvolle Verlegenheit um ihn herum: Niemand wollte ihm wirklich einen Streich spielen. Man hat ihn einfach für einen lockeren Ferienclown in Streifenhemd und weißen Leinenhosen gehalten, mit dem man ein bißchen Spaß machen kann, und so ist dieses groteske Bild mit den Lines auf dem Glas in seine Hände geraten.

»Hör mal, du machst langsam ein Problem daraus«, sage ich zu ihm, leise und in verständnisvollem Ton.

Er starrt mich noch ein paar Sekunden lang an, mit abgespreizten Fingern, das Röhrchen in der Nase. Dann beugt er sich plötzlich vor und zieht sich die halbe Line rein, setzt sich wieder gerade hin, seine aufgerissenen Augen blicken ins Leere, überlegt einen Augenblick, macht ein vieldeutiges Gesicht, geht wieder runter und schnupft den Rest. Ich gebe den Stoff weiter und sage lachend: »Onkel... das war aber ein schöner *Zug* von dir.«

Schiassi ist auf sich selbst konzentriert, ganz erwartungsvoll, was wohl mit ihm geschieht. Er steht langsam auf, murmelt: »Heiliger Himmel, mir geht's gar nicht schlecht...«

Er macht ein paar Schritte, dreht sich um und sieht mich ungläubig an, stößt ein spitzes Lachen aus und hält sich die Hand vor den Mund. Dann zuckt er die Schultern, sagt: »Wenn ich gewußt hätte, daß das alles ist... Was ich mir so vorgestellt habe...«

Er holt sich ein Bier vom Tisch.

Ich setze mich in eine Ecke auf einen Schrankkoffer, beobachte das Hin und Her zwischen den Zimmern, betäubt von der Musik, die ich jetzt zu laut finde. Es vergehen zehn Minuten, und Schiassi stürzt sich mit zwei Mädchen in einen Tanz, der alle zum Lachen bringt, sogar Jorge; mit kleinen Sprüngen und Drehungen, die eine Hand über dem Kopf, die andere auf dem Rücken, macht er aus einem Stück von Toure Kunda einen Flamenco. Ich schaue hinüber zu Pill, die mit einer Dose Bier an der Wand lehnt, ernst und abwesend. Bis sie meinen Blick bemerkt, sich von der Wand löst und auf mich zukommt.

Sie sagt: »Du Dreckskerl. Du hast schon vorher gewußt, daß du weggehst, vor mir.«

Ich nehme ihr das Bier aus der Hand, trinke den kleinen Rest, der noch drin ist, sage: »Ich gehe nirgendwohin. Der ist doch durchgeknallt, siehst du das nicht?«

Pill nickt, verzieht den Mund und macht ein wütendes Gesicht, zischt mich an: »Ah ja?«

»Ja. Er reist ab. Ich nicht.«

Mit einem Ruck holt sie sich die Bierdose zurück, sieht, daß sie leer ist, wirft sie hinter den Schrankkoffer, sagt: »Und warum nicht umgekehrt?«

Es durchfährt mich, ich habe ein Gefühl, als hätte sich der Boden bewegt und stände ich plötzlich ganz woanders. Ich schaue Schiassi an, wie er tanzt und wiehernd lacht.

Pill ist in ein anderes Zimmer gegangen. Ich habe es nicht bemerkt, weil ich intensiv darüber nachdenke, was sie gesagt hat.

Um fünf Uhr haben sie uns endlich aus dem Studio 54, einem riesigen Disco-Schuppen am Paralelo, rausgeworfen. Schiassi müssen sie noch mehr zu sniffen gegeben haben, sonst wäre er niemals um diese Zeit noch so aufgedreht gewesen. Es waren Leute da, die auf Rollschuhen getanzt haben, und er hat versucht, sich von einem

Mädchen welche zu leihen. Um ein Haar hätte es eine Schlägerei gegeben. Die Rausschmeißer sind aufgetaucht, Walkie-talkie unter der Lederjacke und Knüppel am Gürtel. So hat sich die Spannung zwischen den beiden Gruppen gelöst, ist in verschiedene Richtungen abgeflossen und schließlich im allgemeinen Chaos versickert. Pills Freunde waren tatsächlich bereit, die Rollschuhläufer zu verprügeln, um diesen Schwachsinnigen zu verteidigen, der jetzt mit dem Gesicht nach unten in seinem Schlafsack liegt und pennt.

»Wo gehst du hin?«

Ich verschlucke den Fluch und tue so, als würde ich die Flugscheine studieren. Dann wende ich mich um, sage: »Ich habe nur nachgesehen, wann das Flugzeug geht.«

Sein Kopf ist schon aus dem Schlafsack aufgetaucht. Er betrachtet mich scharf, macht den Mund auf und zu, räuspert sich, hustet sich die Kehle frei, würgt fast.

»War das nicht um fünf?« kollert er und kommt nur mühsam auf die Füße.

»Ja, das stimmt.«

Er schleppt sich ins Bad, fragt vom Flur aus: »Was zum Teufel tun wir mit diesen fünf Stunden Aufenthalt in Houston?«

Er sagt knurrend irgendwas über die Fluggesellschaft, schließt die Tür, und ich höre die Dusche rauschen, gleich darauf einen Schrei. Das Wasser kommt kochend heiß heraus, das hatte er wohl vergessen. Als er wieder da ist, sage ich: »Laß uns gleich los. Wir packen unser Zeug ins Auto und fahren bis um drei durch die Gegend.«

Er zuckt die Schultern, sagt: »Warum nicht?«

Er beginnt, Badehosen und grauenhafte Hemden zusammenzusuchen, wirft alles in eine riesige Tasche. Meine ist schon seit neun Uhr fertig. Als er die Tasche zumacht, fragt er: »Sagst du Pill nicht auf Wiedersehen?«

Ich antworte nicht.

Er trägt beide Taschen in den Flur, schaut mich traurig an und murmelt: »Mein lieber Junge... was seid ihr kompliziert, alle miteinander.«

13

Ich habe es geschafft, daß er mich ans Steuer läßt, weil er sich ja kaum auf den Beinen halten kann, und tue so, als führe ich ziellos durch die Gegend, bis wir plötzlich vor der Sagrada Familia sind. Ich sage: »Hast du sie je von innen gesehen?«

Er macht ein desinteressiertes Gesicht.

»Komm, wir schnappen ein bißchen frische Luft, bevor wir uns im Flugzeug verkriechen«, sage ich fröhlich.

Er steigt mit vor Anstrengung zerknittertem Gesicht aus, bleibt zu Füßen der wie gotische Raketen geformten Türme stehen, und als sein Blick das Ende der ausgezackten Spitzbögen erreicht hat, hält er sich die Augen zu und murmelt: »O mein Gott...«

»Komm, wir müssen uns ein bißchen bewegen, damit uns im Flugzeug nicht schlecht wird«, sage ich und hake ihn unter.

Er wehrt sich, sagt mit flehender Stimme: »Nein, geh ohne mich. Mir dreht sich alles.«

Ich überhöre es, zerre ihn weiter, bis er nachgibt und schwankend mitkommt.

Wir laufen auf dieser ewigen Baustelle herum, ich sage mit gespielter Begeisterung: »Weißt du, daß sie schon seit über einem Jahrhundert daran bauen und noch immer nicht wissen, wann es fertig ist?«

»Was soll fertigwerden?« fragt er und massiert sich die Schläfen.

Ich schlüpfe durch einen der zahllosen Eingänge, beginne die steinernen Stufen hochzusteigen, sage: »Die frische Luft da oben wird dir guttun.«

Ich höre, wie er flucht und knurrt: »Warte, verdammt noch mal.«

Er schafft es ungefähr zehn Minuten lang, den Anschluß zuhalten. Ab und zu bleibe ich stehen, um jemanden vorbeizulassen, der nach unten will; die Wendeltreppe ist zu schmal für zwei Personen. Schiassi schleppt sich schimpfend weiter, immer höher. Ich stehe an einem Steg, der in den benachbarten Turm führt. Schiassi kommt nach, die Augen halb geschlossen, von der plötzlichen Helligkeit geblendet. Er sagt: »Wer hat sich denn bloß diese Quälerei ausgedacht?«

Er versucht, sich umzuschauen, schwankt und klammert sich an ein Mäuerchen. Es reicht ihm nicht einmal bis zur Taille, er beugt sich zurück, aus Angst zu stürzen, meint noch: »Sieht aus wie ein Käse mit Löchern. Da kann man sich ja verirren . . .«

Bevor er über das, was er gesagt hat, nachdenken kann, packe ich ihn am Arm und ziehe ihn auf die andere Seite. Wir klettern in den Turm. Unmöglich, sich zu orientieren, alle Treppen und Übergänge scheinen gleich und sind doch immer wieder anders. Eine Zeitlang geht die Drehung nach rechts, doch plötzlich winden sich die Treppen links herum. Schiassi hustet, keucht, sagt: »Laß uns eine Pause machen. Ein bißchen Luft, mein Gott.«

Ich beuge mich vor, schaue über einen kleinen Balkon, der ohne Geländer über dem Abgrund schwebt. Schiassi sieht nur kurz hin, weicht sofort zurück und lehnt sich gegen die Mauer. Ich steige auf einem anderen Weg weiter nach oben, höre ihn fluchen: »Was zum Teufel tust du denn? Bleib stehen, verdammt.«

Ich erreiche eine gebogene Brücke, die in den nächsten Turm führt, nicht im geringsten abgesichert. Wir sind mindestens sechzig Meter hoch; Schiassi holt mich keuchend ein, plumpst vor mir zu Boden, ist wie gelähmt.

»Heilige Jungfrau«, sagt er mit Fistelstimme, »das ist ja der reine Wahnsinn.«

Ich gehe an ihm vorbei, über den schmalen steinernen Steg, ohne nach unten zu schauen.

Er schreit: »Nein, warte!«

Ich springe in den Turm und renne nach unten, stoße mit einer Nonne zusammen, die sich mit verlorenem Blick in eine Nische drückt, stolpere und halte mich am Geländer aus glattem Granit fest, schaue von oben auf die Wendeltreppe wie einen Strudel, nehme zwei, drei Stufen auf einmal, bin im Freien und werfe einen Blick in die Höhe: Schiassi klammert sich in der Mitte der Brücke an das niedrige Mäuerchen und schreit: »Wo bist du? Warte auf mich, lieber Himmel!«

Mit zwei Sprüngen bin ich auf der anderen Seite, klettere im Turm gegenüber hinunter, wechsle die Treppe, stoße ein erschrocken lächelndes japanisches Paar zur Seite. Ich höre Schiassis Stimme widerhallen, ein Echo, das schreit: »Was für eine Scheiße... was für eine verdammte Scheiße...«

Immer schneller laufe ich die Treppe hinunter, drehe mich wie ein Wahnsinniger im Kreis, bis mir schwarz vor Augen wird, stoße immer wieder mit Leuten zusammen, die ich kaum sehe, manche schimpfen, doch ich bin schon auf anderen Treppen verschwunden, bevor sie sich umwenden können.

Rennend erreiche ich den Platz, meine Eingeweide so verdreht wie die endlosen Wendeltreppen. Ich falle gegen das Auto, suche in den Taschen die Schlüssel, sie gleiten mir aus der Hand, schweißnaß wie das Gesicht, der Rücken; ich schließe auf und zwänge mich ins Auto, starte, drehe, fahre los, beschleunige im fließenden Verkehr.

Ich versuche, ruhiger zu werden, um mich aufs Fahren zu konzentrieren, verlasse die Stadt, nehme die Umgehungsstraße und folge aufmerksam den Schildern. Entspannt lehne ich mich zurück, wische mir den Schweiß ab, der mir in die Augen rinnt.

Ich stelle das Auto auf einem Parkplatz in einiger Entfernung vom Flughafeneingang ab. Das Pfeifen der startenden und landenden Maschinen gibt mir genügend Klarheit zurück, mich daran zu erinnern, daß die Tickets in seiner Reisetasche sind. Ich zerreiße das Ticket, das auf seinen Namen ausgestellt ist, durchwühle die

Sachen, doch er muß Geld und Reiseschecks bei sich tragen. Meine stecken zusammen mit dem Paß in der Brusttasche meines Hemds; ich betaste sie noch einmal, um mich zu vergewissern, schließe auch den Kofferraum ab, hänge mir meine Tasche über die Schulter und beginne wieder zu laufen.

Vor den Eingängen stehen endlose Reihen schwarzer Taxis. Es ist halb vier. Wenn er nicht direkt vor der Kathedrale eins auftut, schaffe ich es vielleicht.

Ich halte meinen Bordpaß dem Mädchen hin: Sie reißt den Kontrollabschnitt ab, gibt mir den Rest zurück und wünscht »Gute Reise«. Ich steige in den breiten, niedrigen Bus, drehe mich um und schaue auf die Eingangstüren. Alles ist ruhig, die Schlange vor der Stewardess, die Tickets abreißt und Lächeln verteilt, löst sich allmählich auf. Ich zähle die Sekunden, die Minuten, und der Bus füllt sich, doch setzt sich nicht in Bewegung.

Dann fährt er los. Das Flugzeug, dick und plump, rückt näher, bis seine Umrisse nicht mehr zu sehen sind, es nach allen Seiten die Sicht versperrt. Es hockt mit seinem ungeheuren Gewicht auf der Betonpiste und sieht nicht so aus, als könnte es sich davon lösen. Der Bus bekommt Stelzen, bewegt sich nicht mehr vorwärts, sondern in die Höhe. Er erreicht die Einstiegsluke, die Türen in der Schnauze tun sich auf.

Ich habe keinen Fensterplatz, nutze aber die freien Sitze, um mich ans Plexiglas zu drücken und zu versuchen, den Ausgang zu sehen. Nichts, auf diese Entfernung reflektiert das Glas, und auf den hundert Metern kalkiger Piste bewegen sich nur ein paar langsame Zugmaschinen.

Dann ist da diese Abzäunung, im Hintergrund. Und jemand mit erhobenen Armen, der sich an die Maschen klammert.

Nur ein Schatten, doch ich weiß, daß er es ist. Ich erkenne ihn an dem rötlichen Hemd, das aus der Hose hängt, an der verzweifelten Haltung, den kleinen Gesten, mit denen er ein Durchkommen versucht, und vielleicht klettert er nur deshalb nicht hoch, weil er nicht sicher weiß, ob ich hier bin.

Eine andere Silhouette nähert sich, ein Mann in Uniform, glaube ich, jedenfalls mit Mütze. Er sagt etwas zu ihm, doch Schiassi dreht sich nicht um, macht keine Bewegung, bis der andere ihn am Arm packt und wegzieht.

Sie verschwinden hinter einer Reihe von Containern, der eine erregt gestikulierend, der andere müde und gebückt.

III

Mexiko

Durch das Fenster sehe ich, wie die Klappen ausgefahren werden. Das Flugzeug sinkt langsamer, und das Blut strömt wieder in meinen Kopf zurück. Nach dem Start in Houston lag die schwere Maschine fest in der Luft, keine Turbulenzen, fast ein Gefühl wie in der U-Bahn, unter der Erde. Jetzt aber stößt eine Tragfläche ins Nichts: eine Linksdrehung, als würde der Flügel auf den Boden gestützt. Und bei dem Anblick, der sich mir bietet, schnürt sich mir der Hals zusammen: ein endloses Lichterfeld, Laternen, Fenster, Scheinwerfer, Feuer, reduziert auf gelbliche, flackernde Punkte, die bis zum Horizont reichen. Ein riesiges Tal mit zwanzig Millionen Lampen, ein fiebernder Lavastrom, der pulsiert und ansteigt, näher kommt, aufwallt und uns anzieht, dabei heller wird, bis Häuser, Autos, Züge, Flugzeuge zu erkennen sind. Ich öffne meinen Sicherheitsgurt und laufe auf die andere Seite, zur Einstiegsluke. Auch von hier aus ist kein Ende zu sehen: ein Gebiet, das sich über Hügel und Berge erstreckt und sich im eigenen Dunst aus Rauch und Dampf verliert.

Die Stewardess hat mich ins Visier genommen. Ich gehe auf meinen Platz zurück, bevor sie angreift.

Langsam gleiten wir tiefer, über die Dächer. Seit zehn Minuten überfliegen wir nur niedrige Hütten, die größer werden, sich dichter drängen, wie die Zellen eines Termitenhügels. Plötzlich die Piste: dunkler und wie belagert von der Metropole, als wartete diese ungeduldig darauf, den Flughafen zu verschlingen.

»Wie lange wollen Sie in Mexiko bleiben?« fragt er, haut einen Stempel in den Paß und noch einen auf das Visum.

»Lange, glaube ich.«

Er hält einen Augenblick inne, betrachtet das Feld, in das er die Gültigkeitsdauer des Visums eintragen muß, als dächte er über die Dummheit nach, die er gerade gehört hat. Er seufzt geduldig, schaut mich an, sagt: »Hier ist ein kleines Viereck, in das ich eine Zahl schreiben muß. Ich würde gerne *das ganze Leben* hinschreiben ... Doch nach der Vorschrift muß die Dauer in *Tagen* angegeben werden.«

Ich nicke ernst, er schenkt mir sein wohlwollendstes Lächeln.

»Und dann gibt es noch eine andere Vorschrift, die Touristen betrifft: also Ihren Fall.«

Ich spüre, daß die Blicke in der Schlange hinter mir haßerfüllt werden.

»Also: Ich gebe Ihnen eine dreißigtägige Aufenthaltserlaubnis.«

»Aber mein Ticket gilt sechs Monate lang«, sagte ich und krame in meiner Tasche.

Er stoppt mich mit einer Geste, murmelt: »Spielen Sie Fußball?«

Ich spüre, daß die Antwort entscheidend sein kann, und beeile mich, Begeisterung zu zeigen.

»Wenn es geht, jeden Tag.«

»In einer Mannschaft?«

»Na ja ... nicht in der A-Liga, aber ziemlich bekannt.«

Er strahlt.

»Und wie heißt sie?«

»Alma Mater.«

Er kneift die Augen zusammen, hält den Kopf schräg, als versuchte er, sich zu erinnern.

»Ah ja«, sagt er. »Das ist der Name des Sponsors, stimmt's?«

»Ja, eine Pastafabrik.«

Er klopft mit gestreckten Fingern auf die Tischplatte und ruft aus: »Fettuccine!«

»Nein, Fusilli«, sage ich und halte den Zeigefinger hoch.

Er nickt und fährt sich mit dem Daumen über die Schläfe, packt dann seinen Stift und trägt ein deutliches 90 in das Feld für die Aufenthaltsdauer in Tagen ein. Er reicht mir Paß und Visum mit einem strahlenden Lächeln: »*Bienvenido en México!*«

Ich trete über die Schwelle und stehe unvermittelt einer Menschenmauer gegenüber, die gegen die Absperrung drängt und, so gut es geht, von einem Heer Polizisten zurückgehalten wird. Über den Köpfen ein Wald aus Papier und Schildern, einige von Hand beschriftet, andere in auffälligen Farben gedruckt, manche sogar mit einem Firmenzeichen neben dem Namen. Von hinten drängelt jemand, der unter katastrophal vielen Taschen und Koffern keucht, also nehme ich meinen Mut zusammen und begebe mich ins Chaos. Ich versuche, mich umzuschauen, um einschätzen zu können, wo ich bin; die Leute schwärmen nach allen Seiten aus, eine wogende, ungeordnet durcheinanderlaufende Menge, in der die Träger der Schilder laut irgendwelche Namen rufen. Ich ahne, daß dieser Saal ein paar Kilometer lang und nur wenige Meter breit ist, doch man müßte wissen, ob man besser nach rechts oder nach links geht. Ich stoße mit einem Jungen zusammen, der in fragendem Ton »Señor Dante?« sagt und mir ein Schild zeigt, auf dem *Mister Dante de Italia* steht, während er schon zurückgeht, als wollte er mir den rettenden Weg nach draußen weisen. Ich folge ihm, vor allem deshalb, weil ich hoffe, daß er mich hinausbringt; und als er noch einmal »*Señor Dante*« sagt, nicke ich. Er hebt die Augen, um dem Himmel zu danken, und seufzt erleichtert auf, reißt mir dann die Tasche aus der Hand und bahnt uns, mit der anderen Hand heftig um sich schlagend, einen Weg durch die Menge. Ich sehe irgendwo weit hinten ein Stück dunklen Himmel und vor uns ein wildes Durcheinander von Taxifahrern und Gepäckträgern. Wir lassen eine Theke aus dunklem Marmor, an der Geld gewechselt wird, hinter uns, und ich gebe meinem Führer ein

Zeichen. Ein hastiges Schulterzucken, er sagt: »Kein Problem, im Hotel wird alles akzeptiert: Reiseschecks, ausländische Währungen, Kreditkarten, alles.«

Ich spüre ein erstes, alarmierendes Kribbeln, doch ich bin draußen – eine dicke Luft schlägt mir entgegen, und ich bleibe wie gelähmt stehen, das Gesicht zum Himmel gewandt, den Mund offen. Die Luft scheint schmutzig, ist aber nicht unangenehm. Eine Mischung aus Abgasen, verfaultem Obst und gebackenem Fisch mit ein paar undefinierbaren Einschlägen. Lärmendes Leben, ein Durcheinander von Motoren, Stimmen, Füße, die eilig in alle möglichen Richtungen unterwegs sind, und Hände, die Koffer packen, Wagentüren schließen, auf Wagendächer schlagen; ein Automeer, ein Parkplatz, groß wie eine Steppe, Scheinwerfer, die stillstehen, sich wieder bewegen. Nichts kommt mir fest vor, nicht einmal der Asphalt, und vor allem mein Kopf nicht: Er dreht sich, und ich suche auf einer Motorhaube Halt.

»Nein, Signor Dante, das ist er nicht«, sagt der Junge, der mich irgendeinem Unglück entgegentreibt, mit fröhlicher Stimme. Doch als er mich sanft am Ärmel zupft, folge ich ihm gehorsam, weil ich sicher bin, daß er irgendwo einen Sitzplatz für mich hat.

Es handelt sich um einen Grand Marquis mit Metalliclackierung, und ich habe den Diwan von einem Rücksitz ganz für mich allein. Wir gleiten und schwimmen über achtspurige Pisten, in einem Verkehrsmeer, in das Anschlußstraßen, Hauptverkehrsadern, Tunnels, Brücken einmünden, mit Wellen gelber und feuerroter Lichter, die an den Ampeln eine tosende Brandung bilden; wie hypnotisiert schaue ich aus dem Fenster auf diese monströse Naturgewalt.

»Die Bar ist in der Mitte, drücken Sie auf die Taste neben dem Aschenbecher«, sagt mein Führer und lächelt müde. Ich drücke die Taste, eine Abdeckung schiebt sich zur Seite und enthüllt eine Sammlung von Kleinflaschen Typ *duty free* der fünfziger Jahre. Es gibt auch Dosenbier, im Dunkeln erkenne ich auf dem Etikett

Tecate oder etwas in der Art. Ich mache es auf und verursache in diesem Universum das einzige Geräusch, mit einem langen Nachhall. Mein Fahrer dreht sich um und lächelt, um mir zu verstehen zu geben, daß ihn der Spritzer in den Nacken rein gar nicht gestört hat; allerdings gibt es da etwas in seinem Blick, daß man fast meinen könnte, er wünsche mich zum Teufel. Dichterer Verkehr, mit Hängen und Würgen kommen wir Richtung Stadtmitte vorwärts; einmal angenommen, daß es eine gibt. Dann plötzlich öffnet sich eine weitere Asphaltebene mit wenigstens zwölf Spuren, jedoch gesäumt von Bäumen, zwischen denen sich Monumente verstekken. Explosion von Spiegelglas, Aluminium, Leuchtschriften, wahrscheinlich Namen von Banken und Schnellrestaurants, Häuser im Tiroler Stil und elsässische Schlösser, Palmen und Brunnen, Goldengel in zweihundert Meter Höhe und ein Wasserstrahl wie aus Feuerwehrspritzen. Wir fahren durch eine Gegend, in der die Straßen die Namen europäischer Städte tragen und sich an einer Fußgängerzone entlangziehen, die überquillt von Menschen: unglaublich dicht, pulsierend, laut, lebendig. Mich beschleicht ein Gefühl der Angst: Dieses faszinierende Magma der Metropole erdrückt mich auf meinem Diwan im Grand Marquis, in dem die Luft immer schlechter und es mir immer enger wird.

Wir halten vor einem Palast wie dem der Vereinten Nationen, der Hotel Camino Real zu heißen scheint, und als ein Admiral mit einer Masse Orden sich beeilt, mir den Wagenschlag zu öffnen, rutsche ich auf die andere Seite hinüber und drücke mich in die Ecke. Der Admiral aber lächelt, sagt irgend einen Willkommensgruß, den er gleich in fünf oder sechs Sprachen wiederholt, und vielleicht hätte er mit Dialekten weitergemacht, wenn ihn mein Führer nicht aufgehalten und geflüstert hätte: »Er ist Italiener.« Daraufhin überschüttet er mich mit einem Wortschwall aus einem alten De-Sica-Film. Ich nehme meinen Mut zusammen und begebe mich auf den Bürgersteig, wo sich unförmige Amerikaner drängen, mit Hormonen abgefüllt und bunten Souvenirs behängt.

Ich werde von einem Unterführer in einem weißen Jäckchen, Typ: Kadett der Marines, übernommen; eine Uniform, die auch der Junge trägt, der mit meiner Tasche im Aufzug verschwindet.

»Haben Sie eine gute Reise gehabt, Signor Dante?« fragt der Offizier der Portiers und beginnt ein Formular auszufüllen. Es *muß* hier enden, denke ich, jetzt können sie nicht länger daran glauben. Und so antworte ich, als der Typ mich nach meinem Vornamen fragt, mit »Dante«; er hält mir ein Blatt mit *Dante Dante* zur Unterschrift hin, als wäre das ganz normal. Zum Glück sehe ich, bevor ich einen Stift finde, daß er einen Umschlag mit den Initialen M. D. für mich hat, also kritzele ich noch irgend etwas, das mit einem M anfängt, vor den doppelten Dante.

»Dies hat Ihr Vater vor seiner Abreise für Sie dagelassen«, sagt der Typ und zeigt auf den Umschlag. »Und er wünscht Ihnen, daß Sie diese Woche in Erwartung seiner Rückkehr auf angenehmste Art verbringen.«

Ich habe also ein bißchen Zeit, wenigstens um mich auszuruhen.

»Wir unsererseits werden alles tun, damit Sie Mexiko ebenso lieben lernen, wie Ihr Vater es liebt.«

»Vielen Dank«, sagte ich.

Endlich kommt der Augenblick, in dem der letzte Offiziersbursche die Tür hinter sich schließt, und ich bin allein in *meinem* Zimmer. Es ist eine elegante Dachwohnung, zweihundert Quadratmeter groß, mit Terrasse, Blitzableiter und einer Menge sonstiger Dinge, die ich niemals in einer Hotelsuite vermutet hätte. Ich gehe ins Freie, hole Luft, bis mir fast die Lungen platzen, schaue dann nach unten. Der Aufzug ist wohl ein neues Raketenmodell, denn ich erinnere mich nicht, die ungefähr dreißig Stockwerke hochgefahren zu sein, die jetzt unter mir liegen. Ich habe wieder das beklemmende Gefühl von vorhin, als ich über das Lichtermeer geflogen bin, flackernde Flammen, wie von zwanzig Millionen Händen entzündet und zu mir hochgehalten,

einem Schwachkopf entgegengestreckt, der morgen früh mit Fuß-
tritten aus dem Hotel geworfen wird, vielleicht von dem Admiral, der mich dann mit Blödsinn aus einem anderen Film überschüttet.

Ein sanfter Wind weht über die Terrasse und bringt einen Geruch mit, der eine Mischung aus ofenfrischem Gebäck und verbranntem Gummi ist. Ich stecke die Hände in die Taschen, bilde
mir ein zu frösteln, und fühle den Umschlag. Er ist verschlossen,
auf der Rückseite steht nur ein U, gefolgt von einem nicht zu ent-
ziffernden Stempel, der ebensogut der Rest eines plattgedrück-
ten Insekts sein könnte. Ich öffne den Brief, versuche es zuerst
vorsichtig entlang der Klebelinie, reiße ihn dann mit einem Ruck
auf.

Mein lieber Sohn,

*Du kannst Dir nicht vorstellen, was ich empfunden habe, als
ich Dich dieses schwache Ja aussprechen hörte. Ich habe Dich in
der Überzeugung angerufen, daß Du niemals kommen würdest.
Denk nur, wie es mir heute ginge, wenn ich nicht zum Hörer gegriffen hätte ... Nun gut, wir wollen nicht an die Vergangenheit
denken, wir werden Zeit haben, eines Tages darüber zu reden,
doch nur, wenn Du es willst. Deine Mutter würde es nicht verstehen, Du hast sehr gut daran getan, ihr nichts zu sagen. Ich sehe sie
schon vor mir, wie sie alle ihre Bekannten im Ministerium anruft,
um ihnen Dein Verschwinden mitzuteilen. Aber es ist gut, daß sie
ein für allemal begreift, daß Du kein Junge mehr bist. Mach Dir
jedenfalls keine Sorgen, ich werde ihr aus Tegucigalpa ein Tele-
gramm schicken und ihr mitteilen, daß Du bei mir bist (natürlich,
ohne ihr zu sagen, wo!), dann versetzt sie nicht alle Grenzen in
Aufruhr. Ich werde nicht länger als eine Woche wegbleiben, denn
soviel weiß ich schon: Diese neuen rückstoßfreien Boden-Luft-
Raketen kaufen sie blind, da muß ich meine Zeit nicht vergeuden.
Verflixt, jetzt habe ich wieder angefangen, über meine Arbeit zu*

reden! Ich schwöre, daß es nicht mehr vorkommt. Wir werden
vierzehn sorglose Tage miteinander verbringen, uns einfach nur
wahnsinnig amüsieren. Du, mein einziger Sohn, und ich, Dein ein-
ziger Vater. Denn der, mit dem Du bis gestern zusammengelebt
hast, hat nur das Ende gefunden, das er verdiente.

Ich umarme Dich
Vati

Ich suche einen Platz, wo ich mich hinsetzen kann.

Vati verkauft rückstoßfreie Boden-Luft-Raketen, während
Mama Interpol mobilisiert, um ihn zu finden, und inzwischen ein
Kerl, der nicht mein einziger Vater war, ein verdient schlimmes
Ende genommen hat. Ich lege mich aufs Bett; im Moment kriege
ich's nicht zusammen, ich kann genausogut schlafen und alles auf
morgen verschieben.

Es klopft an der Tür, ich will vom Bett springen, bleibe mit dem
Bein in der Decke hängen, falle auf den Teppich und erreiche die
Tür auf Knien. Einen Augenblick denke ich an die Terrasse, doch
dann beschließe ich zu öffnen.

Weder Vater noch Sohn, nur ein lächelndes Mädchen, das sagt:
»Hier bin ich.«

Ich schaue sie an und rühre mich nicht vom Fleck. Doch sie,
statt sich zu entschuldigen, daß sie sich im Zimmer geirrt hat,
schlüpft unter meinem Arm durch, den ich gegen den Türpfosten
gestützt habe. Sie dreht sich um, fixiert mich, macht wieder ein
paar Schritte auf mich zu. Als sie nahe genug ist, um nach Pfefferminz zu riechen, versuche ich zu sagen: »Vielleicht haben
Sie...«

»Ich bin die Masseuse«, murmelt sie ohne irgend etwas Zweideutiges in der Stimme.

»Ich verstehe. Aber ich hatte keine...«

Sie antwortet, indem sie mir einen Finger auf die Lippen legt.
Sie riecht nach Seife, ich glaube: Kokos.

»Vor seiner Abreise hat Ihr Vater mir ans Herz gelegt, sehr sanft mit Ihnen umzugehen ... denn die lange Reise muß Sie sehr erschöpft haben, nicht wahr?«

Ich nicke vage und schaue sie mir genauer an. Sie trägt eine Art Morgenmantel aus Polyurethan-Seide, leicht genug, um sich dort, wo keine Rundungen sind, in Falten zu legen. Sie ist recht klein, bewegt sich harmonisch, nur das Make-up ist vielleicht ein bißchen zu dick aufgetragen.

»Bitte, lassen Sie mich nur machen«, flüstert sie und schiebt mich aufs Bett.

Sie beugt sich über mich und öffnet alle Knöpfe, die sie findet. Als mir nur noch die Unterhose bleibt, fühle ich die Notwendigkeit einer Entscheidung, doch sie deckt mich mit einem Handtuch zu und zieht sie mir aus. Dann muß ich mich umdrehen, und sie widmet sich meinen Halsmuskeln. Ihre Bewegungen verstärken sich allmählich. Ich beginne, mich zu entspannen und eine angenehme Erleichterung zu spüren. Im Geiste danke ich Signor Dante und seinen rückstoßfreien Boden-Luft-Raketen. Die Frau setzt ihre Arbeit über meinen ganzen Körper fort, bis hinunter zu den Knöcheln. Ich schlafe langsam ein, weiß nicht, wieviel Zeit vergangen ist, doch es kostet mich Mühe, mich umzudrehen, als ihre Hände mich sanft dazu drängen, mich dann eher fest bei der Schulter packen.

Jetzt bin ich froh, daß sie mich umgedreht hat, denn auch auf der Brust sind Muskeln zu entdecken, die sich durch den Streß der letzten Stunden verspannt haben. Dann kommt der Bauch dran. Ich reiße die Augen auf: Ich bin splitternackt ausgezogen, sogar ohne Schuhe, und habe nicht einmal etwas rascheln hören. Sie aber lächelt und hält ihn fest in einer Hand, während sie ihn mit der anderen spielerisch umkreist, so daß sich sogar die Haare aufstellen und ich die Augenbrauen hebe. Sie ruiniert alles, als sie sagt: »Das mag auch Ihr Vater am liebsten.«

Ich spüre leichten Ekel.

»Aber«, fügt sie mit noch heiserer Stimme hinzu, »mit dir kann ich auch *den ganzen Rest* machen.«

Sie hat wieder angefangen, mich entschlossen zu massieren. Ich bringe nur ein »Äh…« hervor, doch mein Tonfall läßt Möglichkeiten offen.

So hat sie es auch verstanden, denn sie legt sich auf mich und beginnt den ganzen Rest zu machen.

2

Das Viertel scheint Zona Rosa zu heißen. Es mangelt an nichts, um den Eindruck zu erwecken, daß man sich ganz woanders befindet; auch die Selbstdarsteller und die Gucci-Läden mit ihren Schuhen und Krawatten sind da. Doch hinter manchen Ecken stößt man plötzlich auf eine Indiofrau, die auf dem Pflaster sitzt und um ein Almosen bettelt. Ich weiß nicht, was heute morgen in mich gefahren ist. Kein Grund, optimistisch zu sein. Obwohl ich jeden Moment auf die Katastrophe gefaßt sein müßte, bin ich ausgegangen, als wäre ich wirklich Dante junior. Geschlafen habe ich wenig. Um wieviel Uhr die Masseuse gegangen ist, weiß ich nicht; doch sie muß länger geblieben sein, denn sie hat mir das Frühstück auf den Tisch gestellt. Jedenfalls packe ich jetzt meine Tasche und sage, daß ich einen Ausflug zu den Pyramiden machen will. Oder lieber nicht: Ich traue ihnen zu, daß sie mir einen Chauffeur und einen Führer aufhalsen. Besser einfach weggehen und sie mit einem »Bis später« abspeisen, vielleicht vorher noch einen Tisch fürs Abendessen bestellen, das hält sie ruhig.

Kaum daß ich über die Schwelle trete, grüßen mich, begleitet von vielfachem Lächeln, der Admiral, der Sergeant der Kadetten, der Major der Portiers und alle anderen, bis hinunter zum Boten, der mir eine Visitenkarte reicht, auf der *Ramiro Vasconcelos Urriaga, agregado militar Embajada de Bolivia* steht. Den Rest lese ich auch, registriere ihn aber nicht, weil mein Hirn zu zerfließen beginnt und ich das Gefühl habe, es läuft mir langsam aus den Ohren raus.

»Ich darf Sie hinbringen«, sagt der Kellner.

Meine Beine folgen ihm mechanisch; ich schaffe es nicht, sie Richtung Ausgang zu lenken, um mich davonzumachen.

Am Tisch sitzen drei, freuen sich, mich zu sehen, und springen gleich auf. Der Kleine mit der Pomade begrüßt mich mit einem labberigen Händedruck, die beiden Glatzköpfe beschränken sich auf ein schwer zu deutendes Nicken.

»Sie erinnern sich sicher an mich.«

»Ja ... lassen Sie mich nachdenken«, stammle ich und schaue aus den Augenwinkeln nach dem günstigsten Fluchtweg.

Auch der Dreikäsehoch sieht sich um, dann ändert sich sein Gesichtsausdruck, und er zischt: »Du erinnerst dich einen Scheiß, du Hundesohn.«

Ich versuche, aus den Mienen der beiden anderen irgendwelche Schlüsse zu ziehen, und sehe sie lächeln, als freuten sie sich schon darauf, mir die Kehle durchzuschneiden.

»Du kannst dich nicht erinnern, einfach deshalb, weil du mich noch nie gesehen hast.«

»Tatsächlich ... Ich glaube, Sie verwechseln mich ...«

»Red keinen Scheiß, Signorino Dante. Setz dich hin und sperr die Ohren gut auf.«

Er tut so, als faßte er mich sanft an der Schulter, und drückt mich fest in den Sessel.

»Ich habe dir ein paar Dingelchen zu sagen, und was du davon hältst, interessiert keinen Arsch. Also gib gut acht, du mußt nämlich alles weitererzählen, Wort für Wort. Verstanden?«

Meine Lider flattern. Er setzt sich wieder, der eine Glatzkopf bleibt an seiner Seite, der andere bewundert die Drucke an den Wänden.

»Dein Vater spielt mit dem Feuer.«

Er fixiert mich eine Weile, erwartet vielleicht, daß der *Sohn* Angst bekommt. Ich denke an meine Tasche, die ich in der Suite gelassen habe.

»Ich sehe, du bist der würdige Sohn dieses Hurenbocks von einem Vater«, meint er schließlich. »Um so besser: Dann werden wir uns schnell verständigen.«

Der Glatzkopf, der herumläuft, hält einen Kellner mit Tablett an, sagt irgendwas zu ihn; wohl eine Aufforderung, unser außerordentlich wichtiges Gespräch nicht zu stören. Der bolivianische Militärattaché nimmt keine Notiz davon.

»Sag ihm, ohne mich kann er die *stinger* deiner Mutter verkaufen, damit sie sich die Dinger sie-weiß-schon-wo reinsteckt. Und daß das Almosen, das er mir gelassen hat, ganz einfach eine Beleidigung ist.«

Ich bemühe mich um Empörung über die Anspielung auf Mama, doch der Attaché preßt mir zwei Finger auf die Kniescheibe. Ich beeile mich zu sagen: »Ja, ich verstehe . . .«

»Du verstehst gar nichts. Du bist in deinen spanischen Internaten groß geworden, da haben sie dir ins Hirn geschissen, und jetzt bist du mit dreißig Jahren zu blöd, 'ne Nutte zu bumsen.«

Diesmal muß ich nicht einmal spielen, daß ich fast hochgehe. Doch nur ein paar Zentimeter, denn der Blick des herumlaufenden Glatzkopfs hält mich wie ein Hammerschlag unten. Der Militärattaché grinst, sagt: »Von zehn Huren, die dein Vater bumst, arbeiten fünf für mich. Sag ihm, daß er sie von jetzt an gratis bekommt.«

»Klar . . . sobald er zurück ist, sage ich ihm das.«

Er sieht mich angewidert an.

»Was sagst du ihm?«

»Daß er sie gratis bekommt.«

Er schaut sich um. Die beiden Glatzenmänner schütteln gleichzeitig den Kopf.

»Nicht den Schlauen markieren; ist kein Problem für mich, dich in einen Schweinestall zu stecken und drinzulassen, bis dieser Saukerl zahlt.«

Die Geräusche in meinem Magen werden immer lauter. Ich habe Angst, daß ich bald kotzen muß.

»Also: Was sollst du ihm sagen?«

»Daß er euch das Geld von Sting geben soll, sonst steckt ihr ihn

Mama wer-weiß-wohin und sperrt mich zu den Schweinen ...
also ... so was in der Art.«

Der stehende Glatzkopf tritt hinter mich und preßt mir
diplomatisch seine Finger zwischen die Halssehnen. Er drückt,
bis ich mich zur Seite neige.

»Du machst dich wohl über uns lustig, was?« fragt der boliva-
nische Attaché.

»Überhaupt nicht«, sage ich leise. »Und wenn ich nicht gleich
auf die Toilette kann, fürchte ich ... «

Er springt vor und packt mich mit zwei Fingern am Kinn.

»Sieh zu, daß du ihm begreiflich machst, daß wir seine Spielchen
satt haben«, murmelt er mit zusammengebissenen Zähnen. »Und
sag ihm, daß er sich bei mir melden soll, denn wenn ich ihn noch
einmal besuchen muß ... «

Er lächelt, kneift mich in eine Backe, schüttelt sie nach rechts
und nach links, trällert dazu etwas, das wie ein Wiegenlied klingt.
Ich sollte jetzt wirklich zur Toilette. Er steht auf, sein Kumpan tut
es ihm unverzüglich nach, versetzt mir noch eins auf die Nase.
Darauf war ich nicht gefaßt, ich beiße mir auf die Zunge, fühle
gleich das Blut im Hals. Jetzt lacht er, macht mit einem Mal fröhliche Gesten, um sich von mir zu verabschieden, während ein
Kellner gerade einen Tisch abputzt.

»Dann hast du also alles verstanden?«

»Ja ... ich glaube wirklich, ja«, schaffe ich zu sagen und drücke
die Zunge gegen den Gaumen. Er hakt mich unter, ich stolpere ein
paar Schritte Richtung Ausgang.

»Du brauchst dir gar keine Sorgen zu machen«, fügt er leise
hinzu und zwinkert. »Ich weiß, daß deinem Vater viel an dir
liegt ... «

Ich spüre ein seltsames Kribbeln in den Beinen und überlege,
wie ich ihn daran hindern kann, mich nach draußen zu schleppen.

»Am besten genießt du diese Tage wie ein braver Tourist, und für Papi bereitest du in der Zwischenzeit eine hübsche kleine Rede vor.«

»Ja, sicher... eine hübsche kleine Rede.«

»Na also, wunderbar. Und eines bitte ich mir aus...«, sagt er und bleibt mit erhobenem Zeigefinger vor der Glastür stehen, »mach keine Umstände, wenn du wieder das Bedürfnis nach einer *Massage* hast.«

Er lacht los, geht fröhlich winkend hinaus. Ich sehe noch, wie er in einem weißen Cougar verschwindet, bevor ich mich unter einem Magenkrampf zusammenkrümme und mich auf der Suche nach den Toiletten schnell wieder umwende. Ich lege einen halben Kilometer zwischen Tischen und Séparées zurück, will gerade einen fragen, der wie der Koch aussieht, doch da schießt es hoch, und ich reihere in einen großen Topf mit einer Art Palme, halte mich am Rand fest und kotze mir die Seele aus dem Leib.

Ich sehe eine Serviette, die von einem Tisch hängt, nehme sie und schließe die Augen, um nicht dem Blick des Kochs zu begegnen.

»Geht's jetzt besser?«

Ein müder Tonfall.

»Ja... ich... also ich wollte noch zur Toilette, aber...«

»Machen Sie sich keine Sorgen. Ich habe sie schon seit einem Monat nicht gedüngt.«

Ich schaffe es, ihn anzusehen. Er lacht, nimmt die Serviette und sagt im Weggehen: »Für die *cruda* als Unterlage muß man gleich am frühen Morgen einen klitzekleinen Tequila trinken. Aber bestimmte Dinge wollt ihr Ausländer ja nicht begreifen...«

Lieber Vati,
  Dein Anruf hatte mich mit Freude erfüllt, auch wenn ich nichts anderes herausbekommen habe als ein schwaches Ja. Doch nach nur zwei Tagen habe ich verstanden, daß ich besser daran getan

hätte, bei Mama zu bleiben. Sie hat immer gesagt, daß Du ein Saukerl bist, ein Versager, der nichts anderes kann als mit Gesindel
seiner Sorte krumme Geschäfte machen. Ich erspare Dir den Rest,
weil Du ihn schon kennst. Ich habe drei wahrscheinlich bolivianische Herren kennengelernt. Sie sagen, wenn Du ihnen nicht gibst,
was ihnen für den Verkauf von bestimmten Raketen zusteht, nehmen sie eine davon und stecken sie Mama du-weißt-schon-wohin.
Weil sie außerdem versprochen haben, mich den Schweinen zum
Fraß vorzuwerfen, glaube ich, daß ich diese Art Leben ganz allein
Dir überlasse. Gib auf Dich acht, denn sie haben die Absicht, Dir
beide Ohren abzuschneiden und Schlüsselanhänger daraus zu
machen. Ich habe am Telefon mit Mama gesprochen: Sie hat mir
verziehen, aber sie hat mir gesagt, daß ihr ein Freund im Außen-
ministerium geschworen hat, es Dir heimzuzahlen. Vielleicht hat
er schon einen internationalen Haftbefehl für Dich bekommen
(die genaue Begründung kenne ich nicht, aber er sagt, man weiß
nur nicht, wofür man sich entscheiden soll).

Wenn ich noch einmal darüber nachdenke, finde ich Deinen
Brief richtig gemein. Vor allen Dingen den letzten Satz, über das
schlimme Ende, das du-weißt-schon-wer verdient haben soll.
Mama hat nichts gesagt, als ich es ihr am Telefon erzählt habe, das
heißt: Sie hat etwas gesagt, das ich nicht verstanden habe, und
dann hat sie zu weinen angefangen. Ich hoffe, daß es Dir gelingt,
an einen sicheren Ort zu flüchten, denn die Bolivianer scheinen
wirklich wütend zu sein.

Gib auf Dich acht
Dein einziger Sohn

Ich ziehe das Blatt aus der Maschine; bin sicher, er wird nicht einmal bemerken, daß die Unterschrift fehlt. Dann klebe ich den
Umschlag zu – beim Lecken kommt ein bißchen Blut darauf –,
schreibe als Adresse *Al signor Dante*, nehme meine Tasche und

stopfe noch Handtuch und Bettlaken, Seife, Schaumbad, Bürstchen und alles, was sich tragen läßt, hinein.

Zum Portier sage ich, daß ich für ein paar Tage ans Meer fahre und daß mein Vater, sollte er früher zurückkommen, in dem Brief eine Telefonnummer findet, unter der er mich erreichen kann.

3

Der Gitarrenspieler hat eine fleischige Nase, eine Art Filet über dem Mund. Er unterdrückt ein Husten, das als ein dumpfes Geräusch mit Echo aus einer Konkretion katarrhalischer Stalaktiten und pulmonaler Höhlen hervorkommt. Ich warte auf einen stärkeren, einen befreienden Stoß, doch es bleibt beim gedämpften, tiefen Ton. Er ist müde, schläfrig, trommelt in jeder Pause auf seine Gitarre, die ihm um den Hals hängt, und stützt seine Arme darauf, verlagert das Gewicht von einem Bein auf das andere, denkt vielleicht an seine Hängematte, die noch so fern ist, träumt davon, alle zur Hölle zu schicken und eine Woche am Stück zu schlafen. Er trinkt *sidral*, denn Alkohol brächte ihn endgültig um die Chance, in der Gruppe der *mariachis* zu bleiben, die das Glück haben, hier in der Nueva Opera zu spielen. Es ist ein Luxusschuppen, in dem man zwischen vergoldetem Stuck und Säulen aus poliertem Holz essen kann. Ich sitze hier und schaffe es nicht, aufzustehen und mich zu entscheiden, was ich mit dem Rest der Nacht anfangen soll. Sie spielen irgendwas, das *Al di là delle nuvole* zu sein scheint, machen dann mit *Mexiko Lindo* weiter, und ein Gast muß unbedingt mitsingen. Sie gehen auf seine Wünsche ein, er zahlt die letzten Lieder. Der Alte mit der Gitarre schrubbt über die Saiten und tut beteiligt, atmet mühsam, und als der Geigenspieler etwas zu ihm sagt, hört er zwar nicht zu, beeilt sich aber zu lächeln. Wenn er nicht achtgibt, gähnt er sofort, um dann mit einem Hustenanfall, der gleich unterdrückt wird, wieder zu sich zu kommen. Sie singen *Morir de amor*, und alle scheinen die freundlich-warme Atmosphäre dieses barocken Raums zu genießen, den ich noch vor ein paar Jahren mit faszinierten Augen betrachtet hätte. Statt dessen erfüllt mich jetzt alles mit Melancholie.

Die Rechnung habe ich vor einer Stunde bezahlt. Der Kellner nähert sich, und als er gerade den Mund aufmachen will, stehe ich mit einem Ruck auf und gehe.

Ich haste durch verlassene Gäßchen, bis mir klar wird, daß ich immer wieder an den gleichen Punkten vorbeikomme. Ich gehe langsamer, überlege, daß diese drei Typen aus dem Camino Real keinen Grund haben, weiter hinter mir herzusein. Morgen reise ich ab, fahre in irgendeinen Ort am Meer.

Daß alles billig zu sein scheint, bedeutet nur, daß ich mein Geld ausgebe, ohne es zu bemerken. Sicher kann ich die tausend Dollar in Reiseschecks verdoppeln, aber das heißt: noch ein paar Tage in der Hauptstadt verbringen. Die ganze Prozedur woanders einzufädeln würde länger dauern; also muß ich wohl noch hierbleiben. Da ist eine Gasse, die Motolinia heißt, und ein Schild, auf dem Lafayette steht: ein richtiges Hotel, runtergekommen und anonym, also gemütlich und bequem für einen Flüchtling aus dem Camino Real.

»Und wann haben Sie bemerkt, daß Ihre Brieftasche nicht mehr da war?« fragt er und entfernt sich mit dem Daumennagel irgendwas zwischen den Zähnen.

»An der Haltestelle Isabel la Católica. Sehen Sie nur.« Ich zeige ihm die Tasche, die ich aus einer Mülltonne gezogen habe.

Ich habe sie mit Alkohol gesäubert, aber sie sieht noch abgefuckter aus als vorher. Auf jeden Fall zieht der Schnitt, den ich mit einem Messer gemacht habe, die gesamte Aufmerksamkeit des Polizisten auf sich, der es nicht wagt, sie in die Hand zu nehmen, sondern sich mit hühnchenhaften Kopfbewegungen über die Schreibmaschine nach vorn beugt. Er schaut die Tasche eine halbe Minute lang an, seufzt und beginnt wieder, mit dem Zeigefinger der rechten Hand zu tippen. Hinter ihm hängt ein buntes Plakat, das einen kleinen Teil der fleckigen und rissigen Wand überdeckt: Darauf ist ein Typ hinter Gittern zu sehen, der ein trauriges Gesicht macht, und im Text heißt es ungefähr, daß deine Rechte unverletzlich sind und du im Fall einer Festnahme deine Familie und deinen Rechtsanwalt anrufen darfst. Aus dem Nebenzimmer sind dumpfe Schläge und ein erstickter Schrei zu hören. Ein völlig verschwitzter Typ in Uniform kommt heraus, geht zu dem Polizisten, der das Protokoll aufnimmt, und sagt: »Meiner Ansicht nach hat der nichts damit zu tun.«

Der Polizist am Schreibtisch zuckt die Schultern und tippt weiter die Angaben aus meinem Paß ab.

»In Ordnung«, schnaubt der Verschwitzte, »ich verpasse ihm noch eine Behandlung, und dann werden wir sehen.«

Er geht in das Zimmer zurück, und bald klingt es wieder, als würden Hunde raufend über den Boden rollen.

»Und wieviel war es?« fragt mein Polizist.

»Fünfzig- oder sechzigtausend Pesos, ungefähr hundert Dollar in bar, drei oder vier Ausweise ... doch die sind nicht wichtig, es waren keine wirklichen Dokumente«, sage ich lächelnd.

Er antwortet mit einem genervten Ächzen, springt plötzlich hoch und reißt die Tür zum Nebenzimmer auf, schreit irgend jemanden an, den ich nicht sehe, sagt, daß sie mit diesem ganzen Lärm aufhören sollen, daß man dabei nicht arbeiten kann. Er schließt die Tür wieder, mit einem Schlag, der die Blätter vom Nachbarschreibtisch aufwirbelt. Der Kollege schaut ihn von der Seite an, und er wirft ihm einen Blick zu, als wollte er ihn herausfordern, sich ruhig zu beklagen. Der andere schüttelt den Kopf und bückt sich, um seine Papiere aufzuheben.

»Also, wo zum Teufel waren wir stehengeblieben ...«, knurrt er und zieht sich mit einem wütenden Ruck den Stuhl unter den Hintern.

»Ich sagte ... es waren vielleicht fünfzig- oder ...«

»Ja klar, das habe ich schon aufgeschrieben«, unterbricht er mich und versetzt dem Wagen der Schreibmaschine einen Stoß, daß Blätter und Kohlepapier hochschießen.

Zwei Polizisten in Helm und Stiefeln kommen herein, schleppen einen blutbeschmierten armen Kerl vor den Schreibtisch. Einer der beiden sagt lachend: »Sein Auto ist ihm geklaut worden, behauptet er. Aber warten wir mal ab, bis er ausgenüchtert ist. Vielleicht fällt ihm dann ein, daß er die Typen kennt, die damit davongefahren sind.«

Mein Protokollant zieht eine Grimasse, die deutlich zeigt, wie scheißegal ihm das ist. Und als der andere ihn nicht gleich in Ruhe läßt, sondern fragt, wo es eine freie Zelle gebe, legt er seine Hände auf die Schreibmaschine, sagt keinen Ton und schaut die beiden nur an. Ich glaube, er ist kurz davor, ihnen das Ding um die Ohren zu hauen, doch die gestiefelten Polizisten verziehen sich mitsamt dem leise jammernden Mann.

»Was ist Ihnen sonst noch gestohlen worden?« fragt mein Polizist mit erschöpfter Stimme.

»Tja... noch tausend Dollar in Reiseschecks.«

Er kneift die Augen zusammen und mustert mich. Es sieht so aus, als würde dies alles ändern.

»Ah, Reiseschecks«, zischt er. »Und natürlich waren sie versichert.«

»Ja... wie alle Reiseschecks.«

»Klar, wie alle Reiseschecks.«

Er hat die letzten Worte schleppend gesagt und sich dabei langsam zurückgelehnt. Jetzt schaut er mich schräg an und spielt mit seinem stumpfen Bleistift.

Ich sage: »Zum Glück hatte ich... den Paß hier: im Gürtel.«

»Ah ja, das ist wirklich Glück.«

Es ist ein Augenblick scheinbarer Ruhe; seit fünf Minuten haben sie keinen verhaftet, und der Lärm hat sich gelegt. Der Polizist streckt sich wieder vor, nimmt den Paß und hält ihn mir mit zwei Fingern hin. Ich beeile mich, ihn ins Hemd zu stecken; mir geht durch den Kopf, daß ich aufstehen und mit einer Entschuldigung verschwinden könnte.

»Und vielleicht ist es auch nicht das erste Mal, daß Ihnen Reiseschecks gestohlen werden ... oder?«

Er stochert wieder mit dem Daumennagel zwischen seinen Zähnen herum.

»Doch ... mir ist das noch nie passiert.«

»Sie meinen, es ist Ihnen ... in Mexiko noch nie passiert.«

»Woanders auch nicht. Vielleicht ... weil ich nicht viel verreise, im allgemeinen.«

Ein Laufbursche bringt Erfrischungen, stellt ein purpurfarbenes Getränk auf einen Stapel weißer Blätter und geht wieder, ohne sich um die wütenden Gesten des Polizisten zu kümmern, der den Becher nimmt, ihn an die gegenüberliegende Wand schleudert, sich dann das nasse Blatt Papier greift, es zusammenknüllt und hinter sich wirft.

»Es ist ein Jammer, daß Ihr *erster* Reisescheckdiebstahl ausgerechnet in Mexiko passiert ist«, sagt er sarkastisch. »Ich hoffe, das wird Sie nicht daran hindern, meinem Land die Wertschätzung entgegenzubringen, die es verdient ...«

»Ich bitte Sie. Das hätte doch überall vorkommen können.«

»Auch in Italien?« fragt er und macht ein herausforderndes Gesicht.

»Sicher«, sage ich schnell. »In Italien stehlen sie alles.«

Er reicht mir eine Kopie der Anzeige und murmelt zwischen den Zähnen: »Das glaube ich sofort.«

Noch im fünfzehnten Stock bin ich von der Frisur einer blonden Dame fasziniert: ein turmhohes, fast die Decke streifendes Gebilde aus Zöpfchen und Strähnchen, verziert mit Flugzeugspangen und Propellerkopfnadeln. So katapultiere ich mich erst im letzten Moment aus dem Aufzug, pralle gegen die automatischen Türen, stolpere und lande kniend auf dem Teppichboden.

»Bitte?« sagt ein uniformierter Pförtner.

Ich stehe auf und frage ihn nach den Büros von Thomas Cook.

Er zeigt auf das Ende eines Gangs, dann vielleicht rechts und danach vielleicht links. Ich danke ihm und mache mich auf den Weg durch diesen totenstillen Schlauch, den hier und da überraschend Glasfenster erhellen, die wie blendende Dias aussehen. Die Gegend hier heißt Polanco und ist dermaßen herrschaftlich, daß sogar der Himmel darüber ein royales Blau zeigt. In jedem Geschäft habe ich einen Polizisten gesehen, auch beim französischen Bäcker und beim argentinischen Raviolimacher. Der Wolkenkratzer mit den Büros meiner Reisescheckgesellschaft ragt in einem Park mit Palmen, blühenden Beeten und sauberer Luft gen Himmel – nicht einmal zehn Kilometer von den Siedlungen im Norden entfernt, wo man nicht atmen kann. Ich bleibe an einem Fenster stehen und verliere mich im Anblick dieser endlosen Reihe von Betonbauten.

»Suchen Sie jemanden?«

Es ist eine Frau, die sicherlich eine hübsche Mexikanerin war, bevor sie auf europäische Sekretärin getrimmt worden ist.

»Thomas Cook«, antworte ich.

Sie fängt an zu lachen, sagt: »Herr Cook ist, glaube ich, im letzten Jahrhundert gestorben, falls er überhaupt je gelebt hat.«

»Das tut mir leid.«

»Machen Sie sich keine Sorgen, er hat nicht gelitten. Und er hat überall Filialen hinterlassen. Die mexikanische ist hinter der Tür neben Ihnen.«

Ich fange auch an zu lachen, doch mein Gesicht muß mir wohl besser stehen, wenn es ernst ist, denn ihr Lächeln verschwindet, als hätte sie etwas Trauriges gesehen.

Ich betrete das Büro, wo eine strengere Sekretärin mich in das Zimmer eines mutmaßlichen Chefs bringt.

Es ist ein junger Mann, der mir, ganz vertieft in ein Doppeltelefonat, ein Formular gibt, das ich ausfüllen soll. Nachdem er mir eine Couch an der Wand zugewiesen hat, wendet er sich wieder den fünf Telefonen zu, die er gleichzeitig bedient.

Ich brauche ein bißchen, um alle Quizfragen zu beantworten, habe besondere Schwierigkeiten bei »ausgeübte Tätigkeit«, »Kontonummer« und »Adresse in Mexiko-Stadt«. Als ich ihm das Formular zurückgebe, schaut er mich an, als versuchte er sich zu erinnern, wo er mich schon einmal gesehen hat, hebt die Augen zum Himmel und macht sich dann an eine schnelle Durchsicht meines Fragebogens.

»Was bedeutet *Florikultivator*?« fragt er beunruhigt.

»Daß ich Blumen kultiviere. In Gewächshäusern, wissen Sie...«

»Ah, ich verstehe«, beeilt er sich zu sagen. »Und... da gibt es kein Telefon, in diesem Betrieb, wo Sie Blumen kultivieren?«

»Doch... sicher gibt es da Telefon, sogar mindestens sechs. Aber ich habe nicht daran gedacht, mir die Nummern aufzuschreiben, und so...«

»Schade. Unser Sitz in Orlando, Florida, regelt im allgemeinen alles telefonisch. Das ist in Ihrem Interesse, um das Verfahren zu beschleunigen.«

»Heißt das, ohne Telefon... bekomme ich die gestohlenen Reiseschecks nicht ersetzt?«

Er verscheucht diese Hypothese, indem er seine in die Stirn fallende Haartolle zurückwirft, und ruft aus:

»Aber ich bitte Sie. Wenn alles in Ordnung ist, werden Ihnen Ihre tausend Dollar in wenigen Tagen ersetzt.«

Er geht weiter meine absurden Angaben durch und stockt genau an dem vorhersehbaren Punkt.

»Sie haben keine Bankverbindung angegeben.«

»Nun, es ist so... ich habe kein Konto.«

»Und wo haben Sie Ihr Geld?«

»An verschiedenen Stellen. Also: auf einem Sparbuch, in Postsparscheinen und Schatzanweisungen, und dann habe ich vor meiner Abreise noch einem befreundeten Börsenmakler eine gewisse Summe anvertraut...«

Er stoppt mich, hält mir seine offene Hand entgegen. Jetzt ist er an der Reihe, mich zu nerven: »Nummer des Sparbuchs, Filiale der Post, wo die Anweisungen hinterlegt sind, Adresse und Telefonnummer des Börsenmaklers...«

Ich schüttele den Kopf, allmählich schneller werdend, während er die Liste skandiert. Am Ende sage ich nur: »Alle Angaben stehen in meinem Notizbuch. Und das haben sie mir gestohlen...«

Er lächelt giftig. Dann reicht er mir seine Visitenkarte.

»Rufen Sie mich morgen an. Wir werden sehen, was man in Orlando dazu sagt.«

Ich lege die Strecke in entgegengesetzter Richtung zurück, verabschiede mich von der Sekretärin, und sie wirft mir einen Blick zu, als hätte ich sie beleidigt. Draußen sehe ich die hübsche Mexikanerin wieder; sie sitzt in einer Ecke über einer Kartei. Ich nehme zärtlich ihre Hand und murmle: »Richten Sie Thomas Cooks Witwe aus, daß ihr Mann ein wunderbarer Mensch war.«

Sie starrt mich entsetzt an; dann krümmt sie sich und preßt eine Hand auf den Mund, um ihr Lachen zu dämpfen. Der uniformierte Pförtner hört auf, mit seinem Koppel zu spielen, und kommt näher, fängt ebenfalls an zu lachen. Ich bücke mich, um eine Patrone aufzuheben, die ihm runtergefallen ist, und erreiche den ersten der sechs Aufzüge. Nur daß er unterwegs in den achtundzwanzigsten Stock ist und ich deshalb eine halbe Stunde brauche, bis ich wieder auf der Straße bin.

4

Die Nachforschungen haben drei Tage gedauert. Dann konnte ich die neuen Reiseschecks abholen und mir ein übertrieben üppiges Essen genehmigen; schon nach der Hälfte war mir übel. Um die »gestohlenen« Schecks einzulösen, muß ich ans Meer fahren, in Orte, die vom amerikanischen Tourismus heimgesucht werden. Bei den Banken der Hauptstadt sind die Kontrollen strenger; ich habe es mit einem der neuen Schecks probiert: sie haben sich die Unterschrift und die Angaben im Paß genau angesehen. Auch wenn ich mich einen Scheiß darum kümmern würde, daß sie meinen Paß dann kennen, könnten sie außerdem eine aktuelle Liste mit den gesperrten Nummern haben. Ich habe mir ein bißchen die Landkarte angeschaut, habe mit dem Portier im Hotel geredet und bin zu dem Schluß gekommen, daß ich am besten nach Norden fahre. Nach Vallarta sind es ungefähr tausend Kilometer, eine Kleinigkeit, wenn man den Portier hört, der grinsend meint: »Was weniger als zwei Tage dauert, ist in Mexiko keine Reise.« Je länger ich die Karte ansehe, desto verlorener fühle ich mich. Fliegen soll nicht teuer sein, doch ich habe ja auch nicht viel und will lange davon leben.

Zum Busbahnhof fahre ich mit der U-Bahn und bin überrascht, wie aseptisch sie ist. Bis zum Eingang ein Gedränge von Verkäufern jeder Art – dann plötzlich *nichts*: nur Ströme von Menschen, die sich an den allgegenwärtigen Straßenkehrern mit ihren seltsamen, zwei Meter breiten Scherenbesen vorbeiwälzen; kaum ist man um die Ecke, haben sie schon die Fußspuren beseitigt. Sowie ich im Gewühl eingeklemmt bin und hin und her geschoben werde, bekomme ich es mit der Angst zu tun, daß die Reiseschecks wirklich verschwinden könnten, alte wie neue. Ich habe sie im

Gürtel unter dem Hemd versteckt, schütze sie mit einem Arm und trage auch die Umhängetasche vorne. Nach einer halben Stunde komme ich ungefähr zwanzig Kilometer weiter nördlich wieder ans Licht.

Die *Central Camionera del Norte* ist ein zwei- oder dreihundert Meter langer, halbkreisförmiger Glasbau. Drinnen überall genervtes Schlangestehen. Ich suche die Schalter der Estrella Blanca, die über Guadalajara in fünfzehn Stunden Vallarta erreichen soll.

Der Busfahrer macht ein akkurates Kreuzzeichen, läßt die weihnachtliche Lichterkette an der Windschutzscheibe und das Votivlämpchen unter der Jungfrau aufleuchten, rückt das Herz-Jesu-Bildchen gerade, sucht eine Kassette aus, schiebt sie in die Anlage mit Equalizer und Dreiwegboxen und startet den Motor in genau dem Moment, als über unseren Köpfen ein Salsa losfetzt. Er läßt den Motor ein paar Minuten warmlaufen, legt dann mit einem entschlossenen Ruck den Rückwärtsgang ein. Der Schalthebel hat einen durchsichtigen Knauf, darin ist ein Totenkopf mit fluoreszierenden Augen. Ein durchdringendes Geräusch, ein Sprung nach hinten, dann manövriert der Fahrer den Bus geschickt und schnell an Hunderten von ankommenden, abfahrenden, stehenden Bussen vorbei nach draußen. Der Fahrer hat einen Helfer, der im Bus herumläuft: Er sammelt die Fahrkarten ein, erledigt rätselhafte Formalitäten, fertigt Eis- und Getränkeverkäufer ab und versucht, den Gang frei von Paketen und Kisten zu halten. Ich habe einen Fensterplatz in der zweiten Reihe bekommen. Weil ich mir einbilde, hungrig zu sein, erliege ich dem geheimnisvollen Klang des Worts *tamales*, das eine Frau alle vier Sekunden vor sich hin murmelt. Es stellt sich als komische Masse in einem Bananenblatt heraus. Ich schlucke die Hälfte runter, wickle den Rest sorgfältig wieder ein und lasse das Zeug unter dem Sitz verschwinden.

Der schwierigste Teil der Reise besteht darin, aus der Stadt herauszukommen. Nach einer Stunde sind wir noch immer von Häusern umgeben. Jenseits der nächsten Ampel scheint eine vierspurige Straße anzufangen, doch Staub und Rauch behindern die Sicht. Der Fahrer unterhält sich mit einem Jungen, der sich an die Tür klammert und ihn offensichtlich um die Erlaubnis bittet, sein Bier im Bus zu verkaufen. Seit einer Weile ist es grün; ich sehe einen Polizisten, der eine von diesen Pfeifen hat, auf denen sich der Ton modulieren läßt, je nachdem, wie weit man die Hand öffnet oder schließt. Er bläst sich die Lunge aus dem Leib. Dann fängt er an zu schreien, doch der Bus rührt sich nicht vom Fleck. Der Polizist steht vor mir, unter dem Fenster, in etwa zehn Metern Entfernung. Er hört auf zu schimpfen, bückt sich, um Steine aufzuheben, und beginnt, sie mit aller Kraft zu werfen. Ich spüre, wie der erste Stein gegen das Blech prallt, praktisch gegen mein Bein. Ich schaue ihn ungläubig an, doch er holt aus wie ein Werfer beim Baseball und zielt noch höher. Um ein Haar hätte er meine Scheibe zertrümmert. Der Fahrer gibt Gas, braust los und jagt den Motor so hoch, daß man fast taub wird. Neben mir sitzt ein Mann um die Sechzig, der einen zerdrückten Strohhut trägt und leise amüsiert lächelt. Er schaut mich an und nickt; ich erwidere den Gruß. Der Beton läßt mehr und mehr kahlen Ebenen Raum, die in den roten Schein der untergehenden Sonne getaucht sind. Wir fahren auf einer Art Autobahn ohne Seitenbegrenzungen, in die ständig ohne Vorwarnung Straßen einmünden. Als wir an zwei haushohen, zum Gebet gefalteten Händen in Granit vorbeikommen, bekreuzigt sich der ganze Bus, einschließlich meines Nachbarn, der sich bald darauf an seinen Sombrero tippt, ihn sich ins Gesicht zieht und drei Minuten später im Rhythmus des Salsa zu schnarchen anfängt. Ich bemühe mich, seinen Text zu verstehen; es geht um einen Typ namens Pedro Navaja, der sich der Messerstecherei widmet, bis eine Prostituierte ihren 38er rausholt und ihn alle macht. Ich versuche, ebenfalls zu schlafen.

Es gibt Unruhe im Gepäcknetz über unseren Köpfen. Ich verstehe nicht recht, was da vor sich geht, draußen ist es stockdunkel, und wir gleiten mit wenigstens 100 Stundenkilometern ruhig dahin. Irgend etwas schlägt mit den Flügeln, Federn fliegen, und Schachteln fallen um. Der Fahrer macht das Licht an, sein Helfer kommt und zeigt auf das Huhn, das sich auf die Gepäckstange gesetzt hat, allerdings falsch herum, denn ich sehe den Sterz, nicht den Kopf. Mein Nachbar wird wach, nimmt sich mit einer gemessenen Geste den Sombrero ab, um sich den Schaden zu besehen. Es hat ihn zuoberst erwischt und ist ihm dann auf die Schultern gelaufen. Aufgeregt untersuche ich mich selbst, doch zum Glück habe ich nichts abbekommen. Die Eigentümerin nimmt behutsam ihr Huhn und entscheidet, daß die Schachtel nichts mehr taugt. Sie schiebt das Huhn unter ihr Umhängetuch und bewegt es mit ein paar Schlägen auf seinen Kopf dazu, wieder einzuschlafen. Mein Nachbar schaut lächelnd zu; sie neigt entschuldigend den Kopf, er zwinkert und hebt eine Hand. Der Fall ist erledigt. Das Licht geht wieder aus.

Ich komme nicht über ein dumpfes Dahindämmern hinaus, der dröhnende Motor mit seinen Vibrationen betäubt mich, doch ich kann nicht wirklich einschlafen.

Wir erreichen Guadalajara in einem milchigen Frühmorgenlicht; ich höre die durcheinanderlaufenden Verkäuferinnen mit ihrem Singsang, halte die Augen aber geschlossen, um die Zeit zu nutzen, solange der Bus steht. Bald werden wir weiterfahren, und keine Musik mildert mehr das Heulen des Motors.

5

Die Luft in Vallarta ist von einer orientalischen Schwere; die ölige Feuchtigkeit, mit der sie sich über die Lungen legt, macht das Atmen mühsam. In der Hitze werden Bewegungen und Farben matt, die lässigen blonden Touristen mit ihrem ewigen, erloschenen Lächeln einander immer ähnlicher, die an die Sonne und die Ausländer gewöhnten Gesichter der wenigen Mexikaner immer gleichgültiger. Über den trägen Fluß hat man gebogene Stege und kitschige Pagoden gebaut, Palmendächer über Lokale, wo abgewrackte Jazzer sich schon am Nachmittag verausgaben. An den mit zäher Vegetation dicht bewachsenen Hängen liegen hochaufschießende Siedlungen, eher im vietnamesischen als im hiesigen Stil, kleine Villen von Veteranen, die sich in den Alkohol geflüchtet haben, und manch ein Palast eines Fernsehfilmproduzenten. Der alte Teil um den Markt herum ist weniger herausgeputzt, hier riecht es eher nach faulem Obst als nach Sonnenöl und Rasierwasser.

Ich finde ein mittelmäßiges Hotel hinter dem Hafendamm, in einem Gäßchen, das parallel zur Strandpromenade verläuft und den gesamten Verkehr des Orts in sich versammelt. Das Zimmer ist winzig, doch vor kurzem frisch gestrichen worden, und an der niedrigen Decke hängt ein Ventilator mit Rotorblättern. Er funktioniert und hat drei Geschwindigkeiten. Ich lasse ihn auf Hochtouren laufen, er vibriert und droht abzuheben, fängt sich aber dann und gewöhnt sich an den Rhythmus. Ich bleibe ein paar Stunden liegen und denke darüber nach, wie lange ich es so aushalten könnte.

Ich habe den ersten Reisescheck über zwanzig Dollar eingelöst und mein Essen damit bezahlt. In Restaurants scheinen sie die

Schecks ohne Probleme zu nehmen, allerdings nur die kleinen. Dann bin ich in eine *caseta de cambio* gegangen, die erstbeste Wechselstube zwischen den Pensionen an der Hauptstraße. Sie wollten den Paß sehen. Ich habe es mit Ausflüchten versucht, doch sie haben nicht einmal einen Scheck über zehn Dollar akzeptiert. Als ich meinen Packen wieder gegriffen habe, hat ein Typ, der in der Schlange hinter mir war, einen 100-Dollar-Scheck eingelöst; er hatte nur Kopien seiner Papiere dabei und hat lächelnd erklärt, daß er seinen Paß nicht mit an den Strand nehmen will. Die Angestellte hat keine Probleme gemacht, und der Typ ist mit einem Haufen Pesos abgezogen, hat mir noch einen flüchtigen Blick zugeworfen, als ich gerade meine Schecks unter das Hemd in die Hosen steckte. Ich hatte das Gefühl, ihm schon einmal über den Weg gelaufen zu sein; er ist ungefähr in meinem Alter, hat ein waches Gesicht, eine ruhige Art, sich zu bewegen, und wirkt wie einer, der schon seit einer Weile unterwegs ist.

Jetzt sitze ich in einem mit braungebrannten jungen Leuten vollgestopften Lokal, Gruppen von Amerikanern, die Optimismus ausstrahlen und unerträglich laute Fröhlichkeit verbreiten. Die Einrichtung ist chaotisch, eine Anhäufung von irgendwelchem Plunder: Propeller, präparierte Fische, ausgeweidete alte Jukeboxes, riesige Fotos von John Houston, der hier irgendwo eine Villa gehabt haben soll, Filmkameras, Schreibmaschinen, Nähmaschinen. Ich bestelle ein Bier, und sie bringen einen Eimer mit einem Dutzend Flaschen; es ist hier üblich, daß man die leeren umgekehrt ins Eis steckt. Ich überlege mir die Sache mit den Fotokopien. Das ist die rettende Idee, morgen früh probiere ich es aus.

Gegen elf Uhr verlasse ich das Lokal. Auf jedem Balkon Live-Musik, viel Salsa, aber auch Rock und ein paar Fetzen Jazz, die im allgemeinen Lärm untergehen. Die meisten Lokale, in denen man tanzen und bis zum frühen Morgen trinken kann, befinden sich im ersten Stock, freie Plätze gibt es nur noch auf den Terrassen. Ich gehe zurück ins Hotel. Auf der Treppe sehe ich gerade noch, wie jemand Richtung Veranda verschwindet; nach dort hinaus liegen die Zimmer im dritten Stock. Im ersten Augenblick habe ich ihn nicht wiedererkannt, dann, als ich an der Tür stehe, erinnere ich mich an die Farbe des T-Shirts und an die Segeltuchschuhe: blau mit weißem Rand. Es ist der Typ aus der Wechselstube, der mich auf die Idee mit den Fotokopien gebracht hat.

Ich habe mir einen Radiergummi und einen weichen Bleistift besorgt und radiere vorsichtig in der ersten von einem Dutzend Kopien, mit denen ich verschiedene Dinge ausprobieren will. Die Zahlen verschwinden nur, wenn man das Papier anfeuchtet; es wirkt ziemlich bearbeitet, und der Graphit dehnt sich aus, wird ungleichmäßig dunkler. Beim zweiten Versuch erhalte ich akzeptable Zeichen, beim dritten gelingt es mir, die Seriennummern zu verändern und an meinen Nachnamen drei Buchstaben anzuhängen. Das gleiche mache ich mit der Adresse, während aus der Stadt ein neuer, nicht existenter Ort wird: *Rofogna*. Ich wiederhole die Operation auf der Fotokopie des Visums, damit die Angaben im Paß glaubwürdiger werden. Vor der Tür schaue ich mir das Resultat an: Im Licht sieht es weniger perfekt aus, doch ich muß es jetzt ausprobieren.

Ich stürze aus dem Hotel, renne in die Apotheke, wo sie einen Fotokopierer haben, mache eine Kopie, dann die Kopie der Kopie. Nichts Verwischtes mehr, nur noch klare Zeichen, nichts Graues, nichts Radiertes auf dunklem Hintergrund, Buchstaben und Daten leserlich, im Paß und auf dem Visum übereinstimmend. Ich beschließe, es sofort damit zu versuchen.

Ich suche mir eine weit von meinem Hotel entfernt gelegene Wechselstube aus und stelle mich an; ich beginne zu schwitzen. Es ist heiß, aber nicht so heiß, wie es mir vorkommt. Meine Hände zittern um so schlimmer, je kürzer die Schlange wird. Meine Augen brennen, ich reibe und sehe immer weniger.

Ich bin dran. Ich lächle und springe vor, als hörte ich Musik; ich glaube nicht, daß ich dadurch sonderlich lässig wirke, doch ich muß meine sichtbare Nervosität hinter anderen Bewegungen verstecken. Ich halte die Fotokopien hin und sage:

»Ich habe keine Lust, meinen Paß mit an den Strand zu nehmen.«

Der Typ ist jung, gleichgültig und durch die Klimaanlage in seinem gepanzerten Bunker im Vorteil. Er sagt irgendwas, das ich nicht verstehe, ich halte mein Ohr an den Schlitz, und er wiederholt: »Unterschreiben Sie, unterschreiben Sie bitte.«

Das ist der schlimmste Augenblick. Dieses Scheißzittern kann mir alles versauen. Die Geschichte mit den Fotokopien nimmt er mir ab, sonst hätte er nicht gesagt, daß ich unterschreiben soll. Ich wische mir die Handfläche an den Jeans trocken, presse die Hände ein paarmal zusammen, als wollte ich mich darauf vorbereiten, ein Gewicht zu heben, greife nach dem Stift, der an der Theke festgebunden ist, unterschreibe automatisch, ohne hinzuschauen, und gebe ihm den Reisescheck.

Er nimmt das verdammte Ding mit dem Bild des Herrn Thomas Cook, schaut genau hin und vergleicht die Unterschrift mit denen auf den Fotokopien. Zum Glück habe ich immer unleserlich unterschrieben; es könnte jeder beliebige Name sein, vor allen Dingen *hier*. Jedes Detail der Aktion habe ich mir überlegt, doch nicht daran gedacht, daß ich mir die Sache selbst vermassele, wenn ich nicht cool genug bin. Er schaut die Unterschriften immer noch an, alle drei.

Ein Stempel, ein Gekritzel – und er fängt an, Pesos abzuzählen. Ich sehe meinen Hintermann an, ziehe ein Gesicht, als wäre ich ungeduldig, wäre genervt, wie lange es dauert. Es ist ein träger, rot verbrannter Typ mit einem gelben Halstuch und einem Rossella-O'Hara-Hut. Er breitet die Arme aus und seufzt. Ich streiche den Haufen Pesos mit einer Handbewegung ein, lasse Schecks und Fotokopien in der Tasche verschwinden, gehe hinaus und versuche dabei, mich langsam zu bewegen.

Beim zweitenmal ging es besser; ich war sicherer, weil es schon einmal geklappt hatte. Beim dritten Versuch mußte ich diskutieren, weil man die Kopien nicht als Dokumente anerkennen wollte, und ich habe mich auf die beiden ersten berufen. Mutig geworden, habe ich mir gesagt, daß es unnötig sei, noch tagelang abzuwarten, wo ich doch gleich alle *casetas de cambio* nacheinander abklappern könnte. Hundert Dollar in jeder, acht Treffer und zwei Verweigerungen. Ich fand es richtiggehend beleidigend, als sie darauf bestanden, den echten Paß zu sehen. Doch dann habe ich beschlossen, mir eine Pause zu gönnen, weil ja nur noch zwei Schecks zu fünfzig und fünf zu zwanzig übrig sind. Den Rest kann ich morgen erledigen. In der letzten Wechselstube bin ich dem Typ aus dem Hotel begegnet. Und er sieht nicht aus wie einer, der hundert Dollar am Tag ausgibt.

Ich suche einen Platz, wo ich den Haufen Pesos lassen kann, die ich kreuz und quer in die Taschen und ins Hemd gesteckt habe. Es gibt einen Schrank und ein Nachttischchen, keine Ziegel, die man wegschieben könnte, keine Dielen auf dem Fußboden. Der Motor vom Ventilator kommt auch nicht in Frage: zu klein. Ich schaue mir die Schublade des Nachttischchens genauer an. Vielleicht läßt sie sich reparieren. Ich gehe runter zum Empfang und frage nach Klebeband. Das zarte Mädchen, das dort sitzt, ist etwas übertrieben fröhlich, gibt mir kichernd eine Rolle und sagt: »Ist wohl wieder kaputtgegangen, was?«

»Ja«, sage ich, »leider.«

»Mein Bruder fährt nächste Woche nach Manzanillo, dann kauft er ein neues«, versichert sie.

»Ist nicht wichtig«, erwidere ich. »Ich komme schon irgendwie zurecht.«

Ich nehme das Klebeband, sie schaut mich kopfschüttelnd an, lacht und sagt: »Ich könnte in einem kaputten Bett nicht schlafen.«

»Ich schlafe sehr wenig«, antworte ich und gehe schnell Richtung Treppe.

Als ich in mein Zimmer zurückkomme, bin ich schweißgebadet, doch ich verschiebe die Dusche auf später. Sorgfältig säubere ich das Holz an der Rückseite der Schublade. Das Band scheint zu haften. Ich drehe die Schublade um und klebe das Päckchen fest; sie geht nur noch zwei Drittel weit auf, funktioniert aber.

Eine Viertelstunde lang lasse ich mir Wasser übers Gesicht laufen. Kaum bin ich draußen, fange ich wieder an zu schwitzen. Doch ich habe Lust, auszugehen, um meinen Triumph zu feiern; wenn ich daran denke, wie wenig Zeit ich gebraucht habe, kommt es mir jetzt fast vor, als wäre es zu einfach gewesen.

Ich spaziere zum Fluß hinunter. Im Dunkeln ist er von Lichtern übergossen, ganz und gar nicht mehr träge und morastig, wie ich ihn in Erinnerung hatte. Es gibt ein Lokal, das praktisch am Damm liegt, und die Saxophon-Piano-Baß-Töne hören sich an, als lohnte es sich, die halbe Million Mücken herauszufordern.

Der einzige freie Tisch steht fast direkt am Ufer. Und die Lampe in der Mitte ist ein bengalisches Feuer, um die Attacken anzulocken. Ich bestelle einen Cuba libre, nur weil ich sehe, daß die wenigen Mexikaner um mich herum welchen trinken. Der Kellner leiert herunter: »Presidente-Don-Pedro-Viejo Vergel . . .«

»Ron«, unterbreche ich ihn.

Er setzt wieder an: »Bacardí? Potosí?«

»Habana Club«, sage ich und weiß nicht, warum.

Und dann erinnere ich mich, als er in einem komischen Ton sagt: »Ah, importierten.«

Ich schaue ihn an, denke an das Boot und den kubanischen Rum. Der Kellner wartet; vielleicht habe ich ihm gerade demonstriert, ein Kenner zu sein, jetzt will er Präzisierungen, die ich mir nicht einmal vorstellen kann.

»Blanco oder Añejo?« entschließt er sich zu fragen.

»Halb-halb«, sage ich zerstreut.

Er macht ein verdutztes Gesicht, wie einer, der gemeint hat, daß ihm kein Tier fremd ist, und plötzlich einer unbekannten Art gegenübersteht. Er weicht verblüfft zurück, zuckt die Schultern und verschwindet im Halbschatten.

Das Trio hat ein gewisses Niveau, als Unterhaltung der herumsitzenden Alkoholiker die reine Verschwendung. Der Pianist ist ein nordischer Typ, trägt einen blonden Pferdeschwanz zu einer schwarzen, paillettenbesetzten Jacke und himmelblauen Bermudas; doch er spielt ganz unaufdringlich: sparsam, präzise und ohne unnötiges Getue geht er über die Tasten. Der Schwarze am Kontrabaß läßt ein Solo hören, daß es für einige Augenblicke still wird. Da steht ein Typ mit einer Zigarre zwischen den Zähnen, vermutlich ein Texaner, auf und applaudiert eilfertig, um das Schweigen zu füllen. Alle klatschen gedankenlos in die Hände und nehmen schnell das Gespräch dort wieder auf, wo sie es unterbrochen hatten. Mein Cuba libre kommt. Er kostet zehnmal soviel wie in jedem beliebigen Lokal in Mexiko-Stadt. Ist importiert, denke ich, als ich zahle.

In einer Ecke sitzt ein Typ um die Fünfzig, korpulent, doch nicht so abartig fett wie die Touristen. Er hebt sein dunkles Glas, vielleicht weil er und ich die beiden einzigen im Lokal sind, die allein an einem Tisch sitzen. Ich erwidere den Gruß, denke, daß sie in die Pepsi jeden beliebigen denaturierten Alkohol schütten könnten; ich würde es jedenfalls nicht merken. Der Saxophonist zeigt eine vage Publikumsverachtung, sooft er kann, spielt er schräg und schrill, um das dumme Geschrei und Gekicher der Nordstaatler zu übertönen. Doch er schafft es nicht, nicht einmal, als er ein Kornett herauszieht und *My funny Valentine* in der Art von Miles Davis bläst. Ich trinke meinen Cuba libre schnell aus, eher weil ich nicht weiß, was ich sonst tun soll, als aus Lust am Trinken. Der Typ mit dem Tablett kommt wieder und stellt gebieterisch ein zweites Glas vor mich hin, etwas heller als das erste.

»Mit einer Empfehlung des Herrn«, sagt er und zeigt auf den Mexikaner am Tisch in der Ecke.

Der beeilt sich, mich mit einem Zeichen zu grüßen, als wollte er sagen, daß ich es ruhig trinken könne. Ich bin unentschlossen, danke ihm mit einem Lächeln, und er steht auf, kommt an meinen Tisch, sagt: »Der *Campechano* geht weniger in den Kopf und macht nicht so schnell betrunken.«

Ich kapituliere und lade ihn ein, sich zu setzen. Er erklärt, daß im *Campechano* zur Hälfte Mineralwasser mit Kohlensäure ist, um der Cola ein bißchen von ihrer Süße zu nehmen. Ich versuche ihm aufmerksam zuzuhören, doch mein Interesse erlahmt bald, weil er eine einschläfernde Art zu reden hat, eine kraftlose Art zu kommunizieren, verkümmert durch die Fauna, die er in Vallarta ertragen muß. Er erzählt, daß er hier ist, um über einen Landkauf in der Gegend von San Pancho zu verhandeln, ein Dorf, das ungefähr zwanzig Kilometer Richtung Norden liegt. Und er trauert dem Vallarta nach, wie es war, bevor Liz Taylor die Idee hatte, es zu erschließen, und überlegt, wie San Pancho nach dem Bau eines Dorfs für *gringos aburridos*, die rumhängenden Ausländer, runterkommen wird. Er gibt weiter Drinks aus, doch wenn ich ihn meinerseits zu einem einladen möchte, kneift er die Augen zusammen und fuchtelt mit den Armen, bis ich es aufgebe. Er erzählt, daß er in Mazatlán wohnt, aber aus Pichilingue kommt, einem kleinen Dorf der Baja California nahe La Paz. Er sackt traurig in sich zusammen, als er sich an die Bilder von vor zwanzig Jahren erinnert: damals wurden die Schwertfische noch nicht bei Turnieren abgeschlachtet, und die Japaner hatten noch nicht die Riesenkrebse im Mar de Cortés ausgerottet. Er erzählt von einem Strand im Golf, an den die Strömungen alles, was von Alaska bis San Diego auf dem Meer schwimmt, als Strandgut anspülen, alle Reste von Schiffbrüchen im nördlichen Pazifik, und daß viele Menschen davon leben, sie zu sammeln und wieder zu verkaufen. Er hat immer dieses abwesende Lächeln, in dem Gefühle liegen, die er nicht festzuhalten vermag. Hin und wieder nickt er gewichtig, seufzt, sagt, daß Mexiko nicht mehr zu helfen ist, es zu spät für dieses Land ist. Daß alle von Millionen *mojados* sprechen, die über den Rio Bravo kommen, doch niemand von dem alltäglichen Ausbluten, von dem Fluß des Reichtums, der in den Norden geht, Einbahnstraße. Er schaut sich um, trinkt, zieht die dichten Augenbrauen hoch, sagt: »Wir Mexikaner sind surreal, sagen sie. So surreal, daß wir eines Tages *calmaditos y tranquilitos*, mit aller Seelenruhe, schlafen gehen und am Morgen aufwachen und ein Blutbad mit zehn Millionen Toten anrichten.«

Ich sage nichts, schaue ihn weiter an, die Lippen am kühlen Glas, kalt vom Eis, das sich fast aufgelöst hat.

»Es wäre nicht zum erstenmal«, murmelt er.

Er steht auf, massiert sich den dicken Bauch, versetzt ihm einen sanften Klaps, sagt noch: »Ich bin vielleicht der letzte, der sich beklagen dürfte... aber *sie*, wie können sie nur so sicher sein, daß es nicht schon morgen früh passiert?«

Er gibt mir die Hand, fragt mich, ob die Leute bei mir zu Hause sich noch zu amüsieren wissen.

Ich zucke die Schultern und sage: »Ich bin Italiener.«

Und er erwidert: »Das wußte ich; das sieht man.«

Ich schaue hinter ihm her, während er geht, gebückt, schwankend. So, wie er es gesagt hat, klang es nicht wie eine Beleidigung, auch wenn ich nicht verstehe, woran man das *sieht*.

6

Ich falle rückwärts aufs Bett; mein Kopf fühlt sich an, als wäre er in den Ventilator geraten, meine Blicke irren durchs Zimmer, düstere Bilder überlagern sich, undeutliche Geräusche. Um sie zu verscheuchen, schaue ich zum Nachttischchen, erinnere mich an den einzigen Grund, aus dem ich hierhergekommen bin. Sachte beginne ich die Schublade zu öffnen, überlege dabei, daß ich aufstehen und auf dem Balkon ein bißchen frische Luft schnappen könnte. Und sie läßt sich herausziehen, immer weiter, bis sie schließlich auf den Boden fällt.

Ich springe hoch, knipse das Licht an und sehe drei schwankende Nachttischchen. Ich packe mir die Schublade, wende sie hin und her, öffne die Tür des Schränkchens, drehe das mit Brandlöchern von Zigaretten übersäte Ding um, schlage es auf den Boden, schüttele es: nichts. Nicht einmal der Aschenbecher, der auf der Platte klebt, fällt runter.

Ich gehe unter die Dusche, versuche meine Bedröhntheit loszuwerden, doch das Wasser ist lauwarm, kaum anders als die Luft.

Zehn Minuten lang gehe ich zwischen Bad und Tür hin und her, dann nach draußen, halte mich am Geländer fest; oben am Himmel ein gelbsüchtiger Mond und ein paar matte Sterne. Alle Pesos waren drin, zweihundert Dollar in heißen Reiseschecks und tausend in *guten*. Bleibt mir kaum noch genug Geld, um das Hotel zu bezahlen oder mir einen Strick zu kaufen.

Ich sträube mich, an das Mädchen zu denken, von dem ich das Klebeband habe, an ihren Bruder, die ganze Familie. Wenn sie es gewesen sind, hat es keinen Sinn, irgendwas zu fragen. Aber ich muß nach unten und sehen, was für Gesichter sie machen.

Ich streiche unentschlossen um den Empfang herum, suche

nach einem Vorwand. Das Mädchen behält mich im Auge, ein erwartungsvolles Lächeln. Ich sage: »Ihr habt nicht zufällig... meinen Paß im Zimmer gefunden...«

Sie macht ein neugieriges Gesicht, alles andere als erschrokken.

»Ja«, sage ich. »Er ist irgendwie verschwunden... Und bevor ich Anzeige erstatte, wollte ich...«

Verständnisvoll neigt sie den Kopf Richtung Schulter, äußert Bedauern: *»Ay que lástima.«*

»Ja... und ich muß wohl sagen, daß ich in diesem Hotel gewesen bin.«

Sie nickt; das scheint kein Problem. Dann stößt sie den Atem aus: »Wir haben ein paar Pässe; die Leute haben sie hiergelassen, damit sie nicht verlorengehen.«

Sie greift unter die Theke und holt einen Umschlag hervor, macht ihn auf, fragt: »Kanadier?«

»Nein, Italiener«, antwortete ich, am Ende meiner Kraft.

Sie strahlt plötzlich, fragt: »Ja, sind Sie denn nicht heute abend fortgegangen?«

Ich schaue sie verständnislos an. Sie erklärt: »Mein Bruder hat mir gesagt, daß der Italiener plötzlich abreisen mußte...«

Sie geht die Pässe durch, schüttelt den Kopf, kommt zu dem Schluß: »Nein, kein Italiener.«

Ich will schon wieder zurück ins Zimmer; doch da ist so ein Kribbeln in meinem Kopf, das mich sagen läßt: »Wer weiß, warum er heute abend weggegangen ist... Wir wollten uns morgen früh am Strand treffen.«

Sie zuckt die Schultern, meint: »So ist Vallarta. Plötzlich hat man es satt.«

Ich versuche, ihr eine Beschreibung zu geben, um herauszubekommen, ob wir über dieselbe Person sprechen. Sie konzentriert sich, den Blick auf die gesprungene Lampe gerichtet, schiebt den Kopf vor, ruft schließlich aus: »Klar, die blauen

Schuhe mit den weißen Streifen und der Rucksack aus schwarzem Leder.«

Jetzt erinnere ich mich auch daran: ein kleiner Rucksack, den er über der Schulter getragen hat. Doch das Mädchen weiß nicht, wie der Typ heißt, weil hier niemand seinen Namen angeben muß. Ich lasse mich auf das durchgesessene Sofa fallen, überlege, daß ich mit dem Namen sowieso nichts anfangen könnte. Meine einzige Chance ist die Busstation. Ich springe hoch, frage sie, ob auch nachts Busse fahren.

»Ja, durchgehend.«

Ich finde mich auf der Straße wieder, renne wie von Sinnen zur *central camionera.*

Um diese Zeit ist der Busbahnhof ein Schlachtfeld. Gaswolken, von Maschinen mit zehntausend Umdrehungen ausgestoßen, Gruppen verirrter Reisender, versprengte Truppen, immer auf der Flucht. Ich versuche es bei den Abfahrten in die Hauptstadt. Der Alte murmelt etwas und lächelt resigniert: in den nächsten zwei Tagen keine Plätze. Ich frage ihn, was für eine Karte er zuletzt verkauft hat. Er versteht nicht, welchen Sinn das haben soll, also erkläre ich ihm, ich hätte eine Verabredung mit einem Freund, der heute nacht abfahren wolle, und beschreibe ihn. Er schüttelt den Kopf, traurig, weil er nicht einmal weiß, was für eine Antwort ich mir erhoffe.

Ich wiederhole den Versuch an den anderen Schaltern. Am vierten fühle ich mich endgültig albern. Ich brauche allein eine Viertelstunde, um irgendwelche hirnrissigen Geschichten zu erfinden, widerspreche mir schließlich selbst, und sie schauen mich mit dem üblichen Blick an: wieder einer, der nicht richtig tickt, wie die meisten Ausländer, die hierherkommen.

Dann macht sich einer bemerkbar, der hinter einem Stoß von Päckchen und Briefen aufmerksam zugehört hat, und sagt: »Ja, der schwarze Rucksack. Der wollte nach Barra de Navidad.«

Ich bekomme weiche Knie, halte mich an der Theke fest und frage wann-wo-wie, um-wieviel-Uhr.

Er sagt: »Er wollte noch mit dem ersten mitfahren, doch wir haben keine Stehplätze, weil es bei unseren *camiones* nur erste Klasse gibt.«

Er fängt an, ein Loblied auf seine Gesellschaft zu singen, das ich gleich mit weiteren Fragen unterbreche. Er kneift ein Auge zu und schaut mit dem anderen zur Seite, knurrt etwas, sagt dann: »Dann wollen wir mal nachsehen.«

Er blättert die Abschnitte durch. Ungeheuer langsam. Ich setzte mich auf eine Kiste voller Küken, schaue ihm weiter zu und denke, daß er etwas ganz anderes sucht. Sein Zeigefinger stoppt, und er ruft aus: »Übermorgen um zwei. Ich habe ihm die Fahrkarte verkauft, deshalb habe ich mich daran erinnert.«

Bis drei Uhr bin ich weiter durch die Kneipen und Gassen gezogen. Um acht Uhr morgens war ich wieder auf der Straße, bin zum Markt gegangen, zum Strand, zurück zum Markt, habe alle Straßen im Zentrum durchkämmt, keine einzige ausgelassen. Ein dutzendmal bin ich an allen Hotels und überall dort vorbei, wo man im Sitzen oder im Stehen frühstücken kann.

Zurück an den Strand. Der Uferpromenade entlang die große Fleischbeschau; langsam, hundemüde schleppe ich mich weiter, suche den Strand ab. Es ist fast elf. Ich erreiche die Mole, eine Barriere für die Wellen, die man *malecón* nennt. Vor mir freier Strand, so weit das Auge reicht, weißer Sand, nur hier und da Gestrüpp und kleine Gruppen Badender. Ich schlage mich in die Büsche, zwischen den Kriechpflanzen durch, die überall wachsen, wo der Sand vom Salzwasser feucht ist. Wenn ich einen Zimmernachbarn ausgenommen hätte und gezwungen wäre, noch zwei Tage hierzubleiben, würde ich mir den entlegensten Platz in dieser endlosen Halbwüste suchen. Ich komme an ein schlammiges Flüßchen, folge seinem Lauf mit dem Blick und suche ein paar Minuten lang den Horizont ab. Da sind noch ein paar einzelne Gestalten; ich kann nicht zurück, bevor ich mir Gewißheit verschafft habe. Weiter, bei einer Sonne, die einem die Haare verkohlt und das Hirn aus der Nase tropfen läßt. Ich halte mich mit leisen Flüchen über diesen Bastard auf den Beinen; jetzt würde ich ihn auch hassen, wenn er es gar nicht gewesen wäre.

Da sehe ich weiter vorne das schwarze Lederbündel im Sand: ein kleiner Rucksack, halb von einem grauen Hemd zugedeckt. Ich knie mich hin, tue so, als wollte ich mich im Schutz des Gesträuchs ausstrecken, wo es nicht so heiß ist wie auf diesem blendend weißen Sand. Ich schaue Richtung Wellen; er kommt gerade ans Ufer zurück.

Ich stehe auf, gehe schnell, wende ihm dabei den Rücken zu, erreiche eine Düne, die genügend Schutz bietet. Von hier aus kann ich ihn sehen, ohne daß er mich bemerkt.

Er breitet eine bunte Decke aus, so groß wie ein Handtuch. Er legt sich hin, nimmt ein Buch aus dem Rucksack, setzt eine Sonnenbrille auf, macht es sich bequem, fängt an, ruhig zu lesen. Eine Seite binnen drei oder vier Minuten, konzentriert und weit weg von der Welt und ihren Plagen – mich nicht zu vergessen, der ich gerade einen ausgelaugten Palmwedel anschaue und mir vorstelle, wie ich ihn damit verdresche, bis der Zweig zerbricht.

Ab und zu kommt irgendein Nerver auf einem dreirädrigen Gefährt mit breiten Gummireifen vorbei, rast an der Wasserlinie entlang. Der Typ hört auf zu lesen und schaut haßerfüllt hoch. Und wenn ich ihn zu überrumpeln versuchte? Doch er sieht nicht aus wie einer, mit dem man leicht fertig wird. Bevor ich bei ihm wäre, würde er mich erkennen. Und wenn er Zeit hätte, sich zu verteidigen, könnte es noch schlimmer enden, als es begonnen hat.

Ein anderer motorisierter Idiot kommt vorbei, wirbelt Wolken von feinem Sand auf; der Typ springt hoch, wirft das Buch auf den Rucksack, packt alles zusammen und geht los.

Ich warte ein paar Minuten, folge ihm dann.

Er geht in ein Hotel in der Gegend, wo sich der Fluß in zwei Arme teilt. Von der anderen Straßenseite aus sehe ich ihn auf dem Balkon stehen, bis er auf einer schmalen Treppe verschwindet. Ich lasse zwanzig Minuten verstreichen; dann gehe ich hinein und frage nach einem Zimmer. Ich bekomme eins.

Ich tue so, als würde ich mich nur undeutlich erinnern, erzähle eine Geschichte von einem Freund, Italiener wie ich, beginne eine Nachricht für ihn auf einen Zettel zu schreiben, bis der Portier mir sagt, daß er auf seinem Zimmer ist. Ich lache auf, klopfe freudig überrascht auf die Theke.

»Dann will ich ihn nicht bei der Siesta stören, ich kann ihn ja heute abend sehen.«

»Zimmer 207«, sagt der Portier.

Sie haben ungefähr dreißig Zimmer, also steht die erste Zahl für das Stockwerk.

Ich husche mit gesenktem Kopf um die Ecken, damit ich ihm nicht gleich auffalle, wenn er herauskommen sollte. Zimmer 207 hat ein Fenster zum Hof; das Licht ist aus. Ich gehe näher ran, horche an der Tür. Als der Lärm von draußen kurz aussetzt, höre ich das Surren des Ventilators. Und das Umblättern einer Seite, tiefes Atmen. Ich gehe zurück zu meinem Zimmer, das im Stockwerk darunter liegt.

Wenn ich die Tür einen Spalt offenlasse, kann ich die Treppe überblicken. Ich richte mich ein, verrücke den Schrank einen halben Meter, um mich dagegenlehnen zu können.

Zwei Stunden sind schon um. Ein Sammelsurium von Typen ist vorbeigekommen. Dieser Hund nicht. Er hat nichts gegessen. Wenigstens nicht außerhalb. Ist ihm zuzutrauen, daß er Konserven dabei hat, um in seinem Versteck bleiben zu können; alles, was er braucht, um bis morgen nicht aus dem Zimmer zu müssen. Mir tun die Knochen weh, meine Füße subd scgib geschwollen. Nein, er wäre nicht seelenruhig an den Strand gegangen, um sich dann in einem Zimmer zu verkriechen. Er bleibt nicht dort oben, weil er Angst hätte, mir zu begegnen.

Zwei Schuhe aus blauem Tuch, weißer Streifen. Und kein Rucksack. Der Bruchteil einer Sekunde: Er ist die Treppe hinuntergehuscht, fast ohne sie zu berühren, lautlos. Er wirkt fit, ich hoffe, er kommt nicht so bald zurück. Eigentlich ist er genauso mager wie ich, doch ich habe den Eindruck, daß er weiß, wie er seine Hände und Füße gebrauchen muß. Entschieden besser, einen Zusammenstoß zu vermeiden. Ich bleibe am Geländer stehen und tue so, als schaute ich auf den verlassenen Hof, um ein glucksendes Blondkopfpaar vorbeizulassen. Ich steige in den zweiten Stock hoch.

Ich presse das Ohr an die Tür. Der Ventilator läuft noch. Ich halte den Atem an und klopfe leise. Er ist allein ins Zimmer gegangen, doch er könnte einen Kumpel oder eine Freundin haben. Nichts rührt sich. Ich klappe das Messer auf, beginne den Türpfosten zu bearbeiten. Ich könnte ein robusteres Messer mit einer dickeren Klinge gebrauchen. Die hier zerbricht, wenn ich nicht achtgebe. Ich breche noch mehr Holzsplitter heraus, reiße sie mit den Fingern los, und als das Schloß endlich einigermaßen frei liegt, stoße ich mit der Messerspitze zu und drücke auf die Klinge. Ich ziehe am Griff, und die Messerspitze rutscht hinein. Das Schloß springt auf.

Ich trete ein und schließe die Tür mit der Schulter. Das Bett ist ungemacht, das Laken zusammengeknüllt, die Kissen quer darüber. Kippen im Aschenbecher und auf dem Fußboden. Er hat ein T-Shirt gewaschen, es auf eine Lamelle des Ventilators gehängt und ihn auf die kleinste Stufe gestellt. Ich gehe sofort zum Nachttischchen, ziehe die Schublade heraus, schaue hinein, sehe sie von unten an. Dann Matratze, Kissen, Schrank. Ich finde den Rucksack. Zwischen Socken, Hemd und Badehose: ein Taschenkalender. Eintragungen in nervöser, krakeliger Schrift, auf spanisch; Beschreibungen von Orten, Notizen. Dann ist da noch ein Luftpostbrief, adressiert an *Señor Elio* in einem Hotel in einem Ort, der San Miguel de Allende heißt, Staat Guanajuato. Im Umschlag eine Karte mit einem Satz auf italienisch. »Komme bald. Nur damit du Zeit hast, wie üblich vorher abzuhauen.« Keine Unterschrift, doch es scheint von einer Frau geschrieben.

Im Schrank nur ein Paar alte Jeans, wie Lumpen in die Ecke geworfen. Ich schiebe ihn weg, versuche, dabei keinen Lärm zu machen. Nichts, weder in noch auf dem Schrank. Ich lege mich auf den Boden, untersuche den Sprungrahmen des Betts. Ich taste die Wände ab, hebe den einzigen Stuhl hoch. In der Ecke mit dem Waschbecken liegt das Buch: *Dead roads*, italienische Ausgabe. Auf der ersten Seite eine Widmung in Blockschrift: »Dieser fertige Typ hat geschrieben, daß Bogotá hoch, feucht und kalt ist. Es ist wie der Frost, den ich in den Knochen spüre, nachdem ich drei Monate keine Fixe angefaßt habe. Und du hattest nicht recht. Es hat sich nicht gelohnt.« Die Seite ist herausgerissen und mit Klebstreifen wieder eingeklebt worden. Ich lege das Buch zurück, schaue mich um. Ich öffne das Spiegelschränkchen: ein Wegwerfrasierer, ein aufgequollenes Aspirin, ein fast leeres Fläschchen Malox.

Ich gehe zurück ins Zimmer, setze mich aufs Bett. Kein Winkel, in dem ich noch nicht gesucht habe; er hat es bei sich, keine Frage. Ich sehe mir mein fertiges Gesicht im Schrankspiegel an. *Der Spiegel.*

Ich gehe mir den im Bad anschauen. Das Schränkchen hängt an zwei Haken. Ich nehme es ab, doch in der Wand dahinter sind keine Löcher. Ich will es schon wieder hinhängen, als ich unter den Fingern etwas Weiches spüre. Es ist ein mit Klebstreifen befestigter Umschlag. Gleiches System wie bei meiner Schublade, nur weniger leicht zu finden. Im Umschlag stecken meine Reiseschecks, ein Bündel Pesos zu zwanzig- und fünfzigtausend, ein Paß, ausgestellt auf den Namen Elio Santandrea.

Ich schließe den Umschlag, stecke ihn ins Hemd und hänge das Schränkchen wieder hin. Das Buch fällt auf den Boden, ich hebe es auf, sehe, daß die Seite mit der Widmung schmutzige Wasserflekken bekommen hat, und wische sie mit dem Ärmel ab. Ich schaue mich noch einmal um, dann horche ich an der Tür: kein Laut. Ich gehe hinaus.

Ich starre auf den Ventilator, seine ununterbrochene Bewegung. Seit ein paar Stunden liege ich schon hier. Die Zigaretten habe ich aufgeraucht, meine Kehle ist staubtrocken; ich schlucke: kein Speichel. Ich sollte nach unten gehen und mir ein Bier besorgen, doch ich kann mich nicht dazu aufraffen. Habe meine Tasche geholt und das Hotel gewechselt, dann bin ich zum Busbahnhof gegangen und habe mir eine Fahrkarte nach Guadalajara für heute nacht um zwei gekauft. Ich fahre zurück in den Süden, dann sehe ich weiter.

Den Paß im Umschlag zu lassen war eine dumme Rache. Ich habe nicht darüber nachgedacht, er war halt drin. Ist seine eigene Schuld; und ich wäre ohne dieses Geld wirklich am Ende gewesen. Es sind noch mehr als vier Stunden bis zur Abfahrt. Bier und Zigaretten bekomme ich am Busbahnhof; so lange halte ich es aus.

Der Bus steht noch auf dem Parkplatz. Ich hatte gedacht, ich würde länger brauchen, doch ich bin in ein paar Minuten hiergewesen, eine halbe Stunde zu früh. Ich laufe herum, sehe mir die Kids an, die hier ihr Lager aufgeschlagen haben, wie sie mit den Taschen unter ihren Köpfen auf dem Boden liegen; die Indiofrauen mit Trauben von Kindern, die sich um sie scharen; die Alten, die aufrecht in den Ecken stehen und ins Nirgendwo schauen. Die einzigen Lebendigen scheinen die Busfahrer zu sein, die mit den ruckhaften Bewegungen chronischer Unruhe die Fahrertüren auf- und zuschlagen. Drei Männer mit der gegerbten Haut von Viehhütern lachen und trinken, unterhalten sich über neue Sombreros und spitze Stiefel. Ich setze mich an einen Tisch zwischen zwei Abfalleimer, kann meine Augen nicht mehr offenhalten, eine hartnäckige Schläfrigkeit hat mich gepackt, ich komme aus dem Gähnen nicht heraus, und meine Augen tränen so, daß die Bilder verschwimmen und ich die Lichter doppelt und dreifach sehe. Eine Bauernfamilie kommt vorbei, der Mann unter der Last eines Korbes gebückt, eine Machete auf dem Rücken und zwei Bündel in der Hand; die zierliche Frau geht hinter ihm, hat ein Neugeborenes auf dem Arm und ein zweites, kaum älteres Kind in ihrem Tragetuch. Die Eltern sind zusammengenommen wohl keine vierzig, doch durch viele Generationen Hunger und schwere Arbeit abgemagert und ausgezehrt.

Als erstes sehe ich die Schuhe. Blaues Tuch. Der weiße Streifen ist dreckverschmiert. Und dann den Rucksack, aus schwarzem Leder, zwischen die Füße gestellt. Ich schaue nicht hoch, halte den Atem an. Ich sehe die Papiertüte, die zwei Gläschen, die er auf den kleinen freien Fleck zwischen seinen und meinen Beinen stellt. Er gießt sie voll, gibt acht, daß man die Flasche nicht sieht. Er hebt sein Glas, wartet, daß ich das gleiche mit meinem tue. Ich strecke die Hand aus, das Glas rutscht mir fast aus der schweißnassen Hand. Ich halte es fest, hebe es halb hoch. Ich beschließe, ihm ins Gesicht zu schauen: Er hat eine gleichgültige Miene aufgesetzt, deutet ein Prost an, ohne mich länger als eine Sekunde anzusehen. Auch ich trinke. Er gießt nach. Er stürzt sein Glas hinunter, ich trinke in kleinen Schlucken, auch das zweite Glas wird leer.

»Herradura Blanco«, sagt er.

Ich nicke, verziehe anerkennend den Mund.

»Ist der einzige echt mexikanische Tequila«, fährt er fort und wirft einen Blick auf die Flasche, die aus der Tüte herausschaut. »Die Amerikaner haben alle aufgekauft, nur den nicht.«

Er füllt die Gläser wieder, sie sind drei Fingerhut groß. Wir trinken. »Der gesamte Tequila der Welt kommt ursprünglich von hier, aus Jalisco.« Er nickt, als hätte er mir etwas Dramatisches enthüllt. Ich seufze und ziehe die Augenbrauen hoch; soll bedeuten, daß ich das niemals gedacht hätte. Er gießt die vierte Runde ein.

»In diesem Land kannst du tun, was du willst«, redet er sachlich weiter, »doch es gibt ein Gesetz, das es verbietet, auf der Straße zu trinken.«

Er sieht sich das Glas an, dreht es zwischen den Fingern. Der Tequila ist mit einem Schluck unten. Er sagt: »Was du willst, sicher... Aber ohne Paß wird das ein bißchen kompliziert.«

Er stößt die Luft aus und fährt sich über die Stirn, murmelt: »Es ist eine große Schweinerei, einen ohne Paß zu lassen.«

Ich trinke, stelle das leere Glas hin, sage leise: »Ohne Geld wird Mexiko auch kompliziert.«

Er neigt den Kopf, eine Geste des Zugeständnisses.

Ich mache zwei Knöpfe meines Hemds auf, nehme den Umschlag und ziehe seinen Paß und seine Reiseschecks heraus, lege sie neben das Glas. Er schaut sie eine Weile an, streckt dann die Hand aus und steckt alles in den Rucksack.

Er steht auf, sagt: »In Barra de Navidad habe ich ein Auto stehen, eine Schrottkarre. Wenn der Mechaniker nicht die ganze Woche betrunken war...«

Er läßt die Gläser wieder in der Tüte mit der Flasche verschwinden.

»Ich bin im Zwei-Uhr-Bus. Wir können das Auto holen und ins Landesinnere fahren.«

Er zieht sich den Rucksack auf die Schultern, hebt einen Finger, um sich zu verabschieden, sagt: »Wenn wir uns nicht mehr sehen: Laß es dir gutgehen.«

Er geht langsam, den Kopf gebeugt. Hin und wieder schaut er links und rechts, ohne Interesse. Dann verschwindet er Richtung Ausgang in der Menschenmenge.

Bei meinem Bus tut sich was, die Leute aus der Schlange sind sofort zum Angriff bereit. Ich stehe auf und begebe mich ins Gedränge. Zehn Minuten lang lasse ich mich hin und her schieben, dann mache ich kehrt, gehe zum Schalter von gestern, dem letzten in der Reihe.

Es gibt noch einen Platz im Zwei-Uhr-Bus nach Barra de Navidad. Ich kaufe eine Fahrkarte und mache mich für eine kurze Siesta auf den Weg zum Hotel; der Tequila ist voll in den Kopf gegangen.

Er stellt sich neben mich und begrüßt mich mit einem vagen Zeichen, ohne die geringste Verwunderung, mich zu sehen. Ich mache »hm« und nicke. Wir sind unter den ersten, die von der drängelnden Menge in den Bus katapultiert werden. Es ist ein Bus für Nebenstrecken, der wie durch ein Wunder nicht auseinanderfällt. Er vibriert und wackelt, als die Gepäckträger mit Kornsäcken, Maisbüscheln, Bündeln und Gerätschaften aller Art vollgestopft werden, die man, so gut es geht, festbindet. Elio erobert zwei Sitze hinten im Bus. Ich werfe die Tasche ins Gepäcknetz, er stellt seinen Rucksack zwischen die Füße. Wir fahren los, eine rumplige Fahrt durch Schlammlöcher; die Luft ist schwül und dick, es riecht nach Verwesung, durch die Fenster brennt eine sengende Sonne auf die Köpfe der Fremden, die keinen Sombrero tragen.

Nach einer Stunde zeigt Elio auf die Felder mit grünen, spitzblättrigen Pflanzen und sagt:

»Maguey, die Tequila-Agave.«

Ich betrachte die Pflanzungen, die sich über die Hügel ausbreiten, während er den Tequila aus dem Rucksack holt. Wir trinken aus der Flasche.

Dann schläft Elio ein; oder tut so, als ob.

Die Häuser von Barra de Navidad liegen am Rande einer weiten Bucht verstreut; Wasser, Sandlöcher und als einzige Umgrenzung einige Riesenpalmen. Die Atmosphäre ist weniger dicht als in Vallarta, schlechter faßbar. Wir kommen bei Sonnenuntergang an, langsam läßt sich die Luft atmen. Elio gähnt, steigt aus und schaut sich um: »Dann wollen wir mal sehen, was ihnen diesmal eingefallen ist.« Er gibt mir ein Zeichen, ihm zu folgen.

Der Mechaniker lacht wie ein Blöder, zeigt ihm die Antriebswelle mit einem Stück Rohr in der Mitte und einer klumpigen Verschweißung. Er sagt, daß es für dieses Modell keine Ersatzteile gibt, jedenfalls nicht hier. Es ist ein wenigstens zwanzig Jahre alter Pontiac, ein paar Beulen, doch insgesamt sieht er nicht so schrottig aus. Die Schrammen an den Seiten scheinen jüngeren Datums, auch wenn eine Dreckschicht darüberliegt. Elio schaut bei der Reparatur zu, liegt auf einem Stück Pappe, das nicht sehr viel sauberer als der Fußboden ist. Er kommt wieder hoch, sieht mich an, dann den Mechaniker, fragt: »Bis wohin komme ich *damit*?« Er zeigt auf die Antriebswelle mit der Verschweißung.

Der Typ kriegt wieder einen Lachanfall, sagt: »Sogar bis zu dir nach Hause, wenn's schwimmt.«

Elio stößt die Luft aus, gibt dem Reifen einen Tritt, holt Geld aus der Tasche und bezahlt. Ich setze mich rein, suche mir die Stelle, wo die Federn am wenigsten weh tun, er zieht die Tür mit einem Schlag zu und startet ruckartig. Ein Krach von fünf oder sechs schlappen Zylindern, dann kommen alle acht auf Touren, und der Pontiac macht ein paar Sprünge nach vorn. Der Mechaniker kratzt sich den Bart und grinst.

Wir kommen durch ein Dorf, das Melaque heißt. Dort gibt es eine Abzweigung ins Landesinnere. Ich glaube, er fährt Richtung Guadalajara.

»Bist du schon lange hier?« fragt er und sucht irgend etwas in einer Tasche seines Rucksacks.

»Noch nicht so lange.«

Er hat gefunden, was er suchte: irgendein trockenes, pulvriges, zusammengepreßtes Zeug.

»Und du bist vorher nie hiergewesen?« fragt er.

»Vor sechs oder sieben Jahren bin ich in Ecuador und Bolivien herumgereist.«

Er stößt die Luft aus, lächelt schwach, als hätte ich etwas gesagt, das nicht zum Thema gehört.

»Damit hat Mexiko nichts zu tun. Mit dem Rest der Welt nicht, und auch mit sich selbst nicht.«

Er beißt ein Stück von dem *Zeug* ab, kaut es langsam. Sein Gesicht verzieht sich, es scheint furchtbar zu schmecken. Er schluckt es runter, sagt: »Ein paar Tage in der Wüste sind besser als jede Unterhaltung.«

7

Ich schlage die Augen wieder auf, klammere mich fest, um nicht so geschüttelt zu werden. Vor uns ein Industriegebiet: Hallen, Schlote, Leitungsmaste. Im Scheinwerferkegel ein Schild, auf dem San Luís Potosí steht. Ich schaue Elio an. Die Reflexe vom Armaturenbrett lassen sein Gesicht grünlich aussehen, seine Züge sind entspannt und ausdruckslos wie vor fünf oder sechs Stunden. Er lenkt, zurückgelehnt in seinen Sitz, scheint die Kälte nicht zu spüren, die meine Lippen beben läßt. Ich strecke mich nach hinten, hole die Jacke aus meiner Tasche. Dann versuche ich, wach zu bleiben, schaffe es aber nicht lange.

Das Licht ist dunkelorange. Ich halte die Augen halb geschlossen, genieße das Dösen, vom Stampfen des Pontiacs gewiegt. Doch innerhalb von fünf Minuten verwandelt sich die Morgenröte in sengende, unerträgliche Hitze. Die Sonne steht noch tief, das Licht dringt durch die Windschutzscheibe und macht mich hellwach. Ich schwitze, habe Hunger, fühle meine Beine fast nicht mehr. Elio fährt auf einen staubigen Platz. Darauf ein Schuppen mit einem Schild Cerveza xx. Ich steige aus und trete fest auf, um das Kribbeln in den Füßen loszuwerden.

Eier und Bohnen. Ich nehme einen Kaffee, Elio ein *Dos Equis*; später kapiere ich, daß es die spanische Aussprache von xx ist und ich so an ein Bier gekommen wäre. Wir essen schweigend, schnell und mit den Gesichtern über den Tellern, kaufen dann sechs Dosen Bier und setzen unsere Fahrt fort. Elio schaltet, sagt: »Ist nicht mehr weit.«

Dann starrt er auf die Straße, in Gedanken versunken. Die Landschaft wird immer karger: weit auseinanderstehende

Bäume, nur noch wenige, dürre Büsche und ein paar Bauern auf mageren, müden Pferden. Elio muß getankt haben, während ich schlief, denn der Tank ist mehr als halb voll. Wir fahren an einem Zementstumpf mit blaßblauem Anstrich vorbei. Elio zeigt mit dem Daumen darauf, sagt: »Der Wendekreis des Krebses geht mehr oder weniger hier durch.«

Nach ein paar Stunden verlassen wir die asphaltierte Straße, biegen links ab und kommen über einen mit schwarzen, glatten Steinen gepflasterten Platz. Der Pontiac vibriert wie eine Zentrifuge, wir rattern mit siebzig Sachen über eine Straßendecke, die wahrscheinlich drei- oder vierhundert Jahre alt ist. Ich werfe einen Blick auf die knorrigen, kahlen Bäume, aus denen dunkelgrüne Büschel ragen; der einzige Beweis, daß sie noch nicht abgestorben sind. Solche Bäume habe ich schon mal auf einem Cover der U 2 gesehen.

»Josuabäume«, sage ich.

Elio schaut zur Seite, lächelt dann sanft und stößt den Atem auf seine Art aus, die irgendwie sarkastisch wirkt. Er sagt: »Hier heißen sie Wüstenpalmen. Und da es schließlich *ihre* Bäume sind . . .«

Ich nehme mir noch mal vor, den Mund nur aufzumachen, wenn er mich dazu zwingt.

Wir fahren bergauf, ohne daß uns irgend jemand begegnet. Keine Menschen, nicht einmal Tiere – außer Geiern, regungslos vor schneeweißen Wolken, die wie feste Wattebäusche aussehen. Rötliches Felsengebirge mit feinem Sand an den Hängen. Hinter der x-ten Kurve plötzlich ein schwarzes Loch, die Einfahrt zu einem Tunnel; daneben kauert, in eine Decke gehüllt, ein Typ. Er sieht uns an und hebt eine Hand. Elio hält an, zeigt keinerlei Regung, er wartet einfach. Nach zwanzig Minuten taucht ein klappriger Lieferwagen aus dem Tunnel auf, und der Typ gibt freie Fahrt. Als wir an ihm vorbeikommen, entdecke ich das verstaubte Telefon, das an einem Kasten im Felsen hängt. Ich schaue zurück: das helle Oval wird kleiner, ist schließlich ein flackerndes Streichholzlicht. Ruhig und entschlossen fährt Elio durch diesen Schlauch ohne Orientierungspunkte.

Zwei oder drei Kilometer Tunnel mögen es gewesen sein, da zwingt uns eine gleißende Sonne, die Hand vor die Augen zu halten. Ein paar Sekunden lang sehe ich absolut nichts. Dann zeichnen sich die Umrisse von windschiefen Häusern ab, nackter Stein mit scharfen Kanten. Gruppen alter Männer sitzen vor ausgehängten Türen; ein paar Frauen tragen Bündel auf ihren Köpfen, gehen ohne Eile. Da, wo wir anhalten, war früher wohl einmal der Marktplatz. Es gibt eine Anlage mit weißen Bänken, eine Kneipe, einige notdürftig ausgebesserte Häuser. Vor uns eine ansteigende Straße, die sich zwischen verlassenen Ruinen verliert.

»Real de Catorce«, erklärt Elio und schaut sich um.

Dann steigt er plötzlich aus, als hätte er mit einem Mal seine Energie wiedergefunden. Er spricht mit einer alten Indiofrau, die wie zu Stein erstarrt im Schatten eines Mäuerchens sitzt; ich ahne, daß wir schon einen Schlafplatz haben. Doch Elio wirkt, als hätte er kein Bedürfnis nach Ruhe. Wir folgen der Frau in ein schmuckloses Haus, ich werfe meine Tasche auf das rostige Feldbett, Elio leert seinen Rucksack aus und hängt ihn sich wieder um. Wir gehen wieder nach draußen. Er atmet tief, sagt: »Hast du Lust auf einen Spaziergang?«

Ich zucke die Schultern. Und er marschiert mit schnellen Schritten auf den verlassenen Teil des Dorfes zu. Wir kommen über gepflasterte Kreuzungen, vorbei an großen Häusern, deren Dächer und Zwischendecken eingebrochen sind; durch die Fenster sieht man rissigen Putz und verblaßte Arabesken. Ich weiß nicht, woher Elio diese plötzliche Lust nimmt, durch die Gegend zu laufen. Nach Luft schnappend, schleppe ich mich hinter ihm her.

Ich lehne mich an eine zerfallene Mauer, Elio schaut mich mit einem sonderbaren Lächeln an, setzt den Marsch fort. Ich folge ihm schnaufend. Wir mögen auf beinahe dreitausend Meter Höhe sein, da liegt die Wüste vor uns, endlos. Jetzt beginnt der Abstieg, doch es ist genauso schwierig wie vorher, sich auf den Beinen zu halten.

Wir gehen ein paar Stunden lang; kein Zeichen des Aufgebens von Elio. Ab und zu schaut er zur Seite, folgt aber weiter dem Pfad, bis er eine Gruppe dorniger, mit weißem Staub bedeckter Büsche sieht. Er sucht irgend etwas zwischen den Wurzeln, schüttelt den Kopf, sagt: »Es ist zu früh.«

Er geht schneller. Die Szene wiederholt sich ein paarmal, dann verlassen wir den ausgetretenen Pfad und wenden uns der weiten Sandfläche zu. Die Kruste bröckelt unter unseren Füßen, zerfällt zu feinem Staub. Elio inspiziert den x-ten Busch, geht in die Hocke, um Stücke versteinerten Holzes beiseite zu schieben, wendet sich zu mir um und nickt. Ich trete näher. Er zeigt mit dem Finger auf irgendwas, das ich nicht sehe, sagt: »Er wächst nur im Schutz der *gobernadora*.«

Ich bemühe mich, genauer hinzusehen. Da ist ein Kranz fleischiger Knöpfe, die zwischen den Wurzeln des Buschs kaum aus dem Sand hervorschauen. Elio klappt ein Messer auf, schiebt die Klinge behutsam in den Sand und schneidet ein Köpfchen der winzigen, niedrigen Kakteen ab. Er bläst darüber, um sie zu säubern. Mit einem undefinierbaren Gesichtsausdruck hält er sie mir hin. Es ist eine Art kleine Tomate mit Stacheln und flauschigen Büscheln in der Mitte. Das hellgrüne Fruchtfleisch glänzt wäßrig. Ich wiege den kleinen Kaktus in der Hand; er ist sehr viel schwerer, als seine Größe vermuten läßt. Elio nimmt ihn mit zwei Fingern wieder an sich, schneidet eine Scheibe ab, als würde er einem lebendigen Tier ins Fleisch stechen. Als er sie mir gibt, reagiere ich nicht, weil ich fürchte, daß es sich um etwas Halluzinogenes handelt, und ich keine Lust habe, in der Wüste durchzudrehen. Elio lächelt schief, sagt in einem ironischen Ton: »Keine Angst.«

Ich stecke das Stückchen Kaktus in den Mund. Etwas Ekelhafteres hätte ich mir nicht vorstellen können. Ich versuche es runterzuschlucken, doch Hals und Magen ziehen sich mir zusammen. Elio lacht genüßlich, kaut ruhig und schneidet weiter Stacheln ab. Er gibt mir noch ein Stück, sagt: »Mit einem ganzen Peyotl wirst du nur wach. Um ihn zu *spüren*, mußt du wenigstens drei oder vier essen.«

Ich weiß nicht, was er mit spüren meint. Ich schlucke die ganzen Stücke runter, während er neue sammelt.

Zwei schaffe ich, dann krampfen sich meine Eingeweide zusammen, und ich höre auf. Elio schneidet weiter grünliche Köpfchen ab und steckt sie in seinen Rucksack. Ich gehe zwischen den Büschen der *gobernadora* hin und her, finde ganze Peyotl-Kolonien, zeige sie ihm, und er kommt gelaufen. Seine Gesten sind voller Sorgfalt, als wollte er die Büsche über ihnen nicht entweihen, indem er ihre Zweige abknickt. Das seltsame Spiel geht noch ein oder zwei Stunden lang weiter, und ab und zu denke ich, daß ich eigentlich gar nichts merke. Doch ich entdecke immer mehr ungeahnte Einzelheiten in der Wüste. Pflanzen, auf die man zufällig stößt, verborgen im Sand oder zwischen den dürren Zweigen anderer Büsche, kleine Tiere, die auf nichts reagieren, rätselhafte Dinge wie Splitter von Kieseln, die Elio ohne Verwunderung anschaut und sagt: »Pfeilspitzen. Von den Huicholes. Das ist ihr Land.«

Und wir gehen weiter unter der Sonne, die jetzt weniger pervers scheint; ich merke, daß ich nicht mehr an die Hitze gedacht habe. Elio wirft mir schnelle Blicke zu. Ich bleibe stehen, um die Berge am Horizont zu betrachten, eine Kette brauner Felsen, absurd klar zu erkennen. Wie die Wolken, mit all ihren minutiösen Windungen. Elio zeigt auf einen dunklen Punkt: ein Raubvogel, vielleicht ein Falke. Ich starre ihn an, und nach ein paar Minuten gelingt es mir, die Bewegungen seines Kopfes zu erkennen, die Art, wie er ihn zur Seite neigt, um zu sehen, ob sich auf der Erde etwas regt. Elio nickt. Ich schaue ihn fragend an. Er nickt abermals: »Es ist alles so klar, so ... *nah*.«

Ich lehne mich gegen eine der »Wüstenpalmen«, betrachte ihre Büschel aus langen, spitzen Blättern, die auf Stämmen aus härtestem Holz sitzen. Ich spüre keine Müdigkeit, und die Sonne ist fast angenehm. Da ist wirklich dieses Gefühl, ohne irgendwelche Anstrengungen Einzelheiten wahrzunehmen, Farben mit unbeschreiblicher Deutlichkeit zu sehen. Doch innerlich belächele ich diese Dinge instinktiv; es gelingt mir nicht, sie *ernst* zu nehmen.

Elio hat inzwischen den Rucksack mit Peyotl gefüllt. Aus der Seitentasche nimmt er die trockenen Stücke und wirft sie weg, sagt: »Frischer sind sie besser, solange es welche gibt.«

Wir kehren um, zurück in das Geisterdorf. Es ist der gewaltigste Sonnenuntergang, den ich je gesehen habe. Ich erkenne die fernen Häuser und wundere mich, daß ich mich nicht vor dem weiten Weg fürchte. Elio saugt genußvoll den Atem ein; seit zwei Tagen schläft er nicht, seit sechs Stunden ist er auf den Beinen. Der Rucksack schlägt ihm gegen die Seite; er ist schwer, doch Elio scheint nicht daran zu denken, die Schulter zu wechseln. Ich frage: »Willst du sie verkaufen?«

Er sieht mich seltsam an, als verstünde er nicht, und verzieht dann den Mund zu einem Lächeln.

»Niemand kauft oder verkauft Peyotl. Man verschenkt ihn höchstens.«

Ich bemerke wieder seine Eindringlichkeit. Zugegeben, daß hier rätselhafte Dinge im Spiel sind, aber es würde mir nicht gefallen, wenn er etwas Heiliges daraus machte.

»Peyotl ist auch deshalb anders«, sagt er. »Er ist nie durch Geschäftemacher *beschmutzt* worden.«

Ich gehe und höre ihm zu, kümmere mich weniger um die ernsten Untertöne, jetzt, da er sich einfach als Experte auf diesem Gebiet herausstellt. Er erklärt, daß Meskalin allein nicht die gleiche Wirkung hat und daß es nie gelungen ist, die etwa dreißig aktiven Komponenten im Labor zu isolieren. Da Peyotl sich nicht mit derselben Wirkung synthetisch herstellen ließ, ist er vor dem Handel bewahrt geblieben. Dann erzählt Elio von den Stämmen, die Peyotl als Gottheit verehren, von den Fußmärschen über Hunderte von Kilometern, die die Huicholes aus den Nachbarstaaten bis hierher zurücklegen. Und von verschiedenen ungelösten Rätseln, wie etwa dem, daß die Indianer Kanadas ebenfalls von der Peyotlpflanze wußten.

»Wie erklärst du dir das, wenn du bedenkst, daß hier das einzige Gebiet auf der Welt ist, wo Peyotl wächst?« fragt er und umarmt das Nichts um uns herum.

Ich antworte: »Es ist das gleiche wie mit dem Tequila in Jalisco.«

Sofort habe ich das Gefühl, etwas Dummes gesagt zu haben, doch er lächelt und meint noch: »Ja... ist voller einzigartiger Dinge, dieses Wahnsinnsland.«

8

Wir haben beschlossen, in den Süden zu fahren. Drei Tage lang sind wir herumgelaufen, und ich habe damit all meine Rekorde gebrochen, was Ausdauer angeht. Gerne höre ich Elio zu, wenn ihn einmal die seltene Lust am Geschichtenerzählen packt. Habe den Eindruck, daß es nur bei bestimmten Gelegenheiten passiert und stark vom Ort abhängt. Die Abende in der einzigen Kneipe des Dorfes sind schnell vergangen. Ich habe Pulque getrunken, dieses klebrige Zeug, und seltsame Räusche davon bekommen, voller Energie und Lust, mich zu bewegen. An einem Morgen sind wir in die spanische Kathedrale gegangen, um uns die kleinen naiven Bilder anzusehen, mit denen die Wände übersät sind: Votivtafeln von Leuten, denen ein Wunder widerfahren ist. Es sind Szenen mit brennenden Häusern, eingestürzten Stollen, scheuenden Pferden; auf manchen Bildern sogar ein paar Autos von Anfang des Jahrhunderts, die irgendeinen armen Teufel überfahren haben. Außerdem gibt es eine Unmenge von winzigen Beinen, Armen, Händen aus Messing und Silber. Elio hat mir erzählt, sie stellen die durch göttliche Vorsehung geheilten Glieder dar. Bis wir draußen waren, haben uns die Bäuche weh getan, so sehr mußten wir unser Lachen unterdrücken. Wir wollten die knienden alten Mütterchen nicht kränken und außerdem nicht für die üblichen bescheuerten Gringos gehalten werden. Trotz des bissigen Sarkasmus, der ihm manchmal förmlich aus den Poren kommt, bewahrt Elio eine unergründliche Achtung vor allem, was mexikanischen Ursprungs ist. Sein Ton ist um Nuancen anders, wenn er von Mexiko spricht, und er geht mit respektvoller Unbefangenheit auf die Bewohner des Landes zu, ohne sich dabei als Ausländer zu fühlen. Wenn ich versuche, es ihm nachzutun, habe ich den Eindruck, alles zu verderben und ihn gleich mit zum Außenseiter abzustempeln. Neulich abends in der Kneipe habe ich zwei Typen eine Runde Pulque ausgegeben, und beim Hinausgehen hat Elio zu mir gesagt: »Vergiß nie, daß du für sie letztlich immer ein *güero* bleibst, ein Fremder mit weißer Haut.« Wenn er einmal aus seiner Versunkenheit auftaucht, in der er sonst stundenlang irgendwelchen Gedanken nachhängt, zeigt sich, daß seine ganze Art vollkommen mexikanisiert ist. Ich habe ihn nicht gefragt, wie lange er schon hier ist, und auch nicht, *warum*. Das hat er von mir auch nicht wissen wollen. Doch als wir ins Auto steigen, nachdem wir den Peyotl unter dem Reserverad versteckt haben, höre ich ihn sagen: »Und, was gibt's Neues in Italien?«

Es ist der erste Bruch dieser stillschweigenden Abmachung, nicht von früher zu sprechen. Und ich verstehe nicht, ob es ihm herausgerutscht ist, weil er einfach irgendwas sagen wollte, oder ob er schon tagelang darüber grübelt.

Ich sage: »Es ist schlimmer, als du es in Erinnerung hast.«

Er nickt, schaut mich provozierend an. »Und woher weißt du, wie ich es in Erinnerung habe?«

»Egal wie«, sage ich. »Es ist *auf jeden Fall* schlimmer.«

Wir kommen durch den Tunnel; Elio fährt ruhig, als wäre er auf der Autobahn und nicht in einer totalen Finsternis, wo die Felswände nur ein paar Zentimeter entfernt sind. Kaum sind wir draußen, tritt er aufs Gas und fetzt mit dem Wagen durch die nur mit Schotter aufgeschütteten Kurven. Bis zur Staatsstraße brauchen wir gerade einmal halb so lang wie bei der Hinfahrt. Auf der Kreuzung hält er an, schaut nach links und nach rechts, ohne sich entschließen zu können.

»Hast du irgendwelche Wünsche?« fragt er.

»In den Süden – haben wir doch gesagt, oder?«

Ungeduldig stößt er den Atem aus, braust mit quietschenden Reifen los, und der alte Pontiac schaukelt und ächzt.

Nach fast einer Stunde frage ich: »Kennst du einen Ort, der Progreso heißt?«

Er macht ein undefinierbares Gesicht.

»Muß ein Kaff am Atlantik sein«, sagt er.

»Und was weiter?«

Er schaut mich an, neugierig geworden.

»In jedem Dorf auf diesem Kontinent gibt es eine Calle Progreso.«

Ich hänge den Arm aus dem Fenster, auf der Suche nach etwas weniger heißer Luft. Dann sage ich: »Und Puerto Escondido, wonach klingt das für dich?«

Er neigt den Kopf nach vorn, sagt:

»Das ist einfacher. Da fahre ich jedes Jahr ein paarmal vorbei.«

Ich lehne mich zurück, versuche mich richtig hinzusetzen, um kein Wort zu verpassen.

»Es gibt ein Puerto Escondido … hier in Mexiko?«

»Sicher.«

Er sieht auf die Straße, überlegt, sagt dann: »Im Staat Oaxaca. Acht oder neun Stunden von Acapulco. Also wenigstens zwölf vom D. F.«

»D. F.?« frage ich, und in meinem Kopf surrt es.

»Ja, Distrito Federal. Mexiko-Stadt eben.«

»Ah«, sage ich.

Die Ruhe und Entspanntheit der Tage in Real de Catorce ist dahin. Jetzt spüre ich, wie ich gereizt werde, wie Nervosität hochkommt. Es erscheint mir plötzlich unerträglich, den ganzen Tag in diesem klappernden Wrack eingeschlossen zu sein.

»Wer hat dir von Puerto Escondido erzählt?« fragt er mich mit einem schiefen Blick.

»Weiß nicht mehr, ist nur ein Name, den ich im Kopf hatte.«

»Hm«, sagt er und preßt die Lippen zusammen.

Nach einer Viertelstunde zwingt er mich, in die Wirklichkeit zurückzukehren, sagt: »War das eigentlich dein ganzes Geld?«

Sein Blick ist auf meinen Gürtel gerichtet.

»Ja. Lang reicht es nicht mehr«, sage ich. Er steckt sich eine Zigarette an, meint in einem unbestimmten Ton: »Dann könnten wir ja wirklich einen Ausflug nach Puerto machen.«

Ich verkrampfe mich, warte darauf, daß er sich entschließt, mir zu erklären, was mein Geldmangel damit zu tun hat.

»Wir machen eine Investition. Wenn wir unser Kapital zusammentun, lohnt es sich.«

Ich drehe mich zu ihm hin, mustere ihn. Er hebt die Augenbrauen, verzieht den Mund, gerade so, als dächte er über den An- und Verkauf von Aktien nach.

»Zehn Kilo *mota*. Wir holen es in der Sierra und bringen es in den Norden.«

»Mota...?«

»Ja, *maria*.«

Er meint Marihuana. Und das schlägt er *mir* vor. Ich habe das Gefühl, eine Prüfung bestanden zu haben. In den letzten Tagen hat er mich abgecheckt, die wenigen Worte und das lange Schweigen bewertet. Jetzt muß ich in seiner Achtung gestiegen sein, wenn er sich entschlossen hat, mir diesen Vorschlag zu machen.

»Das Nervigste daran ist das Verkaufen«, sagt er noch. »Doch ich kenne den richtigen Ort.«

»Geht klar«, sage ich.

Er nickt gelassen, dann lehnt er sich zurück und fährt zwei weitere Stunden, ohne den Mund aufzumachen.

Mein Blick verliert sich in dieser endlosen Landschaft, in der die Berge und der Himmel so fern sind; über Hunderte von Kilometern nichts, an dem man sich orientieren könnte. Es ist ein Gefühl der Weite, das in Europa seit wenigstens zehn Generationen aus dem genetischen Gedächtnis gelöscht ist.

Ein Ford Topaz setzt sich vor uns. Er fällt mir hauptsächlich auf, weil er so sauber ist, weniger wegen seiner Farbe. Er ist dunkelbraun mit weißem Dach. Und darauf sitzt ein rotblaues Alarmlicht, das jetzt eingeschaltet ist.

»Scheiße. *Federal de Caminos*«, sagt Elio zwischen den Zähnen. Ich sehe, wie er sich anspannt, seine Züge sind mit einem Mal verhärtet. Wir halten zwanzig Meter hinter dem Ford. Der Polizist ist allein. Er hat ein Gesicht aufgesetzt, als wäre er der Sheriff der Grafschaft, geht breitbeinig und macht eine beunruhigende Handbewegung, fingert in der Pistolentasche herum, ich glaube, er entsichert seine Waffe. Als er sich zum Fenster hinunterbeugt, zeigt Elio ein ruhiges Lächeln. Der Polizist mustert uns, verzieht keine Miene. Dann öffnet er die Tür, gibt uns ein Zeichen auszusteigen. Wir tun, was er will. Er baut sich hinter dem Kofferraum auf, tippt mit der Stiefelspitze ans Nummernschild, auf dem *Palm Beach, California* steht. Elio hält ihm die Papiere und das amerikanische Visum fürs Auto hin.

»Und wo willst du es gekauft haben?« fragt der Polizist mit einem schiefen Grinsen.

»Das steht da drin«, antwortet Elio und zeigt mit dem Kinn auf das Papier.

»Sicher«, erwidert der Typ. »Wahrscheinlich von irgendeinem Ausgeflippten, der es für ein Butterbrot verkauft hat ... Stimmt's nicht?«

Elio lacht, schüttelt den Kopf und sagt: »Ich habe es nicht in Mexiko gekauft; ich weiß, daß das verboten ist.«

Der Polizist nickt übertrieben, fängt wieder an: »Vielleicht hast du es nicht kaufen müssen. Kann ja sein, daß du irgendwas getauscht hast.«

Er lacht auf, kräuselt die Nase und zieht geräuschvoll den Rotz hoch.

Auch Elio bemüht sich, weiterzulachen, sagt: »Nein, Freund, ich tausche nichts, was durch die Nase geht.«

»Aber du verkaufst es«, zischt der Polizist und lacht immer noch.

Elio schüttelt den Kopf, und die Spannung steigt mit jedem gezwungenen Lachen.

Der Typ schaut zum Kofferraum, sagt: »Und was habt ihr da Schönes drin?«

Ich sehe, wie Elio einen Zwanzigdollarschein herauszieht und in seinen Paß steckt, ihn dann dem Polizisten gibt, der so tut, als blättere er ihn durch, dabei den Schein geschickt in der Handfläche zusammenrollt und verschwinden läßt. Dann gibt er alle Papiere zurück, wirft den Kopf nach hinten und sagt: »Gut, jetzt bin ich davon überzeugt, daß eure Visen in Ordnung sind . . .«

Er setzt einen Fuß auf die Stoßstange.

». . . aber das hier muß ich mir noch ansehen.«

Elio zuckt mit den Schultern, geht auf ihn zu, sagt: »Ist gut, ist gut.«

Er öffnet den Kofferraum. Der Polizist wirft einen Blick hinein, ohne irgend etwas anzufassen. Dann macht er ein Zeichen, daß wir näher kommen und alles auspacken sollen. Elio lächelt schmallippig, fängt an, alles auf die Erde zu werfen: Werkzeug, altes Papier, Decken, das Reserverad. Der Polizist hat nur Augen für das Ersatzrad, versetzt ihm einen Tritt, um festzustellen, ob es aufgepumpt ist. Dann spuckt er aus und macht sich daran, den vorderen Teil des Wagens zu inspizieren, nimmt den Aschenbecher heraus, untersucht jede einzelne Kippe, schaut unter die Sitze, ins Armaturenbrett, zwischen die Matten. Elio geht auf ihn zu, breitet die Arme aus, fragt: »Kann ich irgendwie behilflich sein?«

Der Polizist wirft ihm einen schiefen Blick zu und streckt ihm etwas zwischen seinem Daumen und Zeigefinger entgegen. Elio beugt sich darüber, wendet sich dann entsetzt ab, sagt laut: »Nein, nein, Freund . . . Ich rauche keine *mota*. Wo zum Teufel hast du das Körnchen gefunden?«

Der Polizist betrachtet das winzige Kügelchen zwischen seinen Fingern, schüttelt den Kopf, sehr ernst. Elio zieht fünfzig Dollar heraus, drückt sie ihm in die Hand, die sich öffnet und das Körnchen fallen läßt. Der Typ wird freundlich, sagt: »Gute Reise, Jungs.«

Er geht auf sein Auto zu, und wir steigen in den Pontiac, tun so, als hätten wir es nicht eilig.

Ich fühle mich müde, vielleicht weil ich nicht an die siebzig Dollar denken will, die wir verloren haben. Ich ziehe meine Hälfte raus und halte sie Elio hin. Er wehrt mit einer Grimasse ab, und ich stecke sie ihm in die Brusttasche. Dann frage ich: »Wieso sind sie allein unterwegs?«

»Nur die von der *Federal de Caminos*«, antwortet er. »So brauchen sie das Geld, das sie abziehen, nicht zu teilen. Ist logisch.«

Ist logisch, denke ich.

9

Mit ein paar Bier und immer auf der Suche nach Zigaretten und Benzin, sind wir in den Distrito Federal gekommen, als es schon fast Tag war. Wir haben eine Stunde gebraucht, um durch die Stadt bis nach Tasqueña zu fahren, und das nur, weil um fünf Uhr morgens wenig Verkehr ist. Elio hat eine Freundin geweckt; sie hat uns aufgemacht und ist gleich wieder ins Bett gegangen. Auf ein Zeichen von Elio bin ich ihm in ein Zimmer gefolgt. Dort hat er den Teppichboden zurückgeschlagen und ein Stück Diele herausgenommen: Darunter ist ein in Wachstuch eingewickeltes Päckchen zum Vorschein gekommen. Er hat mir zuerst den Revolver gezeigt; auf dem Lauf steht Ruger 357er Magnum. Dann die Maschinenpistole: kurz, leicht, ein brandneues Modell, glaube ich. Leise hat er gesagt: »Heckler & Koch, 9 mm Para.« Er hat mir erzählt, daß er sie einem Soldaten, einem *granadero*, abgekauft hat, für viel weniger als sie wert ist. Ich habe sie mir angeschaut, ohne den Mund aufzukriegen. Dann bin ich neugierig geworden, wie sie funktioniert, und er hat mich das Magazin einsetzen und sie schußbereit machen lassen. Sie war nicht geladen, die Patronen verwahrt Elio in einer Blechdose. Er hat gejammert, daß es nur wenige sind, aber gesagt, daß er vielleicht noch mehr bekommt. Dann hat er alles wieder weggepackt, und ich habe mich bemüht, die komplizenhafte Stimmung nicht zu verderben. Wir waren so erschöpft, daß wir drei oder vier Stunden geschlafen haben. Gegen Mittag war Elios Freundin schon fort. Elio hat was aus Bananen, Ananas, Honig und Peyotl gemixt, doch der Geschmack des Kaktus hat sich gegen alles andere durchgesetzt, und fast hätte ich in den Kamin gekotzt. Nachher hat er den Peyotl um den Wassertank herum zum Trocknen aufs Dach gelegt. Ich habe ihn ein paarmal daraus trinken sehen und ihn gefragt, ob er die toten Insekten in dem Behälter gesehen hat. Er meinte: »Man kann sich nur daran gewöhnen, wie es hier alle tun.« Das war die längste Unterhaltung des Tages. Dann sind wir abgefahren, und es sieht so aus, als würde ich in ein paar Stunden endlich wissen, was Puerto Escondido ist. Inzwischen habe ich Acapulco gesehen, um acht Uhr am Abend. Wir haben in der Altstadt gegessen, wo die Straßen voller *cucarachas* sind. Auch wenn man versucht, nicht darauf zu treten, knirscht es ständig unter den Sohlen. Gegen elf haben wir uns wieder ins Auto gesetzt. Jetzt ist es zwei, und Elio ist eingefallen, daß er von seiner Freundin etwas mitgenommen hat. Er bremst, greift nach hinten und holt einen Kassettenrecorder aus dem Rucksack.

»Ist meiner, ich habe ihn nicht geklaut«, sagt er ernst.

Es gibt zwei Kassetten. Die eine ist von den P.I.L., und er legt sie sofort ein. Auf die andere, von La Toya Jackson, wirft er einen angeekelten Blick und sagt: »Die gehört allerdings ihr.«

Er steckt sie in die Hülle und singt bei den P.I.L. mit: *I could be wrong I could be right, I could be black I could be white.* Dann sagt er: »Willy Colón oder Rubén Blades sind mir allerdings lieber... Dieses Zeug habe ich inzwischen so gut wie vergessen.«

Hatte ihn doch tatsächlich beinahe eine europäische Stimmung gepackt, aber er hat die Gefahr rechtzeitig bemerkt.

Lichter mitten auf der Straße, sehen aus wie Feuer.

»Jetzt fängt die Scheißnerverei an«, sagt Elio und stößt den Atem aus.

Ein Trupp Soldaten. Sie haben dicke Steinbrocken auf die Fahrbahn gesetzt und mit Petroleum getränkte Lappen angezündet, um die Straßensperre zu markieren.

»Davon gibt es drei oder vier von hier bis zur Grenze.«

»Welche Grenze?« frage ich.

»Die zwischen den Staaten Guerrero und Oaxaca. Die *pro-*

duktivste Zone.« Er lächelt, zwinkert und sagt: »Schließlich ist Mexiko bei der Produktion von Marihuana weltweit führend.«

Mir fällt auf, daß ich in weniger als einer Woche nun schon zum drittenmal von Mexikos Spitzenstellung höre. Wir halten auf einem Platz voller Lastwagen und Soldaten, die alles Nötige für einen Krieg dabeihaben. Einer, der irgendeinen Rang zu bekleiden scheint, tritt vor und wartet. Wir steigen aus. Der Typ ist ungefähr fünfundzwanzig und raucht ein Stäbchen, das ich vielleicht zu lange anschaue: es riecht eindeutig. Er lacht leise, schiebt sich mit dem Daumen den Helm hoch und bietet mir den Stummel an. Ich tue so, als würde ich es nicht sehen. Er läßt nicht locker, und ich sage: »Danke, ich rauche nicht.«

Er lacht wieder, in kurzen Stößen. Dann geht er ums Auto herum, schaut Elio an, hält seinen Joint hoch und sagt: »Na, wo hast du das Zeug?«

Elio macht eine Geste, als wollte er ihn zum Teufel schicken, und lacht ebenfalls.

»Wenn du welches hast, sag's mir gleich, ich bin heute in großzügiger Stimmung.«

Elio schüttelt den Kopf. Der Soldat legt sein Gewehr auf das Wagendach, hält die Kippe zwischen den Fingernägeln und nimmt einen letzten Zug, wirft sie schließlich auf den Boden und tritt sie mit dem Stiefel aus. Dann schaut er uns an und murmelt müde: »Ich weiß nicht, aus welchem Gringoland ihr kommt, aber wie Marsmenschen seht ihr nicht aus. Und hier auf der Erde rauchen alle ein bißchen Mota ... oder?«

Elio streicht sich über den Mund, versucht, weiter ein fröhliches Gesicht zu machen. Der Typ wirft einen Blick ins Auto, schnüffelt an den Kippen im Aschenbecher. Ich lehne mich an ein Schild, das vor Drogenmißbrauch warnt: CAMPAÑA EN CONTRA DE LOS ENERVANTES steht riesengroß darauf.

»Das Blöde ist«, sagt er und setzt sich hin, um den Aschenbecher besser untersuchen zu können, »daß ich es locker rauchen kann . . . aber wenn ich bei euch ein bißchen finde, bin ich *gezwungen*, euch Auto, Geld und vielleicht sogar die Schuhe wegzunehmen.« Er zeigt auf meine ausgelatschten Puma. Dann schaut er auf die Kassette von La Toya Jackson.

Elio geht zu ihm hin und steckt sie ihm in die Brusttasche seiner Tarnuniform.

»Auch ich bin heute in großzügiger Stimmung.«

Der Typ lächelt, kommt hoch, klopft Elio zum Abschied auf den Rücken: »*Que te vaya bien.*« Er packt sein Gewehr, hebt die Hand und geht.

Wir steigen schnell wieder ein und fahren an einem stehenden Bus vorbei – daneben zwei Jungs, die gerade die Taschen auf den Schotter auspacken.

»Man würde nicht denken, daß er soviel *Freiheit* hat«, sage ich.

Elio fixiert einen Punkt auf der endlosen Geraden vor uns, nach zehn Minuten antwortet er: »Du bemerkst nur die Oberfläche. Es braucht Zeit, bis man dahintersieht.«

Ich wende mich den Feldern zu, die in gelbes Morgenlicht getaucht sind; ein feiner Nebelstreifen zwischen dem trockenen Gras und den verkrümmten Ästen der Bäume. Ich frage: »Wie lange?«

Er zuckt die Schultern, legt auch die andere Hand aufs Lenkrad.

»Es gibt Leute, die leben schon zwanzig Jahre hier und haben noch nichts verstanden.«

Er schaut mich verstohlen an, seufzt und sagt: »Ich habe es seit einer Weile aufgegeben. Das ist die einzige Möglichkeit, sich nicht als *pinche güero* zu fühlen.«

Ich nicke; dieses ewige Getue darum, daß man ein Fremder bleibt, geht mir langsam auf die Nerven. Ich kurble das Fenster runter, um ein bißchen frische Luft in den Rauch zu mischen. Sie ist lau, schon feucht von der morgendlichen Verdunstung.

Plötzliches Schleudern, Elio reißt das Steuer nach links, nach rechts, schaltet schnell, ohne zu bremsen. Ich sehe auf seiner Seite eine Art Gazelle, die über die Kühlerhaube springt. Nach ein paar Kilometern tauchen Büffelherden und seltsame bucklige Rinder auf; sie ziehen durch die Ebene, auf die wenigen Bäume zu, wo sie einen Platz im Schatten finden. Und reihenweise Bauern am Straßenrand; sie gehen mit gesenktem Kopf, die Machete an der Seite, die Gesichter unter dem Sombrero verborgen. Dann wird aus dem Rot der nackten Erde nach und nach ein dunkles, intensives, saftiges Waldgrün. Kurven, plötzliche Geräusche, Echos: alles scheint zu pulsieren und zu beben. Überall trifft der Blick jetzt auf Palmen, die Luft wird zu einer warmen Flüssigkeit, die das Atmen beschwerlich macht. Die Düfte mischen sich, kehren in Abständen wieder, süßliche Dunstwolken und scharfe Gerüche, die direkt in den Magen gehen. Wir fahren durch Dörfer, die sich um einen kleinen Fluß drängen, von einer Vegetation umgeben, die sie zu erdrücken scheint. Das Fahren wird ein ständiges Bremsen und Beschleunigen, jede Ortschaft kündigt sich mit den unvermeidlichen *topes* an, Straßenschwellen, die einem die Räder wegreißen würden, wenn man mit siebzig darüberfährt. Dann lichtet sich der Dschungel und macht auf der rechten Seite plötzlich einem Wohnviertel Platz: niedrige, weiße Villen, sauberer Asphalt, kühl-frische Gärten. Ein Ortsschild, auf dem BACOCHO steht. Elio lacht: ich glaube, ich sehe ziemlich verstört aus.

»Das ist das Beverly Hills von Puerto«, sagt er grinsend. »Mach dir keine Sorgen ... gleich kommt das *richtige*.«

Beim nächsten *tope* bietet sich uns ein Blick auf die Bucht und die Wellen mit ihrem weißen Schaum. Nur Fischerkähne, keine Motor- oder Segelboote. Weit und breit nichts, was der *Aivly-Alicante* gleicht. Ein Meer von Dächern, rote aus Ziegeln und gelbe aus Palmblättern, und hektischer Betrieb: Menschen, Pferde, Autos, Karren, Motorräder, streunende Hunde, wo man hinsieht. Linker Hand ein ansteigender Weg aus gestampftem Sand, durchfurcht von Regenwassergräben und schwarz von Ölflecken.

»Gut«, sagt Elio. »Da wären wir also im *mero mero*, am Arsch der Welt, wo sich der Abschaum aus allen Kloaken trifft... eine sorgfältige Auswahl von dem, was immer oben schwimmt.«

Ich sehe mir die fröhlichen, aufgedrehten Leute an und kann an nichts Böses glauben. Mir scheint das hier einfach nur ein Ort für Touristen mit wenig Geld, außerdem nicht so sehr vom Beton zerstört, wie ich am Anfang geglaubt hatte. Es gibt irrsinnig viele Lokale, Bars, Restaurants in jedem Felsenwinkel, doch sie sind aus Bambus und Palmen gebaut, fast immer eine Art europäische Interpretation des karibischen Traums. Ein bißchen unecht, doch sicher nicht so schlimm, wie Elio es sieht. Ich glaube, er hat meinen wenig überzeugten Blick bemerkt, murmelt amüsiert: »Warte nur, warte...«

Wir fahren vom anderen Ende aus in den Ort hinein, der Asphalt verschwindet unter dunklen Sandhaufen.

»Wenn es in Puerto regnet«, sagt Elio, »verändern sich die geographischen Karten.«

Da ist ein langer Bau in perfekt tropischem Stil, auf den er wie ein Reiseführer zeigt: »Diskothek La Punta. *Unvergeßliche Nächte.*«

Dann erreichen wir die Hauptstraße, steigen aus dem Auto und strecken uns gähnend.

»Avenida Perez Gasga«, verkündet Elio, »Dreh- und Angelpunkt des importierten Unternehmertums.«

Ich sehe Schilder aus geschnitztem Holz, die auf Spaghetterias, Cafeterias, Cappuccinerias, sogar auf frische Lasagne hinweisen.

»Täusch dich nicht«, sagt Elio und wird wieder ernst. »Das einzig Gute an Puerto Escondido ist, daß jeder bereit ist, jeden auszunehmen, und sich dabei einen Scheiß um Nationalität kümmert.«

Ich schaue mich weiter um und empfinde nicht diese Stimmung, die er mir vermitteln möchte. Die Ausländer machen einen wachen Eindruck, wenig touristisch, eher wie gewiefte Traveller. Und auch die Gesichter der Mexikaner haben nichts von der Resignation, die ich in anderen Orten gesehen habe. Wir bleiben vor einer Cafeteria stehen; Elio holt tief Luft, murmelt: »Und doch habe ich jedesmal, wenn ich hierher zurückkomme, das Gefühl, heimatliche Luft zu atmen.«

Er spuckt auf den Bürgersteig. Dann entfährt ihm ein komisches Lachen, und mit noch leiserer Stimme sagt er zu sich selbst: »Alles in allem sind es immerhin Leute von meinem Schlag, die gleiche Rasse ...«

Er geht unvermittelt hinein, mitten durch den Vorhang aus kleinen Bambusrohrstücken. Ich folge ihm, überlege, welche Rasse er gemeint haben mag. Vielleicht die Rasse der Rasselosen. Wir durchqueren das kleine Lokal mit Holztheke und mit den unvermeidlichen Ventilatoren an der Decke, verlassen es durch den Hinterausgang wieder und steigen ein Treppchen hoch, zur Terrasse, einem Pfahlbau aus dickem Bambus. Wir setzen uns nahe an das Geländer, zur Straßenseite hin; ich beobachte das träge Kommen und Gehen, sehe hinter ein paar sonnengebräunten Frauen her: blanke Rücken und lässiger Hüftschwung. Elio spielt mit einem fremdartigen Tier, das mit seinem weichen Fell, den Käuzchenaugen und der rosa Nase wie eine Art Kreuzung zwischen Katze und Affe aussieht. Mit seinem Greifschwanz klammert es sich fest und knabbert entschieden an Elios Hand.

»Hau ab, Marta, geh einem anderen auf die Eier!« sagt Elio und sieht sich die Abdrücke der Zähne auf seiner Hand an.

Der Besitzer kommt, Martas Herrchen, und legt sie an die Kette. Er ist Mitte Dreißig, wirkt untertänig, duckmäuserisch. Er schaut Elio an, steckt die Hände in die Taschen, lehnt sich gegen einen Tisch und spricht ihn auf italienisch an: »Lebst du auch noch?«

»Wie man sieht«, antwortet Elio.

Es scheint, als müßte er sich gegenüber Landsleuten irgendwie ruppig verhalten, schon vorsorglich seine Stacheln zeigen. Er deutet auf den Typ und sagt: »Bolo, Cappuccino-Experte und Bananen-Geradebieger.«

»Du hast die Bergung von Wracks vergessen«, meint der und zeigt mit dem Kinn auf Elio, sagt dann noch: »Ich geb' einen aus. Bier?«

»Ja, aber setz es gleich auf die Rechnung.«

»Was soll das ändern?«

»Du schreibst was auf und glaubst dran. Und eines Tages komme ich nur noch nach Puerto, um meine Schulden zu bezahlen.«

Bolo nickt ergeben, geht wieder nach unten. Nach ein paar Minuten bringt er drei Flaschen. Es ist dunkles Bier, auf dem Etikett steht *Nochebuena*, zwischen Tannen und Girlanden. Muß eine Sonderabfüllung sein.

»Ich dachte, das hätte ich an Neujahr leergemacht«, platzt Elio heraus.

»Hast du auch. Das hier ist zwei Jahre alt. Stand hinter der Kaffeemaschine.«

Wir deuten ein Prost an und trinken. Elio fragt: »Hast du Albertico gesehen?«

»Das letztemal vor einem Monat. Du kannst ihn in dieser Art Bunker finden, wo er sich verkrochen hat.« Er zeigt auf irgendeinen Punkt Richtung Hügel.

»Ich würde ihn lieber irgendwo unterwegs treffen. Bei dem Ruf, den er hat, kann man ihn schlecht zu Hause besuchen.«

Bolo zuckt die Schultern. Wir trinken aus. Elio steht auf, gähnt lautstark und sagt zu mir: »Los, wir gehen schwimmen.«

Ich nicke. Er klopft Bolo auf den Bauch, sagt: »Wenn du ihn siehst, sag ihm, daß ich mit ihm reden muß.«

Bolo schließt die Augen halb, um ein Ja anzudeuten. Wir gehen hinunter in den Hof: Hängematten und Zelte zwischen Palmen. An einem Stamm ein Schild: DER GEBRAUCH JEDER ART VON DROGEN IST AUF DEM GESAMTEN CAMPINGPLATZ UNTERSAGT. ZUWIDERHANDLUNG WIRD ANGEZEIGT. DIE DIREKTION.

Elio dreht sich um, kommt zurück, um zu sehen, was ich lese, und sagt: »Das soll einen nur dazu bewegen, beim Besitzer des Campingplatzes zu kaufen. Eine protektionistische Maßnahme.«

Der von zwei Felsspitzen begrenzte Strand bildet eine sichelförmige Bucht. Rechts der Leuchtturm mit dem alten Teil des Orts, links Felsen und Hütten. Dorthin wenden wir uns.

»Da drüben ist der Strand des Surf-Ordens«, sagt Elio und zeigt auf die Gegend jenseits der Spitze. »Ein kalifornischer Orden mit ein paar Novizen aus Australien und Neuseeland.«

Ich gehe hinter ihm her, warte auf eine Erleuchtung. Wir waten durch Brackwasser, kommen an ein paar improvisierten Kneipen mit Liegestühlen vorbei und erreichen die Felsen: dahinter nichts als hellgelber Sandstrand, bis zum Horizont. Hier sind die Wellen dumpfe Explosionen, rollen wenigstens hundert Meter weit und bilden Tunnel schneeweißen Schaums. Ich sehe die Surfbretter als bunte Punkte auf den Wellenkämmen, die Surfer zwischen Himmel und Wasser balancieren. Ab und zu verschwindet einer in einem Strudel, taucht am Ufer wieder auf und kehrt aufs offene Meer zurück, als ob nichts wäre.

»Da sind sie, die reinen Geister«, sagt Elio und schneidet eine Grimasse. »Die einzigen, die in Puerto Escondido mit den Hühnern schlafen gehen und im Morgengrauen aufstehen. Zehn Stunden auf dem Brett, keine Laster, keine Abwege. An sterbliche Menschen richten sie kein Wort, und untereinander diskutieren sie über die Wellen. Nette Leute, nicht?«

Wir steigen zwischen den Felsen hinunter. Elio geht einen halben Kilometer weit; dann bleibt er stehen und fragt: »Willst du bis ganz nach hinten?«

Er zeigt auf einen in der sprühenden Gischt nur undeutlich zu erkennenden Felsvorsprung.

»Ich glaube nicht.«

»Um so besser«, sagt er und legt sich auf der Stelle hin.

Ich ziehe mich aus, schaue auf die Wellen. Jetzt fängt die Sonne an, das Bier und jede andere Flüssigkeit aus den Poren zu treiben. Ich stehe auf.

»Nimm dir an denen kein Beispiel«, sagt Elio. »Normale Menschen ertrinken hier.«

»*Normale*«, wiederhole ich gedankenverloren.

Dann drehe ich mich um und begegne seinem Blick. Er starrt auf die Narben. Ich versuche zu lächeln, sage: »Bleibst du hier?«

Er nickt. Dann überwindet er sich und fragt: »Was ist dir da passiert?«

Ich tue so, als verstände ich nicht. Nach einer Weile antworte ich vage: »Ach ... ein Unfall.«

»Jagdunfall?«

»Etwas in der Art.«

Schnell tauche ich ein, komme aber sofort ans Ufer zurück. Das Meer ist aufgewühlt, die Wellen reißen einen mit und schlagen schon über dem Kopf zusammen, wenn man nur bis zu den Knien reingeht. Elio betrachtet mich verstohlen von der Seite, checkt mich wohl wieder ab. Ich bleibe sitzen und beobachte, wie die großen Segel über den Wellen flattern. Nach ein paar Minuten sagt Elio: »Du solltest dich nicht in die Sonne legen. Wenigstens nicht mit der Austrittswunde.«

Ich nicke, sage: »Sie ist ja verheilt.«

Ich strecke mich aus, überlege, wie lächerlich es wäre, ihm die Geschichte von Anfang an zu erzählen. Und ich bemerke nicht einmal, daß ich die Augen schließe und einschlafe.

Ein deftiger Fluch, ich hebe den Kopf und sehe Elio mit einem genervten Gesichtsausdruck. Ich glaube, er hat auch geschlafen; jetzt sagt er: »Ausgerechnet hierher mußte er kommen. Wenn ich ihn gehört hätte ...«

Ich versuche zu verstehen, was er meint, und entdecke einen überdimensionalen, metallicroten Dodge RAM Geländewagen, der oben auf einer Düne steht, etwa fünfzig Meter von unseren

Köpfen entfernt. Um ihn herum eine Familien- oder Freundesgruppe, vier Männer und eine Frau. Die Frau schaut in unsere Richtung; sie steht auf und bringt uns etwas, das sie wie eine Gabe in den Händen hält.

»Da haben wir's«, knurrt Elio und setzt ein unechtes Lächeln auf.

Die Frau begrüßt ihn mit einem leichten Kopfnicken, mich mit einem zurückhaltenden Lächeln. Aus der Nähe sieht sie jünger aus. Doch das hochgeschlossene Hausfrauenkleid und die zu einem Knoten hochgebundenen Haare lassen sie verblüht wirken. Sie sagt: »Mein Mann bittet euch, dies hier mit seinem Gruß anzunehmen.« Sie hält uns einen kleinen Teller mit Austern ohne Schale hin.

Dann schaut sie Elio an, sagt: »Auf deine gute Rückkehr, Elio. Dürfen wir dich für morgen abend zu einem kleinen Treffen mit Freunden einladen?«

Elios Lippen sind noch immer zu einem Lächeln verzogen, es sieht aus, als hätte er eine Gesichtslähmung. Er macht eine entschuldigende Kopfbewegung, doch die Frau gibt nicht auf: »Mein Mann würde sehr viel Wert auf einen Umtrunk in Gesellschaft der wenigen ... du weißt, was er von Puerto hält.«

»Es ist nur ... wir wollten nicht lange hierbleiben, ich weiß nicht ...«

»Nicht einmal bis morgen abend?« fragt sie überrascht.

Elio gibt auf, sagt: »Doch ... ich glaube, bis morgen abend bleiben wir hier.«

Sie zieht sich mit einer untertänigen Geste zurück, ganz gehorsame Geisha. Als sie wieder bei der Gruppe ist, scheint sie über den Ausgang der Mission zu berichten, und gleich darauf hebt ein fetter Mittdreißiger mit einem jovialen Gesicht die Hand in unsere Richtung. Elio grüßt freundlich, doch kühl – als wollte er verhindern, daß er uns zu sich ruft. Dann steckt er sich eine Auster in den Mund, schluckt sie runter und tut so, als esse er sie mit Genuß. Die drei Typen beobachten uns weiter; Ehemann und Ehefrau hingegen sind wieder in ein ruhiges Gespräch vertieft.

»Iß und lächle, sonst gibt's Ärger«, sagt Elio.

Ich beeile mich, die Austern runterzuwürgen; ohne Schale sind sie anders. Ich habe eine trockene Kehle, von der Sonne dreht sich mir der Kopf, und ich versuche vergeblich, diese groteske Pantomime zu verstehen.

»Gatillo, *el federal* von Puerto Escondido. Seine Frau und drei Getreue.«

Ich lächele wie ein Bekloppter, während er redet, die Zähne dabei fast nicht auseinanderkriegt und so tut, als unterhielten wir uns über etwas ganz anderes.

»Ist ein bißchen schwierig zu erklären. Eine Art Sheriff, fast ohne Gehalt, aber mit absoluten Befugnissen. Er nimmt weder von der *policia judicial* noch von der Armee Weisungen entgegen. Er befiehlt, und damit basta.«

Elio lächelt schief, zeigt auf einen Surfer und fährt fort: »Er kann anwerben, wen er will, kann jeden zu seinem Adjutanten ernennen und damit unangreifbar machen. Und auch seine Helfer werden nicht von der Regierung bezahlt.«

»Alles Ehrenämter«, sage ich.

»Das hat seine Logik. Eine perverse Logik, aber doch nicht von der Hand zu weisen.«

Er steht auf, grüßt die Gruppe, und alle erwidern den Gruß mit einem gleichzeitigen Schwenken der Bierdosen und Flaschen; er schlägt den Weg zurück ins Dorf ein, und ich folge ihm.

»Es ist die beste Methode, um zu erreichen, daß ein Federal sich durchsetzen muß«, fährt Elio fort. »Gatillo hat schneller durchgegriffen als all seine Vorgänger. Er hat die bekanntesten Dealer zusammengetrommelt und ihnen einfach gesagt: Von jetzt an verkaufe ich allein Grass, Koks, Opium. Wenn euch euer Leben lieb ist, betrachtet mich als den einzigen Lieferanten.« Elio nickt ernst, um zu unterstreichen, daß er keinen Spaß macht. »Wer davon nicht ganz überzeugt war, den hat er unverzüglich aus dem Weg geräumt. Und jetzt gehen die Geschäfte besser als vorher, nur daß alles über ihn läuft. Die Regierung hat das, was sie immer will: Ordnung; und er genießt seine Pfründe.«

»Klingt ganz einfach«, sage ich.

Elio schüttelt den Kopf, sieht mich an, murmelt: »*Estamos en México ...*«

Wir klettern über die Felsen, erreichen den vor der Ortschaft gelegenen Strand, der jetzt voller träger Leute ist.

»Er hält große Stücke auf dich«, sage ich.

Elio macht ein angeekeltes Gesicht.

»Klar. Weil Gatillo einerseits ziemlich schlau und andererseits vollkommen verrückt ist. Du wirst ja sein Haus sehen, du wirst ja sehen«, er nickt nervös. »Er hat den Eindruck, daß ich hier irgendwie Einfluß habe, aber er rückt mir nicht deshalb auf die Pelle, sondern weil ... es ist wirklich komisch, das zu erzählen.«

Ich schaue ihn an und warte, daß ich auch lachen kann. Er sagt: »Er hegt eine spezielle Bewunderung für Italiener, und die kommt einzig und allein daher, daß es bei den Nachrichten aus Italien, die man hier hört, ausschließlich um Mafia und Schießereien geht. Deshalb denkt er, daß jeder Italiener ein potentieller Bandit ist, einer, der seine Bewunderung verdient. Er ist irre, aber auch hellwach. Also eine ständige Gefahr.«

»Und wie lange kann das dauern?«

»Bis er einen findet, der ihn in die Tasche steckt. Im Augenblick liegt er im Krieg mit den *judiciales*, die vor ihm einen guten Teil des Drogenhandels kontrolliert haben. Ihm fehlt es an Diplomatie. In der Sierra hat er sie mit Gewehren verjagt. Die Armee hält sich da raus, weil er immer noch der Federal ist. Also direkt von denen in der Hauptstadt ernannt.«

Ich muß lachen; ich versuche ja, ihm zu glauben, aber so sehr ich auch Situationen akzeptieren kann, ohne sie immer verstehen zu wollen: Das scheint mir doch überzogen. Ich frage: »Sind die *judiciales* nicht Polizisten der Regierung?«

»Sicher. Aber du solltest ab und zu mal Zeitung lesen. Es gibt ständig Schießereien zwischen den verschiedenen Polizeitruppen; darüber wundert sich niemand.«

»Ah«, sage ich.

Elio wirft mir einen Blick zu, meint: »Morgen abend wirst du anfangen zu verstehen, wie die Dinge hier in Puerto funktionieren.«

10

Wir gehen in einer Pizzeria neben Bolos Bar essen. Der Inhaber ist ein blasser, magerer Italiener namens Ivo; er scheint der einzige in ganz Puerto Escondido zu sein, der noch nie einen Sonnenstrahl abbekommen hat.

»Er geht nur nachts raus«, sagt Elio.

Mir fällt auf, daß Elio sich ganz unbefangen verhält, als Ivo an unseren Tisch kommt; er scheint ihm zu vertrauen. Sie reden kurz über die Reise in den Norden, dann über die Lage in Puerto, und Ivo fährt sich mit der Hand durch die fast weißen Haare, stößt entnervt den Atem aus und sagt: »Gatillo hat mich auch zu seinem Abend mit *Freunden* eingeladen.«

Elio lacht, und erst später verstehe ich den Grund: Ivo ist völliger Abstinenzler.

»Du weißt ja, wie beleidigt er ist«, sagt Elio, »wenn einer bei seinen Trinksprüchen nicht mitmacht.«

Deprimiert schüttelt Ivo den Kopf: »Als Ausrede habe ich es schon damit versucht, daß mein Sohn an Durchfall stirbt und meine Frau Malaria hat. Nichts. Er hat gesagt, er läßt mich abholen, und damit basta.«

Wir essen zu Ende. Elio schlägt vor, eine Runde zu machen. Ivo sagt nur: »Viel Glück.«

Wir schauen in einer Diskothek vorbei, die auf europäisch macht, jedoch Mocambo heißt. Sieht so aus, als ob jeder Elio kennt. Das Publikum ist undefinierbar, die Musik öde. Es nervt uns bald, und Elio schlägt vor, ins Punta zu wechseln. Das ist der Laden am Ende der Straße, aus Bambus gebaut und mit Palmendach. Elio hat ihn mit einem düsteren Gesicht und in Anspielung auf ich weiß nicht was als »typisch« bezeichnet. Im Punta spielen sie Salsa und Cumbia, und ohne Frage ist mehr los: ein ohrenbetäubender Lärm, Geschrei und Gelächter, daß man sich die Lunge aus dem Leib brüllt, Blechtische und eine *pista*, die einfach eine Sandmanege mit einem niedrigen Mäuerchen ist. Man tanzt barfuß, auch um bei dem irrsinnigen Gedränge nicht seine Schuhe oder Latschen zu verlieren. Ab und zu bleibt einer stehen und begrüßt Elio. Mir fällt ein Typ mit mexikanischen Zügen und strohblondem Haar auf, der durch Kinderlähmung ein kürzeres, dünnes Bein hat.

»Das ist Lupe«, sagt Elio, nachdem der Typ ihm auf den Rücken geklopft hat, »der beste Surfer von Puerto.«

»Mit dem Bein?« frage ich.

»Du mußt ihn im Wasser sehen«, sagt er und trinkt den dritten Tequila, fügt dann hinzu: »Aber das geht nicht mehr lange. Gatillo hat beschlossen, Puerto von ausgeklinkten Typen zu säubern. Und Lupe steht auf der Liste.«

Ich muß nicht lange warten, um zu verstehen, was er mit »ausgeklinkten Typen« meint. Ein riesiger, bärtiger Blonder stößt einen Schrei aus und stürzt sich auf einen Schwarzen, der neben ihm tanzt. Sie scheinen beide betrunken und sind muskulös genug, sich gegenseitig gehörig weh zu tun. Sie prügeln blind drauflos, und bald sind alle auf der Tanzfläche in die Schlägerei verwickelt. Elio grinst, sagt: »Na endlich. Ich habe schon gedacht, heute wäre ein untypischer Abend.«

Jetzt ist die Schlägerei ein Chaos aus aufstiebendem Staub und Sand, durch die Luft wirbelnden Armen und Beinen und in alle Richtungen fliegenden Holzpantoffeln. Ein Typ, der offensichtlich der Besitzer ist, klettert auf die Theke, schwingt eine Machete und teilt entschlossen flache Schläge auf die Köpfe und Rücken aus. In wenigen Sekunden beruhigen sich alle. Dann packt er den Schwarzen bei den Haaren, stößt ihn mit einem Tritt fort, greift sich den Blonden beim Bart, bevor der zu einem neuen Angriff ansetzen kann, und schleppt ihn zur Theke, während sich der

Schwarze erschöpft hinsetzt. Der Blonde ist blutüberströmt. Das Blut läuft ihm über die Stirn und aus der Nase, ein Auge hat eine eindrucksvolle Schwellung und ist geschlossen. Der Besitzer knallt ein Stück Eis darauf, serviert dann wieder Bier.

»Jorma, ein Finne«, sagt Elio und zeigt auf den Typ, der jetzt zu lächeln versucht und beschwichtigende Gesten macht.

Sein Gesicht ist zermatscht, doch das scheint ihn nicht zu kümmern; er entschuldigt sich sogar bei seinen Thekennachbarn und gibt ihnen einen aus. Ich schaue zu dem Schwarzen hinüber, der den Kopf in den Händen hält und weint. Der Finne zögert, dann gibt ihm jemand einen Klaps auf die Schulter und überredet ihn: Er geht zu dem Tisch des Schwarzen, sie umarmen sich und geben sich die Hand.

»Morgen wird sich keiner der beiden daran erinnern, wer ihm die Zähne eingeschlagen hat«, sagt Elio.

Der Bartige setzt sich an einen anderen Tisch und albert mit seinen Freunden herum, sie lachen und trinken. Auf der Tanzfläche brodelt es wieder. Ein Salsa löst Begeisterung aus, alle singen im Chor mit. Es geht um ein altes und müdes Pferd in der Savanne, das die Fohlen ansieht und den Zeiten leidenschaftlicher Liebe nachtrauert, als es noch voll jugendlicher Kraft war. Aufruhr am Tisch des Schwarzen. Ich sehe, wie er plötzlich aufsteht, durch das Lokal geht, gegen Stühle stößt und jeden über den Haufen rennt, der sich nicht schnell in Sicherheit bringt. Fluchend kommt er an mir vorbei und verschwindet durch die Tür, die zur Straße führt.

»Er hat es sich noch mal überlegt«, sagt Elio.

Nach einer Minute kommt der Schwarze zurück, einen Stapel Ziegelsteine im Arm. Er geht auf den Tisch des Finnen zu, beginnt die Steine zu werfen, einen nach dem anderen, in rascher Folge. Ein echtes Bombardement, das Gläser und Flaschen zu Bruch gehen läßt, Tische umwirft, während sich die Unglücklichen im Schußfeld auf dem Boden wälzen. Als er seine Munition verschossen hat, dreht er sich um und rennt weg; die finnische Abwehr schleudert noch fünf oder sechs Flaschen, von denen ihn eine im Rücken trifft, aber nicht stoppen kann. In der Tür stößt er fast mit Bolo zusammen, der ihm schnell ausweicht und sich vor den Scherben duckt, die ihm um die Ohren fliegen. Dann kommt er zu uns, begrüßt uns und sagt: »Wie sieht's aus?«

»Langeweile gibt's keine«, antworte ich.

Elio nickt.

»Zum Glück hat er gelernt, mit der Machete umzugehen«, meint Bolo und zeigt auf den Besitzer, der noch immer diese Art Krummsäbel auf der Theke liegen hat. »Vor zwei Monaten hat er die Doppelflinte rausgeholt, doch nach ein paar Schüssen in die Luft mußte er nachher die halbe *palapa* neu machen.« Er zeigt auf die Decke aus Palmengeflecht: Der Teil über der Bar ist tatsächlich dunkler, besteht aus neuen Blättern.

Bolo bestellt ein Bier, sagt: »Wenigstens wird es hier mit den Fäusten erledigt. Neulich abends im Picapiedra hat ein Typ bei so was ein Bein verloren.«

Ich schaue Elio an, der mir gleich erklärt: »Picapiedra ist ein anderer In-Schuppen, oben im Ort.«

Bolo nickt, sagt: »Der arme Kerl hatte ein Mädchen zum Tanzen aufgefordert und nicht gemerkt, daß sie mit einem Polizisten da war. Der hat gewartet, bis er wieder saß, und hat ihm ganz einfach die Pistole direkt auf den Oberschenkel gedrückt. Danach lagen zwei Stück Knochen auf dem Sitz.«

»*Federal?*« fragt Elio.

»Nein, *judicial*. Und Gatillo hat die Sache gleich benutzt, um überall zu verbreiten, daß allein er in Puerto wieder Ordnung schaffen kann.«

Elio verzieht die Mundwinkel, zündet sich eine Zigarette an und sagt: »Wie lange, meinst du, kann das noch so weitergehen?«

Bolo zuckt die Schultern, kratzt sich auf dem fast kahlen Kopf.

»Na ja, die Macht hat er – im Augenblick. Doch die *judiciales* werden das Spiel nicht verloren geben, ohne einen Finger zu krümmen.«

Er trinkt einen Schluck Bier, schaut sich um, sagt: »Gatillo weiß, wie er sie verarschen muß. Er ist verrückt, aber er hat den Instinkt eines Westentaschendiktators, der seinen Gegnern immer eine Minute voraus ist. Allerdings hat er wenig Leute. Und das begünstigt auf lange Sicht die *judiciales*.«

Elio lehnt sich zurück, holt tief Luft, mit einem besorgten Gesichtsausdruck.

»Dieser paranoide Hosenscheißer«, murmelt er. »Das ist vielleicht der Grund für sein kleines Abendessen mit Freunden . . .«

Ich schaue ihn fragend an. Bolo lacht: »Hat er dich auch eingeladen?«

Elio nickt nachdenklich: »Das ganze Little Italy von Puerto, nicht?«

»Der Franzose wird auch dasein, habe ich gehört.«

»Ich hoffe, daß ich mich irre«, sagt Elio noch und wirft die Kippe Richtung Tür.

11

Gatillo lebt in einem einsam gelegenen Haus an der Straße, die nach Süden führt, Richtung Surferstrand. Ich steige aus und stehe fassungslos vor dieser Art Märchenschloß mit Türmchen und Zinnen. Da ist sogar ein Typ, der mit geschultertem Gewehr Wache schiebt.

»Das hat nicht er gebaut«, sagt Elio, als er meinen Gesichtsausdruck sieht. »Er hat es nur *requiriert*.«

Das Tor wird von einem Burschen mit Pistolengurt geöffnet. Im Innenhof stehen dicht gedrängt neue Autos mit amerikanischen Kennzeichen. Der rote Dodge ist auch da.

»Es hat ein bißchen gedauert, aber zum Schluß hat er es geschafft«, sagt Elio und zeigt auf die Autos. »Er hat sich nach und nach die Touristen mit den dicksten Luxusschlitten ausgesucht. Und jedesmal ist es ihm gelungen, ihnen von seinen Leuten Stoff verkaufen zu lassen ... Prompt hat er sie sich geschnappt und sie vor die Wahl gestellt: zehn Jahre wegen Drogenbesitz riskieren oder sich das Auto beschlagnahmen lassen und sich damit aus der Affäre ziehen. Auf die Art hat er sieben Stück zusammenbekommen, für jeden Wochentag eins.«

Er schlägt mit der Hand auf das Dach eines Chrysler Shadow mit einem Kennzeichen aus Tampa, Florida, der vielleicht drei Monate alt ist.

»Der hier gehörte einem Dummkopf, der von seinem Adjutanten zehn Gramm Opium gekauft hat. Dann hat er Gatillo gedroht, sich an die Botschaft zu wenden.« Elio lacht, schüttelt den Kopf und sagt: »Er hat ihn laufenlassen, aber vorher gezwungen, einen Löffel voll zu essen. Auf dem Flughafen mußten sie ihn anschnallen, damit er nicht von seiner Bahre fiel.«

Auf der Mauer eine Glocke: Elio zieht am Seil und läutet ein paarmal.

»Opium?« frage ich.

»Nicht mal eine Stunde von hier. Die Bauern haben entdeckt, daß Mohnanbau mehr bringt als Marihuana.«

Ein auf unsere Gesichter gerichteter Scheinwerfer strahlt auf. Aus einem Fenster schaut ein Typ, checkt uns ab und gibt dann irgendeinem anderen einen Befehl. Ich sehe die Fahnenstange auf dem Dach des Turms – und die grüne Fahne mit dem Kopf eines Tigers, der den Rachen weit aufreißt.

»Ich hab' dir ja gesagt, daß er verrückt ist«, meint Elio, mit Blick zur Fahne.

»Hat sein Name was mit Katzen zu tun?« frage ich und zeige auf den Tigerkopf.

»Nein«, sagt Elio. »*Gatillo*, das ist der Drücker.« Er bewegt den Finger, als hätte er ihn am Abzug einer Pistole.

Riegel werden aufgeschoben, es klackt metallisch; die Tür öffnet sich, und ein Typ mit einer quer über die Brust hängenden MP lächelt uns an und gibt uns ein Zeichen einzutreten.

Eine Halle mit Treppe und Säulen. Die Einrichtung stammt aus Plünderungen anderer Häuser, ein Sammelsurium überflüssiger Dinge und Spiegel aller Größen.

»Heilige Jungfrau von Guadalupe, ihr habt euch doch noch durchgerungen!«

Der Ausruf dröhnt, als käme er aus einem Megaphon. Gatillo steht oben auf der Treppe, die Arme ausgebreitet. Er trägt einen Umhang aus schwarzem Atlas, Reiterhosen und Stiefel, die bis zu den Knien gehen.

»Kommt rauf, die Jungs warten nur noch auf euch.«

Ich habe ein komisches Gefühl, ein Gefühl der Panik, weil er mich so ohne weiteres als Teil der Gruppe betrachtet. Elio hebt die Hand zum Gruß, wir steigen die Treppe hoch und kommen in einen riesigen Saal mit einem mindestens fünfzehn Meter langen

Tisch in der Mitte. Ich erkenne Bolo wieder; er nickt mir zu und macht ein wenig frohes Gesicht. Und dann Ivo, noch leichenhafter, als ich ihn in Erinnerung habe. Es sind ungefähr zwanzig Gäste da, bunt gemischt, und vier oder fünf Mexikaner, wohl die Adjutanten. Gatillos Frau kommt lächelnd auf uns zu und sagt: »Was steht ihr denn herum? Los, setzt euch doch.«

Wir setzen uns neben Bolo, Ivo gegenüber. Gatillo kommt majestätisch angetrippelt, zwei Flaschen Rum in der Hand: »Gut, ich denke, ihr kennt euch alle.«

Ein paar Begrüßungen, und der Federal läßt sich in seinen Sessel am Kopfende des Tisches fallen. Er fährt sich mit der Hand über das runde Gesicht und sagt erschöpft: »Was für ein Tag... Freunde, ihr könnt euch nicht vorstellen, was mich diese dreckigen, gottverdammten Hurensöhne für eine Energie kosten. Ich kann nicht mehr.«

Alle lassen das Theater über sich ergehen, nicken, manche sagen »ah, ja« oder »ja, sicher«. Gatillo füllt die Gläser in seiner Nähe mit Rum und gibt einem hinter ihm stehenden Typ einen Wink: der beeilt sich, die anderen zu bedienen.

»Seit heute morgen um fünf, um fünf Uhr«, sagt er leise, während alle mäuschenstill auf den Rest der Vorstellung warten.

»Und alles zu Fuß, wißt ihr?« sagt er, in Erwartung interessierter Reaktionen aus dem Publikum. »Nicht einmal mit Jeeps kommt man da oben hin. Zum Glück habe ich Isidro...« Er zeigt auf einen Koloß, der im Hintergrund sitzt und bescheiden den Kopf neigt. »Ganz allein hat er sich den Flammenwerfer und den Kanister aufgeladen.«

Er nickt, eine Aufforderung an die Anwesenden, Isidro zu bewundern. Dann wird er sehr ernst. Seine Augen sind nur noch Schlitze, der Zeigefinger liegt auf dem Mund.

»Und diese Bastarde... wißt ihr, was sie mir angetan haben, diese elenden Drecksäcke?«

Er macht es spannend, läßt ein paar Sekunden vergehen.

Schließlich schlägt er mit der Hand auf den Tisch, daß die Gläser klirren.

»Sie haben mich mit Gewehrschüssen empfangen. Mich! Macht ihr euch das klar?«

Allgemeine Abscheu, ein Typ am anderen Tischende fragt: »Die von den Pflanzungen?«

Gatillo fegt die Bemerkung mit einer ungeduldigen Geste beiseite. »*No te hagas el pendejo*, Faustino, was haben diese armen Teufel damit zu tun…«

Faustino sinkt in sich zusammen, merkt, daß er im falschen Moment den Mund aufgemacht hat. Er scheint Italiener zu sein, auch von seinem platten Spanisch her.

»Immer wieder die *judiciales*«, ruft Gatillo aus und fährt mit bebender Stimme fort: »Ich habe alles angeboten, was man anbieten konnte. Ich habe verhandelt, habe mit ihren Anführern gesprochen, habe vorgeschlagen, die Zonen aufzuteilen, und mein Wort gegeben…«

Er unterbricht sich, um jeden einzelnen von uns anzusehen.

»Mein Wort, versteht ihr? Den feierlichen Schwur, nicht einen einzigen meiner Männer außerhalb der Jurisdiktion von Puerto Escondido einzusetzen.«

Er nickt und atmet heftig. Er hat sich in Rage geredet, scheint jetzt nicht mehr zu schauspielern, sondern ist ernsthaft wütend: »Und die schießen auf mich.«

Er gießt sich Coca-Cola ins Glas, trinkt es zur Hälfte aus, überlegt ein paar Sekunden und sagt dann fröhlich: »Ich habe zwei von ihnen getötet. Nur um klarzustellen, wer ich bin.« Er macht ein Gesicht, als warte er auf unsere Billigung, bricht dann plötzlich in Lachen aus und sagt: »Ein schönes Loch da oben, das dritte Auge des Bewußtseins.« Er legt einen Finger auf die Stirn, lacht aus voller Kehle.

Alle stimmen in sein Lachen ein. Auch Elio strengt sich an und fordert mich mit einem Blick auf, ebenfalls zu reagieren. Ich lächle und trinke einen Schluck, um Zustimmung auszudrücken. Gatillo wird wieder ernst, sagt: »Nur daß sie jetzt wahrscheinlich... *wütend* sind.«

Er dreht sein Glas auf dem Tisch, ist nachdenklich, fast besorgt.

»Und ich habe eine Frau und Kinder... und nur neun *muchachos*, um sie zu verteidigen.«

Ruckartig wendet er sich um, beeilt sich klarzustellen: »Keine Frage, es sind die besten Jungs, die man finden kann«, er zeigt mit der offenen Hand auf die Mexikaner am Tisch, die mit gewichtiger Micnc Zustimmung signalisieren. »Ihnen vertraue ich blind. Aber...«, seufzt er, »aber es sind nur *neun.*«

Ich merke, daß Elio unruhig ist, auf seinem Stuhl hin und her rutscht. Gatillo springt auf, starrt auf Ivos Glas, das immer noch voll ist, und schüttelt beleidigt den Kopf.

»Ivo... mein Freund, was muß ich sehen? Du trinkst nicht...«

»Du weißt, daß ich nicht trinke; es geht nicht gegen dich«, sagt Ivo und lächelt verlegen.

Gatillo brummt »nein, nein, nein, nein«, geht dabei um den Tisch herum und gibt ihm das Glas in die Hand. Ivo versucht, sich zu wehren, doch Gatillo führt seine Hand zum Mund und zwingt ihn, den Cuba zu einem Drittel runterzuschlucken. Zufrieden setzt er sich wieder hin und starrt zur Decke.

»Ich habe mir überlegt«, fängt er erneut an und massiert sich die Schläfe, »euch allen eine einzigartige Gelegenheit zu bieten.«

Ich bemerke Elios Seufzen. Der Federal greift in seine Taschen und wirft eine Handvoll verchromter Medaillen auf den Tisch; sie sehen aus wie Abzeichen.

»Tausend Dollar im Monat«, sagt er eindringlich, »für die Übernahme von Sonderbefugnissen als ernannte Adjutanten. Fünf, sechs Monate höchstens. Die Zeit, um meine Schlacht zu gewinnen. Und für euch... Straffreiheit, was all die kleinen Sünden angeht, die uns bekannt sind.«

Er läßt den Blick von einem zum anderen wandern, studiert die Reaktionen. Ein Typ lacht.

»Ich sehe, daß unser Jobert den Vorschlag fröhlich aufnimmt«, sagt Gatillo und mustert ihn von der Seite.

»Entschuldige, aber ich weiß nicht, was ich mit dieser Geschichte zu tun habe«, sagt Jobert, vermutlich der Franzose, von dem Bolo gesprochen hat. »Ich habe eine Arbeit, die mich fünfzehn Stunden am Tag beschäftigt...«

»Meinst du die räudigen Pferde, die du angeblich verleihst... oder den Koks, den du jeden Monat nach Tijuana bringst?«

Jobert hört auf zu lächeln, verzieht das Gesicht und sagt: »Ach komm, du weißt, daß das nicht wahr ist.«

Bolo macht sich bemerkbar; ich glaube, um die Situation zu entschärfen.

»Wieso willst du unbedingt uns? Es gibt doch genügend Männer, die sich gerne anwerben lassen würden...«

»Ganz einfach«, platzt Gatillo heraus. »Erstens einmal, weil ihr Ausländer seid und jeder Mexikaner in Puerto, der kein Schlappschwanz ist, wahrscheinlich schon für die *judiciales* arbeitet. Also kann ich nur euch vertrauen. Und dann, weil ihr die einzigen Ausländer seid, die sich noch nicht das Hirn verbrannt haben.«

Er springt hoch, ruft aus: »Wo wir gerade dabei sind – machen wir uns doch ein schönes Pfeifchen.«

Isidro steht auf und öffnet einen Schrank. Er stellt ein Tablett mit Laborgerät auf den Tisch: Reagenzgläser, Glasröhrchen und ein Ding, das aus einer Ampulle mit einem Pfeifenkopf und einer Leitung zum Ansaugen des Rauchs besteht.

»Los, wer macht es?« fragt Gatillo und schaut uns an. »Ivo, wenn du schon nicht trinkst...«

Ivo schüttelt den Kopf, sagt: »Ich habe keine Ahnung, wie das geht.«

Gatillo lacht heiser, sagt:

»Ay, cabrón ... das willst du mir erzählen.«

Er schaut uns immer noch an, wartet auf einen Freiwilligen.

»Na?« platzt er nach ein paar Sekunden heraus.

Alle versuchen, woanders hinzusehen.

»Signor Marenghi, würden Sie die Freundlichkeit haben, Ihren Freunden etwas *Base* zu bereiten?« säuselt er einen Typ von ungefähr vierzig Jahren an, der zwei Plätze rechts von mir sitzt.

Der »Signor Marenghi« stößt den Atem aus, sagt: »Ich bin in Chemie immer durchgefallen.«

»Aber dann hast du dir in Kolumbien ein schönes Diplom geholt, soviel ich weiß«, sagt Gatillo und neigt den Kopf zur Seite.

Marenghi zwingt sich zu einem Lächeln.

»Na gut, ihr Gauner«, sagt der Federal in einem liebevollen Ton, wendet sich dann an einen seiner Männer: »Chucho, mach mir zehn Gramm Base; meine Gäste spielen die ahnungslosen Jungfrauen.«

Chucho zeigt sich professionell: Er zündet einen Spirituskocher an, gibt aus einer Tüte Koks in ein Reagenzglas, fügt Wasser und ein Pulver hinzu, das Salz zu sein scheint.

»Langsam mit dem Bikarbonat«, weist Gatillo ihn ernst zurecht, »das letztemal ist es zu sehr in den Kopf gegangen.«

Chucho schüttelt das Reagenzglas und löst die Mischung auf. Dann hält er sie näher an die Flamme, erwärmt sie mit kreisenden Bewegungen, bleibt aber weit genug weg, daß sie nicht zu kochen anfängt. Alle verfolgen aufmerksam die einzelnen Phasen, man hört nur das Atmen der Zuschauer und wie Chucho sich so sachte bewegt, als hantiere er mit Plutonium. Schließlich kocht die Lösung schäumend auf, und Chucho steckt das Reagenzglas in ein Glas mit Wasser und Eis. Eine halbe Minute beobachtet er, was geschieht, dann nimmt er das Reagenzglas heraus und schaut kritisch die Flüssigkeit an, die wieder klar geworden ist. Er gießt sie sich zwischen den Fingern durch und behält etwas zurück: eine gelbliche Substanz, die wie Käse aussieht. Er legt sie auf ein Parallelepiped aus Glas und reicht es Gatillo. Mir scheint, daß alle einen Seufzer ausgestoßen haben. Die Augen des Federal glänzen. Mit einem Messerchen schneidet er ein kleines Stück der erhärteten Substanz ab und steckt es in den Pfeifenkopf. Er macht einen Probezug aus der Wasserpfeife, die den Rauch kühlen soll. Seine Frau beugt sich mit einem Streichholz vor, und er beginnt, beeindruckend langsam, einzuatmen. Der Stoff knistert, und in der Ampulle windet sich dichter, fetter Rauch. Nach dem Zug behält Gatillo den Rauch unglaublich lange in der Lunge. Er zuckt und läuft rot an, hüpft auf seinem Stuhl herum und schlägt sich mit der Hand auf die Schenkel. Beim Ausatmen kommt fast kein Rauch mehr heraus.

»*Puta madre, que rica* . . .«, murmelt er mit hohler Stimme.

Dann gibt er die Pfeife weiter.

»Gut«, sagt er, »laßt uns diese Friedenspfeife rauchen . . . beides hält ja nicht lang, weder der Frieden noch die Pfeife.«

Elio ist an der Reihe. Gleiches Ritual, doch weniger ausführlich.

»Jeder von euch«, sagt Gatillo mit einem subtilen Lächeln, »wird mir nach der Pfeife seine Entscheidung mitteilen.«

Elio stößt panisch den Rauch aus. Er hustet, und alle grinsen. Gatillo wartet auf seine Antwort.

»Ich lebe nicht hier«, sagt Elio mit erstickter Stimme, »in ein paar Tagen fahre ich zurück in den D. F.«

»Ein guter Grund, deinem Scheißleben einen Sinn zu geben«, sagt Gatillo.

Elio schüttelt den Kopf und reicht mir die Pfeife. Ich hole Luft, bemühe mich, langsam einzuatmen. Doch als der Rauch voll kommt, halte ich es nicht aus und ziehe ihn ganz ein. Eine Explosion im Kopf, als würde sich das Hirn ausdehnen, als würden die Haare aus den Wurzeln fliegen. Ich versuche, die Augen halb geschlossen zu halten, aber ich habe das Gefühl, sie sind so weit aufgerissen, daß ich Krämpfe in den Lidern bekomme.

»Den neuen Freund kenne ich nicht«, sagt Gatillo und zeigt auf mich. »Deshalb ist er *befreit*. Doch wenn er sich in unserem geliebten Städtchen niederlassen will, würde ich mich freuen, ihm ein Gewehr und hundert Schuß Munition zu geben.«

Ich reiche die Pfeife an Bolo weiter. Der groteske Ritus wiederholt sich und fördert die absurdesten Ausreden zutage. Am Ende hat nur Faustino vorbehaltlos angenommen. Gatillo ist wütend; es sieht so aus, als wäre sein einziger Rekrut nicht gerade der hellste Kopf der Kompanie. Die Pfeife geht weiter rund, bis der Stoff alle ist. Ich bin total breit, im absoluten Stand der Gnade. Und glücklich, bei dieser tragikomischen Versammlung befreit worden zu sein. Der Federal erhebt sich, die Hände auf den Tisch gestützt, mustert uns und sagt: »Freunde... ich bin zutiefst enttäuscht. Ich hoffe, ihr werdet sobald wie möglich noch einmal darüber nachdenken.«

Alle stehen auf; die Stühle werden übertrieben laut weggeschoben. Allgemeines Torkeln und Stolpern, niemand bleibt beim ersten Versuch gerade stehen. Gatillo zieht sich in ein Zimmer zurück, schlägt die Tür zu. Isidro räumt die Laborgeräte weg, Gatillos Frau wirft uns ängstliche Blicke zu, verabschiedet jeden einzeln.

Draußen explodiert der Himmel direkt über mir. Fast könnte ich mit Kopfstößen die Sterne verschieben.

»Was zum Teufel war das für ein Stoff?« frage ich Elio und höre, wie fremd meine Stimme klingt.

»Kokainbase«, sagt er finster. »Eine Spezialität, die in Bogotá Mode ist und auch hier viel Erfolg hat ...«

Er öffnet die Wagentür, läßt sich seufzend auf den Sitz fallen.

»Dieser verdammte schizoide Bastard.«

Er läßt den Wagen an. Ich sehe Ivo auf uns zukommen. Er steckt seinen Kopf ins Auto, sagt: »Ist euch klar, was los ist?«

Elio nickt. Ich rühre mich nicht, weil ich Angst habe, daß sich mein Kopf von der Wirbelsäule losschraubt.

»Eine Woche, und der Krieg bricht aus«, sagt Ivo und schlägt mit der Hand auf den Wagen.

Er verabschiedet sich, geht auf einen schwarzen De Soto zu, der mindestens dreißig Jahre alt ist. Ich starre ihn an, sage: »Ungefähr Baujahr 59 ... großartig.«

Elio lehnt sich hinaus, wirft einen Blick auf das Auto und sagt: »Du glaubst gar nicht, wie scheißegal mir das ist.«

Er fährt ruckartig an, und ich schlage mit dem Nacken gegen die Rückenlehne.

12

Elio war wach, ist aber nicht aus dem Bett gekommen. Er hat sich schlafend gestellt, ich glaube, weil er nicht die Laune der vergangenen Nacht an mir auslassen wollte. Ich denke, für ihn hat sich alles schwindelerregend schnell kompliziert; innerhalb von zwei Tagen in Puerto hat er das Gegenteil von dem erreicht, was er sich vorgenommen hatte. Wir wollten ohne Aufsehen diese zehn Kilo kaufen und in den Norden zurückkehren. Jetzt haben wir ein Angebot, bei den *federales* mitzumachen, und Gatillos Atem im Nacken.

Wir wohnen bei Bolo, der nicht viel spricht und vielleicht nicht mal lacht, wenn man ihn kitzelt. Ich bin nach draußen gegangen, habe mich, ohne zu wissen, wo genau ich bin, landeinwärts Richtung Bacocho gewandt; auf halbem Weg bin ich auf einen stillgelegten Flughafen gestoßen. Von weitem habe ich Leute auf der Piste gesehen, um sie herum Jeeps und Autos. Sie haben sich seltsam verhalten, wie bei einem großen kollektiven Ritus. Deshalb bin ich aus Neugierde stehengeblieben und habe beobachtet, wie sie mitten auf der Piste Säcke zusammengetragen und mit Benzin oder Diesel besprengt haben, um dann vor dem Scheiterhaufen für Fotos zu posieren. Ich war zu weit weg, doch ich hatte den Eindruck, daß es sich bei dem Hohenpriester der Gruppe um Gatillo handelte. Als sie die Fackeln auf den Haufen geworfen haben, sind die Flammen in wenigen Sekunden hochgeschlagen. Der Rauch hat sich sehr schnell über die ganze Gegend verbreitet, und auf den Dächern standen Maurer, die aufhörten zu arbeiten und kopfschüttelnd zuschauten. »So eine Verschwendung!« hat einer gesagt, und sie haben den Rauch geschnuppert, tief eingeatmet und gelacht. Der süßliche Duft von Marihuana hat sich mit der salzigen Meeresluft vermischt, denn der Strand liegt nur wenige hundert Meter von der Piste entfernt unter einem steilen Felsen. Es mögen zwei oder drei Tonnen Stoff gewesen sein.

Ich habe einen abschüssigen Pfad gefunden und bin in einer Bucht herausgekommen; ich glaube, hier ist die einzige Stelle, wo die Wellen nicht drei Meter hoch sind. Ich sehe nur badende Mexikaner, keine Touristen und keine Restaurants unter den Bäumen. Ich brutzele in der Sonne und gehe hin und wieder kurz schwimmen, wobei ich mir unfehlbar die Füße an den Korallen aufkratze, die bis ans Ufer geschwemmt werden.

Meine Augen sind geschlossen, als ich den Krach eines Achtzylinders höre und mich nicht umdrehe, weil ich fürchte, ihn zu kennen. Dann kommt die Stimme, und es gibt kein Entweichen.

Er begrüßt mich kumpelhaft: »¿Hermanito, qué onda?«

Gatillo massiert sich den freien Bauch; das T-Shirt ist bis zur Brust hochgerollt. Seine Frau steigt aus dem Dodge und hilft einem Kind von drei oder vier Jahren herauszuklettern. Ich sehe Isidro, der ein kurzes Automatikgewehr umhängen hat. Gatillo kommt näher, bietet mir eine Zigarette ohne Filter an; auf dem Päckchen steht *Delicados*, und beim ersten Zug rasseln meine Bronchien.

»Angelito ist der ruhigste Platz, bestens geeignet, um nachzudenken«, sagt er und wirft einen Blick auf die Felsen ringsherum.

Ich nicke. Er betrachtet das Meer, fügt vage hinzu: »Dann warst du es also wirklich vorhin.«

»Wo?« frage ich.

Er lacht, macht eine Handbewegung, sagt:

»Vorhin, hinten bei der Piste... Als ich diese furchtbare Vernichtungsaktion durchführen mußte«, seufzt er traurig.

»Ja, ich habe den Rauch gesehen«, sage ich.

Gatillo setzt eine theatralische Miene auf, murmelt: »Eine echte Sünde. Aber hin und wieder muß man ein bißchen was verbrennen. Das ist für die Journalisten. Dann sagen sie in der Hauptstadt alle: Die *federales* verbrennen tonnenweise Marihuana, die *judiciales* nicht.«

Er grinst, wendet sich seiner Frau zu, sieht, daß der Junge im Sand sitzt, und ruft aus: »*¡Pepejillo, principito de tu papacito!*« Er nimmt ihn auf den Arm und zwingt ihn, seine Hätscheleien und schmatzenden Küsse zu ertragen. »Du mußt schnell wachsen, weil ich einen brauche, dem ich vertrauen kann«, sagt er und hebt ihn in die Luft. Dann setzt er ihn zurück auf den Boden, wird wieder ernst und meint: »Gut, ich habe einen Haufen Arbeit. Ich vertraue dir ein Stück meines Lebens an.«

Er blickt auf seine Frau, die sofort züchtig lächelt. Ich sage: »Ich habe nicht verstanden . . .«

Gatillo mustert mich mit gespieltem Erstaunen:

»Meine Frau und meinen Sohn, nicht wahr? Ich nehme den Dodge und lasse euch den anderen dort oben stehen.« Er geht auf Isidro zu, der schon am Steuer sitzt.

»Keine Angst«, schaltet sich die Frau ein. »Er mag solche Scherze.«

Ihr Ton hat etwas Scharfes; und sie hat es erst gesagt, als ihr Mann schon weit genug weg war und es nicht mehr hören konnte. Ich lächle, zucke die Schultern. Sie sagt: »Aber wenn ich Sie ins Dorf mitnehmen soll, machen Sie keine Umstände.«

»Also . . . ich wollte eigentlich noch nicht gleich gehen.«

»Ich auch nicht«, sagt sie.

Dann wendet sie sich um, winkt den beiden im Auto zu, das mit einem übertriebenen Manöver Staub aufwirbelt, Steine wegschleudert und schließlich in einer Abgaswolke hinter der Anhöhe verschwindet. Der Gesichtsausdruck der Frau verändert sich, erleichtert stößt sie den Atem aus. Ganz unbefangen legt sie ihre Kleider ab, durch mich als unfreiwilligen Zuschauer überhaupt nicht gehemmt. Sie trägt jetzt nur noch einen knappen Bikini, löst ihr Haar und geht lässig ins Wasser. Ich habe sie mir nicht so gut gebaut vorgestellt, ohne diese Kleidung der züchtigen Hausfrau. Ihr pechschwarzes, schimmerndes Haar fällt ihr auf die zarten Schultern. Sie kommt ans Ufer zurück, Wassertröpfchen auf ihrer dunklen Haut; ich muß woanders hinschauen. Diesen Schachzug Gatillos verstehe ich nicht. Seine Frau mit einem Fremden zurücklassen, das kann bei einem Typ wie ihm nicht zufällig sein. Das Kind ist vielleicht zur Sicherheit dabei, doch überzeugend finde ich das nicht. Sie legt sich auf ihr Handtuch, stößt einen zufriedenen Laut aus. Dann stellt sie sich vor, lacht darüber, daß ich ihren Namen noch nicht kenne: Vidalúz. Am Anfang denke ich, sie will sich einfach nur unterhalten, als sie nach Italien fragt, nach meiner Arbeit, wie es mir zu Hause geht und wie es mit meinem Besitz an Häusern, Autos, Pferden aussieht. Dann habe ich eher den Eindruck eines Verhörs und überlege mir, der wahre Grund könnte sein, daß Gatillo seine Frau dafür gebraucht, sich ein Bild von den Leuten zu machen, die ihm noch auf seiner sozialen Karte von Puerto fehlen. Ich bin nicht irgendein Tourist; ohne daß es mir bewußt war, habe ich den Eindruck gemacht, verschiedene Einwohner zu kennen, und bin mit Leuten zusammen, die er auf seiner Seite haben möchte. Ich beginne, mir Antworten auszudenken, die mich nicht als vagabundierenden Hungerleider erscheinen lassen, erzähle etwas von einer kreativen Arbeit ohne Verpflichtungen, von einem repräsentativen Haus, zwei Autos und einem Motorrad. Ich denke, das reicht, um das absolute Fehlen finanzieller Interessen zu zeigen, damit ich nicht als potentieller Dealer eingeordnet werde. Nur daß Vidalúz irgendwann den Kopf hebt, ihn in die Hände stützt, mir in die Augen schaut und sagt: »Ich würde alles tun, um hier wegzukommen.«

Sie lächelt nicht mehr, nickt kaum merklich, wiederholt noch ernster: »*Alles.*«

In meinem Kopf fällt das Hypothesengebäude über den Sinn ihrer Fragen zusammen. Jetzt habe ich Angst, daß sie aus ganz anderen Gründen nach meinen Lebensumständen gefragt hat.

Ich weiß nicht, wo ich hinschauen soll, sage: »Von hier weggehen? Und wohin möchtest du...«

»Nach Europa«, sagt sie, ohne mich meinen Satz beenden zu lassen. Sie wirft mir einen traurigen Blick zu, fährt fort: »Ohne einen Ozean dazwischen würde er mich finden... früher oder später.«

Sie dreht sich plötzlich um, holt ihrem Kind Sand aus dem Mund; es schaut sie verstört an, weint aber nicht.

»Er ist nicht schlecht«, sagt sie, »doch er hat sich in den Kopf gesetzt, den Gouverneur zu spielen, hat aber nur die Macht eines Polizisten.«

Sie sieht mich an, auf ihrem Gesicht ein Hauch von Müdigkeit, zwei tiefe Falten auf der angespannten Stirn.

»Ich halte es nicht mehr aus. Und ich werde nicht hierbleiben, um zu erleben, wie die Kugeln ihn durchsieben. Ich will nicht eines Morgens aufwachen und seinen Kopf auf der Motorhaube finden.«

Ich verziehe instinktiv den Mund, sie fährt fort: »Und so wird er enden. Wenn du es nicht glaubst, bleib ein paar Monate in Puerto.«

Sie zieht sich wieder an, mit nervösen, ruckartigen Bewegungen. Ich betrachte sie und denke an den Vorschlag von letzter Nacht, an diesen Faustino, der ihn angenommen hat. Vidalúz bindet ihr Haar im Nacken zusammen, streicht das Kleid glatt, schnallt die Sandalen zu. Sie ist wieder die Frau des Federal.

»Willst du mitfahren?« fragt sie mit einem gezwungenen Lächeln.

Ich mache eine unbestimmte Geste, gehe dann auf dem Pfad hinter ihr her.

An einer Seite des Sträßchens steht ein perlfarbener Cutlass mit polarisierten Scheiben. Vidalúz sucht die Schlüssel in ihrer Tasche, läßt die vier Verriegelungen gleichzeitig aufspringen. Der Kleine klettert nach hinten, und ich setze mich neben sie.

Das Auto ist innen noch kühl, also ist die Klimaanlage noch nicht lange abgestellt.

»Die Fenster bitte nicht aufmachen«, sagt sie.

Ich denke, es ist wegen der Hitze. Doch sie seufzt, setzt hinzu: »Es ist besser, daß man dich nicht mit mir sieht; man weiß nie.«

Sie wirft mir einen zweideutigen Blick zu, lächelt sonderbar. Sie macht keinen Spaß. Sie hat das dumme Zeug geglaubt, das ich ihr erzählt habe, und denkt wirklich, sie könnte mich überzeugen, daß ich sie mit nach Italien nehme. Ich weiß nicht, ob ich lachen oder noch heute abend nach Guatemala abhauen soll.

»Kennst du den Michoacán?« fragt sie, plötzlich fröhlich. »Ich komme aus Morelia. Du mußt die Gegend kennenlernen, es ist der kühlste Staat in Mexiko: Tannenwälder, Seen... Manchmal kannst du dir einbilden, du bist in Kanada oder... oder bei dir zu Hause, denke ich mir.«

Ich nicke, heuchle Interesse, verzichte darauf zu sagen, daß ihre Vergleiche mich abschrecken.

»Wie bist du hier in Puerto gelandet?«

»Ich hatte gehofft, daß ich hier Freunde von mir treffen würde... habe sie aber nicht gefunden.«

»Hattet ihr euch verabredet?« fragt sie weiter.

»Nein, ich dachte, sie kämen hier vorbei... mehr nicht.«

Sie ist amüsiert, lacht und sagt:

»Hier kommen viele Leute vorbei, sogar zu viele, und das tagtäglich.«

Sie fährt sicher, lenkt das Auto um Schlaglöcher und Sandhaufen herum. Wir erreichen die Straße, die in den oberen Teil führt, und sie fragt, wohin ich möchte. Ich sage, daß es mir auf der anderen Seite recht wäre, in der Nähe von Bolos Kneipe. Sie beschleunigt, überholt einen Bus so knapp, daß sie gerade noch rechtzeitig vor einer Herde träger Kühe wieder einschert. Sie fragt: »Italienische Freunde?«

»Nein, Spanier«, antworte ich und versuche, dem Verlangen, das in mir hochkommt, nicht nachzugeben.

Schließlich tue ich es aber doch und beschreibe die *Aivly* aus Alicante, die Farbe, die Segel, die drei, die damit unterwegs sein müssen. Vidalúz scheint sich zu konzentrieren; dann nickt sie langsam, als käme ihr eine schwache Erinnerung. Ich bemühe mich, dem keine Bedeutung beizumessen, mir klar zu machen, daß ich mich nicht wieder auf diese verrückte Phantasie einlassen darf. Doch sie sagt: »Im letzten Jahr habe ich ein solches Boot in Huatulco gesehen.«

Die Anspannung läßt nach. Vor einem Jahr. Sie versucht nur, Interesse zu zeigen, irgend etwas zu sagen, damit es nicht still ist.

»Ich erinnere mich daran, weil ein junger Typ darauf war, der die Leinen ausgeworfen hat und...« Sie lacht, macht eine verschämte, zierliche Geste, die aufgesetzt wirkt, sagt dann noch: »So ein Boot muß eine Menge Geld wert sein.«

Sie bremst vor den Blechtonnen, die am Ende der Perez Gasga stehen, schaut mich an, als warte sie auf etwas. Ich wende mich ab, sehe durchs geschlossene Wagenfenster nach draußen, bemühe mich den Drang zurückzuhalten, sie nach mehr Einzelheiten über das Boot und diesen Ort namens Huatulco zu fragen. Doch zwei Männer auf der Pritsche eines Lieferwagens lenken mich ab. Sie fallen mir wegen ihrer seltsamen Haltung auf. Einer lehnt sich an den Rand und ist mit irgend etwas hinter der Seitenwand beschäftigt, der andere zeigt mit einer schnellen Bewegung auf uns, um sich dann auf die Pritsche zu werfen.

Ich stürze mich auf Vidalúz, lege ihr einen Arm um den Hals, ziehe sie zu mir herüber und trete dabei zwischen ihre Beine, damit sie die Kupplung losläßt. Die beiden Seitenfenster explodieren. Ich steige aufs Gas, und wir tun einen Satz nach vorn, schleifen eine Blecheimer voll Sand mit, der uns schließlich blockiert. Wir sitzen fest. Sie schießen weiter. Dumpfe Schläge gegen das Blech, die Schüsse pfeifen an uns vorbei, es hagelt Glassplitter; ich bekomme reichlich davon ab. Vidalúz schreit, das Gesicht gegen den Schalthebel gepreßt. Der Junge weint und starrt mich entsetzt an. Ich schaffe es nicht, die Tür aufzubekommen. Noch eine Garbe. Ich werfe mich auf den Rücksitz, weil Vidalúz den ganzen Vordersitz besetzt. Schüsse von der gegenüberliegenden Seite. Ich ducke mich, schiebe das Kind vom Sitz runter, kriege den Türgriff zu fassen: dieser hier läßt sich öffnen. Ich rolle aus dem Auto, sehe einen Typ, der auf der Erde liegt, mit einem Automatikgewehr auf den Lieferwagen schießt: Chucho. Die Schreie von Vidalúz übertönen sogar die Explosionen. Der Lieferwagen rast im Rückwärtsgang los, Gewehrschüsse auch aus dem Wagenfenster. Es ist ein dunkelblauer Chevrolet, den wir in der Kurve beim Punta überholt hatten. Ich laufe Bolo entgegen, der vor der Bar auftaucht und augenblicklich wieder darin verschwindet. Ich werfe mich auf die Erde, und er kommt mit einem Gewehr in der Hand zurück, gibt einen Schuß Richtung Chevrolet ab. Ein donnernder Schlag, anders als das Knattern der automatischen Waffen. Er zieht den Hebel zurück und lädt nach, schreit: »Weg da, du Arschloch!«

Ich rase auf die Mauer zu, drücke mich an eine geschlossene Tür. Der Chevrolet verschwindet hinter der Kurve. Mitten auf der Straße kauert ein Mann, bewegt sich langsam, versucht wieder auf die Beine zu kommen. Chucho schiebt ein Magazin in die Pistole, lädt durch, zielt und schießt ihm zweimal in den Rücken. Der Mann erbebt, fällt dann auf die Straße.

»Du bist ja echt hart drauf. Bravo. Ein ganz Schlauer, muß ich schon sagen.«

Bolo flucht und spült dabei die Gläser, um seine Hände beschäftigt zu halten. Elio läßt ihn sich abreagieren. Zu mir hat er nur gesagt: »Sieh zu, daß du wach wirst.« Dann hat er den Mund nicht mehr aufgemacht.

»Fährt mit der Frau des Federal spazieren, es ist nicht zu fassen«, redet Bolo weiter und wirft die Tassen ins Spülbecken. »So, wie die Lage ist. Und dann auch noch in Gatillos Auto . . .«

Elio geht sich ein Bier holen und bringt mir auch eins mit.

»Ich habe auf die *judiciales* geschossen, verstehst du, was ich meine?« flüstert Bolo.

»Aber du hast sie nicht getroffen«, sagt Elio. »Chucho hat einen erwischt. Du kannst also beruhigt sein; das geht ganz allein auf ihn.«

Lärm von Schritten: Gatillo kommt mit einem Trupp bewaffneter Männer herein. Sein Gesicht ist verzerrt, er keucht, streckt die Arme aus und legt sie um mich: eine heftige Umarmung. Ich falle fast vom Stuhl, das Bier kippt um und fließt mir über die Hosen.

»*Hermano*«, sagt Gatillo, drückt mich fest an sich und klopft mir auf die Lungen, daß ich husten muß, »du hast meinen Sohn gerettet.«

Er schaut mich mit glänzenden Augen an, umarmt mich noch einmal.

»Du, ein *güero*, den ich nicht einmal kenne, hast meinen Sohn gerettet . . .«

Schon wieder diese Geschichte mit dem *güero*. Gatillo läßt endlich los, schaut Elio an, dann Bolo, sagt: »Ich werde es dir nie vergessen.« Er geht hinaus, von seiner Leibwache umgeben.

Elio seufzt, sagt zu mir: »Du hast ihn erobert.«

Ich sage: »Ich bin hinten raus, weil das Schloß vorne blockiert hat. Ich habe nicht mal auf den Jungen geachtet.«

Elio schaut mich an, beginnt zu lachen. Bolo sagt: »Gatillos Frau hat gesagt, du hättest ihn mit deinem Körper gedeckt.«

»Nein, ich habe ihm nur einen Schubs gegeben, weil er mich nicht vorbeiließ«, antworte ich.

Dann schaue ich Bolo an, der gerade einen Mangokuchen zerschneidet und die Stücke strahlenförmig anordnet. Ich frage ihn: »Und du, was hast du denn gedacht?«

Bolo brummelt irgendwas und zuckt die Schultern, sagt: »Nichts. Ich habe dich gesehen, wie du weggerannt bist … und die anderen, die geschossen haben.«

Er nimmt das Gewehr, das unter der Treppe hängt, legt es hinter die Theke.

»Und die Signora Vidalúz?« fragt Elio.

»Nur ein paar Kratzer«, antwortet Bolo.

Ivo kommt herein, sagt: »In der Sierra muß ein Flugzeug abgestürzt sein.«

Elio sieht auf die Uhr. Bolo starrt Ivo wie ein Gespenst an und meint: »Seit vier Jahren bist du nicht rausgekommen, solange die Sonne am Himmel steht.«

Ivo schaut leicht verstört zu ihm hin, fragt: »So lange?«

Dann wirft er einen Blick auf die Straße, kommt zurück und sagt zu mir: »Ganz schön beknackte Knallerei; meinen Glückwunsch, im allgemeinen treffen die *judiciales*.«

»Was ist das für eine Geschichte mit dem Flugzeug?« fragt Elio.

»Ah ja«, sagt Ivo. »Auf einem Markt in einem Pueblito in der Sierra haben sie Säcke mit Dünger verkauft. Dann hat ein Landwirtschaftsfachmann, einer von denen, die für die Regierung durch die Gegend fahren, gemerkt, daß es Koks ist. Zentnerweise, und seit wenigstens zwei Monaten haben sie damit den Mais gedüngt. Es hat sich herausgestellt, daß die Bauern das Zeug aus einem Flugzeug hatten, das im Wald abgestürzt war und aus San Andrés oder aus Costa Rica gekommen sein muß.«

Bolo schüttelt den Kopf, sagt: »Vor ein paar Jahrhunderten hätten sie es für ein Geschenk der Götter gehalten. Heute denken sie, es ist Mist. Was für Scheißzeiten.«

Elio macht ein nachdenkliches Gesicht. Er lehnt sich zurück, steckt die Hände in die Taschen und lächelt matt: »Sieh an, was für ein Zufall«, sagt er. »Gatillo klappert für seine Kampagne *antienervantes* einen Monat lang die Sierra ab … und die *judiciales* auch. Bis sie anfangen, aufeinander zu schießen.«

»Ja«, sagt Ivo, als wollte er genau das hören, und fährt fort: »Entweder hat Gatillo dieses Flugzeug erwartet, und die *judiciales* haben es rausgekriegt, oder umgekehrt. Auf jeden Fall geht es um Millionen von Dollars.«

»Haben sie es denn runtergeholt, oder ist der Pilot abgeschmiert?« fragt Bolo.

Ivo zuckt die Schultern: »Hm, eine Piste im Dschungel, nachts . . . Da kannst du stundenlang kreisen, und das Benzin wird alle, wenn du sie nicht beim ersten Überfliegen findest.«

Elio meint: »Sie sind sich vielleicht gegenseitig in die Quere gekommen, und irgendwas ist schiefgelaufen.«

»Klar«, sagt Ivo. »Aber das ist gar nicht so wichtig. Das Ergebnis bleibt gleich: Gatillo ist wütend, die *judiciales* wollen ihn tot sehen, und wir sitzen in der Scheiße.«

»Man darf nur keinen Autostopp machen, wenn die Frau des Federal vorbeifährt«, findet Bolo.

»Na ja«, sagt Elio, »solange sie sich gegenseitig abschlachten, haben sie weniger Zeit, sich um den Rest zu kümmern.«

»Kann sein«, meint Ivo. »Aber bis dahin muß ich um zwei Uhr mittags raus, um zwei Joints aufzutun.«

»Das erste Opfer der Ausgangssperre«, brummelt Bolo und schneidet Obst für einen Fruchtsalat.

Ivo verabschiedet sich, setzt sich eine Brille mit tiefschwarzen Gläsern auf und hält sich die Hand vor die Stirn, bevor er nach draußen geht.

»Was hatte denn Chucho da draußen zu tun?« fragt Elio.

Bolo mischt zuerst den Obstsalat, sagt dann: »Ich glaube, er kam aus der Bank.«

Elio macht ein unbestimmtes Gesicht, als wäre er nicht überzeugt. Ich frage: »Was ist Huatulco?«

»Eine der schönsten Buchten des Pazifiks«, antwortet Elio. »Bis vor einiger Zeit.«

»Und jetzt?«

»Ein Club Méditerranée, ein internationaler Flughafen, Nutten im Nerz bei vierzig Grad im Schatten, Gringogesocks in Hotels, wo die Nacht dreihundert Dollar kostet. Ein *basurero*.«

»Ah.«

»Ist nicht weit, eine Stunde mit dem Auto«, sagt Bolo und zeigt mit dem Kinn Richtung Süden.

13

Ich habe versucht, den Pontiac von Elio zu bekommen. Doch er läuft nur auf fünf Zylindern, und eine der Kerzen zündet nicht und klemmt im Gewinde. Deshalb hat er gesagt: »Zu zweit schiebt es sich besser« und hat mich nach Huatulco begleitet. Der Ort ist nicht ganz so apokalyptisch, wie er ihn beschrieben hat, doch von dem gleichen ausbeuterischen und abgefuckten Tourismus verseucht wie Vallarta und Acapulco. Verglichen damit ist Puerto Escondido ein Paradies. Wir sind in den mit Booten verstopften Hafen gegangen; ich habe Elio gesagt, was ich suche, aber nicht erklärt, warum. Er hat keine Fragen gestellt, sondern nur zehn Dollar von mir gewollt, die er dann einem Typ vom Hafenbüro gegeben hat, nachdem er vorher mit ihm über alles mögliche geredet und gefrotzelt hatte. Ich bin immer wieder verblüfft, wie er schafft, das Vertrauen der Leute zu gewinnen, sich vorsichtig herantastet und Gewohnheiten akzeptiert, die nicht seine eigenen sein können. Der Typ hat gesagt, wir sollen am Nachmittag wiederkommen. Wir sind am Strand langgezogen und haben uns über das grauenhafte Volk die Mäuler zerrissen. Doch ich konnte an nichts anderes denken, und als wir im Hafenbüro vor der Theke standen, war ich naßgeschwitzt. Der Typ hat Elio mit konspirativer Miene einfach einen Zettel rübergeschoben, gesagt: »Das dürfte ich eigentlich nicht« und mir komplizenhaft zugezwinkert. Mit dem Lesen habe ich gewartet, bis ich draußen war. Die Sonne hat mir fast Löcher ins Hirn gebrannt. Eine Reihe von Daten: vor einem Jahr, vor sechs Monaten, und zum letztenmal ist die fünfzehn Meter lange Ketsch aus Alicante mit dem Namen *Aivly* vor etwas mehr als drei Monaten von Huatulco aus in See gestochen.

»Schulden sie dir Geld?« fragt Elio.

Das ist die erste Frage, nachdem er eine halbe Stunde lang gefahren ist. Ich muß lachen, sage: »Ich glaube, daß ich eher ihnen was schulde.«

Elio konzentriert sich wieder auf den Krach zwischen Pleuelstange, Kolben und Ventilen. Ich brüte weiter über Satzanfängen, doch es endet immer damit, daß ich nicht weiß, was ich ihm erzählen soll. Aivly und ihre beiden *Brüder* wiederzufinden würde alles nur schlimmer machen. Aber ich schaffe es nicht, meiner Neugierde Herr zu werden, wüßte einfach gerne, was zum Teufel sie hier unten zu suchen haben.

Die Lichter von Puerto tauchen auf, ein warmer gelber Schimmer, aus dem ein Gedränge träger Körper wird, gedämpfte Geräusche, Singsang, Gebrumme von Bussen, die bergan fahren, Rufe. Man könnte fast meinen, ich komme nach Hause.

In drei Tagen keine einzige Zeile über die Schießerei. Doch von Gatillo gibt es Interviews und Fotos in triumphierenden Posen. Er hat durch die Festnahme von ein paar armen Teufeln, die am Strand von Tangolunda, Richtung Puerto Angel, Schildkröteneier gesammelt haben, einige Punkte gemacht und einen Kleinkrieg gegen »diese Frevler, die in die Lebenszyklen der Natur eingreifen«, begonnen. Hier gibt es diese Eier in allen Restaurants und sogar für wenig Geld in den Garküchen, den *comedores*, doch wenn die Sache auf die Seiten der Tageszeitung gerät, wird daraus ein heiliger Kreuzzug. Gatillo ist es gelungen, eine zweite Front zu eröffnen, und in der Hauptstadt sind sie sicher zufrieden, einen Federal ernannt zu haben, der so eifrig auf die Einhaltung des Gesetzes achtet, daß er sich sogar mit Eiersuchern anlegt.

Elio hat endlich Albertico getroffen, gestern vormittag, als er vom Fischen mit dem Boot zurückgekommen ist. Die zehn Kilo aufzutun scheint nicht so einfach, wie wir gedacht hatten. Das Gebiet in den Bergen wird gründlicher durchkämmt; natürlich trifft es nur die kleinen Bauern, die keine Verbindung zur Armee oder zu den verschiedenen Polizeitruppen haben, doch genau sie sind es, mit denen Albertico zusammenarbeitet, um sich aus dem komplizierten Machtnetz, das den Drogenhandel beherrscht, herauszuhalten. Für Elio ist das eine Garantie; er sagt, daß Albertico der einzig saubere Typ in diesem undurchsichtigen Scheißgeschäft ist. Morgen fahren wir nach Oaxaca, wo wir eine Verabredung mit ihm haben. Er will uns mit in die Sierra nehmen, um den Stoff zu kaufen. Bolo weiß Bescheid, verkneift sich aber jeden Kommentar. Er hat nur gesagt: »Schlechte Zeiten, um auf Reisen zu gehen.« Elio hat ihm geantwortet, daß wir es genau deshalb tun, weil ja im Norden weniger Stoff ankommt und daher der ideale Moment sein dürfte, ihn schnell abzusetzen. Ich trinke gerade mein übliches Dos-Equis-Lager-Morgenbier, Bolo backt seine ganz speziellen Plumcakes fürs Frühstück, kleine weiche Kissen aus Kuchenteig, die einem wie Steine im Magen liegen. Elio kommt rein, gähnt und nimmt gleich ein Bier aus dem Eisschrank, setzt sich an meinen Tisch und begrüßt mich mit: »¿Qué onda, carnalito?«

»Buena onda«, antworte ich und blättere den *Excelsior* von gestern durch.

Es gibt einen Bericht aus dem Staat Nayarit, wo Bankräuber nach einem Überfall von einem Trupp der »Handelspolizei« – deren Aufgabe es ist, Banken und Geschäfte zu schützen – erschossen worden sind; dann hat ein Auto der *judiciales* sie von der Straße gedrängt und ist mit dem Geld abgehauen. Jetzt beschuldigen sich beide Gruppen gegenseitig der Unwahrheit, und von der Beute gibt es keine Spur.

»Interessant?« fragt Elio.

»Man kann viel daraus lernen«, sage ich und gebe ihm die Seite.

Er schaut den Artikel schnell durch, sagt: »Ah ja«, reißt ein Stück von der Seite ab, faltet es zusammen und schiebt es unter ein Tischbein, damit das Wackeln aufhört.

Ein grinsender Typ kommt rein, Bolo begrüßt ihn als »Alfonso«. Er schaut uns an und gibt uns ein Zeichen. Sieht so aus, als hätte er uns gesucht. Er ist einer von Gatillos Männern.

»Der *jefe* erwartet euch«, sagt er. »Mein Auto steht draußen.«

Elio fixiert ihn ein paar Sekunden lang; dann nickt er, steht auf. Er wechselt einen Blick mit Bolo und sagt zu mir: »Ausreden haben keinen Sinn.«

Ich folge ihm nach draußen. Alfonso geht auf einen Maverick zu, in dem noch ein anderer Finsterling wartet. Als er die hintere Wagentür aufmacht, schüttelt Elio den Kopf: »Ich fahre lieber mit meinem eigenen.« Er steigt in den Pontiac, gibt den beiden ein Zeichen und fragt: »Soll ich euch folgen oder vorausfahren?«

Alfonso lacht, startet, fährt los und wirbelt den Sand auf. Wir hinterher.

Wir kommen unter dem Schlößchen mit der Tigerfahne an. Bei Tageslicht sieht es elend geschmacklos aus. Der gleiche lange Weg: verriegelte Tore, Wachen an den Fenstern. Doch diesmal geht es schneller, weil wir zwei Begleiter haben. Wir steigen hinunter in eine Art Garage, in der ein seltsames Labor eingerichtet ist, vollgestopft mit Kanistern, Tanks, Gerätschaften und verstreuten Motorenteilen. In einer Ecke steht ein Marmortisch. Darauf ist ein armer Kerl festgeschnallt, voller blauer Flecken und splitternackt. Isidro hält seinen Kopf, während Gatillo dabei ist, ihm langsam Mineralwasser mit Kohlensäure in die Nase zu gießen. Der Typ zappelt, hustet, stößt ein langes Röcheln aus und schnappt nach Luft. Er ist geschafft, reagiert fast nicht, als Isidro ihn bei den Haaren packt und seinen Kopf zwei- oder dreimal auf den Marmor schlägt. Gatillo sieht uns, lächelt und grüßt freundlich: »*Hola amiguitos. ¿Qué tal?*«

Elio hebt kaum den Kopf, ich bewege mich nicht. Der Federal schnaubt, hängt seine Arschbacken über den Tisch und verpaßt dem Gefangenen kleine Schläge in den Magen.

»Gott, bin ich müde«, murmelt er. »Der hat mich die ganze Nacht schwitzen lassen, dieser *muchachito guajiro*.«

Der Junge schließt die Augen, sein Brustkorb hebt und senkt sich hektisch, sammelt in der unverhofften Pause Luft. Er ist vielleicht fünfundzwanzig, dunkle Hautfarbe, karibische Gesichtszüge.

»Von all den elenden Kolumbianern, die mir in die Hände fallen«, sagt Gatillo mit trägen Gesten, »sind die aus Guajira die zähsten. In zwölf Stunden kein einziges Wort.«

Er schaut auf die kleine Flasche mit Mineralwasser, unschlüssig, ob er wieder anfangen soll. Dann zuckt er die Schultern und trinkt den Rest aus. Er seufzt, rülpst ein paarmal und sieht uns erstaunt an.

»Was macht ihr denn für Gesichter«, ruft er aus, erhebt sich und zeigt auf den Kolumbianer. »Der hatte dreihundert Gramm Koks im Arsch, und ich weiß, daß am Flughafen einer auf ihn gewartet hat.« Er nickt ernst. »Aber er will mir nicht sagen, wer.«

Er denkt kurz nach, schlägt sich dabei mit der Flasche auf den Schenkel, streckt mit einem Mal den Arm aus und sagt: »Wenn er geredet hätte, würde ich ihn jetzt nach Pochutla zu seinen Genossen schicken. Und vielleicht käme er mit acht oder zehn Jahren davon.« Er schaut Elio an, dann mich, macht ein rätselhaftes Gesicht. »Aber weil er härtere Eier hat als wir und weil wir alle müde sind . . .«

Er beendet den Satz nicht, holt ein Jagdmesser aus der Scheide, die an seinem Gürtel hängt, legt die Klinge auf die Leiste des Jungen. Die Muskeln ziehen sich zusammen, durch den ganzen Körper geht ein Zucken. Er kneift die Augen zu, hält den Atem an. Gatillo lacht belustigt und sagt, zu uns gewandt: »Meint ihr, er macht den Mund auf, wenn ich sie ihm abschneide?«

Er gibt die Antwort selbst, indem er den Kopf schüttelt. Dann schneidet er plötzlich die Seile an den Beinen und über der Brust durch.

»Lauf so schnell und so weit du kannst. Hau ab.«

Der Typ starrt ihn ungläubig an, schaut den grinsenden Isidro an, dann uns und wieder Gatillo, der sagt: »Willst du jetzt gehen oder nicht?«

Der Kolumbianer springt vom Tisch und rollt über den Fußboden, kommt auf die Füße und greift sich seine Kleider von einem Stuhl, zieht sie mit fiebrigen Bewegungen an, macht sich schnell und mit hüpfenden Schritten davon, hält sich immer wieder an der Wand fest, um nicht hinzufallen. Als er in der Tür steht, schützt er sich mit der Hand vor der Sonne, und Gatillo schreit hinter ihm her: »Vergiß Puerto Escondido!«

Der Junge starrt ihn haßerfüllt an, verschwindet nach draußen, wir hören ihn über den Kies laufen. Gatillo packt sich ein Walkie-talkie und gibt den Posten am Tor Befehl, ihn durchzulassen.

»Na, gesehen?« fragt er Elio. »Vor *denen* habe ich Respekt.« Er greift sich mit der Hand zwischen die Beine und schüttelt, was er zu fassen kriegt.

Elio nickt. Dann sieht Gatillo mich an und lacht los. Er tritt näher, klopft mir auf die Schulter.

»Amüsierst du dich, hier in Puerto?«

»Ausgezeichnet«, antworte ich.

Elio wirft mir einen schiefen Blick zu.

Gatillo macht einen Kühlschrank auf, holt einen Kübel mit zerstoßenem Eis raus, eine Flasche Tequila Siete Leguas und Limonen. Isidro schneidet sie auf und preßt sie aus, während Gatillo mit einem Shaker zugange ist. Er gibt Limonensaft und Eis hinein, gießt kräftig mit Tequila auf. Dann zeigt er mir die Flasche, klopft mit dem Zeigefinger auf das Bild des schwarzen Pferds und fragt: »Weißt du, wer das ist?«

Ich versuche zu lächeln, seine Pupillen verengen sich, er setzt eine achtunggebietende Miene auf.

»Siete Leguas, der Hengst von Pancho Villa.«

»Ah«, sage ich.

Um Gatillos Mund erscheint ein bitterer Zug.

»Für einen wie Pancho Villa gibt es keinen Platz mehr in diesem unglücklichen Land.«

»Und wer sagt das?« meint Elio.

Mir wird mulmig bei seinem Ton, der plötzlich so herausfordernd ist. Doch als ich Gatillos Reaktion sehe, merke ich, daß Elio sich kaum einmal vertut, wenn er mit den Leuten hier redet. Der Federal ist einen Augenblick sprachlos, dann hält er den Kopf schräg, als wäre er dabei, seine Ansichten noch einmal zu überprüfen. Er murmelt nachdenklich: »*Quién, sabe, hermanito . . .*«

Er nimmt den Shaker und schüttelt ihn heftig, gießt dann den Margarita in die Gläser, die Isidro vorbereitet, indem er sie in eine Schale mit Salz taucht, den Rand darin dreht, um sie schließlich vorsichtig seinem Chef zu reichen.

»Es gibt Barbaren, die machen das mit Zucker«, flüstert er voll Abscheu und gibt die Gläser an uns weiter.

Es folgt der Trinkspruch, den Gatillo »allen Müttern, vor allem meiner« widmet. Nachdem er getrunken hat, ruft er aus: »*Ay*, fast hätte ich es vergessen.«

Er holt von der Theke ein Notizbuch, das er suchend durchblättert.

»Hier . . . was heißt das?« fragt er und gibt es an Elio weiter.

Er hält den Finger auf eine Stelle. Ich lese ebenfalls. Es ist italienisch, in einer winzigen, präzisen Handschrift geschrieben. Scheint eine Art Tagebuch zu sein; der Satz, der ihn interessiert, lautet: »Jetzt, wo Paco mir den Tee zum Probieren gegeben hat, habe ich wegen der Kapseln Angst bekommen, die ich früher geschluckt habe. Er sagt, daß sie es hier schlecht waschen, daß man sich leicht Hepatitis holt.«

Elio übersetzt. Gatillo macht ein Gesicht, als würde er den Sinn nicht verstehen. Dann konzentriert er sich und klopft sich mit dem Zeigefinger auf die Lippen. Nach einer Weile murmelt er: »Es geht um Opium, nicht wahr?«

Elio zuckt die Schultern. Das ist ein vages Ja, glaube ich. Gatillo stößt den Atem aus, nimmt das Notizbuch wieder und wirft es auf die Theke. »Heute morgen bei Ebbe gefunden.«

Ich denke an das Notizbuch, doch er fährt fort: »Sie muß gestern ertrunken sein.«

Dann macht er eine verärgerte Geste, sagt: »Trotz all der Schilder und bei den hohen Wellen muß diese dumme Kuh nachts schwimmen gegangen sein, das könnte ich wetten.«

Er blättert wieder das Notizbuch durch, findet ein Foto und zeigt es uns.

»Schon mal gesehen?«

Ein lachendes Mädchen, das sich auf einem Sitz im Flugzeug nach vorn beugt. Das Polaroid ist ein bißchen unscharf, mit Blitzlicht gemacht, das Gesicht weiß. Ein Gespenst vor schwarzem Hintergrund. Elio schüttelt den Kopf. Meine Antwort wartet Gatillo nicht ab, nimmt das Foto wieder an sich und brummt: »Jetzt muß ich die Typen von der Botschaft über mich ergehen lassen, und dann den ganzen Scheißpapierkrieg und die Lokaltermine. Konnte sie denn nicht woanders krepieren...«

Elio fragt: »Gibt's sonst noch was?«

Gatillo macht ein erstauntes Gesicht.

»Hast du's eilig?«

»Nein, nie«, antwortet Elio und geht auf die Theke zu, um Margarita nachzugießen.

»Ich schon«, platzt Gatillo heraus. Er nimmt seine Revolvertasche vom Stuhl. »Ich muß zum Markt und Einkäufe machen.«

Er schnallt den Riemen um und kontrolliert die Patronen in der Trommel.

»Wir wollen doch sehen, ob sie Lust haben, sich noch einmal mit mir anzulegen, diese Dreckskerle«, fügt er hinzu und läßt die Trommel mit einer knappen Bewegung einrasten.

Mit einem Winken verabschiedet er sich, sagt noch im Hinausgehen: »Geht schwimmen, wo ihr Grund unter den Füßen habt.«

Im Auto frage ich Elio: »Meinst du, er wollte uns nur nach dem armen Mädchen fragen?«

»Hm«, antwortet Elio finster.

Als wir vor der Perez Gasga sind, sagt er: »Er hat uns vorgeführt, wie er mit Leuten umgeht, die er schnappt. Das ist alles.«

Elio steigt aus und schlägt die Tür zu. Er geht Richtung Bar, ohne auf mich zu warten.

14

Oaxaca ist eine Provinzhauptstadt wie aus dem Bilderbuch, so ruhig und friedlich wie ein Dorf. Frisch, sauber, alles geht seinen geregelten Gang, auf der Plaza ein Pavillon für die Musikkapelle, gepflegte Häuser. Burroughs hatte vor vielen Jahren in dieser Gegend ein Haus.

In dem Buch mit der Widmung habe ich Elio nie lesen sehen. Er hat es zuunterst in dem Rucksack verwahrt, der bei Bolo geblieben ist, und hat sich eine größere Tasche geliehen, in der er den Stoff besser unterbringt. Ich habe meine Reisetasche und ein paar T-Shirts dabei, unter denen ich die Kilos verstecken will, die mir zustehen. Wir sind im Bus gekommen und werden auch weiter so in den Norden reisen. Die Straßensperren sind zu riskant, um mit dem Auto zu fahren.

Wir sind mit Albertico in einer Kneipe im Zentrum verabredet. Elio hat Mezcal bestellt, obwohl gerade erst Mittag ist. Er meint, daß es nur in Oaxaca echten Mezcal gibt; wenn man ihn hier nicht trinkt, entgeht einem was. Ich sehe mir den Wurm an, der unten in der Flasche schwimmt. Elio lacht: »Der *gusanito* rundet das Aroma ab. Man kann's kaum erwarten, daß die Flasche leer wird, um ihn zu essen.«

»Keine Angst, ich lasse ihn dir«, sage ich.

Elio ist heute ausgesprochen gut gelaunt; man könnte meinen, daß er schon seit langem ein Bedürfnis nach »action« hat.

Albertico kommt mit einem uns unbekannten Typ in einem neuen, auf Hochglanz polierten Ford-Geländewagen an. Er stellt uns Blás vor, einen schweigsamen Burschen, der wie ein treuer Helfer wirkt. Albertico sagt gleich, daß nur einer von uns mitkommen kann, weil nur drei Mann im Wagen Platz haben und die

Soldaten vielleicht aufmerksam würden, wenn noch einer auf der Ladefläche sitzt. Ich denke natürlich, daß Elio mitfährt, doch Albertico zeigt auf mich. Elio mustert ihn mit einem schiefen Lächeln, und Albertico sagt zu ihm: »Du kommst oft hier in die Gegend. Stell dir vor, du begegnest einem, der dich kennt...«

»In der Sierra?« fragt Elio, schon nicht mehr so fröhlich.

»Es dauert nicht lange«, meint Albertico kurz angebunden. »Wir brauchen höchstens vier oder fünf Stunden für die Hin- und Rückfahrt.«

Elio ist ausgebootet, scheint zu überlegen, wie er es wegstecken kann. Ich glaube auch an eine Ausrede, aber vielleicht will Albertico wirklich lieber mit einem losziehen, den keiner kennt, und überlegt sich, daß Elio häufiger solche Geschäfte macht. Als wir hinausgehen, hält sich Elio ein paar Sekunden länger beim Bezahlen auf und raunt mir zu: »Er will nicht, daß ich sehe, wo er es kauft, damit ich nicht alleine zurückgehe.« Das klang beschwichtigend. »Kein Problem«, sagt er noch. »Er ist in Ordnung. Und er muß sich den Hintern freihalten, damit er weiter verdient, ist doch klar.«

Er schiebt mir das zusammengerollte Geld in die Tasche: »Du kennst den Höchstpreis. Sieh zu, wie du es hinkriegst.«

Wir verabreden uns für sieben beim Pavillon auf der Plaza; den Bus um halb zehn nach Mexiko müssen wir unbedingt bekommen.

Albertico fährt schnell, rast durch die engen Gassen, frotzelt mit Blás und versucht, mich einzubeziehen. Er erzählt, daß Blás aus der Baja California kommt, aber daß es eigentlich keinen Sinn hat, mir zu erklären, wie eine Wüste aussieht, die im Meer endet, wenn ich das noch nie gesehen habe. Letztes Jahr haben sie an einem Wettbewerb zwischen Mexiko und den USA teilgenommen, bei dem es um das beste Marihuana ging. Die Kalifornier gewinnen immer, weil sie die Mittel zur Selektion der feinsten Sorten haben, aber er ist zweiter geworden, mit einem *Lima Limón*, gekreuzt mit einer kolumbianischen Sorte. Blás nickt und macht den Mund nicht auf. Als wir die Stadt hinter uns haben, beginnt er mit geschickten Fingern einen Joint zu drehen. Kein Krümel fällt ihm vom Papierchen. Wir rauchen, ich mache nur mit, damit ich ihnen nicht komisch vorkomme, nehme ein paar Züge, die ich dann im Mund behalte, weil ich mich nicht bedröhnen will. Albertico erzählt weiter von seinen botanischen Erfahrungen, spricht von der Schwierigkeit, die männlichen Pflanzen rechtzeitig auszureißen, damit sie die weiblichen nicht befruchten, was die *colas* mit Samen füllen und ihren Wert mindern würde. Am Ende verstehe ich, daß sie hier vom Marihuana alles außer dem weiblichen Blütenstand wegwerfen, der bis zur Ernte unbefruchtet bleiben muß, weil sonst die ganze Mühe des Bauern umsonst war.

Wir fahren hoch ins Gebirge, auf einer guten Straße mit wenig Verkehr; aus der dichten Vegetation taucht hin und wieder eine Hütte auf, umgeben von zerlumpten Kindern, schmutzig, doch nicht vom Hunger gezeichnet. Ein paar nehmen Anlauf, um sich hinten anzuhängen, die Stoßstange zu erwischen. Albertico gibt jedesmal Gas, lacht und sagt: »Wenn hier kein Marihuana angebaut würde, hätten sie nicht mal die Kraft, einem Gringo ins Gesicht zu spucken.«

Ich sehe ein Grüppchen Kinder, die herumzappeln und schreien, frage: »Rauchen die auch?«

Albertico grinst, hält es für einen Scherz und antwortet: »Weißt du, wieviel sie für einen Doppelzentner Mais bekommen? Lohnt nicht mal die Mühe, ihn zu verkaufen. Klar rauchen sie Mota, und wie. Aber das ist auch die einzige Möglichkeit, den Kindern was zu essen zu geben.«

Blás verzieht den Mund und verflucht die Gringos:»*Gringos de mierda, que paguen sus vicios y no chinguen.*«

Albertico nickt ernst. Er schaut sich um, zeigt mit einer ausholenden Armbewegung auf die Landschaft: »Wir bauen seit Jahrhunderten Marihuana an, so, wie man im Süden Koka anbaut.

Was fällt denen ein, hierherzukommen und uns zu belehren, was *wir* tun sollen?«

»Tja«, sage ich.

Albertico wirft mir einen unsicheren Blick zu. Dann fängt er an zu lachen.

»Ich mache gerne Geschäfte mit Italienern«, sagt er. »Sie haben mich noch nie reingelegt.«

Ich denke, daß wahrscheinlich nur der gesunde Teil der Nation bis hierherkommt, antworte aber: »Du tust ihnen unrecht. Es gibt wirklich schlimme Typen darunter.«

Auch Blás lacht. Albertico gibt mir einen Klaps auf den Arm: »Solange sich die Hälfte von denen, die durch Puerto kommen, bis aufs Hemd ausziehen lassen . . .«

Er lacht und trommelt mit den Händen aufs Lenkrad. Die Bemerkung hat mir weniger gefallen. Aber ich glaube nicht, daß er auf *meine* Anwesenheit anspielen wollte.

Wir frotzeln noch eine Zeitlang weiter, unterhalten uns aber auch ernsthaft über die Probleme der Bauern. Schließlich kommen wir auf einen holprigen Weg und winden uns eine halbe Stunde zwischen Löchern und Schlammpfützen durch. Wir haben keine Uniformen gesichtet, und niemand hat das Thema angesprochen. Dann erreichen wir eine Baracke, wo es Bier und *cecína* gibt, ein in der Sonne getrocknetes und in dünne Scheiben geschnittenes Fleisch. Ich finde es ein bißchen eklig, doch ich habe Hunger. Albertico und Blás verzehren es in wenigen Minuten, stehen plötzlich auf, und Albertico sagt: »Warte hier, wir kommen gleich zurück.«

Sie nehmen den Wagen und verschwinden im Wald.

Ich trinke vier Bier; als ich vom Klo komme, höre ich das Motorgeräusch des Ford. Auf der Ladefläche sitzt ein Bauer, der zum Gruß an seinen Sombrero tippt. Blás gibt mir ein Zeichen, hinten aufzusteigen. Ich mache es mir bequem, doch als das Auto ruckartig anfährt, werde ich von einer Seitenwand zur anderen geworfen. Der Bauer schaut mich an und lächelt. Er zeigt auf einen Sack in der Ecke. Ich setze mich darauf, als wir gerade einmal nicht geschüttelt werden. Er nickt: Genau das wollte er mir raten. Doch jedesmal, wenn ich auf dem Sack hin und her rutsche, steigt eine irrsinnige Duftwolke hoch. Ich hatte keine Ahnung, daß das Zeug derart stinkt. Wir dringen weiter in die dichte Vegetation vor. Ich mache die Bewegungen des Bauern nach, der niedrige Äste früher als ich bemerkt. In einer von Mais umgebenen Senke hält Albertico an. Wir sind vor fremden Blicken geschützt. Schnell steigt er aus, gibt mir ein Zeichen herunterzukommen. Ich gehe zu ihm hin; er tut so, als hätte er irgendwas am Motor zu kontrollieren.

Leise sagt er: »Gib mir das Geld.« Offenkundig soll der Bauer es nicht sehen.

»Wieviel?« frage ich.

Er macht ein bedauerndes Gesicht, erklärt: »Es ist ein bißchen teurer. Weißt du, es hat hier oben viel geregnet, und da . . .«

Ich warte, bis er sagt, wieviel.

»Das Kilo nur hunderttausend Pesos mehr. Lohnt sich aber, ist erste Wahl.«

Ich strenge mich an, verärgert zu erscheinen und so zu tun, als müßte ich es mir noch überlegen.

»Also wenn du es nicht nimmst, hat er schon einen aus Pinotepa, der es kaufen will. Er hat es nur zurückbehalten, um mir einen Gefallen zu tun.«

Ich gebe ihm das zusammengerollte Geld, das er augenblicklich in der Brusttasche seines Hemds verschwinden läßt. Dann geht er mit dem Bauern beiseite, redet kurz mit ihm und gibt ihm wahrscheinlich zum Schluß nicht mehr, als er von Anfang an vereinbart hatte. Er muß halt seinen Gewinn machen, denke ich. Aber es war alles, was ich hatte. Und Elio hat gehofft, ich würde einen Teil zurückbringen. Sie geben sich die Hand, lachen, klopfen sich gegenseitig auf die Schulter. Der Typ zieht, zu mir gewandt, einen Mundwinkel hoch, um anzudeuten, daß wir uns handelseinig geworden sind. Einen Moment lang ist seine Wange so verknittert, daß sie aussieht wie ein Reibeisen. Ein sympathisches Gesicht; er lacht, wirkt ganz so, als verstände er sein Geschäft besser als wir.

Wir fahren sofort zurück. Als wir die geteerte Straße erreichen, schauen die beiden immer wieder zur Seite; sie suchen etwas. Schließlich zeigt Blás auf einen abschüssigen, steinigen Pfad. Dort ist ein Platz, von schützenden Felsen umgeben. Albertico sagt: »Hier ist es gut.«

Ich rühre mich nicht, beobachte genau, was sie tun, und warte, bis ich verstehe, um was es geht. Albertico nimmt die Tasche, die ich hinter den Sitz gestellt habe. Dann steigt er hinunter, sagt zu mir: »Los, wir müssen uns beeilen.«

Ich folge ihm, versuche, immer ein paar Meter hinter ihm zu bleiben. Blás schleift den Sack mit, zieht eine Grimasse wegen der Duftwolke und dreht den Kopf weg.

»Was für ein Duft«, sagt Albertico und wühlt in dem Sack. »Wenn ihr das nicht gut einpackt, verpestet es euch den Bus.«

Dann fängt er an, den Stoff in die Tasche zu stopfen, zwängt ihn mit Gewalt hinein. Das Zeug, das er in struppigen Bündeln herauszieht, sieht aus wie gepreßte Katzenschwänze. Wenn es heiß wird, beginnt es wahrscheinlich zu gären.

»Schau nur, wie wunderbar«, murmelt er und zeigt mir einen vollkommenen Strang, haarig und voller Hühnermist.

Ich gehe näher ran, der Geruch steigt mir in die Nase, juckt in den Nasenlöchern.

Die Aktion ist beendet, und Blás wirft den Sack weit fort. Er gibt mir die Tasche. Es ist klar, daß der Stoff von jetzt an ganz allein *meiner* ist. Wir steigen ein und fahren weiter. Die beiden sind wieder guter Laune, witzeln über Leute aus Puerto; Blás dreht noch mehr Joints, und Albertico wird erst ernst, als er ihn anweist, zwischen den Füßen nachzusehen, ob nicht doch ein Krümel auf den Matten liegt.

»Gatillo hat den Wagen schon viermal durchsuchen lassen«,

sagt er. »Wenn er was findet, zieht er mir die Haut mit der Machete vom Arsch.«

Elio sitzt auf einer Bank neben dem Sonnendach eines Schuhputzers. Er hat einen stieren Blick, nickt mir zu und wartet.

Ich sage: »Alles in Ordnung. Aber er wollte hunderttausend mehr. Pro Kilo.«

Er bewegt keinen Muskel, schaut mich nur ein paar Sekunden lang an, seufzt dann und murmelt: »Das hatte ich mir gedacht.«

Er steht auf, wir gehen über die Plaza.

»Ich habe ein Zimmer gemietet, um den Stoff zu verpacken«, sagt er.

Im Hotel holt er eine Rolle Plastikfolie heraus. Wir machen dicht verschlossene, mehrmals umwickelte Päckchen. Doch am Ende riecht es im Zimmer wahnsinnig nach Stoff. Wir reißen die Fenster auf; es bleibt uns noch Zeit, bis der Bus fährt. Elio besieht sich die Tasche, kaut auf seiner Unterlippe. Dann atmet er hörbar aus und sagt: »Du kannst nichts dafür, aber dieses Arschloch hat gewußt, daß die Tasche verpestet würde.«

Er hebt sie hoch, steckt den Kopf rein, schnaubt vor Wut: »Nein, so läuft es nicht.«

Entschlossen geht er zur Tür, sagt im Hinausgehen: »Bin gleich wieder da.«

15

Elio hat mir eine neue Tasche gekauft, in die wir die Hälfte des Stoffs gezwängt haben. Sie ist häßlicher als meine alte, die außerdem bequemer zu tragen war. Als ich meine alte in die Mülltonne gestopft habe, mußte ich kurz an Barcelona denken. Doch Elio war schon zwanzig Meter weiter, also habe ich mich beeilt, ihn einzuholen. Zum Glück hatte er die Fahrkarten schon am Nachmittag gekauft, denn am Schalter war ein Gedränge, als müßten alle evakuiert werden. Es ist ein Bus der ADO, erste Klasse, was bedeutet, daß ein rotes Lämpchen angeht und ein akustisches Signal gegeben wird, sobald wir schneller als neunzig fahren. Praktisch flimmert und tutet es alle zehn Minuten, man kann also unmöglich schlafen. Der Fahrer unterhält sich laut mit seinem Gehilfen; sie diskutieren über Amphetamine, mit denen man auf langen Strecken wach bleiben kann, und scheinen mehr darüber zu wissen als Apotheker. Sie tauschen Erfahrungen und Informationen über neue Pillen aus, beratschlagen die Dosierung. Die Taschen sind über unseren Köpfen. Ich schiele nach oben, bin genervt, wie langsam die Zeit vergeht.

Es gibt einen ersten Halt. Wir beide gehören zu den wenigen, die sitzen bleiben. Als wir weiterfahren, streckt Elio seine Beine aus und schaut mich mit einem unbestimmten Lächeln an. Dann schließt er die Augen wieder und drückt sich ans Fenster. Zehn Minuten später ruft eine Frau dem Fahrer zu, daß ein Fahrgast zurückgeblieben sei. Der Fahrer fängt an zu fluchen, bremst ab, findet eine Stelle, wo er halten kann, und lehnt sich aus dem Fenster, als könnte der arme Kerl vielleicht hinter uns hergelaufen kommen. Schließlich verkündet er, daß er gerufen und Signal gegeben habe, bevor er abgefahren sei, der Typ solle den nächsten

Bus nehmen, und damit Schluß. Er beschleunigt nervös, bis das rote Lämpchen an der Decke aufleuchtet.

Der Halt hat die zwei Typen hinter uns aufgeweckt. Sie reden leise, aber nicht leise genug. Ich versuche zu schlafen, doch es gelingt mir nicht, sie zu ignorieren. Im Gegenteil: Irgendwann habe ich ein komisches Gefühl und ziehe mich langsam hoch, um besser zu hören. Sie haben sich wirklich eine Menge Dinge zu erzählen. Ich habe einige Wörter aufgeschnappt und lausche angestrengt, um mich davon zu überzeugen, daß ich nicht richtig verstanden habe. Ich streife Elio am Ellbogen.

Er murmelt: »Ich höre zu.«

Ich habe ein Kribbeln im Nacken und feuchte Hände. Also habe ich mich nicht geirrt. Wenn Elio so tut, als würde er schlafen, und statt dessen diesen beiden zuhört, hat er es auch gemerkt.

Es sind Polizisten.

Sie reden über Einsätze, Verhaftungen, Probleme der Bezahlung, Waffen, die Ladehemmung haben. Ich versuche zu schlukken, doch mein Mund ist zu trocken. Ich schiebe mich näher an Elio, frage: »Wegen uns?«

Er zuckt ganz leicht mit den Schultern, flüstert: »Durch Zufall, *hoffe* ich.«

Ich spitze weiter die Ohren, schnappe noch mehr unmißverständliche Sätze auf, sage: »Aber ausgerechnet hinter uns?«

»Kommt vor«, meint Elio, ohne die Augen zu öffnen.

Und die beiden reden, scheren sich um nichts. Ich fröstle, bin mit kaltem Schweiß bedeckt, meine Beine beginnen zu zittern. Sicher, wenn sie wegen uns hier wären, würden sie still sein. Aber wer versteht schon, was sie tun; in diesem Land ist es immer das Gegenteil von dem, was mir logisch vorkommt. Sie könnten es absichtlich machen, um zu sehen, wie wir reagieren. Ich schaue hoch zu den Taschen, senke den Blick gleich wieder, aus Angst, sie könnten es bemerken. Vielleicht sind noch mehr von ihnen da: neben uns, vor uns.

Jetzt verstreicht die Zeit noch langsamer als vorher. Wenn es gutgeht, brauchen wir noch acht oder neun Stunden. Es sollte ein cooler Job werden, »nicht mal Streß mit dem Autofahren«.

Wir halten an. Schon wieder eine Pause. Ich verwünsche den Fahrer, dieses elende rote Lämpchen und die Linien der ersten Klasse, die sich an die Geschwindigkeitsbegrenzung halten. Und auch Elio, dessen Augen geschlossen bleiben, wo ich doch genau weiß, daß er beobachtet, was ich tue. Also rühre ich mich nicht, schaue nicht mal aus dem Fenster. Eine Frau will ans Gepäck heran. Sie holt irgendwas aus ihrer Tasche; für ihr Kind, glaube ich. *Sie verschiebt unsere Taschen und drückt sie an der Seite ein.*

Die beiden hinter uns stehen auf, stellen sich in den Gang. Ich tue so, als müßte ich gähnen, drehe den Kopf zur Seite und schaue sie an, während ich den Mund aufsperre. Sie machen einen gleichgültigen Eindruck, als warteten sie wirklich darauf, daß die Frau aufhört zu kramen und aus dem Weg geht. Ich wünsche ihr alles erdenklich Schlechte an den Hals, hoffe von Herzen, daß sie zusammenbricht und die Aufmerksamkeit auf sich zieht. Denn jetzt ist zwischen den Gesichtern der beiden und unseren Taschen vielleicht noch ein halber Meter. Fünfzig Zentimeter zwischen dem Marihuana und ihren Nasen.

Ich muß es wissen, kann es nicht mehr aushalten.

Ich ziehe mich hoch, strecke die Hände aus, als wollte ich dieser blöden Kuh helfen, die immer noch Windeln und irgendwelchen Kram zum Vorschein bringt, verschiebe und richte die Taschen und schnüffele dabei an den Reißverschlüssen. *Ich habe es gerochen.*

Ich bin näher drangewesen als sie, aber ich habe es gerochen. Eine ganze Rolle Plastikfolie, Kleider drum herum, die Taschen verschlossen: nichts, der Gestank dringt trotzdem durch.

Die Frau kümmert sich wieder um den Säugling, die beiden

Typen reden und gehen weiter, steigen aus. Ich kann sehen, wie sie in der Bar verschwinden, ohne sich irgendwie auffällig zu verhalten.

»Der Stoff war zu feucht«, meint Elio, der jetzt die Augen offen hat und überhaupt nicht verschlafen aussieht.

»Und der Geruch kommt langsam durch«, sage ich.

Er wirft mir einen ernsten Blick zu, steht auf und tut so, als würde er sich ausgiebig strecken, hält sich an der Gepäckablage fest und bringt sein Gesicht nahe an die Taschen heran, setzt sich wieder hin und fragt: »Bist du sicher?«

»Ich hab's gerochen«, sage ich leise. Ich gähne, mein Hemd scheuert unter den Achseln, ich fühle mich unangenehm klebrig und bin nervös. »Noch ist nichts passiert. Aber wenn es weitergärt, kapieren sie schnell, woher es kommt.«

»Es gärt nicht«, sagt Elio müde. »Das ist nur die Feuchtigkeit.«

»Hm.«

Elio steht wieder auf, klettert über mich, sagt: »Ich hole uns zwei Bier.«

Zehn Minuten vergehen. Das sind sechshundert Sekunden. Die beiden Polizisten kommen aus dem Lokal, kauen an den Resten ihrer Brötchen und stochern mit den Fingernägeln in den Zähnen. Sie steigen ein, gehen an mir vorbei, setzen sich hinter mich, reden weiter über zu milde Strafen und Kugeln in den Köpfen irgendwelcher Leute. Elio ist nicht in Sicht. Der Fahrer erscheint, läßt den Motor an und hupt zweimal. Ich versuche, schnell alle Möglichkeiten durchzugehen: sagen, daß einer fehlt; so tun, als ob nichts wäre, und beim nächsten Halt aussteigen; aus dem Bus nach draußen stürzen; warten, daß es *passiert*, und schwören, die beiden Taschen noch nie vorher gesehen zu haben.

Elio kommt mit dem Gehilfen heraus, ruhig und guter Dinge. Jeder von ihnen trägt vier Dosen Bier, sie albern herum und gehen ohne Eile auf die Bustür zu. Ich sehe, daß Elio, als er Anstalten macht, sich zu setzen, den Blicken der beiden hinter uns begegnet.

Gelassen bleibt er stehen, zeigt auf das Bier und sagt etwas von Auftanken: »*Falta de gasolina.*«

Einer der Polizisten lacht, erwidert: »Davon muß ich nur pissen; ich laufe nur mit Super.«

Sie beginnen ein für mich unbegreifliches Gefrotzel über mexikanische Brandymarken, dann über Biersorten. Elio verteidigt sein Dos Equis Lager gegen einen der Polizisten, der Negra Modelo besser findet. Als Elio sich hinsetzt, schnauft er und macht eine Dose auf, als wäre alles in Ordnung. Er gibt mir auch eine, sagt zwischen den Zähnen: »Die sind nicht wegen uns hier. Bestimmt nicht.«

»Bestimmt nicht«, bestätige ich.

Elio trinkt, schnappt plötzlich nach Luft, zieht ein angewidertes Gesicht, meint: »Früher hatte Tecate weniger Kohlensäure.«

Ich stürze das erste Bier hinunter und greife sofort nach dem zweiten. Der Schweiß bricht mir jetzt aus allen Poren. Elio mustert mich: Stirn, Hals, feuchter Fleck auf der Brust, fragt: »Warm?«

»Nein«, antworte ich und werfe ihm einen flüchtigen Blick zu. »Ich versuche nur zu stinken, damit man das andere nicht riecht.«

Elio kriegt einen Lachanfall. Ich glaube, ich habe die Punkte wieder wettgemacht, die ich wegen meiner Panik von vorhin verloren hatte. Doch ich fürchte immer noch, daß sie es früher oder später riechen, also bedeutet Elios Achtung nur, daß wir uns gegenseitig in guter Erinnerung behalten.

Es gibt eine Pause in Puebla. Länger als die anderen, weil wir in die *central camionera* müssen. Ein paar Leute machen sich zum Aussteigen fertig. Die beiden rühren sich nicht. Während wir in den Busbahnhof einfahren, sagt Elio: »Das ist die letzte Gelegenheit. Wir können alles hierlassen und in die Bar gehen. Von dort nach draußen, und tschüs.«

Ich überlege, zähle die Meter, die noch fehlen, kann mich nicht entscheiden.

»Na?« fragt er.

Ich zucke mit den Schultern.

Wir bleiben sitzen; die beiden hinter uns auch.

Wir haben den Distrito Federal erreicht. In der eigenartigen Landschaft mit dem dunklen Tannenboden tauchen jetzt überall Hütten und dampfende Müllhalden auf. Es ist halb neun und schon drückend schwül; zähflüssiger Verkehr, Staus vor den Ampeln, Wechsel von plötzlicher Beschleunigung und scharfem Abbremsen. Ich bin völlig in meinem Sitz versunken. Die Polizisten haben aufgehört zu reden. Ich schaue mir die rissige Unterseite der Gepäckablage an: durchlöchertes Aluminium und verblaßter Lack.

Wir fahren langsamer. Nach dem üblichen *tope*, der Schwelle an der Einfahrt, ein Meer von Bussen, die in alle Richtungen ausströmen. Andere drängen sich wie schwere Ungetüme im Kreis um den riesigen Busbahnhof Tapo, die Schnauzen in Richtung der Glastüren. Er ist absurd modern, ohne Verkäuferinnen, die ihre Waren auf dem Kopf tragen, ohne herumirrende Passagiere. Massen von Leuten drücken ihre Nasen an die Scheiben, warten darauf herauszukommen. Wir fahren an den nach den Farben jeder Gesellschaft und dem Anstrich ihrer Busse gekennzeichneten Endstationen vorbei. Das dunkle Rot und die weiß-verchromten Bänke unserer Linie: *Autobuses de Oriente*. Ein freier Platz, ein entschiedenes Einschlagen des Steuers. Wir stehen.

Alle springen auf die Beine, ein allgemeines erleichtertes Aufatmen, Seufzen, Gähnen. Kein Mucks von den beiden hinter uns. Elio steht sofort auf, packt meine Tasche und gibt sie mir, nimmt dann seine eigene, setzt sich wieder, stellt die Tasche auf seine Knie. Wir warten, bis das Gedränge um das Gepäck sich legt, damit wir aussteigen können. Langsam schiebt sich die Schlange zum Ausgang. Die beiden Polizisten schauen finster drein: vor

Erschöpfung oder weil alles so langsam abläuft. Elio springt auf, gibt mir ein Zeichen, daß wir uns in Bewegung setzen. Die Polizisten sind noch immer mit ihrem Gepäck beschäftigt, ich bin mir nicht sicher, ob es Absicht ist, damit wir vorangehen. Doch wir müssen jetzt raus, sofort. Selbst wenn sie den Stoff jetzt riechen sollten, könnten wir es vielleicht noch schaffen.

Wir erreichen die Stufen, die Typen sind hinter uns, drei Frauen zwischen ihnen und uns. Wir steigen aus, sind draußen. Ich folge Elio, der schnell geht, sich Mühe gibt, es den anderen gleichzutun und zu gähnen.

Vier Männer, die Arme verschränkt, am Eingang zur Unterführung. Sie mustern die Fahrgäste. Ich habe das Gesicht des auf dem Marmortisch gefesselten Kolumbianers wieder vor Augen. Gatillos Lachen, der zusammengepreßte Mund, seine Karpfenlippen.

Elio geht nicht langsamer. Wir kommen an den vieren vorbei. Sie schauen uns an. Ich gehe und erwarte, zurückgerufen zu werden, erwarte eine Hand, die mich an der Schulter packt. Ich drehe mich um und sehe unsere beiden Polizisten, die stehenbleiben und die anderen begrüßen, Hände schütteln, lächeln. Ich lege einen Schritt zu, überhole Elio, werde dann langsamer, bis er neben mir ist. Er sagt: »Schöner Mist, wenn man's gerochen hätte.«

Wir kommen in der Mitte des Busbahnhofs heraus. Ein Kuppeldach und gut gefüllte Schaufenster, Schübe von Menschen und spiegelblanke Böden, eine Art dunkelrote Kathedrale mit strahlenförmig angeordneten Passagen, so breit wie Autobahnen, überall eine Mauer menschlicher Körper.

»Zum Glück waren sie todmüde«, sagt Elio sehr ernst. »Da ist eine Duftwolke rausgekommen, daß sogar der Säugling völlig danebenwar.«

Er bekommt einen Lachanfall, legt mir einen Arm um den Hals, drückt mich und meint: »Als ich die vier gesehen habe, hast du mir leid getan.«

Ich schaue ihn an; er läßt los, sagt: »Weil ich doch behauptet hätte, daß es deine Taschen sind, weißt du?«

Er duckt sich, damit er meinen Stoß nicht abbekommt, wir rennen los. Draußen riecht es nach Schwefeldioxyd und heißem Öl; ich atme tief ein, während Elio mich am Arm zieht und sagt: »Ich habe schon eine ganze Weile nicht mehr mit einem Taxifahrer gestritten. Vielleicht ist heute der richtige Tag dafür.«

Wir schauen in einem Hotel im Zentrum vorbei, in der Calle Bolívar. Elio sagt, er will einen Versuch machen, man weiß ja nie, ob wir den Stoff nicht hier im D. F. als Ganzes verkaufen können. Wir steigen hoch in den dritten Stock, kommen dann über eine Holztreppe in einen langen engen Gang mit einer Reihe verrammelter Türen, sieht aus wie ein Sicherheitstrakt. Manche Türen stehen offen, flüchtig sehe ich Typen, die auf Feldbetten sitzen oder liegen, mit Zimmernachbarn reden, als hätten sie Freistunde. Am Ende des Ganges noch zwei Türen, dazwischen Duschen, und endlich die Wohnung von Tele und Lia. Eine schrille Wohnung, das heißt: zunächst wirkt sie befremdend, dann bekommt sie etwas Heimeliges, Beschützendes. Drei oder vier Zimmer, mit allem möglichen vollgestopft. Die Wände tapeziert mit Fotos, Zeitungsausschnitten, bedruckten T-Shirts, Stoffen, Skizzen; das wenige, was man von der Wand selbst sieht, ist ein Gitternetz aus Rissen und Bossen. Die Decke ist gewölbt, doch in der falschen Richtung; sie hängt seit dem letzten Erdbeben nach unten durch, ist aber nicht geborsten. Es ist, als hätte sich zwischen Dach und Putz eine Luftkammer gebildet. Wir versinken im Sofa, nachdem Zeichenpapierrollen und Zeitschriftenstapel beiseite geräumt worden sind. Lia ist eine freundlich lächelnde Erscheinung wie aus einer anderen Welt. Sie beobachtet nur und hält sich aus allem raus. Tele steht unter Strom, redet, bewegt sich, geht in die Küche, kommt zurück, fragt was, tut was, lacht, kratzt sich, sagt: »Ich habe Tee gemacht; es reicht für uns alle.«

Lia stellt die Tassen hin, keine paßt zur anderen; dann den Honig, meint, daß der Tee mit Zucker zu *bitter* ist. Ich ahne etwas, bekomme es von Elio bestätigt: Es geht um Opium. Tele gießt aus einem verkrusteten Topf eine grünliche Flüssigkeit ein, erzählt, daß sie seit sechs Jahren in diesem Hotel leben, die Miete ist nur halb so teuer wie für eine Wohnung, und sie sind mitten im Zentrum. Im Frühjahr wollen sie vielleicht durch Italien reisen, aber viel macht er sich nicht mehr draus. Wir geben löffelweise Honig in den Tee. Er riecht nach Moos und Erde. Die anderen trinken in kleinen Schlucken, Elio hat sich weniger eingießen lassen, ich probiere und spüre, wie das Zeug bis in die Haarspitzen abzieht. Der Tee ist ölig und bitter, ohne Honig muß er grauenhaft sein. Als er halb ausgetrunken hat, beginnt Tele, sich zu entspannen, und fragt: »*¿Qué onda?*« Elio erzählt ihm von den zehn Kilo, doch er macht ein bedauerndes Gesicht, sagt, daß er schon Probleme hat, hundert Gramm Koks abzusetzen, und es kaum erwarten kann, das Zeug endlich loszusein. Er beklagt sich über all die Leute, die ihn anöden, das ständige Kommen und Gehen, meint: »Bis das letzte Gramm weg ist, habe ich hier die Hölle.«

Er flucht über ein paar abgefuckte Typen, die nur für zwei oder drei *Krümel* zu ihm kommen, schwört, daß er es beim nächstenmal nur noch unzenweise verkauft; besser die Hälfte verdienen, als diese Irren ertragen. Wütend erzählt er von einem Kerl, der neulich nachts eine Spritze mitgebracht hat, sagt, daß er keine *Pumpen* in der Wohnung haben will. Dann bietet er uns eine Line an, holt gelblichen fetten Koks raus, der sich nur mit Mühe zerteilen läßt. Er schiebt zwei Lines zurecht, sagt, daß Lia und er nur auf Opium stehen. Nach dem Sniff checke ich, was für ein Gesicht Elio macht: das gleiche wie vorher. Ich spüre Hitzewellen und eine Benommenheit, die mir nicht gefällt. Ich habe mir die dicke Line reingezogen, das bringt uns ungefähr auf den gleichen Stand. Tele und Elio tauschen sich über irgendwelche Leute aus, die sie vor kurzem getroffen haben oder die verschwunden sind. Dann fragt Elio nach einem Typ namens Gordito Chepe; wann Tele ihn das letztemal gesehen habe.

Tele stutzt, fragt: »Was, das weißt du nicht?«

Und er erzählt, daß Gordito Chepe bei einem absurden Unglück in Guatemala umgekommen ist. Ich sehe, wie sich Elios Miene verändert, sein Blick starr wird. Der Typ saß in einem Auto mit Leuten, die er zufällig kennengelernt hatte, ohne eine Ahnung zu haben, daß sie in irgendwelche Geschichten zwischen Mafia und Militär verwickelt waren. Als sie durch einen Wald fuhren, wurde das Auto angehalten, man hat alle umgebracht und ihnen die Köpfe abgeschlagen.

»Gordito hat sicher nicht mal verstanden, warum«, sagt Tele. »Sie haben die Köpfe in eine Reihe an den Straßenrand gelegt und das Auto mit den Leichen darin verbrannt.«

Elio sagt keinen Ton. Tele fängt an, über eine Reihe anderer Themen zu sprechen, um die Geschichte mit Gordito vergessen zu machen; es scheint ihm leid zu tun, daß er sie erzählt hat. Schließlich bietet er uns an, daß er uns Koks abgibt, damit wir ein gemischtes Angebot haben, doch Elio sagt, daß wir es nicht bezahlen können und er nichts übernehmen will, wenn er nicht weiß, ob er es losschlagen kann. Tele versichert ihm, das wäre kein Problem, und ich glaube, er meint es ehrlich. Ich weiß nicht, wieso er Elio derart vertraut. Es kommt eigentlich nie vor, daß einer Stoff abgibt, ohne sich wenigstens zum Teil bezahlen zu lassen. Jedenfalls bedankt sich Elio und steht auf, sagt, daß wir noch einen Bus gegen eins erwischen können, wenn wir uns beeilen. Tele strahlt plötzlich, hat ein weiteres Angebot zu machen. Fünfzig Ecstasy, die ihm ein Typ im Tausch für Koks dagelassen hat. Elio lacht, sagt, wenn es gut läuft mit dem Grass, können wir auf dem Rückweg ein bißchen mitnehmen und haben dann auch das Geld, um es zu bezahlen.

»Dann lege ich euch auch das andere zurück«, sagt Tele. »Zwei Unzen Koks und zwanzig Ecstasy, Sonderangebot.«

»Im allgemeinen läuft es in der anderen Richtung«, sagt Elio. »Man kommt aus Puerto, um hier zu verkaufen.«

Tele fragt, wie es in Puerto aussieht. Elio erzählt, daß gerade eine Partie bester Qualität angekommen ist: *ala de mosca*, ein leichter Stoff, der in Europa von Geldleuten genommen wird, die auf ihre Erscheinung achten müssen. Die Nase läuft einem nicht, und es ätzt nicht. So kann man ganz cool Abteilungsleiter oder Parteivorsitzender sein, im Parlament oder in einem Aufsichtsrat sitzen.

»Woher kommt es?« fragt Tele.

»Aus Ecuador, die Kanadier haben es eingeführt.«

Tele überlegt eine Sekunde, sagt dann: »Na wunderbar. Mein Stoff ist fett, das habt ihr ja gesehen. Hervorragend für die Pfeife. Bei *ala de mosca* kommt weniger Base raus, das weißt du. Ist Vergeudung.«

Elio zwinkert, läßt es offen, meint: »Wir kommen auf dem Rückweg vorbei, dann reden wir darüber.«

Ich gehe hinter ihm her zum Ausgang, mit Lia, die freundlich auf Wiedersehen sagt, und Tele, der sich noch bei mir erkundigt, was sich in Italien tut.

»Absolut nichts«, sage ich, schon in der Tür.

»Das habe ich mir gedacht«, meint Tele und verabschiedet sich.

Er will gerade die Tür schließen, als ein Typ auftaucht, der bei unserem Anblick zusammenfährt. Tele begrüßt ihn und tritt zur Seite, um ihn hereinzulassen. Der Typ ist bestens angezogen, Glitzerjacke und Krawatte, absurde Schuhe. Tele schlüpft nach draußen, lehnt hinter sich die Tür an und biegt sich vor Lachen.

»Habt ihr zufällig diesen Anti-Drogen-Spot gesehen?« fragt er leise und lacht glucksend. »Den mit dieser berühmten Tussi, dieser Sängerin . . .«

Elio und ich schütteln den Kopf, lachen aber mit.

»Also der Typ da macht das Casting«, sagt Tele und zeigt nach drinnen. »Und den Stoff kauft er bei mir . . .«

Er krümmt sich wieder vor Lachen, erzählt: »Am Drehtag haben sie sich ein Gramm pro Nase eingepfiffen.«

Dann bemüht er sich, wieder ernst zu werden, macht die affigen Gesten des Typs nach, zwinkert uns zu und geht nach drinnen.

Auf der Treppe murmelt Elio: »Tele ist in Ordnung. Wäre der Mühe wert, ihn hier rauszuholen, er verdient es.«

16

Die Fahrt dauert ungefähr vier Stunden. San Miguel de Allende ist ein Dörfchen im spanischen Kolonialstil, mit gepflasterten Gassen und rötlichen Häusern. Auch die neuen werden in diesem Stil gebaut, so daß man nicht weiß, was noch alt ist. Doch insgesamt ist es ein hübscher Ort, eine bunte Kulisse. Elio sagt, daß die Hälfte amerikanischen Pensionären gehört, reichen Veteranen, und *chilangos*, wie man hier die Leute aus der Hauptstadt nennt, die nur am Wochenende kommen. Wir finden ein Zimmer in einem Hotel, das halb versteckt zwischen Bäumen unter einem steilen Felsen liegt; drinnen ist es kaum mehr als annehmbar, aber ruhig.

Gegen Abend streifen wir durch die Gassen um die Plaza. San Miguel wimmelt von Lokalen mit Live-Musik, Nobelbars, Restaurants mit Patio, Brunnen und einem Haufen Pflanzen. Elio macht einen leicht genervten Eindruck, immer wieder zeigt er mir angeberische, laute Amerikaner, sagt: »Zu Hause sind sie Hungerleider, und hier kaufen sie sich alles für ein Butterbrot.«

Praktisch jede Nacht ist die Hölle los; der Pro-Kopf-Verbrauch von Stoff ist offenkundig höher als in der Hauptstadt. Wir schieben uns in ein rauchiges Lokal, wo eine Salsa-Gruppe die Leute mitreißt; sie tanzen und schreien, eine überschäumende Stimmung. Jeder von uns trinkt ein paar Tequila, wir warten auf die Pause. Als die Musiker zum Ausgang gehen, begrüßt Elio den Sänger, der ihn umarmt, fragt, wo er abgeblieben sei; das übliche. Nach einer Weile gibt Elio ihm mit Umschreibungen zu verstehen, daß wir was Gutes zu rauchen hätten; und wir holen uns die erste Abfuhr.

Der Typ lacht, sagt: »Wenn es eine Woche früher gekommen wäre; wir haben hier alle mit hängender Zunge gesessen...«

Aber jetzt hat irgend jemand kiloweise Stoff aus Monterrey angeschleppt, *norteña*, ein Zeug, das außerdem auch noch billiger zu sein scheint.

Wir machen noch zwei weitere Versuche in anderen Lokalen; sie enden auf die gleiche Art. An den Preis, den wir uns vorgestellt hatten, ist gar nicht zu denken. Vielleicht in einem Monat, wenn die Partie aus Monterrey aufgebraucht ist. Wir kehren ins Hotel zurück, ohne ein Wort zu wechseln. Elio legt sich hin und liest Zeitung. Bevor ich einschlafe, höre ich ihn noch sagen: »Ich glaube, wir müssen den Stoff abgeben, wie es gerade kommt.«

Nach einer Woche haben wir ein paar Unzen zu Niedrigstpreisen verkauft, keine Kilos im Block. Und das heißt einen Haufen Leute treffen, kleine haushaltsübliche Mengen dealen und die Macken von all den Typen ertragen. Elio wirkt langsam angespannt, sagt, je länger die Geschichte sich hinzieht, desto mehr Leute wissen davon, bis wir schließlich mit den *judiciales* zu tun bekommen.

Wir sind im Zimmer und warten auf einen Venezolaner, der gestern eine Unze gekauft hat und heute vielleicht noch zwei nimmt. Er kommt, grinst über das ganze Gesicht, zieht die Tüte raus und legt sie auf den Tisch. Elio mustert ihn mit ernster Miene. Der Typ sagt: »Ich habe es nachgewogen, mit *meiner* Waage.«

Er grinst immer noch, doch Elio macht die Tüte auf, und sogar ich sehe, daß mindestens zwei Stränge von dem fehlen, was er gestern gekauft hat.

»Weißt du«, sagt der Venezolaner, »ich will euch bestimmt nicht auf die Eier gehen, aber bei dem, was ich bezahlt habe ... da muß es schon eine volle Unze sein.«

Er hat ein freundschaftliches Getue drauf, meint, daß wir uns bestimmt vertan hätten, daß er daran überhaupt keinen Zweifel hat, während Elio das Geld abzählt und es ihm in die Brusttasche steckt. Der Typ tut so, als wäre es ihm peinlich, sagt, wir dürften das nicht falsch verstehen, und als er drauf und dran ist, das Geld wieder rauszuziehen, verpaßt Elio ihm eine Ohrfeige, daß er sich aufs Bett setzt.

»Was du rausgenommen hast, schenke ich dir«, sagt er ruhig. »Und jetzt sieh zu, daß du ganz schnell aus dem Zimmer kommst, bevor du noch ein paar gescheuert kriegst.«

Der Typ starrt ihn entgeistert an, steht auf und flitzt nach draußen.

Elio steckt sich eine Zigarette an, legt sich wieder hin.

Nach einer Viertelstunde murmelt er: »Morgen machen wir Schluß mit dieser Geschichte. Wir sind nicht die Typen zum Dealen.«

Wir haben es im Block an eine Frau verschleudert, die in einer Villa in den Hügeln wohnt, haben kaum mehr als die Unkosten rausgekriegt. Für den Preis hat sie es sofort genommen. Danach ist es um Elios Ruhe geschehen, unterwegs sagt er plötzlich: »Es reicht mit diesem Kleinscheiß. Man muß sich das Geld da holen, wo es ist.«

Er wirkt mit einem Mal hellwach, ist plötzlich wieder voller Energie. Er betrachtet die kahle Landschaft, die dunkelgrünen Flecken auf der steinigen Hochebene, kneift die Augen zusammen und meint: »Es müßte eine große Kiste sein, damit man eine Weile ausgesorgt hat.«

Ich werfe ihm einen fragenden Blick zu. Er seufzt, steckt sich eine Zigarette an: »Doch für den Anfang braucht man Kapital. Nicht übermäßig viel... zwanzig-, höchstens dreißigtausend Dollar.«

»Und wo kriegen wir die her?«

Er nickt, starrt auf die Glut, streift die Asche ab und sagt: »Genau das ist der Punkt.«

Wir haben in Mexiko-Stadt einen Stopp eingelegt, um aus der Wohnung von Elios Freundin die MP und den Revolver zu holen. Elio hat gemeint, das sei die Gelegenheit, sie nach Puerto zu bringen, weil Waffen im Bus schließlich nicht so stinken wie Gras. Ich habe nichts gesagt; doch ich glaube, es hat etwas mit seinem Plan zu tun, auch wenn er den mit keinem Wort erwähnt hat.

17

Es fällt mir immer schwerer, ein Gefühl für Zeit zu bewahren. Manche Tage sind um, nachdem ich zwei oder drei Leute auf der Straße gegrüßt, mich ein bißchen gesonnt, bei Bolo etwas getrunken und dabei in den Zeitungen geblättert habe. So plätschern die Tage einer nach dem anderen dahin, und man hat nicht einmal das Gefühl, sie vergeudet zu haben. *»Hay más tiempo que vida«* ist ein Spruch von Eufemio, einem Typ Mitte Zwanzig, den Elio auf seine Art schätzt. Er ist Bolos Nachbar, und sie haben gemeinsam eine Hühnerzucht angefangen. Aus Pinotepa haben sie sich eine Kiste mit Küken kommen lassen, und jetzt verbringen die beiden Züchter Stunden damit, die Kleinen zu beobachten und sich Sorgen zu machen, wenn sie kränkeln oder keinen Appetit haben. Bolo hatte eine Lampe in die Mitte des kleinen Pferchs gehängt, mittels einer Verlängerungsschnur aus mehr schlecht als recht verbundenen Kabeln, die über die beiden Palmen im Hof liefen. Dann kamen Eufemio die ersten Zweifel, und so haben sie drei Tage lang darüber diskutiert, ob man das Wachstum der Küken fördern sollte, indem man sie zwingt, sich vierundzwanzig Stunden am Tag vollzustopfen. Jetzt haben die Küken wieder einen normalen Rhythmus, auch wenn man die Lampe aus Bequemlichkeit hängen gelassen hat, falls es nachts irgendwelche Zwischenfälle gibt. Dank einer geduldigen, zwischen liebevoller Zuwendung und Härte schwankenden Dressur hat Cuauhtémoc sich in sein Schicksal ergeben, neben dem Hühnerpferch zu schlafen, um räuberische Angriffe abzuwehren. Er ist ein nicht sehr geselliger Hund, der wohl einen tiefen Widerspruch zwischen seinen Tagen als rauflustiger Streuner und den Nächten als verläßlicher Wächter empfindet. Jetzt ist er mit seiner Bande unterwegs und wird erst bei Sonnenuntergang zurück sein. Eine Brise weht durch das Netz meiner Hängematte und hilft bei dem kleinen Schubs etwas nach, den ich ab und zu brauche, um zu schaukeln. Ich rauche in aller Ruhe mein Päckchen auf, trinke das dritte Bier und habe absolut keine Probleme mit dem Nichtstun. Meine Ungeduld in der ersten Zeit kommt mir lächerlich vor. Hier ist Eile derart fehl am Platz, daß niemand sich die Mühe macht, dich darüber zu belehren; man versteht es intuitiv, gleitet in die Ruhe einfach hinein. Es ist eher eine *Dimension* als eine Art zu leben. Gaetano starrt mich seit zweieinhalb Stunden an. Zu guter Letzt habe ich auch sein Vertrauen gewonnen. Er ist ein schwarzer Leguan mit feinen weißen Streifen. Einen großen Kamm hat er nicht; Bolo meint, daß er noch jung ist. Doch Eufemio behauptet, daß er schon hier war, bevor sie das Haus gebaut haben. Er ist ein paar Monate weggewesen, dann zurückgekommen, um sich unter dem Haufen übriggebliebener Steine zu verstecken, den niemand wegräumen wollte, als das Haus schließlich stand. Gaetano kommt gegen zehn Uhr raus, wenn die Sonne vom Himmel brennt. Er sonnt sich sechs, sieben Stunden, wenn ihn niemand stört. Nach meiner Ankunft ist er zehn Tage drinnen geblieben. Ab und zu hat er mich unschlüssig gemustert. Dann ist ihm aufgegangen, daß ich es schaffe, mich noch weniger zu bewegen als er, deshalb muß er gedacht haben, daß ich genauso wie der Hausherr bin. Bolo warnt alle im Viertel immer wieder, daß sich jeder, der es wagen sollte, Gaetano zu essen, eine Ladung Schrot in die Beine holt. Ob nun aus Respekt vor Bolo oder weil man keinen Zweifel daran hat, daß er zur Flinte greifen würde: Gaetano ist der einzige Stadtleguan von Puerto Escondido, der nicht in der Brühe gelandet ist.

Ein Schatten huscht über mich hinweg, ich schaffe es nicht, die Bewegung auf die Netzhaut zu übertragen, so rasch ist er hinter den Steinen schon wieder verschwunden. Ich rühre mich nicht. Ein Kind wird vorbeigegangen sein; Schritte im Sand sind nicht so leicht zu hören. Ich beobachte weiter die Geckos auf der Mauer, streitsüchtig und ein bißchen neurotisch; die einzigen Lebewesen in Mexiko, die hysterisch zucken. Jetzt stehen selbst sie still. Widerwillig wende ich mich zu den Palmen am Eingang um.

Rubén bedenkt mich mit einem Grinsen, die Arme in die Hüften gestemmt. Er schüttelt den Kopf und kommt näher.

»Das Leben genießen, hä?« sagt er und schaut sich um.

Ich bin wie gelähmt, starre ihn an und fühle, wie sich meine Nackenmuskeln verkrampfen.

»Machst du einen kleinen Ausflug mit mir?« fragt er ruhig.

Er wirkt locker, keine Spur mehr von der ständigen leichten Anspannung, die man auf Elba oder auf dem Boot bei ihm spürte. Er lacht, kratzt sich im Nacken: »Keine Angst, wenn es Probleme gäbe, wäre ich nicht allein hier... oder?«

Ich schaue auf die Straße, sehe kein Auto. Vielleicht ist er auf dem Pfad hinter dem Haus hergekommen, vielleicht habe ich ihn nicht gehört, weil ich keinen Grund hatte, auf die Geräusche ringsum zu achten. Ich ziehe mich mühsam hoch, klettere aus der Hängematte, frage: »Wohin?«

Er dreht sich um, geht auf die Straße zu. Ich folge ihm. Er hat einen lässigen Schritt, ist barfuß und scheint sich rundum wohlzufühlen: ein löchriges T-Shirt und zerrissene Jeans, schlaksiger Gang und ein Lächeln auf dem Gesicht. Die Pistole könnte im Gürtel stecken, vielleicht dahinter. Wir gehen auf die abschüssige Straße zu, die hinunter nach Puerto Angelito führt. Das Auto steht neben dem letzten Haus: ein metallic-brauner Fairmont, völlig verstaubt, sogar auf dem Armaturenbrett Sand. Er läßt den Wagen rollen, ohne zu schalten, und nimmt die Hände vom Steuer, wenn wir durch ein Loch fahren. Dann biegt er nach links ab, Richtung Bacocho. Als wir daran vorbeifahren, sagt er: »Du hast dich schnell angepaßt, wie ich sehe.«

»Das war nicht schwer«, murmle ich zwischen den Zähnen.

Er zieht eine Flasche ohne Etikett unter dem Sitz hervor und hält sie mir hin. Ich nehme einen tiefen Schluck. Es ist Tequila, einer der besten, wie mir scheint. Er tut einen kräftigen Zug aus der Flasche und seufzt zufrieden.

»Hausmarke«, sagt er und verstaut die Flasche hinter dem Schalthebel.

»Von welchem Haus?« frage ich.

Er hebt die Augenbrauen, nickt: »Das wirst du jetzt sehen.«

Nach ein paar Kilometern biegt er in einen Weg ein, der durch ein Wäldchen führt. Er schaltet das Radio an, sucht einen Sender, der keine Folkloremusik spielt, findet eine Cumbia und dreht lauter. Er fährt entspannt und trommelt auf das Lenkrad. Eine halbe Stunde lang ziehen Papaya- und Mangoplantagen vorbei, einzelne Kokospalmen und dichtes Gebüsch. Nur einmal macht er den Mund auf, als er auf Kästen zeigt, die an den höchsten Zweigen hängen: »Arme afrikanische Bienen... Doch im Grunde wollen diese Drohnen nur von der Arbeit der anderen leben.«

Ich schaue zu den Fallen hoch, meine: »Auch für Drohnen ist das Piratenleben hart.«

Einen Augenblick lang bleibt er ernst, dann fängt er an zu lachen und gibt mir einen Klaps aufs Knie, nimmt die Flasche und trinkt auf die Gesundheit der afrikanischen Bienen und der Piraten.

Er fährt langsamer, an einer Steinmauer entlang, die offensichtlich ein Gut einfriedet. Er passiert ein Tor, grüßt einen alten Mann, der es zu bewachen scheint. Es handelt sich um ein Rancho, nicht sehr groß, mit einem niedrigen, vor kurzem frisch geweißten Gebäude. Im Hof ein gigantischer Matestrauch, zwei Pferde sind an einen Ast gebunden. Überall laufen Hähne herum, jeder an einem Bein so angeleint, daß er nicht zu den anderen kann. Als wir nahe an ihnen vorbeikommen, richten sie sich kerzengerade auf, sehen uns an und krähen einer nach dem anderen. Rubén hält vor einem Nebeneingang an, steigt aus und geht hinein, ohne auf mich zu warten. Ich folge ihm.

Es ist eine Art Zuchtbetrieb: Hähne, die in numerierten, jeweils zu vieren übereinandergestapelten Käfigen eingeschlossen sind. Ein Typ läßt einen Hahn auf einem Tisch sonderbare Übungen vollführen: mit den Flügeln schlagen, vor- und zurücklaufen, auf einen zwei oder drei Meter hohen Ständer fliegen.

»Der Trainingsmonat hat begonnen«, sagt Rubén. »Sie bereiten sich auf den Kampf beim Turnier von San Pedro vor.«

»Hm«, antworte ich. Dann drehe ich mich um.

Ich habe sie nicht von hinten kommen hören. Vielleicht war es ihr feiner Duft oder einfach ihre Anwesenheit. Aivly lehnt an der Wand, die Arme verschränkt, den Kopf leicht zur Seite geneigt. Sie lächelt sonderbar, beinahe resigniert. Schließlich seufzt sie und geht hinaus.

Ich hole sie auf der Wiese ein; wir gehen im Schatten der Mangobäume, vermeiden sonnige Stellen. Sie fragt: »Wie hast du das gemacht?«

Ich zünde mir eine Zigarette an. Sie bleibt stehen. Ich gebe ihr die Zigarette, stecke mir eine neue an.

»Zufall«, sage ich.

»Sicher«, murmelt sie mit matter Stimme. »Zufall.«

Sie setzt sich auf den Rand eines ausgetrockneten Brunnens voller Blätter und Palmrinden. Sie schaut mich an, zieht sehr langsam an ihrer Zigarette. Ich habe die Hände in die Taschen gesteckt, schiebe mit dem Fuß einen Zweig zur Seite, sage: »Vielleicht habe ich euch in der Nachbarkabine etwas sagen hören, ich weiß nicht...«

Aivly beugt sich vor, stützt die Ellbogen auf die Knie und das Gesicht in die Hände. Der Rauch streift ihr Haar, dünne Fäden steigen in die windstille Luft.

»Alles Zufall also«, murmelt sie.

Ich setze mich neben sie, ohne sie zu berühren, schaue auf das Haus, sage: »*Escondido*...«

»Ich komme nicht hierher, um mich zu verstecken. Es ist ganz schlicht der Ort, wo ich lebe.«

Ich zucke mit den Schultern.

»Hast du gut ausgesucht.«

Sie wirft die Kippe weg, weicht zurück, schaut hoch und spielt nervös mit ihrem Haar: »Den Rancho hat mein Vater gekauft. Und ich habe mit zwölf Jahren bestimmt keinen Einfluß auf seine Entscheidung gehabt.«

Ich sehe sie an. Sie weicht meinem Blick aus, fährt fort: »Ich bin aus dem Norden, eine *norteña* aus Zacatecas. Nach Puerto komme ich zwischen zwei Aufträgen.«

Mein idiotischer Gesichtsausdruck hält sich eine Weile, bis Aivly lächelt und sagt: »Spanisch ist an mir nur das Boot.«

»Und deine... Brüder?«

Sie macht eine unbestimmte Geste.

»Rubén kommt aus der Dominikanischen Republik. Bom ist, glaube ich, im Hamburger Hafen geboren, aber das weiß er selbst nicht so genau.«

Sie wird ernst, kneift die Augen zusammen und murmelt: »Die Ketsch ist in Veracruz geblieben. Du konntest sie in Huatulco nicht finden.«

Ich versuche, mir nichts anmerken zu lassen. Sie legt mir eine Hand aufs Knie, gibt mir ein paar leichte Klapse.

»Wir haben einen Freund im Hafen. Er ist vor ein paar Tagen gekommen, um uns zu warnen.«

Sie zieht die Hand weg, lacht leise und schüttelt den Kopf.

»Und jetzt?« fragt sie.

»Was: jetzt?«

Sie stößt den Atem aus und macht ein geduldiges Gesicht: »Was willst du in Puerto Escondido tun?«

»Was sich ergibt«, sage ich.

Aivly steht auf, schiebt die Finger hinter ihren Gürtel und mustert mich: »Was hast du dem Typ erzählt, der mit dir in Huatulco war?«

»Nichts. Er hat mich nichts gefragt.«

»Das hoffe ich«, antwortet sie ohne bedrohlichen Unterton, fast resigniert.

Auch ich stehe auf. Wir gehen auf das Haus zu.

»Nach Puerto kommen wir ab und zu ... doch nicht mit der Ketsch.«

»Was willst du sonst noch wissen?« frage ich müde. »Wie ich nach Huatulco gekommen bin? Gatillos Frau hat euch da gesehen. Sie interessiert sich sehr für Boote und für das Geld, das man braucht, um welche zu kaufen.«

Aivly erstarrt.

»Was hast du mit dieser Ratte von Gatillo zu tun?«

»Er sitzt mir auf der Pelle, weil er auch wissen will, was ich in Puerto Escondido vorhabe.«

Sie wendet den Blick ab, geht zu den Pferden, streichelt einem über den Rücken, betastet eine kleine Wunde, kratzt es am Hals.

»Wir züchten Hähne«, sagt sie, ohne mich anzuschauen. »Ein Beruf, der viel abwerfen kann und den *Rest* deckt. Du weißt, wenn jemand erfahren würde ...«

»Ich wußte nicht einmal das«, unterbreche ich sie.

Sie nickt, preßt die Lippen zusammen, scheint nachzudenken und sagt dann: »Es wäre alles viel einfacher, wenn wir ... nach den *Spielregeln* verfahren und kurzen Prozeß machen würden. Doch das ist nicht unsere Art, wir eliminieren keine Zeugen, um unsere Ruhe zu haben.«

Erst jetzt beschließt sie, meinem Blick standzuhalten.

»Was soll ich tun?« frage ich.

Sie überlegt, scheint aber zu keinem Ergebnis zu kommen.

»Was sich ergibt«, sagt sie und dreht sich um, geht mit schnellen Schritten aufs Haus zu.

Sie verschwindet in der Tür; gleich darauf kommt Rubén heraus, um mich zurückzubringen, ohne irgend etwas zu sagen.

18

Auf der Karte habe ich mir angesehen, welche Route sie wahrscheinlich genommen haben. Von Gibraltar kommend, können sie eine Antilleninsel angesteuert haben, danach Progreso, das auf der Halbinsel Yucatán liegt, also auf dem Kurs von Europa nach Veracruz. Aivly weicht mir nicht aus, so als wäre es ihr lieber, daß ich ihr ab und zu unter die Augen komme, damit sie weiß, was ich hier anstelle. Das würde ich selbst gerne wissen. Inzwischen ist Dezember, das Geld verflüchtigt sich langsam aber sicher. Elio verbringt ganze Abende mit Eufemio; er wird seine Gründe dafür haben. Ich bin oft mit Ivo zusammen. Hinter seinem sonderbaren Gehabe verbirgt sich eine ausgeprägte Sensibilität, die er sich dadurch bewahrt, daß er sich niemals mit den unangenehmen Seiten einer Sache aufhält. Wenn ich den Pontiac bekomme, fahre ich zum Strand unterhalb von Bacocho, der ein paar Kilometer lang und weiter hinten immer menschenleer ist. Da ich alle vier oder fünf Tage Aivly dort treffe, zieht es mich immer wieder zurück, aber ich richte es so ein, daß ich nicht allein mit ihr bin. Manchmal ist Rubén dabei, manchmal Bom. Einmal, als ich gesehen habe, daß sie allein ist, bin ich am Anfang des Strands geblieben, wo es am Fuß einer Treppe, die zu einem Hotel führt, eine Art Bar gibt. Ich habe Lust, Aivly zu treffen, doch ich spüre, daß der Anschein von Normalität zwischen uns zerbrechlich ist und erneut alles ins Absurde abrutschen könnte, wenn ich ihr zu nahe komme. Bom und Rubén halten sich abseits, lassen zwar keine Gereiztheit erkennen, bleiben aber betont unbeteiligt. Ich glaube, sie halten mich für eine schleichende Plage, wie ein Malariafieber, das ab und zu wiederkommt und mit Geduld ertragen werden muß, bis es wieder verschwindet. Ein paarmal ist Elio am Strand aufgetaucht und dann unbeirrt weitergegangen, als wäre er auf einem einsamen Spaziergang zufällig dort hingeraten. Ich habe ihm erklärt, daß dies die drei sind, nach denen ich in Huatulco gefragt habe, und daß wir uns vor einiger Zeit in Spanien begegnet seien. Doch er hat mich nicht ermuntert, mehr zu erzählen. Bei solchen Gelegenheiten gibt er sich zerstreut und läßt das Gespräch versanden, vor allem, wenn es um meine Vergangenheit geht. Ich glaube, er will damit eine Art Gleichgewicht herstellen, weil er selbst nie etwas von seiner Vergangenheit erzählt und ich auch nichts frage. Doch seit ein paar Tagen liegt etwas in der Luft: als wäre die Zeit reif, bestimmte Probleme anzugehen.

Ich sehe ihn unten auf der Straße näher kommen, er hebt den Blick und deutet einen Gruß an, geht in die Bar und erscheint gleich danach oben auf der Terrasse. Ich habe Marta aus dem Käfig geholt, sie sitzt auf meinen Beinen und knabbert an meinen Händen. Elio kneift sie in den Bauch, und sie klammert sich an seinen Arm, wickelt ihren Schwanz darum. Ich nutze die Gelegenheit, sie an ihn weiterzugeben, doch er legt sie gleich an die Kette und wirft einen Blick nach unten, wo Bolo mit Musikern über eine Reihe von Auftritten verhandelt, sagt dann: »Es gäbe etwas zu verdienen, das Risiko ist klein, und man kann den Job zu zweit machen.«

Ich drehe die Bierflasche in der Hand, beschließe sie auszutrinken; das Bier ist warm.

»Ich nehme noch eins«, sage ich. »Willst du auch?«

»Wenn es dich nicht interessiert, kein Wort mehr darüber, kein Problem«, sagt er.

»Natürlich interessiert es mich. Ich habe nur noch zweihundert Dollar.«

Er stützt die Hände auf das Tischchen, schaut mich ernst an.

»Eufemio arbeitet für einen Typ, der eine Menge Grundbesitz in der Sierra hat. Alle drei Monate kommt er nach Puerto, um die Subventionen der Regierung abzuholen.«

Er hebt eine Schulter, erklärt: »Eine Art Darlehen, für die Entwicklung der Region, zur Förderung der Landwirtschaft . . . das sahnen sie natürlich alle ab.«

Die Kellnerin kommt mit zwei Bier, die er schon bestellt hatte.

»Also«, fährt er fort, nachdem sie wieder gegangen ist, »der Typ holt das Geld gegen eins von der Bank, dann geht er in einem *comedor* billig essen, und zwischen zwei und drei fährt er im allgemeinen wieder ab.«

»Wohin?«

»Oaxaca. Er wohnt da, hat sein Land aber hier in der Gegend. In der Stadt kommt er fünf oder sechs Stunden später an. Er fährt einen blauen Chevrolet Blazer. Ich habe ihn schon ein paarmal darin gesehen.«

»Und Eufemio?«

Elio macht ein beruhigendes Gesicht: »Er ist einer von vierzig oder fünfzig Leuten, die für ihn arbeiten. Er riskiert nichts, aber er kann natürlich nicht mitmachen, das ist klar.«

Ich nicke.

»Eufemio kann uns das Datum vier oder fünf Tage vorher sagen, weil der Chef, der für ihn zuständig ist, vorher immer alles herrichtet, um zu zeigen, daß der Betrieb in Ordnung ist.«

»Willst du ihn denn auf der Straße stoppen?«

Elio trinkt einen Schluck, schaut nach unten. Dann schüttelt er den Kopf: »Zu kompliziert. Dafür müßte man einen Geländewagen wie seinen haben. Und ein Überfall ist schwieriger, als ihm das Geld später abzuknöpfen.«

»In Puerto kennt uns inzwischen jeder.«

»Das stimmt. Aber in Oaxaca nicht.«

Ich schaue ihn an, warte, daß er erklärt, was er meint. Er sagt mit leiser Stimme: »Um ihn auf der Straße zu stoppen, braucht man Leute. Und ich traue sonst keinem. Außerdem müßte man es tagsüber erledigen. Also ist es besser, ihn in Oaxaca direkt vor seinem Haus abzupassen.«

Ich denke darüber nach, daß er anderen nicht vertraut, mir aber schon.

»Also?« fragt Elio.

Ich zucke die Schultern, trinke noch einen Schluck Bier.

»Warum nicht«, antworte ich.

Er steht auf, trinkt die Flasche aus, ist mit einem Mal fröhlich.

»Es kann in zehn oder vierzehn Tagen sein, auf jeden Fall vor Weihnachten.«

»Dann können wir Mama ein Geschenk schicken«, sage ich und stehe ebenfalls auf.

Tambù ist Kalifornier, doch wenn ihn jemand auf englisch anspricht, antwortet er: »*No te entiendo.*« Er hat die Gesichtszüge eines Schwarzen und weiße Haut. Elio hat erzählt, daß sie nicht wissen, was sie in seine Papiere schreiben, welche Farbe sie ihm geben sollen. Er kennt ihn schon seit einigen Jahren. Tambù zieht durch die Orte, wo es Lokale mit Musik gibt, macht ein paar Auftritte und verschwindet wieder irgendwo. Sein Vater oder Großvater soll von Tahiti stammen, seine Stimme klingt karibisch, und er spielt allein sechs Congas; außerdem ein *palo de lluvia*, ein zwei Meter langes Bambusrohr, in dem Hunderte von Hölzchen stekken, damit der Kies und die Muscheln, mit denen es gefüllt ist, langsamer fallen: ein Geräusch wie niederprasselnder Regen. Die Terrasse ist überfüllt, wer in der Bar geblieben ist, hört durch die Schilfrohrdecke zu, die das Lokal vom oberen Stockwerk trennt. Auch auf der Straße sitzen Zuhörer, sie haben sich auf die Bordsteinkante gehockt, rühren sich nicht und schauen zu uns hoch. Tambù unterbricht immer wieder den Fluß der Töne, die er den Congas entlockt, singt in die Stille hinein, in einer universal verständlichen Sprache ohne artikulierte Worte. Dann sprechen wieder nur die Hände, vibrieren und machen den Eindruck, sie würden die Congas nicht einmal berühren, während ein Rhythmus wie von zwanzig frenetisch trommelnden Händen entsteht. Bolo bedient nicht mehr an den Tischen, es würde sich jetzt sowieso niemand die Zeit nehmen, etwas zu bestellen. Als Tambù mit einem Mal aufhört und zur Seite hin abtritt, stehen alle auf und applaudieren. Er setzt sich an unseren Tisch, faßt Elio bei beiden Händen und sagt: »Ich spiele gern in Puerto, mag die Fauna dort.«

Elio hält ihm sein Bier hin, fragt: »Bleibst du eine Weile?«

Tambù macht ein bedauerndes Gesicht, seufzt und massiert sich die knochigen Hände: »Ich muß in dieses Drecksnest von San Diego. Mein Visum ist abgelaufen.«

»Kannst du es nicht in Pochutla verlängern lassen?«

»Nein, es ist schon mal erneuert. Außerdem will ich mir ein billiges Auto kaufen.«

»Und dein Oldsmobile?«

»Zusammengebrochen. Auf der Straße liegengeblieben.«

Er lacht, ich glaube, um uns zu verstehen zu geben, daß es ihm nicht wichtig ist. Dann steht er auf, verabschiedet sich von Elio und auch von mir, sagt: »Ich lasse solange alles bei Bolo; mit dem Bus wäre es zu viel Gepäck. In einem knappen Monat komme ich zurück. Seid ihr dann noch da?«

Elio macht eine vage Handbewegung, meint: »Entweder hier oder irgendwo anders. Wie immer.«

Zehn Minuten später erheben wir uns ebenfalls. Unten an der Theke macht Elio mich mit einem Typ um die Vierzig bekannt, der sich als Bert vorstellt und mit einem für einen Latino eine Spur zu harten Akzent redet. Vor vielen Jahren muß er einmal Europäer gewesen sein. Ivo ist auch da und lädt uns zu sich nach Hause ein. Wir steigen alle vier in den Pontiac und fahren in den oberen Teil des Orts, der hinter dem Markt liegt.

Ivos Kinder sind schon im Bett, seine Frau ist gerade erst aus der Pizzeria gekommen und begrüßt uns fröhlich, bietet uns gleich etwas zu trinken an, wobei es ein derart großes Angebot gibt, daß man anfängt, hin und her zu überlegen. Zum Schluß bringt sie Tequila, Bier, Rum und Pepsi, außerdem gefiltertes Wasser in einem Terracottakrug. Sie ist Mexikanerin, doch ihre Bewegungen wirken ein bißchen hastig, vielleicht weil sie zuviel Umgang mit Europäern hat, während Ivo die hiesige Gelassenheit und Unaufgeregtheit verinnerlicht zu haben scheint. Bert ist Österreicher, hat zehn Jahre lang in Bolivien in der Abgeschiedenheit eines Bergdorfs gelebt, bis er sich entschlossen hat, wieder mit der Welt in Kontakt zu treten. In seinem Gesicht finden sich die Spuren vergangener, bewältigter Katastrophen; seine Gesten sind ruhig und passen nicht recht zu dem, was er erzählt. Er sagt, daß er vergessen hat, wie lange er schon regelmäßig kokst, während er auf Ivos Schreibtisch einen Plastikbeutel legt, aus dem er ohne das geringste Anzeichen von Zittrigkeit ein paar Messerspitzen Stoff nimmt.

»Doch man braucht Methode«, setzt er mit erhobenem Zeigefinger hinzu.

Ich verstehe nicht recht, ob das ein Witz sein soll, sehe aber an Ivos und Elios Gesichtern, daß die Sache ernst ist. Bert erklärt, daß sich jeder, der beschließt, ein Dauerkokser zu werden, und nicht ganz runterkommen will, Regeln geben muß: zu festen Zeiten essen, ohne dem Gefühl nachzugeben, keinen Hunger zu haben, und ausgewogen Vitamine nehmen, besonders aus der C-Gruppe. Bert zieht ein Döschen aus der Tasche und bietet uns Pillen an. Elio sagt: »Höchstens später.«

Bert schaut ihn mit der Miene eines geduldigen Vaters an: »Das ist Kalzium, und Koks verbraucht hauptsächlich Vitamin C und Kalzium. Wenn man es ersetzt, ist es, als hätte man nicht gekokst.«

Elio nickt, nimmt eine Pille und spült sie mit einem Schluck Tequila runter.

»Und Vorsicht mit Alkohol«, sagt Bert. »Koks entwässert nämlich. Und wenn du kein Wasser trinkst, wird der Alkohol um so schneller vom Gewebe aufgenommen. Das vergiftet.«

Ich beginne mich zu langweilen, doch seltsamerweise zeigt Elio keinerlei Zeichen von Ungeduld. So wie ich ihn kenne, hätte er eine derartige Tirade eigentlich längst mit einer boshaften Bemerkung unterbrechen müssen. Statt dessen hört er zu, scheint Bert sogar beizupflichten, als würde er dieses wissenschaftliche Getue ernst nehmen. Doch Bert kann sich nicht entschließen, mit der Arbeit fortzufahren. Der Stoff liegt auf der Glasscheibe, aber er zerteilt ihn nicht. Er schaut mich an und sagt: »Meinst du, daß ich hier wäre, wenn ich mir nicht all diese Dinge zur Regel gemacht hätte?«

»Ich verstehe.«

»Fünfzehn Jahre koksen. Ich weiß nicht, ob du wirklich verstehen kannst, was das heißt.«

Ich versuche es. Ich verstehe es tatsächlich nicht. Doch wenn man sich Bert anschaut, hat man den Eindruck, daß er in Form ist. Er hat zwar Falten, aber die haben wahrscheinlich nur zum Teil mit dem Koks zu tun. Er macht sich daran, den Stoff zu teilen. Elio fragt: »Sniffst du den?«

»Ja«, antwortet er ruhig. »*Ala de mosca*, das ätzt nicht.«

Er hört kurz auf und schaut mich an, den Neuen.

»In der Nasenscheidewand habe ich ein hübsches Loch, weißt du.« Er fährt sich über die Nasenspitze. »Wenn ich keinen guten Stoff habe, schiebe ich ihn hier rein«, fügt er hinzu und zeigt auf seinen Hintern.

Ich lache; doch Bert lächelt geduldig, nickt und sagt: »Ich mache keine Witze. Eine Schleimhaut ist so gut wie die andere... Und mit dem Arsch hast du nicht das Problem, ihn öffentlich putzen zu müssen.«

Jetzt lachen endlich alle. Doch er hat es ernst gemeint. Ich frage mich, wie es ist, wenn man sich den Koks hinten reinschiebt, doch Bert hat ja schon gesagt, daß er keinen einzigen Tag ausläßt. Ich denke mir, daß es Situationen gibt, in denen er nicht mit laufender Nase aufkreuzen kann.

Als das Dutzend Lines fertig ist, packt Ivo die Glasscheibe und sagt: »Wenn dieser Schreibtisch eines Tages zu reden anfängt, bringt mich das dreißig Jahre ins Loch.«

Dann rollt er einen Dollar zusammen, wobei er eine Ecke so

einknickt, daß sie nicht wieder aufgehen kann. Eine rasche Bewegung hat den Schein in ein festes Röhrchen verwandelt. Doch Bert macht lieber noch eine Tüte, sagt, daß sich der Stoff damit besser in der Nase verteilt. Ich sniffe einmal und gähne sehr bald.

Es ist beinahe Tag. Die Idee, nach draußen zu gehen, hatte mir nicht zugesagt, doch es ist schön, die laue Luft zu atmen. Puerto ist um diese Zeit anders als sonst. Schon zum Leben erwacht, bevölkert von anderen Leuten, solchen, die einem am hellen Tag nicht auffallen. Indiogesichter, mit Waren für den Markt beladene Frauen, in Reihen am Straßenrand stehende Bauern. Dann denke ich, es ist nur deshalb anders, weil ich vollkommen überdreht bin. Elio zeigt keine Anzeichen von Unruhe, er ist genauso wie vor zehn Stunden. Er hat ein paar Vitamintabletten und Kalziumpillen mitgenommen. Ich verstehe nicht, ob er auch daran glaubt, jedenfalls schluckt er sie, hält mir zwei hin und sagt: »In drei Tagen ist der Geldtransport nach Oaxaca. Das ist die letzte Nacht, in der wir was nehmen, kein Stoff vor der Arbeit.«

Er wirft mir einen Blick zu, um zu sehen, ob ich einverstanden bin. Ich sage: »Logisch.«

Ein Anflug von einem Lächeln und kein Wort mehr bis nach Hause. Ich denke, er hätte es mir auch am Nachmittag sagen und mich in Ruhe schlafen lassen können.

19

Eufemio hat eine ruhige Art zu reden, entspannt und ohne hektisches Getue. Er sagt, daß der Typ morgen früh das Geld abholt. In Dollar müßte es eine Summe von mindestens fünfzehn- bis zwanzigtausend sein. Elio stellt präzise Zwischenfragen; Eufemio antwortet jedesmal souverän, er scheint die Sache seit einer Weile beobachtet zu haben. Er warnt uns davor, uns durch das Auftreten des Typs täuschen zu lassen, sagt, daß er verschlagen, zynisch und hart ist, wenn er zur Kontrolle der Felder kommt, sich aber bei Verhandlungen mit der Regierung in einen alten Jammerlappen verwandelt. Und wir sollen auf die Pistole achtgeben, die in seinem linken Stiefel steckt. Elio nickt, als wäre das klar. Von der Pistole war zwar nie die Rede, doch Eufemio versichert uns, daß der Typ allein ist, wenn er in Oaxaca ankommt. Wir werden ihn direkt vor seinem Haus erwarten. Er lebt in einem ruhigen Vorort, außerdem ist die Straße, auf der wir zurückfahren wollen, in der Nähe, wir müssen also nicht die ganze Stadt durchqueren. Elio entscheidet, daß wir mit dem 6-Uhr-Bus hinfahren, so haben wir den ganzen Nachmittag, um die Gegend und die Fluchtwege auszukundschaften. Zurück nehmen wir den Wagen des Typs, fahren aber auf der Straße nach Puerto Angel, das auf halber Strecke zwischen hier und Huatulco liegt. Wenn sie den Wagen finden, denken sie vielleicht, daß wir dort unten ein Flugzeug genommen haben. Allerdings mag Elio auch nicht ausschließen, daß wir den Wagen ins Meer werfen, er kennt einen geeigneten Platz dafür. Von Puerto Angel wollen wir mit einem der stündlich fahrenden Busse zurückkehren. Doch da kommt Bolo aus der Küche und sagt: »Ach was, in Puerto Angel warte ich mit dem Auto auf euch.«

Wir sind durch alle Gassen gelaufen, die von dem Haus zur Kreuzung mit der Staatsstraße führen, haben uns jede Einbahnstraße angesehen und jede mögliche Verkehrssituation durchdacht, sind stundenlang auf den Beinen gewesen und nur hin und wieder in eine Kneipe gegangen, wo wir unser Bier möglichst schnell getrunken haben, um nicht aufzufallen. Jetzt ist das Problem, wie wir auf der Straße bleiben und warten können, ohne den dauernd auftauchenden Streifen zu begegnen und ohne bei den Nachbarn Verdacht zu erregen. Der Typ sollte gegen acht Uhr ankommen, doch wir müssen uns auch auf wenigstens zwei Stunden früher oder später einrichten. Elio spricht wenig, wirkt entspannt; aber ab und zu macht sich doch bemerkbar, daß er sich für alles verantwortlich fühlt, auch für unvorhergesehene Zwischenfälle.

Ein offenes Tor auf der anderen Straßenseite, dahinter ein ziemlich großer Innenhof. Wir beschließen, uns dort ein paar Minuten aufzuhalten, um von der Straße herunterzukommen, ohne sie aus dem Blick zu verlieren. Beim zweitenmal taucht ein Mädchen auf, setzt sich in eine Ecke und beobachtet uns. Elio fängt sofort ein Gespräch mit ihr an; das ist unsere einzige Chance, ihr durch unser Verhalten nicht als seltsam aufzufallen, aber natürlich können wir nicht zurückkommen, wenn wir erst einmal draußen sind. Elio spielt auf Zeit, setzt das Schwätzchen fort, und die Situation wird langsam grotesk. Das Mädchen geht nicht weg, und der Typ kann jeden Augenblick ankommen.

Er ist schon angekommen. Ich sehe, wie sich der blaue Chevrolet mit dem Vorderrad auf den Bürgersteig schiebt. Ich schaue Elio an; er begreift sofort, was los ist, verabschiedet sich ganz ruhig von dem Mädchen, löst sich von der Mauer und sagt mit gleichgültiger Miene: »Wir nehmen ihn mit und laden ihn woanders ab. Los.«

Er wirft mir einen fragenden Blick zu, und ich signalisiere Zustimmung. Wir haben Uniformmützen mitgebracht. Elio zieht seine Mütze aus der Tasche, drückt sich den Schirm ins Gesicht und überquert die Straße. Ich folge ihm, setze ebenfalls meine

Mütze auf. Er geht um den Wagen herum. Der Typ ist gerade damit beschäftigt, das Tor zu öffnen. Elio baut sich vor ihm auf, sagt barsch: »*Policía judicial. Tenemos que revisar la camioneta.*«

Er schaut uns erschrocken an, nickt eingeschüchtert. Er glaubt wirklich, daß wir Polizisten sind, die seinen Wagen kontrollieren wollen, und das macht ihm angst. Er zittert und stammelt etwas von einem Mißverständnis: »*Si yo no hice nada, por favor, usted se está equivocando …*«

Elio verlangt, die Papiere zu sehen: »*Los papeles de la camioneta.*«

Jetzt wirkt der Typ jämmerlich, kriecht ins Wageninnere. Und als er uns den Rücken zuwendet, zieht Elio den Ruger heraus und preßt ihn dem Typen zwischen die Schulterblätter, macht ihm klar, daß wir den Wagen brauchen und er uns die Schlüssel geben soll: »*La necesitamos nosotros, deja allí las llaves.*«

Der Typ stößt einen kläglichen Schrei aus; statt hineinzuklettern, klammert er sich an Elio und beschwört ihn, als wäre er tatsächlich ein *judicial*, der ihm den Wagen beschlagnahmt. Ich springe ins Auto, drehe den Schlüssel um und lasse es an, nehme die Umhängetasche und stelle sie zwischen meine Füße; der Griff der MP schaut heraus. Elio schafft es nicht, sich loszumachen, der Typ umklammert ihn und drückt den Kopf auf seine Brust, bettelt immer wieder: »*No, por favor, no.*« Elio droht ihm, versucht ihn abzuschütteln und auf meiner Seite einzusteigen, fragt mich mit unterdrückter Stimme auf spanisch, ob ich gesehen habe, wo das Geld ist: »*¿Lo encontraste? Mira si está, rápido.*«

Ich schaue auf den Sitz. Dann nach hinten. Da ist eine Tasche. Ich nehme den Fuß nicht vom Gas, aus Angst, daß der Motor ausgeht, mache so die Tasche auf und sehe das Geld. Ich nicke Elio zu. Elio faßt den Typ hart an, packt ihn bei den Schultern und schüttelt ihn, doch er geht in die Knie und klammert sich an seine Beine. Elio versetzt ihm einen Faustschlag in den Rücken, nicht allzu fest.

»Die Pistole!« schreie ich.

Elio fällt ihm gerade noch früh genug in den Arm, doch der Lauf der Pistole bleibt auf Elios Bauch gerichtet. Ich halte den Typ an der Jacke fest, während Elio ihm die Hand gegen die Fahrertür schlägt und ihm einen Tritt verpaßt. Ich sehe die Pistole aufblitzen, als sie wegfliegt. Wir müssen jetzt sofort abhauen, sonst ist alles aus. Ich schreie: »Schlag ihm die Fresse ein, mach schnell!«

Elio zögert den Bruchteil einer Sekunde, dann läßt er den Schaft des Revolvers auf den kahlen Schädel niedergehen und springt in den Wagen. Ich rutsche Richtung Beifahrersitz, ohne das Steuer loszulassen. Der Typ ist nicht bewußtlos, er greift erneut an, klammert sich an Elios Jacke. Der setzt ihm einen Fuß auf die Brust und schleudert ihn zurück. Ich gebe mit einem Ruck Gas, lenke in dieser absurden Haltung.

»Nur ruhig, ganz ruhig«, sagt Elio und atmet schwer.

Ich halte mit dem Steuer nach links, während Elio hinter mir durchschlüpft, sich zwischen dem Sitz und meinem Rücken vorbeischiebt. Ich beuge mich vor, endlich hat er den Beifahrersitz erreicht. Noch einmal sagt er: »Ruhig, es ist alles in Ordnung.«

»Ich bin ruhig«, antworte ich und sehe, wie aufgeregt er ist.

Nach ein paar Minuten fragt er: »Weißt du, was du eben gesagt hast?«

Ich bin auf den Verkehr konzentriert, versuche schnell zu fahren, ohne es zu übertreiben. Ich überlege, was ich gesagt habe, und wiederhole: »Schlag ihm die Fresse ein . . . Schließlich wollte er auf dich schießen, was blieb da noch übrig?«

Elio lächelt, schaut auf die Straße, hilft mir, durch den Verkehr zu kommen, gibt mir Zeichen, abzubremsen oder zu beschleunigen. Dann sagt er mit einem nervösen Lachen: »Genau.«

Ich denke darüber nach, muß anhalten, weil es auf der Straße nicht weitergeht. Einen Moment lang kann ich nicht mehr klar sehen, ich presse meine Stirn aufs Lenkrad und murmle: »Himmel, was für ein Scheiß . . . ich hab's auf *italienisch* gesagt.«

»Macht nichts, er hat es sicher nicht mal gehört. Konzentrier dich jetzt aufs Fahren.«

Elio greift nach hinten, holt die Tasche mit dem Geld nach vorn und stellt sie sich auf die Knie. Dann sagt er noch: »In Ordnung. Geht alles in Ordnung.«

Aber ich fühle mich wie der letzte Scheißer, meine Moral ist unter aller Sau, und dieser verdammte Satz auf italienisch klingt mir in den Ohren. Der Verkehr fließt wieder, ich lasse die Kupplung langsam los und probiere alle Knöpfe und Schalter aus, um zu sehen, wie sie funktionieren und welche ich brauche. So kommt es, daß mein Blick auf den Benzinanzeiger fällt: Er steht auf Null.

»Der Tank ist leer.«

Elio reckt sich und sieht es sich an.

»Regeln wir gleich, ich weiß, wo eine Tankstelle ist.«

Ich taste instinktiv nach dem Schlüssel an der Lenksäule. Da steckt nur *einer*.

»Der Schlüssel fürs Tankschloß ist nicht da.«

Elio kurbelt das Fenster runter und lehnt sich hinaus, ist mit einem Ruck wieder drinnen: »Dieser Bastard. Ich hätte ihm wirklich die Fresse einschlagen sollen.«

Er tastet den Wagenboden nach einem brauchbaren Werkzeug ab, findet einen Kreuzschlüssel.

»Wir brechen das Schloß damit auf.«

Ich komme auf der *avenida* heraus. Auf der anderen Seite ist die Straße, die in die Sierra, Richtung Puerto führt. Elio sagt: »Jetzt. Los.«

Ich trete das Gas voll durch, schneide zwei Autos, die ins Schleudern kommen, als sie mir ausweichen. Ich erreiche die andere Seite.

»Na also, da hinten ist die Tankstelle«, sagt Elio und zeigt auf Lichter in einem halben Kilometer Entfernung.

»Wir können den Tank doch nicht vor allen Leuten aufbrechen«, wende ich ein.

»Das interessiert doch niemand«, sagt er mit einer beschwichtigenden Geste.

Ich fahre langsamer und sehe die Schlange der wartenden Autos. Elio murmelt: »Scheiße, wird uns einen Haufen Zeit kosten.«

Im Rückspiegel ist ein gelber Jeep aufgetaucht, in dem zwei Typen sitzen. Der Beifahrer ist einer mit Glatze. Und ich habe den Eindruck, daß er auf uns gezeigt hat.

»Er kommt hinter uns her«, sage ich und starre in den Rückspiegel.

Elio schaut mich an, dreht sich um, sagt: »Aber nein, keine Paranoia jetzt.«

»Er ist es, glaub mir doch.«

Elio wendet sich noch einmal um: »In Ordnung, laß uns von hier abhauen.«

Ich schiebe mich an der Schlange vorbei, zurück auf die Straße. Ich fahre langsam, damit das Benzin nicht alle wird, aber auch, um zu sehen, ob der Jeep uns wirklich verfolgt. Er ist immer noch da, in großer Entfernung, doch deutlich zu erkennen. Elio dreht sich ein weiteres Mal um, sagt: »Das hast du dir nur eingebildet, ist echt nicht möglich.«

»Der stand schon vor seinem Haus, und der andere ist vielleicht ein Verwandter oder sein Sohn, was weiß ich, hat ihn mitgenommen, damit er uns identifiziert.«

Elio stößt den Atem aus, starrt auf die dunkle Straße und überlegt, sagt dann plötzlich: »Los bieg hier ab.«

Da ist ein Platz mit ein paar Häusern. Ich folge Elios Anweisungen, die er mit knappen Gesten gibt, fahre hinter das erste Haus und bleibe stehen. Elio springt aus dem Auto, den Kreuzschlüssel in der Hand. Ich sehe ihn Richtung Straße gehen, er lehnt an einer Mauer und mustert die wenigen vorbeifahrenden Autos, kehrt zurück und schlägt ein paarmal auf den Tankdeckel. Ein knackendes Geräusch, dann rollt etwas zu Boden. Elio steigt wieder ein: »Erledigt. Keine gelben Jeeps. Nur die Ruhe.«

Ich fahre wieder los.

»In Ocotlán gibt es eine Tankstelle, ungefähr noch zehn Kilometer von hier.«

Elio lacht, rüttelt mich an der Schulter: »Na los ... ist doch gutgegangen, oder?«

Ich nicke, versuche zu lächeln.

Zehn Minuten später sehe ich zwei Scheinwerfer im Rückspiegel. Elio bemerkt sie auch: »Laß ihn überholen.«

Ich fahre schon langsam, halte mich rechts. Der Wagen hinter mir fährt noch langsamer.

»Es ist ein PKW«, sagt Elio, um mich zu beruhigen.

Endlich entscheidet er sich, schert nach links aus und überholt uns. Es ist ein PKW, braun mit weißem Dach und mit der Aufschrift *Policía* an der Seite.

Keiner von uns sagt einen Ton, bis er wenigstens fünfzig Meter vor uns ist. Elio hat die Hand am Revolver, murmelt: »Sie haben keine Miene verzogen. War nur ein Zufall.«

Doch ich denke, daß der Alte unsere Verfolgung nur deshalb aufgegeben hat, weil es ihm gelungen ist, die Polizei zu alarmieren. Und das weiß auch Elio, das habe ich aus seinem beruhigenden Tonfall herausgehört. Ich fahre immer noch langsam, damit wir soviel Abstand wie möglich gewinnen.

Ein Licht in einigen Kilometern Entfernung.

»Da ist die Tankstelle«, sagt Elio.

Ich bremse ab, er sagt: »Jetzt tanken wir voll, und später suchen wir uns vor Puerto eine Stelle, wo wir diese Scheißkarre loswerden können.«

Doch ich sehe einen Schatten in der Auffahrt, links oben, direkt gegenüber der Tankstelle.

»Sie erwarten uns«, sage ich.

Elio starrt auf die Straße, murmelt: »Fahr weiter. Mal sehen, was sie tun.«

Ich gehe runter in den zweiten, gebe nur einen Hauch von Gas.

Sie schalten die Scheinwerfer ein, setzen sich in Bewegung. Elio legt den Ruger auf seine Beine, hängt mir die Tasche mit der MP um, zieht den Schaft so weit heraus, daß ich ihn griffbereit habe.

Jetzt sind sie auf hundert Meter herangekommen. Die Lampen auf dem Dach sind eingeschaltet, rot und blau.

»Wenn sie ganz nah an uns dran sind, tust du so, als wolltest du anhalten«, sagt Elio sehr ruhig. »Dann fährst du mit Vollgas in die Felder.«

Sie sind auf zehn Meter herangekommen.

»¡Alto, policía!« tönt es aus dem Megaphon.

Ich halte an, lege den ersten Gang ein. Sie schieben sich noch näher heran. Ich trete das Gas durch. Der Chevrolet tut einen Satz nach vorn. Ich höre die laute Stimme aus dem Megaphon, das Aufheulen ihres Motors.

»Runter von der Straße, verdammt!« schreit Elio.

Ich reiße das Steuer nach rechts, wir rammen gegen einen Erdhaufen, die Schnauze senkt sich plötzlich, der Chevrolet jagt über das abschüssige Feld.

»Jetzt!«

Ich steige auf die Bremsen, wir schleudern, prallen irgendwo gegen. Elio stößt die Tür auf, rennt los, in der einen Hand den Revolver, unter dem anderen Arm die Geldtasche. Auch ich springe ab. Alles ist schwarz, totales Dunkel. Wir laufen, ohne irgend etwas zu sehen. Undeutlich erkenne ich links von uns eine niedrige Mauer, folge Elio, ohne zu wissen, wohin. Sie schießen. Einmal, zweimal, zehnmal, einzelne Schüsse und Salven. Ein warmer Luftzug streift mein Gesicht, eine Kugel fliegt zischend zwischen Elio und mir durch, krachend schlagen Geschosse in die Mauer ein. Ich sehe, daß Elio über irgend etwas springt, Pflanzen schlagen mir ins Gesicht, ich halte mir schützend die Arme davor. Sie feuern immer noch, schreien. Niedrige Bäume, vielleicht eine Papayapflanzung. Ich sehe ihn nicht mehr. Ich laufe, rufe mit erstickter Stimme: »Elio, wo bist du ... Elio ...«

Ich höre ihn vor mir laufen, dann neben mir, bis meine eigenen Geräusche seine überdecken und ich nicht mehr weiß, welche Richtung er eingeschlagen hat. Mit gesenktem Kopf renne ich weiter, reiße Blätter und Zweige mit. Ein offenes Feld, ich sinke in der feuchten Erde ein, stolpere, stürze, meine Hände finden im Schlamm keinen Halt, ich rapple mich wieder hoch und laufe weiter, bekomme nicht genug Luft, huste und wende mich um, versuche zu hören, wo Elio ist.

Ich weiß nicht, ob ich einen Kilometer oder zwei oder nur hundert Meter zurückgelegt habe, aber ich muß stehenbleiben, denn jetzt sehe ich absolut nichts mehr. Nur von der Straße her ein Lichtschimmer, die Scheinwerfer des Autos, glaube ich. Ich bemühe mich, den Atem anzuhalten. Da ist ein Brummen, das den Rest übertönt, kein Geräusch von Schritten. Elio kann vor mir sein oder sich wieder der Straße zugewandt haben, um nicht die Orientierung zu verlieren. Doch wenn sie ihn getroffen haben, ist er jetzt hinter mir. Ich mache ein paar Schritte in die Richtung des weißen Lichtschimmers.

Ein Schuß kracht. Noch einer. Klang anders als vorhin. Das war Elios 357er. Rechter Hand, glaube ich. Eine unvernünftige Freude packt mich. Er ist nicht auf der Strecke geblieben; wenn er schießt, heißt das, er *lebt*. Dann durchfährt mich der Gedanke, daß er es getan hat, weil er dazu gezwungen war. Sie bewegen sich auf uns zu und haben ihn vielleicht eingeholt. Ich fange wieder an zu laufen, auf die schwarze Masse des Gebirges zu.

Da ist ein breiter, mit Bäumen bestandener Graben, zwei oder drei Meter tief. Ich springe hinein, kauere mich zusammen, versuche etwas zu hören. Nichts. Sie haben nicht mehr geschossen. Das ist die einzige Hoffnung, die mir für Elio bleibt. Jetzt kann ich ein paar Sterne sehen, den Umriß der Berge. Wenn ich immer weiter geradeaus gehe, kriegen sie mich nicht, mein Vorsprung ist groß genug. Doch in der Sierra wird es in wenigen Stunden kalt, und ich habe nur diese dünne Jacke am Leib. Ich laufe vielleicht die ganze Nacht lang, ohne ein Dorf zu finden, irre herum, bis ich vor Erschöpfung krepiere. Besser versuchen, irgendwie nach Oaxaca zu kommen. Ich muß auf die andere Seite der Straße, denn sie haben bestimmt Verstärkung angefordert und suchen uns.

Ein Rascheln. Blätter werden zertreten. Ich bücke mich langsam, lehne mich gegen den Erdwall, hole die MP aus der Tasche. Ein Geräusch, weniger als zwanzig Meter entfernt, hinten im Graben. Ich fasse die MP am Griff und halte mit der anderen Hand den Lauf hoch. Eine Silhouette, eine Gestalt, die auf mich zukommt, das Laub beiseite schiebt. Ich nehme sie ins Visier, mein schweißfeuchter Finger gleitet über den Drücker, rutscht hin und her, ohne daß ich mich entscheiden kann. Und wenn es Elio ist?

Es ist eine plumpe, unförmige Gestalt, die mitten im Graben stehenbleibt, praktisch ein dicker Sack ohne Extremitäten. Er geht weiter. Es ist ein Esel. Gleichgültig setzt er seinen Weg fort, weiter auf der Suche nach Freßbarem. Ich lasse mich nach hinten fallen, schließe die Augen und hole tief Luft. Ich muß einen weiten Bogen schlagen, wenn ich die Straße queren will. Das ist die einzige Möglichkeit. Ich stehe wieder auf, gehe weiter, bleibe in diesem trockenen Graben, vielleicht eine natürliche Vertiefung, vielleicht als Kanal angelegt. Für mich bedeutet er jedenfalls die Rettung, ich gelange wenigstens einen Kilometer weit ins Innere, ohne daß sie mich von der Straße her sehen.

Nach und nach wird der Graben immer weniger tief, und am Ende bin ich ohne Deckung. Da ist eine Art gestampfter Pfad. Ich gehe schneller, laufe. Der Weg ist trocken, ich komme ohne Mühe voran.

Nach vielleicht einer halben Stunde erreiche ich dichtes Gebüsch. Dahinter liegt die geteerte Straße, auf der anderen Seite sind Hügel, nicht allzu hoch. Erfrieren würde ich dort nicht, und vielleicht kann ich mich durch die Felder nach Oaxaca durchschlagen. Ein Auto, es kommt näher. Ich werfe mich auf die Erde, lege die Arme schützend über den Kopf. Es fährt schnell vorbei, ein Lichtstrahl dringt durchs Laub. Ich muß mich beeilen, sicher kommt Verstärkung. Nichts zu hören. Ich krieche zwischen den Sträuchern durch, gelange ins Freie und spüre den Kies unter den Händen. Totales Dunkel, keine Scheinwerfer. Ich renne los, erreiche außer Atem die gegenüberliegende Straßenseite, Zweige schlagen mir ins Gesicht. Ich falle hin, kauere mich zusammen und ziehe die Beine an den Körper, schaue zur Straße. Da ist eine Kurve und ein Hügel, der die Sicht versperrt: Ich kann nicht sehen, was los ist. Wieder von der Straße weg, durch ein Maisfeld, dann bergan, durch eine kahle, baumlose Landschaft, in der es nur Steine und Gestrüpp gibt. Ich fühle mich schutzlos, habe das Gesicht dem Boden zugewandt, laufe gebückt, so gut ich kann, halte mich in einem weiten Bogen rechts, der Kurve folgend. Ich sehe die Scheinwerfer, die Blinklichter. In ungleichmäßigen Wellen trägt der Wind das Heulen eines überdrehten Motors zu mir herüber. Sie versuchen, den Chevrolet zu bergen, geben Gas, und die Räder drehen kreischend durch. Ich spüre, wie sich meine Muskeln langsam entspannen, habe ein Gefühl der Erleichterung, weil mir der Gedanke kommt, die Bergung des Chevrolets bedeutet vielleicht, daß sie darauf verzichten, die Gegend zu durchkämmen, daß sie den Fall auf sich beruhen lassen und mit der einzigen Sache, die sie erbeutet haben, abziehen. Ich versuche, mir unseren Absprung ins Gedächtnis zurückzurufen, kann mich nicht erinnern, ob Elio die Geldtasche genommen hat; vielleicht ja. Linker Hand ist ein rötlicher Schimmer zu erkennen; das könnte Oaxaca sein, ich richte mich auf, wende mich dorthin. Nach wenigen Sekunden ist aus der Ferne ein Gekläff zu hören, eine wütende Hundemeute in meinem Rücken. Sie kommt näher. Ich laufe. Die Hunde sind schneller. Ich habe sie hinter mir. Ich drehe mich um, ziehe die MP raus, laufe auf die Hunde zu, die Augen mit Tränen gefüllt. Sie stoppen ab, auch ich bleibe stehen. Sie knurren. Ich sehe sie undeutlich, als kleine helle Flecken, höre das Geknurre überall um mich herum. Ich überlege wirklich, ob ich schießen soll, und als mir das klar wird, durchfährt mich das Gefühl selbstmörderischer Dummheit wie ein Stich. Die Hunde bellen weniger überzeugt, ziehen ab. Ich renne wieder Richtung Oaxaca. Ich denke an die zwei Schüsse aus dem 357er. Das Komischste ist diese Euphorie, die mich auf den Beinen hält, mich rennen läßt, ohne daß ich auch nur die geringste Müdigkeit spüre. Ich habe allen Grund zu verzweifeln, statt dessen erfüllt mich das Gefühl, wahnsinniges Glück gehabt zu haben, wenn ich bedenke, wie sich die Ereignisse von Anfang an überstürzt haben. Doch wenn Elio einen Polizisten erschossen hat, herrscht in Oaxaca Alarmzustand. In die Stadt ist es ein weiter Weg, auf dem es keine Deckung gibt, ich muß Häuser umgehen, Hunden ausweichen. Ich bin völlig verdreckt und sehe wahrscheinlich ziemlich gestört aus, riskiere also, von selbst in die Falle zu gehen, und das jetzt, wo ich schon auf der anderen Seite bin, auf der sie mich nicht suchen. Ich betrachte den Hügelkamm, er ist höher, als es von unten schien. Ich entdecke vor mir einen Einschnitt im Fels, wahrscheinlich ein Bachbett. Ein paar kahle Bäume, Gesträuch, das sicherlich Gräben und Schluchten verdeckt. Ich könnte die Nacht hier verbringen, und noch den ganzen Tag, darauf warten, daß sich alles beruhigt. Am Ende wird man denken, daß ich weit fort bin. Wenn ich jetzt versuche, einen Bus zu nehmen, ist die Wahrscheinlichkeit, ihnen in die Arme zu laufen, am höchsten. Morgen nacht werde ich, gleichgültig, was vorher geschehen ist, sicherer sein. Ich klettere in die Felsspalte; tatsächlich gibt es dort ein paar Wasserlachen und ein dünnes Rinnsal. Ich finde einen vorspringenden Felsblock, unter dem ich mich verkriechen kann, wenn die Sonne aufgeht. Mit meinem Messer schneide ich in einiger Entfernung Zweige und Äste ab, baue mir daraus etwas zur Tarnung, damit mich eventuell vorbeikommende Bauern nicht entdecken. Ich verkrieche mich wie eine Maus. Es ist nicht kalt, ich kann es bis morgen aushalten. Doch es gibt Schwärme von Mücken. Ich ziehe mir die Mütze ins Gesicht, auch wenn ich schon überall Schwellungen spüre. Schlafen ist unmöglich. Ich versuche es in jeder Lage; nichts zu machen. Ich muß hier wenigstens zwanzig Stunden zubringen und tröste mich mit dem Gedanken, daß ich schon einschlafen werde, wenn ich nicht mehr kann, und inzwischen auch im Sitzen wieder ein bißchen zu Kräften komme.

Die Natur wird schnell wieder wach, mit allem möglichen Gesumme und lästigen Biestern jeder Art. Perfektion der Schöpfung, jedes Wesen existiert, um ein anderes zu quälen. Ich habe kein Auge zugetan, doch die Zeit ist vergangen, ohne daß ich Angst gehabt hätte. Schneller, als ich mir gedacht hatte. Ich habe dieses Gefühl einer sonderbaren Ruhe, der Sicherheit, daß Elio ihnen entkommen ist und ich es auch schaffen werde, sobald es dunkel wird. Ich kann mir einfach keine Sorgen machen. Das wird die Überdosis Adrenalin sein. Nicht einmal Müdigkeit, nichts. Es ist absurd, ich müßte völlig erledigt sein, statt dessen halte ich mein Gesicht in die Sonne und genieße die Wärme, fühle, wie sie die Feuchtigkeit aus den Knochen zieht und die Haut trocken wird. Ich muß trinken. Sieht nicht schmutzig aus, das Rinnsal. Ich krieche nach draußen, zu einer Pfütze ein wenig weiter unten, und schaue mir die vielen Insekten an, die darin schwimmen oder um sie herumkrabbeln. Ich trinke. Selbst wenn ich jetzt haufenweise Amöben und Typhoide abbekomme, werden sie ein paar Tage brauchen, um sich bemerkbar zu machen. Bis dahin hat sich die Situation sowieso geklärt, auf die eine oder andere Weise. Ich kehre in meine Höhle zurück, die bei Licht besehen ein lächerliches Versteck für einen Flüchtigen ist; doch sie erfüllt ihren Zweck, von hier aus kann ich das weite Tal bis zur Straße ganz überblicken. Nichts rührt sich; die Jagd scheint tatsächlich vorbei. Elio hat keinen Polizisten erschossen, und der Fall ist erledigt. So muß es sein.

Ein lauteres Summen. Das sind nicht die Mücken, die mir um den Kopf herumfliegen. Als ich kapiere, was es ist, schaffe ich es gerade noch, mich auf den Boden zu legen, das Gesicht zum

Himmel. Der Hubschrauber fliegt tief, ist genau senkrecht über mir. Ich zittere vor Wut, umklammere meine nutzlose MP, bin kurz davor, mir den Lauf in den Mund zu stecken. Wenn sie mich gesehen haben, bleibt mir keine Chance. Keine Dunkelheit, die mich schützt. Ein Hubschrauber. Dann gibt es also doch einen Toten... Wegen eines Geländewagens und einer Handvoll Geld würden sie keinen Hubschrauber einsetzen. Ich ziehe die Beine an den Körper, lege die Arme schützend über den Kopf. Der Hubschrauber kommt nicht zurück. Ich kann ihn nicht einmal mehr hören. Er ist zu schnell geflogen, um irgend etwas sehen zu können. Vielleicht ist er von wer weiß wo gekommen, und meine Geschichte hat überhaupt nichts damit zu tun. Und Elio auch nicht. Der Hubschrauber kam aus Oaxaca, flog Richtung Sierra. Gleich kehrt er zurück, ich weiß, daß er zurückkehrt.

Eine halbe Stunde. Eine Stunde. Mir fallen die Augen zu. Mit einem Mal eine unangenehme, dumpfe Schläfrigkeit. Ich kann die verschiedenen Geräusche nicht mehr richtig auseinanderhalten, spüre die Stiche am Hals und auf den Händen nicht mehr. Der Hubschrauber ist nicht zurückgekehrt. Und er hat mich nicht gesehen; ich kann es noch schaffen.

Ich will auf die Uhr schauen, habe kein Gefühl im Arm und muß das Gelenk mit der anderen Hand hochheben. Fast Mittag. Gelenkschmerzen, doch sie lassen sich aushalten. Ich strecke die Beine aus, ziehe sie wieder ein, als ich merke, daß ich ins Wasser gekommen bin. Auch noch nasse Schuhe. Ich sehe mich selbst an, Stück für Stück, kurze Gesamtkontrolle; der Schlamm ist getrocknet, ich versuche den Dreck von den Hosen abzuklopfen. Am Ende bin ich einfach nur staubig, gar nicht so schlimm, wie ich befürchtet hatte. Ich beschließe, mich aufzurichten, um zu sehen, ob der Hubschrauber nur zur Unterstützung da war. Mein Gesicht gegen die Felswand gepreßt, spähe ich mit einem Auge in die Landschaft. Helle Flecken, vielleicht Schafe oder Kühe. Ich überlege, wie ich reagieren soll, wenn ich grüne Uniformen sehe, die sich auf mich zubewegen. Ich weiß es nicht, kann mich nicht entscheiden. Ich könnte in die Berge laufen, in der Hoffnung, daß hinter dem Hügelkamm ein Waldgebiet liegt. Oder mich verkriechen und alles dem Zufall überlassen. Auf der linken Seite ist ein niedriger, langgestreckter Bau, vielleicht eine Hühnerfarm. Möglich, daß die Hunde, die mich fast verraten hätten, von dort gekommen sind. Ich muß auch darauf gefaßt sein, daß der Hund eines Bauern mich hier oben findet, schließlich weiden fünfhundert oder sechshundert Meter unterhalb des Felsens Kühe. Ich kehre in meine Höhle zurück, decke mich mit Zweigen zu, schließe die Augen und höre auf zu denken.

Die Sonne geht unter. In einer Stunde wird es dunkel sein. Einen Moment lang blitzt in mir die verrückte Idee auf, noch eine Nacht und einen Tag hierzubleiben. Es ist so gut gegangen, daß es mir jetzt als sicheres Versteck vorkommt, als einzige Zuflucht, die mir geblieben ist. Doch ich habe nichts zu essen, im Wasser schwimmen Insekten, und ich kann nicht erwarten, daß ich noch einmal vierundzwanzig Stunden lang Glück habe.

Die Sonne ist seit einer Weile verschwunden, unten im Tal gehen die ersten Lichter in den Häusern der Bauern an, die um diese Zeit nach Hause kommen. Es mögen halbe Baracken sein, aus Erde und Mist gebaut, das Dach aus Blech, doch sie haben eine Tür, die man verrammeln kann, um den Rest der Welt draußen zu halten.

Acht Uhr. Vielleicht ist es besser, noch ein bißchen zu warten, bis weniger Leute unterwegs sind, damit ich niemandem begegne. Die Schießerei hat sich bestimmt herumgesprochen, ich kann nicht irgendwo mitten auf dem Feld auftauchen.

Neun Uhr. Jetzt denke ich plötzlich, daß es zu spät sein könnte, daß ich auf der Straße keinen Bus mehr bekomme. Ich stehe auf, nehme die Zweige weg, verstreue sie in der Umgebung, um nur ja keine Spuren zu hinterlassen. Dann spritze ich mir ein bißchen Wasser aus der Pfütze ins Gesicht, versuche den Dreck, den ich nicht sehen kann, abzuwaschen. Tiefes Einatmen, in der Nachtluft liegt der Geruch von verbranntem Holz. Ich gehe Richtung Stadt, rechts hinunter, nicht dort, wo die Hunde waren. Ich vermute, daß ich über den Einschnitt zwischen zwei Anhöhen, den ich mir heute aus der Ferne angesehen habe, auf die Straße kommen müßte. Ich hänge mir die Tasche um, öffne den Reißverschluß, kontrolliere, wie die MP liegt, und stecke die zusammengefaltete Mütze mit dem albernen gelben Wappen, das man schon von weitem sieht, hinein. Mit den Fingern fahre ich mir durch die Haare, versuche mich irgendwie zu kämmen. Mir bleibt nichts anderes übrig: Ich muß es wagen.

Ein weiter Weg, den ich mir ausgesucht habe; entschlossen schreite ich aus, springe über Steine, spüre keine Müdigkeit, stolpere nicht und wanke nicht. Das Gelände ist einigermaßen zu erkennen, ich kann Hindernissen ausweichen und komme ohne Schwierigkeiten voran, solange ich auf der gleichen Höhe bleibe und mich links von den Lichtern der Häuser halte. Dann geht es bergab, bis ich wiederum auf einen beinahe zugewachsenen Graben stoße. Er ist trocken, und ich gehe zwei- oder dreihundert Meter auf seinem Grund entlang, bemerke dann, daß ich zu nahe an ein Haus herangekommen bin. Es steht auf einem steilen Felsen, ich kann von unten die Fenster und den dünnen Rauch aus dem Schornstein sehen. Kein Bellen, absolute Ruhe. Ich marschiere weiter. Doch der Graben verläuft jetzt in Kurven; wenn ich ihn nicht verlasse, komme ich zu weit von der Straße ab. Ich klettere aus dem Kiesbett, kämpfe mich durchs Gebüsch und finde mich auf einem ebenen, offenen Feld wieder. Da unten ist die Straße nach Puerto. Ich beginne wieder zu rennen, stoße auf einen Pfad, folge ihm eine Weile, dann wieder durch Felder. Es gibt keinen Schutz, ich laufe ohne Deckung. Jetzt bin ich gleich da, ich will nicht daran denken, daß ich die Orientierung verloren haben könnte. Eine Papayapflanzung, ich durchquere sie, stoße die Blätter mit den Ellbogen zur Seite. Die Straße muß vor mir sein, ich kann mich nicht vollkommen geirrt haben.

Wieder ein offenes Feld. Undurchdringliche Dunkelheit, keine Häuser in der Nähe. Vor mir ist alles schwarz, flach, nichts, an dem man sich orientieren könnte. Vielleicht habe ich durch den Graben die Richtung verloren, vielleicht bin ich im Kreis gegangen, ohne es zu merken.

Plötzlich zwei Scheinwerfer, ein Motor auf vollen Touren. Da ist die Straße, nicht einmal dreißig Meter entfernt. Ich habe es geschafft, schießt es mir durch den Kopf, als ich mich mit dem Gesicht nach unten ins Gras werfe. Und der Typ am Steuer hat sicher andere Probleme, als sich für ein aus den Feldern auftauchendes Phantom zu interessieren, denke ich mir, als ich wieder aufstehe. Ich laufe schnell, mein Herz hämmert, schlägt mir bis zum Hals, ein Stechen an den Fußgelenken, daß ich nicht weiß, wie ich mich noch aufrecht halte. Ich bücke mich, erreiche auf allen vieren den Straßenrand, berühre den Asphalt mit meinen Händen. Ich habe mich nicht geirrt. Puerto Escondido liegt in der Gegenrichtung. Ich muß die Straße überqueren. Wieder kommt ein Auto. Ich bleibe liegen, halte die Tasche umklammert, weil ich die absurde Vorstellung habe, daß rote und blaue Lichter näher kommen. Es ist ein schrottreifer Geländewagen, der sich mit kaputtem Auspuff krachend vorwärtsschleppt. Ich springe hoch und renne auf die andere Seite, schaue mich um: Weiter vorne sind Büsche. Dort verstecke ich mich. Wieder kommen Scheinwerfer vorbei, ihr Licht fällt auf einen Platz, der eine Haltestelle sein könnte. In geduckter Haltung laufe ich hinter den Büschen bis dorthin. Ja, da ist ein angerostetes Schild. Ich setze mich, warte.

Zehn Minuten. Zwanzig. Jedesmal, wenn ich einen Motor höre, hebe ich den Kopf, doch es ist nie das satte Brummen eines Diesels. Die Vorstellung, daß es zu spät ist, nagt an mir, nimmt all meine Gedanken in Beschlag und läßt meine Begeisterung darüber, daß ich die Straße gefunden habe, langsam schwinden. Ich hätte früher aufbrechen müssen, habe die Entfernung nicht richtig eingeschätzt.

Ein Brummen, das beim Schalten aussetzt: ein Diesel, der auf Touren kommt. Ich springe aus dem Gebüsch, sehe die Lampen am oberen Rand, die über den Scheinwerfern auf der Motorhaube verstreuten Lämpchen, das gelbe Rechteck, auf dem Richtung und Zielort stehen. Ich hebe die Arme, springe hoch und gestikuliere, schreie, doch der Motorenlärm übertönt alles. Der Bus rast mit mehr als hundert in einem Abstand von ein paar Zentimetern an mir vorbei. Minutenlang starre ich hinter den roten Pünktchen her, bis sie hinter der Kurve verschwinden. Ich verstecke mich wieder im Gebüsch, habe Lust zu heulen und zu brüllen. Mir tut alles weh: Arme, Beine, in den Schläfen und am Hals pocht es, die Hände sind geschwollen, die Füße spüre ich nicht mehr. Ich lege mich auf die Seite, schließe die Augen; zum Schluß erwischen sie mich noch, einfach nur, weil ich nicht weiß, wohin.

Ein Lichtschein dringt durch die Blätter und fällt auf meine verdreckten Jeans. Jetzt höre ich auch das niedertourige Brummen, den Motor im Leerlauf. Fröhliche Stimmen, Schritte auf dem Kies. Ich stürze aus dem Gebüsch, reiße Zweige mit, zerkratze mir Gesicht und Hände, sehe den riesigen, hell erleuchteten Bus und überall ganz normale Leute, die aussteigen und sich vom Fahrer verabschieden. Ich renne gegen die Seitenwand, schlage gegen das Blech und komme zum Einstieg, halte mich an irgendeinem Arm fest, klettere hinein und sehe den Typ am Steuer an. Sein Gesichtsausdruck verändert sich nicht, er wartet, bis ich drin bin, damit er weiterfahren kann. Ich frage, wohin der Bus geht.

»Ocotlán, no más«, sagt er und zeigt nach vorn.

Nur bis Ocotlán. Das ist der Ort mit der Tankstelle, der Ort, wo die Schießerei war. Egal, von dort aus fährt irgendein Bus woandershin. Ich finde einen freien Platz, lasse mich auf den Sitz fallen und sehe mir die Gesichter um mich herum an. Bauern, die aus Oaxaca zurückkommen, wo sie vielleicht Obst oder ein Huhn ver kauft haben. Menschen mit abwesenden Blicken, die darauf warten, sich an einen Tisch zu setzen, in ein Bett zu legen. Ich könnte sie alle umarmen, jeden einzelnen der Menschen, die mich in diesem schnell dahinfahrenden Gehäuse umgeben, mit dem ich die Höhle unter dem Felsen hinter mir lasse, das Rinnsal und die schmutzigen Pfützen, den Schlamm auf den Feldern und die Hunde.

Wir kommen an der Tankstelle vorbei. Elio ist sicher schon zu Hause, bei Bolo. Ich will jetzt nicht daran denken. Er hat bestimmt kapiert, wartet auf mich, und morgen früh hat das Warten ein Ende.

Ocotlán ist ein staubiges Dörfchen, das mir unendlich freundlich vorkommt, vielleicht weil es einen unansehnlichen kleinen Platz für Autobusse hat, die irgendwohin unterwegs sind. Ich frage den Fahrer, er zeigt auf einen stehenden Bus und sagt: »Der da fährt nach Pinotepa.«

Ich lächele, er bedeutet mir, daß ich mich beeilen soll. Ich bedanke mich mit einer überschwenglichen Geste. Amüsiert schaut er mir nach. Ich steige in den anderen Bus. Ein alter Mann macht mir auf der letzten Bank Platz, rückt zur Seite und nimmt ein unruhiges kleines Tier auf den Arm. Er bestätigt mir, daß wir nach Pinotepa fahren, die zweitletzte Haltestelle ist also Puerto Escondido. Ich schaue mir immer noch das Tierchen an, und er streichelt sein borstiges Fell, legt ihm eine Hand auf die spitze Schnauze und fragt, ob mir sein kleiner Dachs gefällt, er würde ihn mir billig verkaufen: »¿Te gusta mi tejoncito? Barato, te lo vendo bien barato.«

Ich lächele, antworte, daß ich nicht wüßte, wo ich ihn halten sollte. Er läßt nicht locker, erklärt, daß der Dachs Eier frißt und so groß wie ein Hund wird, daß er anhänglich ist und einen verteidigt, wenn man angegriffen wird. Ich sehe mir diese Art Kreuzung zwischen Fuchs und Maus an, strecke eine Hand aus, und er beschnüffelt sie mißtrauisch, mit gekräuselter Nase und bebenden Schnurrhaaren. Ohne Vorwarnung beißt er zu, nicht tief, aber doch ziemlich entschlossen. Der Alte lacht, meint, jetzt hätte ich ja

427

gesehen, daß er einen verteidigt: »¿*Mira si no me defiende, te das cuenta?*«

Vielleicht geht es nicht so sehr um Verteidigung, vielleicht hat er einfach Lust, sich mit jedem anzulegen, der ihn dazu zwingt, diese dicke Luft zu atmen, in der es nach Diesel und Fett riecht. Aber er ist ein netter Kerl, schnüffelt fiepend an allem herum, stellt sich auf die Hinterbeine und packt meinen Daumen. Ich fühle die kalten, weichen Kuppen und die spitzen Krallen, sage: »Ich habe nur zehn Dollar.«

Der Alte setzt mir sofort den Dachs auf den Schoß, nimmt die zehn Dollar und klopft mir auf die Schulter: »*Si algún día te vas a cansar del tejoncito, devuélvemelo.*«

Ich lache, sage, daß es wahrscheinlich ein bißchen schwierig wird, ihm den Dachs zurückzubringen, wenn ich ihn eines Tages leid sein sollte. Er schließt die Augen halb, lächelt sonderbar, nickt und murmelt etwas von dem Weg, auf dem wir uns begegnen: »*Arreros somos, y en el camino nos encontraremos.*«

Ich schaue ihn mir eine Weile an, bis er sich den Sombrero ins Gesicht drückt und mit offenem Mund einzuschlafen versucht.

Der Bus setzt sich in Bewegung. Ich kraule den Dachs am Kopf, langsam macht er es sich zwischen meinen Beinen bequem, kundschaftet die Falten der Jeans aus, rollt sich zusammen und schließt die Augen. Ocotlán liegt hinter uns, der keuchende dicke Diesel pumpt regelmäßig, die Straße nach Puerto wird immer steiler.

Ich werde wach, als wir hoch oben in der Sierra sind, die Strecke ist kurvenreich, und der Fahrer rast, als wären wir auf der Autobahn. Der Alte zwinkert mir lächelnd zu; ich folge seinem Blick und entdecke den Dachs auf dem Gepäcknetz, wo er eingerollt zwischen zwei Schachteln liegt und schläft. Der Bus fährt langsamer. Wir machen Pause auf einem Platz mit einem Eßbüdchen. Der Alte gibt mir ein Zeichen, daß ich beruhigt aussteigen und ihn mit dem Dachs zurücklassen kann.

Draußen ist die Luft frisch, riecht nach Sauerstoff. Wir sind ungefähr zweitausend Meter hoch, vielleicht höher. Unter uns tut sich ein Abgrund auf, aus dem die tropischen Pflanzen bis an den Straßenrand wachsen. Leuchtend grüne Bananenblätter im Scheinwerferlicht von drei parkenden Bussen. Mir fällt ein, daß ich seit zwei Tagen nichts gegessen habe. Ich schleppe mich die Holztreppe hoch, jetzt macht es Mühe, die Knie zu beugen. Es gibt kein Mineralwasser, ich kaufe eine Cola und drei weiche süße Stückchen, gehe wieder nach draußen. An einen Lattenzaun gelehnt, sehe ich auf die in der Ferne flimmernden Lichter und nehme den ersten Schluck aus der Dose, kriege ihn fast nicht runter, sperre den Mund auf und schnappe nach Luft. Das Zeug mit Kohlensäure ist wie flüssiges Feuer, das die Kehle verbrennt, die nicht mehr an Essen und Trinken gewöhnt ist. Ich beiße in das süße Stückchen, würge es hinunter, und die Tränen fließen mir über die Wangen. Ein heftiger Schmerz, ich gieße noch mehr Cola nach, bis der Hals betäubt ist und ich den Rest schlucken kann.

Nach zehn Minuten fahren wir weiter. Der Alte schaut mich an, als warte er auf irgend etwas. Dann schüttelt er den Kopf und holt mit resignierter Miene ein Ei aus der Tasche. Er gibt es dem Dachs, der völlig durchdreht, sobald er es sieht. Er springt hoch, läuft im Kreis herum, rollt das Ei hin und her, legt es sich dann zurecht und beißt es auf, kratzt die bröckelnde Schale mit den Pfoten weg. Gierig saugt er das Ei aus, schließt dabei genüßlich die Augen.

Die Dächer dort unten, das ist Puerto; jetzt bin ich mir sicher. Es ist vorbei. Ich sehe die Palmen, die Mauern, von denen der Putz abblättert, die erdigen Farben, und mit einem Mal kann ich es nicht mehr erwarten, dort anzukommen. Weil ich erfahren werde, ob Elio hier ist. Ich will gerade aufstehen, als ich bemerke, daß sich eine Hand an meiner Tasche zu schaffen macht. Ich wende mich um und sehe den Alten, der ruhig lächelt und versucht, den Reißverschluß zuzuziehen. Der Schaft der MP schaut heraus. Er nickt, zieht eine Augenbraue hoch. Er hat sie gesehen und wollte nur das im Sonnenlicht glänzende schwarze Plastikteil verstecken. Ich nehme die Tasche, ziehe den Reißverschluß ganz zu, packe den Dachs, der mir auf die Schulter springt. Der Alte lächelt und verabschiedet sich: »*Cuídate, muchacho.*«

Ich steige aus und renne Richtung Heimat, bis ich außer Atem bin.

Bolo springt aus der Hängematte und reibt sich die Augen: »Ich wußte es, ich hab's ihm ja gesagt ...«

Ich gehe ins andere Zimmer, in die Küche, zurück zu Bolo, frage: »Wo ist er?«

Er setzt sich, steckt sich eine Zigarette an, bläst den Rauch aus und schaut verloren vor sich hin: »Er ist gestern morgen zurückgekommen, hat eine Weile auf dich gewartet ... Aber letztlich konnte ich ihn nicht überzeugen.«

Ich gehe hin und her, trete dem Dachs auf die Pfote. Er schreit jämmerlich auf, leckt sich und hält sein Pfötchen hoch. Ich nehme ihn auf den Arm, streichle ihn, während ich frage: »Mach's kurz. Was ist passiert?«

Bolo geht in die Küche, um einen Kaffee zu kochen. Ich folge ihm. Er sagt: »Er hat geglaubt, daß du verwundet bist. Am Anfang war er sich sicher, daß dir nichts passiert ist, aber dann hat er so lange gegrübelt, bis ihn die Paranoia gepackt hat.«

»Wo ist er?«

»Er hat gesagt, daß er über eine Hecke gesprungen ist, und dann hat er dich nicht mehr gehört ... Er meinte, du hättest vielleicht eine Kugel im Bein ... und er könnte dich nicht da liegenlassen, bis du verblutest.«

Ich nehme ihm die Kaffeekanne aus der Hand, schaue ihm fest in die Augen: »Bolo ... wo ist Elio?«

Er stützt sich auf den Herd: »Er ist zurückgefahren.«

Ich drehe mich um, muß mich setzen, lege die Arme auf den Tisch: »Allein?«

»Nein, Eufemio ist bei ihm.«

Bolo setzt die Kaffeekanne aufs Feuer, nimmt zwei Tassen aus dem Spülbecken und sagt: »Er ist gestern abend gegen sieben gefahren. Du wirst sehen, daß er bald wieder hier ist.«

Es ist neun Uhr morgens. Er wird mindestens fünf Stunden gebraucht haben, vielleicht vier.

»Wo zum Teufel hast du den denn her?« fragt Bolo und zeigt auf den Dachs.

»Aus dem Bus.«

Der Kaffee ist fertig. Bolo schenkt ein. Ich trinke und verbrenne mir die Zunge, stelle die Tasse unsanft zurück auf den Tisch: »Was soll ich jetzt tun?«

Bolo zuckt mit den Schultern: »Was willst du jetzt tun? Laß uns abwarten.«

Ich gehe nach draußen, halte mich an der Hängematte fest. Cuauhtémoc nähert sich schnüffelnd, er wittert den Dachs und springt zurück, als der ihm in die Schnauze beißt. Er jault, sieht ihn beleidigt an. Ich gehe auf den Pferch mit den Küken zu, umrunde ihn einmal, kicke einen Stein gegen den Draht. Die Küken ducken sich piepsend.

Dann höre ich ein Motorgeräusch. Es ist der Pontiac.

Mit zwei Sprüngen bin ich mitten auf der Straße. Nur einer im Wagen: Eufemio. Er bremst und stürzt aus dem Auto, kommt auf mich zugelaufen und sagt: »Sie haben ihn geschnappt.«

Ich balle die Hände in der Tasche zu Fäusten, ein Stich im Magen, so stark, daß ich mich krümme.

»Wir haben an der Tankstelle gehalten. Elio hat versucht, den Typ zum Reden zu bringen, mit ihm zu schwätzen, um herauszukriegen, ob er dich gesehen hat . . .«

Eufemio schlägt mit den Fäusten auf die Motorhaube: »Ich war auf der anderen Seite, weil Elio meinte, es wäre besser, wenn man das Auto nicht sieht . . . Als dann der Polizeijeep aufgetaucht ist, konnte ich nicht rechtzeitig . . .«

Eufemio stehen die Tränen in den Augen, er macht den Mund auf, kann aber nicht weiterreden. Dann murmelt er: »Sie hatten die Suche nach euch noch nicht aufgegeben. Ich habe gesehen, daß er angefangen hat, ihnen irgendwas zu erzählen ... doch sie haben ihn abgetastet und müssen was gefunden haben. Jedenfalls haben sie ihn sofort eingeladen.«

»Wohin können sie ihn gebracht haben?«

»Nach ... nach Ocotlán. Es waren Polizisten aus Ocotlán, ich bin ihnen in weitem Abstand gefolgt.«

Ich schaue auf die Tür, Bolo steht mit baumelnden Armen da, sein Gesicht ist grau. Ich renne los, nach drinnen, greife mir die Tasche mit der MP.

»Jetzt spiel nicht verrückt ...«, sagt Bolo.

Ich gehe zum Auto, starte. Eufemio kommt und steigt auf der anderen Seite ein, schaut mich an, mit einem Mal ruhig: »Ich komme mit. Ich weiß, wo die Polizeikaserne ist.«

Bolo reißt die Wagentür auf, schreit: »Die bringen dich um.«

»Vielleicht gibt es eine Möglichkeit«, sage ich und ziehe die Tür mit einem kräftigen Ruck zu.

Bolo versucht mich aufzuhalten, doch ich gebe Gas, reiße das Steuer herum und fahre zurück.

20

Bom läßt gerade ein Pferd an der Longe laufen. Ich fahre sehr nahe an den Zaun heran, steige aus und frage: »Sind die beiden anderen auch da?«

Bom bringt das Pferd zum Stehen, bindet es an und kommt auf mich zu: »Was ist denn mit dir los?«

»Ich möchte es nur ein einziges Mal erzählen und nicht für jeden von euch wiederholen.«

Er mustert mich beunruhigt, gibt mir dann ein Zeichen, daß ich ihm folgen soll.

Aivly und Rubén sind in den Stallungen und wuchten Strohballen von einem Haufen, brechen mitten in der Bewegung ab, als sie uns sehen.

»Ein Freund von mir braucht Hilfe«, sage ich.

Aivly schaut verwundert, läßt den Strohballen fallen und bringt Rubén aus dem Gleichgewicht.

»Die Polizei hat ihn geschnappt und macht ihn fertig.«

»Gatillo?« fragt Aivly.

»Nein, es ist in Ocotlán passiert, Richtung Oaxaca.«

Bom lächelt, sagt: »Sieh an.«

Ich werfe ihm einen schrägen Blick zu: »Die Kaserne ist eine Bruchbude, wenn wir uns beeilen, können wir ihn noch rausholen.«

Aivly geht ein paar Schritte vor, verschränkt die Arme und starrt mich an: »Was wollen sie denn von deinem Freund?«

»Wir haben einen Typ überfallen, und dann gab es eine Schießerei«, antworte ich. »Wir sind heil aus der Sache rausgekommen, doch mein Freund ist zurückgefahren, weil er dachte, ich wäre verwundet, und ich bin in der Zwischenzeit hier angekommen.«

Sie machen alle drei verblüffte Gesichter. Rubén schüttelt den Kopf und setzt sich auf den Strohhaufen. Bom lächelt sonderbar und beugt sich vor, als hätte er nicht richtig gehört. Aivlys Mund ist leicht geöffnet; sie schließt die Augen bis auf einen kleinen Spalt, als sie sagt: »Und du kommst, um uns das zu erzählen?«

»Wem sonst?«

Rubén lacht auf, ein nervöses Lachen, überhaupt nicht fröhlich: »Jetzt hört euch den an.«

»Was willst du denn?« fragt Aivly.

»Hilfe, um ihn da rauszuholen. Und zwar schnell.«

Sie schauen mich immer noch an, tauschen Blicke, dann sagt Bom: »Na gut, du hast deine Nummer abgezogen, jetzt kannst du wieder nach Hause gehen.«

Ich packe Aivly bei den Schultern, halte sie fest und schaue ihr in die Augen: »Ihr *müßt* mir helfen.«

»Und warum?« erwidert sie kühl.

»Weil ... weil ihr die einzigen seid, die es verstehen können.«

»Ich habe nie verstanden, zu welcher Sorte Mensch du gehörst«, murmelt sie.

»Zu der Sorte, die immer verliert«, sage ich und halte sie noch fester.

Jetzt versucht sie, sich loszumachen, geht einen Schritt zurück, doch sie weicht meinem Blick nicht aus.

»Deshalb müssen wir noch lange nicht unsere Haut riskieren«, sagt Rubén.

Aivly befreit sich, dreht mir den Rücken zu und lehnt sich dann seitlich von mir an die Wand.

»In Ordnung«, sage ich. »Ich wollte es anders ausdrücken, aber wenn ich mir überlege, daß gewisse Leute mich am Strand ausgesetzt haben und ich seitdem in der Scheiße stecke ...«

»In der Scheiße hast du schon vorher gesteckt«, unterbricht mich Bom.

»Kann sein. Das heißt, daß ich mich auch in euch getäuscht habe.«

Rubén schaut sich um, platzt heraus: »Was verlangst du denn von uns?«

»Nichts. Ich hatte euch anders eingeschätzt. Das ist alles.«

Aivly geht jetzt langsam auf und ab, bleibt vor einer Box stehen, klopft sanft mit der Faust an die Tür, scheint zu überlegen: »Ist es ein Freund von dir?«

»Ja, es ist nur ein Freund von mir. Und ihn herauszuholen bringt für euch kein Geld, nicht?«

Aivly fährt hoch, sagt scharf: »So einfach ist es nicht, verdammt.«

Rubén schaut nach unten, streicht mit dem Daumen durch sein krauses Haar, sagt leise: »Sicher, ja . . .«

Es klingt rauh, als er den Atem ausstößt; ich gehe zu ihm hin, sehe ihn erwartungsvoll an.

»Weißt du denn, wie viele es sind?« fragt er, ohne den Blick zu heben. »Und die Kaserne kennen wir auch nicht, keine Ahnung, wie sie aussieht.«

»Ich will euch nicht erpressen«, sage ich. »Wenn ihr mir helfen wollt, gut. Sonst gebt mir wenigstens ein paar Magazine für das hier . . .« Ich hole die MP raus.

Bom nimmt sie, kontrolliert, ob sie geladen ist, wirft mir einen erstaunten Blick zu. Jetzt betrachten sie mich mit anderen Augen. Für sie war ich vermutlich immer ein Trottel; vielleicht bekommt dieses Bild jetzt Risse. Aivly seufzt: »Und was würdest du tun? Allein die Festung stürmen?«

»Ich lasse ihn nicht da drin.«

Irgendwie beginnt ihr Widerstand zu bröckeln. Rubén kann nicht mehr stillstehen, preßt die Hände zusammen. Er schaut Aivly an, dann Bom. Ein sonderbarer Ausdruck auf ihren Gesichtern, undurchschaubar. Bis Rubén schließlich sagt: »Wenn ihr mich nicht rausgeholt hättet, wäre ich an einem ähnlichen Ort.«

Bom wehrt ab: »Das ist eine andere Geschichte.«

Aivly fragt mich: »Ist es der Typ, mit dem du rumziehst?«

»Ja, Elio.«

Sie wechseln Blicke. Dann geht Aivly entschlossen zum Tor. Rubén hinter ihr her. Bom gibt mir ein Zeichen, und ich folge ihnen zu dem Stall, wo sie die Hähne züchten. Rubén schiebt einen Tisch weg, Bom hilft ihm dabei. Eine Falltür kommt zum Vorschein. Aivly öffnet sie, zieht eine Tasche hoch, Rubén packt einen Griff; scheint schwer zu sein. Schnell legen sie kurze Repetiergewehre, leichte MPs und Pistolen auf den Tisch. Und schachtelweise Munition. Rubén bückt sich und zieht eine zweite Tasche hoch. Darin sind Handgranaten und Päckchen mit Sprengstoff. Aivly sagt: »Nimm Plastikbomben und Sprengkapseln, wir müssen Türen aufmachen.«

Dann gibt sie mir eine Schachtel, auf der *Cal. 9 parabellum* steht.

»Wir haben keine Magazine für deine MP«, sagt sie.

»Vielleicht ist eine Pistole besser«, meine ich. »Ich würde sonst nur unnötigen Schaden anrichten.«

Sie gibt mir einen kurzen Revolver und eine verchromte automatische Pistole: »38er Astra special und 45er Llama. Schon mal benutzt?«

Ich nehme sie und versuche, mich normal zu verhalten, mache die Trommel auf und beobachte, wie die anderen mit sicheren Handgriffen Patronen in die Kammern stecken, entdecke eine Schachtel 38er special, lege die Patronen ein und schiebe mir den Astra hinter den Gürtel. Ich mache die Llama auf, das Magazin gleitet mir in die Hand, ich suche die 45er Munition. Bom gibt sie mir. Ich bringe nur sieben Patronen unter.

»Du kannst acht reinkriegen«, sagt Aivly. »Eine geht in den Lauf.«

Sie steckt Munition in ein Gewehr. Ich versuche, mir die Llama auf den Rücken, hinter den Gürtel, zu klemmen.

»Nein«, sagt Rubén, »nimm das hier.« Er gibt mir ein Schulterhalfter.

Ich ziehe mein Hemd aus, um es mir umzubinden.

»Warte«, sagt Aivly.

Sie holt eine dritte Tasche, in der kugelsichere Westen sind, und gibt mir eine. Die Weste ist mir ein bißchen groß, aber zum Schluß schaffe ich es doch, das Hemd wieder zuzuknöpfen. Nur daß ich das Schulterhalfter jetzt darüber tragen muß. Aivly schaut mich an, nimmt eine Jacke von einem Haken: »Probier die mal.«

Sie ist aus Leder, riecht nach Pferd und paßt mir einigermaßen. Jetzt stopfen sie sich die Taschen mit Granaten voll. Ein fragendes Zeichen von Bom in meine Richtung, doch ich schüttele den Kopf, übe weiter, die Automatikpistole aus dem Halfter zu ziehen. Sie geht leicht raus, ohne zu klemmen.

»Was ist der andere für ein Typ?« fragt Bom.

Ich gehe zur Tür. Sobald Eufemio mich sieht, kommt er gelaufen. Dann steht er sprachlos vor dem Arsenal. Rubén will ihm eine Pistole geben, doch er zieht seinen Pullover hoch und läßt den Kolben des Ruger 357 sehen.

»Ich habe Elios Revolver«, sagt er und kommt näher, um sich eine Schachtel Munition des passenden Kalibers zu nehmen.

Bom gibt ihm drei Patronenhalter aus Plastik mit je sechs Schuß und sagt: »Mit denen kannst du schnell nachladen.«

Sie schließen die Taschen wieder, lassen alles hinter der Falltür verschwinden, stellen den Tisch an seinen Platz zurück. Aivly sagt: »Wir nehmen den Toyota, er ist schneller.«

Wir gehen nach draußen. In der Garage steht ein weißer Toyota Geländewagen mit vier Türen und einer kleineren Pritsche als üblich. Sie wechseln die Kennzeichen aus; nach wenigen Minuten hat der Wagen zwei neue Schilder aus Chiapas. Zu fünft im Auto: Bom am Steuer, Aivly neben ihm auf dem Beifahrersitz, ich zwischen Rubén und Eufemio hinten. Rubén macht die Tür zu, lächelt und sagt: »Genau wie damals, nicht?«

Aivly dreht sich um: »Beruhig dich, die da sind nicht die *Guardia Nacional*.«

»Sie haben den gleichen Job«, murmelt Rubén und zuckt mit den Schultern.

»Kann sein«, antwortet sie. »Aber laß uns *diesmal* versuchen, nur zu schießen, wenn es nötig ist.«

Bom fährt langsamer.

»Da ist es«, sagt Eufemio.

Es ist ein niedriger Bau mit einer Bogentür. Vor dem Eingang steht quer zur Straße ein Polizei-Jeep geparkt. Keine Wachen draußen.

»Was ist mit dem ersten Stock?« fragt Aivly.

»Leer«, sagt Eufemio. »Wird gerade umgebaut. Die Polizisten sind unten, höchstens vier oder fünf.«

»Woher weißt du das?« fragt Bom.

»Sie haben vor drei Wochen einen Vetter von mir eingelocht, weil er betrunken war. Ich bin am Tag danach hingegangen und habe ihn abgeholt ... um ihn ins Krankenhaus zu bringen.«

»Dann gehst du nicht mit rein«, sagt Aivly. »Sie kennen dich.«

Sie wendet sich mir zu: »Wenn wir rauskommen, steigst du vorn ein, ich fahre, Bom und Rubén gehen hinten auf die Pritsche und geben uns Deckung.«

Wir schauen uns an, nicken.

»Dann mal los«, sagt Aivly.

Bom wendet, fährt rückwärts vor den Eingang, hält neben dem Polizei-Jeep. Wir haben Tücher dabei, die wir uns über die Nase ziehen, Mützen, die wir uns mit dem Schirm ins Gesicht drücken. Aivly hat sich ihre Haare hinten zusammengebunden, setzt eine Brille auf. Rubén trägt einen fettigen und fleckigen alten Bauernsombrero. Wir steigen aus. Eufemio bleibt zwischen den beiden Wagen, schaut nach links und nach rechts, duckt sich. Kurze Pause, bevor wir reingehen: Die drei geben sich ein Zeichen, holen die Waffen unter ihren Jacken raus. Ich ziehe meine Automatikpistole. Wir schlüpfen hinein. Aivly und Rubén voran, Bom neben mir. Ein Flur, zwei Reihen Bänke. Ein Hof voller Abfallhaufen, vier offenstehende Türen; scheinen die Klos zu sein. Rechts eine angelehnte Tür; Rubén stößt sie mit einem Tritt auf, stürmt mit Aivly hinein. Ich folge ihnen, während Bom blitzschnell gegenüber der Tür hinter einem Haufen Ziegelsteine Stellung bezieht.

Ein Polizist beim Essen: Er läßt die Tortilla auf den Tisch fallen und hebt die Hände. Ein zittriges Lächeln, als er sich ergibt: »*Está bien, está bien...*«

Aivly geht vor. Rubén nimmt ihm die Pistole ab, sagt beruhigend: »*Tranquilo, amigo, ya nos vamos.*«

Ich folge Aivly, die in das zweite Zimmer geht. Dort liegt ein Polizist auf einem Feldbett. Sie hält ihm das Gewehr unter die Nase. Er öffnet die Augen, reißt sie auf, ohne sich zu bewegen. Aivly gibt ihm ein Zeichen, daß er aufstehen soll. Der Polizist rappelt sich hoch, stürzt plötzlich nach vorn, um sich das Gewehr zu greifen. Aivly weicht zur Seite aus, ist sofort wieder da und versetzt ihm mit dem Knie einen Stoß zwischen die Beine. Der Typ atmet lautlos aus, krümmt sich zusammen und rollt auf den Fußboden. Rubén kommt mit dem anderen herein, befiehlt ihm, sich auf den Boden zu legen. Weiter hinten ist eine Gittertür. Ich gehe näher ran. Elio kauert in einer Ecke, schaut hoch, sieht mich an, als könnte er es nicht fassen. Er hat überall Schwellungen, seine Lippen sind aufgeplatzt, ein Auge ist geschlossen, und die Haare sind schweißnaß. Er versucht aufzustehen, schleppt sich zur Gittertür, zieht sich mit den Händen, die voller blauer Flecken sind, hoch. Rubén greift sich den Polizisten, der dank Aivly zu Boden gegangen ist, verlangt den Schlüssel: »*La llave, rápido.*«

Der Polizist jammert, daß der Sergeant den Schlüssel wie immer mit auf Patrouille genommen habe. Rubén schlägt ihn zusammen, zieht aus seiner Umhängetasche ein Päckchen mit einer Masse, die aussieht wie Kitt, formt sie mit den Fingern und macht daraus ein

Röllchen, dünner als eine Zigarette. Er steckt es ins Schloß, nimmt eine Sprengkapsel, drückt sie in die Plastikmasse, zieht die Drähte heraus; dann holt er aus einer anderen Schachtel noch einen Draht, verbindet die Enden und gibt Elio ein Zeichen, in Deckung zu gehen. Aivly stellt sich hinter einen Schrank, ich folge ihr. Die beiden Polizisten legen sich flach hin, die Arme über den Köpfen. Rubén preßt sich gegen die Wand, betätigt den Auslöser. Ein dumpfer Knall, dichter, senkrecht aufsteigender Rauch. Die Tür fällt nach innen. Ich laufe zu Elio, helfe ihm auf die Beine. Rubén fährt mit seinem Gewehr kurz über die Nacken der beiden Polizisten und warnt sie knurrend davor, etwas zu unternehmen: »*Ya se acabó. Si salen, les mato.*«

Wir gehen nach draußen. Bom steht in der Mitte des Hofs, das Gewehr im Anschlag. Er gibt ein Zeichen, daß alles in Ordnung ist. Aivly schiebt sich auf den Gang hinaus, ich ziehe Elio mit; doch der sträubt sich, versucht mit schmerzverzerrtem Gesicht, etwas zu sagen, und zeigt auf eine der Klotüren. Ich sehe nichts, nur das Loch im Boden und ein Mäuerchen. Ich will Elio gerade wegziehen, als die Pistole auftaucht. Bom ist schon weiter hinten, der Polizist beugt sich vor und nimmt ihn ins Visier. Er hat uns nicht gesehen, das Mäuerchen, hinter dem er sich verschanzt hat, verdeckt uns. Ich schreie: »*¡Párate!*«

Der Typ kommt uns entgegen, richtet den Lauf auf uns. Ich schieße dreimal, er schafft es, einen Schuß abzugeben, der irgendwo oben einschlägt, wird nach hinten geschleudert und landet mit gespreizten Beinen in dem Loch. Bom hat sich zu Boden geworfen. Rubén kommt zurückgerannt. In der Tür taucht der Polizist auf, der am Eingang war: Er hält ein Gewehr in der Hand, will es gerade spannen, doch Rubén schießt mit dem Repetiergewehr: Die Ladung fetzt ihm ins Gesicht. Er wird herumgerissen, fliegt durch die Luft und ist nicht mehr zu sehen. Rubén stößt einen leisen Fluch aus: »*Hiju'e puta...*«

Rubén lädt wieder durch, geht in das Gebäude zurück. Ein

wahnsinniger Krach, dann kommt er rausgerannt, gibt Zeichen, daß wir abhauen sollen.

Eufemio steht am Eingang, hält den 357er unter dem Pullover, schaut ruckartig in alle Richtungen. Ich schiebe Elio auf den Rücksitz, sehe, daß Bom das Repetiergewehr nach hinten stellt, unter dem Sitz ein Bündel herauszieht, den Lumpen aufwickelt; darin ist ein Maschinengewehr, das selbst ich erkenne, eine Kalaschnikow mit ihren beiden gebogenen, über einen Gurt verbundenen Magazinen. Bom springt auf die Pritsche, gefolgt von Rubén. Ich gehe nach vorn, Aivly setzt sich ans Steuer. Eufemio will gerade neben Elio einsteigen, als er in der Bewegung erstarrt. Er zeigt auf die Straße. Ein Polizeiauto. Es bremst in zehn Metern Entfernung. Sie haben uns gesehen. Aivly stürzt raus, ich hinterher. Ich sehe, wie Elio sich auf den Boden legt und Eufemio unten durchkriecht, um dann auf meiner Seite aufzutauchen. Der Polizist stößt die Tür des Polizeiautos auf und geht dahinter in Deckung. Er gibt zwei Schüsse aus seiner Pistole ab. Von der Pritsche aus feuert Bom eine kurze Salve. Die Windschutzscheibe des Polizeiautos wird weiß, kracht nach innen. Der zweite Polizist, der hinter dem Kofferraum Stellung bezogen hatte, schießt mit einem Gewehr. Die Hölle bricht los. Bom feuert das Magazin leer, Aivly liegt auf der Motorhaube und zielt mit einem Selbstlader, Rubén schießt und lädt mit unglaublicher Geschwindigkeit, Eufemio steht breitbeinig mitten auf der Straße, den 357er in beiden Händen, Elio nimmt Boms Repetiergewehr und feuert von drinnen. Ich ziehe den Revolver, lege an, sehe aber, daß das Auto schon ein durchlöchertes Stück Schrott ist. Eine Angel der Wagentür bricht auseinander, der Polizist dahinter springt auf die Seite und sackt zusammen. Der andere taumelt und faßt sich an den Hals. Aivly trifft ihn in die Brust.

Plötzliche, ohrenbetäubende Stille.

»*Vámonos*«, schreit Bom und steckt Patronen in die Magazine.

Aivly springt ins Auto, legt einen Gang ein. Eufemio und ich schaffen es gerade noch einzusteigen. Mit heulendem Motor rasen wir davon. Ich drehe mich um. Durch das Fenster sehe ich Rubén und Bom, die mit dem Rücken zu uns aufrecht auf der Pritsche sitzen, die Gewehre neben sich. Ich schaue Elio an. Er atmet mühsam, versucht zu lächeln. Ich drücke seinen Arm. Er nickt, murmelt: »Ganz schönes Chaos ...«

Ein ersticktes Lachen, und gleich krümmt er sich wieder vor Schmerzen.

21

Als wir auf dem Rancho ankommen, ist es fast schon dunkel. Bevor Eufemio in den Ort zurückgekehrt ist, hat er Elio den Revolver wiedergegeben, und der hat sich mit einem festen Griff ins Genick bei ihm bedankt. Eufemio hat sich bis morgen verabschiedet und zu Elio nur gesagt, er solle sich ausruhen: »*Descansa, nos vemos mañana.*« Jetzt entladen Bom und Rubén die Waffen, ich gebe ihnen Pistole und Revolver zurück, nehme meine Tasche mit der MP. Sie schaffen alles wieder in ihr Versteck. Aivly sagt: »Wir hauen sofort ab. Nur eine Vorsichtsmaßnahme, ich glaube nicht, daß es nötig ist. Habt ihr hier einen sicheren Platz?«

Elio nickt, doch ich frage: »Bleibst du lange weg?«

»Eine Woche, vielleicht zwei.«

Sie überlegt ein paar Sekunden, fragt mich dann: »Kennst du Veracruz?«

»Noch nicht.«

Sie zieht einen Zettel aus der Tasche, sucht eine freie Stelle, reißt sie vorsichtig ab und schreibt eine Nummer darauf.

»Wenn du ankommst, rufst du hier an. Es meldet sich jemand, der weiß, wie man mich erreicht.«

»Wenn ich wo ankomme?« frage ich und sehe mir die fünfstellige Nummer an.

»In Veracruz natürlich«, sagt sie und lächelt.

Ich schaue ihr in die Augen, empfinde wieder diese quälende Lust, sie in den Arm zu nehmen. Sie löst die Spannung, indem sie Elio die Hand gibt.

»Tu was für dein Auge«, sagt sie leise zu ihm.

Elio nickt, ein schiefes Lächeln, damit die Lippe nicht wieder aufplatzt. Auf der Suche nach Worten macht er ein paarmal den

Mund auf und zu, schließlich murmelt er: »Du weißt schon... was ich sagen will.«

Mit einer abwehrenden Geste schließt Aivly die Augen halb, als wollte sie sagen, daß es nichts zu erklären gibt. Dann schaut sie mich an, unentschlossen. Ich zögere nicht mehr, nehme sie in den Arm. Am Anfang ist sie verkrampft, dann spüre ich, wie sie sich entspannt, tief Luft holt und sich an mich schmiegt. Es wäre besser, ich hätte ihren Duft nicht gerochen. Ich versinke in ihrem Haar, atme diesen Duft ein, würde ihn am liebsten für immer in meinen Lungen behalten und sie, die mich jetzt um die Taille faßt, am liebsten nie mehr fortlassen. Nur ein Augenblick. Sie drückt mich so fest, daß es wie ein endgültiger Abschluß wirkt. Sie löst sich von mir, ihr Blick bleibt gesenkt, als sie sagt: »Laßt euch ein paar Tage lang nirgendwo sehen.«

Sie dreht sich um, geht schnell auf die Tür zu.

Ich steige in den Pontiac, lasse den Motor an. Elio hat Mühe, sich zu setzen, ein leises Jammern entfährt ihm, sein Atmen hört sich rauh an, als er sagt: »Scheiße, ich glaube, da habe ich was abgekriegt.« Er betastet vorsichtig seine Rippengegend.

Als ich nahe an der Hauswand vorbeifahre, taucht Aivly noch einmal auf, sagt: »Die Nummer...«

Ich fasse an die Tasche meiner Jeans, in die ich das Stückchen Papier gesteckt habe, und nicke. Sie verschwindet mit einem kurzen Winken im Haus.

Ich fahre sehr langsam. Bei jedem Schlagloch verzieht Elio das Gesicht. Nach einer Weile sagt er: »Es freut mich, daß der Sergeant zurückgekommen ist.«

Ich sehe ihn an, er redet weiter: »Dieser Bastard, dem deine Freundin eine volle Ladung verpaßt hat.«

»Ah.«

Elio nickt, dreht den Kopf und schaut in die dunklen Felder, zu fernen Booten, Lichtern auf dem schwarzen Meer, über dem kein Mond scheint.

»Die hätten mich umgebracht, wenn ich ihnen nicht den Rest erzählt hätte.«

»Den *Rest*?«

»Ja ... wie viele wir waren, wo die anderen sind ...«

Ich warte, daß er von sich aus die Frage beantwortet, die ich nicht gestellt habe. Endlich entschließt er sich: »Ich hab's ihnen nicht gesagt, ist ja klar.«

Er sieht mich an, bis ich mich ihm einen Moment zuwende, sagt: »Ich meine ... es ist *klar*, weil sie ja sonst gekommen wären, um dich zu holen, nur das.«

»Ich verstehe«, sage ich. »Ich habe nie daran gezweifelt.«

Er schüttelt den Kopf und murmelt: »Du bist ein Idiot, wenn du nicht daran gezweifelt hast.«

Ich schaue ihn von der Seite an, setze eine fragende Miene auf. Er seufzt: »Sieh mal, dieser Scheißkerl von Sergeant ... Er hätte damit weitergemacht, mir die Knochen zu brechen. Nichts ist sicher, wenn sie dich eine Woche lang Tag und Nacht prügeln.«

»Dann war es ja gut ... daß ich keine Woche gewartet habe.«

Er lehnt sich zurück und starrt in die Luft, sagt: »Und vor allem war es gut, daß du geschossen hast. Wenigstens sind diese Arschlöcher alle erledigt.«

Er stößt den Atem durch den Mund aus, schließt die Augen.

»Tut mir leid ... wegen dem Geld.«

»Wir treiben schon woanders welches auf«, antworte ich und zucke die Schultern. »Die Sache ist von Anfang an schlecht gelaufen.«

»Ich ... habe das Geld ja hierhergebracht.«

»Heißt das, es ist in Puerto?«

»Es *war* hier«, sagt er, verzieht das Gesicht und seufzt. »Ich habe es wieder mitgenommen, weil ich dachte, ich müßte irgend jemanden bezahlen ... Für den Fall, daß sie dich angeschossen oder verhaftet hätten. Du weißt ja, wie das hier funktioniert.«

Er lacht leise.

»Ziemlich bescheuert: Ich hatte das Geld in die Unterhose gesteckt, so ein Paket«, er macht eine Geste, als hätte er einen aufgeblähten Bauch. »Sie haben es gefunden, bevor ich ein Angebot machen konnte... Der Sergeant hat einen Lachanfall bekommen und gemeint, das nähme er als Anzahlung, meine Kumpane würden sicher noch mehr rausrücken, wenn ich erst geredet hätte...«

Er fährt sich mit der Hand über die Stirn, befühlt das geschwollene Auge.

»Er hat das Geld mitgenommen, zu sich nach Hause, dieser *Dieb*. Und den anderen hat er nur ein paar Scheine abgegeben, ein Trinkgeld.«

»Also war das Geld nicht mehr in der Kaserne?«

»Meinst du, ich hätte es nicht mitgenommen, wenn es noch dagewesen wäre?« antwortet Elio und setzt sich auf.

Ich halte vor dem Gittertor an. Bolo steht in der Tür, läuft uns entgegen. Ich bringe kein Wort heraus, er klopft mir fest auf die Schulter, lacht still, will Elio umarmen, der ihn, die Arme abwehrend ausgestreckt, mit einem Seufzer davon abhält.

In der Küche steht Ivo. Er schaut sich Elios Gesicht an und sagt: »Ihr könnt nicht hierbleiben. Kommt mit zu mir, da ist es sicherer.«

Bolo untersucht Elios Auge, das jetzt völlig geschlossen ist; er macht ein besorgtes Gesicht: »Das muß behandelt werden, und zwar schnell.«

»Meine Frau versteht sich auf solche Sachen«, sagt Ivo. »Los, verlieren wir keine Zeit.«

Elio erhebt sich, Bolo hilft ihm dabei. Wir gehen nach draußen. Ivo hat den De Soto wenige Meter entfernt stehen, wir steigen zu dritt ein, Bolo geht zu seinem Nissan. Ivo wartet, ob er es schafft, diese Kreuzung zwischen Fiat 1100 und Prinz anzulassen, fährt los, sobald er von hinten ein überdrehtes Motorengeräusch mit klappernden Ventilen hört.

Als wir vor Ivos Haus aussteigen, wirkt Elio noch benommener, hat Mühe hochzukommen. Ivos Frau stellt keine Fragen, lächelt uns an und wird dann sehr ernst, als sie Elios Gesicht untersucht. Sie sagt ihm, er solle sich hinlegen, holt Tüten voller Kräuter und macht einen Aufguß, meint: »Dadurch wird die Schwellung zurückgehen. Ein paar Tage lang Umschläge und absolute Ruhe.«

Sie zieht ihm das halb zerfetzte T-Shirt aus, tastet die blauen Flecken ab. Man merkt, daß Elio Mühe hat, nicht zu schreien.

»Offensichtlich nichts gebrochen. Ein fester Verband wird genügen.«

Sie steht auf, schreibt etwas auf ein Blatt, das sie Ivo gibt: »Geh in die Apotheke und hol mir das.«

Ivo schaut darauf, sie fragt: »Na, wird's bald?«

Ivo läuft los.

Die beiden Kinder sind aus ihrem Zimmer gekommen, barfuß. Sie reiben sich die Augen, dann gehen sie zu Elio, der sie mit einem matten Winken begrüßt.

22

Bolo bringt unermüdlich Mixgetränke, Obstsalat mit Früchten, Joghurt und Körnern, frische Eier und ein undefinierbares Gebräu; es soll wohl Elios Lebensgeister wecken, jedenfalls nennt Bolo es *vuelve a la vida*, zwingt Elio, es zu schlucken, und droht ihm, ihn andernfalls zu füttern. Elios Auge ist nicht mehr so arg geschwollen, und Fieber hat er auch keins mehr. Juana macht sich über ihn lustig, zieht ihn jedesmal auf, wenn er aufs Klo muß, erlaubt ihm nicht aufzustehen, sondern gibt ihm eine Schüssel, holt dann eine Lupe aus der Tasche und sagt: »Warte, ich helfe dir, ihn zu finden.« Dann lacht sie wie verrückt und steckt alle mit ihrer Fröhlichkeit an. Wenn sie uns nicht aufheitern würde, hätten wir immer diese deprimierten Gesichter, mit denen wir draußen herumlaufen. Ivo vergöttert seine Frau. Jetzt, wo ich beginne, sie kennenzulernen, wird mir klar, daß sie einem mit ihrer Energie hilft, sich nicht gehenzulassen, was sonst in Puerto ganz unwillkürlich passiert. Niemand hat irgend etwas gefragt. Sie werden die Zeitungen gelesen haben, in denen es *Drogenhändler richten Blutbad an* hieß und die Vermutung geäußert wurde, eine Bande von Kolumbianern versuche, sich eine Basis in der Sierra von Oaxaca zu schaffen. Elio hatte keine Papiere dabei, es sieht also so aus, als müßten wir uns wegen der Ermittlungen keine Sorgen machen; und das Schreckbild der kolumbianischen Kartelle löst ja jedes Problem.

Ich gehe mit Ivo in die Apotheke, um eine Heilsalbe für Elios Wunden zu kaufen. Auf der Perez Gasga begegnen wir Isidro und einem anderen Gorilla des Federal. Ivo grüßt sie gelassen, doch die beiden kehren um und halten uns an. Isidro wendet sich mir zu, sagt: »Wenn du zehn Minuten Zeit hast, würde Gatillo dich gern auf ein Glas einladen.«

Ich wechsle einen Blick mit Ivo; er zuckt die Achseln, wir wissen beide, daß eine solche Einladung einem Befehl gleichkommt. Ich sage zu Ivo: »Wir sehen uns später«, gehe mit den beiden zu ihrem Auto.

Ich steige hinten ein, und während der ganzen Fahrt benehmen sie sich, als ob ich überhaupt nicht existierte, lachen und kommentieren ihre letzten Heldentaten, trinken auf den drei Kilometern eine halbe Flasche Mezcal. Wir fahren hinter Gatillos Festung vorbei, auch diesmal empfängt er mich in dieser Garage, wo er seine Vernehmungen durchführt. Allein hierher zurückzukehren gibt mir das Gefühl, in eine Falle zu tappen.

Die Szene ähnelt der vom letzten Mal; Gatillo empfängt mich mit freiem Oberkörper, lächelt breit. Nur daß der Gefolterte diesmal Albertico ist. Sie haben ihn splitternackt auf Eisblöcke gesetzt. Er vermeidet es, mich anzublicken, klappert mit den Zähnen und bibbert am ganzen Körper.

»Mein Freund, wo warst du denn abgeblieben?« ruft Gatillo aus. Dann wendet er sich Albertico zu: »Wenn du dich nicht bald entscheidest, kannst du deine tiefgekühlten Eier wegwerfen.«

Albertico krümmt sich zusammen, stößt einen klagenden Laut aus, die Tränen schießen ihm in die Augen. Gatillo seufzt, schüttelt den Kopf, erschöpft. Er fragt mich: »Bist du allein?«

Ich zucke mit der Schulter.

Gatillo geht zum Tisch mit dem Eis. Er legt Albertico eine Hand auf den Kopf, faßt ihn bei den Haaren, zieht ihn langsam hoch, sagt, ohne mich anzusehen: »Weißt du, daß dieser Drecksack noch immer mit dem ganzen Gesocks von Puerto seine Geschäfte macht . . . hä?«

Albertico zittert immer stärker.

»Und ich habe langsam diesen Abschaum satt, der mir in die Quere kommt.«

Er läßt Albertico los, wendet sich mir zu, lächelt plötzlich: »Was macht Elio Schönes?«

»Ich weiß nicht. Er ist weg . . . im D. F., glaube ich.«

»Wie . . .«, sagt Gatillo mürrisch, »ihr wart doch so gute Freunde.«

»Ja, sicher. Er kommt in ein paar Tagen zurück.«

»Ach so«, sagt er und nickt.

Dann streckt er einen Arm aus und stößt Albertico brutal vom Tisch. Er fällt mit einem dumpfen Geräusch auf die Seite, kann den Sturz nicht abfangen, weil seine Hände mit Handschellen auf dem Rücken gefesselt sind. Gatillo schüttelt den Kopf: »Was soll ich bloß mit dir machen . . . hm?«

Albertico krümmt sich zusammen, kommt schließlich auf die Knie. Der Federal geht auf und ab, die Hände in den Taschen. Er seufzt, schaut zu Boden. Dann bleibt er stehen, sieht mich an.

»Hast du von dem Streich gehört, den sie den *judiciales* in Ocotlán gespielt haben?«

»Die Geschichte, die in der Zeitung stand?« frage ich.

»Genau . . . die Geschichte, die in der Zeitung stand.«

Er lacht leise vor sich hin.

»Wenn ich diesen Burschen begegnen würde . . . jeden einzelnen würde ich in meine Arme nehmen. Und eine Menge Geld würde ich ihnen zahlen . . .«

Er fährt sich mit dem Finger über die Lippen, starrt zur Decke.

»Ja, ich glaube, ich würde sie zu meiner Sturmtruppe machen.«

Er fuchtelt mit den Händen, als wollte er eine unmögliche Idee festhalten.

»Meine Leibgarde, verstehst du?«

Er seufzt, fängt wieder an, hin und her zu gehen, hat eine Miene des Bedauerns aufgesetzt.

»Doch die *Zeitungen* sagen ja, daß es Kolumbianer sind . . . Und Kolumbianern habe ich noch nie getraut.«

Er ist an der Tür angelangt, lehnt sich gegen den Pfosten.

»Ihr Italiener seid die einzigen Ausländer, die ich schätze.«

Er schaut mich mit einem einschmeichelnden Lächeln an.

»Aber ihr scheint ja alle Trottel zu sein, tut so, als würdet ihr nie irgendwas verstehen . . . und am Ende stellt sich raus, daß immer die anderen die Verarschten sind.«

»So ungefähr ist das auch in Italien«, sage ich. »Nur daß wir uns da gegenseitig verarschen.«

Ein paar Sekunden lang macht er ein unschlüssiges Gesicht, dann lacht er krachend los, und sofort lachen auch Isidro und die beiden anderen.

»Siehst du?« sagt er mitten im Lachen. »Man könnte meinen, du bist ein Trottel, und in Wirklichkeit bist du ein gerissener Hund, ein ganz schön gerissener Hund . . .«

Langsam werden sie wieder ernst. Gatillo kommt näher.

»Grüß mir Elio . . . wenn du ihn siehst.«

Isidro geht hinaus. Ich folge ihm.

Juana verstreicht den Rest der Salbe, besieht sich das Auge und die Lippen, macht ein zufriedenes Gesicht und geht zurück in die Küche. Elio zündet sich eine Zigarette an, fragt: »Hast du noch die Telefonnummer?«

Ich stecke eine Hand in die Tasche, finde den Zettel.

»Vielleicht ist es besser, wir machen diesen Ausflug nach Veracruz«, sagt Elio und starrt in den Rauch.

23

Wir haben uns ein paar Tage im D. F. aufgehalten, um fünfundzwanzig Gramm unterzubringen, die Elio für Bert absetzen sollte. Scheint Elio zu nerven, diese Sache mit Bert, der ihm den Stoff auf Vertrauensbasis gegeben hat. Er kann es nicht erklären, doch ich glaube zu verstehen, was er meint. Bert kennt ihn wahrscheinlich nur oberflächlich, und wenn er ihm sagt, daß er ihm vertraut, ist das eine Art Anmaßung. Wie auch immer: Es ist gut gelaufen, der Typ, zu dem wir Kontakt aufgenommen haben, hat die ganzen fünfundzwanzig Gramm gekauft und bar bezahlt. Jetzt haben wir ein bißchen Geld, um uns ein paar Tage lang durchzuschlagen, Reisekosten inklusive. Berts Anteil hat Elio lieber gleich nach Puerto überwiesen, damit schalten wir jedes Risiko aus, vor allen Dingen das Risiko, es im Notfall selbst auszugeben. Wir haben einen Zug durch die Kneipen im Zentrum gemacht. Dann sind wir auf der Plaza Garibaldi gelandet, wo die *mariachis* bis zwei oder drei Uhr in der Frühe spielen und darauf warten, daß sie jemand engagiert. Jetzt sind nur noch zwei Gruppen übrig, die kein Glück gehabt haben und ohne Überzeugung weitersingen. Elio wirft die leere Bierdose weg, gähnt und fragt: »Wie lange noch?«

»Zwei Stunden, der Bus geht um vier Uhr.«

»Komm . . . im Busbahnhof ist es ruhiger«, sagt er und steht von seinem Mäuerchen auf.

Wir gehen auf die Avenida Lázaro Cárdenas zu, um ein Taxi zu rufen. Von irgendwoher tauchen plötzlich Kinder auf, im Nu sind wir umzingelt. Ich denke an die übliche Bettelei, da bemerke ich Elios alarmierten Gesichtsausdruck; er ist wie erstarrt, als befänden wir uns in Gefahr. Die ältesten Kinder mögen zehn sein, manche sind nicht älter als fünf oder sechs. Sie sind zerlumpt, schmutzig, stecken in Klamotten, die ihnen zu groß sind und die sie irgendwo aufgelesen haben. Einer, der ihr Anführer zu sein scheint, baut sich vor uns auf, mustert uns herausfordernd. Er hält sich eine halbe Orange vor den Mund, schnüffelt ab und zu daran. Da sind noch mehr, die eine Orange an ihr Gesicht pressen. Er macht ein Zeichen, wirft den Kopf nach hinten. Elio sagt: »Bei uns gibt's nicht viel zu holen.«

Ein böses Auflachen, der Junge sagt mit heiserer Stimme: »Wollen wir mal sehen.«

Jetzt stehen sie alle um uns herum, der Kreis ist weit, aber lückenlos. Ich sehe Elio an, warte ab, was er tut. Er stößt den Atem aus, sagt: »Du bist an der falschen Adresse.«

Grotesk, dieser Ton der Auseinandersetzung, als würde man in einer Kneipe aneinandergeraten, mit Männern, die dreißig Jahre älter sind. Doch die Jungen haben wenig Kindliches, sie wirken wie kleine Piraten. Einer schiebt seinen löchrigen Pullover hoch, läßt den Kolben einer kleinen Automatikpistole sehen. Elio steckt eine Hand in die Tasche und holt ein kleines, zusammengefaltetes Papierchen heraus: ein Gramm von den dreien, die Bert uns geschenkt hat. Elio drückt dem Jungen das Kokainbriefchen in die Hand. Der wirft einen schnellen Blick darauf, öffnet es an einer Ecke ein wenig, gibt dann den anderen ein Zeichen. Der Kreis wird weiter, langsam ziehen sie sich zurück. Der Anführer wünscht höhnisch alles Gute: »*Que te vaya bien, hijo de la chingada.*«

Elio geht schnell, als müßte er sich zurückhalten, nicht zu rennen. Die Kinder zerstreuen sich, sind mit einem Mal nicht mehr zu sehen.

Wir finden ein Taxi. Elio handelt den Preis aus, der am Ende nur noch halb so hoch ist wie am Anfang. Als er sich ins Auto setzt, schlägt er sich mit der Faust aufs Knie.

»Wer waren die?« frage ich.

»Das hast du doch gesehen«, sagt er wütend.

Ich schaue aus dem Fenster, warte, daß er sich beruhigt. Nach einer Weile sagt er: »Die rammen dir nur so aus Spaß ein Messer in den Leib, wir haben verdammtes Glück gehabt.«

Ich nicke.

»Sie sind zu Tausenden, in Banden organisiert, mit ihren eigenen Gesetzen . . . Du hast ja keine Ahnung, in welcher Gefahr wir waren.«

Ich denke, er ärgert sich wegen dem Koks, sage aber nichts. Als wir uns dem Busbahnhof nähern, frage ich: »Und du meinst, sie wissen auch, wie sie das Gramm weiterverkaufen?«

Elio lacht nervös, schaut mich von der Seite an.

»Weiterverkaufen? Was meinst du, was das für Orangen sind, die sie sich unter die Nase halten?«

Ich zucke mit den Schultern.

»Sie machen sie leer, um sie mit *Zement* zu füllen«, sagt er, »eine Mischung aus Kitt und Lösungsmitteln, an der sie ständig schnüffeln, bis sie sich das Hirn verbrannt haben.«

Wir steigen auf dem Platz vor dem Busbahnhof aus. Ich fühle mich schon ziemlich durcheinander, und hier fällt mir jetzt auch noch unsere Busreise mit dem frischen Marihuana wieder ein. Ich weiß nicht, ob ich viel Lust habe, nach Veracruz zu fahren. Elio lacht, hakt mich unter und meint: »Bei dem, was die sich reinziehen, kann ein bißchen Koks ihnen nur guttun.« Dann wird er wieder ernst, murmelt: »Bei einem Mann . . . siehst du es an den Augen, wenn er dich umbringen will. Und bis zuletzt kannst du irgendwas unternehmen. Aber bei einem Zehnjährigen, wie willst du da voraussehen, was er tut . . . Da gelten keine *Regeln*.«

24

Es ist eine andere Hitze als in Puerto. Feuchter, als käme man in ein Treibhaus, in dem der Thermostat kaputt ist. Und ich finde es nicht schlecht. Dieses Schwitzen, ohne daß man sich bewegen muß, völlig ohne Anstrengung, hat etwas Gesundes; man wird ganz leer und denkt sehr wenig. Was ich nur schwer verstehen kann, ist die Vitalität der Leute: ein bunt-wimmelndes Durcheinander heiterer Gesichter, unruhiger Körper, rhythmischer Bewegungen. Elio sagt, Veracruz ist himmelweit von der Lebensweise in der Hauptstadt oder an der Pazifikküste entfernt. Jede Mauer hat eine um eine Nuance andere Farbe, die Straßen sind gestopft voll: gelöst wirkende Leute, langsame Autos, Grüppchen griechischer, türkischer, russischer, vietnamesischer Matrosen, keine Touristen und keine nervigen Gringos. Es ist ein Rausch von warmen, gedämpften, schweren Tönen und Gerüchen. An der Seitenwand eines Autobusses ein Schild mit der Aufschrift WILLKOMMEN IM GRÖSSTEN IRRENHAUS DER WELT MIT BLICK AUFS MEER; der Bus gehört zu einer Linie, die den Hafen mit dem Zentrum verbindet, erklärt Elio; der Spruch ist also für die Mannschaften der Schiffe gedacht. Wir erreichen das Zentrum: ein Hof mit Bogengängen und Hunderten von Tischen im Freien, auf denen schon eine ganze Menge Bier steht.

»Ich werde nie verstehen, wann die Leute hier schlafen«, sagt Elio und läßt sich auf einen Stuhl fallen.

Er verträgt die Schwüle sowieso nicht gut, und jetzt hat er auch noch den Brustkorb mit einem Verband umwickelt und Schwellungen im Gesicht, die zu jucken anfangen, wenn er schwitzt. Er sagt: »Nachts sind noch mehr Leute unterwegs als tagsüber, du wirst es ja heute sehen.«

Ich habe zwei Sol bestellt, helles Bier mit Zeichnungen statt eines Etiketts auf der Flasche. Was man trinkt, schwitzt man sofort wieder aus; wir nehmen zwei Schluck und müssen schon die zweite Runde bestellen, gießen das Bier in uns hinein, bevor es warm wird. Ich beschließe zu telefonieren. Eine Frau meldet sich; nach ihrer Stimme zu urteilen eher älter. Ich frage nach »Señorita Aivly«, doch damit kann sie nicht viel anfangen; also erwähne ich Bom und Rubén, worauf sie sagt: »Ach, die Hähnezüchter«, um dann zu erklären, daß sie die Señorita immer Salina genannt hat. Sie sagt, sie werde es ihnen ausrichten, heute abend, wenn die drei zurückkommen. Ich frage, ob ich sie erreichen kann, und sie wiederholt, sie werde es »ihnen ausrichten«, am besten würde ich meine Adresse hinterlassen, den Namen des Hotels, wo ich abgestiegen bin. Ich sage, daß ich mich am Abend noch einmal melde.

Elio gibt keinen Kommentar dazu ab. Nach einer Weile steht er auf, meint: »Laß es uns da probieren« und zeigt auf ein Hotel, das La Concha heißt.

Wir bekommen ein Zimmer; es ähnelt dem in Vallarta, dem *ersten*, hat auch einen Ventilator an der Decke, und Fenster und Dusche sind an der gleichen Stelle. Elio legt sich mit aller Vorsicht aufs Bett, bleckt mit schmerzverzerrtem Gesicht die Zähne, schaut sich dann um und lacht.

»Wo verstecken wir den Paß diesmal?« fragt er kichernd.

Ich werfe ihm ein Handtuch ins Gesicht, sage: »Mit dem roten Auge siehst du aus, als hätte man dich in Knoblauchsoße gekocht, wie ein *huachinango al mojo de ajo*.«

Er macht ein angewidertes Gesicht.

»Von Fisch hab' ich genug«, brummelt er. »Ich konnte tun, was ich wollte, aber Juana hat mir kein Beefsteak gemacht.«

Ich lege mich auch hin, schiebe mit dem Fuß versehentlich Elios Rucksack vom Bett. Das Buch von Burroughs rutscht heraus. Ich hebe es wieder auf. Elio tut so, als ob nichts wäre, ist aber ernst geworden.

»Hast du es schon ausgelesen?«

Er streicht sich über die Stirn, kratzt sich den Dreitagebart.

»Klar«, sagt er leise. »Schon eine ganze Weile.«

»Und wie ist es?«

»*Dead roads* eben: tot und *begraben*.«

Ich stecke das Buch wieder in den Rucksack, denke mir, daß er wohl eher die Widmung als den Roman gemeint hat.

Wir werden gegen fünf wach. Um zu duschen, muß Elio den Verband abmachen, was seine übliche Aufstehlaune nicht gerade verbessert. Der Bogengang um den Platz herum ist erleuchtet: dichtes Stimmengewirr, der helle Klang von Marimbas, ein lebhaftes Treiben. Elio bleibt stehen, um einen Zettel mit Werbung zu lesen, den ihm ein Junge gegeben hat. Er lacht verächtlich, gibt ihn an mich weiter. Auf dem Zettel steht, daß um sechs ein auf Fettuccine und Ravioli spezialisiertes italienisches Restaurant eröffnet wird, alles gratis. Elio sagt: »Ist nicht weit von hier.«

Ich zucke mit den Schultern: »Warum nicht?«

Er bedenkt mich mit einem geduldigen Blick, meint: »Wenn heute Eröffnung ist, haben sie sicher noch saubere Klos. Und das wäre jetzt nicht schlecht.«

Es ist in einer Gasse wenige Schritte von der Hafeneinfahrt entfernt, hinter dem Bahnhof. Ein Lokal aus drei Räumen mit vielleicht dreißig Tischen und der Einrichtung von Einwanderern der dritten Generation. Der ganze Plunder eines Italiens, das nur im Ausland existiert: Mandolinen an den Wänden, Pulcinella-Masken, riesige Fotos von Fußballern, die vermutlich schon tot sind, Ansichten von Venedig in den dreißiger Jahren, ein Banner, auf dem Atalanta steht, eine Garibaldi-Büste mit einem Tablett frischer Pasta auf dem Kopf, ein Sammelsurium überall verstreuter Objekte und Symbole. Aus einem falschen Grammophon mit einem Lautsprecher im Trichter tönen Opernarien, von einem amerikanischen Tenor gesungen. Es sind nicht besonders viele Leute da, und alle laufen herum, als wäre dies eine Ausstellung, in die sie ganz zufällig geraten sind. Aus der Küche kommen zwei Typen mit einer Aluminiumschüssel, aus der es dampft, und kündigen großartig die »Fettuccine all'Alfredo« an. Niemand drängt sich, ein paar Leute nähern sich zögerlich und nehmen einen Pappteller; Klumpen schneeweißer Pasta werden darauf verteilt, vermutlich mit Sahne und Pilzen. Elio sieht finster aus, sagt: »Wenn sie kein anständiges Klo haben, mache ich unter den Tisch.«

Dann findet er die Tür, auf der SIGNORI und in Klammern CABALLEROS steht, und tritt wild entschlossen ein.

Langsam bekomme ich schlechte Laune. Hoffentlich beeilt er sich, damit ich unter die Lebenden zurückkehren und diesen albernen Plunder schnell vergessen kann. Ich finde einen Platz in einer Ecke. Nach ein paar Minuten kommt ein Kellner, sagt auf italienisch: »Sie haben ja unsere Spezialität gar nicht probiert«, und macht mit zwei geschlossenen Fingern vor dem Mund die Geste des Essens.

Ich bestelle auf spanisch ein Bier: »*No, gracias. Me tomaría una cerveza.*«

Er verbeugt sich leicht, dreht sich um und verschwindet, kommt dann mit dem Bier zurück, das in der Einladung nicht inbegriffen ist. Ich zahle und stürze gleich die Hälfte hinunter, um jedes Gespräch zu vermeiden. Der Typ dreht noch einige Schleifen und zieht ab. Ich sehe auf die Uhr, setze mich anders hin, betrachte die Gesichter der Essenden: alles andere als begeistert von Alfredos Pastasoße. Da fällt mir eine Gestalt auf, regungslos, seitlich von mir, ein paar Meter entfernt. Steht da wie erstarrt, mit offenem Mund. Mir geht es nicht anders.

Everardo Schiassi mit zwei Papptellern in der Hand und einer Kochmütze auf dem Kopf. Ich werfe einen Blick in die Runde, um sicher zu sein, daß ich wirklich in diesem Lokal bin. Dann kehren meine Augen zu ihm zurück, und nichts hat sich verändert. Er steht da, wie versteinert, fixiert mich, den Kopf eingezogen. Ich stütze die Ellbogen auf den Tisch, lege mein Gesicht in die Hände und beobachte, wie er einen unsicheren Schritt tut, dann noch einen, als würde er auf einem Seil gehen. Er beugt sich vor, um mich aus der Nähe zu betrachten. Seine Augen glänzen, sein Mund geht auf und zu, er stammelt etwas, bevor er schließlich herausbringt: »Was machst du ... hier?«

Auch ich schaffe es kaum zu reden, schlucke und sage: »Ich weiß nicht ... und du?«

Er stößt einen aufgeregten Schrei aus, dreht sich auf der Suche nach ich weiß nicht wem um, scharrt mit den Füßen, ohne sich von der Stelle zu rühren, sagt: »Heilige Jungfrau ... das ist jetzt aber ...«

Er erinnert sich, daß er Teller mit klebriger Pasta in den Händen hat, stellt sie unsanft auf einen Tisch und setzt sich mir gegenuber hin, mustert mich weiter, als hätte er mich seit zehn Jahren nicht gesehen.

»Wann bist du angekommen?«

Ich glaube, das hätte *meine* Frage sein sollen, aber er hat sie zuerst gestellt. Ich antworte: »Heute morgen.«

»In Mexiko?«

»Nein ... in Veracruz.«

»Und vorher?«

»Vorher war ich auf der anderen Seite. Nein, ich meine ... in der Hauptstadt.«

Er nimmt meine Hände, streichelt sie und gibt ihnen einen liebevollen Klaps.

»Wie geht es dir?« fragt er mit schwacher Stimme. »Du bist dünn geworden.«

»Ach«, antworte ich. Dann sehe ich auf seine Kochmütze, sage: »Und du?« Ich zeige auf das Restaurant.

Er rollt mit den Augen, ohne zu begreifen, ruft dann plötzlich aus: »Was? Um Himmels willen... nein, nein, ich liefere ihnen nur die Pasta.«

Er starrt mich weiter an. Dann fällt ihm wieder ein, was er gesagt hat, und er beginnt abgehackt zu erklären: »Weißt du... ist allerhand passiert in diesen...«

Er unterbricht sich, um nachzudenken, reißt erstaunt die Augen auf: »Himmel... es ist nur drei Monate her!«

Er ballt die Fäuste und fuchtelt herum.

»Wenn du wüßtest, wie sich die Welt in diesen drei Monaten verändert hat... *meine* Welt.«

»Ach«, sage ich und lächele, während ich spüre, daß mein Magen revoltiert; irgendwie kommt es mir hoch.

»Wie hast du mich gefunden?« fragt Everardo.

Ich versuche zu sprechen, bringe aber nichts heraus.

»Ich lebe hier«, sagt er strahlend.

Dann stößt er so etwas wie einen glücklichen Schrei aus, preßt sich die Hände aufs Gesicht und tut einen Satz zurück.

»Wie schön, dich in diesem Paradies wiederzusehen.«

Ich habe das Gefühl, auf dem Stuhl zusammenzusacken.

»Ich wußte es nicht«, sage ich leise, »hatte keine Ahnung...«

»Wirklich«, antwortet er, beinahe schreiend. »Aber dann ist es ja ein Wunder!«

Er nimmt die weiße Mütze ab, wirft sie unter den Tisch.

»Es ist alles ein Wunder, seit ich dich kennengelernt habe.«

Ich muß ein Lächeln unterdrücken.

»Bleibst du lange?« fragt er.

Jetzt wird das Brodeln im Magen stärker. Es ist das erste Mal, daß er mich als einen freien Menschen betrachtet; er ist nicht davon ausgegangen, daß ich bei ihm bleibe.

»Ich glaube nicht... ein paar Tage, dann muß ich zurück in den D. F.«

»Wunderbar. Dann wirst du Ludivina kennenlernen und unser Häuschen sehen.«

Er schaut mich an, als hätte er die natürlichste Sache der Welt gesagt.

»Und du läßt mir deine Adresse da, nicht? Dann besuche ich dich.«

»Ja«, sage ich. »Meine Adresse, sicher.«

»Ich komme nämlich einmal im Monat in den D. F., um Pasta an die Restaurants zu liefern«, fährt er mit begeisterter Miene fort. »Hier ist nicht viel los.« Er zeigt auf die Küche: »Die armen Teufel hier... haben keine Ahnung, wie man so etwas macht. In spätestens einem Monat schließen sie wieder.«

»Ja, ich hab's gesehen«, sage ich und nicke.

Elio kommt zurück, bleibt in ein paar Schritten Entfernung stehen und mustert Schiassi. Ich beeile mich zu sagen: »Das ist Everardo... er verkauft Pasta.«

Elio tritt näher heran, Schiassi springt auf und drückt ihm die Hand. Alles, als wären sie normale Menschen. Ich schaffe es, Elio ein Zeichen zu geben, daß er sich keine Sorgen machen soll. Dann muß ich wirklich aufs Klo rennen. Everardo lächelt immer noch, rückt einen Stuhl für Elio zurecht.

Ich kotze das Bier aus, in einem einzigen Schwung. Als ich die Tür wieder öffne, stelle ich mir kurz vor, ich könnte zum Tisch schauen und dort nur Elio sehen. Aber nein, es ist Wirklichkeit: Everardo ist da und scheint perfekt in die Szene zu passen. Er erzählt gerade, wie wunderbar alles ist: Veracruz, die Mexikaner im allgemeinen, die wohltuende Wärme und die Behaglichkeit, die sie bringt. Er empfängt mich mit einem Gesicht voller Rührung und Dankbarkeit, sagt: »Kommt mit, ich lade euch zu mir nach Hause ein.«

Elio entschuldigt sich, behauptet, daß er im Hotel etwas zu erledigen hat. Everardo drängt ihn nicht weiter, sondern hakt mich unter. Ich wehre mich nicht, gleite in eine Art bewußtlose Leere: der einzig mögliche Schutz vor einem Alptraum wie diesem. Ich warte, daß er sich von alleine verflüchtigt, weil ich sicher bin, keine

Macht über ihn zu haben. Everardo entschuldigt sich für einen Augenblick, um das Geld für die Pasta zu kassieren. Elio sieht mich fragend an: »Wer ist denn dieser abgedrehte Typ?«

»Einer, den ich aus Bologna kenne... Frag mich nicht, wie er hierhergekommen ist; der helle Wahnsinn.«

»*Magia de México*«, meint Elio und steht auf. »Na gut, wir sehen uns später im Hotel. Und viel Spaß auch.«

Er lächelt; offensichtlich amüsiert ihn die Vorstellung, mich mit einem derartigen Nerver zurückzulassen. Bevor er das Restaurant verläßt, schaut er sich noch einmal kurz um, packt dann das Tablett mit Pasta und kippt sie Garibaldi über den Kopf.

Everardo kommt zurück, zählt eilig ein Bündel Pesos und sagt: »In Ordnung, wir können gehen.«

Ich folge ihm nach draußen, bis zu einem seltsamen Etwas aus metallic-blauem Blech, übersät mit Beulen und Roststellen.

»Chevrolet station wagon«, sagt er und zeigt stolz darauf. »Baujahr 63, glaube ich.«

»Ah«, antworte ich mit vager Bewunderung.

Das Ding sieht aus wie eines dieser Raumschiffe im Vergnügungspark, die am Ende von Stangen sitzen und sich heben und senken: Heckflossen, überall Ausbuchtungen und alle möglichen Chromverzierungen. Schiassi fährt langsam, mit einer Gelassenheit, die ich von früher nicht kenne. Ich beobachte ihn erstaunt, und er lächelt sanft, versöhnt mit dem Universum.

»Ludivina wird dir gefallen, warte nur.«

Ich nicke, stelle mir erst gar nicht die Frage, was das soll.

Wir fahren auf der Küstenstraße aus der Stadt hinaus, an dunklen Stränden entlang. Der Lichtkegel vom Leuchtturm auf der Isla de los Sacrificios streift langsam über die Bucht. Everardo zeigt darauf und sagt: »Dort ist Hernán Cortés gelandet.«

Ich blicke aufs Meer hinaus, versuche mich dafür zu interessieren. Er rezitiert: »Es war nicht Sieg noch Niederlage, sondern der schmerzhafte Akt der Geburt des Mestizenvolkes.«

Ich schaue ihm in die Augen: Er nickt gewichtig, lacht dann verlegen und sagt: »Das habe ich auf der Gedenktafel in Tlatelolco gelesen. Bist du je dortgewesen?«

»Ja, einmal.«

Er seufzt, wiegt den Kopf, als würde er etwas wahrnehmen, das in der Luft liegt. Auf der rechten Seite tauchen jetzt reihenweise zweistöckige Gebäude auf, die die Stadt mit dem nahen Dorf verbinden. Auf dem Schild steht Boca del Río. Wir fahren über eine Brücke, das gelbliche Licht der Laternen schimmert im Fluß; dann weiter über gepflasterte Sträßchen mit niedrigen Häusern, alt, doch frisch gestrichen. Ein erleuchteter kleiner Platz, die Bänke strahlen weiß, überall spielende Kinder. Leute stehen in Grüppchen zusammen, Fetzen widerhallenden Gelächters in einer Ruhe ohne Verkehrslärm. Ein Fischerdorf, das von der Metropole noch nicht geschluckt worden ist. Und Schiassi weist mich auf viele kleine Dinge hin, als wäre dies alles sein Werk.

Vor einem blau und grün gestrichenen Haus mit einem Garten, der zum Meer hinausgeht, hält er an. Die Fenster sind erleuchtet und stehen weit offen: eine Atmosphäre nicht bedrohter Intimität; Bananenstauden, eine Palme, bunte Blumen, ein geöffnetes Törchen. Everardo geht voran, dreht sich um, lächelt mit einem Glanz der Rührung in den Augen. Wir gehen durch den Garten zur Veranda. Es ist ein bescheidenes, doch kein ärmliches Haus; gepflegt, mit einem Sinn für Dinge, die ich nicht mit Kommissar Schiassi in Verbindung zu bringen vermag. Eine kleine Frau erscheint, läuft auf ihn zu, um ihn zu umarmen. Er küßt sie auf die Stirn, sein Gesicht bekommt einen stolzen Ausdruck.

»Ludivina«, stellt er sie vor, und seine Stimme zittert.

Sie reicht mir mit gesenktem Blick die Hand, hält sich verlegen lächelnd die andere Hand vor den Mund. Dann tauchen zwei Mädchen auf, springen um Everardo herum, ziehen an seinen Hemdzipfeln.

»Ludivinas Töchter«, sagt er und geht in die Hocke, um sie auf die Haare zu küssen. »*Unsere* Töchter.«

Er macht ein so glückliches Gesicht, daß ich ganz melancholisch werde. Ich beobachte ihn und die Kinder, stehe steif herum, und in meinem Kopf brummt es. Everardo benimmt sich wie ein treusorgender Familienvater, spricht liebevoll mit den Mädchen, sagt dann zu mir: »Und jetzt macht uns Ludivina einen schönen *torito*.«

Er setzt sich in einen Holzsessel, zeigt auf einen zweiten für mich. Als ich angespannt neben ihm sitze, holt er tief Luft und schaut ruhig auf das mit bunten Lichtern getüpfelte Meer.

»Wenn ich darüber nachdenke«, murmelt er, »habe ich das Gefühl, daß es einem anderen passiert ist. Ich kann es nicht mehr glauben, daß ich *früher* der war, der ich war...«

Er schließt die Augen halb, schüttelt sanft den Kopf.

»Wenn sie mir in Barcelona das Ticket nicht erneuert hätten, wer weiß, wo zum Teufel ich gelandet wäre.«

Er schaut mich an, die Ruhe hat sein Gesicht verändert.

»Es gab einen Flug mit Zwischenlandung in Veracruz, mit einigem Hin und Her und dreimaligem Wechsel der Gesellschaft, den sie mir als Ersatz für den anderen angeboten haben. Ich konnte ihn nehmen oder es lassen.«

Er seufzt.

»Und ich war schon drauf und dran, nach Italien zurückzukehren... Doch vielleicht war es Schicksal.«

Er streckt eine Hand aus, faßt mich bei der Schulter.

»Ich verdanke dir alles, mein Junge.«

Mich überläuft ein Frösteln; ich denke daran, was ich ihm verdanke, und habe plötzlich das vage Gefühl, daß mir mein jetziges Leben vielleicht lieber ist als das alte.

Ludivina bringt eine Flasche mit einer milchigen Flüssigkeit und zwei Gläser auf einem Tablett. Everardo beeilt sich, ihr zu helfen, ist voller Aufmerksamkeit. Er gießt dieses Getränk, das *torito* heißt, ein und erklärt mir, daß dies die Spezialität von Boca del Río ist, eine Mischung aus Milch, Zuckerrohrschnaps und Früchten nach Wahl.

»Das hier ist einer mit Jojoba«, sagt er, und sofort zeigt Ludivina mir kleine gelbe Früchte in einem Korb, die aussehen wie eine Kreuzung von Mispeln und Oliven.

Wir trinken, ein angenehmer Geschmack, den Alkohol merkt man kaum, es erfrischt und macht Lust auf mehr. Everardo lacht, auch Ludivina lacht, die Mädchen kommen wieder und stürzen sich auf ihn, er zieht sie in den Sessel hoch, neckt sie, und sie gikkeln, weil er sie kitzelt. Dann werden sie von der Mutter gerufen, sollen ihr helfen, den Tisch zu decken.

»Kannst du dir vorstellen, wie alles gekommen ist?« fragt Everardo und streckt die Beine aus.

Wir schauen wieder aufs Meer.

»Ich war hiergeblieben, um mich einzuschiffen«, fährt er fort, als redete er von einer fernen Vergangenheit, »habe Tag und Nacht mit griechischen und philippinischen Matrosen getrunken.«

Er lacht, spricht in einem anderen Ton weiter.

»Ich hatte ja keine Ahnung, daß sie auf Frachtern solche Bars haben. Besser bestückt und luxuriöser als eine Kneipe in der Stadt, und sogar Musik . . .«

Er schlägt sich mit den Händen auf die Schenkel.

»Und sie tanzen miteinander, verstehst du? Tanzen wie besessen und trinken Unmengen.«

Er lehnt den Kopf zurück, schaut in den Himmel.

»Ich wartete auf meine Papiere, um mich einzuschiffen, und hatte schon einen Kapitän gefunden, der mich mitnehmen wollte.«

Er dreht sich um, nickt und lächelt dieses Lächeln, das seine Gesichtszüge verändert hat.

»Dann habe ich Ludivina kennengelernt. Und jetzt stockt mir beim bloßen Gedanken an Rückkehr das Blut.«

Aus der Küche wird gerufen. Everardo springt wie ein Kind auf die Beine.

»Zu Tisch, mein Junge!«

Ich stehe auf, folge ihm. In der Tür bleibt er stehen, schüttelt sich vor Lachen, packt mich mit einer Hand am Arm und zieht mit der anderen seine Brieftasche heraus, macht sie auf und sagt glucksend: »Sieh mal, sieh dir mal das Ding hier an . . .«

Es ist sein Dienstausweis als Kommissar: der steife Everardo Schiassi mit Schlips und Kragen, mit dem rechts gescheitelten Haar und dem toten Blick.

»Ich kann's nicht glauben, und du?«

Ich zwinge mich zu einem Lächeln: »Ja . . . sieht seltsam aus.«

»Seltsam?« wiederholt er, wird einen Augenblick ernst.

Gleich fängt er wieder an zu lachen, erzählt: »Ich behalte ihn nur, um ihn ab und zu herauszuholen und mich darüber lustig zu machen.«

Wir gehen ins Haus. Zu meiner Linken bemerke ich ein Zimmer, das wie eine Backstube wirkt, überall weiß vom Mehl.

»Komm und sieh dich um«, sagt er stolz.

Da ist ein großer Tisch voller Eier und Päckchen in Baumwolltüchern; eine Art Gerüst mit Stöcken, die aussehen wie Besenstiele und auf denen Tagliatelle zum Trocknen hängen. Und zwei Nudelmaschinen. Er zeigt darauf, sagt: »Bald kaufen wir uns eine mit Motor: zwanzig Kilo Pasta in der Stunde.«

Dann hebt er ein mehliges Tuch hoch, darunter ist eine Platte mit Ravioli: »Die bringen einen guten Preis, und in einer Woche fangen wir mit Tortellini an. Ludivina lernt es gerade, in ein paar Jahren helfen uns dann die Mädchen.«

Ich sehe mir alles an und nicke, bin in einer Art Dämmerzustand.

»Jetzt probieren wir aus, wie man Fettuccine am besten trocknet. Dann können wir sie auch abpacken und an Geschäfte in der Hauptstadt verkaufen.«

Seine Blicke wandern durchs Zimmer, er seufzt zufrieden.

»Komm, sonst wird der Maiseintopf kalt«, sagt er und zieht mich in die Küche.

Elio ist nicht im Hotel. Das Mädchen am Empfang sagt mir, daß er gegen elf ausgegangen ist; jetzt ist halb zwei. Ich bin nicht müde, gehe wieder nach draußen und spaziere an den Bogengängen entlang. Überall sitzen Menschen an den Tischen, ein lautes, endloses Fest. Alle möglichen Musikgruppen spielen, wechseln ihre Standorte auf der Plaza, eine Mischung verschiedenster Musik, Chorgesänge. Ich sehe Elio mit einem Bier in der Hand an einer Säule sitzen, weil es keine freien Tische mehr gibt. Er hebt die Flasche zur Begrüßung, beeilt sich, für mich auch ein Bier zu bestellen. Ich finde einen Stuhl, setze mich neben ihn; benommen beobachte ich das Treiben im »größten Irrenhaus mit Blick aufs Meer«.

»War es schwer, das Abendessen?« fragt Elio mit einem Lachen.

»Nein.«

Er mustert mich immer noch.

»Dann war das Haus voller Gespenster«, sagt er und meint wahrscheinlich meinen Gesichtsausdruck.

»Nur eins war da«, antworte ich, bevor ich mich an mein Bier mache.

Elio seufzt, nickt mit einer Miene, als hätte er wer weiß was verstanden.

»Das passiert hier in Mexiko oft«, sagt er in einem beruhigenden Ton.

»Was passiert hier oft?«

»Daß man Leute trifft, die man woanders nie wiedersehen würde.«

Er trinkt, schnalzt mit der Zunge.

»Vielleicht deshalb, weil hier alle ständig herumziehen und

sich deshalb früher oder später wieder begegnen. Daraus wird eine Gewohnheit. Das ist eine Frage der *Dimension*.«

Er spielt jetzt wieder den Hohenpriester des mexikanischen Surrealismus, was mich ein bißchen nervt; vielleicht, weil ich spüre, daß er recht hat, auch wenn er mir immer wieder meine »europäischen« Grenzen vorhält. Er stellt die leere Flasche auf den Boden, murmelt: *»Agarra la onda, me entiendes?«*

Ich nicke, klar: auf der Welle bleiben. Dann fällt mir ein, was der alte Mann im Bus zu mir gesagt hat, und ich frage: »Was bedeutet *arrero*?«

Er überlegt einen Moment, dann ist er sich sicher, erklärt: »Das ist eine Art Hirte, der das Vieh auf der Suche nach Weideland durch die Sierra treibt, das ganze Leben lang hin und her. Unter *arreros* trifft man sich immer wieder, die Wege verändern sich und bleiben doch gleich. Man muß nur warten können.«

25

Elio hat in Puerto angerufen und von Bolo erfahren, daß Albertico wieder frei ist. Gatillo hat ihn laufen lassen. Er hat es geschafft, den Mund zu halten, und zum Schluß hatten sie nichts gegen ihn in der Hand. Die Lage scheint aber angespannt, die *federales* warten auf die Reaktion der *judiciales* und legen sich in der Zwischenzeit mit allen armen Teufeln an, die ihnen vor die Flinte kommen. Gatillo hat sich noch zwei Autos von Touristen unter den Nagel gerissen, die er mit ein paar Briefchen Koks in der Tasche erwischt hat; dafür hat er zwei nicht mehr ganz neue Modelle zum Verkauf angeboten und ist sie auch gleich an Durchreisende losgeworden. Juana hat Bolo eingeschärft, daß er Elio ausrichten soll, er müsse Salbe aus einer *concha naca*, einer Perlmuschel, offensichtlich einer weiteren Spezialität von Veracruz, auf seine Wunden tun, damit keine Narben bleiben. Elio hat die Salbe tatsächlich in einem der kleinen Läden am Hafen gekauft. Er verteilt sie gerade auf sein Auge und die Lippen, während der Kellner ihm einen resignierten Blick zuwirft. Es ist fast Mittag, und wir frühstücken im Café de la Parroquia; vor dem Bogengang die unvermeidliche Marimba, in deren Klänge sich das Geklingel der Löffelchen mischt, die an die Gläser geschlagen werden. Elio hat zu mir gesagt, ich soll es so machen wie die anderen; schließlich habe ich's verstanden: Den Kaffee bringen sie von der Theke, wo eine Dampfwolken ausstoßende Maschine aus dem letzten Jahrhundert steht, deren Hebel von einer Art Heizer bedient werden. Wenn man mit dem Löffelchen ans Glas schlägt, kommt der *lechero*, das ist ein Typ mit einer Milchkanne, der aus einem Meter Höhe in die Gläser zielt: Es schäumt wie bei einem Cappuccino. Ich nehme einen heißen Schluck, stelle das Glas zurück auf den Tisch und spüre zwei

Hände an meinem Hals. Ich erstarre, doch der Schreck ist nach dem Bruchteil einer Sekunde vorbei, denn der Griff ist zärtlich. Und ich habe ihn fast sofort erkannt. Aivly geht um mich herum, setzt sich neben mich.

»Warum habt ihr nicht noch einmal angerufen?« fragt sie.

Daß sie den Plural gebraucht, nervt mich ein bißchen. Elio begrüßt sie, mit einem Mal guter Laune. Er beugt sich über den Tisch, um ihr einen Kuß auf die Wange zu geben. Er verdankt ihr sein Leben; aber es stört mich trotzdem. Dann schaut Aivly mich mit einem Kleinmädchenblick an, fragt: »Alles in Ordnung?«

Ich nicke, nehme noch einen Schluck Milchkaffee und verbrenne mir die Zunge.

»Was habt ihr vor?« fragt sie in diesem absurden Wir-machen-Urlaub-am-Meer-Tonfall.

Elio steht auf, sagt: »Ich laufe noch mal im Hafen herum; vielleicht finde ich hier Ersatzteile für den Pontiac.«

»Seid ihr mit dem Auto gekommen?« fragt Aivly.

»Nein, das hätte nicht mal die halbe Strecke geschafft«, meint Elio und lacht. Bevor sie ihm anbieten kann, ihn mitzunehmen, fügt er hinzu: »Aber ich gehe gern ein bißchen zu Fuß.«

Er streckt sich, schaut in die Sonne, gähnt und geht mit einem Gruß.

Auch Aivly scheint den klaren Morgen zu genießen. Ich habe in Mexiko noch keinen Tag erlebt, an dem es morgens bedeckt war, doch sie schaut sich auf eine Art um, als wäre die Sonne etwas Neues. Dann steht sie auf, hält den Kopf ein wenig schräg, mustert mich und sagt: »Ich möchte dir einen *seltsamen* Ort zeigen.«

Ich lasse Geld auf dem Tisch liegen, folge ihr auf die Straße. Sie hat einen kleinen, neuen Tsuru, der nach Plastik riecht; kaum daß sie sitzt, schüttelt sie ihr Haar, und es duftet anders, nach Pfefferminz; ich glaube, das ist ihr Kaugummi. Sie fährt lässig, aus der Stadt hinaus ins Landesinnere, vorbei an brachliegenden Feldern und dichtem Gebüsch, dann auf einen Feldweg bis zu einer Stelle, wo ein undurchdringlicher Wald beginnt. Sie hält an, wir steigen aus. Aivly schaut mich an, lächelt sanft, macht es spannend. Sie geht voran, auf einem Pfad, der beinahe vollständig zugewachsen ist. Ich entdecke dunkles Mauerwerk, zusammengehalten von Baumwurzeln, die sich durch die Fenster geschoben, um die Trümmer geschlungen haben. Aivly schlüpft durch eine von Kletterpflanzen, so dick wie Baumstämme, umwucherte Öffnung. Ich folge ihr, wenig begeistert. Es ist ein Salon mit einem von Erde und Moos bedeckten Boden.

»Das Haus der Gräfin von Malibram«, sagt Aivly leise.

Weiter hinten gehen Gänge ab, ein Lichtstrahl fällt in das Halbdunkel, teilt den Raum in zwei Teile: eine niedrige Tür, Aivly bückt sich und schlüpft hindurch. Ich folge ihr in einen großen, terrassierten Innenhof. Wir steigen eine halb verfallene Treppe hoch. Die Wände sind nicht nur aus Stein, an vielen Stellen sitzen mächtige, vorspringende Korallen, glänzend in einer feucht-grünen Umgebung. Wir erreichen das Dach, Überreste einer Mauer, die breit genug ist, um darauf zu laufen. Keine zwanzig Meter unter uns ein Fluß. Schwärme von Mücken fliegen auf. Aivly setzt sich, betrachtet das Wasser, spielt mit den Schnürsenkeln ihrer Tennisschuhe.

»Es heißt, sie hat ihre Liebhaber getötet und dann in den Brunnen da gestürzt«, sagt sie und zeigt auf ein Loch in der Tiefe. »Es gibt auch eine Legende über einen unterirdischen Schatz. Deshalb hat man so lange gegraben, bis alles eingestürzt ist.«

Sie schaut mich ernst an. Ich frage: »Kehrt sie oft zurück?«

Sie sieht mich noch ein paar Sekunden länger an, zuckt dann die Schultern: »Sie muß nicht zurückkehren. Sie ist immer hiergeblieben.«

Aivly lacht leise, streckt ihre Hand aus und ergreift meine.

»Auf dem Boot...«, murmelt sie, »war es nicht *nur*, um zu erfahren, wer du bist. Das hast du gewußt. Und ich habe es auch gewußt.«

Als ich ihre Finger fester drücke, zieht sie die Hand weg.

»Doch hier ist alles anders.«

»Aber es ist nicht *schlechter*«, sage ich.

Sie wendet sich wieder dem Fluß zu, sagt in einem sonderbaren Ton: »Es ist nicht schlechter, kann aber kompliziert sein. Und bei dem Job, den ich mache, verderben die komplizierten Dinge schließlich den Rest.«

»Und was willst du jetzt?«

Sie schüttelt den Kopf, beißt sich auf die Lippen.

»Ich will nichts. Doch nach dem, was neulich passiert ist... habe ich gedacht, daß du und dein Freund uns bei einer bestimmten Arbeit helfen könntet.«

Ich kratze an der Mauer, spüre, daß sich ein Stückchen löst, und werfe es ins Gebüsch. Es fällt, prallt von einem Ast ab. Ich sage: »Eine Arbeit für Aivly, für Salina, für die Gräfin von Malibram... und dann?«

Sie muß unwillkürlich lachen, wird aber sofort wieder ernst.

»Es kann viel mehr dabei herausspringen, als wenn man irgendwelche Typen überfällt«, sagt sie leise.

»Irgendwelche Typen überfallen ist einfach, ohne die Komplikationen, die dir den Rest verderben.«

»*So* einfach kam es mir nicht vor«, murmelt sie und starrt irgendwo in die Tiefe.

Ich stoße den Atem aus, der sich schon eine ganze Weile angesammelt hatte. Aivly wendet sich um, sagt: »Wir müssen Dokumente besorgen und dabei vielleicht mit bewaffneten Wachen fertig werden. Zu dritt können wir es schaffen, richten aber ein überflüssiges Blutbad an. Zu fünft setzen wir sie außer Gefecht, ohne einen zu töten.«

Ich starre sie an, als wäre sie wirklich das Hausgespenst.

»Und glaube nicht, daß ich das dem erstbesten anbiete.«

»Kann ich mir denken.«

Sie seufzt, bindet ihre Haare im Nacken zusammen.

»Wie ist es auf Elba ausgegangen?« frage ich, um das Thema zu wechseln.

»Schlecht. Der Pilot des Tornado ist abgesprungen, aber wir haben ihn tot aus dem Meer gefischt. Vielleicht ist er zu tief geflogen und beim Aufprall auf das Wasser ohnmächtig geworden. Den Kasten mit den Informationen, die uns interessierten, hatte er nicht dabei, die Schnallen der Haltegurte waren offen.«

»Hm.«

»Deshalb haben wir den Kasten wochenlang gesucht, bis der Kreis zu eng geworden ist.«

Sie nickt, lächelt, macht eine vieldeutige Geste.

»Vielleicht verdanken wir es dir, daß sie uns nicht geschnappt haben.«

Ich schaue sie an, weiß nicht, ob sie das ernst meint.

»Wir wären sonst noch ein paar Tage länger geblieben, denn Bom war sich sicher, daß wir schon ganz nah dran waren. Aber ich glaube, daß sie uns ohne dein... Auftauchen, mit dem du alles durcheinandergebracht hast, entdeckt hätten.«

»Tröstlich.«

Aivly reagiert gereizt: »Es ist nicht leicht, mit dir zu reden.«

Ich zucke die Schultern, sie schnaubt, zupft wieder an ihren Schnürsenkeln.

»Was war denn in diesem Kasten?«

Sie sagt eine Weile nichts. Dann atmet sie tief durch, um schließlich zu murmeln: »Er war kein Kampfpilot, sondern ein Testpilot und arbeitete am Projekt des unsichtbaren Bombers.«

»So was wie die Gräfin von Malibram«, sage ich ernst.

Sie regt sich nicht auf, beginnt leise zu lachen, bevor sie mir erklärt: »Unsichtbar in dem Sinn, daß er von keinem Radar erfaßt werden kann.«

»Ach so«, sage ich und nicke.

Ein Kanu kommt den Fluß hinaufgefahren, die zwei Jungen darin paddeln eifrig, albern herum und lachen. Aivly beugt sich nach vorn, umschlingt die Beine, schmiegt ihr Gesicht an die Knie. Ich sehe sie an und denke, daß es keinen Sinn hätte, wenn ich jetzt auf sie zuginge. Irgend etwas hat sich verändert, so als ob ihr Angebot einer *Arbeit* ein Punkt wäre, von dem aus es kein Zurück mehr gibt. Sie vertraut mir, aber vielleicht bin ich von nun an nur ein Geschäftspartner, im Höchstfall ein Komplize.

»Wieviel Zeit brauchst du für eine Entscheidung?« fragt sie.

»Ich spreche mit Elio darüber... heute abend.«

Sie steht auf, streckt sich, schiebt die Hände in die Gesäßtaschen. Um zurückzugehen, muß sie an mir vorbei; und ich rühre mich nicht vom Fleck. Langsam rapple ich mich hoch, bleibe aber stehen, schaue sie an. Sie seufzt resigniert, verschränkt die Arme und wartet.

»Zu Befehl, Chef!« stoße ich aus und drehe mich um.

Ich laufe hinunter, renne, um sie abzuhängen. Doch plötzlich bin ich an einer Stelle, an die ich mich nicht erinnere. Ich muß durch eine falsche Maueröffnung oder in die andere Richtung gegangen sein. Ich kehre um, komme in einem kleinen Zimmer nahe dem Flußufer heraus. Dann schaffe ich es, den Weg zu rekonstruieren, und erreiche den Fuß der Treppe. Aivly ist verschwunden: keine Geräusche von Schritten zu hören, kein Blatt bewegt sich. Sie kann noch nicht draußen sein. Ich klettere auf die Mauer, doch auch von dort oben kann ich sie weder hören noch sehen. Ich steige wieder hinunter, gehe langsam weiter, schaue nach allen Seiten und werde schon ein bißchen nervös. Ich trete einen Schritt zurück: Von hinten legt sich mir ein Arm um den Hals, etwas Spitzes wird zwischen meine Rippen gedrückt.

»Wenn du mich noch einmal Chef nennst, schneide ich dir ein Ohr ab«, murmelt sie und beißt sanft hinein.

Was mich in die Seite sticht, ist ein Finger, der jetzt so zustößt, daß ich herumfahre. Sie haucht mir einen Kuß auf den Mundwinkel, dreht sich um und tritt durch das schräg einfallende Sonnenlicht aus dem Dunkel.

Wir erreichen die Spitze der Mole, ab und zu grüßen uns *teporochos*, die hier lagern, unter großen Stücken Karton liegen, die Flasche neben dem Kopf. Elio blickt Richtung Stadt. Ein Flackern von Lichtern, und mittendrin der ockergelbe Bau der Hafenkommandantur; die Säulen davor wirken aus dieser Entfernung wie Lichtkaskaden. Elio wirft seine Kippe ins Wasser, meint: »Ist in Ordnung. Aber ich will wissen, für wen sie arbeiten.«

»Aivly sagt, sie übernehmen Aufträge von jedem, der sie bezahlt. Wenn wir mitmachen, müßten sie uns aber wenigstens erklären, um wen es sich handelt.«

Er nickt. Wir gehen auf den Leuchtturm zu.

»Nehmen wir uns Zeit«, sagt er. »Das Geld könnten wir wirklich brauchen, aber laß uns versuchen zu erfahren, um was es geht.«

»Sie will morgen eine Antwort.«

Er lächelt, steckt seine Hände in die Taschen.

»Auch gut . . . wir sagen ja und sehen später weiter.«

Er schaut hoch, zieht die feuchte Luft ein und murmelt: »Jedenfalls wird es bestimmt nicht schlimmer als das, was wir in Oaxaca angestellt haben.«

26

Ich habe wieder die bewußte Nummer angerufen. Und diesmal hatte die Frau eine Nachricht für mich: Rubén um zwölf Uhr mittags in San Juan de Ulúa treffen. Elio hat zunächst ein ratloses Gesicht gemacht, aber dann verstanden, was gemeint ist: die spanische Festung in der Hafeneinfahrt, eine von Mauern umgebene ehemalige Gefängnisinsel mit unendlich vielen Gängen und Räumen. Bis ein Uhr sind wir dort herumgelaufen und schließlich hinausgegangen, weil wir keine Lust mehr hatten, das Museum zu bewundern. Draußen haben wir Rubén endlich gesehen. An den Geländewagen gelehnt, wartete er auf uns. Er hat uns begrüßt, schien nicht verärgert zu sein. Jedenfalls hat er die beiderseitige Verspätung von einer Stunde nicht erwähnt. Vielleicht hatte ich die Frau am Telefon nicht richtig verstanden; kann auch sein, daß Rubén uns noch einmal beobachtet hat, um wirklich sicherzugehen. Die Fahrt dauerte eine halbe Stunde, hinaus zu einem Dorf an einem Fluß, der sich irgendwann in einen Sumpf verwandelt hat. Sie haben ein ziemlich großes Haus an einem Plätzchen, das der Mittelpunkt des Orts sein dürfte; auf dem Schild steht Mandinga. Aivly hat uns wie Freunde der Familie begrüßt, unangestrengt, freundlich und ohne viel Aufhebens zu machen. Bom war nicht da. Wir haben gegessen, alles mögliche getrunken, und schließlich hat sie einfach gefragt: »Nun?« Ich habe Elio angeschaut, und er hat woanders hingesehen, um mich reden zu lassen. Also habe ich gesagt, daß es in Ordnung geht, aber daß wir zuerst zurück nach Puerto müßten, um ein paar Dinge zu regeln. Sie hat sich nichts anmerken lassen, uns sogar versichert, daß vor einem Monat sowieso nichts läuft. Allerdings soll sich die Sache in Guatemala abspielen. Elio hat ein fragendes Gesicht aufgesetzt, und Aivly hat nur hinzugefügt, daß wir in zehn Tagen wieder hier zusammenkommen sollten, um die Einzelheiten zu klären. Und wegen der Unkosten brauchten wir uns keine Sorgen zu machen, sie würden dafür aufkommen. Sie hat uns einen Umschlag mit fünfhundert Dollar gegeben: »Damit ihr keine Probleme habt, bis wir uns wiedersehen«, hat sie mit einem sonderbaren Lächeln gemeint, das mir wie ein Kommentar zu unseren üblichen Unternehmungen vorkam. Dann ist Rubén mit uns in eine Art Garage gegangen, hat uns einen ziemlich gepflegten Volkswagen Caribe gezeigt und gesagt, daß wir ihn *fürs erste* benutzen könnten. Er hat mich um meinen Paß gebeten, ist damit verschwunden und hat ein drei Monate gültiges Visum für das Auto mit meinen Daten ausgefüllt, dann den Zusatz in meinen Paß eingetragen und das Ganze mit falschen Stempeln perfekt gemacht. Er besitzt einen in verschiedene Fächer aufgeteilten Kasten voller Stempel. Rubén hat sich herzlich von uns verabschiedet, uns einen Arm um die Schulter gelegt und uns nachgewinkt.

Der Caribe scheint in Ordnung, der Motor macht ein sattes Geräusch und läuft ohne Probleme. Nachdem wir Tasche und Rucksack aus dem Hotel geholt haben, ist mir die Idee gekommen, bei Schiassi vorbeizufahren. Elio hat gemeint: »Ist gut, wir haben ja sowieso nichts zu tun«, als ich mich schon fragte, wie zum Teufel ich so etwas Blödes vorschlagen konnte. Muß Neugierde sein. Als wollte ich den Beweis dafür, nicht geträumt zu haben.

Sowie Ludivina uns sieht, kommt sie freudig erregt gelaufen, um uns das kleine Tor aus Holz zu öffnen. Elio lächelt mechanisch, drückt mit steifer Höflichkeit ihre Hand, wirft mir einen verstohlenen, unentschlossenen Blick zu; ich zucke mit den Schultern. Wir gehen hinein, die Mädchen albern herum, zeigen uns, was sie gerade gezeichnet haben. Everardo ist in seiner Werkstatt: Gesicht und Haare mehlweiß, knetet er mit angespannten Muskeln Teig. Er wirkt kräftiger als früher, wie er schweißglänzend im Unterhemd dasteht und arbeitet, macht einen gesunden

Eindruck. Als er uns sieht, stößt er einen Schrei aus und wirft die Teigmasse auf den Tisch, säubert sich schnell und ist mit einem Sprung bei mir, drückt mich und sagt: »Was für eine schöne Überraschung, mein Junge.«

Dann ergreift er mit beiden Händen Elios Hand und klopft ihm noch auf den Rücken, wobei kleine Teigklümpchen zurückbleiben.

»Habt ihr gesehen?« ruft er aus und schaut in die Runde. »Die Feuchtigkeit macht uns ein bißchen zu schaffen, aber wenn man den Ventilator richtig einsetzt, wird es wunderbar trocken.«

Er hält einen Besenstiel hoch, an dem grüne Tagliatelle hängen, schüttelt ihn und sagt: »Schön, nicht?«

Dann kneift er ein Auge zu und flüstert: »Verkauft wird es als Pasta mit Spinat, aber Mangold färbt besser grün und kostet nur ein Fünftel.«

Er lacht auf, wird dann wieder ernst und macht ein beruhigendes Gesicht: »Aber alles natürliche Zutaten: frische Eier und sauberes Wasser.«

Elio geht näher heran, nimmt ein Stückchen von den Tagliatelle und fragt: »Sind sie aus Hartweizen?«

Ich schaue Elio von der Seite an, Everardo breitet die Arme aus und schüttelt bedauernd den Kopf.

»Leider nicht . . . Hier gibt es nur normales Mehl.«

»Hartweizen findest du im Bajío«, sagt Elio sehr ernst.

Ich weiß nicht, wer von den beiden absurder ist.

Everardo sieht ihn interessiert an, fragt: »Und wo ist das?«

»Im Staat Guanajuato. Die Hochebene des Bajío ist das einzige Weizenanbaugebiet, und in Irapuato gibt es auch Hartweizen.«

Schiassi ist begeistert, er strahlt vor Freude.

»Was glaubst du, wie lange ich mit meinem Auto bis dahin brauche?«

Elio überlegt, sagt dann: »Ich denke, zehn bis zwölf Stunden wirst du mit *deinem* schon brauchen.«

»Ich könnte vorbeifahren, wenn ich Ware in den D. F. liefere«, sagt Everardo nachdenklich, »und mit einer Ladung Mehl zurückkommen.«

Ich entschließe mich, die beiden zu unterbrechen: »Also, wir verabschieden uns dann...«

Er zuckt zusammen.

»Was, ihr bleibt nicht einmal zum Essen?«

Elio kommt mir zu Hilfe.

»Besser nicht, wir müssen die ganze Nacht fahren.«

Everardo scheint enttäuscht, doch er ist weit entfernt von der bedrängenden Hartnäckigkeit, die er früher an den Tag legte. Er lacht nur ein bißchen sonderbar und sagt: »Pech für euch. Ich habe ein Grass, das einen wirklich umwirft.«

Ich schaue ihn an, bin mir sicher, nicht richtig gehört zu haben. Er fährt fort: »Nach dem Essen dreht uns Ludivina immer einen Joint von der Sorte, die Tote zum Leben erweckt.«

Er öffnet den Mund und macht mit der Hand eine kreisende Bewegung, die Bewunderung ausdrücken soll.

»Aber ich kann euch ein bißchen mitgeben«, ruft er aus, während er den trockenen Teig von seinen Händen reibt. »Wir haben genug für die ganze Woche.«

»Dank dir«, sagt Elio höflich. »Aber wenn ich fahre, macht es mich einfach müde.«

Everardo zuckt mit den Schultern und seufzt.

Wir verabschieden uns mit ausgiebigem Händeschütteln und Schulterklopfen, bis wir überall voll Mehl sind. Als wir nach draußen gehen, sehen wir die Mädchen im Caribe sitzen und Auto fahren spielen.

»Na, ihr Gören«, brummt Schiassi mit gutmütig strengem Gesicht, fügt dann leise hinzu: »Sie sind schlau und kennen sich ganz genau mit Autos aus.«

Elio und ich wechseln einen Blick, warten, daß er sich entschließt, sie aus dem Auto zu holen.

Statt dessen meint er: »Das müßt ihr euch ansehen.«

Dann wendet er sich den Mädchen zu und sagt auf italienisch: »Scheibenwischer!«

Er zwinkert uns zu, wie um uns anzukündigen, daß jetzt das Außerordentliche geschieht. Die Mädchen beugen sich übers Lenkrad, stecken die Köpfe zusammen und entscheiden sich schließlich: Die Scheibenwischer schaben über die staubige Windschutzscheibe. Everardo lacht triumphierend auf, befiehlt dann: »Hupe!«

Wieder eine rasche Beratung, dann hupen sie wie wahnsinnig. Everardo lacht, klatscht zufrieden in die Hände, öffnet die Wagentür und läßt die beiden aussteigen.

»So lernen sie auch ein bißchen Italienisch«, sagt er voller Zufriedenheit.

Er umarmt uns beide, legt uns ans Herz, ihn wieder zu besuchen und langsam zu fahren. Ludivina kommt mit zwei Tüten Tagliatelle angetrippelt, gibt sie mir und sagt: »Wir erwarten euch.«

Sie winken, bis wir das Ende der Straße erreicht haben und abbiegen.

» Cuando llegará el día de mi suerte, en la esperanza de mi muerte, seguro que mi suerte cambiará . . .«

Elio begleitet den schicksalsträchtigen Text des Salsa mit ironischem Lachen, trommelt auf das Lenkrad und fährt auf der fast geraden Straße gemächlich dahin. Wir sind Richtung Córdoba unterwegs, wo die *autopista* nach Puebla und in den Distrito Federal beginnt.

»Hast du Lust auf einen kleinen Schlenker nach Norden?« fragt er.

»Weit nach Norden?«

Er lächelt sanft, sagt: »Nicht weit . . . in die Gegend von Guadalajara.«

27

Da ist dieser See, der Chapala heißt, so groß, daß er sich in der Ferne verliert, und ein kleiner Ort gleichen Namens: neue Häuschen, Villen mit privater Anlegestelle, saubere Luft und reglose Stille. Elio schaut zufrieden in die Runde; offenkundig sind wir angekommen. Ich bin vier oder fünf Stunden gefahren, habe ihm dann das Steuer wieder übergeben und bin eingeschlafen. Es ist fast Mittag, und die Sonne sticht, doch durch das Fenster kommt eine kühle Brise; wahrscheinlich trägt das milde Klima dazu bei, daß das Ganze den Eindruck eines Kurorts für Kriegsveteranen macht.

»Das da gehört einem Italiener«, sagt Elio und zeigt auf eine Mauer, die sicherlich eine Villa umschließt. »Er ist 1945 hierhergekommen.«

Wir fahren am Seeufer entlang, eine breite Straße, die bisweilen den Strand berührt, dann wieder zwischen die Häuser zurückkehrt. Ein paar Kilometer Land und Wald, schließlich ein Feldweg durch eine sumpfige Wiese. Wir kommen zu einem Haus, das praktisch über dem Wasser gebaut ist, mit einem großen, flachen Schuppen daneben. Elio fährt in den Garten, parkt auf einem Schotterplatz. Ein Typ sitzt auf der Veranda: um die Siebzig, das weiße Haar zu einem Pferdeschwanz zusammengebunden. Er hält die Arme hinter dem Rücken, doch sobald er Elio erkennt, fängt er an zu lachen und raucht seinen Joint weiter. Als Elio näher gekommen ist, bietet er ihm einen Zug an und begrüßt ihn deftigherzlich: »*Pa' tu madre, coño... qué onda, cabrón?*«

Er hat einen amerikanischen Akzent. Elio macht uns miteinander bekannt; er heißt Jason, und als ich ihm die Hand hinhalte, packt er sie derart fest, daß es mich beinahe umwirft. Wir gehen mit ihm ins Haus: ein Wohnzimmer mit einem Fenster zum See, das die ganze Wand einnimmt. Es ist vollgestopft mit absurden Gegenständen, sogar eine Wurlitzer aus den Fünfzigern gibt es, die Jason mit einem Schlag auf die Tasten in Betrieb setzt. Sam Cooke legt mit *Desire me* los.

»Na«, wendet Jason sich lachend an Elio, »hast du die paar Kröten zusammenbekommen?«

»Noch nicht, aber viel fehlt nicht mehr...«

Jason stößt einen kurzen Schrei aus und schlägt sich auf die Schenkel; ein Kommentar zu Elios Hoffnungen, glaube ich.

Der schüttelt jetzt den Kopf und sagt: »Hast du die Bestie in Schuß gebracht?«

Jason preßt die Lippen zusammen, pfeift und nickt mit einem Gesichtsausdruck, als sei dies selbstverständlich, fragt dann: »Du willst sie ein bißchen streicheln, hä?«

Er zwinkert, gibt uns ein Zeichen, ihm zu folgen. Wir gehen durch eine Nebentür hinaus, gelangen durch einen glühend heißen Korridor aus Blech in den Schuppen, der tatsächlich ein Hangar ist. Ich bleibe wie angewurzelt stehen, als ich die *Bestie* sehe, weiß nicht, ob ich lachen oder erschrecken soll. Elio legt mir einen Arm um die Schultern und murmelt: »Ist sie nicht wunderschön?«

Durch die beiden Propeller über den Tragflächen sieht sie auf den ersten Blick nur wie ein etwas seltsames Flugzeug aus, doch der untere Teil ist eher ein Boot, trotz der Räder, die aus dem Rumpf herausschauen.

»Consolidated Catalina PBY 6A, letzte Generation«, sagt Elio leise, als wollte er die Bestie nicht wecken. »Startet und landet zu Wasser und zu Lande... Genau das, was wir brauchen.«

Ich vermeide es, ihn zu fragen, was er denn vorhat, wenn er meint, daß wir ein Wasserflugzeug brauchen, und trete näher heran: Es scheint in gutem Zustand, ist oben olivgrün und unten blaßrosa angemalt.

Auf der Schnauze ist die Zeichnung einer Ente mit Pilotenbrille,

daneben steht *Wooly Bully*. Das Flugzeug muß den Krieg mit-
gemacht haben, den gegen die Japaner. Jason sagt: »Worauf war-
test du?«

Elio nickt, gibt mir ein Zeichen, klettert durch die Einstieg-
luke hinter der Tragfläche hinein. Ich folge ihm. Drinnen ist es
großzügiger, als ich gedacht hatte, der ganze Raum bis zum
Heck sieht aus wie ein Wohnzimmer: zwei gelbe Sofas, ein
Tischchen, die Seitenwände mit Plakaten tapeziert; ich erkenne
John Lee Hooker, Otis Redding und Muddy Waters.

Elio verschwindet durch eine Öffnung in die Kabine. Ich stecke
den Kopf hinein, sehe, daß er sich ans Steuer setzt, als wüßte er
genau, wie alles funktioniert. Er zeigt auf den Platz des Copiloten.
Ich versuche, das gleiche zu tun wie er, finde mich eingeklemmt
auf dem Sitz wieder, vor mir eine Unmenge Uhren, Tasten, Hebel
und Knöpfe. Durch das Fenster kann ich erkennen, daß Jason das
Tor aufmacht, nicht weit genug, um zu *starten*, vielleicht hat er es
nur geöffnet, damit wir mehr Licht bekommen. Elio kontrolliert
irgend etwas, dann sagt er: »Mal sehen, woran ich mich noch erinnere.«

Er betätigt einen Schalter auf dem Instrumentenbrett.

»Elektrische Anlage . . . gut.«

Er zieht einen Schieber nach unten.

»Kraftstoffpumpe . . .«

Er drückt einen Knopf.

»Zündung . . .«

Er legt einen Hebel um.

»Kompression. Und . . .«

Er sieht mich an und lächelt. Dann streckt er eine Hand aus,
hebt einen kleinen roten Plastikdeckel ab und drückt auf die Taste
darunter.

»Kontakt.«

Ein Vibrieren auf der linken Seite, ein dumpfer Lärm. Ich
strecke mich, um etwas zu sehen, bemerke, daß der Propeller sich

zuerst lustlos, dann bebend und zuckend dreht, während der Motor schwarzen Rauch ausspuckt, schließlich auf Touren kommt und den Schuppen mit einem ohrenbetäubenden Krach erschüttert. Elio wiederholt das Ganze mit dem Motor auf der rechten Seite. Er muß drei- oder viermal drücken, der Propeller ruckt, kommt aber nicht in Schwung. Dann beginnt er, sich langsam knarrend zu regen, bis ein plötzliches Dröhnen und gleich wieder gedrosseltes Aufbäumen den ganzen Rumpf erbeben läßt. Das Flugzeug bewegt sich nicht von der Stelle, doch ich spüre, was die Bremsen auszuhalten haben. Jason fuchtelt mit den Armen, kommt in gebückter Haltung unter die Tragflächen gelaufen und brüllt: »Weniger Gas, du Wahnsinniger!«

Elio lacht, dreht einen Knopf, dämpft den Lärm der Motoren zu einem Schnurren im Leerlauf.

»Was zum Teufel stellst du da an?« schreit Jason. »Willst du, daß alles zusammenkracht?«

An seinem Gesicht sehe ich, daß er nicht ernsthaft besorgt ist. Elio macht die Handgriffe von vorhin in umgekehrter Reihenfolge, schaltet alles ab, und wir steigen aus. Jason reicht uns eine Flasche Herradura Reposado und sagt: »Ist in Ordnung, die alte *Wooly Bully*.«

Elio nimmt einen Schluck Tequila und meint: »Nicht ganz. Du könntest rechts mal die Zündmagnete auswechseln, du knausriger Gringo.«

Jason knurrt irgendwas, lacht und läßt den Tequila nicht zu knapp in sich reinlaufen. Wir gehen ins Haus zurück. Jason holt ein Gerät heraus, das Gatillos Wasserpfeife ähnelt, mit anderen Teilen, doch nach dem gleichen Prinzip gebaut. Er fragt Elio, ob er Lust hat, Base herzustellen; wenig begeistert willigt Elio ein und macht sich mit Reagenzgläsern und Brenner zu schaffen, während Jason ein Päckchen Koks aus dem Hintern eines Tonpferdchens holt, das auf der Musikbox steht. Nach einer Viertelstunde hat sich ein kleiner gelblicher Klumpen auf dem Boden des Reagenzglases gebildet. Elio raucht als erster, meint: »Zuerst kommt immer der Koch dran.«

In der Pfeife brodelt es; dann streckt Elio sich auf dem Sofa aus und legt die Füße aufs Tischchen. Er behält den Rauch unglaublich lange in der Lunge, und Jason zieht noch langsamer als er. Wenn man sieht, wie er sich ganz gemächlich die Lungen füllt, hat man den Eindruck, daß er es seit fünfzig Jahren macht. Er steht auf, geht hin und her, sprüht vor Energie und stößt einen spitzen Schrei aus. Ich vergegenwärtige mir meine Erfahrung von neulich und schaffe es, ohne größere Schwierigkeiten den Rauch einzuziehen, kann ihn aber nicht annähernd so lange in der Lunge behalten wie die beiden. Elio holt zufrieden Luft, schaut mich an und setzt sich mit einer schnellen Bewegung auf. Er meint: »Damit kommen wir zur Westküste, ohne auch nur ein Stückchen Land zu überfliegen.«

»Was für eine Westküste?« frage ich und spüre, wie es gegen meine Stirn hämmert.

»Die von Kolumbien«, antwortet er, als wäre das klar.

Ich amüsiere mich gerade darüber, wie mein Hirn sich Richtung Nacken dreht und windet, nicke und sage nur: »Gut.«

Die Pfeife kreist noch einmal, und in der zweiten Runde geht es schon wie geschmiert. Jason steckt gleich ein neues Stückchen in die Pfeife und läßt mich anschließend ziehen. Ich versuche aufzustehen und habe vom Kreislauf her das Gefühl, als würde mir einer mit einem Kolben auf die Schädeldecke schlagen. Die beiden lachen, und ich lache auch. Sicher übertreibe ich aus Spaß meine Bewegungen, auch wenn sie mir schließlich ganz natürlich vorkommen. Jason bringt Mineralwasser und Eis, um den Tequila auszugleichen, der schnell leer geworden ist. Ich frage Elio: »Wo hast du gelernt, dieses Ding zu fliegen?«

Er grinst und sagt: »Ich kann es nur anlassen, und das hat mir dieser alte Gauner beigebracht.« Er zeigt auf Jason, der so tut, als wäre er beleidigt.

»Er will zwölftausend Dollar für die Catalina.«

»Fünfzehntausend«, verbessert ihn Jason.

»Vergiß es«, meint Elio und nimmt sich noch einmal die Pfeife.

»Wir können uns einigen«, sagt Jason mit einem mehrdeutigen Lächeln.

Elio zieht an der Pfeife und macht mit dem Finger ein verneinendes Zeichen. Als er den Rauch ausgeatmet hat, sagt er mit schwacher Stimme: »Kommt nicht in Frage.«

Jason wendet sich an mich: »Ich lasse ihm die *Wooly Bully* für zehntausend . . . wenn ihr mich mitnehmt.«

Ich mache weiter ein interessiertes Gesicht, auch wenn das »Ihr« mir ein paar Probleme bereitet.

Elio sagt: »Du weißt, daß das nicht geht. Mehr als drei Leute können auf keinen Fall mit.«

Ich schaue ihn erwartungsvoll an, weil ich wissen möchte, wer denn der dritte ist. Er lächelt, meint: »Da gibt's einen Kerl, der ziemlich auf Draht ist . . . wenigstens als Pilot.«

»Ich bin auch ein guter Pilot, mein Junge«, sagt Jason und wippt auf den Fersen, als wäre er ein echt harter Kerl.

Elio ist eine Spur verlegen.

»Ja . . . sicher, aber da unten braucht man einen, der mitten im Wald eine löchrige Blechpiste anfliegen kann.«

»Genau das, was ich in Birma gemacht habe. Und zwar mit einer B 52, die mehr Löcher hatte als die Piste!«

Elio lächelt, greift auch deshalb zur Pfeife, um nicht weiterreden zu müssen. Jason kratzt sich in seiner Mähne, bindet den Pferdeschwanz auf und streicht die Haare mit beiden Händen zurück. Er murmelt: »Seitdem sind ein paar Jährchen vergangen . . . aber ich kann ja *vorher* hier üben.«

Elio wechselt das Thema, spricht über Kokainbase: daß man manchmal nur einmal aufkochen muß, um welche zu bekommen, manchmal vier- oder fünfmal, und daß er nicht versteht, woran das liegt. Dann fangen er und Jason an, über 200-PS-Motoren von Pratt & Withney zu reden, über Startbahnlängen zu Land und zu Wasser, Reisegeschwindigkeit, Reichweite, Höhe und Turbulenzen.

Es ist fast dunkel. Vielleicht werden wir im D. F. schlafen, wenn die Wirkung des Pfeifchens nicht urplötzlich nachläßt. Der Caribe ist sehr viel schneller als der Pontiac, auch wenn man die Schlaglöcher mehr spürt.

»Und wer soll der Pilot sein?« frage ich.

Elio macht ein Zeichen, das beruhigend gemeint ist.

»Ein Yaqui-Indianer. Doch er ist auf der anderen Seite der Wüste geboren, in Arizona. Und um nicht in Vietnam zu landen, ist er zur Luftfahrt gegangen.«

Er lacht, schlägt mit der Handfläche aufs Lenkrad.

»Dafür haben sie ihn vor zehn Jahren nach El Salvador versetzt. Nach ein paar Monaten hat er einen Schaden vorgetäuscht, ist in den Feldern gelandet und hat den beiden Green Berets, die bei ihm waren, die Kehlen durchgeschnitten. Danach ist er drei Jahre in den Bergen geblieben.«

»Allein?«

»Weiß ich nicht genau, aber wahrscheinlich. Jedenfalls war er vorher sicher auch kein gesprächiger Typ.«

»Und jetzt?«

»Jetzt hat er sich in San Miguel verkrochen.«

Ich schaue ihn fragend an, also erklärt er mir: »Wir haben ihn nicht gesehen, weil er auf der anderen Seite der *presa* lebt.«

Ich nehme an, daß er mit *presa* die Lagune meint, die man aus dem oberen Teil von San Miguel sieht.

»Er hat ein Transportflugzeug geflogen, mehr oder weniger wie die Catalina.«

Ich zucke mit den Schultern, sage: »Mehr oder weniger.«

Elio schaut mich an, lacht sonderbar und meint: »Das ist kein

Spaß, weißt du. Man kann eine ganze Stange Geld dabei verdienen.«

»Und wie?«

Er schüttelt den Kopf, seufzt geräuschvoll: »Ein Typ aus der Gegend von Barbacoa...«

»In Kolumbien?«

»Ja, im westlichen Teil. Und das bedeutet, daß man über den Pazifik hinkommt, ohne andere Staaten überfliegen zu müssen: nur Wasser.«

Ich nicke, stelle mir vor, wieviel schöner es ist, unter sich nur Wasser zu haben. Elio spürt, daß ich ihm nicht ganz und gar folge, gibt mir einen Klaps aufs Knie und sagt: »Er ist ein alter Freund, der eine Landebahn mitten im Wald hat. Wir laden zwei oder drei Doppelzentner *basuco* ein, und ab geht's nach Hause.«

»*Basuco?*« wiederhole ich fragend.

»Ja, Rohkokainmasse. Die bringen wir nach San Miguel, wo es einen Typ gibt, der gut mit einem Kocher umgehen kann. Hier kaufst du Äther in der Apotheke; wir können besten Koks produzieren.«

Ich höre aufmerksamer zu. Elio begeistert sich immer mehr.

»Die Catalina hat eine Reichweite von viertausend Kilometern«, fährt er aufgeregt fort. »Und von Chacahua bis zur kolumbianischen Küste sind es sicher weniger als dreitausend.«

Er zündet sich eine Zigarette an und erklärt: »Chacahua ist eine Art Sumpf nahe Puerto. Wir können ja nicht direkt vorm Strand landen.«

»Sonst würde Bolo die Mayonnaise schlecht«, sage ich mit äußerstem Ernst.

Elio biegt sich vor Lachen: »Wie wäre es, wenn wir Gatillos Festung mit Scheiße bombardierten?«

Wir lachen schallend, und ich suche eine Kassette der U2, die ich unter dem Sitz gesehen hatte, finde sie schließlich und lege sie ein. Sofort klopft Elio den Rhythmus von *Bullet the blue sky* mit. Ich frage: »Und Jason?«

Er verzieht den Mund.

»Der Typ ist halb verrückt, ich traue ihm zu, daß er uns die Catalina umsonst gibt, wenn wir ihn mitschleppen.«

»Er ist ein sympathischer Kerl.«

»Sicher. Aber das reicht nicht, um ein 16-Tonnen-Wasserflugzeug zwanzig Stunden am Stück zu fliegen.«

Ich ziehe eine Augenbraue hoch, seufze.

»Aber man braucht doch einen Copiloten, oder?«

Elio kratzt sich am Hals, sagt: »Unser Yaqui hat schon schlimmere Sachen gemacht. Und wenn wir erst einmal fliegen, kann ich ihn ablösen.«

Ich schaue ihn von der Seite an, er lacht.

»Ich kann alle Instrumente bedienen, brauche nur ein bißchen Praxis.«

Er hat das mit ruhiger Stimme gesagt, als wäre er wirklich davon überzeugt. Zehn Minuten später fange ich langsam an zu glauben, daß er es tatsächlich kann, wenn er will.

Ivo läßt uns nicht zu Bolo zurück, behauptet, daß wir bei ihm bequemer wohnen und nicht so sehr im Blickfeld sind. Er erzählt die letzten Neuigkeiten aus Puerto: In Gatillos Festung hat es den großen Knall gegeben. Seine Frau ist mit Faustino nach Italien abgehauen und hat dreißigtausend Dollar in Bargeld und Schmuck mitgenommen. Der Federal hat sich seit vier Tagen nicht in der Öffentlichkeit sehen lassen, und alle haben Angst, daß er sich irgendwelche Repressalien ausdenkt, nur um sich zu rächen. Zum Glück hat sie ihm die Kinder dagelassen. Es sind Gerüchte in Umlauf, daß Gatillo sich nicht mehr lange halten wird, daß man in der Hauptstadt nach einem Vorwand sucht, ihn loszuwerden. Falls das stimmt, steht uns das Schlimmste noch bevor, denn wenn er fürchten muß, die Macht zu verlieren, wird er versuchen, vorher noch alles an sich zu raffen, was er bekommen kann. Nach dem Mittagessen legen wir uns hin, weil wir ein bißchen lesen wollen. Es endet damit, daß wir erst wieder wach werden, als es schon dunkel ist, und in Bolos Bar zum Abendessen gehen.

Gegen neun herrscht plötzlich Unruhe auf der Perez Gasga; die Typen, die gewöhnlich auf dem Bürgersteig herumhängen und trinken, sind mit einem Mal verschwunden. Isidro betritt die Bar, späht in alle Ecken und mustert uns, einen nach dem anderen. Auf ein Zeichen von ihm erscheint auch Gatillo. Seine Augen glänzen, sein Blick wirkt noch irrer als sonst. Er lächelt, nähert sich unserem Tisch mit ausgestreckten Armen, schlägt mit den Händen auf die Platte, daß die leeren Flaschen erbeben, und stößt ein heiseres Lachen aus.

»Na endlich!« ruft er. »In was für einer Kloake hattet ihr euch denn verkrochen?«

Elio lehnt sich zurück, mustert ihn unbeeindruckt und antwortet: »Wir haben unsere Plantagen inspiziert. Es ist doch Erntezeit, oder?«

Gatillo starrt ihn einen Augenblick lang an. Dann wackelt er mit seinem fetten Zeigefinger, lächelt grimmig und meint: »Ja, es ist allerdings Erntezeit. Habt ihr Lust, eine echte Ernte zu sehen?«

Elio wirft mir einen kurzen Blick zu. Gatillo nimmt Elios Bier und trinkt es aus. Dann reibt er sich die Hände und fragt: »Heute abend schon was vor?«

Elio zuckt mit den Schultern.

»Ausgezeichnet«, sagt Gatillo mit einer übertriebenen Verbeugung Richtung Tür. »Nach euch, Freunde.«

Wir müssen aufstehen. Auch weil Isidros Gesicht zeigt, daß keine Entschuldigung akzeptiert wird. Bolo schaut hinter uns her, Elio zuckt die Achseln.

Draußen ist der ganze Generalstab versammelt: fünf Geländewagen und ein Dutzend Getreue im Kampfanzug. Wir klettern auf die Pritsche eines Dodge, zusammen mit einem Typ, der ein M 16 in Hüfthöhe hält; ein halbes Dutzend Magazine hängen quer über seiner Brust, im Koppel stecken Patronen. Gatillo lehnt sich aus dem Wagenfenster, hebt den Arm, und die Kolonne fährt ab. Hinter uns haben wir einen Jeep, auf dem eine bewegliche Maschinenkanone installiert ist.

Es ist kalt. Der Typ sagt seit zwei Stunden kein Wort. Jetzt zeigt er mit dem Kinn auf Decken, die in einer Ecke auf der Ladefläche liegen. Wir hängen sie uns um die Schultern; sie riechen nach Mäusedreck. Es geht hinauf in die Sierra. Hin und wieder ein Krächzen aus dem Funkgerät, kurze Befehle, welche Richtung zu halten ist.

Die Wagen werden langsamer. Wie biegen in einen abschüssigen, holprigen Feldweg ein. Am Überrollbügel halten wir uns fest, um nicht herunterzufallen. Nach vielleicht zwanzig Kilometern einer unruhigen Fahrt stoppen alle Wagen der Kolonne abrupt.

Die Männer springen ab, die Motoren werden ausgestellt. Da ist nur das Klacken der Verschlüsse: Fast gleichzeitig schieben alle eine Patrone in den Lauf. Gatillo hat das Gehabe eines Generals im Manöver, gibt Befehle, klopft seinen Männern auf den Rücken, ist wie berauscht. Er kommt auf uns zu und sagt: »Jetzt zeige ich euch etwas ganz Besonderes!«

Er klettert auf einen kahlen Hügel, wir folgen ihm, unser Bewacher hinter uns. Auf dem Gipfel angekommen, zeigt Gatillo mit erwartungsvoller Geste auf ein weites Feld irreal schimmernder Lichter, eine regenbogenfarben schillernde Ebene, die von völliger Dunkelheit umgeben ist.

»Das dauert nur eine einzige Nacht, und ihr habt das Glück, es zu sehen«, sagt er begeistert.

Es ist eine absurde Szene, eine Art Halluzination: der Federal mit den Schaftstiefeln und den beiden Pistolen im Gürtel vor diesem Feld mit flackernden Irrlichtern.

»Monatelang wird das Marihuana mit Wasser und Zucker besprengt«, erklärt Gatillo leise, »bis die Pflanzen so viel davon absorbiert haben, daß im Augenblick höchster Blüte der Blütenstaub phosphoresziert.«

Er nickt wie weggetreten vor sich hin.

»Es dauert nicht länger als vierundzwanzig Stunden und bedeutet, daß man sich mit der Ernte beeilen muß. Sonst wird es überreif, und ein Platzregen genügt, alles zu vernichten.«

Er seufzt, versunken in die Betrachtung dieses unwirklichen Bildes. Dann rennt er plötzlich los, den Hang hinunter, gestikuliert wild in Richtung der Männer, die sich in Reih und Glied aufzustellen beginnen. Unser Bewacher gibt uns ein Zeichen, daß wir uns ebenfalls in Bewegung setzen sollen.

Wir laufen durch die Pflanzung. Zwei Männer an der Spitze machen mit kräftigen Machetenschlägen den Weg frei. Wir sind mit Blütenstaub bedeckt; es juckt mich in der Nase, und meine Augen brennen. Wenn ich durch den Mund atme, gerät es in den Hals, und schließlich bekomme ich beim Schlucken eine Menge Stoff ab. Wir erreichen eine Lichtung, auf der eine Lehmhütte mit einem Blechdach steht. Einer tritt die Tür ein, stürzt nach drinnen, das Gewehr im Anschlag. Wir hören, wie eine Frau schreit, wie Scherben klirren, Möbel umgeworfen werden. Zwei weitere von Gatillos Männern dringen in die Hütte ein, zerren einen alten Mann an den Haaren heraus. Die Frau klammert sich an seine Beine, schreit und weint, bis sie einen Tritt ins Gesicht bekommt. Dann treiben sie einen Jungen nach draußen. Mit kaltem Haß schaut er uns an. Er ist vielleicht fünfzehn oder sechzehn, steht regungslos da, den Kopf hoch erhoben, den Mund verächtlich verzogen. Sie schlagen ihm von hinten gegen die Beine, zwingen ihn auf die Knie. Den Alten wirft man Gatillo zu Füßen. Der packt ihn am Kragen des zerrissenen Hemds, zieht ihn hoch und beugt sich gleichzeitig zu ihm hinunter, um ihm direkt ins Gesicht zu reden.

»Ich hatte dich gewarnt; sag nicht, daß ich dich nicht gewarnt hatte«, spricht er ihn in einem Ton an, der wie eine sanfte Ermahnung klingt.

Der alte Mann zittert, schüttelt mit schnellen, ruckartigen Bewegungen den Kopf, fleht ihn an: »Aber ich habe bezahlt. Ihr habt euch die Hälfte der Ernte genommen, und in zwei Tagen könnt ihr wegen der neuen kommen...«

Gatillo lächelt, zischt: »Nein... du hast die *judiciales* bezahlt.«

Auf dem Gesicht des Alten ein Ausdruck ungläubigen Erschreckens, als er schreit: »Wie sollte ich das denn wissen? Ich habe gegeben, was verlangt wurde...«

»Das hast du sehr gut gewußt. Ihr Bauern braucht nur immer ein praktisches Beispiel, damit euch eine Sache in den Kopf geht.«

Jetzt klammert sich der Bauer an Gatillos Knie, zieht sich hoch, schaut auf vergeblicher Suche nach Hilfe in die Gesichter der Umstehenden. Als er in der Höhe von Gatillos Brust ist, wendet der Federal sich an den Typ, der ihm am nächsten steht, und murmelt verächtlich: »*Manrique, quítame esta cucaracha de encima.*«

Der Typ streckt die Hand aus, preßt dem Bauern die Pistole auf den Bauch, drückt ab. Der Bauer krümmt sich zusammen, ein anderer schießt ihm eine Ladung in den Rücken. Dann sehe ich Isidro dem Jungen ins Gesicht feuern, der halb ohnmächtigen Frau in den Nacken schießen. Zwei schnelle, einfache Gesten; ohne eine Miene zu verziehen. Andere übergießen die Hütte mit Benzin, stecken alles in Brand. Sie ziehen die Leichen in einen Graben, vier Männer kommen mit Schaufeln und decken sie mit Erde zu. Chucho nähert sich, gibt Gatillo eine Marihuanablüte. Der schnüffelt daran, sagt: »Ausgezeichnet. Vom Feinsten.«

Er zupft ein wenig von der Blüte ab, holt ein Papierchen heraus und dreht sich einen Joint. Beim ersten Zug schließt er die Augen halb, bläst den Rauch hoch in die Luft.

»Ich war mir sicher, daß sie es kapiert hätten«, sagt er, zu uns gewandt. »Statt dessen zwingen sie mich, solche Dinge zu tun...«

Er seufzt, raucht weiter und schaut in die Flammen. Die anderen schneiden die Spitzen der Pflanzen ab und füllen damit zwei Säcke. Dann tragen sie alles unverzüglich zu den Geländewagen. Gatillo setzt sich in Bewegung, wir folgen ihm auf dem Pfad durch die Pflanzung.

Kaum haben wir die Felder durchquert, gehen sechs von Gatillos Männern auf einen leisen Wink von ihm mit Kanistern zurück, besprengen alles mit Benzin. Wir klettern auf den Jeep und sehen, wie sich der Brand mit unglaublicher Geschwindigkeit ausbreitet, in wenigen Sekunden zu einem Flammenmeer wird.

In der Kurve bei der Discoteca la Punta halten sie an. Es ist fast Tag. Gatillo gähnt, steigt aus, um in den Sand zu pinkeln. Dann kommt er auf uns zu, streckt sich und sagt: »Es ist keine schwere Arbeit... Nur daß man ab und zu eine Nacht auf den Beinen ist.«

Elio preßt die Lippen aufeinander, macht Anstalten aufzustehen.

»Ich könnte euch die Inspektion der Plantagen anvertrauen.

Ein einfacher Job. Nur ab und zu mal nachsehen, ob sie die Abmachungen einhalten.«

Elio senkt den Blick, kratzt sich mit dem Daumennagel am Knie.

»Meine Jungs kann ich nämlich nicht schicken. Sie haben ihre Kennmarke in der Tasche, und jedermann weiß, daß sie für mich arbeiten.«

Gatillo schiebt sich die Hände in den Nacken, streckt sich und stößt ein gurgelndes Geräusch aus. Dann fährt er sich mit der Hand übers Gesicht.

»Ich bin vielleicht müde«, murmelt er und schaut Elio fest an, sagt dann plötzlich: »Gut, denkt darüber nach.«

Wir springen auf die Straße, und sie fahren mit quietschenden Reifen davon. Langsam legt sich der Staub wieder, driftet Richtung Strand.

Elio fragt mit halb geschlossenen Augen: »Wenn ich ihm eine Kugel in den Mund jage, bist du dabei?«

Ich drehe mich um; wir gehen auf die Perez Gasga zu, ich sage: »Es ist nur ... daß ich gerne in Puerto bleiben möchte.«

»Solange dieses Schwein hier was zu sagen hat, können wir sowieso nicht zurück.«

Ich sehe eine Art Kreuzung aus einer fetten Katze und einer Maus aus einer Mülltonne kriechen und über die Straße hoppeln; ein Opossum, glaube ich.

»Dann lassen wir uns von Aivly ein paar Kilo Plastiksprengstoff geben«, sage ich. »Ist vermutlich einfacher.«

Elio nickt. »Ja, vielleicht jagen wir ihn besser mit einer Bombe hoch.«

Wir erreichen den Weg, der hinauf zur Staatsstraße führt. Die Müdigkeit ist jetzt unerträglich; flach atmend schleppen wir uns weiter. Elio sagt leise: »Morgen fahren wir nach Veracruz zurück. Ich hoffe nur, daß wir genug Geld auftreiben, um aus diesem Schlamassel herauszukommen.«

29

Die Frau am Telefon hat gefragt, ob wir wüßten, wo Boca del Río ist. Dann hat sich herausgestellt, daß Aivly uns in einer Kneipe erwartet, die Centro Boqueño heißt und sich am dortigen Marktplatz befindet. Schiassi wohnt ganz in der Nähe, ich hoffe, ihm nicht zu begegnen, bis die ganze Sache vorbei ist. Wir gehen in das Lokal: schummrig, die Wände in einem satten Blau gestrichen. Hinter der Theke stehen drei Frauen um die Sechzig; zwei Gäste an einem Tisch und ein Junge mit Gitarre, der herzzerreißende Balladen singt. Wir setzen uns hin. Eine Weile verfolge ich den Text des Lieds über die Winchester 30-30 und ihre Verdienste um die Revolution, bis eine der drei Frauen kommt und die verschiedenen Sorten frischen Torito anpreist. Sie lächelt, und hin und wieder blitzt ihr Blick neugierig auf. Wir bestellen Torito mit Erdnuß, und als sie zur Theke zurückgeht, weiß ich plötzlich, daß sie die Stimme vom Telefon ist. Ich sage es Elio. Er nickt und bemerkt: »Stückchen für Stückchen verdienen wir uns das Paradies.«

Ich glaube, er meint das Vertrauen Aivlys und ihrer Leute. Die Frau, die jetzt den Torito aus einer großen Flasche eingießt, hat wohl die Aufgabe, Besucher eine Zeitlang aufzuhalten und Aivly vor Überraschungen zu schützen. Vermutlich ist das Haus in Mandinga erst kürzlich gemietet worden, und sie haben hier in Boca del Río noch ein anderes.

Aivly taucht plötzlich auf, doch sie kommt nicht durch die Eingangstür, sondern von hinten, setzt sich lässig zu uns, begrüßt Elio mit einem Lächeln und mich mit einem Nasenstüber.

»Wie läuft das Auto?« fragt sie gut gelaunt.

»Keine Klagen«, antwortet Elio.

Auch sie bekommt einen Torito gebracht, mit Kokos. Das vertrauliche Verhältnis zwischen Aivly und den drei Frauen ist offensichtlich: Sie werfen ihr liebevolle Blicke zu, reden über Ereignisse des vergangenen Abends, lachen und machen irgendwelche Anspielungen. Dann erzählt uns Aivly, daß sie in Boca del Río seit vielen Jahren ein Haus hat, daß die drei Schwestern sie niemals weggehen lassen würden, daß seit einiger Zeit auch hier neue Gesichter auftauchen, weil es schwierig ist, in Veracruz eine Wohnung zu finden, daß Boca del Río aber trotzdem noch immer ein ruhiger Ort ist. Wir trinken, unterhalten uns weiter über die Orte in der Umgebung und die Leute, die hier anders sind als im übrigen Mexiko. Elios Interesse für Aivly scheint zuzunehmen, so, als würde er entdecken, daß sie nicht so ist, wie er immer gedacht hat. Eine Entdeckung, die er Schritt für Schritt macht und die ihn offenbar nicht kalt läßt; ich habe ein komisches Gefühl: Ich glaube, daß es nicht um Attraktivität geht, sondern daß Elio sie mit dem Respekt für eine Frau anschaut, die sich in jeder Situation mit ihm messen könnte. Es überrascht ihn wohl, wie Aivly reagiert, wenn er versucht, sie mit ironischen Bemerkungen oder Sprüchen zu reizen. Sie schafft es immer, noch eins draufzusetzen, sogar bei Anspielungen, die typisch für Kneipengerede sind. Egal, mich nervt es jedenfalls. Und ich versuche ihnen, so gut es geht, in die Quere zu kommen, und sei es, daß ich gähne, wenn sie lachen. Schließlich schlägt Aivly vor, »nach Hause« zu gehen, um das Geschäftliche zu regeln. Ich atme auf und verdränge die Lust auf eine Auseinandersetzung mit Elio. Er hat einen guten Riecher, und ich bin sicher, daß er schon weiß, was los ist. Er findet es nun einmal spaßig, so zu tun, als ob nichts wäre, und seine Witzchen zu machen, um zu sehen, wie ich reagiere.

Draußen merke ich, daß man literweise Torito trinken kann, solange man sitzt; wenn man wieder auf den Beinen ist und in diesen lauwarmen Wind hinausgeht, hat man das Gefühl, in einer Zentrifuge zu sein. Ich bin nicht richtig betrunken, nur ein bißchen durcheinander. Aivly hat ihren Tsuru da, sagt, wir sollen mit dem Caribe hinterherfahren. Den Bruchteil einer Sekunde lang sehe ich genau das vor mir, was dann passiert: Elio steigt bei Aivly ein, wirft mir den Schlüssel zu und zwinkert, wie um mir zu versichern, daß er nur einem bestimmten Plan folgt. Klar, er will mehr erfahren und ist vielleicht davon überzeugt, den richtigen Zugang gefunden zu haben, nämlich diese Vertraulichkeit, die auf einem gemeinsamen, alkoholisierten *Mexikanertum* beruht. Aber ich denke trotzdem, daß mir das scheißegal ist und daß ich Lust habe, es ihn büßen zu lassen. Eigentlich bin ich auf beide sauer, auf sie sogar noch mehr.

Ich fahre ein paar Minuten lang hinter den Rücklichtern des Tsuru her, sehe den letzten, orangeroten Schimmer hinter den niedrigen Hügeln, das dunkle Meer, die Bucht, wo sich die Boote drängen, ihre Lichter sich auf dem Wasser spiegeln, und mir kommt der Gedanke, daß die einzige Lösung ist, Aivly eine Zeitlang nicht zu sehen, wenn wir den Job erledigt haben.

Ein Aufleuchten von Scheinwerfern hinter mir lenkt mich ab. Ich verkrampfe mich, hoffe, daß dieses Auto, dessen Umrisse ich im Rückspiegel sehe, doch ein anderes ist, als ich vermute. Aber als die Straße breiter wird, schiebt sich tatsächlich der Chevrolet neben mich. Everardos Gesicht ist vor Aufregung gerötet, er ruft und winkt freudig überrascht. Die Mädchen hat er auch dabei, sie sitzen hinten im Wagen.

Ich kurble das Fenster runter, schreie nach draußen: »Wir sehen uns später.«

Er antwortet nichts, versteht nicht, wieso ich nicht auf die Seite fahre. Als er die linke Spur freigeben muß, weil ein Auto entgegenkommt, sehe ich die Verwunderung, die Besorgnis über mein unverständliches Verhalten auf seinem Gesicht. Ich fahre schneller, um Aivly nicht zu verlieren, der Chevrolet aber wird durch einen Lieferwagen aus einer Seitenstraße aufgehalten.

Der Verkehr ist dichter geworden, und nach ein paar Kilometern kann ich Everardo nicht mehr sehen. Vielleicht hat er aufgegeben; morgen werde ich ihm irgendwas erzählen. Wir halten im Hof eines zweistöckigen Hauses, ein wenig außerhalb des Dorfs gelegen. In der Umgebung stehen noch andere Wohnhäuser, in einiger Entfernung und durch dichte Bepflanzung voneinander getrennt. Aivly und Elio steigen aus, unterhalten sich weiter, lachen wie alte Freunde, die sich wiedergetroffen haben. Während sie die Tür aufschließt, schaut Elio mich fragend an, will wohl wissen, ob irgend etwas nicht in Ordnung ist. Ich zwinge mich zu einem gleichgültigen Lächeln, sage: »Alles okay, oder?«

Wir betreten einen Raum, der mit nur wenigen Möbeln, aber alles andere als beliebig eingerichtet ist: großzügig und elegant dank einer Handvoll Einzelstücke. An der Wand hängt ein rustikaler Teppich aus Wolle und Hanf, grob gewebt, in unendlich vielen Abtönungen von Braun, Ocker und Gelbweiß. Aus der Mitte des Raums führt eine massive Holztreppe in den ersten Stock. Elio läßt sich in einen Ledersessel fallen, schaut zur Decke und gähnt. Hinter einem Mäuerchen, das die Eckbar umgibt, gießt Aivly drei Tequila ein. Sie stellt Gläser und Flasche auf ein Tablett, geht um das Mäuerchen herum und kommt auf uns zu. Hinter ihrem Rükken die Öffnung einer Tür, die in ein dunkles Zimmer führt. Ich sehe eine Gestalt lautlos über die Schwelle huschen. Bevor ich mich auch nur bewegen und schreien kann, fängt Aivly meinen entsetzten Blick auf und dreht sich blitzartig um. Nicht früh genug, um sich mit dem Tablett zu verteidigen: Der Mann versetzt ihr einen Faustschlag in den Magen. Elio springt auf, packt einen Hocker und stürzt nach vorn. Ein plötzlicher Schrei von oben: Die Szene erstarrt. Ich sehe zuerst die Pistole, dann den Typ, der die Treppe herunterkommt, uns ein Zeichen gibt, zur Couch zu gehen. Er ist untersetzt, hat krauses, dunkles Haar. Aivly kauert auf den Knien. Der Mann, der sie niedergeschlagen hat, zieht jetzt einen Revolver mit kurzem Lauf. Er lacht und sagt höhnisch: »Hola, lleguita . . . pue', te veo bien.«

Er ist größer als der andere, nicht so dunkel wie er, hat aber ebenso wie sein Gefährte karibische Züge. Aivly schleppt sich zur Couch. Sie atmet flach, vermeidet es, die beiden anzusehen. Sie hält den Blick gesenkt, ihre Verlierermiene läßt mir das Blut in den Adern stocken.

»Wo hast du denn die beiden Bastarde gelassen, die sonst immer mit dir rumziehen?« fragt der mit dem Kraushaar.

Sie reagiert überhaupt nicht, hält eine Hand auf den Magen und unterdrückt einen Hustenanfall. Elio ist wie versteinert, gefühllos, er fixiert die beiden kalt, läßt die Arme mit geballten Fäusten herunterhängen.

»Schön ruhig, Freund«, sagt der Große, »denn *dich* brauche ich nicht lebend.«

Er durchsucht uns mit raschen Handgriffen, gibt dann mit der Pistole ein Zeichen, daß wir zu Aivly hinübergehen sollen. Elio gehorcht, ohne den Blick von ihm zu wenden, setzt sich langsam hin. Ich folge ebenfalls, bleibe aber stehen.

»Mal ehrlich, darauf warst du nicht gefaßt«, sagt der Große und grinst.

Der andere stützt sich auf die Sessellehne, sieht uns der Reihe nach amüsiert an.

»Na, ich sehe, du hast dir zwei neue Arschlöcher angelacht«, zischt er Aivly zu.

Mich erschreckt ihre Haltung: als sehe sie resigniert ihrem Ende entgegen. Der Krauskopf baut sich vor mir auf, fragt sachlich: »Wer seid ihr beiden?«

Mit einer vagen Handbewegung sage ich: »Wir haben uns eben erst kennengelernt, in einer Kneipe. Wir wollten hier was zusammen trinken. Ich weiß nicht, was...«

Er hebt den Arm und drückt mir den Lauf seiner Pistole gegen die Stirn.

»Könntest du das bitte wiederholen? Ich glaube, ich habe nicht richtig gehört.«

Ich versuche, mir etwas auszudenken, doch mir fällt nichts ein.

»Laß ihn in Ruhe, er hat nichts damit zu tun«, murmelt Aivly, ohne den Blick zu heben. »Sie haben keine Ahnung von diesen Geschichten... haben nur das Pech gehabt, mir zwischen die Beine zu geraten.«

Der Große lacht auf, wirft den Kopf zurück und meint: »Wenn es nur wegen einer Bumserei ist, können wir das gleich regeln.«

Dann wird er langsam wieder ernst, geht auf die Couch zu, packt Aivly bei den Haaren und zieht ihren Kopf hoch. Er zeichnet mit dem Lauf der Pistole ihre Lippen nach, zwingt sie auseinander, fährt ihr über die Wange, macht an der Nase halt und preßt ihr das Korn in ein Nasenloch.

Aivly fixiert ihn, ihre zu Schlitzen verengten Augen funkeln vor Haß. Der Typ geht um sie herum, beugt sich von hinten über sie. Er flüstert ihr etwas ins Ohr, hält ihr dabei die Pistole an den Hals. Dann lacht er, zwängt die Waffe zwischen ihre Brüste und sagt: »Es wäre doch schade, wenn *die* auch was abbekämen.«

Der andere geht zur Wand, wo die Stereoanlage steht, stellt sie an und dreht laut auf. Dann wendet er sich zu mir um, nickt mit einem schiefen Grinsen. Ich ahne es einen Augenblick vorher, schaffe es aber nicht, der Ohrfeige auszuweichen, die mich voll ins Gesicht trifft. Ich werde gegen die Wand geschleudert, und der Aufprall schmerzt mehr als der Schlag ins Gesicht. Gerade noch rechtzeitig habe ich den Kopf gesenkt, damit die Zähne heil bleiben, doch meine Beine zittern, und ich habe Mühe, wieder hochzukommen, bleibe zusammengekauert hocken, die Schulter gegen den Fensterrahmen gelehnt. Das Interesse der beiden gilt Aivly, die aufgesprungen ist. Der Krauskopf nähert sich ihr mit wiegendem Gang.

»Hast du etwas einzuwenden?« fragt er sie und spielt mit seiner Pistole.

Elios Gesicht, in dem alle Nerven angespannt sind, gleicht

einer Maske. Er beobachtet jede ihrer Bewegungen und bebt vor ohnmächtiger Wut.

Der Große sagt: »Wo wir dich hinbringen, wirst du noch auf deine eigene Mutter spucken. Je früher du aufgibst, desto weniger *Spaß* haben wir.«

Ein schräger Lichtstrahl auf dem Hof. Die anderen können ihn nicht gesehen haben. Und bei der Lautstärke der Stereoanlage hören sie den Motor des Chevrolet nicht, den ich hinter den anderen Autos parken sehe. Ich presse mir die Hand vors Gesicht, tue so, als wäre ich von dem Schlag noch ganz benommen, damit ich den Kopf gesenkt halten und weiter nach draußen spähen kann. Der Krauskopf macht eine schnelle Bewegung nach vorn, stößt Aivly den Lauf der Pistole zwischen die Rippen. Ihr entfährt ein gepreßter Klagelaut, doch sie kann sich auf den Beinen halten, biegt sich zur Seite und kommt wieder hoch, atmet mühsam. Der Typ redet mit einer Singsangstimme weiter auf Aivly ein: »Wie man hört, hast du eine kleine Kreuzfahrt im Mittelmeer gemacht...«

Aivly murmelt zwischen den Zähnen: »Wenn ihr hier seid, wißt ihr ja schon alles. Führt eure Befehle aus und laßt es gut sein.«

Die beiden schütteln den Kopf, der Untersetzte sagt: »Schön, daß du eine so hohe Meinung von uns hast, aber so tüchtig sind wir nun auch wieder nicht. Deshalb wollen wir von dir wissen, was du im Mittelmeer gesucht hast, und vor allem, was du gefunden und wem du es gegeben hast.«

Ich sehe Everardo Schiassis Gesicht sich dem Fenster nähern.

»Denn irgendwas mußt du gefunden haben«, fährt der Krauskopf fort, »schließlich bist du lange genug herumgesegelt...«

Aivly sagt keinen Ton. Everardo ist draußen vor dem Fenster. Unsicher lächelnd schaut er mich an, beugt sich vor, um erkennen zu können, was drinnen geschieht... Ich hebe ruckartig den Arm, stoße mit dem Ellbogen durch die Fensterscheibe, rolle mich auf den Fußboden, krümme mich zusammen, halte meine Hände über den Kopf und wimmere: »Ich habe es nicht absichtlich getan ... ich weiß nicht, wie es passiert ist ...«

Die beiden schauen mich unschlüssig an. Sie schießen nicht, weil sie nicht wissen, was sie davon halten sollen. Dann bewegt sich der Große, kommt näher und versetzt mir einen Tritt in den Hintern. Es tut weh, doch ich schaffe es hochzukommen, bevor er mich ein zweites Mal erwischt.

»Das mußt du mir erklären«, sagt er ruhig.

»Ich wollte mich nur ... anlehnen und habe die Glasscheibe nicht gesehen.«

Er verpaßt mir, wie vorherzusehen war, einen Schlag mit der flachen Hand. In meinem Ohr fängt es an zu summen, ich habe das Gefühl, mein Gesicht ist schief. Der Typ geht zum Fenster, schaut nach draußen, dreht sich zu seinem Kumpan um und zuckt die Schultern. Sie scheinen beruhigt zu sein. Jedenfalls versetzt der Krauskopf jetzt Elio ein paar Ohrfeigen, fragt: »Wie lange arbeitest du schon für dieses Flittchen?«

Elio leckt sich das Blut von den Lippen und sagt keinen Ton. Der andere wirft drei Paar Handschellen auf das Tischchen, zischt: »Wir nehmen sie alle drei mit. Zeit haben wir genug.«

Ein hartnäckiges Klopfen an der Glastür auf der anderen Seite des Zimmers. Die beiden fahren zusammen, dann lassen sie ihre Waffen in den Taschen verschwinden und verständigen sich mit einem Zeichen. Der Große öffnet, während der Krauskopf so in Deckung geht, daß er jederzeit eingreifen kann.

»Kommissar Everardo Schiassi, italienische Staatspolizei!« Ein entschlossenes, dienstliches Auftreten. Er hält die offene Brieftasche mit der Kennmarke hoch, schaut sich um und fügt hinzu: »Spezialeinheit des Innenministeriums.«

Die beiden starren ihn entgeistert an. Er ist so grotesk, daß sie noch nicht geschossen haben. Everardo geht auf den Krauskopf zu, sagt knapp: »Weisen Sie sich bitte aus.«

Der Große zielt mit der Pistole auf sein Gesicht. Schiassi verzieht keine Miene, fährt fort: »Wenn Sie zu einer mexikanischen Dienststelle gehören, rate ich Ihnen, sich zu legitimieren, bevor ein Unglück geschieht.«

Jetzt scheinen sie wie vom Donner gerührt, werfen sich fragende Blicke zu. Dann nimmt der Große Schiassis Dienstausweis. Schiassi rührt sich nicht, der andere reißt den Ausweis an sich, betrachtet ihn aufmerksam, wirft ihn wieder seinem Kumpan zu und durchsucht Everardo. Er ist nicht bewaffnet. Die beiden schauen sich an, der Krauskopf knurrt: »Scheiße, jetzt müssen wir vier mitnehmen.«

Schiassi stößt ein »Ah!« aus, schüttelt den Kopf und fügt hinzu: »Sie wollen doch hoffentlich nicht sagen, daß man Sie ohne Instruktionen hergeschickt hat.«

»Wir verlieren nur Zeit«, meint der Typ und wird sichtlich nervös.

Er zielt mit der Pistole auf Schiassis Nacken. Der setzt wieder an: »Sie wissen sehr gut, daß diese Operation in Händen der italienischen Regierung liegt...«

Die beiden scheinen perplex, können sich nicht entschließen, das Ganze irgendwie zu beenden. Auch Elio macht ein sonderbares Gesicht, als begänne er, Schiassi zu glauben. Er wirft mir einen beunruhigten Blick zu.

»Das ist doch nicht möglich«, ruft Everardo aus. »Seit einem vollen Jahr arbeite ich an der Sache! Rufen Sie augenblicklich die Dienststelle siebzehn im Innenministerium an und fragen Sie nach Hauptmann Armendariz.«

Jetzt habe ich auch ein komisches Gefühl. Eines erreicht er jedenfalls: daß niemand hier mehr irgend etwas versteht. Sogar Aivly macht ein verblüfftes Gesicht.

»Ich habe ein Team von sechs Leuten in Mexiko«, tönt Schiassi und gestikuliert aufgeregt. »Glauben Sie, Italien ist bereit, Zeit und Geld aufzuwenden, um sich dann den Erfolg von anderen wegschnappen zu lassen?«

Er hat mit dem Daumen nach draußen gezeigt. Der Krauskopf tritt ans Fenster, drückt sich flach an die Wand und schaut vorsichtig hinaus.

»Kann ich Ihre Dienstausweise sehen?« fragt Schiassi und geht einen Schritt auf den Krauskopf zu.

Der andere kommt von der Seite gesprungen, preßt ihm seine Waffe in den Rücken. Seine überhebliche Art ist ihm vergangen, er zeigt plötzlich Nervosität. Schiassi betrachtet ihn mit einem erstaunten Lächeln. Dann wendet er sich an den Krauskopf: »Wenn ich nicht innerhalb von fünf Minuten wieder draußen bin, kommen sie herein. Und dann bleibt leider keine Zeit mehr für Erklärungen.«

»Es reicht jetzt mit dem Geschwätz«, zischt der Krauskopf und gibt dem anderen ein Zeichen. »Wir müssen ihn auch mitnehmen. Ich will klarsehen.«

Der Große nimmt die Handschellen vom Tisch. Schiassi geht zum Fenster und sagt: »Na gut, dann mal aufgepaßt!«

Niemand reagiert. Ich versuche, einen Blick von ihm aufzufangen, mich mit ihm zu verständigen, was wir tun sollen. Everardo ist so in seine Rolle versunken, daß mit allem zu rechnen ist. Elio steht auf, starrt den Kommissar an, der näher an das Loch in der Fensterscheibe herantritt und auf italienisch ruft: »Hupe!«

Ich habe das Gefühl, in mich zusammenzusacken, spüre, wie mein Kopf schwerer und schwerer wird, vermag ihn kaum noch hochzuhalten. Er kann doch nicht *so* bescheuert sein. Die beiden Typen sind wie versteinert. Everardo mustert sie, nickt, als wollte er sagen: Ihr habt es nicht anders gewollt. Dann streift er mich mit einem ängstlichen Blick. Ich schließe die Augen. Endlos lange Sekunden vergehen. Eine elektrische Spannung. Der Große hat endgültig genug.

»Schluß damit«, sagt er und hält Everardo die Handschellen hin.

Lautes Hupen, mehrfach. Alle sind wie vom Blitz getroffen. Nur Schiassi lacht und meint: »Na?«

Der Bruchteil einer Sekunde: Die beiden schauen sich an, jeder wartet auf die Reaktion des anderen. Und sie bemerken zu spät, daß Elio nach vorn schnellt.

Elio versetzt dem Großen einen Tritt in den Rücken, bringt ihn zu Fall. Aivly rennt auf das dunkle Zimmer zu, der Krauskopf feuert, doch Everardo hat ihn am Arm gepackt. Der Schuß fetzt einen halben Meter über Aivlys Kopf in die Wand, ich packe eine Lautsprecherbox und werfe sie dem Typ ins Gesicht. Elio hat sich den anderen geschnappt, schlägt seinen Kopf gegen die Kacheln. Aivly taucht wieder auf: mit einer Doppelflinte. Everardo schleudert den Krauskopf in die Mitte des Zimmers, der Typ richtet die Pistole auf ihn, doch ein Hagel von Schüssen wirft ihn auf den Tisch: er rollt auf der anderen Seite wieder hinunter, zieht den Sessel über sich. Elio springt hoch, greift sich die Pistole des Toten, schießt auf den halb bewußtlosen Typ, der sich dreht und windet, plötzlich Elio gegenübersteht, es aber nicht schafft abzudrücken, weil Aivlys zweite Ladung seine Waffe wegschleudert, seine Hand zerfetzt. Mit einem gepreßten Schrei schleppt er sich Richtung Tür, kommt noch einmal auf die Beine. Elio zielt, gibt zwei Schüsse ab, trifft ihn in Kopf und Hals. Reglos lehnt er noch ein paar Sekunden an der Wand, sein Gesicht verzerrt. Dann kippt er langsam vornüber, knallt mit dem Gesicht auf den Boden.

Absolute Stille. Aivly läßt sich gegen die Rückenlehne der Couch fallen, fährt sich mit der Hand übers Gesicht und durch die Haare. Elio schaut Schiassi an, der zu mir sieht und seufzt. Leise sagt er: »Du schaffst es wirklich nicht, dich von Katastrophen fernzuhalten, mein Junge . . .«

Dann öffnet er das Fenster, ruft nach draußen: »Seid brav, ich komme gleich.«

Elio wirkt immer noch angespannt; ich glaube, er ist sich über

Schiassis Absichten auch jetzt nicht im klaren. Also frage ich Everardo: »Wer ist Armendariz?«

Everardo zuckt mit den Schultern, sagt dann: »Ach, ein mexikanischer Schauspieler, soviel ich weiß.«

Entschlossen geht er zu den Leichen, dreht sie um, durchsucht sie, findet ihre Brieftaschen. Während er sie schnell inspiziert, grummelt er: »Ich hatte mir geschworen, diesen Scheißjob nicht mehr zu machen; nur euch zuliebe.«

Aivly geht zu ihm, nimmt ihm die Papiere aus der Hand.

»Die sind falsch. Sie kommen von *außerhalb*, und sie hatten es nur auf mich abgesehen.«

Everardo steht wieder auf, schaut sie an, nickt und sagt: »Das geht mich nichts an. Ich hoffe nur, Sie haben einen sicheren Ort, wo Sie sofort verschwinden können... und der sehr weit von Boca del Río entfernt ist.«

Aivly nickt, steckt die Papiere der beiden in die Tasche, holt sich die Pistole des Krauskopfs, lädt die Doppelflinte wieder, gibt sie mir und sagt: »Warte bei den Autos auf mich. Ich packe ein paar Sachen zusammen und komme dann.«

Wir gehen nach draußen. Elio scheint sich zu entspannen, als er den schrottigen Chevrolet mit den beiden zappeligen Mädchen darin sieht. Everardo geht zu ihnen, um sie zu beruhigen, spricht mit leiser Stimme sanft auf sie ein. Ich halte die Doppelflinte mit dem Lauf nach unten, schaue mich um und denke, daß Aivly verdammt lange braucht. Elio tut keinen Mucks, er sieht fertig aus, als zeigte sich die Müdigkeit der letzten dreißig Jahre mit einem Mal auf seinem Gesicht.

Aivly kommt mit ruhigen Schritten aus dem Haus, eine Tasche umgehängt und die Pistole in der Hand. Sie schaut sich kurz um: Die beiden müssen ihr Auto in einiger Entfernung geparkt haben, denn auf der Straße ist es nicht zu sehen.

»Ich muß Rubén benachrichtigen, daß er sich morgen hier nicht blicken läßt.«

Ich nicke nur, doch sie schaut uns weiter erwartungsvoll an, sagt: »Wenn ihr mir helft, können wir sie unter den Büschen begraben.«

Everardo stößt laut den Atem aus, murmelt: »Na gut, machen wir das auch noch, aber schnell.«

Aivly hält ihn auf, legt ihm die Hand auf die Brust.

»Dir verdanke ich schon viel«, sie wirft einen Blick auf die Mädchen im Auto, »bring sie nach Hause, das hier machen wir.«

Everardo dreht sich um, öffnet den Mund, denkt einen Augenblick nach. Dann seufzt er, sagt: »Ja, wahrscheinlich fahre ich besser nach Hause.«

Aivly nimmt seine Hand, drückt sie fest.

»Vielleicht begegnen wir uns eines Tages unter anderen Umständen . . . dann kann ich dir erklären . . .«

»Nimm es nicht krumm«, unterbricht er sie, »aber ich möchte dich lieber nicht wiedersehen, weder hier noch woanders.«

Aivly preßt die Lippen aufeinander, nickt. Dann wendet Everardo sich mir zu, umarmt mich fest und murmelt: »Von dir . . . würde ich allerdings gern ein paar Erklärungen hören.«

Er läßt mich los, klopft mir noch ein paarmal auf die Wange.

»Besuch mich mal wieder, wenn du etwas mehr Ruhe hast. Du bist uns immer willkommen.«

Er geht schnell zum Auto, startet und wendet, ohne uns noch einmal anzusehen. Ruhig fährt der Wagen davon, verschwindet am Ende der Straße.

Wir gehen zurück ins Haus, um Aivly mit den Leichen zu helfen.

30

Wir sind bei der Kneipe der drei Schwestern vorbeigefahren, und Aivly ist kurz hineingegangen. Elio hat den Mund nicht aufgemacht, bis sie wieder in der Tür stand; dann hat er gesagt: »Steig bei ihr mit ein und frag sie, wie es weitergeht.« Ich habe getan, was er wollte, ohne etwas zu entgegnen; Elio klang erschöpft und hatte wohl Lust, allein zu sein. Aivly hat mich beim Einsteigen angeschaut, als hätte sie darauf gewartet, daß ich mich endlich entschließen würde. Wir sind unterwegs in den D. F.; das ist das einzige, über das wir gesprochen haben, nachdem die Typen beerdigt waren. Seit einer halben Stunde fährt sie ins Dunkel hinein, ohne einen Ton zu sagen. Ein paarmal habe ich gespürt, daß sie kurz davor war, mir etwas zu erklären, doch dann wurde sie wieder durch den Verkehr abgelenkt, hat überholt oder aufgeblendet, weil irgendwelche Scheinwerfer zu hoch eingestellt waren. Jetzt liegt eine lange gerade Strecke vor uns. An deren Ende ringt sie sich zu einer Bemerkung durch: »Diese beiden wußten, daß ich in Italien gewesen war. Deshalb hat es funktioniert.«

Ich warte, bis sie herunterschaltet, langsamer fährt, um in die Kurve zu gehen. Dann schaue ich mich um, versichere mich, daß Elio uns mit dem Caribe folgt.

»Was hat funktioniert?«

Aivly preßt die Lippen zusammen, sagt dann: »Die Geschichte mit der italienischen Regierung . . . das war gut ausgedacht.«

»Ja, er hat viel Phantasie.«

»Und wie ist er in Boca del Río gelandet?«

Ich wechsle die Sitzposition, um ihr zu verstehen zu geben, daß ich langsam genug davon habe und daß *sie* es ist, die mir etwas erklären sollte, sage dann mit einem Seufzen: »Er wollte sich auf einem griechischen Kahn einschiffen. Dann hat er Frau, Haus und eine andere Arbeit gefunden.«

Aivly sagt »Ah« und tut so, als würde sie sich aufs Fahren konzentrieren. Nach einer Viertelstunde frage ich: »Und die Typen? *Wessen* Freunde waren das?«

Sie lächelt nervös.

»*Gusanos*. Kubaner aus Miami«, sagt sie und starrt auf die Straße. »Die nehmen sie für die Dreckarbeit.«

»Und du warst die Dreckarbeit?«

Sie zuckt mit der Schulter, flüstert schnell: »Alle, die im Haus sind, umbringen; das war die Dreckarbeit.«

Wir überholen einen Lastwagen, Elio ebenfalls. Ich frage: »Weißt du, wo sie uns hingebracht hätten?«

Sie schüttelt den Kopf, streicht die Haare zurück.

»An einen anderen Ort, und dort hätten uns weniger präsentable Leute *verhört*.«

Das letzte Wort hat sie mit einem bösen Unterton gesagt. Ich stecke zwei Zigaretten an, gebe ihr eine und frage: »Was meinst du mit präsentabel?«

Sie nimmt einen langen Zug, bevor sie antwortet und dabei den Rauch ausbläst: »Die sahen aus wie Latinos. Wenn sie am Einsatzort *bleiben* . . . gibt es für ihre Auftraggeber keine Probleme wegen ihrer äußeren Erscheinung.«

Ich warte ein paar Minuten, hoffe, daß sie sich entschließt, mehr zu erklären. Doch sie fügt nur hinzu: »Sie können es sich nicht leisten, daß irgendwo in Zentralamerika ein *güero* draufgeht.«

»Wir sind doch in Mexiko . . .«

»Ja, aber wir arbeiten nicht in Mexiko.«

»Und was hat Elba damit zu tun?« frage ich schnell.

Sie schaut mich mit einem sonderbaren Gesichtsausdruck an, starrt dann wieder auf die Rücklichter der Autos, die vor uns fahren, und sagt: »Nichts. Die haben mich wegen alter Geschichten gesucht.«

Ich drücke die Zigarette im Aschenbecher aus und schaue mich nach Elio um. Er ist zwanzig Meter hinter uns, im Scheinwerferlicht eines vorbeifahrenden Autos sehe ich, wie er in sich zusammengesunken dasitzt.

»Jetzt wissen sie, daß du in Mexiko bist.«

»Ich kehre nicht nach Puerto zurück«, murmelt sie. »Wir nehmen ein Flugzeug in den Süden, dann sehen wir weiter.«

Ich berühre sanft ihren Arm, drücke ihn, und sie sagt: »Ich gebe dir eine Nummer. Für den Fall, daß du nach Quito kommst.«

Ich ziehe meine Hand zurück, zünde mir noch eine Zigarette an.

»Für wie lange?« frage ich.

»So lange, bis sie es satt haben, nach uns zu suchen. Mindestens ein Jahr, vielleicht zwei.«

Ich kurble das Fenster herunter, blase den Rauch nach draußen.

»Wir bleiben bestimmt nicht für immer dort. Aber in Ecuador haben wir Freunde, auf die wir uns verlassen können.«

Ich nicke, frage nach einiger Zeit: »Also nichts mit Guatemala?«

Sie schüttelt den Kopf.

»Ich glaube, wir werden uns eine ganze Weile zurückziehen.«

Ich schaue sie immer noch an. Sie wirft mir ein paar schnelle Blicke zu, beißt sich auf die Lippen, sagt: »Wenn du Geld brauchst, komm in sechs oder sieben Monaten nach Quito. Vielleicht gibt es dann was, für dich und Elio.«

»Etwas zu tun für einen, der zahlt…«, murmle ich und lasse mich gegen die Rückenlehne fallen.

Aivly schaut mich fragend an, ich füge hinzu: »Egal, wer zahlt?«

Sie lächelt traurig.

»*Absolut* nicht egal, wer zahlt.«

Auf dem Viadukt sehe ich Elio, der Mühe hat, uns im hektisch flie-ßenden Verkehr zu folgen. Doch dann fährt Aivly langsamer, sieht zu, daß er uns einholt, biegt auf die Calzada von Tlalpan ein und hält unter der Brücke der Metro Chabacano an. Elio bleibt hinter uns stehen.

»Ins Zentrum«, sagt Aivly und zeigt nach vorn, »geht es immer geradeaus. Ich . . . fahre in ein Viertel hier in der Nähe.«

Wir steigen aus. Elio kommt näher, hält die Autoschlüssel hoch. Aivly schüttelt den Kopf: »Wir brauchen ihn nicht, behaltet ihn einfach.«

Elio sieht einen Augenblick lang unentschlossen aus, dann bedankt er sich mit einem festen Händedruck.

Aivly sagt: »Wir treffen uns sicher wieder.«

»Ja«, antwortet Elio mit etwas heiserer Stimme. »Wäre nicht schlecht, sich irgendwo wiederzusehen.«

Sie nicken beide, schauen zu Boden, und ihre Hände schweben immer noch in der Luft, bis Elio sich unvermittelt umdreht, zum Auto geht, mit einem Abschiedsgruß einsteigt und die Wagentür schließt.

Ich schaue Aivly an, die schnell wegsieht und irgend etwas in den Taschen ihrer Jeans sucht. Schließlich zieht sie ein Plastikfeuerzeug heraus, dann ein Taschenmesser, das sie nicht gleich aufbekommt, weil ihre Finger zittern. Am Ende ritzt sie eine Nummer in das Feuerzeug ein, gibt es mir und sagt: »Das ist die Nummer einer Freundin. Du mußt nach Malva fragen.«

Sie lächelt matt, fügt hinzu: »Wenn du mich anders nennst, wird sie behaupten, du hast dich verwählt.«

Ich nicke, wiederhole leise: »Malva, ja sicher.«

Sie schaut mich an, ihr Mund ist nicht ganz geschlossen, dann bewegen sich die Lippen, sie räuspert sich, murmelt: »Du kommst doch, oder?«

»Früher oder später«, sage ich und zucke die Schultern.

Sie ist plötzlich bei mir, lehnt ihren Kopf an meine Brust, bleibt eine Weile so, ohne sich zu rühren; ich spüre ihre Finger auf meinem Rücken, fahre mit der Hand durch ihr Haar, sauge ihren Duft ein, um ihn nicht zu vergessen. Sie löst sich von mir, entzieht sich mir, streichelt meine Hand, in der ich das Feuerzeug halte, und sagt leise: »Verlier es nicht.«

Sie öffnet die Wagentür, setzt sich ins Auto, schaut in den fließenden Verkehr, der einen Meter vor meinen Füßen vorbeirast, schließt die Tür, startet, beschleunigt und schaltet hoch. Bis zum dritten Gang bleibe ich dran, dann wird sie vom Verkehr verschluckt, verschwindet zwischen den Blechdächern im Nebel aus grauem Rauch.

Der Caribe fährt neben mich. Elio hat einen Arm aus dem Fenster gelehnt, sein Kinn darauf gestützt. Ich gehe ums Auto herum, steige schnell ein.

31

Puerto verändert sich. In dem Sand und Schlamm der Perez Gasga haben sie ein Pflaster aus rötlichen Steinen verlegt. Neue Hotels werden gebaut, und die Jagd auf Grund und Boden hat sich bis ins Hinterland ausgedehnt. Ganz Bacocho ist eine Baustelle, auf der auch bei größter Hitze keine Ruhe einkehrt: Scharen von sonnengegerbten Maurern arbeiten gemächlich, doch unermüdlich; innerhalb von drei Monaten steht das Haus samt Dach, vierzehn Tage später ist es verputzt und hat einen Garten. Eine neue Diskothek gibt es auch, in einem plumpen Flachbau; ich glaube, es ist die größte im Staat Oaxaca. Das Punta hat nicht mehr jeden Abend geöffnet, und die abgewrackten Typen, die sonst dort bis zum Morgen herumhingen, haben sich nach und nach verzogen. Es sind welche umgebracht worden, und andere haben rechtzeitig gemerkt, daß die radikale Befriedung sie bald fertigmachen würde. Es hat also eine erzwungene Abwanderung gegeben, zugunsten eines Tourismus, der immer noch weit entfernt von den Scheußlichkeiten in Huatulco ist. Ivo ist der Veteran von Puerto Escondido, der erste Ausländer, der hier ein Lokal eröffnet hat. Und er sagt, er ist optimistisch, daß sie es im Grunde niemals schaffen werden, diesen Ort in ein Rentnerparadies zu verwandeln. Sie versuchen es, aber es gibt immer etwas, das sie wieder weit zurückwirft. Der Anbau von Marihuana und Opium nimmt zu, und Elio meint, der Handel damit ist schon eine Garantie, daß der richtige »Schlag« von Leuten hierbleibt. Aber es gibt Anpassungen, ein Abschleifen von Ecken und Kanten. Und Gatillo hat nicht gemerkt, daß es in der Hauptstadt rumorte und man ihm langsam den Boden unter den Füßen weggezogen hat, während er uns alle so aufmerksam beobachtete. Er hat sich weiterhin mit irgendwelchen abwegigen Aktionen prahlerisch in Szene gesetzt und großtuerische Interviews gegeben, bis es um ihn herum immer leerer wurde. Jetzt heißt es, er hat einfach Glück gehabt. Elio hat einmal gesagt, daß eine Bestie wie Gatillo davonkommt, weil er sich nicht auf seinen Kopf, sondern auf seine Nase verläßt. Ob er es nun gewittert hat oder nicht, jedenfalls sieht das Ergebnis so aus: Vor einer Woche saßen wir auf Bolos Terrasse, als ein dunkelgrüner Hubschrauber so tief über unseren Köpfen geflogen ist, daß es die Palmwedel auf die Tische geschlagen hat; durch die offene Einstiegluke konnte man deutlich die Maschinenkanone und den angegurteten Typ sehen. Der Hubschrauber ist über die Brücke auf Gatillos Festung zugeflogen und mit einem dumpfen Dröhnen hinter dem Hügel verschwunden. Doch der Feuerstoß war ganz klar zu hören, wie ein harter Peitschenhieb, dann das Pfeifen der Turbinen, als der Hubschrauber sich entfernte. Eine halbe Stunde später ging es in Puerto von Mund zu Mund, wie die Sache abgelaufen ist. Wenn man es auf das Wesentliche beschränkt, bleibt übrig, daß die Garbe Isidro durchsiebt hat, als er sich aus Neugier am Fenster zeigte. Sie haben auf ihn geschossen, um klarzumachen, daß sich das Blatt gewendet hat. Gleich danach sind drei Lastwagen mit *granaderos* aufgetaucht, wie es scheint, direkt aus Oaxaca, weil man der örtlichen Garnison nicht traute. In Gatillos Festung hatten sich schon alle, das heißt seine beiden letzten Adjutanten, ergeben. Gatillo wurde nicht gefaßt. Da die Soldaten im Ort nicht einmal nach ihm gesucht haben, hat sich die Meinung verbreitet, sie hätten ihn schon woanders erledigt. Jetzt geht das Gerücht, er hätte sich im Norden in Sicherheit gebracht, in der Gegend von Nayarit, wo er einen Vetter hat, der offenbar ein respektierter Boß ist. Das Banner mit dem Tiger ist verschwunden, und ein Zeuge behauptet, gesehen zu haben, wie der Offizier der Truppe mit der um die Schultern gelegten Fahne als Trophäe zum Amüsement der Soldaten auf einen Lastwagen gestiegen sei. Am Morgen danach war ein neuer Federal da. Er ist in eine Villa in Bacocho gezogen und hat allen Lokalen auf der Perez Gasga einen Besuch abgestattet: in Schlips und Kragen, die Pistole in der Tasche und begleitet von zwei ergebenen Stellvertretern, die nicht einmal ein Bier angenommen haben. Er hat jedem Geschäftsführer versichert, daß er sich in Zukunft keine Sorgen um die öffentliche Ordnung mehr zu machen brauche, daß sein Vorgänger bald vergessen sein werde und daß bestimmte Dinge sich nicht wiederholen würden. Er hat sogar dazu aufgefordert, Übergriffe jeder Art anzuzeigen. Gestern gab es die erste Marihuana-Verbrennung auf der Piste des alten Flughafens. Bolo, der sie gesehen hat, behauptet, daß höchstens ein Viertel des beschlagnahmten Stoffs verbrannt worden ist. Es gibt also keinen Grund, sich Sorgen zu machen. Auch der neue Federal wird, wie alle seine Vorgänger, beim Handel mitmischen.

Der Geldmangel hat Elio fast stumm werden lassen. Er wird früh wach, doch erst gegen zwei Uhr, nach den vier oder fünf Bier, die er als Aperitif nimmt, kommen die ersten einsilbigen Bemerkungen über seine Lippen. Ein paarmal ist er mit dem Caribe verschwunden; ich habe ihn nicht gefragt, wo er gewesen ist. Er brütet über irgend etwas. Ich bin mit ihm völlig einig, habe auch keine Lust zu reden und lasse mich in der Sonne braten, damit die Gedanken schon vertrocknen, bevor sie sich richtig bilden können. Vor zwei Stunden ist passiert, was ich seit Tagen erwartet habe. Elio hat zu mir gesagt: »Ich muß dir etwas zeigen«, und ich bin ihm zum Auto gefolgt. Er hat die Straße ins Landesinnere genommen, ist schnell gefahren, ohne zu rasen. Der Caribe hält sich gut, auch wenn Elio die seltsame Fähigkeit zu haben scheint, Maschinen, die er in die Finger bekommt, irgendwie zu ruinieren. Der Pontiac ist ein Wrack auf Ziegelsteinen hinter Bolos Haus; nachdem er einige Zeit dort stand, fühlte sich jeder berechtigt, sich ein Stück davon zu nehmen.

Wir fahren über eine Brücke, die sich zwischen zwei steilen Felsen über eine tiefe Schlucht spannt; vielleicht ein Flußbett, das in der Regenzeit wieder Wasser führt. Elio verläßt die Straße, fährt ein Stück am Abgrund entlang, hält unter einem Baum und sagt: »Hier ist es.«

Ich steige aus, gehe hinter ihm her, frage nichts, nicht einmal, als er den Hang hinunterzurutschen beginnt, von einem Felsblock zum anderen springt, um den Abstieg zu verlangsamen. Ich schaffe es, hinter ihm zu bleiben, ohne Schaden zu nehmen, doch als wir wieder auf ebenem Boden stehen, habe ich ein taubes Gefühl in den Gelenken. Wir erreichen die Mitte der Schlucht, und er schaut nach oben, zur Brücke. Dann sieht er mich an, und ich begreife nicht, was er von mir hören will. Schließlich sagt er: »Ein schöner Flug, nicht?«

Ich sehe zur Brücke, nicke und frage dann: »Für wen?«

Er lacht, setzt sich auf einen glatten Stein. Ich suche mir auch einen, stütze mich mit den Ellbogen auf einen Baumstumpf. Elio sagt: »Für einen Geldtransporter.«

Ich schaue wieder hoch zur Brücke.

»Das Problem ist, wie man an Sprengstoff kommt«, redet Elio weiter.

Ich drehe mich um, weil ich sehen will, was für ein Gesicht er macht: ernst, trotz des amüsierten Lächelns.

»Er fährt täglich um die gleiche Zeit hier vorbei. Nachdem er einen Haufen Geld bei den Banken der Umgebung abgeholt hat.«

Vielleicht zehn Minuten lang starren wir die Brücke an, und ich stelle mir den Flug eines Geldtransporters vor, der wenige Meter von uns entfernt zerschellt. Dann seufzt Elio und murmelt: »Die Brücke muß nicht mal einstürzen, es reicht ein Loch, damit er runterfliegt.«

»Hm«, sage ich.

Ich habe immer noch nicht kapiert, ob er Spaß macht. Er zündet sich eine Zigarette an. Ich strecke die Hand aus. Er gibt mir das Päckchen. Ich nehme Aivlys Feuerzeug; es ist fast leer, aber eine kleine Flamme brennt immer noch. Ich frage: »Und dann?«

»Dann sammeln wir einfach das Geld auf und hauen ab.«

Ich nehme zwei Züge hintereinander, frage: »Wie viele Tote?«

»Drei oder vier, denke ich; nicht mehr.«

Er lacht. Ich versuche, auch zu lachen. Als wir wieder ernst werden, herrscht eine seltsame Stimmung. Kommt mir vor wie latenter Wahnsinn, der ausbrechen kann, wenn man das Sicherheitsventil nur leicht berührt.

»Du machst Spaß, stimmt's?« frage ich und bemühe mich zu lächeln.

Elio steht auf, gähnt, streckt sich, kratzt sich am Kopf und schüttelt seine Haare. Er steckt die Hände in die Taschen, verlagert sein Gewicht auf das andere Bein und sieht mich an.

»Ach, komm«, sagt er und hält den Kopf schräg, »du hast doch nicht etwa geglaubt...«

Ich rapple mich hoch, wir gehen auf den Hang zu. Elio legt mir einen Arm um die Schultern: »Daß er hier immer um die gleiche Zeit vorbeikommt, ist wahr.«

Ich antworte nicht, überlege, wie ich diesen rutschigen Hang hochklettern soll. Wir halten uns an Sträuchern fest, steigen auf Felsbrocken, die uns sicher vorkommen, Elio zieht mich hoch, ich stütze ihn ab. Bald sind wir schweißgebadet und so fertig, daß es immer mühsamer wird. Eine Viertelstunde ruhen wir uns unter dem Baum aus; gegen die Motorhaube gelehnt, versuchen wir, wieder zu Atem zu kommen.

»Hör mal...«, sage ich, als ich Elio zu den Zigaretten greifen sehe.

Nachdem er zwei angezündet hat, sieht er mich an, während ich darauf starre, wie sich langsam die Asche bildet.

»Ja?« sagt er, um zu zeigen, daß er mir zuhört.

»Dieser Typ da, Jason...«

Er nickt bedächtig.

»Also, ich meine«, fahre ich fort, »wenn es stimmt, daß es reicht, ihn mitzuschleppen, um die Catalina gratis zu bekommen...«

Ich beende den Satz nicht, warte, wie er ihn aufnimmt, um zu sehen, ob ich weiterreden soll. Er meint: »Vergiß nicht, daß Jason ein ziemlicher Nerver ist.«

»Ja, aber das sollte uns doch keine übermäßigen Probleme machen ... oder?«

Er bläst den Rauch nach unten, fixiert irgendeinen Punkt auf dem Boden: »Wir müßten aber wenigstens das Geld haben, um die *pasta* zu kaufen ...«

»Viel?« frage ich.

Er setzt eine sorgenvolle Miene auf, beißt sich auf die Lippen.

»Es hat gerade einen Preissturz gegeben«, murmelt er nachdenklich. »Doch weniger als fünfzig Dollar fürs Kilo ...«

Er hält eine Hand hoch, sagt plötzlich: »Und selbst bei dreißig Dollar kostet ein Doppelzentner dreitausend.«

Er verzieht den Mund, sieht mich ein paar Sekunden lang an, sagt: »Lohnt sich eine solche Reise für weniger als zwei oder drei Doppelzentner?«

Ich gehe ein paar Schritte um das Auto herum, frage: »Meinst du nicht, daß Ivo und Bolo uns fünf- oder sechstausend Dollar leihen?«

Er kneift die Augen zusammen, denkt kurz darüber nach.

»Hm«, antwortet er auf eine Art, die es offenläßt. »Wir könnten es ihnen als Investition vorschlagen ...«

»Genau.«

Jetzt sehe ich ihm an, daß sein Kopf wie ein Bienenstock ist, durch den die Gedanken schwirren. Praktische Überlegungen. Er lacht kurz auf, gibt mir einen Klaps auf den Arm.

»Laß es uns versuchen«, sagt er und springt ins Auto.

Er startet, knallt den Rückwärtsgang rein und prescht auf die Straße. Der Wagen schnellt zurück, fängt sich gleich wieder. Elio tritt das Gaspedal durch, schneidet die Kurven, schaltet und berührt die Bremsen kaum.

»Der Österreicher ist zurück«, sagt er gut gelaunt.

Ich suche zwischen den Sitzen eine Kassette.

»Er hat zweihundert Gramm nach Guadalajara zu liefern.«

»Wieviel schlagen wir drauf?« frage ich.

»Genug für die ersten Unkosten.«

Ich mache den Kassettenrecorder an, frage: »Fahren wir heute abend, oder warten wir bis morgen?«

Elio lacht, streckt den Arm nach draußen in den Wind. Ich schiebe die U 2 in den Recorder. Bono fängt an zu singen: *I still haven't found what I'm looking for...*«

*Bitte beachten Sie auch
die folgenden Seiten*

Andrea De Carlo
im Diogenes Verlag

Vögel in Käfigen und Volieren

Roman. Aus dem Italienischen
von Burkhart Kroeber

»Was Andrea De Carlo in seinem Roman *Vögel in Käfigen und Volieren* unternommen hat, ist nichts weniger als die erzählerische Bearbeitung eines der zentralen politischen Themen der zweiten Jahrhunderthälfte, jener merkwürdig imaginäre Krieg, den insbesondere junge Menschen gegen die ›Macht‹, gegen ›das System‹ anzuzetteln versuchten.« *Michael Rutschky*

»Atemlos gelebt, atemlos gelesen. Ein Italiener macht deutschen Romanciers Tempovorgaben. Dabei entstand eine neue Gattung: der Liebeskrimi. Das alles in einer Sprache, die nicht lange in sich verweilt, aber dennoch fotografisch genau ist. Ein wildes Buch.«
Szene Hamburg

»Eines Tages wird Fjodor Barna, der Held des Romans, aus seiner Ich-Befangenheit herausgerissen, in seinem scheinbaren Stoizismus irritiert durch die Liebe zu dem ebenso schönen wie unberechenbaren Mädchen Malaidina, dessen Anblick ihm das ›Blut verkehrt herum kreisen‹ läßt; und wenn man in Fjodor einen späten Nachfahren von J.D. Salingers Holden Caulfield sehen zu können meint, könnte Malaidina eine Nachfahrin von Holly Golightly aus Truman Capotes *Frühstück bei Tiffany sein*.« *Frankfurter Allgemeine Zeitung*

Creamtrain

Roman. Deutsch von Burkhart Kroeber

»Kritisch äußert sich Andrea De Carlo über seine Erfahrungen in Amerika, die er sich in seinem ersten Roman *Creamtrain* vom Leibe geschrieben hat. Mit diesem Buch, dessen Manuskript sein Sponsor und

Lektor Italo Calvino betreute, wurde Andrea De Carlo auf Anhieb zum meistversprechenden literarischen Debütanten.« *Sender Freies Berlin*

»*Creamtrain* ist ein perfektes Buch, sehr gut geschrieben, sehr gut zu lesen. Macht Spaß. Unterhält. Ist cool. Stimmig. Kein Wunsch bleibt offen.«
Der Falter, Wien

Macno

Roman. Deutsch von
Renate Heimbucher

»Macno, einst Talkmaster im staatlichen Fernsehen, hat sich über Einschaltquoten zum Diktator befördert. Ausgehend von einer konventionellen Kritik an der Allmacht des Fernsehens nimmt der Autor die Idee auf und überdreht sie ohne Hemmungen, bis am Ende eine schrille Geschichte steht, die dennoch verblüffend wirklich klingt. Die gedankliche Abenteuerlust De Carlos hat eine Geschichte hervorgebracht, an die sich deutsche Autoren selbst in zehn Jahren noch nicht herangetraut hätten.« *Tempo, Hamburg*

Yucatan

Roman. Deutsch von
Jürgen Bauer

»Der Roman spielt auf mehreren Ebenen: der topographischen Ebene einer Reise nach Mexiko, der psychologischen einer Selbstfindung des Helden, der ideologischen einer Gegenüberstellung verschiedener Lebenshaltungen. Obwohl das Magische immer wieder in die Geschichte hineinspielt, dominiert es sie nicht. Man kann *Yucatan* auch als Reisebericht lesen. Dies um so mehr, als sich der gleichsam photographische Blick, mit dem der Verfasser gewisse Aspekte des amerikanischen Lebens wahrnimmt, seit der Veröffentlichung seiner Erzählungen *Creamtrain* (1985) und *Macno* (1987) womöglich noch geschärft hat. Bemerkenswert ist nicht nur die Präzision, sondern auch die Wertfreiheit seiner Beschreibungen. Der Verzicht auf die Attitüden eines schöngeistigen Antiamerikanismus versetzt De Carlo in die Lage, ohne Zorn und Eifer bestimmte zeitgenössische Phänomene zu registrieren, die ihren Ursprung auf der anderen Seite des Atlantik gehabt haben mögen, aber nicht auf Amerika beschränkt geblieben sind. Dank seiner Fähigkeit zur Nuancierung erkennt man jedenfalls in *Yucatan* überall die Wirklichkeit wieder, in der wir leben. « *Frankfurter Allgemeine Zeitung*

Zwei von zwei
Roman. Deutsch von Renate Heimbucher

Ich dachte, wie verschieden und zugleich wie ähnlich doch im Grunde unsere beiden Lebensläufe in diesen Jahren gewesen waren, zwei von zwei möglichen Wegen, die an der gleichen Gabelung begonnen hatten.

Mario, der Ich-Erzähler, und Guido, beide aus mehr oder weniger kleinbürgerlichen Verhältnissen, lernen sich in der Schule kennen, 1968 in Mailand. Guido ist der aggressivere, frühreif, voller Ideen und Utopien, antiautoritär, Mario ist von ihm fasziniert, hängt sich an ihn an. Sie erleben zusammen die politische Revolte jener Jahre, aber auch die erste Liebe. Dann trennen sich ihre Wege…

»Der ironische Blick, der den Kern einer Situation erfaßt, ist De Carlos herausragende Qualität, und war es seit je. Das bedeutet nicht, daß er ein literarischer Clown ist. Ohne tiefschürfende Introspektion rückt er psychologisch äußerst komplexe Zusammenhänge ins Licht, indem er sie an ihren sichtbaren Zeichen erkennt.« *Neue Zürcher Zeitung*

Philippe Djian
im Diogenes Verlag

Betty Blue
37,2° am Morgen

Roman. Aus dem Französischen
von Michael Mosblech

»Für jemanden, der verrückte und besessene Liebes-
geschichten mag, eine Pflichtlektüre.« *Wienerin*

»Wirklich bemerkenswert ist, mit welch stilistischer
Sicherheit Philippe Djian diese Story vor dem Absturz
in Gefühlskitsch oder Beziehungskisten-Knatsch bewahrt. Alles geschieht wie selbstverständlich, vor-
wärtsgetrieben von einer Atmosphäre nervöser Spannung, die Djian ganz konzentriert und doch wie
beiläufig aufbaut. Ein Roman wie flirrende Saxophon-
Klänge in der Nacht.«
Hessischer Rundfunk, Frankfurt

»Der Rolls-Royce unter den Neuerscheinungen der
letzten Zeit, zumindest für Leute, die was von Literatur verstehen. So berauschend kann der Alltag sein in
seiner ganzen Tristesse.« *Pin Board, Düsseldorf*

»Betty Blue als Film in den Kinos: auch wenn Beineix
die Regie führt, kein Bild kann dieses Buch ersetzen.«
Szene Hamburg

Erogene Zone

Roman. Deutsch von
Michael Mosblech

Niemand kann eine Frau lieben und gleichzeitig einen
Roman schreiben. Soll heißen: einen *wirklichen* Roman schreiben, eine Frau *wirklich* lieben. Djian hat es
versucht und ist um ein paar Illusionen ärmer geworden. Er ist einem leicht perversen, ziemlich intelligen-
ten Mädchen begegnet. Er hat (wenig) gegessen. Er hat
(viel, vor allem Bier) getrunken. Sich Joints gedreht.

Musik gehört. Gelesen und gelesen. Er ist dem Geld nachgerannt, den Frauen, den Wörtern. Er hat sein Bestes gegeben. Er hat ein Buch geschrieben. Ungekünstelt, unprätentiös hat er das Unbeschreibliche beschrieben. Das Leben. In all seiner Derbheit, Schlichtheit und Hoffnungslosigkeit. Einfach großartig.

»Djian schreibt glasklar und in einem Tempo, dem ältere Herren wie Grass und Walser schon längst durch Herzinfarkt erlegen wären.« *Plärrer, Nürnberg*

Verraten und verkauft

Roman. Deutsch von
Michael Mosblech

»Djian sieht ganz genau hin, seine Bilder sind nur scheinbar so simpel, so einfach. Indem er das banale, das scheinbar triviale, das alltägliche Leben respektlos in die Literatur bringt, führt er das gekünstelte Wort ad absurdum. Dabei ist sein Stil so rein wie das kristallklare Wasser jenes kleinen Waldsees, auf dem er tagelang erfolglos angelt, um die Forelle dann mit einer gutherzigen Geste wieder ins Wasser zu werfen, die Hemingway hätte erstarren lassen. Sein Stil ist so rein wie der Schoß der Frau, die er liebt, und wenn er sich ihr hingibt, würde Henry Miller, so er noch könnte, mit seinen großen, roten Ohren schlackern. Zorc ist die Personifikation einer neuen nachmodernen, reinen Minne, und Philippe Djian ist sein Meister. Deshalb ist *Verraten und verkauft* mein Buch des Jahres.« *mid-nachrichten, Frankfurt*

Blau wie die Hölle

Roman. Deutsch von
Michael Mosblech

Ned ist ein Outlaw, einer der Autos klaut, Kneipen leerräumt, der sich nimmt, was er will. Franck ist ein Bulle, besessen und gewalttätig. Nichts haßt er mehr als Typen vom Schlage Neds. Lili ist Francks Frau, Carol seine Tochter. Als Lili Franck verlassen will, begegnet sie Ned. Lili und Carol hauen mit Ned und dessen Freund Henri ab...

»Djians Sprache und Rhythmus verschlagen einem den Atem und ziehen einen in die Geschichten, als wäre Literatur nicht Folge, sondern Strudel.«
Göttinger Woche

»Djian ist ein Stilist. Und Stil ist es, worauf es ihm ankommt... Und alle Stilisten sind Musiker. Musik der Worte, der Sätze, der Abschnitte, der Kapitel...«
Pflasterstrand, Frankfurt

Rückgrat

Roman. Deutsch von
Michael Mosblech

Dieser Roman ist eine Liebeserklärung an die Poesie des Alltags, der durch die Magie von Djians Sprache Literatur wird, eine Mischung aus tiefer Zärtlichkeit und Gewalt, Hoffnung und Verzweiflung. Sein poetischster Roman, ein Buch von überschäumender Vitalität und Sprachlust, das flirrende Orgien des Lebens feiert.

»Djian ging das denkbar größte Risiko ein: er tat, was man von ihm erwartete – er schrieb einen ›Djian‹!«
Pierre Lepape/Le Monde, Paris

»*Rückgrat* wird für Wirbel sorgen. Einzigartig, wie intensiv und eindringlich hier die Schatten- und Glücksmomente, die Ängste, die Wut, die Verrücktheiten derer geschildert werden, die versuchen, ihr Leben zu leben und nicht nur zu ertragen.«   *Le Monde, Paris*

»Viele seiner Sätze sind literarische Volltreffer, wahre Blitzlichter voller Esprit und Witz.«   *Radio Bremen*

»Djian streut literarisches Nitroglyzerin unter die Leser, daß es nur so kracht.«   *buch aktuell*

Krokodile

Sechs Geschichten
Deutsch von Michael Mosblech

Krokodile, das sind die Menschen in Djians neuem
Buch, gutmütig hinter dem Panzer, den sie nach außen
zeigen, doch auch hinter ihrem breiten Grinsen jederzeit zum Zubeißen bereit. Helden, die Berge versetzen
möchten und doch wieder aufgeben müssen, das sind
die liebenswerten Hitzköpfe, die dieses Buch bevöl-
kern. Ein Feuerwerk der Gefühle.

»Der schmutzige kleine Alltag mit seinen Flips, seinem Auf und Ab der Stimmungen, seinen Verheißun-
gen – und immer wieder die Begegnung mit einem
Menschen, das einzige wahre Abenteuer heutzutage.«
Farid Chenoune / L'Express, Paris

»Ein großartiger Streifzug durch die menschliche Seele.
Philippe Djian hat mit seiner Sprache mühelos Zugang
zu den Emotionen: der Leser pflichtet ihm begeistert
bei, erkennt mit ihm den Zauber der Existenz.«
Christian Charrière / Le Figaro Littéraire, Paris